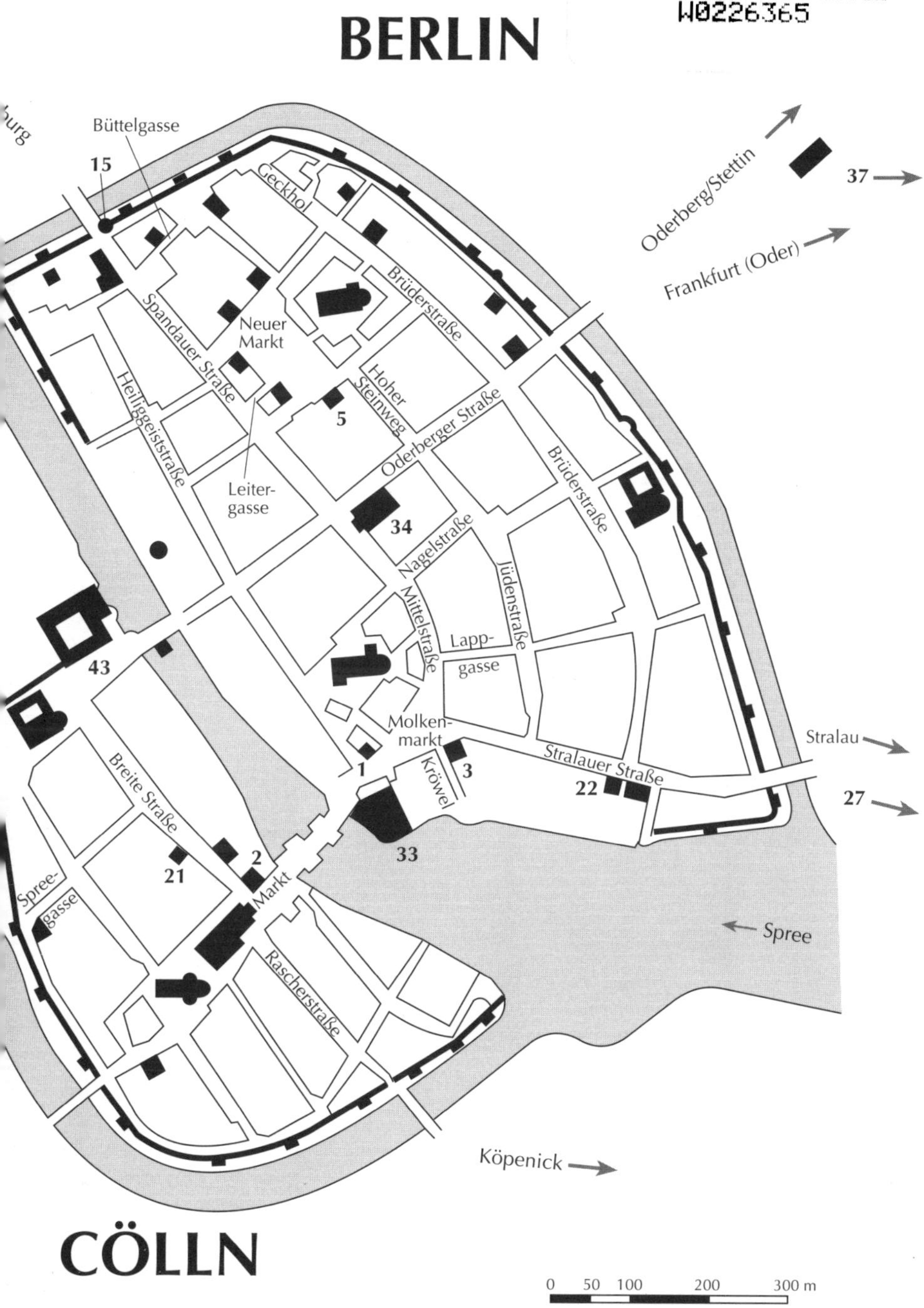
BERLIN
Büttelgasse
15
Geckhol
Oderberg/Stettin
37
Frankfurt (Oder)
Brüderstraße
Spandauer Straße
Neuer Markt
Hoher Steinweg
5
Heiliggeiststraße
Oderberger Straße
Leiter-gasse
34
Nagelstraße
Jüdenstraße
Mittelstraße
Lapp-gasse
43
Molken-markt
Stralauer Straße
Stralau
1
3
Kröwel
22
27
Breite Straße
33
2
21
Markt
Spree-gasse
Spree
Rascherstraße
Köpenick
CÖLLN
0 50 100 200 300 m

Manfred Lentz

Die falsche Haut

Manfred Lentz

Die falsche Haut

Roman

Droemer

Die Folie des Schutzumschlags sowie die Einschweißfolie
sind PE-Folien und biologisch abbaubar.
Dieses Buch wurde auf chlor- und säurefreiem Papier gedruckt.

Bitte besuchen Sie uns im Internet:
www.droemer-knaur.de

Umschlaggestaltung: ZERO Werbeagentur, München
Umschlagabbildung: Artwork unter Verwendung
von zwei Motiven der AKG Images, Berlin
Satz: Ventura Publisher im Verlag
Druck und Bindung: Franz Spiegel Buch GmbH, Ulm
Printed in Germany
ISBN 3-426-19574-7

2 4 5 3 1

Für KM

Die Hütte war ärmlich und wirkte im Licht der milchig verschwommenen Nachmittagssonne wie das Gesicht eines einfältigen Bauernlümmels, auf das ein Keulenhieb niedergefahren war: Die Eingangstür bildete die Nase, platt gedrückt und schief; die Fenster waren die Augen, das eine verschwollen, das andere noch weit aufgerissen in Erwartung des Hiebs; zwei schräg stehende Anbauten stellten die Ohren dar, das eingeknickte Strohdach die Haare; und was schließlich die Keule anbelangte, die all das bewirkt hatte, so handelte es sich bei ihr um eine Buche, die der Sturm umgeworfen hatte und die auf diese Weise der Behausung und darüber hinaus auch deren einstigem Bewohner zum Verhängnis geworden war.

Gregor spürte, wie Sand von dem Haufen, an dem er lehnte, in sein Hemd rieselte und seine Haut kitzelte. Als er vor kurzem das erste Mal zu der Hütte gekommen war, hatte ihr Bewohner noch an derselben Stelle gelegen, an der er vom Tod überrascht worden war: auf einem Lager aus Reisig und Moos, aufgespießt von einem Ast, der sich durch den Körper hindurch drei Handbreit tief in die Erde gebohrt hatte. Es war keine angenehme Sache gewesen, den Mann zu befreien, oder besser das, was die Tiere und die Zeit von ihm übrig gelassen hatten. Doch er, Gregor, hatte es getan, und außerdem hatte er den Mann auch noch zur letzten Ruhe am Waldrand begraben – schon deshalb, weil ein Mensch nun einmal kein Lumpenbündel ist, das man so einfach herumliegen lässt, vor allem aber aus ganz handfestem Eigennutz: Weil nämlich die Hütte des Toten so vorzüglich in seinen Plan passte, als hätte ein hilfsbereiter Racheengel sie gerade für ihn und für die Zwecke, die er verfolgte, an diese besondere Stelle gesetzt.

Aus einiger Entfernung drangen Peitschenknallen und das Wiehern von Pferden zu ihm herüber, gefolgt von einem Schwall unverständlicher, aber hörbar erregter Worte. Dann war es wieder ruhig im Wald. Gregor erhob sich und zog seine Kleider zurecht. Sein Gesicht war verschlossen, die Augen blickten ernst. Lediglich ein gelegentliches Zucken seiner Lippen verriet die Erregung, die in seinem Inneren brannte. Er trat an den Rand der Lichtung. Vor ihm, ein wenig tiefer nur als die Anhöhe, auf der er stand, lag die Spreeniederung – eine breite, lang gestreckte Senke, durch die der Fluss sich in zahlreichen Windungen träge dahinwälzte, morastig und feucht, von schilfumstandenen Altwässern durchzogen, mit Pappeln und dichtem Erlengehölz bewachsen, in dem Wasservögel ihren Unterschlupf fanden, gelegentlich ein Weg auf schlüpfrigem Grund, dazu Wiesen, die der Mensch in mühevoller Arbeit dem Sumpf abgetrotzt hatte und auf denen Kühe, Schafe und Gänse weideten. Von hier aus, vom Rand der kleinen Lichtung, konnte man die Niederung gut überschauen, ebenso wie man die beiden Schwesterstädte klar im Blick hatte, Berlin und Cölln, beide dicht nebeneinander auf zwei Inseln inmitten der Spree, von wehrhaften Mauern umgeben und von trutzigen Türmen bewacht, mit Rathäusern, in denen sich selbstbewusste Bürger ihre Denkmäler gesetzt hatten, mit Kirchen zum Lob des Allmächtigen und mit dem Schloss, in dem der Kurfürst von Brandenburg residierte.

Und mit dem Kloster, in dem es ein Jahr zuvor noch einen Pater Gregorius gegeben hatte.

Ungeduldig stieß Gregor den Atem aus. Pater Gregorius,

Mönch in der Nachfolge des heiligen Dominikus, Priester und Prediger ... Er wollte sich eben abwenden, als ein Punkt in der Ferne seine Aufmerksamkeit erregte. Der Punkt befand sich auf der Landstraße, die von den beiden Städten nach Süden führte. Langsam bewegte er sich vorwärts, wich einem halb verlandeten Flussarm aus, verschwand hinter Buschwerk und tauchte ein Stück weiter vorn wieder auf, überquerte den Graben der Cöllner Landwehr, verschwand ein weiteres Mal. Und während all dieser Zeit wuchs er unablässig an, bis er sich schließlich – deutlich erkennbar – in einen von zwei Pferden gezogenen und von zwei Männern gelenkten Planwagen verwandelt hatte, der geradewegs auf die Anhöhe zuhielt.

Ein Gefühl der Erleichterung durchflutete Gregor. Nun würde ihn niemand mehr aufhalten! Nun würde ihn niemand mehr daran hindern zu tun, was er sich vorgenommen hatte! Die Wachen am Tor hatten das Versteck offensichtlich nicht entdeckt, sondern hatten den Wagen aus der Stadt gelassen – aus der Stadt, die seit den Ereignissen der vergangenen Nacht einer Festung glich, in die der Feind sich eingeschlichen hatte, in der jedermann rannte und suchte, kontrollierte und inspizierte, allen voran die Bewaffneten aus dem Schloss und der Stadthauptmann mit seinen Männern, gefolgt von einer vielköpfigen Menschenmenge auf der Jagd nach der Belohnung, die der Hof ausgesetzt hatte: zwanzig rheinische Goldgulden für die Ergreifung des Berliner Stadtarztes Doktor Friedrich Molner. Eine stolze, ja geradezu eine fürstliche Summe! Und das für einen Mann, den nicht nur die meisten seiner Verfolger noch am Vorabend als einen der ehrenwertesten, untadeligsten und angesehensten Bürger beider Städte bezeichnet hätten, sondern von dem obendrein beinahe niemand hätte sagen können, warum man ihn suchte und welcher Missetat man ihn eigentlich beschuldigte.

Während der Wagen sich anschickte, ein Stück weit entfernt von der Lichtung auf die Anhöhe zu gelangen, verließ Gregor seinen Beobachtungsposten und verschwand im Inneren der Hütte. Alles war vorbereitet. Alles war an seinem Platz: die dünne Kerze auf dem Tisch nahe der Tür; daneben der Dolch mit dem fein geschnittenen Hirschhorngriff; drei Schritte weiter die eiserne Kette mit der Handfessel, deren hinteres Ende unlösbar mit der in die Hütte gestürzten Buche verbunden war. Gregor nahm den Dolch in die Hand und strich mit dem Finger über die Klinge. Seine Augen blitzten. Die irdische Gerechtigkeit ist wie ein Esel, hatte sein Vater immer gesagt – wenn sie nicht will, stellt sie sich stur und weigert sich zu tun, was man von ihr erwartet. Ein wahres Wort, das der Vater da gesprochen hatte. Und deshalb musste es sich die Gerechtigkeit gefallen lassen, wenn man ihr gegebenenfalls ein wenig auf die Sprünge half.
Das Geräusch von brechendem Unterholz riss Gregor aus seinen Gedanken. Er zündete die Kerze an und verschwand durch die halb eingestürzte Hüttenwand in den Anbau, vor dem der Planwagen zum Stehen kommen würde. Schon drang Ächzen zu ihm herüber, das heisere Knarren der Räder auf dem überwucherten, seit Jahren unbenutzten Seitenweg, und gleich darauf tauchte der Wagen auch schon zwischen den Bäumen auf, stampfend und rollend wie eine Hansekogge auf wild bewegter See, so dass es nur noch eine Frage der Zeit schien, bis er umfallen würde. Doch jedes Mal fand er sein Gleichgewicht wieder und quälte sich ein weiteres Stückchen voran, bis er endlich die Lichtung erreichte und mit einem Ruck dicht neben der Hütte anhielt.
Von seinem Unterstand aus beobachtete Gregor, wie die beiden Männer – sichtlich erleichtert, dass sie ihre Fuhre ans Ziel gebracht hatten – vom Wagen kletterten und sich über die schweißnassen Gesichter wischten. Ohne dass es einer

Verständigung zwischen ihnen bedurft hätte, schirrten sie die Pferde aus, banden die Tiere einen Steinwurf entfernt an einen Baum und verschwanden in der Hütte, nachdem der eine von ihnen sich noch mit ein paar Handgriffen am Wagen zu schaffen gemacht und ein barsches »Du kannst rauskommen!« gerufen hatte.

Gregor richtete durch einen schmalen Sehschlitz hindurch seinen Blick auf die Unterseite des Wagens. Der doppelte Boden – völlig unsichtbar für jeden Uneingeweihten – war so eng, dass das stundenlange Ausharren in dem Hohlraum, vor allem aber das erbarmungslose Durchrütteln während der Fahrt einer wahren Tortur gleichgekommen sein mussten. Wer hier eingesperrt war, dem hätte der Platz in einem Sarg geradezu als großzügig erscheinen müssen. Und so dauerte es denn auch geraume Zeit, bis das Leben in den unter diesen Umständen Versteckten zurückkehrte und sich im Inneren des Wagens etwas zu regen begann. Als Erstes fiel ein Brett zu Boden und gab die Sicht frei auf einen eingeklemmten Körper. Dann trat eine Pause ein, unterbrochen nur von gelegentlichem Stöhnen. Schließlich folgten einige ungelenke Bewegungen, ein Bein schob sich über den Rand, ein Arm streckte sich aus der Enge, dann eine Schulter, und während das Stöhnen immer heftiger wurde, zugleich auch immer hemmungsloser, rutschte der Körper über die Kante nach vorn und fiel, mit dem Gesicht nach unten, mit einem dumpfen Aufschlag auf die Erde.

Angespannt wie eine Raubkatze, die jede winzige Regung ihres Opfers verfolgt, starrte Gregor auf den Mann, der nur wenige Schritte von ihm entfernt am Boden lag. Friedrich wusste nichts. Er wusste nichts von dem Hintergrund der Ereignisse in der vergangenen Nacht. Er wusste nicht, warum die ganze Stadt hinter ihm her gewesen war. Er hatte nicht die geringste Vorstellung davon, weshalb man ihn heimlich aus den Mauern herausgeschafft hatte, noch ahnte er, wo er sich in diesem Augenblick befand und warum er gerade an diesem besonderen Ort war. Doch mochte er auch unwissend sein wie ein neugeborenes Kind – unschuldig wie ein Neugeborenes war er keineswegs. Und genau das war der Grund, weshalb er hier war.

Ein Rühren ging durch den Liegenden, er stemmte die Arme gegen den Boden, rollte sich auf die Seite und richtete sich auf. Als er den Kopf hob, konnte Gregor geradewegs in sein Gesicht sehen. In den Augen, sonst stolz und selbstsicher, lag Angst, die redegewohnten Lippen zitterten. Blut lief über sein Kinn und tropfte auf sein Hemd. Nie zuvor hatte Gregor den vor ihm Sitzenden so hilflos gesehen wie in diesem Moment, so vollständig jedes eigenen Willens beraubt. Und dabei kannte er ihn, seit er sich erinnern konnte. Kannte ihn, weil er einen großen Teil seines Lebens mit ihm verbracht hatte. Kannte ihn, weil er aufgrund des Blutes in seinen Adern derjenige war, der ihm neben Vater und Mutter am nächsten stand.

Sein Bruder.

· Erster Teil ·

Stille lag in der Luft, bleiern wie die brütende Hitze, die sich in der Zelle des Cöllner Dominikanerkonvents eingenistet hatte. Vom Himmel her schien ein wässriger Mond durch das Fenster. Er fiel auf das Kruzifix an der Wand und verzerrte die Arme des Gekreuzigten auf groteske Weise in den schmalen Raum hinein.

Das Bett, auf dem Gregorius lag, stand im Mondschatten. Es war ein einfaches Holzgestell mit einem Strohsack und einer Decke aus ungefärbter Schafswolle, die unbenutzt am Fußende lag. Der Regel seines Ordens gemäß war er mit der Tunika bekleidet, die von einem Ledergürtel zusammengehalten wurde, seine Füße steckten in Schuhen.

Gregorius hatte die Augen zur Decke gerichtet, sein Körper dampfte in der Schwüle, Bäche von klebrigem Schweiß zeichneten Muster auf seinem Gesicht. In einer Nacht wie dieser war es schwer, Schlaf zu finden. Wäre da nicht das strikte Verbot gewesen, er hätte seine Kleider von sich geworfen und hätte seinen nackten Körper der Luft ausgesetzt. Doch die Ordensregel untersagte solch ein Tun. Keusche Sinne, so hieß es, ertrügen nicht einmal die eigene Nacktheit, und deshalb legten die Mönche auch nachts ihre Kleider nicht ab.

Aus einer der hinteren Zellen drang trockenes Hüsteln an sein Ohr – der Küchenmeister des Konvents, ein Mann mit der angespannten Unruhe eines kurzatmigen Alten. Im nächsten Augenblick wurde das Hüsteln von lauten Schnarchgeräuschen übertönt, zu denen sich wenig später

von der anderen Seite des Ganges her noch ein aufgeregtes Grunzen gesellte.
Lange nach Mitternacht fiel Gregorius in einen unruhigen Schlaf. Der schmale Kopf mit der noch kaum durchgrauten Tonsur sank zur Seite, die feingliedrigen Finger zuckten über den Strohsack. Schließlich trat er in das Reich der Träume. Er sah Bruder Egidius, den Pförtner, wie dieser mit schlurfenden Schritten von der Klosterpforte her auf ihn zukam. Da sei ein hoher Herr, der nach ihm verlange, brachte Egidius mit hörbarem Unwillen in der Stimme hervor. Der Herr käme möglicherweise aus dem Schloss, allerdings wolle er nicht sagen, wer er sei, nur dass es sich um eine hoch gestellte Persönlichkeit handele, das könne man an seiner kostbaren Kleidung sehen. Er selbst, so Egidius weiter, kenne den Herrn jedenfalls nicht, aber es sei ja nicht auszuschließen, dass dieser sich noch vorstellen werde. Auf jeden Fall habe er ihn erst einmal ins Beichthaus geführt. Woraufhin der Pförtner sich, ohne eine Antwort abzuwarten, umdrehte und trotzig schlurfend entschwand.
Ein dünnes Lächeln umspielte die Mundwinkel des Schlafenden: Ein hoher Besucher ohne Namen war für den Pförtner eines Klosters weit ärgerlicher als ein verpatztes Salve Regina …
Gleich darauf stand Gregorius im Beichthaus des Konvents dem namenlosen Besucher gegenüber, einem Herrn von gebieterischer Würde, mit einem sorgenvollen Gesicht und mit ernsten Augen, die von dicken, buschigen Brauen überdeckt waren. Ohne Umschweife kam der Herr zur Sache. Er sei nicht gekommen, um zu beichten, erklärte er in strengem Ton, vielmehr gehe es um die Predigt, die er, der Mönch und Priester Gregorius, am letzten Sonntag in der Klosterkirche gehalten habe. Eine schlechte Predigt sei das gewesen, was er da zu hören bekommen habe, jawohl, schlecht sei die Pre-

digt gewesen, nichts als wiedergekäute Halbheiten, ohne die wahre Tiefe des Glaubens. Mit der Zunge den Himmel berühren, aber das Herz fest auf der Erde! Möglich, dass die anderen Zuhörer das nicht begriffen hätten, arglose Bürgersleute mit ihren schlichten Weibern, deren Köpfe unaufgeräumten Krämerbuden glichen. Er selbst aber, er selbst habe die Predigt sehr wohl begriffen, und deshalb könne er aus tiefster Überzeugung sagen, dass sie schlecht gewesen sei – schlecht und schlecht und nochmals schlecht!
Kaum waren die letzten Worte verklungen, als der Unbekannte auch schon wieder fort war. Totenstill war es im Beichthaus, einsam wie an einem eisigen Wintertag, wenn die Kälte auch noch den Frömmsten am heimischen Herdfeuer festhielt. Plötzlich drang Gregorius ein Geräusch an die Ohren. Er hörte, wie jemand lief, es war außerhalb des Beichthauses, gleich hinter der Klostermauer, er vernahm das angestrengte Keuchen des Laufenden, ein sich beschleunigendes, vorwärts drängendes Keuchen, ein immer engeres Aneinanderrücken von Einatmen und Ausblasen der Luft.
In diesem Moment wachte Gregorius auf. Das Beichthaus war verschwunden, er lag auf seinem Bett in seiner Zelle, das Herz schlug ihm schnell in der Brust. Ein Traum! Ein flüchtiges Truggespinst! Er kannte den seltsamen Besucher nicht, er hatte ihn niemals zuvor gesehen. Ein Herr wie dieser wäre ihm aufgefallen, bei der Predigt am letzten Sonntag, in der Kirche seines Konvents. Mit der Zunge den Himmel berühren, aber das Herz fest auf der Erde … Der hohe Herr war verschwunden.
Gregorius wollte sich eben auf seinem Lager umdrehen, als er abermals das angestrengte Keuchen vernahm. Es war das Keuchen aus seinem Traum, nur dass es diesmal nicht von der rückwärtigen Seite der Klostermauer kam, sondern von der anderen Seite der dünnen Bretterwand, die seine eigene

Zelle von der seines Nachbarn abtrennte. Und dass es sich nicht länger um ein Ereignis aus einem Traum handelte, sondern um ein wirkliches Geräusch, das von einem wirklichen Menschen verursacht wurde. Von Bruder Johannes.

Bewegungslos, die Augen geöffnet, verharrte Gregorius auf seinem Strohsack und lauschte. Was ihm an die Ohren drang, das war nicht die klagende Stimme des Schmerzes, auch kein ängstliches Stöhnen im Angesicht nachtschwarzer Gestalten, die sich einem Träumenden auf die Brust gehockt hatten. Das Geräusch, das er dort hörte, war ein ganz anderes – es war die Begleitung eines Geschehens, und zwar eines zutiefst weltlichen Geschehens: Es war das Geräusch gierigen Fleisches, das da, wenn auch verhalten, so doch deutlich vernehmbar aus der Zelle nebenan zu ihm herüberdrang.

Gregorius und Johannes kannten einander bereits seit mehreren Jahren, und seit der vorherige Bewohner der Zelle des Johannes – der ehemalige Lektor der Theologie – vor einigen Monaten den Konvent verlassen hatte, waren sie Nachbarn. Johannes war der Kantor der Cöllner Dominikaner. Seine Aufgabe bestand in der Leitung des Gesanges beim Chorgebet, bei den heiligen Messen sowie bei allen übrigen Gelegenheiten, eine Aufgabe, der er mit Hingabe und mit einer für sein noch recht junges Alter außergewöhnlichen Fertigkeit nachkam. Manch anderer Konvent hätte einen Kantor wie ihn gern in seinen Reihen gehabt, wären da nicht jene zwei Eigenschaften seines Charakters gewesen, die ihn in der Vergangenheit immer wieder mit der Ordensregel in Konflikt gebracht hatten: seine leichtfertige Haltung zu den Bestimmungen dieser Regel sowie sein gelegentlicher Mangel an demütigem Gehorsam gegenüber seinen Oberen.

Nicht lange, und das Keuchen in der Nachbarzelle hatte seinen Höhepunkt überschritten und war in ein tiefes, gleichmäßiges Atmen übergegangen. Gregorius schloss die Augen. Der Kantor – daran konnte wohl kaum ein Zweifel bestehen – hatte in gröblicher Weise sein Gelübde der heiligen Keuschheit verletzt, zudem hatte er eine schwere Sünde wider die Natur begangen und damit weitere Schuld auf sich geladen. Der Ordensregel gemäß musste er mit einer strengen Bestrafung rechnen. Doch nicht nur das – dieselbe Regel bestimmte, dass derjenige, der Zeuge einer solchen Verfehlung geworden war, die Verpflichtung hatte, dieselbe ans Tageslicht zu zerren, um auf diese Weise die Bestrafung des Übeltäters überhaupt erst zu ermöglichen. Denn so stand es geschrieben: »Ihr seid nicht frei von Schuld, wenn ihr eure Mitbrüder durch euer Schweigen zu Grunde gehen lasst, obwohl ihr sie durch die Anzeige bessern könntet. Denn hätte dein Bruder eine Wunde an seinem Körper und wollte sie aus Furcht vor dem Schneiden verborgen halten, wäre es nicht grausam von dir zu schweigen, aber barmherzig, die Wunde aufzudecken? Wie viel schwerer ist also deine Verpflichtung, ihn anzuzeigen, damit nicht die Fäulnis in seine Seele eindringe!«

Doch er, Gregorius, würde schweigen.

Langsam zog der Mond sich aus der Zelle zurück. Als Erstes verlor sich das hölzerne Kruzifix in der Dunkelheit, dann das Bild der Muttergottes, schließlich lag nur noch ein Teil des äußeren Mauerwerkes im Licht. Nachdem nebenan wieder vollständige Ruhe eingekehrt war und einzig die Geräusche der Schlafenden die Nacht erfüllten, erhob Gregorius sich leise von seinem Lager und trat ans Fenster.

Schräg unter ihm lag der Klosterhof mit dem Brunnenhäuschen in der Mitte und mit dem Kreuzgang, der den Hof zu allen vier Seiten hin abschloss – ein Ort inmitten der Welt, der dieser Welt zugleich auf so wunderbare Weise entrückt schien, ein friedvolles Refugium der Besinnlichkeit, in das der Wind nur selten ein störendes Geräusch aus der Stadt herüberwehte. Zu dieser Stunde befand sich der größere Teil des Hofes im Dunkel. Nur auf der Seite, die sich an die Kirche anschmiegte, zauberte der Mond durch die Fenster des Kreuzganges hindurch filigrane Muster auf die Altäre an den Wänden und auf die Grabmäler zu deren Füßen.

Gregorius lehnte die feuchte Stirn an das Mauerwerk und genoss dessen Kühle. Seine Gedanken wanderten zu Thomas von Aquin, dem großen Lehrer seines Ordens, dem Doctor angelicus, wie ihn die Predigerbrüder verehrungsvoll nannten. Nachdem der heilige Thomas im Alter von achtzehn Jahren entgegen dem Willen seiner Verwandten dem Orden des heiligen Dominikus beigetreten war, hatten diese ihm auf dem Weg von Neapel nach Paris aufgelauert, hatten ihn gefangen genommen und danach mit allen Mitteln versucht, ihn seinem neuen Leben abspenstig zu machen. Doch sämtliche Versuche waren vergebens geblieben. Schließlich hatten sie ihm eine junge Dirne zugeführt, aufreizend gekleidet und in allen Künsten der fleischlichen Liebe erfahren. Doch anstatt schwach zu werden, hatte der heilige Thomas einen brennenden Holzscheit aus dem Kamin genommen und die Verführerin damit aus seinem Gefängnis gejagt. Anschließend war er auf die Knie gefallen und hatte gebetet, woraufhin zwei Engel erschienen waren und ihn als göttliches Geschenk mit dem Gürtel niemals endender, vollkommener Keuschheit bekleidet hatten.

Aber wie viele gab es, die gleich dem heiligen Thomas inmitten des Feuers gestanden hatten, ohne zu brennen? Wie viele gab es, die von sich behaupten konnten, niemals schwach geworden zu sein? Und wie viele standen ihnen gegenüber, die – obwohl sie Keuschheit gelobt hatten – die Freuden des Leibes weit besser zu buchstabieren wussten als die Sätze der Heiligen Schrift? Da gab es Klöster, in denen die Sodomie blühte, in denen Männer bei Männern lagen und Frauen bei Frauen, da gab es Mönche, die es mit Nonnen trieben und Laienbrüder in sündiger Gemeinschaft mit wollüstigen Schwestern. Priester hielten sich Mägde, Bischöfe leisteten sich Mätressen, und allerorten zogen die Früchte ihrer unheiligen Begierden durchs Land. Solange der Bauer ein Weib hat, hieß es spöttisch, braucht der Pfaffe im Dorf nicht zu heiraten, und in den einschlägigen Badstuben der Städte versprachen sich die Dirnen ein gutes Geschäft, wenn die gesalbten Diener des Herrn über die Schwelle traten. Doch woher sollte sie auch kommen, jene fleckenlose Keuschheit, wenn sich in Rom zur selben Zeit Prälaten und Kardinäle in schwülstigen Ausschweifungen mit prächtig herausgeputzten Konkubinen ergingen und ein lasterhafter, ewig hungriger, ewig gieriger Klerus es so heftig trieb, dass selbst Wohlmeinende nicht umhinkamen, die Stadt als ein einziges großes Dirnenhaus zu beschreiben …

Gregorius stöhnte. Überall herrschten dieselben Zustände, waren es dieselben Anfechtungen, denen sich die Gottesmänner ausgesetzt sahen, und überall gab es Menschen, denen es an der notwendigen Kraft im Kampf gegen diese Anfechtungen gebrach. Menschen wie den Kantor Johannes. Und Menschen wie ihn selbst.

Den Kopf auf die Brust gesenkt, die Augen auf einen unbestimmten Punkt gerichtet, stand Gregorius da. Auch er kannte die Bedrängnisse, die ihn heimgesucht hatten, seit aus dem Sohn eines Berliner Kaufmanns ein Nachfolger des heiligen Dominikus geworden war. Fünfzehn Jahre war das her – damals hatte man das Jahr des Herrn 1476 geschrieben –, und jedes dieser Jahre war angefüllt gewesen mit dem zermürbenden Kampf gegen die Verlockungen des Fleisches. Gott selbst war sein Zeuge, wie viele Waffen er in diesen Jahren erprobt hatte! Er hatte gebetet und gefastet, hatte sich in die Geschichten der Heiligen versenkt und mit der sechsschwänzigen Geißel seinen Körper gemartert, hatte auf dem harten Boden seiner Zelle genächtigt und seine Glieder mit eiskaltem Wasser übergossen. Erfahrene Brüder hatten ihm zu pflanzlichen Mitteln geraten, zur Gartenraute, von der es bei Vinzenz von Beauvais heißt, sie unterdrücke die bösen Lüste und trockne den Samen aus, zu Agnus castus, dem Keuschen-Lamm-Kraut, oder zu wild wachsendem Lattich, einem bewährten Mittel der Klosterfrau Hildegard von Bingen. Aber welche Anstrengungen er auch immer unternommen hatte – letztlich war jede von ihnen genauso vergeblich gewesen wie der Eifer jenes tapferen Recken, der mit aller Kraft auf den vielköpfigen Drachen eingeschlagen und doch hatte mit ansehen müssen, wie dem Ungeheuer für jeden abgeschlagenen Kopf stets ein neuer gewachsen war.

Ein paar Tage war es her, da hatte ihn der Prior mit einer Botschaft zu den Franziskanern auf die andere Seite der Spree nach Berlin gesandt. Da die Ordensregel bestimmte, dass ein Mönch nur in Begleitung eines anderen seinen Konvent verlassen durfte, hatte der Prior ihm Bruder Balthasar beigesellt. Der Auftrag war rasch erledigt, und so konnten sie sich schon bald auf den Rückweg machen. Das Wetter an diesem Tag war schlecht, es hatte fast ohne Unterbrechung geregnet, und nur wenige Menschen hielten sich auf der Straße auf. Als sie in einen schmalen Durchlass zwischen einigen Gärtchen hinter dem Berliner Rathaus einbogen, kam ihnen eine Frau entgegen. Sie war jung an Jahren, hatte rot geränderte Augen und lange, strähnige Haare, und allem Anschein nach hatte sie weit mehr Berauschendes getrunken, als ihr zuträglich war. An einer Enge zwischen zwei Pfützen versperrte die Frau ihnen den Weg und lallte, falls sie bezahlen könnten, wolle sie ihnen zu Diensten sein, denn sie brauche Geld. Balthasar schlug entsetzt ein Kreuz und versuchte, der Verführerin auszuweichen, während er selbst wie angewurzelt ver-

harrte. In diesem Augenblick hob die Frau ihre Röcke, und er blickte geradewegs auf ihre unbedeckte Blöße …
Aufgewühlt von seinen Gedanken, ließ Gregorius die Augen zur Kirche des Konvents hinüberwandern, deren lang gestrecktes Dach hell im Mondlicht leuchtete. Der heilige Thomas hatte das Ordenskleid genommen, weil es der tiefste Wunsch seines Herzens gewesen war. Er selbst hatte es getan, um den Wunsch seines Vaters zu erfüllen.
Gregorius kehrte zu seinem Bett zurück und streckte sich darauf aus. Es war an einem heißen Sommertag gewesen, ähnlich wie diesem, da hatte sein Vater ihm eröffnet, er wolle einen Kaufmann aus ihm machen, so wie er selbst einer war. Oh, wie stolz war er damals gewesen, dass er vom Vater dazu bestimmt worden war, in dessen Fußstapfen zu treten, und deshalb hatte er fleißig zu lernen begonnen, was ein guter Kaufmann alles wissen musste. Einige Jahre später wurde der Vater krank, ein schweres Siechtum warf ihn nieder, und als er seine letzte Stunde gekommen sah und die Familie sich an seinem Bett versammelt hatte, da verlangte er auf einmal von ihm, er solle fortan allem Weltlichen entsagen und, anstatt ein Kaufmann zu werden, dem Orden der Dominikaner beitreten. Gerade achtzehn Jahre zählte er, Gregor, damals, als er sich dieser Forderung gegenübersah, einer völlig unerwarteten, völlig unfassbaren Forderung, die alle seine Pläne für sein weiteres Leben mit einem einzigen Schlag zunichte werden ließ. Und dabei war es nicht einmal der Wille seines Vaters, der diese grundlegende Wende herbeiführen wollte – nein, der alte Mann besaß zu dieser Zeit überhaupt keinen eigenen Willen mehr. Friedrich steckte dahinter, der ältere Bruder! Er war es, der den Vater vor den Karren seiner eigensüchtigen Ziele gespannt hatte wie einst Jakob den Isaak und der ihm die schicksalsträchtigen Worte von den Dominikanern ins Ohr geflüstert hatte. Aber woher sie auch immer

gekommen waren – da standen sie nun einmal im Raum, und um nichts in der Welt hätte er es fertig gebracht, dem sterbenden Vater die Augen zu öffnen für jenes widerwärtige Spiel, das da gespielt wurde. Niemals wäre er fähig gewesen, ihm, der sich schon am Rand des Grabes befand, den letzten Wunsch abzuschlagen. Nein, es gab Worte, die durften einfach nicht gesprochen werden, und deshalb hatte er dem Vater das abverlangte Versprechen gegeben und die Kleider eines neuen Lebens übergestreift, wohl wissend, dass diese Kleider zu eng für ihn waren.

Unwillig blies Gregorius den feinen Strohstaub aus der Nase, der ihn kitzelte. Kleine Schweißperlen liefen ihm über das Gesicht, seine Lippen schmeckten salzig und machten ihm bewusst, dass er durstig war. Aus der Nachbarzelle drang Schnarchen zu ihm herüber. Irgendwann sank er erneut in einen unruhigen, von Traumbildern durchbrochenen Schlaf, aus dem ihn erst das Läuten einer Glocke wieder aufweckte.

Die Zeit der Matutin war angebrochen, des nächtlichen Chorgebets, mit dem die Mönche den neuen Tag begrüßten. Gähnend erhob Gregorius sich von seinem Lager und rieb sich die Augen. Klosterglocken gehörten zu den Unerbittlichkeiten des Lebens. Sie machten keinen Unterschied zwischen dem geschäftigen Tag und der still dahinfließenden Nacht, kannten weder Müdigkeit, noch übten sie Nachsicht, sondern riefen die Gläubigen zum Gebet, wann immer die Zeit dafür gekommen war.

Gregorius legte das Skapulier an, das Schultertuch Mariens, wie sie es nannten, zog die Kapuze über den Kopf und nahm Weihwasser aus dem Näpfchen an der Wand. Dann trat er auf den Gang hinaus, wo sich im schwachen Schein der ewigen Lampe alle Mönche versammelten. Niemand sprach, nur das leise Scharren der Schuhe auf den Holzdielen war zu hören und das Rascheln der Tuniken. Als der Kantor erschien, versuchte Gregorius einen Blick auf dessen Gesicht zu erhaschen, doch Johannes hatte die Kapuze tief herabgezogen und den Kopf gesenkt. Gleich darauf erfüllten Männerstimmen das Schlafhaus, und angeführt von dem Prior machten sich die Mönche unter Absingen eines Psalms auf den Weg in die nächtliche Kirche.

Die folgenden Stunden gingen schnell dahin, und bald dämmerte der neue Morgen. Gleich nach der Prim kamen die Mönche wie an jedem Tag im Kapitelsaal des Konvents zusammen. Andächtig sprachen sie die vorgeschriebenen Gebete und lauschten der Lesung aus der Ordensregel. Nachdem die letzten Worte verklungen waren, trat Schweigen ein. An der Stirnwand des Raums, unter dem großen Kreuzigungsbild, hatte der Prior Platz genommen. Er saß auf einem Stuhl, seine Ellenbogen waren auf die Lehnen gestützt, sein Kopf war in den Händen vergraben, so wie er es stets tat, wenn er sich anschickte, seine Gedanken zu ordnen. Der Prior Matthias war ein Mann in der Mitte des Lebens, jüngster Sohn eines kleinen Adligen aus der Stadt Brandenburg, eine hoch aufgeschossene, von einer Aura der Strenge umgebene Erscheinung. Vor fünf Jahren hatte sein Orden ihn an die Spitze des Cöllner Konvents gestellt, einen der wichtigsten innerhalb der Ordensprovinz Saxonia, nachdem das Generalstudium an die Spree verlegt worden war. Seither hatte er das Amt mit großem Einsatz ausgeübt, und so war es denn auch nicht weiter erstaunlich, dass bereits vor einiger Zeit erste Vermutungen aufgetaucht waren, er werde eines Tages ein noch höheres Amt übernehmen, sei es als Vikar der märkischen Nation oder gar als einer der Definitoren an der Seite des Provinzials. Der Prior genoss derlei Spekulationen über alle Maßen, schmeichelten sie doch dem Ehrgeiz, der tief in seinem Inneren glühte. Ja, mitunter schürte er diese Spekulationen gar noch ein wenig, obgleich er wusste, dass eine Gesinnung wie diese bei einem Dominikaner als eine Sünde galt. Was das Verhältnis des Priors zu den Angehörigen seines Konvents anbelangte, so begegnete er ihnen mit äußerster Strenge. Schwächen gegenüber zeigte er sich unduldsam. Er selbst war der Hirte, und sie waren die Herde, und nur die entschiedene Durchsetzung der Ordensregel würde es ihm ermöglichen – davon war er zutiefst überzeugt –, seinem Auftrag gerecht zu werden.

Er öffnete die Augen. Auf den Steinbänken, die sich an den Wänden des Kapitelsaals entlangzogen, saßen die Mönche und warteten, dass er das Wort an sie richtete.

»Geliebte Brüder«, begann er mit fester Stimme. »Wie wir alle wissen, werden wir morgen das Fest unseres Ordensgründers begehen, des heiligen Dominikus. Jedem von uns sind die Wegmarken seines Lebens bekannt. In jedem von uns ist er lebendig mit seinen Gott wohlgefälligen Werken und mit den frommen Worten, die unsere Altvordern uns in ihren Berichten überliefert haben. Dennoch möchte ich eine Begebenheit aus seinem Leben in Erinnerung rufen. Werfen wir einen Blick auf das Bildnis dort drüben an der Wand und auf das, was der Heilige, neben dem Buch des Predigers, in seiner Hand hält – die Lilie.«

Der Prior deutete auf die Darstellung, die sich über der Tür zum Kreuzgang befand. Die Lilie. Das Sinnbild der Keuschheit. Eine Andeutung nur, und doch hatte sie jedem der Anwesenden schlagartig deutlich gemacht, dass ein Unwetter heraufzog. Einige lugten unter ihren Kapuzen hervor und versuchten zu ergründen, auf wen die unheilschwangeren Worte des Priors abzielen mochten.

»Als der heilige Dominikus – unser himmlischer Vater habe ihn selig! – am Ende seines irdischen Lebens auf dem Sterbebett lag, sprach er zu seinen Brüdern von der Tugend der Keuschheit. Er erklärte, die Barmherzigkeit des Herrn habe ihn bis zu dieser Stunde in der unversehrten Reinheit seines Leibes erhalten, und für diese Gnade schulde er ihm Dank. Doch dann fügte der Heilige noch etwas hinzu: Er bekannte sich zu der Schwäche, dass die Unterhaltungen mit jungen Frauen sein Herz mehr angeregt hätten als die Gespräche mit alten ... Dies sind die Worte des Heiligen, wie sie durch unseren geliebten Vater Jordan von Sachsen auf uns gekommen sind. Ein Eingeständnis der Unvollkommenheit, gewiss. Zugleich aber auch der glänzende Beweis für die Liebe zur Wahrhaftigkeit, die dem heiligen Dominikus stets zu Eigen war, und überdies die sichere Gewähr, dass das Bekenntnis seiner Unberührtheit der Wahrheit entsprach. Danken wir Gott, dass er einen Menschen von solcher Reinheit an den Ursprung unseres Ordens berufen hat. Welch eine Tugend in einer Welt des brünstigen Fleisches! Welch eine Stärke im Angesicht von Lüsternheit und moralischer Verderbtheit!«

Der Prior erhob sich von seinem Stuhl und trat unter das Bild des Gekreuzigten an der Wand.

»Vollkommene Frömmigkeit ist ohne immer während Enthaltsamkeit nicht möglich, denn die Welt des Fleisches ist die Welt des Teufels. Durch das Fleisch wird die Erbsünde auf den Menschen übertragen. Das Fleisch gebiert die Lust, die den Menschen erniedrigt, die seinen Geist verdunkelt und seine Vernunft demütigt, die hässlich ist und gemein, schmutzig und entwürdigend. Zu Recht wurden Männer wie Jovinian verdammt, die versuchten, die Ehe auf dieselbe Stufe wie die Jungfräulichkeit zu stellen, schmähen sie damit doch die allerseligste Jungfrau Maria. Wie der Apostel lehrt, ist es dem Manne gut, keine Frau zu berühren. Und Hieronymus spricht davon, dass nur die Unbefleckten den vollen himmlischen Lohn erhalten, die Verwitweten aber nur sechzig vom Hundert und die Verheirateten sich gar mit nur dreißig bescheiden müssen. Nein, geliebte Brüder, vollkommene Frömmigkeit ist ohne beständige Keuschheit nicht denkbar. Und weil das so ist und weil wir Mönche uns für den Weg der vollkommenen Frömmigkeit entschieden haben, deshalb haben wir uns in unserem Gelübde zu immer währender Keuschheit verpflichtet. Deshalb werden wir gleichsam zu Stein und weisen jeden wollüstigen Gedanken von uns.« Das Gesicht des Priors verfinsterte sich. »Und erst recht meiden wir jede wollüstige Tat«, fügte er mit Nachdruck hinzu.

Während der Prior gesprochen hatte, waren die Augen von Gregorius heimlich zu dem Kantor gewandert. Johannes hatte die Kapuze tief ins Gesicht gezogen, seine Finger waren in unablässiger Bewegung. Ohne Zweifel war ihm bewusst, dass die Worte des Redners niemand anderem als nur ihm galten. Vorsichtig drehte Gregorius den Kopf zur Seite. Da er selbst den nächtlichen Vorfall nicht verraten hatte, konnte nur Bernhardus das getan haben, jener Mönch, der zwischen dem Pförtner und dem Novizenmeister Platz genommen hatte. Bernhardus bewohnte die andere Zelle neben dem Kantor, er war der Sakristan des Konvents, ein engstirniger und äußerst stränggläubiger Mann von der Statur eines großen Bären. Vor kurzem erst war er aus dem Prenzlauer Konvent an die Spree gekommen, nachdem man seinen am Aussatz erkrankten Vorgänger in das Spital von Sankt Georg überführt hatte. Eine langjährige Freundschaft verband ihn mit dem Prior, der ebenso wie er selbst aus der Stadt Brandenburg stammte und mit dem er – in enger Nachbarschaft lebend – einen großen Teil seiner frühen Jahre verbracht hatte.

Der Prior stand noch immer unter dem leidenden Christus am Kreuz. Als er wieder zu sprechen begann, kamen ihm die

Worte wie sprödes Glas aus dem Mund. »Einer ist unter uns, der hat in der letzten Nacht sein Gelübde gebrochen und gegen die heilige Keuschheit verstoßen ...«
Da waren sie, die Worte, auf die jeder gewartet hatte. Schwer und Unheil verheißend hingen sie im Raum. Einige der Mönche blickten angestrengt zu Boden, andere hatten sich auf ihren Bänken gestrafft, in ihren Gesichtern spiegelten sich Widerwillen und der Wunsch nach Bestrafung.
»... und ein anderer, der um die Seele seines Bruders besorgt ist, hat mir von dieser schweren Verfehlung Mitteilung gemacht«, vollendete der Prior seinen Satz.
Gregorius sah, wie Bernhardus selbstbewusst den Kopf hob, als hoffe er auf ein Lob für sein Handeln. Auch der Generalprediger des Konvents schien verstanden zu haben, wen der Prior mit den letzten Worten gemeint hatte. Beifällig nickte er Bernhardus zu.
»Wir wissen also, dass der Fleischesteufel unter uns geweilt hat«, fuhr der Prior fort. »Aber wir wissen es nicht aus dem Munde des Sünders!« Seine Stimme klang jetzt hart und drohend. »Dabei wäre es an ihm gewesen, seine Tat zu gestehen und demütig um eine angemessene Strafe zu bitten. Das aber hat der Sünder nicht getan. Stattdessen hat er es vorgezogen, seiner ersten Schuld durch das Schweigen noch eine zweite hinzuzufügen, und damit hat er sich noch tiefer in die Fänge des Bösen begeben. Wehe seiner Seele, wenn er auf diesem Pfad voranschreiten wollte! Doch noch ist es nicht zu spät für eine Umkehr, denn die Güte des Herrn ist ohne Grenzen, und wer bereut, dem wird der Herr als ein milder Vater begegnen. Ohne eigenes Bekenntnis aber, das ist gewiss, vermag niemand dem Weg in den Abgrund zu entrinnen!«
Der Prior ging zu seinem Stuhl zurück und setzte sich. Erneut vergrub er den Kopf in seinen Händen. Er wartete. Auf den Bänken begannen einige der Versammelten, stum-

me Gebete für ihren gefallenen Bruder zum Himmel zu schicken.
Langsam verrannen die Minuten, doch nichts geschah. Schließlich erhob sich der Prior. Obwohl um Beherrschung bemüht, zeichnete sich Erregung in seinem Gesicht. Sollte sich der Frevler nicht freiwillig zu erkennen geben, so blieb ihm selbst als dem Oberhaupt des Konvents nichts anderes übrig, als dessen Namen zu nennen. Bevor er sich jedoch zu diesem äußersten Schritt entschließen würde, gab es noch eine letzte Möglichkeit, den Verstockten in die Knie zu zwingen.
»Jeder von euch hat sich in seinem Gelübde nicht nur den Regeln unseres Ordens unterworfen, sondern darüber hinaus auch meinem Befehl. Diese Unterwerfung ist umfassend. Niemand von euch hat mehr irgendeine Freiheit. Jeder von euch ist seines eigenen Willens beraubt. So will es der Brauch, und so wurde es euch bei der Ablegung eures Gelübdes verkündet. Da nun der Sünder seine Tat nicht aus freien Stücken gestehen will, werde ich ihn dazu zwingen. Sollte er mir dabei den Gehorsam verweigern, so möge er bedenken, welche schwere Schuld er mit einer solchen Haltung auf sich laden würde!« Der Prior trat einen Schritt nach vorn. »Und so befehle ich denn in Kraft des Heiligen Geistes und des heiligen Gehorsams und unter Praeceptum formale …«
In diesem Augenblick erhob sich der Kantor von seiner Bank. Stumm stand er da, den Kopf gesenkt, die Hände so fest ineinander gekrampft, dass die Adern auf seinen Handrücken dick hervortraten.
Einige Brüder schüttelten betreten den Kopf, der Mönch neben Johannes rückte eine Handbreit zur Seite.
Über das Gesicht des Priors huschte Genugtuung. Er hatte die Kraftprobe gewonnen. Einmal mehr hatte er sich seines Amtes als würdig erwiesen. »Tritt vor, Bruder Johannes!«,

forderte er den Kantor auf, wobei er jedes einzelne Wort betonte.
Mit schweren Schritten durchmaß der Angesprochene den Raum, verfolgt von den Blicken seiner Mitbrüder. Auf ein Zeichen des Priors hin warf er sich der Länge nach auf den Boden, die Stirn auf die Steinfliesen gepresst, die rechte Hand an der rechten Seite seines Gesichts.
Gregorius hatte seine Augen auf den Kantor gerichtet. In dieser Haltung würde Johannes liegen, bis der Prior ihn mit einem Händeklatschen auffordern würde, sich zu erheben. Auch er selbst hatte schon oft so gelegen – in der Venia, wie man es nannte – und hatte seine Bestrafung erwartet. Jeder im Kloster kannte diese Prozedur, jeder hatte sie durchlitten, sie gehörte zum Alltag wie das Chorgebet oder die wöchentliche Beichte. Dabei waren es meist kleinere Vergehen, die auf diese Weise abgestraft wurden: das Verschütten von Speisen etwa, der Bruch des Schweigens oder die Verspätung nach dem Glockenzeichen, wenn sich alle anschickten, in die Kirche zu gehen. Manchmal handelte es sich aber auch um Verfehlungen, die als schwerwiegend angesehen wurden, so wie in diesem Fall, dem nächtlichen Treiben des Kantors Johannes.
Regungslos stand der Prior vor dem Liegenden, ein Habicht, zum Sturz auf sein Opfer bereit. Als er die Rede wieder aufnahm, war seine Stimme ohne jede Wärme. »So spricht der Herr durch den Mund des Propheten: Bekehre dich zu mir, und ich will dich empfangen! Kehre um zu mir, und ich will dir lebendiges Wasser und wahre Liebe eingießen!« Der Prior ließ die Worte im Saal verklingen. »Bekehre dich zu mir … Doch welch ein Irrtum wäre es zu glauben, schon der Orden an sich könnte uns heilig machen – das Kleid, das wir tragen, der geschorene Kopf, die fromme Gemeinschaft, in der wir zusammenleben. Nein, das allein reicht nicht. Denn besäßen

wir auch jedes dieser Dinge, so könnten unsere Herzen noch immer die willigen Diener des Teufels sein. Wie da manche unter uns sind, die gleichen dem Volke Israel: Sie bekehren sich mit ihren Leibern, während ihre Herzen bei den Fleischtöpfen Ägyptens verweilen. Sie führen ein Leben unter dem Schein, denn ihr Denken ist auf die Vergnügungen der Welt gerichtet. Und damit meine ich nicht zuletzt die niederen Lüste des Fleisches …

Auch in unserem Orden hat es Brüder gegeben, die unter dem Schein gelebt haben. Anstatt das prächtige Haus des heiligen Dominikus zu erhalten, ließen sie die Balken morsch werden und verhinderten nicht, dass die Mauern Risse bekamen. Sie schwätzten und plauderten, wo sie Stillschweigen hätten bewahren sollen. Sie ergingen sich in Zechereien, Ausschweifungen und Völlerei und trieben sich in den Gassen herum, sie tanzten und huldigten dem Würfelspiel, zeigten Widerspenstigkeit gegen ihre Oberen, und das heilige Leben der Abtötung weltlicher Begierden galt ihnen als ein finsterer Kerker. Bis die mutigen Kämpfer der Observanz ihnen entgegentraten, glaubensstarke Männer, in denen der alte Geist des Dominikus wieder auflebte und die eine bedingungslose Rückkehr zu der heiligen Regel unseres Ordens verlangten. Es war ihnen nicht leicht, sich gegen die Verweichlichten und Trägen durchzusetzen, die das behagliche Leben hinter den Klostermauern nicht aufgeben wollten. Und wie wir alle wissen, weigern sich auch heute noch zahlreiche Predigerkonvente, sich dieser Erneuerung unseres Ordenslebens anzuschließen.«

Die Stimme des Priors schwoll an. »Wir selbst haben den Weg der Observanz gewählt. Wir haben uns für den Weg entschieden, der hart und beschwerlich ist, der Zucht von uns fordert und äußerste Strenge. Und deshalb reicht uns das äußerliche Bekenntnis nicht aus. Deshalb wollen wir uns nicht mit dem Schein zufrieden geben, der unseren himmlischen Vater doch nicht zu täuschen vermag. Nein, unser Herr fordert uns ganz. Er verlangt unser Herz. Er will, dass wir so leben, wie er selbst es uns gelehrt hat. Und dazu« – seine Stimme donnerte durch den Raum – »gehört auch die Kreuzigung des Fleisches!«

Der Generalprediger, der die ganze Zeit über verächtlich auf den am Boden liegenden Kantor geblickt hatte, nickte heftig mit dem Kopf. Ebenso wie der Prior gehörte auch er zu den entschiedenen Vertretern der Observanz. Eiserne Disziplin, strengste Beachtung der Ordensregel und Unversöhnlichkeit selbst gegenüber den geringsten Verfehlungen – das allein waren die Grundlagen, auf denen ein Konvent im Geiste des heiligen Dominikus geführt werden konnte.

»Du, Bruder Johannes, hast eine grobe Sünde gegen das Fleisch begangen. Die Konstitutionen unseres Ordens führen ein solches Vergehen unter den schwereren auf, und es ist nicht zufällig, dass es in einer Reihe mit Taten wie Mord oder Diebstahl steht. Mit Taten, die in der Welt mit dem Tode bestraft werden. Aber das ist noch nicht alles, denn obendrein hast du wider die Natur gesündigt, und eine solche Sünde wiegt schwerer selbst als die Notzüchtigung einer Frau oder der Verkehr mit der eigenen Mutter. Und weil du solches getan hast und weil es dir auch in der Vergangenheit gelegentlich an demütigem Gehorsam gemangelt hat, deshalb verhänge ich im Namen des allmächtigen Gottes und kraft meines Amtes die folgende Strafe über dich: Du wirst unter allen der Letzte sein im Konvent. Niemand wage es, sich dir zu nähern, außer denjenigen, die ich selbst zu dir schicke. Zu keinem Offizium in der Kirche wirst du zugelassen, und du darfst keine Meinung äußern, es sei denn, du wolltest dich selbst anklagen. Während der Mahlzeiten im Refektorium wirst du am Boden sitzen, und nichts anderes wird man dir vorsetzen als Wasser und Brot.« Er straffte sich. »Zunächst aber wirst du in den Kerker des Konvents gesperrt, und zwar so lange, wie ich es für notwendig erachte. Denn nur mit einer harten Bestrafung wird es gelingen, deine Seele vor der Hölle zu bewahren.«

Die Augen des Priors funkelten unnachsichtig. Mönche wie den Kantor hatte er schon manche erlebt – junge Hengste, die die Kandare brauchten. Packte man sie kräftig an, ließen sich gute Dominikaner aus ihnen machen. Begegnete man ihnen jedoch mit Milde, so waren sie eines Tages verschwunden, waren nachts heimlich über die Mauer gestiegen, um das Kloster für immer zu verlassen.

»Die Strafen, die ich über dich verhängt habe, wirst du so lange ertragen, bis ich es für richtig erachte, dich in Gnade wieder bei uns aufzunehmen.« Der Prior beugte sich vor. »Und noch ein Letztes: Die meisten von uns nehmen die Geißel einmal in der Woche. Vielleicht tätest du gut daran, sie mehrmals zu nehmen. Sie ist ein bewährtes Mittel, die bösen Lüste aus dem Körper zu treiben. Erinnere dich an unseren heiligen Vater Dominikus: Er hat sich in jeder Nacht dreimal blutig geschlagen, mit dem Bußgebet Davids auf den Lippen.«

Der Prior ließ sich wieder auf seinem Stuhl nieder. Ein guter Hirte sorgte sich um seine Schafe, und nur der schlechte sah tatenlos zu, wie sie in ihr Verderben liefen. Er hob den Kopf und ließ seine Augen zu dem Bild unterhalb der Decke wandern, auf dem der Maler die Geschichte von der wundersamen Errettung der Pilger durch einen guten Hirten dargestellt hatte: Vierzig Engländer, die sich auf einer Wallfahrt zum Grab des heiligen Jakobus befanden, wollten in der Nähe der Stadt Toulouse über einen Fluss setzen. Die Last erwies sich als zu schwer für das Boot, es kenterte, und die Pilger stürzten ins Wasser. Nicht weit entfernt hielt sich zu diesem Zeitpunkt gerade der heilige Dominikus auf. Er hatte in einer Kapelle gebetet, und als man nach ihm rief und ihn um Hilfe bat, eilte er ohne zu zögern herbei und sah, wie die Engländer in dem reißenden Fluss mit den Fluten rangen. Sofort warf er sich auf die Knie und flehte zum Himmel, dieser möge die Pilger vor dem furchtbaren Tod des Ertrinkens bewahren. Als er sein Gebet beendet hatte, erhob er sich und befahl den Verunglückten im Namen Christi, ans Ufer zu kommen. Woraufhin die Pilger einer nach dem anderen aus dem Wasser auftauchten und gleichsam auf den Wellen ritten, während Leute mit Stangen sie aufs Trockene zogen. Und siehe da – kein Einziger von ihnen war verletzt.

Ein guter Hirte!

Entschlossen ballte der Prior die Faust. Auch er selbst wollte ein guter Hirte sein und jedes einzelne seiner Schafe, die der Herr ihm anvertraut hatte, vor dem Verderben bewahren. So hatte er es gehalten, seit man ihn an die Spitze der Cöllner Predigerbrüder berufen hatte. So wollte er es auch in Zukunft halten. Und wer konnte es wissen – vielleicht würde der Allmächtige ihm ja eines Tages noch die Verantwortung für eine weit größere Herde übertragen als diese …

* * *

Im Jahre des Herrn 1487 – vier Jahre bevor der Mönch Gregorius im Cöllner Dominikanerkonvent Zeuge der Bestrafung des Kantors Johannes werden sollte – stand ein Mann auf einer Lichtung im Wald und beobachtete mit besorgter Miene einen qualmenden Meiler. Der Mann, der das vierzigste Lebensjahr noch nicht hinter sich gelassen hatte, hieß Jarmir und war Pechschweler. Sein hagerer Körper steckte in einem zerschlissenen, bis zu den Knien herabreichenden Kittel, Arme und Beine waren nackt und mit vernarbten Brandwunden bedeckt, auf dem Kopf trug er eine abgewetzte lederne Kappe. Jarmir war Slawe, ebenso wie sein Weib und seine vier Kinder und wie die meisten Menschen in der Gegend, in der er lebte, irgendwo zwischen den beiden Spreestädten Beeskow und Berlin.

Er wischte sich mit dem Handrücken über das rußgeschwärzte Gesicht. Gestern hatten sie den Meiler angebrannt, an einem ruhigen, spätsommerlichen Tag, als eine leichte Brise ein paar einsame Wölkchen über einen strahlend blauen Himmel geschoben hatte. Nirgends hatte es den geringsten Hinweis gegeben, dass das Wetter sich ändern könnte. Doch über Nacht hatte sich der Wind auf einmal gedreht, und seither sah alles ganz anders aus: Die Sonne war verschwunden, der Himmel hing voller Wolken, und die leichte Brise hatte sich in einen kräftigen, aus westlicher Richtung heranwehenden Wind verwandelt, der mit zunehmender Gewalt durch die Baumkronen fuhr.

Und der den wertvollen Meiler bedrohte.

Unruhig sog Jarmir den Rauch ein, der unter der dicken Erdschicht hervorquoll. Ein Pechschweler musste seinen Meiler kennen, als wäre er ein Teil von ihm selbst. Er musste dieselbe Sprache sprechen wie dieser: die Sprache der Farben und der Gerüche, die sich in seinem Qualm mitteilte und in der der Meiler davon erzählte, was in seinen unsichtbaren Eingeweiden geschah. War der Pechschweler ein aufmerksamer Zuhörer, so konnten beide gute Freunde sein. Ließ er es jedoch an der nötigen Aufmerksamkeit fehlen, gab es Missverständnisse zwischen ihnen, oder stritten sie gar miteinander, weil der eine nicht wollte, was der andere von ihm verlangte, so konnte es schnell geschehen, dass der Meiler sich selbstständig machte: Im Nu verwandelte sich das langsame Schwelen in seinem Inneren in ein heftig loderndes Feuer, und sämtliche mühevoll zusammengetragenen Stämme und

Stubben waren verloren, noch bevor ihr Holz das ersehnte Pech freigegeben hatte.

»Vielleicht sollten wir stärker abdichten, Vater!«

Der Pechschweler drehte den Kopf. Zwei Schritte weiter stand sein älterer Sohn, ein Junge mit der Spürnase eines Hundes und mit Augen, die jedem Luchs zur Ehre gereicht hätten. Daneben stand der jüngere, das Gegenteil seines Bruders, ein unbedarfter, linkischer Bursche, dem die Arbeit des Vaters wohl für immer ein Rätsel bleiben würde.

Jarmir zögerte mit seiner Antwort. Stattdessen ließ er sich auf die Knie nieder und prüfte mit einem Stock die zähe, schwarzbraune Flüssigkeit, die aus dem Meiler hervortrat und über eine Rinne in ein tiefer gelegenes Becken floss. Dann erhob er sich und hielt das Gesicht zum wiederholten Mal an diesem Tag prüfend in den Wind.

»Na los, fangt an!«, knurrte er schließlich. »Bevor es zu spät ist.«

Während die beiden Söhne sich an die Arbeit machten und die Erdschicht über dem Meiler an einigen Stellen verstärkten, begann Jarmir erregt, diesen zu umkreisen. War der Meiler für sich allein schon ein unsicherer Gesell, so wurde die Sache noch schwieriger, mischte sich der Heuler ein – der grimmige Dämon, der im Brausen des Windes wohnte, der ewig Mürrische, der die Zweige und Äste von den Bäumen warf, der am Hüttendach zauste und der sich einen Spaß daraus machte, sich dem Meiler als machtvoller Verbündeter anzudienen. So bedrohlich war er, der Heuler, dass man nicht einmal seinen wirklichen Namen im Mund führen durfte, wollte man nicht schlimmes Unheil heraufbeschwören. Ein Quäler war er, dieser Dämon, ein hundsgemeiner Quäler, der einem elenden Pechschweler den Angstschweiß auf die Stirn trieb und der ihn, solange der Meiler brannte, nicht einmal nachts zur Ruhe kommen ließ.

Ein Knacken in den Wipfeln ließ Jarmir aufhorchen. Er drehte sich in den Wind. Seine Augen blitzten in dem schwarzen Gesicht, als er nach dem Messer in seinem Gürtel langte. »Du verdammter Dreckskerl!«, fauchte er. »Scher dich fort und lass mich in Ruhe!«
Der Pechschweler nahm einen Stein vom Boden auf, kratzte mit diesem hastig drei Kreuze in den Griff seines Messers, baute sich vor dem qualmenden Meiler auf und schleuderte das Messer mit dem uralten Fluch vergangener Generationen in den Wind. Dann bückte er sich nach einem herumliegenden Ast. Er packte ihn als eine Waffe und wollte sich damit eben dem Dämon entgegenwerfen, als sein Hund, der bis dahin ruhig neben einem Reisighaufen gelegen hatte, plötzlich mit einem raschen Satz aufsprang und laut bellend über die Lichtung auf den nahen Waldrand zustürmte.
Jarmir fuhr herum. Nicht weit entfernt, zwischen zwei Eichen, stand ein Reiter. Er hatte die Füße aus den Steigbügeln gezogen und seine Beine gegen den Hals des Pferdes gepresst, um sich vor den Zähnen des heranstürzenden Tieres in Sicherheit zu bringen.
»He, ihr da, ruft euren Hund zurück!«, rief der Unbekannte. Der Pechschweler schloss die Hand fester um den Ast, seine Augen fixierten den Reiter. Es gab nicht viele Besucher, die sich in diese Waldeinsamkeit verirrten, noch dazu solche, die, wie der Mann auf dem Pferd, einen begüterten Eindruck machten.
»Nun ruft doch endlich euren verdammten Hund zurück!« In der Stimme des Reiters klang Ungeduld, dazu ein unverkennbarer Anflug von Angst.
Zögernd setzte sich Jarmir in Bewegung. Er war misstrauisch, auch wenn er sich nicht recht vorzustellen vermochte, was ein Mann wie dieser einem armen Pechschweler antun

könnte. Ein paar Armlängen vor ihm blieb er stehen. Der Mann war um einige Jahre jünger als er selbst. Er war von großer Statur, hatte ein kluges Gesicht und auffallend schlanke Hände, die er in diesem Augenblick um die Zügel seines Pferdes gekrampft hielt wie um einen allerletzten Halt. Seine Kleidung strahlte Wohlhabenheit aus: Beinlinge und Schecke waren aus edlen Stoffen, auf dem Kopf saß ein Hut aus feinstem Leder, die Füße steckten in weichen, schmiegsamen Stulpenstiefeln.

In dem Gesicht des Mannes stand Zorn, dass er nicht endlich aus seiner unglücklichen Lage befreit wurde. »Nun halt mir doch endlich diese Bestie vom Leib!«, fuhr er Jarmir barsch an.

Der Aufgeforderte rief seinem Hund einen knappen Befehl zu, und dieser ließ knurrend von seinem Opfer ab.

Der Mann atmete erleichtert auf. Er schob die Füße in die Steigbügel zurück. »Du musst mir helfen, wir haben …« Er zögerte. »Du verstehst doch meine Sprache, oder?«

»Ja, Herr.«

»Gut. Also hör zu: Wir haben einen Unfall gehabt, nicht weit von hier, gleich hinter dem Birkenwäldchen dort drüben. Unser Wagen ist umgestürzt, und mein Weib wurde verletzt. Deshalb brauchen wir Hilfe.«

Der Pechschweler ließ seine Augen zu dem Meiler wandern und wieder zurück zu dem Reiter. Er überlegte. Offensichtlich war die Attacke auf den Dämon erfolgreich gewesen, denn der Wind hatte sich ein wenig beruhigt. Zumindest für eine kurze Zeit konnte er seinen Ältesten mit dem Meiler allein lassen. »Ich helfe Euch, Herr. Wartet bitte!«

Mit schnellen Schritten lief Jarmir zu seinen Söhnen und gab ihnen einige Anweisungen. Dann ging er zu der Hütte, von der aus Wolscha, sein Weib, und seine Tochter Dobrila das Geschehen beobachtet hatten, wechselte ein paar Worte mit

ihnen und stand gleich darauf zusammen mit seinem jüngeren Sohn und Dobrila vor dem Reiter.
Der Mann nickte zufrieden, und gemeinsam liefen sie los.
Das Waldstück, das sie durchquerten, glich einem Pelz, in dem eine Schar hungriger Motten ihr Unwesen getrieben hatte. Etliche Kiefern und Tannen waren seit dem Frühjahr verschwunden, überall ragten Baumstümpfe aus der Erde oder klafften Löcher, aus denen Jarmir und seine Söhne in schweißtreibender Arbeit die Stubben ausgegraben hatten. Besser war es da schon den Laubgehölzen ergangen, die für das Pechschwelen wertlos waren, da ihr Holz nicht den begehrten Kien enthielt. Doch ganz ohne Verletzungen waren auch sie nicht geblieben. Vielmehr zeigten sich überall die Spuren einiger Ziegen, die der Familie gehörten und die tagsüber um die Hütte herumstreiften und dabei alles abfraßen, was sich in ihrer Reichweite befand.
Nach einem kurzen Fußmarsch hatten die Helfer den Ort des Missgeschickes erreicht. Vor ihnen zog sich ein schmaler, nur selten benutzter Weg durch den Wald, holprig und voller Wurzeln, dahinter fiel das Gelände zu einer modrigen Senke hin ab. Einige Schritte neben dem Weg lehnte ein Planwagen mit der Seite an einer Fichte. Offenbar hatte eine Wurzel ihn kippen lassen, und nur der Baum hatte ihn vor dem Umstürzen bewahrt. Der Wagen selbst war ohne erkennbaren Schaden geblieben, auch die Pferde, die in der Nähe angebunden waren, erweckten den Eindruck, als wären sie gut davongekommen. Nur das Aufrichten des Wagens gestaltete sich allem Anschein nach schwierig: Angetrieben von dem wütenden Gezeter eines Mannes, war ein anderer damit beschäftigt, die durcheinander geworfene Ladung zu bergen, um den so entlasteten Wagen auf den Weg zurückziehen zu können. Keuchend schleppte der Beschimpfte ein Fass und reihte es neben anderen auf. Eines

der Fässer war beschädigt, Honig quoll heraus und bildete einen klebrigen See.
Der Reiter stieg vom Pferd ab und lief an dem Wagen vorbei. Erst jetzt bemerkte Jarmir die junge Frau, die an einem Baumstamm lehnte. Ihre Kleider waren verschmutzt und an einigen Stellen aufgerissen, in ihrem Gesicht spiegelten sich Schmerzen.
Der Mann beugte sich hinab und sprach leise auf die Frau ein. Dann wandte er sich an Jarmir. »Sie hat im Inneren des Wagens gesessen«, erklärte er. »Bei dem Unfall ist sie zwischen die Fässer geraten.«
»Ist bei ihr etwas gebrochen?«
»Ich glaube nicht. Aber sie braucht Pflege. Und ein wenig Ruhe würde ihr wohl auch gut tun.«
Der Pechschweler dachte kurz nach. »Herr, wenn Ihr wollt, bringen wir sie zu meiner Hütte. Wolscha wird sich um sie kümmern, mein Weib. Wolscha versteht etwas vom Heilen. Ihr könnt so lange bei uns bleiben, wie es nötig ist.«
»Danke«, sagte der Mann. Und an seine Frau gewandt fügte er hinzu: »Es wird uns wohl nichts anderes übrig bleiben.«
Jarmir wies seine beiden Kinder an, dünne Stämme für eine Trage zu schneiden. Dann ging er zu den beiden Männern hinüber, von denen der eine noch immer mit dem Abladen beschäftigt war, während der andere nach wie vor schimpfte. Dicht neben dem Wagen blieb er stehen.
Der Schimpfende unterbrach seinen Wortschwall. »Was willst du?«, herrschte er Jarmir an, als habe dieser den Unfall verursacht.
Der Pechschweler trat erschrocken einen Schritt zurück. Er schluckte. Sein Gegenüber war in feines Zeug gekleidet, an seiner rechten Hand steckte ein Goldring, an der Linken zwei weitere, der eine davon mit einem grünen Stein. Offenbar handelte es sich um einen Händler, dessen Geschäfte gut

gingen. Vermutlich war er einer von denen, die den Zeidlern für viel zu wenig Geld den Honig abkauften, um ihn anschließend gegen überhöhten Gewinn in den Städten loszuschlagen. »Herr«, stotterte Jarmir, »ich wollte Euch nur anbieten … ich meine, wenn es Euch recht ist … die Nacht … meine Hütte …«

Der Händler verzog das Gesicht, als habe er soeben eine Einladung zu seiner eigenen Hinrichtung erhalten. Wenn er die Worte dessen, der da vor ihm stand, richtig deutete, so hatte dieser ihn gerade eingeladen, die Nacht in seiner Hütte zu verbringen. In der Hütte eines Waldmenschen! Eines gottverdammten Köhlers oder eines Pottaschebrenners oder eines Schindelmachers oder welch schwarzes Handwerk der andere auch immer ausüben mochte! Wo doch jedermann wusste, was für finstere Kerle das waren, die hier mitten im Wald hausten, fernab von jeder menschlichen Gemeinschaft und ohne ein Gotteshaus in der Nähe. Räuber und Hexer allesamt, mit denen sich ein anständiger Christenmensch um nichts auf der Welt einlassen durfte. Und da kam dieser schwarzgesichtige Bastard daher und erdreistete sich, ihm, einem ehrenwerten, hoch angesehenen Kaufmann, ein Lager in seiner stinkenden Hütte anzubieten!

Ohne sein Gegenüber einer Antwort zu würdigen, drehte sich der Kaufmann um, verpasste dem anderen, der gerade mit einem weiteren Fass an ihm vorbeistolperte, einen Tritt und hob erneut mit seinem bösartigen Gezeter an.

Kurze Zeit später kehrten die Kinder des Pechschwelers mit einigen Stämmen und Zweigen zurück, die sie zu einer einfachen Trage verbanden. Stöhnend schob sich die Frau auf die Unterlage, und die kleine Gruppe trat den Rückweg an.

Bei der Hütte wurden sie bereits von Wolscha erwartet. Vor ihr stand ein kleines Mädchen, das sich ängstlich gegen ihre Beine presste. Jarmir warf seinem Weib ein paar Worte zu,

während sie die Verletzte in die Hütte trugen und auf einem ebenerdigen Lager aus Reisig und Baumrinde niederlegten.
»Du musst ihr helfen!«, wandte sich der Fremde an Wolscha. »Ich werde dir Geld geben. Wir müssen so bald wie möglich nach Berlin.«
Die Angesprochene sah ihn fragend an.
»Sie beherrscht Eure Sprache nicht«, beeilte Jarmir sich zu erklären und fügte entschuldigend hinzu: »... wie viele hier in dieser Gegend.« Er übersetzte seinem Weib die Worte des Fremden. Wolscha winkte ungeduldig ab. Natürlich würde sie der Verletzten helfen, darum brauchte man sie nicht erst zu bitten. Im Wald musste man einander helfen, wenn es Not tat, denn anders konnte man im Wald nur schwer überleben.
Jarmir drängte den Fremden sanft von dem Lager weg. »Ihr könnt beruhigt sein, Herr! Wolscha weiß, was sie zu tun hat. Bestimmt könnt Ihr bald weiterreisen.« Er holte einen Holzklotz herbei, der den Bewohnern der Hütte als Sitzgelegenheit diente, und wischte mit der Hand darüber. »Setzt Euch, Herr! Ich muss nach meinem Meiler sehen. Dobrila wird Euch später etwas zu essen machen. Wir haben nicht viel, wir sind arme Leute, aber Ihr sollt satt werden.«
Der Mann wartete, bis der Pechschweler nach draußen verschwunden war, dann nahm er auf dem Holzklotz Platz und streckte die Beine aus. Er sah sich um. Die Hütte bestand nur aus einem einzigen Raum, sie war aus grob behauenen Stämmen zusammengefügt und mit Grassoden und Erde abgedichtet. In einem Steinkreis in der Mitte brannte ein Feuer, daneben standen mehrere hölzerne Schüsseln, ein Krug voller Wasser sowie ein Kupferkessel. Der hintere Teil der Hütte wurde von einem Tisch und drei weiteren Holzklötzen eingenommen sowie von dem Lager, das offenbar der gesamten Familie als Schlafstelle diente. Über einen Steigbaum gelangte man in das rohrgedeckte Dach, in dem Vorräte zu erken-

nen waren. Einen Abzug für den Rauch gab es nicht. Rohr und Stämme waren mit einer dünnen Rußschicht überzogen, es roch nach Feuerholz und abgebrannten Kienspänen, vermischt mit den Ausdünstungen der Menschen, die hier lebten, sowie mit dem Gestank von Ziegen und Hühnern.

Während der Mann seine Blicke noch durch den Raum schweifen ließ, entdeckte er auf einmal eine kleine Holzfigur von menschlicher Gestalt, die dicht neben dem Herd an einem Tragepfosten lehnte. Sie war auf einfache Art geschnitzt, besaß drei Köpfe, von denen jeder in eine andere Richtung schaute, und war an einer Stelle blank gescheuert, vermutlich eine Folge häufigen Berührens. Vor ihr stand ein Schälchen mit Milch.

Der Mann schnaufte missbilligend. So also sahen sie aus, die Götzenbilder, von denen andere ihm schon berichtet hatten, die ihm aber noch nie zu Gesicht gekommen waren! Slawenland ist Teufelsland, so hatte er gelegentlich sagen hören, und wie es schien, war tatsächlich etwas dran an diesen Worten. Und dabei waren mehr als dreihundert Jahre vergangen, seit christliche Missionare begonnen hatten, den Glauben an den einen, wahrhaftigen Gott über die Elbe in den Osten zu tragen. Dreihundert lange Jahre, und trotzdem gab es Gegenden, in denen die Nachfahren der einstigen Bewohner dieses Landes noch immer den heidnischen Bräuchen ihrer Vorväter huldigten. Natürlich hatten auch sie die Taufe längst empfangen, und die meisten von ihnen waren in der Lage, ein paar Gebete herzusagen, und wussten, dass man am Sonntag nicht arbeiten durfte und dass es verboten war, Neugeborene, nur weil sie unerwünscht waren, einfach zu töten. Und dennoch verhielten sich viele von ihnen wie aufsässige Ackergäule, schmähten, wenn sie unter sich waren, den Gott, der sich von seinen Feinden ans Kreuz hatte nageln lassen, und opferten weiter ihren heidnischen Götzen.

Schon begann der Mann darüber nachzudenken, ob es nicht seine Christenpflicht sei, das teuflische Schnitzwerk ins Feuer zu werfen, als Wolscha, die bis dahin neben der Kranken gekauert hatte, mit einem raschen Satz vom Boden aufsprang, blitzschnell die Figur ergriff und damit aus der Hütte verschwand. Offensichtlich hatte sie ihn beobachtet und seine Gedanken erraten.

Der Mann schlug ein Kreuz, als gelte es, den frei gewordenen Platz einem anderen Herrn zu weihen. »Ein eigenartiges Volk, diese Slawen«, brummte er kopfschüttelnd. Und nach einer kurzen Pause fügte er hinzu: »Wenigstens schlachten sie ihren Göttern heutzutage keine Menschen mehr.«

Von der Schlafstelle drang ein würgendes Geräusch zu ihm herüber, und er beschloss, die Angelegenheit nicht zu vertiefen.

Stille breitete sich aus in dem Raum, die nur durch das Summen etlicher Fliegen gestört wurde. Nach einer Weile kehrte Wolscha zurück. In der einen Hand trug sie einen Korb voller Kräuter, in der anderen hielt sie ein aus Zweigen zusammengebundenes, etwa drei Finger langes Kreuz, das sie, ohne den Blick zu heben, an den Tragepfosten lehnte. Dann ließ sie sich neben dem Feuer nieder und fing an, aus den Kräutern einen Heiltrank zu bereiten.

Bald darauf war auch Jarmir wieder da. Auf dem Boden neben der Tür ließ er sich nieder. Wolscha warf ihm einige Worte zu. »Sie sagt, Ihr könnt Eure Reise in zwei Tagen fortsetzen«, übersetzte Jarmir dem Mann.

Dieser zeigte sich erfreut und enttäuscht gleichermaßen. »Zwei Tage«, wiederholte er und wiegte den Kopf. »In Berlin braucht man mich ...« Sein Blick ging zu dem Lager, von dem ein entspanntes Atmen zu hören war. Alles würde gut werden. Alles würde so werden, wie er es geplant hatte. Nur die beiden Tage – die musste er erst noch hinter sich bringen.

Er stand auf. Ein paar Mal wanderte er durch den Raum, dann setzte er sich wieder. »Du bist Pechschweler …«, versuchte er den Einstieg in ein Gespräch.
»Ja, Herr, ich bin Pechschweler. Jarmir, der Pechschweler. Ich arbeite mit meinen Söhnen zusammen, wir verkaufen Pech und Holzkohle.« Er nahm einen dunklen Brocken aus einem Haufen, der neben der Hüttenwand lag, und ließ ihn auf ein Brett fallen. Der Brocken gab einen hellen, durchsichtigen Klang ab. »Gute Holzkohle, nicht wahr?« Er strahlte.
Der Mann tat so, als wäre er von der Vorführung beeindruckt. »Du bist also der Pechschweler Jarmir … Ich bin der Marktmeister Busso Steger aus Berlin. Die Ratsherren meiner Stadt bezahlen mich dafür, dass ich ihren Markt beaufsichtige. Dass ich über rechtes Maß und Gewicht wache. Dass ich ein Auge darauf habe, ob jemand alte Fische verkauft, oder dass schlechte Waren vernichtet werden und vieles mehr. Keine leichte Aufgabe, das kannst du mir glauben!«
Er stöhnte. Jarmir blickte ihn mit einer Mischung aus Nichtverstehen und Bewunderung an.
Der Marktmeister deutete mit dem Kopf auf die Schlafende. »Sie stammt aus Beeskow. Eine Deutsche, keine Slawin. Wir haben vor ein paar Tagen geheiratet. Gleich danach haben wir uns auf den Weg nach Berlin gemacht, zusammen mit dem Kaufmann. Unterwegs hatten wir dann diesen Unfall. Zum Glück war dein Meiler schon von weitem zu riechen. Tja, und auf diese Weise sind wir nun hier.«
Jarmir übersetzte die Worte, und Wolscha nickte mit dem Kopf. Plötzlich hielt sie inne und machte ein nachdenkliches Gesicht. Dann fing sie auf einmal an, lebhaft auf ihren Mann einzureden. Nach einem kurzen Wortwechsel erhob Jarmir sich vom Boden und tat einen halben Schritt auf den Marktmeister zu. Er war aufgeregt, seine Miene glich der eines Hundes, der um einen Fleischknochen bettelt.

»Herr«, begann der Pechschweler und verstummte gleich wieder. »Herr«, nahm er einen zweiten Anlauf, »Ihr seid ein wichtiger Mann in Eurer Stadt. Ihr habt ein schönes Weib und wohnt in einem schönen Haus. Bestimmt gibt es in Eurem Haus viel zu tun …«

Der Marktmeister zog die Brauen hoch. Er sah, wie die ältere Tochter, die neben dem Feuer saß, ein paar Tränen aus ihren Augen wischte.

»Herr«, fuhr Jarmir fort, »wir sind arm. Pechschweler sind immer arm. Wenn der Winter kommt, müssen wir hungern. Zu viele Mäuler, die gestopft werden müssen. Versteht Ihr? Und deshalb haben wir gedacht …«

Ohne den Satz zu vollenden, ging er zum Feuer, packte seine Tochter am Arm und zog sie vor den Marktmeister. »Dobrila ist fleißig, glaubt mir! Sie scheut keine Arbeit und macht alles, was Ihr wollt. Ihr braucht ihr keinen Lohn zu zahlen, wenn sie nur etwas zu essen bekommt.«

Jarmir wischte mit den feuchten Händen über seinen Kittel. Wolscha hatte sich neben ihn gestellt. Gemeinsam hingen sie an den Lippen des hohen Herrn.

Dieser legte die Stirn in Falten. Eine Frage aus heiterem Himmel, der er sich unerwartet gegenübersah. Gewiss, eine Magd konnte er brauchen. Die Magd, die er hatte, war alt und krank und würde bald ins Spital gehen. Dann würde er sich ohnehin eine neue suchen müssen. Und außerdem hatte sein Haushalt sich ja inzwischen vergrößert. Und wenn sich erst einmal Kinder einstellten …

Der Marktmeister erhob sich von seinem Platz, legte der jungen Frau die Hand auf die Schulter und drehte sie ins Licht. Unter den angespannten Blicken der Eltern ließ er seine Augen über ihren Körper wandern. Dobrila mochte vielleicht fünfzehn Jahre alt sein. Sie war gerade gewachsen, hatte volle Hüften und kräftige Arme, die in der Tat den Eindruck erweckten, als würden sie vor keiner Arbeit zurückscheuen. Ihr Gesicht war rund und von langen, flachsblonden Haaren eingerahmt. Die Nase war klein. Die dunklen Augen erinnerten an unergründliche Waldseen.

»Ist sie gesund?«

»Ja, Herr«, beeilte sich Jarmir zu versichern, und noch während ihm die Worte über die Lippen kamen, hatte er das Gefühl, die Entscheidung sei bereits gefallen. »Ja, sie ist gesund, Herr, und sie wird Euch gewiss gute Dienste leisten. Ach, Herr, wir sind Euch ja so dankbar, dass Ihr sie in Euer Haus …«

Der Marktmeister schüttelte unwirsch den Kopf. »Bisher ist nichts beschlossen! Spricht sie deutsch?«

»Jawohl, Herr«, antwortete Jarmir, nun kleinlaut geworden.

Der Marktmeister ließ die Augen zu dem Tragepfosten mit dem kleinen Holzkreuz wandern. »Und ist sie auch zum rechten Glauben getauft?«, erkundigte er sich streng.

Jarmir zuckte zusammen. Wolscha hatte ihm von dem Vorfall berichtet. »Ja, Herr, sie ist getauft. Wir alle sind getauft. Jeden Tag beten wir zu unserem lieben Herrn Jesus Christus am Kreuz, und am Freitag essen wir kein Fleisch, und stehlen tun wir auch nicht, und …«

Der Marktmeister hob abwehrend die Hände. Wie die Berliner Fleischer, die eine klapprige Kuh als gemästetes Rind verkauften und wortreich ihre Unschuld beteuerten, wenn er sie dafür zur Rede stellte … Er nahm erneut auf dem Holzklotz Platz und stützte den Kopf in die Hände. Eine Weile überlegte er. Dann hatte er einen Entschluss gefasst. »Sie darf mitkommen.«

Während Dobrila mit einem Aufschluchzen durch die Tür verschwand, fiel Jarmir vor dem Marktmeister auf die Knie und ergriff dessen Hände. »Danke, Herr, danke! Das werden wir Euch niemals vergessen. Wir werden jeden Tag für Euch beten, das verspreche ich Euch. Ach, Ihr wisst ja gar nicht, wie glücklich Ihr uns macht!«

Wolscha hatte die Entscheidung des Marktmeisters auch ohne Übersetzung verstanden. Sie warf ihrem Mann ein paar Worte zu, woraufhin dieser heftig nickte. »Mein Weib sagt, wir werden eine Ziege für Euch schlachten, Herr. Ihr wisst, Herr, wir sind arme Leute, aber wir sind Euch so dankbar, dass wir ein Festmahl bereiten wollen.«

Der Marktmeister lächelte gequält. Vermutlich würden sie ihm die älteste Ziege vorsetzen, die sie hatten, schließlich konnten sie die anderen schwerlich entbehren. Und für einen kurzen Augenblick ging ihm der Gedanke durch den Kopf, er hätte seinen Gastgebern vielleicht besser eine Abfuhr erteilt …

Zwei Tage später zeigte sich, dass die Voraussage Wolschas richtig gewesen war: Der Zustand der jungen Frau hatte sich gebessert, die ärgsten Schmerzen waren verschwunden, und wenngleich bis zu ihrer völligen Genesung noch einige Zeit vergehen würde, so stand einer Fortsetzung der Reise doch nichts mehr im Weg.

Gleich nach Tagesanbruch versammelten sich Jarmir und seine Familie vor der Hütte, um ihren unfreiwilligen Gästen Lebewohl zu sagen. Letzte Worte wurden gewechselt, Dank wurde ausgesprochen, dann machte sich die kleine Gruppe auf den Weg zu dem Planwagen. Vorneweg ritt der Marktmeister mit seinem Weib, dahinter folgte Dobrila, schweigend und mit gesenktem Kopf, über ihrer Schulter hing ein Bündel mit ein paar Habseligkeiten. Bevor die Hütte hinter dem Birkenwäldchen verschwand, drehte Dobrila sich noch einmal um und nahm Abschied von ihrem bisherigen Leben. Selbst wenn sie eines Tages versuchte, ihre Familie wieder zu finden, war keineswegs sicher, dass ihr das gelingen würde.

Pechschweler waren Wanderer. Waren die Bäume in ihrer Umgebung gefällt, so zogen sie weiter, bauten sich an anderer Stelle eine neue Hütte und schichteten neue Meiler auf, bis es auch dort nichts mehr für sie gab und sie sich erneut auf den Weg machen mussten, abermals dem Holz hinterher, kreuz und quer durch den Wald, frei wie die Vögel und dabei arm wie die Kirchenmäuse.

Dobrila zerdrückte ein paar Tränen und eilte ihren neuen Herrschaften hinterher.

Der Weg nach Berlin verlief ohne besondere Ereignisse, und so rumpelte der Wagen am Nachmittag des darauf folgenden Tages durch das Köpenicker Tor nach Cölln hinein und von dort weiter über den Mühlendamm nach Berlin, bis er in der Stralauer Straße zum Halten kam. Hier, unmittelbar neben dem Hof des Klosters Zinna, hatte der Marktmeister vor einem halben Jahr ein Haus erworben, ein zweistöckiges Gebäude mit einem spitzen Giebel und einem Dach aus Ziegeln, deren kräftiges Rotbraun in Verbindung mit der Erdfarbe des Fachwerks und dem Weiß des Putzes einen Eindruck von Freundlichkeit und Geborgenheit hervorrief. Wie die meisten Häuser in der Stadt hatte auch dieses einen Namen: »Zum Igel« stand in schwungvollen Buchstaben über dem Eingang, daneben war ein Vertreter dieser Tierart aufgemalt.

Dobrila half dem Fuhrknecht, das Gepäck ihrer Herrschaften vom Wagen zu laden, während der Marktmeister dem Kaufmann die vereinbarte Summe für die Reise bezahlte. Gleich darauf setzte sich der Planwagen wieder in Bewegung, und die Ankömmlinge blieben zurück. Der Marktmeister strahlte sein Weib an: »Dies ist das Haus, in dem wir leben werden!«, verkündete er feierlich. »Zur Zeit ist es noch etwas ruhig, aber das wird sich gewiss bald ändern. Wenn erst einmal fröhliches Kinderlachen durch die Fenster schallt …«

Er fasste sein Weib am Arm und war mit ihm schon beinahe

im Haus verschwunden, als er auf einmal innehielt. Er drehte sich um. Draußen auf der Straße stand noch immer Dobrila, eine Fremde aus einer anderen Welt, die das Schicksal an ein unbekanntes Ufer geworfen hatte. Überwältigt von dem Eindruck, den die große Stadt auf sie machte, starrte sie auf die hohen Häuser und auf die vielen Menschen, von denen einige zu ihr herüberschauten und einzelne sogar spöttische Bemerkungen über sie machten, die sie indes ebenso wenig wahrnahm wie die Rufe ihres Herrn.

»Du wirst dich an alles gewöhnen«, hörte sie plötzlich die Stimme des Marktmeisters neben sich. Er nahm ihr Bündel, das neben ihr auf der Erde lag, und drückte es ihr in die Hand. »Und nun los«, forderte er sie gut gelaunt auf, »beginn dein neues Leben!«

Die nächsten Tage flogen für Dobrila rasch dahin. Unablässig war sie auf den Beinen, vom ersten Hahnenschrei im Morgengrauen bis in den späten Abend, und ehe sie es sich versah, war ein weiterer, mit den unterschiedlichsten Arbeiten angefüllter Tag vergangen. Was gab es in einem Haushalt wie dem des Marktmeisters für eine Magd auch nicht alles zu tun: Da waren die Räume zu säubern und die Wäsche zu waschen, da war Wasser vom Brunnen zu holen und Holz für die Küche zu hacken, sie hatte die Kuh zu versorgen, musste die Herrin zum Einkaufen begleiten und das Essen auf den Tisch bringen, und als wäre das alles noch nicht genug, musste sie obendrein lernen – da der Marktmeister zu denjenigen gehörte, die das Braurecht besaßen –, wie man aus Gerste und Hopfen ein schmackhaftes Bier bereitete. Eine Aufgabe löste die nächste ab, und je mehr sie arbeitete, umso mehr verschwanden die schwermütigen Gedanken aus ihrem Kopf und umso stärker tauchte sie in das neue Leben ein, von dem der Marktmeister zu ihr gesprochen hatte.

Schnell verwandelten sich die Wochen in Monate, wurde aus den Monaten das erste Jahr. Längst hatte sie bemerkt, dass die anderen Mägde, die sie am Brunnen traf, ihr mit Neid begegneten und dass diese sich ebensolche Herrschaften wünschten wie den Marktmeister und sein Weib, streng, aber gerecht, und nicht launisch und hartherzig. In der Tat hatte das Schicksal es gut mit ihr gemeint: Sie hatte weder Beschimpfungen zu ertragen, noch wurde sie geprügelt, sie erhielt ausreichend zu essen, und einmal bekam sie sogar ein neues Kleid. Und zahlte ihr der Marktmeister auch nur einen geringen Lohn für ihre Arbeit, so hatte er ihr doch für den Fall, dass sie eines Tages sein Haus verlassen würde, einen für ihre bescheidenen Verhältnisse recht beachtlichen Geldbetrag in Aussicht gestellt. Alles schien mithin auf das Beste geregelt, und Dobrila war mit ihrem Leben zufrieden. Doch wie die Natur dafür sorgt, dass die Bäume nicht in den Himmel wachsen, so sorgte das Schicksal dafür, dass ihr Glück eines Tages ein jähes Ende finden sollte.

Drei Jahre, nachdem Dobrila ihre Familie verlassen hatte, wurden der Marktmeister und sein Weib Opfer eines schrecklichen Unfalls. Es war an einem frühen Herbsttag, als ein scharfer Wind über das Land blies und die Blätter von den Bäumen fegte. Gemeinsam hatten beide die morgendliche Messe in Sankt Marien besucht, und als der Gottesdienst beendet war, traten sie zusammen mit anderen aus der Kirche, um sich auf den Heimweg zu machen. In diesem Augenblick fuhr eine kräftige Windbö hinter das Gerüst, das seit mehreren Jahren den Turm umschloss, und bevor die Warnschreie der Umstehenden sie erreichten, brach auch schon ein heilloses Gewirr von Stangen, Brettern und Steinen über ihnen zusammen. Beide waren auf der Stelle tot. Außer ihnen kamen noch der Zöllner vom Mühlenhof sowie zwei

Ziegelknechte ums Leben. Einige weitere Personen erlitten zum Teil schwere Verletzungen.

Am Abend jenes Unglückstages stand Dobrila am Fenster des Marktmeisterhauses und blickte auf die leere Straße, von der ein kalter Landregen die Menschen in die Häuser getrieben hatte. Gleichmäßig flossen die Tränen über ihre Wangen, unaufhaltsam wie die Tropfen, die vom Himmel fielen und die Straße in einen Morast verwandelten. Von Sankt Nikolai tönte eine einsame Glocke zu ihr herüber und kündete vom Ende der glücklichen Zeit, die sie in dem Haus in der Stralauer Straße verbracht hatte. Als die Stadt sich in Dunkelheit hüllte und der Mond über die Häuser stieg, zog sie sich einen Stuhl an das Fenster und überließ sich ihren düsteren Gedanken.

Kurz nach Sonnenaufgang wurde Dobrila von Stimmen aufgeweckt. Vor der Tür stand – umringt von Begleitern – der Mann, den ein Ratsdiener ihr bereits angekündigt hatte. Das Haus, so hatte er ihr erklärt, werde einen neuen Eigentümer bekommen, und da dieser sie nicht gebrauchen könne, müsse sie das Haus verlassen und sich auf die Suche nach einem anderen Brotherrn machen. Schweigend nahm sie ihr Bündel und schlich durch die Küche zur Hintertür hinaus. Draußen hatte es aufgehört zu regnen. Sie lief an dem Stall mit der Kuh vorbei, kletterte über den Zaun, der den Garten zur Spreeseite hin begrenzte und bog, misstrauisch verfolgt von den Blicken eines morgendlichen Fischers, in den schmalen Uferweg ein.

Gegen Mittag trugen sie die Toten zu Grabe. Die halbe Stadt war auf den Beinen, um Abschied zu nehmen, und jeder wusste, wem die Schuld an dem tragischen Unfall anzulasten war: den Vorstehern von Sankt Marien, die die Bauarbeiten an dem neuen Kirchturm schon viel zu lange hinausgezögert hatten; den Arbeitern, von denen das Gerüst nicht ausreichend gesichert worden war; der göttlichen Vorsehung, die den Menschen einmal mehr die Vergänglichkeit alles Irdischen vor Augen geführt hatte. Dobrila stand abseits und schwieg. Es gab auch niemanden inmitten der Menge, der das Gespräch mit ihr gesucht hätte, niemanden, den es zu bekümmern schien, wie es mit ihr weitergehen sollte. »Beginn dein neues Leben!«, hatte der Marktmeister zu ihr gesagt, als sie aus dem Wald in die Stadt gekommen war. Nun galt es abermals ein neues Leben zu beginnen.

Nachdem die Menge sich verlaufen hatte und die Gräber zugeschüttet waren, machte Dobrila sich auf den Weg zu dem Brunnen in der Stralauer Straße. Hier hatte sie in den letzten Jahren das Wasser geholt und dabei mit den anderen Mägden unzählige Worte gewechselt, bis sie mit ihren Eimern an der Reihe gewesen war. Bald erschien die Erste von ihnen, eine Magd aus einem der Nachbarhäuser, vergoss ein paar Tränen mit ihr und sprach ihr Trost zu, aber einen neuen Brotherrn konnte sie ihr nicht nennen. Ebenso wenig wie es die Zweite konnte und die Dritte und alle weiteren, und als der Tag sich dem Ende zuneigte, da schlich Dobrila mit der Gewissheit davon, dass es nicht leicht sein würde, eine neue Arbeit zu finden.

Als es dunkel war, kroch sie in einer Scheune auf dem Grundstück des Zinnaer Abtes unter und lauschte den Geräuschen, die aus dem einstigen Marktmeisterhaus zu ihr über den Zaun drangen. Später verließ sie ihr Versteck, lange vor Anbruch des neuen Tages, auf dass niemand sie entdeckte, und ließ sich im Schutz eines Weidengebüsches am Spreeufer nieder. Als das Leben in die Stadt zurückkehrte, machte sie sich erneut auf die Suche nach Arbeit.

Der erste Weg an diesem Morgen führte sie zu den Blankenfeldes in die Spandauer Straße und damit zu einer der ältesten und reichsten Familien Berlins. Das Haus, in dem sie wohnten, war kein Fachwerkbau wie die meisten Häuser in der Stadt, sondern es war aus Backsteinen gemauert. Es hatte kleine grüne Butzenfenster, und über dem Eingang prangte das Wappen der Familie. Thomas Blankenfelde war ein Kaufmann und verdiente sein Geld unter anderem damit, dass er den Kurfürsten und dessen Hof mit kostbaren Kleidern und mit Luxuswaren aus dem Süden des Reiches versorgte, daneben diente er seiner Stadt bereits zum wiederholten Mal als Bürgermeister. Er war ein Mann, der Wohlstand und Ansehen liebte, ein offenes Haus für seine Freunde führte, und der zur Bewältigung der vielfältigen Aufgaben, die sich aus einer solchen Lebensführung ergaben, eine ansehnliche Dienerschaft beschäftigte.

Dobrila schickte ein Stoßgebet zum Himmel und klopfte an eine Seitentür. Nach kurzem Warten stand eine ältere Magd vor ihr und erkundigte sich freundlich nach ihrem Begehr. Sie habe gehört, stotterte Dobrila, dass der ehrenwerte Herr Thomas Blankenfelde eine große Schar von Dienstboten in seinem Haus beschäftige, und da habe sie gedacht, wo so viele schon unterkämen, da gäbe es womöglich auch noch einen Platz für sie, es sei dringend, denn gerade habe sie ihren früheren Herrn verloren, den Marktmeister, und wenn sie nicht hungern wolle, müsse sie unbedingt eine neue Anstellung finden.

Die Magd murmelte etwas von dem göttlichen Willen, dem der Mensch sich in Demut zu beugen habe, auch wenn es sich um Schreckliches handele, aber es stehe dem Menschen nun einmal nicht zu, mit seinem Schicksal zu hadern. Dann kam sie auf die Frage einer Anstellung zu sprechen. Leider könne sie ihr in dieser Angelegenheit nicht behilflich sein, erklärte sie und blinzelte Dobrila aus treuen Hundeaugen mitleidig an. Zwar habe man erst kürzlich eine Wäscherin aus dem Haus gejagt, die, anstatt fleißig zu waschen, es lieber mit einem Fuhrknecht des gnädigen Herrn getrieben habe, doch noch am selben Tag habe man bereits Ersatz für sie gefunden. Sie wisse ja, wie einfach das sei in einer Stadt, in die so viele Menschen von außerhalb hereindrängten. Und mehr Dienstboten, als für die Erledigung der anfallenden Arbeiten gebraucht würden, werde man natürlich nicht beschäftigen. Enttäuschung zeichnete sich auf Dobrilas Gesicht ab, und schon wollte sie sich zum Gehen wenden, als die Magd sie am Arm packte und nahe zu sich heranzog. Einen sicheren Ratschlag könne sie ihr zwar nicht geben, raunte die Magd, aber gerade gestern sei ihr zufällig zu Ohren gekommen, dass der Dekan des Domstifts eine neue Hilfe für seinen Haushalt suche. Genaueres wisse sie leider nicht, doch eine Nachfrage sei die Sache gewiss wert. Vor allem aber, fügte sie übergangslos hinzu, dürfe der Mensch niemals vergessen, den Herrgott um Hilfe zu bitten, denn nur so werde am Ende alles gut.

Bevor Dobrila sich noch nach der Wohnung des Dekans erkundigen konnte, fiel die Tür auch schon ins Schloss, und sie war wieder allein. Nachdenklich schaute sie sich um. Als ein halbwüchsiger Bursche die Straße entlangkam, hielt sie ihn an und fragte ihn nach der Wohnung, doch der Bursche grinste sie nur unverschämt an und wollte wissen, was ein so hübsches Ding wie sie denn mit einem Domherrn zu schaffen habe. Verärgert wandte Dobrila sich ab. Sie bog um die Ecke in die Leitergasse ein und steuerte auf einen Jungen zu, der zwei Schweine vor sich hertrieb, aber auch bei dem hatte sie kein Glück. Ein Baderknecht mit Bündeln von Birkenreisig unter dem Arm hatte weder von einem Dekan noch von einem Domstift jemals etwas gehört, dafür schien er Gedanken lesen zu können und nannte ihr den Namen eines Bäckers, der vielleicht eine Magd brauchen könnte. Erst ein vierter Versuch brachte die Auskunft, nach der sie gesucht hatte: Danach lebte der Dekan auf der anderen Seite der Spree, in dem Haus »Zur Brille« gegenüber dem Konvent der Dominikaner.

Erfüllt von neuer Hoffnung, machte Dobrila sich auf den Weg. Das Haus, das man ihr beschrieben hatte, war schnell gefunden, und gerade wollte sie an die Tür klopfen, als ein Herr im Gewand eines Geistlichen an ihre Seite trat. Was sie hier wolle, erkundigte er sich, und Dobrila trug in knappen Worten ihr Anliegen vor. Der Dekan des Domstiftes sei er selber, erklärte der Herr, und eine Magd habe er tatsächlich gesucht, allerdings sei er inzwischen fündig geworden, und eine weitere könne er zu seinem Bedauern nicht brauchen. Gewiss eine schlechte Auskunft, fügte er hinzu, aber trotzdem solle sie nicht verzagen, sondern den Himmel inständig um Hilfe bitten, denn wer bitte, dem werde gegeben, und wer suche, der werde finden. Und während er dies sagte, holte er eine Münze aus seinen Kleidern hervor, drückte ihr diese in die Hand und war im nächsten Augenblick in seinem Haus verschwunden.

Enttäuscht und dankbar zugleich ging Dobrila die Straße hinunter. Als sie die Stechbahn vor dem Schloss überquerte, kam ihr wieder der Bäcker in den Sinn, von dem der Baderknecht gesprochen hatte. Gleich darauf stand sie vor dessen Haus, doch noch ehe sie sich überhaupt bemerkbar machen konnte, wurde die Tür plötzlich aufgerissen, und ein dickbäuchiger Mann mit nacktem Oberkörper und weißer Schürze baute sich bedrohlich wie ein Unwetter vor ihr auf. Dobrila fuhr erschrocken zusammen, und einen Moment spielte sie mit dem Gedanken davonzulaufen. Aber dann entschied sie sich zu bleiben. Sie habe gehört, sagte sie beherzt, dass man hier eine Magd suche, und da habe sie gedacht …

»Ein Slawenweib, nicht wahr?«, schnitt ihr der Mann das Wort ab.

Dobrila senkte verstört den Blick.
Ihr Gegenüber funkelte sie böse an. Jawohl, geiferte er, er suche eine Magd, da habe sie ganz richtig gehört, aber eine Slawin, die komme ihm um nichts in der Welt ins Haus! Mit solch einem Gesindel habe er sich sein ganzes Leben lang nicht eingelassen, und wenn sie ihm auch den Himmel auf Erden versprechen würde, er denke nicht daran, seine Haltung zu ändern. Sollten sich doch andere Leute diese Brut ins Haus holen, er jedenfalls nicht, er wisse genau, was für ein faules Pack diese Slawen seien, da könne er die anfallende Arbeit ja gleich selber machen, und schmutzig seien sie obendrein, und was das Stehlen anbelange, davon wolle er gar nicht erst reden. Und weil sie selber eine von denen sei, deshalb solle sie ihn in Ruhe lassen und sich zum Teufel scheren … Und während der Bäcker noch seine Gehässigkeiten ausspuckte, drehte er sich auch schon um und schlug die Tür so heftig hinter sich zu, dass es wie Donner durch die Straße hallte.
»Wer so viele Schmutzkübel über andere ausschüttet, der wird nicht friedlich ins Grab sinken!«, ereiferte sich ein pockennarbiger Greis, der den Auftritt des Bäckers beobachtet hatte. Und ein anderer ergänzte: »Den werden sie eines Tages noch erschlagen!« Dobrila starrte noch immer auf die Tür. Ja ja, es sei nicht einfach, eine Arbeit zu finden, bemerkte der Greis und wackelte dabei bedächtig mit seinem Kopf. Zu viele Menschen kämen in die Stadt, weil sie meinten, hier sei der Kurfürst, und wo der Kurfürst sei, da gebe es auch Geld, und wo es Geld gebe, da könnte sich jeder ein Stück von dem Kuchen abschneiden. Aber seien sie erst einmal hier, so würden sie schnell feststellen, dass andere ebenso gedacht hatten wie sie und dass die Arbeit in der Stadt längst nicht für alle ausreiche, und am Ende kehrten viele dorthin zurück, von wo sie gekommen seien. Und die anderen? Die meisten ver-

dingten sich als Dienstboten oder als Tagelöhner und schlügen sich für einen Hungerlohn durch, und manch einer landete gar auf der Straße oder bettelte sich vor den Kirchen ein paar Pfennige zusammen, oder die Weiber verkauften ihren Körper für eine Mahlzeit oder ein Paar billige Schuhe.
Der Greis legte Dobrila teilnehmend die Hand auf den Arm. »Am besten, du kehrst zu deiner Familie zurück!«, forderte er sie auf, und als er ihr Zögern bemerkte, fügte er hinzu: »Aber wenn du unbedingt hier bleiben willst, dann versuch es doch mal bei den Beginen!«
Dobrila dankte dem Mann für sein Mitgefühl. Die Rückkehr zu ihrer Familie sei ihr leider nicht möglich, sagte sie, denn die lebe in Armut, und was die Beginen anbelange, so könnten diese gar nicht alle Frauen aufnehmen, die bei ihnen anfragten, und auf eine wie sie, die kein Geld mitbrächte, würden sie ohnehin gern verzichten. Und weil die Lage nun mal so sei, deshalb müsse sie nach einem anderen Weg für sich suchen, aber sie sei jung und gesund, und irgendwann werde es ihr schon gelingen, eine neue Anstellung zu finden.
Gegen Nachmittag wurde Dobrila auf einmal bewusst, dass sie in ihrem Kummer schon lange nichts mehr gegessen hatte, und sie machte sich auf den Weg zur Garbude der dicken Berthe. Die Bude – aus Brettern grob zusammengezimmert – lag unterhalb der Langen Brücke am Spreeufer und war eine jener winzigen Küchen in der Stadt, in denen es für wenig Geld eine warme Mahlzeit gab. Grußlos trat Dobrila durch die offene Tür. Die Einrichtung war einfach, aber zweckmäßig und von den Spuren jahrelanger Benutzung gezeichnet: eine schlichte Kochstelle, vor der eine fettleibige Frau stand und mit einer Kelle in einem Topf herumrührte, eine schmale Ablage für das Geschirr, ein Bord voller Zutaten für das Essen, dazu zwei Tische sowie einige Schemel, auf denen die Gäste Platz nehmen konnten. Der vordere Tisch war unbe-

setzt, am hinteren saßen zwei Männer und schlürften eine Suppe.
Ohne diese beiden zu beachten, steuerte Dobrila auf die Garköchin zu und hielt ihr eine der wenigen Münzen hin, die sie besaß. Die dicke Berthe nahm das Geldstück. »Was willst du haben?«
»Ich bin hungrig.«
Das Schlürfen an dem Tisch hatte aufgehört. Dobrila spürte die Blicke der beiden Männer in ihrem Rücken. Die Garköchin stemmte ihre fleischigen Arme in die Hüfte und senkte fragend den Kopf, wodurch ihr Doppelkinn noch stärker hervortrat. »So so, hungrig bist du«, wiederholte sie. »Hungrig und ohne Arbeit, nicht wahr?«
Dobrila machte ein erstauntes Gesicht. »Woher wisst Ihr das?«
Die dicke Berthe zuckte die Achseln. »Wenn du eine Garbude betreibst, kennst du die Menschen besser, als die Pfaffen sie jemals kennen lernen werden. Setz dich hin, ich bring dir was!«
Den Geruch des Essens in der Nase, ließ Dobrila sich an dem vorderen Tisch nieder, während die Garköchin sich ihrem Topf zuwandte. Mit der Kelle füllte sie Suppe in eine Schüssel, fischte ein Stück weich gekochter Kaldaunen heraus, nahm ein Messer und begann, die Kaldaunen in Streifen zu schneiden. Anders als ihre äußere Erscheinung es hätte vermuten lassen, ging ihr die Arbeit flink und geschickt von der Hand.
Die Männer hatten unterdessen ihre Schüsseln geleert. »He, Berthe, gib der Kleinen was Anständiges zu essen!«, forderte einer der beiden die Garköchin grinsend auf. Und an Dobrila gerichtet, fügte er hinzu: »Wenn's dir nicht reicht, Kleine, dann kommst du zu mir. Bei mir sollst du schon satt werden …« Er ließ ein anzügliches Gelächter ertönen, in das der

andere einfiel. Sichtlich guter Laune erhoben sich die beiden von ihren Plätzen und verschwanden zu den Holzrahmen am Ufer, in denen gewalkte Stoffe in der Nachmittagssonne trockneten.

»Tuchscherer«, bemerkte die Garköchin knapp. Sie ließ die geschnittenen Kaldaunen in die Suppe gleiten, fügte ein paar Brocken Sellerie hinzu und stellte die Schüssel vor Dobrila auf den Tisch. »Die kommen oft hierher. Denen schmeckt mein Essen.«

Dobrila murmelte ein beiläufiges »Aha« und machte sich ausgehungert über die Suppe her. Die dicke Berthe wandte sich ab. Mit geübten Handgriffen räumte sie Schüsseln und Becher von dem Tisch, an dem die Männer gesessen hatten, und fegte mit einem Lappen Brotkrümel auf den Boden. Plötzlich hielt sie inne. Sie wischte ihre Finger an der Schürze ab, hockte sich auf einen Schemel und ließ ihren Blick über den Körper der jungen Frau gleiten, die vor ihr saß und ohne aufzusehen den Löffel zum Mund führte. Alles an ihr machte einen frischen und festen Eindruck: Ihre Hüften waren rund, ihre Brüste wohlgeformt, die Schenkel zeichneten sich verführerisch unter dem Stoff ihres Kleides ab. Eine Frau wie diese musste bei Männern Begehrlichkeiten wecken. Die Tuchscherer waren der beste Beweis.

Als Dobrila mit dem Essen fertig war, hatte Berthe einen Entschluss gefasst. »Wenn du willst, kannst du bei mir arbeiten«, kam sie ohne Umschweife zur Sache.

Die Angesprochene hob ungläubig den Kopf. Seit sie auf der Suche nach Arbeit war, hatte sie stets Absagen erhalten. Nun hatte sie nicht einmal danach gefragt, und plötzlich wurde ihr ein solches Angebot unterbreitet!

»Ja, du hast richtig gehört, ich könnte eine tüchtige Hilfe gut brauchen. Ich bin jetzt in dem Alter, in dem einem das Schuften immer schwerer fällt. Früher hat der Georg noch hier gestanden, der Kerl, an den ich mich gehängt hatte, als ich so jung war wie du. Vor sieben Jahren hat er sich dann aus dem Staub gemacht. Ist an der Pest verreckt, wie viele in der Stadt. Seither steh ich allein in der Bude.«

Dobrila hing an den Lippen der Garköchin, ihre Hände waren feucht, ihre Wangen rot vor Aufregung.

»Kunden hab ich genug. Nicht die Tuchmacher, die in der Straße da drüben wohnen, von denen haben die meisten ein Weib, das ihnen das Essen bereitet. Nein, die anderen kommen zu mir: die Knappen und die Scherer und die Knechte aus der Walkmühle. Und dann natürlich auch solche, die mit dem ganzen Tuchkram überhaupt nichts zu tun haben, Schiffer zum Beispiel, oder gelegentlich auch mal ein Träger. Und die Küter vom Schlachthof, die hätt ich fast vergessen. Von denen bekomm ich die Kaldaunen und was man ihnen sonst noch so für ihre Arbeit gibt, und wenn sie schon mal hier sind, dann essen sie auch gleich bei mir. Und allen schmeckt's, denn mein Essen ist gut.«

Sie deutete auf das Schloss am gegenüberliegenden Spreeufer. »Wenn mir nur der Kurfürst keine Schwierigkeiten macht! Angeblich zieht ihm mein Qualm in die Räume, aber das ist alles Unsinn. Der Anblick meiner Bude ist es, der ihn stört.« Und etwas leiser fügte sie hinzu: »Hätten die Hohenzollern ihr verdammtes Schloss doch damals woanders gebaut!«

Durch die offene Tür waren drei Männer zu erkennen, die sich der Garbude näherten. Berthe erhob sich von ihrem Schemel und streckte Dobrila auffordernd die Hand hin. »Also, mein Angebot gilt. Du bekommst freies Essen, du kannst bei mir schlafen, und ein paar Pfennige sollen auch noch für dich rausspringen. Wenn du einwilligst, kannst du gleich mit anpacken. Die drei Walkknechte sind meine hungrigsten Gäste.«

Dobrila strahlte. »Ich danke Euch! Ich danke Euch von ganzem Herzen!«, stieß sie hervor, ergriff die ausgestreckte Hand und schlug ein.

Am Abend machten sich die beiden Frauen auf den Weg zum Haus der dicken Berthe. Das Haus lag außerhalb der Stadt vor dem Spandauer Tor. Es hatte einst einem Seifensieder gehört, und da das Seifensieden eines von jenen Gewerken war, die der Rat innerhalb der Mauern nicht duldete, hatte der Erbauer des Hauses nach draußen ausweichen müssen. Der Grund für diese Haltung des Rates war leicht verständlich, war das Sieden von Seife doch eine gefährliche und obendrein eine – im wahren Wortsinn – höchst anrüchige Angelegenheit: Stunde um Stunde brodelte in einem riesigen Kessel ein Sud aus Rindertalg und Pottasche und überzog die Umgebung mit einem Ekel erregenden Gestank, zudem stellte das beständig unterhaltene Feuer eine Gefahr nicht nur für das Haus selbst dar, sondern ebenso für die angrenzenden Häuser und damit letztlich für die Sicherheit der gesamten Stadt.
Die beiden Frauen passierten die Wachen und gelangten in die Vorstadt vor dem Spandauer Tor, wo sich mehrere Werkstätten sowie drei Dutzend Häuser von zumeist einfacher Bauart befanden. Zwischen dem Kupferhammer und der Ziegelei verließen sie den Hauptweg und bogen zur Spree ab. Sie folgten einem Pfad durch den Niederungswald, der sich am Fluss entlangzog, mussten ein Altwasser umgehen und standen kurz darauf vor einem einsam gelegenen Haus. Das Haus war klein und bescheiden, wie man es bei einem armen Seifensieder nicht anders hätte erwarten können: ein einziger Raum nur, eine niedrige Tür, bei der die Eintretenden die Köpfe einziehen mussten, ein Fenster mit zwei schief in den Angeln hängenden Läden, gleich daneben ein winzi-

ger Bretterverschlag, in dem sich etwas unterstellen oder gegebenenfalls auch ein Schwein mästen ließ.
In der Nacht lag Dobrila auf ihrem Strohlager und lauschte den Geräuschen, die von draußen in das Haus drangen. Sie war zufrieden. Abermals hatte ein neues Leben für sie begonnen, armseliger zwar als jenes, das sie bei dem Marktmeister geführt hatte, aber immerhin ausreichend, dem nächsten Tag mit Gelassenheit entgegenzusehen. Sie hatte eine Arbeit, die ihr etwas zu essen einbrachte, hatte eine Schlafstatt, auf der sie sich zur Ruhe betten konnte, und wenn sie die Pfennige zusammenhielt, die Berthe ihr versprochen hatte, so würde sie davon sogar noch eine kleine Summe zurücklegen können.
Schnell vergingen die Tage. Genau wie bei ihrer vorherigen Herrschaft erwies sich Dobrila auch diesmal als anstellig und fleißig, und im Handumdrehen hatte sie Berthe einen guten Teil von deren Aufgaben abgenommen. Kaum waren am Morgen die Tore geöffnet und sie waren wieder in der Stadt, da brachte sie auch schon die Garbude in Gang, schnitt Innereien und putzte Gemüse, kochte Suppen, trug auf und räumte ab. Und war nach vielen Stunden schließlich der Abend gekommen, so eilte sie mit Berthe zu dem Haus vor der Stadt, um in der Früh von neuem ihr Tagwerk zu beginnen. Ohne aufzusehen verrichtete sie ihre Arbeit, und während sie sich mühte und es allen recht zu machen suchte, bemerkte sie nicht die heimlichen Blicke, die zwischen der Garköchin und einigen Gästen gewechselt wurden und die schon bald das Ende ihres neuen Lebens herbeiführen sollten, kaum dass dieses so richtig begonnen hatte.
Die erste Woche war gerade vorüber, als es eines Abends an der Tür des Seifensiederhauses klopfte. Bevor Dobrila sich noch erheben konnte, war Berthe bereits aufgesprungen und öffnete die Tür. Draußen stand einer von den Tuchscherern,

ein knochiger Mann mit einem spitzen Gesicht und kleinen, funkelnden Augen. In seiner Hand hielt er eine Kanne voll Wein.

Berthe trat eilig aus dem Haus und schob ihn ein Stück zur Seite. »Hast du das Geld?«, raunte sie.

Der Mann stellte die Kanne auf die Erde und kramte ein paar Münzen hervor. Er seufzte. »Dafür muss ich zwei volle Tage arbeiten.«

»Sie ist Jungfrau!«, schnaufte Berthe unwillig. Sie griff nach den Münzen und hielt diese prüfend ins Mondlicht. Zufriedenheit glitzerte in ihren Augen. Kein schlechter Gewinn – nur schade, dass Dobrila sich nicht mehrmals als Jungfrau anbieten ließ. Sie steckte das Geld weg und wollte den Tuchscherer gerade ins Haus führen, als dieser auf einmal ein Beutelchen in der Hand hielt. »Tollkirsche«, grinste er und reichte es ihr.

Berthe entfuhr ein erfreutes »Oh!«. Vor zwei Tagen hatte sie Dobrila auf Männer angesprochen, ganz beiläufig natürlich, und dass sich mit ihnen gutes Geld verdienen ließe. Doch Dobrila hatte sie nur entgeistert angesehen und keine Worte gefunden, und wäre es ihr, Berthe, nicht gelungen, das Gespräch rasch auf einen anderen Gegenstand zu lenken, so wäre ihr die junge Frau womöglich noch davongelaufen. Und nun kam der Nickel mit seiner Tollkirsche daher …

»Wir dürfen ihr nur nicht zu viel in den Wein tun«, flüsterte sie, »sonst müssen wir heute Nacht noch eine Grube ausheben.«

Der Tuchscherer winkte beruhigend ab. »Das Pulver ist vom Kröwel. Der Bader selbst hat's mir gegeben. Es ist genau die richtige Menge für einen Becher, hat er gesagt.«

»Dann wird's ja gut gehen«, gab Berthe sich zuversichtlich. Im Unterschied zu den anderen Badstuben der Stadt diente die Stube am Kröwel weniger der Sauberkeit als vielmehr

dem Vergnügen ihrer Gäste. Und der Bader wusste, wie man den Gästen Vergnügen verschaffte.
Die Garköchin verbarg das Beutelchen unter ihren Kleidern und schob den Tuchscherer durch die Tür. »Der Nickel ist's«, rief sie Dobrila zu. »Er hat Wein mitgebracht. Wir können uns einen lustigen Abend machen.«
Ohne auf eine Antwort zu warten, verschwand die dicke Berthe in einer Ecke des Hauses und kehrte gleich darauf mit drei Trinkbechern und einem Stück Käse zurück, das sie neben einem blakenden Talglicht auf den Tisch legte. Während sie Wein in die Becher füllte, beobachtete Dobrila von ihrem Strohlager aus, wie der Tuchscherer sich neugierig umsah, bevor er sich umständlich auf einem Schemel niederließ. Sie kannte den Nickel von der Garbude her – die Ratte, wie die anderen ihn wegen seines Aussehens nannten –, ein Mann aus Kremmen, der vor ein paar Jahren Weib und Kinder verlassen hatte, um sein Geld in Berlin zu verdienen, und der seither mit einer ehemaligen Trossdirne zusammenlebte. Ein grober Kerl war der Nickel, widerwärtig und gemein, und nun saß er hier, und die Stadttore waren verschlossen, und vor Tagesanbruch würden die Wachen ihn nicht wieder einlassen.
Berthe trat zu Dobrila und drückte ihr einen Becher Wein in die Hand. »Komm, setz dich zu uns!«
Die Aufgeforderte erhob sich widerwillig von ihrem Platz, schlurfte zu dem Tisch und setzte sich auf einen Stapel alter Holzkisten, die dem früheren Bewohner des Hauses zum Formen seiner Seifen gedient hatten. Lustlos führte sie den Becher zum Mund. Der Wein – sauer wie alle Weine aus dieser Gegend – war mit Honig versetzt, obendrein schien sein Erzeuger eine ausgeprägte Vorliebe für Salbei gehabt zu haben.
Eine verlegene Stille breitete sich aus, alle stierten versunken vor sich hin. Nach einer Weile durchbrach der Tuchscherer

das Schweigen. »Aus Strausberg«, sagte er und deutete dabei auf den Wein. Berthe antwortete mit einigen überzogenen Worten, als besitze die Mitteilung irgendeine besondere Bedeutung für sie. Dann trat erneutes Stillschweigen ein. Nickel zog sein Messer aus dem Gürtel, schnitt ein Stück Käse ab, stopfte es in seinen Mund und kaute mit kleinen, hastigen Bewegungen darauf herum. Mit einem Mal hielt er inne. Unter einer Holzkiste war eine Maus hervorgekrochen und bewegte sich nun vorsichtig auf einen Käsekrümel zu, der vom Tisch gefallen war. Fast hatte die Maus ihr Ziel schon erreicht, da flog das Messer durch die Luft und spießte sie auf dem Boden fest. Mit einem breiten Grinsen streckte der Tuchscherer die Hand nach ihr aus und hielt seine Beute wie eine Trophäe in die Luft.

Dobrila wandte sich angewidert ab. Der Tuchscherer schob das tote Tier von der Klinge, wischte das Messer sauber und widmete sich wieder dem Käse. Während er ein weiteres Stück abschnitt, begann er von einer Mäuseplage in seiner Behausung zu erzählen und wie er – anstatt das bisschen Geld, das er verdiente, dem Mausefallenmacher vom Stralauer Tor in den Rachen zu werfen – dem Ungeziefer mit seinem Messer den Garaus gemacht hatte.

»Du bist ja ein ganz Tüchtiger!«, sagte Berthe. Sie hatte ihre Augen verstohlen auf Dobrila geheftet. Wie es schien, zeitigte das Pulver erste Wirkung. Unruhig rutschte die junge Frau auf den Holzkästen herum, ihre Hände strichen fahrig durch die flachsblonden Haare, ihre Blicke wanderten unstet durch den Raum.

»Sollten die Biester dir mal an deine Vorräte gehen«, beendete Nickel seine Ausführungen mit einem Angebot an Berthe, »dann brauchst du mir nur Bescheid zu geben. Kaum gesagt – schon erledigt!« Er strahlte.

Die Garköchin bedankte sich nachlässig. Dobrila hatte sich

erhoben. Sie stand unschlüssig vor dem Tisch, ihre Pupillen waren geweitet.

Berthe tat so, als bemerke sie die Veränderungen nicht. »Der Michel aus der Walkmühle hat mir mal von einer Maus erzählt, die war in Wirklichkeit gar keine Maus, sondern eine Hexe, die verbrannt werden sollte. Die ganze Stadt war zusammengeströmt, und als der Henker den Scheiterhaufen in Brand setzte, da qualmte es so stark, dass niemand mehr die Hexe sehen konnte. Plötzlich verwandelte sie sich in eine Maus und wollte sich heimlich davonstehlen. Keiner hat's gemerkt, außer dem Michel und dem Henker. Dem Henker ist sie nämlich geradewegs vor die Füße gelaufen. Woraufhin er der Maus einen Tritt versetzt hat, so dass sie wieder ins Feuer geflogen ist. Tja, und auf diese Weise wurde die Hexe dann doch noch verbrannt.«

Während Berthe gesprochen hatte, war Dobrila unruhig von einem Bein auf das andere getreten. Nun löste sie sich mit einer ruckartigen Bewegung von dem Tisch und stellte sich neben die Tür. »Manchmal machen die Hexen Mäuse, um den Menschen zu schaden«, tönte die Stimme der Garköchin an ihre Ohren. Die Stimme klang ihr fremd und schien aus einem tiefen Gefäß zu kommen. Sie kehrte zum Tisch zurück und ließ sich wieder auf die Holzkästen fallen. »Hexen machen Mäuse …«, kicherte sie. »Was für ein Unsinn. Hexen machen keine Mäuse. Mäuse fallen vom Mond. Jawohl, vom Mond, das könnt ihr mir glauben. Mäuse fallen vom Mond, die Hemma aus Böhmen hat's mir erzählt … die Hemma kenn ich vom Wasserholen, und da am Brunnen, da hat sie's mir erzählt. Und dann hat sie noch erzählt, in Böhmen gibt es Mäuse, die fressen alles, was sie finden …« Dobrila stieß sich von ihrem Sitz ab und baute sich vor dem Tuchscherer auf. »Sogar Eisen fressen sie … und Gold, wenn sie welches finden, sie haben nämlich immer Hunger, und deshalb werden sie auch so groß …« Sie streckte die Hände weit auseinander und lachte gellend. »So groß werden die Mäuse, weil sie Eisen fressen und Gold … Und Nester haben sie, die sind so groß wie Körbe …«

Aus gierigen Augen beobachtete Nickel, wie Dobrila mit sichtlicher Erregung den Tisch zu umkreisen begann. Er wollte aufstehen und sie packen, doch Berthe bedeutete ihm, sich noch zu gedulden.

»Die Hemma hat mir gesagt, wenn sie die Mäuse loswerden wollten, dann haben sie immer gesungen … Mäuse mögen Lieder … aber nur, wenn sie gut gesungen sind, und deshalb haben sie schlecht gesungen, und die Mäuse sind weggelaufen. Und manchmal … manchmal haben sie auch Wasser verspritzt, geweihtes Wasser von den Pfaffen, und dann … dann sind die Mäuse auch weggelaufen … einfach so …« Wieder lachte Dobrila, ein helles, durchdringendes Lachen, und dabei wedelte sie mit den Armen durch die Luft, um das Verschwinden der Tiere anzudeuten. Plötzlich blieb sie mit einem Ärmel ihres Kleides an einem Nagel hängen, und der Stoff zerriss. Verdutzt starrte sie auf das Loch.

»Wasser ist gefährlich für Mäuse«, bemühte sich die Garköchin, Dobrila in Stimmung zu halten. »Deshalb hüten sie sich auch, welches zu trinken. Mäuse sterben nämlich vom Wasser.«

»Ich sterbe nicht vom Wasser.« Dobrila fuhr sich mit der Zunge über die Lippen, die ebenso trocken waren wie ihr Mund. »Ich brauche Wasser, sonst kann ich nicht leben … Ach, was sag ich da … ich brauch kein Wasser, ich brauch Wein … Wein brauch ich …«

Nickel wies mit der Hand auf ihren Becher. »Dann trink doch, Täubchen! Trink, trink!«

Dobrila machte einen Schritt nach vorn und hielt noch im selben Augenblick inne. Der Tuchscherer schwebte eine Handbreit über seinem Schemel, sein Gesicht war auf groteske Weise verzerrt, seine Zähne waren spitz, die Haare borstig, aus kirschroten Augen züngelten ihr Flammen entgegen. Verstört setzte sie ihren Becher an die Lippen und trank, und nachdem sie ihn geleert hatte, stellte sie ihn so heftig auf den Tisch, dass es hart durch den Raum hallte. »Mäuse«, lachte sie schrill, »warum erzählt ihr denn immerzu von Mäusen … So ein dummes Zeug … So ein Unsinn …« Sie hangelte sich um den Tisch herum zu Berthe, schmiegte sich an sie und legte ihr mit einer jähen Bewegung die Hand auf die Brust. »Mäuse«, lachte sie ein weiteres Mal, und diesmal klang ihr Lachen heiser und erregt. »Mäuse …«

Berthe drängte Dobrila sanft von sich weg. Der richtige Zeitpunkt war gekommen. Sie hatte getan, was in ihrer Macht stand, jetzt war die Reihe an dem Nickel. Während sie sich leise zurückzog, sprang dieser von seinem Schemel auf, machte einen schnellen Schritt auf Dobrila zu und schlang ihr in wildem Begehren die Arme um die Hüften. Sie presste sich an ihn. »Komm!«, keuchte der Tuchscherer und ließ seine rauen Hände über ihren Körper gleiten. Endlich war der Moment gekommen, für den er gearbeitet hatte. Nun wollte er die Früchte seiner Arbeit genießen! Er packte Dobrila und zog sie mit sich fort zu dem Bett der Kupplerin im hinteren Teil der Hütte. Sein Atem ging stoßweise, Schweißperlen rannen ihm über die Stirn. Die Erregung in seinen Lenden war ins Unerträgliche gewachsen. Mit einem Aufstöhnen warf er die junge Frau auf das Bett. Er spürte das wollüstige Zucken ihres Körpers, er hörte ihr entrücktes, aus einer anderen Welt zu ihm dringendes Lachen. Dann schob er ihr das Kleid hoch und drang in sie ein.

Als Dobrila am nächsten Tag aus abgrundtiefem Schlaf erwachte, fühlte sie sich elend und schwach. Ihre Glieder schmerzten, in ihrem Kopf summte es wie in einem Bienenstock. Ihr Gedächtnis war leer. Doch irgendwann beschlich sie die Ahnung, etwas Furchtbares könnte mit ihr geschehen sein, und als sie den zerrissenen Ärmel an ihrem Kleid bemerkte, krochen erste, noch verschwommene Erinnerungen in ihr hoch. Mühsam setzte sie sich auf und sah sich um. Es dauerte eine Weile, bis sie begriff, dass sie sich in dem Bretterverschlag der Garköchin befand. Durch ein paar Ritzen tasteten Lichtfinger in den Raum und tauchten ihn in ein trübes Halbdunkel. Sie selbst saß auf Stroh. Eine Armlänge von ihr entfernt stand eine Schüssel mit Wasser, daneben lag eine Decke, ansonsten war der Verschlag leer. Wenig später hatte sie sich das Geschehene in groben Zügen zusammengereimt, und lähmendes Entsetzen machte sich in ihrem Herzen breit.

Nachdem Dobrila den ersten Schock überwunden hatte, begann sie, ihr Gefängnis zu untersuchen. Mit pochendem Herzen prüfte sie die Festigkeit der Bretter und kratzte mit ihren Fingern über den Boden. Plötzlich wurde der Verschlag geöffnet, und Berthe stand in der Tür. In ihrer Hand hielt sie eine Stange aus Eisen. Falls sie gehofft habe, herrschte Berthe sie an, sie könne sich ein ruhiges Leben machen und ihre Tage in der Garbude beschließen, so müsse sie diese Hoffnung begraben. Der Herrgott habe sie mit einem reizvollen Körper ausgestattet, wie die Männer ihn nun einmal liebten, und den werde sie in Zukunft dazu benutzen, um Geld zu verdienen. Zeige sie sich willig, so werde sie ausreichend zu essen haben. Weigere sie sich, so werde sie hungern. Und sollte sie gar zu fliehen versuchen, so werde sie noch ganz anderes zu spüren bekommen als nur den Hunger. Und indem Berthe dies sagte, schlug sie mit ihrer Eisenstange so hart ge-

gen den Türrahmen, dass eine Delle im Holz zurückblieb. Dann schob sie etwas zu essen in den Verschlag, verriegelte die Tür und verschwand.
In den folgenden Wochen wurde Dobrila behandelt wie ein Gegenstand. Hatte ein Kunde aus der Stadt sich zu einem Besuch angesagt, so wurde sie von der Kupplerin mit vorgehaltener Eisenstange aus ihrem Gefängnis geholt und ins Haus gesperrt. Hatte der Kunde bekommen, was er wollte, und war wieder gegangen, so wurde sie zurückgeschafft und musste warten, bis der Nächste sie begehrte. Und dabei waren es durchaus nicht wenige, die den Weg zu dem einsamen Haus fanden, darunter auch Ehemänner, die sich in der Abgeschiedenheit über jene Bestimmung hinwegzusetzen wagten, wonach ihnen der Verkehr mit einer Dirne bei Androhung strenger Bestrafung verboten war. Und je mehr Männer kamen und ihre Lust an ihr stillten, umso mehr löste sich ihre Vergangenheit in einen Nebel auf und umso tiefer versank sie in einem Morast aus rohen Gemeinheiten und seelenlosen Begierden, von deren Vorhandensein sie kurz zuvor noch nicht einmal etwas geahnt hatte.
Eines Tages tauchten wiederum Männer in dem Haus vor der Stadt auf, doch diesmal waren es andere als gewöhnlich. Sie kamen bald nach dem ersten Hahnenschrei, und als Berthe ihnen die Tür öffnete, da wusste sie, was die Stunde für sie geschlagen hatte. Vor ihr standen ein Hauptmann und zwei Stadtknechte, ernste Männer mit ernsten Gesichtern, die ihr, ohne eine Erklärung abzugeben, die Hände auf den Rücken banden und sie vor den Bretterverschlag führten. Entschlossen schob der Hauptmann den Riegel beiseite und leuchtete mit einer Fackel hinein.
Drinnen kauerte Dobrila unter ihrer Decke und starrte in das Licht. »Du kannst rauskommen!«, hörte sie eine Stimme hinter der Fackel, und sie wusste, dass sie der Stimme vertrauen

konnte. Tränen liefen ihr über das Gesicht, als sie in die Freiheit zurückkroch.
Die Kupplerin holte zu ihrem letzten Gefecht aus. »Sag ihnen, dass ich dich immer gut behandelt habe!«, flehte sie Dobrila an. »Dass du immer zu essen hattest und dass ich dich zu nichts gezwungen habe!« Sie wandte sich den Stadtknechten zu. »Seht sie euch an, ihr guten Leute, schaut sie nicht wohl genährt und gesund aus? Und gezwungen hab ich sie wirklich nicht, das könnt ihr mir glauben! Im Gegenteil, es hat ihr Spaß gemacht. Manchmal konnte ich gar nicht so viele Männer herbeischaffen, wie …«
»Halt endlich dein verfluchtes Maul, Alte!«, unterbrach sie der Hauptmann und spuckte ihr ins Gesicht. »Ein Stück Dreck bist du! Die widerlichste Kupplerin, die mir jemals untergekommen ist! Suchst dir eine Jungfrau aus, zwingst sie in dein Sudelbett, und die restliche Zeit über sperrst du sie ein wie ein Tier. Und dann führst du ihr auch noch Verheiratete zu. Weißt du, was das für dich bedeutet?« Mit einer jähen Bewegung hielt er ihr die Fackel vor das Gesicht, so dass sie erschrocken zurückzuckte. »Verbrennen werden sie dich, du elendes Kuppelweib! Bei lebendigem Leib verbrennen!«
Aufgebracht drehte sich der Hauptmann um. Er gab seinen Männern ein Zeichen, und gemeinsam machten sich alle auf den Weg in die Stadt.
Wenig später saß Dobrila dem Richter gegenüber und berichtete von dem Schrecklichen, das sie durchlitten hatte. Der Richter hörte aufmerksam zu, ließ einen Schreiber alle Aussagen sorgfältig notieren, und als sie geendet hatte, versicherte er ihr, man werde die dicke Berthe auf das Strengste bestrafen. Sie selbst brauche sich vor ihr jedenfalls nicht mehr zu fürchten, denn gleich nach der Ankunft in Berlin habe man die Kupplerin in den Kerker geworfen, und den

werde sie nur noch verlassen, um ihren letzten Gang anzutreten – erst auf den Scheiterhaufen und anschließend in die Hölle. Womit der Richter das Gespräch für beendet erklärte und Dobrila entließ, nicht ohne sie zuvor noch ermahnt zu haben, ihr künftiges Leben auf ehrliche und gottgefällige Weise zu gestalten und niemals vom rechten Weg abzuweichen, denn wohin ein solches Abweichen den Menschen letztendlich führe, das habe sie ja gerade erst auf das Eindringlichste erlebt.

Im nächsten Augenblick fand Dobrila sich auf der Straße wieder, und die Geräusche der Stadt hüllten sie ein. Sie war zutiefst verwirrt. Empfand sie einerseits das befreiende Gefühl, ihrer Peinigerin für alle Zeiten entronnen zu sein, so sah sie sich gleichzeitig von einer bleiernen Mattigkeit durchdrungen, die ihren Körper und ihre Seele lähmte. Wie in einem Traum bog sie in eine stille Gasse ein und lehnte sich an einen Zaun. Seit dem Tag, an dem sie ihre Arbeit in der Garbude angetreten hatte, war das Jahr um einige Wochen gealtert. Die Luft wehte kälter heran, die Bäume waren kahl, die Menschen trugen warme Kleider und eilten schneller durch die Straßen. Jeden Tag konnte der Winter anbrechen, und wer bis dahin keine Bleibe gefunden hatte, den erwartete ein bitteres Los.

Ein Mann mit einem Handkarren hielt neben ihr an und erkundigte sich mitfühlend, ob sie krank sei. Dobrila verneinte. Sie wartete, bis der Mann weitergegangen war, dann stieß sie sich von dem Zaun ab und machte sich auf eine Wanderung durch die Stadt. Kam sie an ein Haus, in dem sie Arbeit vermutete, so pochte sie an die Tür und bot ihre Dienste an, doch es war genauso wie damals nach dem Tode des Marktmeisters: Auch diesmal schien niemand eine Magd zu brauchen. Schließlich gab sie auf. Sie aß ein paar Bissen, die eine mitleidige Seele ihr zugesteckt hatte, und als die Dunkelheit ein-

setzte, kroch sie – ebenfalls wie damals – in der Scheune des Zinnaer Abtes unter.
In der Nacht legte sich ein weißer Teppich über das Land, und an den Rändern des Stadtgrabens bildete sich eine dünne Eisschicht. Gegen Morgen wachte Dobrila auf, den zitternden Körper unter die Decke gekrampft, die sie aus ihrem Gefängnis mitgenommen hatte. Als die Kälte immer unerträglicher wurde, verließ sie ihr Versteck und begab sich erneut auf die Wanderung, ohne Richtung und ohne Ziel, nur laufen und immer weiterlaufen, um der Kälte, dem neuen Feind, zu trotzen. Irgendwann sah sie eine Frau mit dem Kopfputz der Berliner Dirnen, und ein verzweifelter, aus der Not geborener Gedanke stahl sich in ihr Gehirn. Der Gedanke führte einen heftigen Kampf gegen die Erinnerung, bis die Erinnerung am Ende die Waffen streckte und Dobrila sich einen willigen Burschen auflas und mit ihm an einen heimlichen Ort ging. Nur einmal, sagte sie sich, nur ein einziges Mal, doch als der Körper ihr den Dienst nicht versagte und sie danach die Münzen in ihrer frierenden Hand fühlte, da tat sie es kurz darauf noch ein zweites Mal, und als sie anschließend das Geld zusammenlegte, da reichte es immerhin für einen verschlissenen Mantel, den ihr ein gutherziger Altkleiderhändler in der Lappgasse mit der Bemerkung überließ, mitunter falle es gar nicht so leicht, hinter manchem Geschehen noch die Liebe des Herrn Jesus Christus zu sehen.
Als der Abend sich ankündigte, stand Dobrila vor einem ärmlichen Holzhaus in der Büttelgasse und blickte durch eine offen stehende Tür. Ein paar Schritte von ihr entfernt brannte inmitten eines Steinkreises ein Feuer, und um das Feuer kreiste ein Insekt. Hin und her flog das Insekt, bis es auf einmal den Flammen zu nahe kam und verbrannte. »Was hast du hier zu suchen?«, krächzte eine Stimme in Dobrilas Rücken. »Mach, dass du wegkommst!« Und bevor sie noch

etwas hätte entgegnen können, drängte eine runzlige Alte sie auch schon grob beiseite, trat in das Haus und schlug die Tür hinter sich zu.

Voll trüber Gedanken setzte Dobrila ihre Wanderung fort. Die Büttelgasse lag in der Nähe des Geckhols und damit in jenem Teil der Stadt, dessen Erscheinungsbild ebenso schlecht war wie sein Ruf. Hier gab es keine herausgeputzten Häuser aus Stein, hier sorgten sich keine Mägde um die Haushaltungen ihrer Herrschaften, und die Angehörigen der führenden Geschlechter hätte man hier vergeblich gesucht. Stattdessen duckten sich armselige Behausungen wie hässliche Entlein unter der Stadtmauer, lungerte lichtscheues Gesindel in den Trinkstuben herum, und zu den Bewohnern dieser Gegend gehörten die Dirnen des städtischen Frauenhauses und der Henker.

Dobrila wickelte den neu erworbenen Mantel fester um ihren Körper. Erneut hatte es zu schneien begonnen, große weiße Flocken, die der Wind durcheinander wirbelte. Als sie das Ende der Büttelgasse erreicht hatte, huschte ein Mann an ihr vorbei, den Hut ins Gesicht gezogen, und verschwand in einem nahe gelegenen Haus. Gleich darauf folgte ein zweiter Mann, und als ein weiterer schließlich aus dem Haus nach draußen trat, da wusste sie, wo sie war. Sie wollte sich abwenden und dem Rat ihres klopfenden Herzens folgen, doch ihre Füße bewegten sich in die entgegengesetzte Richtung. Schritt für Schritt kam sie dem Haus näher, einem bereits in die Jahre gekommenen Gebäude, das die Stadt einst errichtet hatte, nachdem das frühere Haus einem Brand zum Opfer gefallen war. Schräg gegenüber blieb sie stehen.

Das Insekt und das Feuer … Von der Stadtmauer drangen Wortfetzen zweier Wachtposten herüber, die langsam ihre Runde drehten, und Dobrila zog sich hinter einen Mauervorsprung zurück. In diesem Augenblick öffnete sich die Tür ein

weiteres Mal, und wieder trat ein Mann heraus. Er war trotz der Kälte nur mit einem leichten Kittel bekleidet, und anstatt fortzugehen wie die anderen, wandte er sich einem Stapel Bretter zu, die übereinander geschichtet neben dem Eingang lagen. Plötzlich bemerkte er die Frau auf der anderen Straßenseite.
»He, was machst du da?«, rief er.
Dobrila antwortete nicht. Flieg weg, du dummes Insekt!, warnte ihr Herz. Flieg weg, noch ist es nicht zu spät! Doch das Insekt scherte sich nicht darum, sondern starrte auf das lockende Feuer.
»Was du da machst, will ich wissen!«, wiederholte der Mann seine Worte, jetzt schon unfreundlicher. »Oder bist du taub?«
»Ich verschwinde ja schon«, schluckte Dobrila und schickte sich an zu gehen. Der Mann machte sich über den Bretterstapel her. Mit seinen Händen wischte er den Schnee ab, packte mehrere Bretter und wuchtete sie auf seine Schulter. Als er wieder aufsah, stand Dobrila noch immer da.
Die Stirn gerunzelt, legte der Mann die Bretter wieder ab und überquerte die Straße. Dobrilas Verhalten hatte ihn neugierig gemacht. »Dir ist kalt?«, fragte er, während er seine Blicke ungehemmt über ihren Körper schweifen ließ. Sie war jung. Jünger als die Dirnen in seinem Haus.
Dobrila hob die Augen. Das ist der Frauenwirt, hämmerte ihr Herz. Das ist der Frauenwirt, und er mustert dich wie eine Ware. »Ja, mir ist kalt«, bestätigte sie leise.
»Und eine Bleibe für die Nacht hast du auch nicht«, sagte der Mann, »und hungrig bist du obendrein.« Es war eine Geschichte, die er kannte.
Wieder bestätigte Dobrila. Sie zitterte, obwohl sie die Nähe des Feuers spürte.
Der Frauenwirt setzte ein gönnerhaftes Gesicht auf. »Wenn

du willst, kannst du bei mir arbeiten. Vorausgesetzt natürlich, du bist gesund. Und du bist keine Jungfrau mehr, sonst krieg ich noch Ärger mit dem Rat.« Plötzlich zog er die Brauen hoch. »Du weißt doch, was das für ein Haus ist?«

»Ja«, sagte Dobrila kaum hörbar.

»Na gut, dann weißt du ja auch, was dich erwartet.« Seine Stimme hatte einen geschäftsmäßigen Klang angenommen. »Vor ein paar Tagen ist bei mir ein Platz frei geworden, den kannst du haben. Wenn du fleißig bist, verdienst du gutes Geld. Kleider geb ich dir, du kannst sie später abzahlen. Das Essen ist billig. Also überleg dir, ob du auf meinen Vorschlag eingehst. Ich trag derweil die Bretter ins Haus.«

Dobrila schloss die Augen. Sie dachte an das Insekt und das Feuer und an ihren hungrigen Magen und an die Kälte, die sich bis in ihr Innerstes gefressen hatte. Oben auf der Stadtmauer waren die beiden Wachtposten stehen geblieben und schauten zu ihr herunter, während zur selben Zeit der Stapel vor dem Haus rasch dahinschmolz. Schließlich waren die letzten Bretter an der Reihe. »Nun, was ist?«, keuchte der Frauenwirt. Die Tür des Hauses stand offen. Gelbes, wunderbar warmes Licht floss auf die Straße, man hörte Gelächter und satt klingende Stimmen.

»Das ist das Frauenhaus!«, hörte Dobrila in diesem Moment neben sich sagen. Sie drehte den Kopf. Zwei Schritte entfernt stand ein Bürschlein und machte ein finsteres Gesicht, als wolle es sie vor einer Räuberbande warnen.

»Ich weiß«, entgegnete Dobrila tonlos. Dann zog sie den Mantel enger, wechselte auf die andere Seite und folgte dem Frauenwirt durch die Tür.

* * *

»Ich werde dich jetzt verlassen, Bruder Henricus.«
Gregorius erhob sich von seinem Stuhl und stellte ihn an den Tisch zurück. Der junge Mann auf dem Krankenlager verfolgte ihn mit seinen Blicken. »Wirst du mich bald wieder besuchen?«, fragte er leise. Seine Stimme klang wie das Flehen eines Kindes, dessen Vater eine weite Reise antritt.
»Ja, Bruder Henricus. Wenn es dein Wunsch ist und wenn der Novizenmeister keine Einwände erhebt, werde ich dich bald wieder besuchen.«
Gregorius trat noch einmal neben das Bett des Kranken und nickte ihm aufmunternd zu. Der Novize hatte das, was man unter Mönchen gelegentlich etwas abschätzig als ein Nonnenknie zu bezeichnen pflegte: eine Erkrankung als Folge des häufigen Hinkniens während des Chorgebetes und der Messe sowie bei zahlreichen anderen Gelegenheiten, die den Alltag im Kloster bestimmten. Sie begann mit heftigen Stichen in der Kniescheibe und führte binnen kurzem zu einer Geschwulst von der Größe einer Faust, die sich entweder verhärtete oder mit Flüssigkeit füllte, die in jedem Fall aber äußerst schmerzhaft war und für geraume Zeit nicht nur jedes weitere Hinknien unmöglich machte, sondern obendrein eine längere ärztliche Behandlung erforderte. Es war ein Leiden, von dem vor allem die Novizen befallen wurden, und da diese als Neulinge im Kloster ohnehin mit vielfältigen Schwierigkeiten bei der Eingewöhnung in ihr neues Dasein zu kämpfen hatten, führte das Auftreten besagter Schmerzen bei ihnen mitunter zu dem Wunsch, auf die Ablegung der Gelübde zu verzichten und stattdessen dem Kloster für immer Lebewohl zu sagen.
So war es auch im Fall des Novizen Henricus gewesen. Voll freudiger Erwartung dem Orden der Predigerbrüder beigetreten, hatte dieser sein neues Leben schon bald als eine drückende Last empfunden, und als sich die Schmerzen in

seinen Knien eingestellt hatten, waren erste Zweifel an der Richtigkeit seiner Entscheidung in ihm aufgekeimt. Binnen weniger Tage hatten die Schmerzen so stark zugenommen, dass er auf Anweisung des Priors in das Krankenhaus des Konvents geschafft worden war und der Infirmarius mit der Behandlung begonnen hatte. Eine Woche später hatte Henricus dann zum ersten Mal angedeutet, er könnte den Konvent womöglich demnächst verlassen, und nachdem weder das beharrliche Zureden des Novizenmeisters noch die aufrüttelnden Worte des Priors ihn von diesen Überlegungen hatten abbringen können, waren beide gemeinsam auf den Gedanken gekommen, Gregorius als einen weitläufigen Verwandten des Novizen in den Kampf um die forttreibende Seele zu schicken.

Und wie es aussah, schien ihr Plan nicht ohne Erfolgsaussichten zu sein.

»Eines Tages wirst du die schwere Zeit vergessen haben«, bemühte sich Gregorius, den Novizen zu trösten.

»Schwere Zeit, schwere Zeit!«, höhnte eine Stimme in seinem Rücken. »Hätten wir damals so schnell aufgegeben, gäbe es heute keinen einzigen Predigerbruder mehr!«

Gregorius drehte sich um. Die Stimme gehörte Bruder Stephanus, dem ältesten Mönch des Konvents, der infolge einer eigenen Erkrankung die Zelle des Novizen teilte und der in strenger Nachfolge des heiligen Dominikus auf die Annehmlichkeiten eines Bettes verzichtet hatte und stattdessen auf dem harten Boden lag. Er war der Sohn eines herzoglichen Pirschjägers aus dem Westen des Reiches, ein glühender Glaubenseiferer von starkem Willen, zugleich ein Mann mit einer ausgeprägten Streitsucht, die er selbst während seines langen Klosterlebens nicht vollständig abgelegt hatte. »Lehrt uns nicht der Apostel«, versuchte Gregorius dem Angriff zu begegnen, »wir hätten unterschiedliche Gaben nach der Gnade, die uns gegeben ist? Und ist die Fähigkeit, Leid in Geduld zu ertragen, nicht auch solch eine Gnade?«

Der andere richtete sich schwerfällig auf. »Der alte Hirsch bedarf des jungen nicht, um seinen Weg zu finden!«, herrschte er sein Gegenüber an. »Aber wenn du mir schon die Schrift nahe bringen willst, Bruder Gregorius, dann solltest du im Fall dieses jammernden Novizen besser den Psalter bemühen: ›Wenn ich dich anrufe, so erhörst du mich und gibst meiner Seele große Kraft.‹ So steht es geschrieben, und genau so sollte er es halten: unseren gütigen Vater im Himmel anrufen, auf dass er jener Kraft teilhaftig werde, derer er offenkundig so dringend bedarf!«

Gregorius schluckte. Wäre Bruder Stephanus jünger gewesen, er hätte sich auf einen Disput mit ihm eingelassen. So aber zog er es vor, aus Ehrfurcht vor den weißen Haaren demütig den Kopf zu senken und ein paar nach Ausgleich klingende Worte zu murmeln. Dann wandte er sich noch einmal dem Novizen zu. Ein letztes Mal forderte er ihn auf, jeden Schritt gut zu bedenken und keinesfalls eine übereilte Entscheidung zu treffen, und nachdem er beiden Kranken versichert hatte, er werde die Bitte um ihre baldige Genesung in sein nächstes Gebet einschließen, verließ er mit dem üblichen »Gelobt sei Jesus Christus« die Zelle.

Nachdenklich ging Gregorius die Treppe hinunter und trat aus dem Haus. Draußen hatte es zu regnen begonnen, dicke Tropfen, die aus einer dunklen Wolke vom Himmel fielen, während zur selben Zeit die Nachmittagssonne schräg über die Klostermauer schien. Bald würde die Vorabendmesse zu Mariä Himmelfahrt beginnen, und wenn er zuvor noch seine Verabredung mit Bruder Thomas im Studentenhaus einhalten wollte, musste er sich beeilen.

Gregorius hatte ein kurzes Wegstück bereits zurückgelegt, als ihm ein Strohsack in die Augen fiel, einer von der Art, wie die Mönche sie zum Schlafen benutzten. Der Sack lag nicht weit entfernt von einem Holzschuppen, der mit seiner Rückseite an die Klostermauer gebaut war. Vermutlich hatten Laienbrüder ihn dort abgelegt und dann vergessen, und nun wurde er nass. Gregorius packte ihn und zog ihn unter das Vordach des Schuppens. Er schaute nach oben. Das Vordach war zu schmal, als dass es den Regen hätte abhalten können, und so beschloss er, den Sack in den Schuppen zu schaffen. Die Tür war nur angelehnt. Als er sie öffnete und eintrat, sah er sich einem wirren Durcheinander gegenüber: Ein großer Teil des Raums wurde von alten Fässern und Kisten eingenommen, darauf stapelten sich geflochtene Körbe, eine Mulde zum Kneten von Brotteig sowie mehrere Daubeneimer von unterschiedlicher Größe. Dicht bei der Tür lagerte Werkzeug in einer deckellosen Truhe. Daneben standen Hacken und Spaten sowie andere Geräte, wie sie die Laienbrüder bei ihrer Gartenarbeit verwendeten.

Mit der Hand wischte Gregorius den Staub von einer Kiste, warf den Strohsack darüber und wollte den Schuppen eben wieder verlassen, als ein Gegenstand am Boden seine Aufmerksamkeit auf sich zog. Der Gegenstand lag halb verdeckt im Sand zwischen zwei Fässern und war kaum größer als ein Daumen, und hätte nicht ein Lichtstrahl ihn beleuchtet, wäre Gregorius achtlos daran vorbeigegangen. So aber bückte er sich und nahm ihn in die Hand. Es war eine Schnitzfigur aus dunklem Holz. Sie war fein gearbeitet und sorgfältig geschliffen und stellte einen lediglich mit einem Schurz bekleideten Mann dar, der in einer grotesk verkrümmten Haltung auf einem riesigen Dorn steckte.

Gregorius stieß einen Laut der Überraschung aus. Er kannte das Stück. Es gehörte zu einem Holzrelief in der Kapelle, auf dem das Martyrium der zehntausend Christen unter dem König Sapor von Persien dargestellt war: der König auf einem prächtigen Pferd sitzend und umgeben von Getreuen, vor ihm einige der auf Dornen gespießten, sich im Todeskampf windenden Christen, am oberen Rand der Erlöser auf einer Wolke, dazu zwei Engel, von denen der eine seine Flügel tröstend über die geschundenen Märtyrer ausbreitete. Viele Jahre lang hatte das Relief in der Klosterkapelle gehangen, bis es vor einigen Monaten ohne erkennbaren Anlass herabgefallen und dabei in mehrere Teile zerbrochen war. Alle waren betrübt gewesen, doch bei näherer Betrachtung hatte sich herausgestellt, dass sich das Stück wieder zusammensetzen ließ. Der Prior hatte die Sache Bruder Ambrosius übertragen, einem Drechsler, und wenige Wochen später war das Relief wieder in seinem alten Glanz erstrahlt. Bis auf ein kleines Teil im Vordergrund des Bildes, das merkwürdigerweise unauffindbar geblieben war: ein Mann in gekrümmter Haltung, der – soweit ein solches Wort bei einer solch grausigen Angelegenheit überhaupt Verwendung finden durfte – auf besonders zierliche Weise aufgespießt war. Angestrengt hatte man dem Verlorenen nachgespürt. Schließlich hatte man die Suche aufgegeben und das unvollständige Bild wieder an seinen angestammten Platz in der Kapelle gehängt.

Und nun war die Figur auf einmal wieder da – aufgefunden in einem Schuppen an der Klostermauer, im Sand zwischen zwei alten Fässern.

Gregorius strich mit den Fingern über das glatte Holz, während seine Augen an dem Lichtstrahl entlangwanderten, der ihm den Weg zu dem Fundstück gewiesen hatte. Ohne das Licht wäre er an dem kleinen Märtyrer vorbeigegangen, und irgendwann hätte ihn ein Besucher vielleicht für immer in den Sand getreten. Plötzlich stutzte er. Der Strahl fiel nicht durch die Tür in den Schuppen, wovon er bis zu diesem Moment unbewusst ausgegangen war, vielmehr drang er von

hinten herein, durch ein fingerbreites Loch in der Klostermauer, etwa eine Elle oberhalb des Bodens.
Während Gregorius noch zu dem Loch hinübersah, bemerkte er auf einmal einen Gang, der dorthin führte und der nur mit zwei kleineren Kisten verstellt war. Neugierig geworden, legte er die Figur in einen Korb, räumte die Kisten beiseite und kniete sich vor die Öffnung. Als er eine Hand hineinzwängte, entdeckte er, dass sich der untere Stein verrücken ließ. Er zog ihn aus der Mauer, wobei der Stein daneben sich ein wenig bewegte. Überrascht packte er auch diesen und stellte fest, dass er sich genauso leicht herausziehen ließ, und als er mit der Hand gegen ein paar weitere Steine drückte, merkte er, dass sie ebenfalls nur lose im Verbund lagen.
Nachdem Gregorius eine ausreichende Zahl von Steinen entfernt hatte, steckte er vorsichtig seinen Kopf durch das Loch. Vor ihm befand sich der Mauerumgang, eine schmale Gasse, die auf der einen Seite vom Kloster begrenzt wurde, auf der anderen Seite von der Stadtmauer. Wie er wusste, diente die Gasse vor allem Zwecken der Verteidigung und wurde ansonsten nur selten begangen. Schräg gegenüber, unter einer Treppe, die auf den Wehrgang hinaufführte, lag das Gerippe eines ausgedienten Karrens. Neben dem Loch, durch das er blickte, stand ein Fass.
Gregorius stieß einen leisen Pfiff aus: eine Stelle in der Klostermauer, die sich auf einfache Weise zu einer kaum begangenen Gasse hin öffnen ließ, dazu ein Fass, mit dessen Hilfe man die Stelle verdecken konnte, solange sie offen war! Sorgfältig schob er die Steine in ihre ursprüngliche Lage zurück und richtete sich auf. Er überlegte. Wer auch immer den Durchbruch geschaffen haben mochte, der hatte es getan, um den Konvent unauffällig verlassen zu können. Um dem Klosterleben entfliehen und außerhalb der Mauern suchen zu können, was es innerhalb der Mauern nicht gab. Aber … was

war mit der äußeren Erscheinung des Unbekannten, wenn er in die Welt hinaustrat? Mönche trugen nun einmal besondere Kleider, in denen jeder sie erkannte, und deshalb war schwerlich davon auszugehen, dass der Klosterflüchtling mit Tunika und Skapulier und mit dem schwarzen Kapuzenmantel in der Stadt umherspazieren würde. Nein, ein solcher Ausflug bedurfte einer Tarnung! Und was war nahe liegender, als dass sich die benötigten Sachen an jenem Platz befanden, an dem sie gebraucht wurden?

Einige Augenblicke später hielt Gregorius das Gesuchte in der Hand: ein Paar Beinlinge von grober Machart, einen geflickten Leibrock mitsamt einem Hanfstrick als Gürtel, zwei Bundschuhe sowie einen angestaubten Filzhut mit breiter Krempe, der nicht nur geeignet war, eine Mönchstonsur zu verdecken, sondern überdies auch einen großen Teil des Gesichts. Es war eine Kleidung, wie sie von den ärmeren Leuten getragen wurde und in der wohl niemand einen abirrenden Dominikaner vermuten würde. Wie es aussah, hatte der Unbekannte seine Unternehmungen gründlich vorbereitet.

Gregorius war eben dabei, die Kleider in ihr Versteck zurückzulegen, als vom Studentenhaus Stimmen zu ihm herüberdrangen. Mit einem Schlag war er wieder in seiner Welt. Die versäumte Verabredung mit Bruder Thomas konnte er nachholen, den Beginn der Messe indes durfte er auf keinen Fall verpassen. Geschwind rückte er die beiden Kisten in den Gang zurück, schüttelte Staub von seinem Ärmel und eilte zur Tür. Als er draußen stand, erinnerte er sich plötzlich an den wieder gefundenen Märtyrer, den er in einen Korb gelegt und in der Aufregung vergessen hatte. Einen Atemzug lang zögerte er, ob er umkehren sollte. Doch dann entschied er, dass das kostbare Stück ja nicht verloren war, und hastete mit großen Schritten davon.

Wenig später kam Gregorius jener folgenschwere Gedanke, der sein Leben für immer verändern sollte. Er kam ihm während der Messe zum Heimgang Mariens, gerade in dem Augenblick, als der Priester mit dem Eingießen des Weins in den Kelch die Bereitung der Opfergaben begann. Der Gedanke überfiel ihn so unvermittelt wie ein Räuber, der sich auf einen ahnungslosen Reisenden stürzt, und ein glühend heißer Blitz zuckte ihm durch die Glieder: Wenn der Unbekannte das Kloster heimlich verließ – warum konnte er, Gregorius, es ihm nicht gleichtun?

Seine Augen wanderten verstohlen zu den neben ihm Knienden, als hielte er es für vorstellbar, dass diese seine ketzerischen Gedanken mitbekommen hätten. Eine Woche war vergangen, seit er Zeuge des nächtlichen Treibens in seiner Nachbarzelle geworden war, seit er am Fenster gestanden und in den Klosterhof geblickt und wieder das nie erloschene Feuer in seinen Lenden gespürt hatte, und seit ihm wohl zum tausendsten Mal bewusst geworden war, wie sehr die aufgezwungenen Kleider ihn drückten. In jener Nacht hatte er keine Pläne geschmiedet, denn die Mauern, innerhalb derer er lebte, und die Regeln seines Ordens hätten jeden Plan bereits im Ansatz zunichte gemacht. Doch nun war auf einmal alles ganz anders, denn nun gab es einen Weg, das Kloster unbemerkt zu verlassen.

Als der Priester nach dem »Haec sacrosancta commixtio« den Kelchrand küsste, durchzuckte es Gregorius ein zweites Mal, aber diesmal war es das Wissen um die Ungeheuerlichkeit seines Gedankens, das ihm in die Glieder fuhr. Es war die Vorstellung, in schwindelnde Abgründe zu blicken – in den Kerker des Klosters, in den man ihn bei Aufdeckung seines Vergehens zweifellos werfen würde, und in den Höllenschlund am Ende seines irdischen Lebens. Mit pochendem Herzen und schweißnasser Stirn schob er den Gedanken

weit von sich, und als er die Hostie auf der Zunge spürte, da empfand er tiefe Erleichterung, und ein Gefühl von Sicherheit und Geborgenheit umfing seine Sinne.
Doch schon beim Auszug aus der Kirche war der ketzerische Gedanke in seiner ganzen Mächtigkeit wieder da.
In der Nacht wälzte sich Gregorius schlaflos auf seinem Lager und kämpfte mit widerstreitenden Gefühlen. Das drängende Verlangen, das er in sich spürte, stand gegen seine Angst; das Gelübde, zu dessen Ablegung der Vater ihn genötigt hatte, maß sich mit der Sünde. Lange rang er um eine Entscheidung, und als die Schatten der Nacht blasser wurden und der neue Morgen heraufzog, da waren schließlich sämtliche Bedenken aus seinem Herzen verschwunden, und an die Stelle seiner vielfach verschlungenen Erwägungen waren zwei einfache, handfeste Fragen getreten: die nach der günstigsten Gelegenheit für sein Vorhaben und die nach der Herkunft des Geldes, das er brauchte. Verfügte er doch als Ordensmann nicht über den geringsten Besitz und konnte wohl auch kaum darauf hoffen, die Münzen vermittels eines himmlischen Wunders zu erhalten, so wie einst Dominikus seinen Denar zur Bezahlung eines murrenden Fährmanns.
Zwei Tage später sollte die erste der beiden Fragen ihre Antwort finden. Bald nach dem Morgenlob brach der Prior zu einer längeren Reise in Angelegenheiten seines Ordens auf, und Gregorius beschloss, die kurzzeitigen Unregelmäßigkeiten, die sich bei derartigen Gelegenheiten für gewöhnlich einzustellen pflegten, zu nutzen und im Laufe des Tages das Kloster zu verlassen. Nur einmal schwankte er noch und hätte seinen Entschluss beinahe umgestoßen: als er an das Krankenbett eines Cöllner Advokaten gerufen wurde und sich vorstellte, er hätte seinen heimlichen Ausflug bereits begonnen und seine Brüder suchten überall vergeblich nach ihm. Doch schon im nächsten Augenblick schob er den Gedanken

wieder beiseite und richtete erneut seine Blicke nach vorn. Um die Mittagszeit saß er im Refektorium und fieberte dem Ende der gemeinsamen Mahlzeit entgegen. Er folgte den anderen in die Kirche, zählte die Lieder und mühte sich durch die Gebete, und als das Chorgebet vorüber war und der Zug der Mönche das Gotteshaus verlassen hatte, da wusste er, dass die ersehnte Stunde gekommen war. Endlich konnte er tun, wonach ihn verlangte.

Nachdem Gregorius sich vergewissert hatte, dass niemand ihn beobachtete, stahl er sich zu dem Schuppen an der Klostermauer, huschte unauffällig hinein und zog die Tür hinter sich zu. Alles war noch genau so, wie er es bei seinem ersten Besuch vorgefunden hatte. Er legte den Gang frei, holte die Kleider aus ihrem Versteck, tauschte sie gegen seine eigenen und begann mit zittrigen Fingern, die Steine aus der Mauer zu lösen. Einen nach dem anderen zog er heraus, und als er den letzten neben sich aufgestapelt hatte, schob er den Kopf durch die Öffnung und spähte in die Gasse. Nirgends war ein Mensch zu sehen. Alles lag wie ausgestorben da. Das Karrengerippe war noch immer an seinem Platz, und das Fass stand wie zuvor neben der Klostermauer. Sein Herz schlug ihm bis zum Hals, als er sich durch das Loch zwängte, und als er auf der anderen Seite angekommen war und sich aufrichtete und seinen Ausstieg mit dem Fass verstellte, da erfasste ihn ein heftiger Schwindel. Was für ein verwirrendes Gefühl – unerlaubt außerhalb des Konvents, ganz allein, und das in Kleidern, wie er sie seit vielen Jahren nicht mehr auf seiner Haut gespürt hatte!

Gregorius atmete tief durch, schob den Hut ins Gesicht und lief los.

Der Weg, den er sich ausgedacht hatte, war umständlich, dafür sicherer, was die Gefahr seiner möglichen Entdeckung betraf. Immer an der Stadtmauer entlang, lief er bis zum

Gertraudentor, umging die Kirche von Sankt Peter durch ein paar verwinkelte Gassen und bog, von der Rascherstraße her kommend, hinter dem Cöllner Rathaus in die Breite Straße ein, an deren entgegengesetztem Ende bereits wieder die Mauern seines Konvents zu erkennen waren. Vor einem Haus mit dem Zunftzeichen eines Goldschmieds blieb er stehen. Nun musste sich entscheiden, ob es ihm gelingen würde, seinen Plan zu Ende zu bringen.

Viel zu heftig klopfte Gregorius an die Tür. Eine Weile herrschte Stille im Haus, und er argwöhnte bereits einen Fingerzeig des Himmels, der ihn von seinem unheiligen Treiben abbringen wollte. Doch dann wurde die Tür auf einmal geöffnet, und ein kleiner Mann mit einer geäderten Knollennase und zwinkernden Augen stand auf der Schwelle.

»Was kann ich für dich tun?«, erkundigte sich der Mann und musterte seinen Besucher misstrauisch. Leute in solch ärmlichen Kleidern hatten mit einem Goldschmied üblicherweise nichts zu schaffen.

Gregorius schob den Hut nach hinten. »Ich wünsche dir einen guten Tag, Caspar!«

Der andere stutzte. Dann trat er einen Schritt zurück. »Heiliger Eligius!«, entfuhr es ihm. »Gregor … Gregor Molner … Bist du es wirklich?« Er starrte seinen unerwarteten Besucher an, als handele es sich um einen auferstandenen Toten.

»Ja, ich bin es wirklich. Ich brauche deine Hilfe.«

Der Mann in der Tür nickte verwirrt. »Ja ja, natürlich … meine Hilfe … Aber komm doch erst mal herein!«

Gregorius dankte und folgte ihm in das Haus. Er und Caspar Schwarz kannten sich seit den Tagen ihrer Kindheit. Von Vätern abstammend, die enge Freunde gewesen waren, hatte sich diese Freundschaft schon früh auf die Söhne übertragen, und über viele Jahre hinweg waren beide unzertrennlich gewesen. Sie hatten gespielt und gestritten, hatten geredet und

Pläne fürs Leben gemacht, bis eines Tages jene alles verändernde Wendung eingetreten war und er sich den Predigerbrüdern angeschlossen hatte, und fortan war jeder seinen eigenen Weg gegangen.

Caspar öffnete die Tür zur Werkstatt, und sie traten ein. Der Raum war größer, als Gregorius ihn in Erinnerung gehabt hatte, er besaß zwei Fenster, die zur Straße hinausgingen, und eine Werkbank. In ihrer Mitte stand ein halb fertiger Tafelaufsatz mit Rankenwerk und zierlichen Figürchen, daneben lagen mehrere Stichel und Hämmer sowie Silberschellen von der Art, wie Ritter und gut betuchte Bürger sie gern an ihren Gürteln trugen.

»In unserem Konvent gibt es ein Reliquiar, das dein Vater angefertigt hat«, begann Gregorius.

»Mein Vater ist tot. Ertrunken.« Caspar schob dem Besucher einen Hocker hin und setzte sich selbst auf seinen Arbeitsplatz an der Werkbank. »Er war auf der Suche nach Gold, wie manch anderer auch. Hatte sich aus einem Haselstrauch eine Wünschelrute geschnitten und zog damit durch die Wälder. Tagelang war er unterwegs, manchmal dachten wir schon, er würde überhaupt nicht mehr zurückkommen. Doch jedes Mal war er plötzlich wieder da – und jedes Mal ohne Gold. Irgendwann kam er auf den Gedanken, er könnte im Schlamm der Spree welches finden. Kurz darauf haben ihn zwei Fischer aus dem Wasser gezogen. Im letzten Jahr war das, am Dienstag nach Palmarum. Tja, und seither führe ich die Werkstatt. Ein Geselle geht mir dabei zur Hand. Er ist gerade nicht hier, begleitet die Magd beim Einkaufen. Es geht mir gut. Die Leute mögen meine Arbeit. Selbst in der kurfürstlichen Silberkammer steht schon ein Stück von mir.« Er hob bedeutungsvoll den Zeigefinger. Dann rückte er näher an seinen Besucher heran und legte ihm die Hand auf den Arm. »Jetzt aber zu dir, alter Freund. Ich wähnte dich bei den Predigerbrüdern. Und nun sitzt du hier und schaust wahrhaftig nicht aus wie einer, der gerade aus dem Kloster kommt.«

Gregorius räusperte sich. Bisher wusste niemand von seinen Plänen – gleich würde er einen Mitwisser haben. In stockenden Worten begann er zu erzählen, erinnerte an die Umstände, unter denen er zu den Dominikanern gekommen war, deutete die Bedrängnisse an, die ihn quälten, erwähnte das Loch in der Mauer und was er vorhatte. Und je länger er sprach, umso freundlicher zwinkerten die Augen seines Gegenübers und umso stärker erglühte die Knollennase in dessen Gesicht.

Als er geendet hatte, hieb Caspar gut gelaunt mit der Faust auf die Werkbank. »Ich verstehe dich!«, verkündete er. »Ich verstehe dich sogar sehr gut! Und deshalb werde ich dir helfen. Was den Himmel anbelangt und die Oberen deines Ordens, das musst du mit dir selber ausmachen. Was dagegen das Geld betrifft,« – er hieb noch einmal mit der Faust auf die Bank – »daran soll die Sache nicht scheitern!«

Kaum hatte er das letzte Wort ausgesprochen, da verschwand er auch schon ins obere Stockwerk seines Hauses, um im nächsten Moment mit einem Beutelchen voller Münzen zurückzukehren. »Ich würde dich gern länger bei mir behalten, denn gewiss hätten wir uns viel zu erzählen. Aber ich weiß, dass dir die Zeit davonläuft.« Grinsend streckte er Gregorius das Beutelchen hin. »Ich weiß, dass du nur einmal gehen willst. Aber nimm das Geld trotzdem. Und solltest du eines Tages mehr brauchen – ich bin immer für dich da!«

Gregorius erhob sich von seinem Hocker, stotterte ein paar Dankesworte, und nachdem Caspar ihn noch eindringlich ermahnt hatte, er solle sich bei seinem Abenteuer nur ja nicht erwischen lassen, fand er sich im nächsten Augenblick auf der Straße wieder. Alles war wie ein Traum an ihm vorbeigezogen, schnell und völlig fremd, und nun stand er vor dem Haus, hielt das erbetene Geld in der Hand und war erstaunt über die Eindeutigkeit, mit der sein Freund ihn in seinem eingeschlagenen Weg bestärkt hatte.

Verwirrt mischte sich Gregorius unter die Vorübergehenden. Am Pranger vor der Cöllner Gerichtslaube kam es zu einem Auflauf, als der Büttel eine widerspenstige Hökerin ins Halseisen schloss. Die Hökerin schrie, als wolle man sie in kochendem Wasser zu Tode sieden, und als aus der Menge die ersten fauligen Äpfel flogen und der Büttel die Rute bereitlegte, da schrie sie nur umso lauter und zeterte, dass man es wohl noch bis ins Schloss hören konnte. Gregorius senkte den Kopf und zwängte sich durch das Getümmel. In der Mitte des Mühlendamms kamen ihm zwei Laienbrüder aus seinem Konvent entgegen, und sofort griff eine kalte Hand nach seinem Herzen. Doch die Männer gingen achtlos an ihm vorüber. Gleich darauf bog er zum Heiliggeist-Spital ab, überquerte die Spandauer Straße und wandte sich dem verrufenen Teil der Stadt zu.

Gegenüber dem Frauenhaus blieb Gregorius stehen. Er zögerte. Anspannung stand in seinem Gesicht. Noch ist das Schlimmste nicht geschehen, sagte eine Stimme in seinem Inneren. Noch kannst du umkehren, und alles wird sein, wie es war. Aber bevor er die Mahnung auch nur hätte überdenken können, öffnete sich die Tür des Hauses, und ein großer, schwergewichtiger Mann kam heraus.

»Was für ein Weib!«, stieß der Mann schwärmerisch hervor und tänzelte mit der Fülle seines Gewichts über die Straße. Dicht vor Gregorius blieb er stehen. »Ein Prachtweib!«, strahlte er. »Die beste Dirne, die ich jemals kennen gelernt hab. Die bringt selbst totes Land wieder zum Blühen. Komm her, Freund, ich erzähl dir, wie die das macht!«

Er beugte sich vor und wollte Gregorius das Geheimnis ins

Ohr flüstern, doch dieser entzog sich mit einer raschen Bewegung und wechselte auf die andere Straßenseite. Ohne auf die Beschimpfungen des Zurückgelassenen zu achten, zog er die Tür des Frauenhauses auf und trat ein.

Drinnen empfing ihn das milchige Licht eines Herbsttages, und ein säuerlicher Geruch von Schweiß und Bier schlug ihm entgegen. Der Raum, in dem er stand, war klein und niedrig, in den Fenstern steckte ölgetränktes, auf Holzrahmen gespanntes Pergament, das nicht nur die Gäste vor der Neugier der Vorübergehenden schützte, sondern zugleich auf mildtätige Weise die Schäbigkeit der Einrichtung überdeckte. Um einen Tisch in der Mitte des Raums hockten drei Männer beim Würfelspiel, neben ihnen zwei Frauen. Ein Stück entfernt, unterhalb einer Treppe, die ins Obergeschoss führte, hatte sich ein gut gekleideter Jüngling mit zwei weiteren Frauen niedergelassen, die eine von ihnen jung und mit kurz geschnittenen flachsblonden Haaren, die andere älter und verlebt. Ein Kachelofen in der hinteren Ecke versprach Wärme im Winter, diente einstweilen aber als Kopflehne für einen Schläfer, dessen Füße in einer von Fliegen umschwirrten Lache verschütteter Suppe ruhten. Auf einem riesigen Stuhl gegenüber dem Eingang thronte ein Mann mit einer abgetragenen Lederschürze und einem Schlüsselbund am Gürtel, offenbar der Frauenwirt.

Grußlos und ohne auf die Blicke der Anwesenden zu achten, steuerte Gregorius durch den Raum und nahm an dem Tisch neben dem Jüngling und den beiden Dirnen Platz. Plötzlich schreckte er zusammen. Er kannte den jungen Mann! Gelegentlich besuchte er die Messe in der Kirche des Konvents und stand dabei immer ganz vorn, zusammen mit seinem Vater, einem Ratsherrn aus Cölln, und mehreren Brüdern. Schon spielte Gregorius mit dem Gedanken, aufzustehen und wegzulaufen, bevor der andere ihn erkannte. Doch dann stellte er fest, dass dieser dazu gar nicht mehr in der Lage war: Angetrunken lümmelte er sich auf seinem Sitz und stierte auf den üppigen, nur dürftig verhüllten Busen der ältlichen Dirne an seiner Seite, während diese in schrillem Tonfall auf ihn einredete.

»Bier?«

Gregorius drehte ruckartig den Kopf und schaute auf die abgetragene Lederschürze und das Schlüsselbund.

»Bier?«, fragte der Frauenwirt ein zweites Mal. Und als er nicht sogleich eine Antwort erhielt, fügte er mürrisch hinzu: »Es ist zwar kein Bernauer, aber dafür ist es billig.«

Der Angesprochene nickte zerstreut.

»Mit oder ohne Wacholder?«

Wieder nickte Gregorius, und der Wirt verschwand mit einem knurrigen »Also mit« durch eine hintere Tür. Kurz darauf kehrte er mit einer gefüllten Kanne und einem Becher zurück und stellte beides vor seinem Gast auf den Tisch. »Mein Weib bringt dir eine Brühe«, sagte er lauernd, und als kein Widerspruch kam, verschwand er erneut durch die Tür.

Am Nachbartisch ließ der Jüngling einen Rülpser vernehmen. Die ältliche Dirne tätschelte ihm die Wangen. »Du musst einen Schluck trinken!«, forderte sie ihn auf und setzte ihm den Becher an die Lippen. Geduldig wartete sie, bis er den Inhalt geleert hatte, dann stopfte sie ihm ein Stück Fischwurst hinterher und ließ ein anderes Stück in ihrem eigenen Mund verschwinden. Nachdenklich kaute sie auf der Wurst herum. »Jetzt hast du mich ganz durcheinander gebracht, mein Kleiner«, schmollte sie und zwickte ihn mit ihren fettigen Fingern in den Bauch. Sie warf der Dirne mit den flachsblonden Haaren einen Blick zu. »Wo war ich gerade stehen geblieben?«

»In Heidelberg«, entgegnete diese.

Die Fragende strahlte. »Du sagst es – in Heidelberg war ich.

In der Mantelgasse.« Sie wandte sich wieder dem Jüngling zu. »Also, in der Mantelgasse, da bin ich natürlich nicht lange geblieben. Schließlich haben sie mich betrogen, diese Mistböcke, und deshalb bin ich nach Leipzig gegangen. Zwei Weinhändler haben mich mitgenommen. Warst du schon mal in Leipzig, mein Kleiner? Vor dem Hallischen Tor, da gibt es ein Frauenhaus. Eigentlich nicht schlecht, nur der Wirt – ein Lumpenhund, sag ich dir! Wie der uns behandelt hat! Also bin ich da weg und hab in Berlin angefangen.« Sie angelte mit den Fingern eine Fischgräte aus ihrem Mund und ließ sie unter dem Tisch verschwinden. Dann stutzte sie, und nachdem sie kurz nachgedacht hatte, schüttelte sie den Kopf. »Nein, nein, ich hab mich geirrt. Vor Berlin war ich noch drüben in Cölln. In der Spreegasse. Ein ganz übles Haus, kann ich dir sagen, mehr als ein paar Wochen hab ich es da nicht ausgehalten.«
Die Dirne schielte verstohlen zu dem Frauenwirt hinüber, der wieder auf seinem Stuhl saß. Sie senkte die Stimme. »Komm mal her, mein Kleiner!«, flüsterte sie und zog den Jüngling noch ein Stück näher zu sich heran. »Der Wirt dort, das ist ein ganz ekliger Bursche, das kannst du mir glauben! Seinen Vorgänger hättest du erleben sollen, den Hermann Went, der hat uns nicht so beschissen wie der da. Der Hermann war gut zu uns. Richtig gut war der zu uns. Nur dass er diesen Juden von Was-weiß-ich-woher ins Frauenhaus gelassen hat, das war nicht richtig. Schließlich haben Juden hier nichts zu suchen. Ist schon eine Weile her, die Geschichte, aber vor ein paar Wochen haben sie's erst rausgekriegt. Woraufhin der Rat den Hermann aus der Stadt gewiesen hat, für immer und ewig. Und die Trine, die ist gleich in ihr Dorf zurück, nach Pankow oder Reinickendorf oder Was-weiß-ich-wohin. Warum lässt sie sich auch mit einem Beschnittenen ein, diese dumme Gans! Ja, und der Kerl selbst, der war na-

türlich längst über alle Berge. Den konnten sie nicht mehr bestrafen. Vielleicht hätten sie ihm sonst noch sein Ding abgezwackt …«

Die Sprecherin ließ ein durchdringendes Lachen ertönen, während sie gleichzeitig dem Jüngling die Hand in den Schoß bohrte. Gregorius konnte die Zahnstummel in ihrem grell geschminkten Mund sehen und die welke, von tiefen Falten durchzogene Haut. Frauen wie diese wurden verbraucht und anschließend fallen gelassen, und während jüngere ihre Plätze einnahmen, zogen sie selbst durch die Lande, hockten auf den Stufen der Kirchen und bettelten die Gläubigen um der heiligen Maria Magdalena willen um Almosen an.

Gregorius war eben damit beschäftigt, seinen Becher nachzufüllen, als die Wirtin heranschlurfte und eine Schüssel mit dünner Fleischbrühe vor ihm absetzte, in der ein paar verlorene Brotstückchen schwammen. Unwillig schob Gregorius das nicht Bestellte beiseite. In diesem Moment machte sich am Tisch der Würfler Unruhe breit. Stimmen wurden laut, die Worte »Betrüger« und »Falschspieler« flogen durch den Raum, und nur Sekunden später standen sich die Männer mit geballten Fäusten gegenüber. Der eine von ihnen hatte die Fünfzig bereits überschritten und war in teures, fremdländisches Tuch gehüllt – allem Anschein nach ein Reisender, der seinen Aufenthalt in der Stadt zu einem Abstecher in das Reich heimlicher Freuden genutzt hatte. Die beiden anderen waren um viele Jahre jünger. Sie waren kräftig gebaut und trugen einfache Kleider, auf denen zahllose Farbspritzer die Färbergesellen verrieten. Doch ehe die Männer noch aufeinander losgehen konnten, war der Wirt auch schon flink wie ein Wiesel von seinem Stuhl aufgesprungen und drängte sich mit Macht zwischen die Streitenden. Mit erhobener Stimme warf er zunächst den beiden Gesellen, dann dem

Fremden ein paar warnende Worte zu. Plötzlich fasste dieser die beiden Dirnen, die bis dahin an seinem Tisch gesessen hatten, an den Armen und strebte mit ihnen der Treppe entgegen. Bevor er jedoch seinen Fuß auf die erste Stufe setzen konnte, war der Frauenwirt auch schon heran und versperrte ihm mit ausgestreckten Armen den Zugang zu den Kammern.

»Das ist nicht erlaubt!«, herrschte er seinen Gast an. »Eine könnt Ihr mitnehmen, aber zwei hat der Rat verboten. Und Euretwegen will ich keinen Ärger bekommen!« Er packte die Dirne, die ihm am nächsten stand. »Du bleibst hier, Anna!«, zischte er.

Der Fremde antwortete mit Flüchen in einer Sprache, die niemand verstand, und einen Moment sah es so aus, als wollte er sich der groben Behandlung widersetzen. Doch dann besann er sich und verschwand mit der verbliebenen Dirne über die Treppe hinauf zu den Kammern. Die beiden Gesellen grinsten sich an. Ohne sich um die anderen Anwesenden zu scheren, steckten sie dem Wirt ein paar Münzen zu und ließen den Rest ihres Gewinns mitsamt den Würfeln in ihren Beuteln verschwinden.

Eine kurze Stille machte sich breit im Frauenhaus. Der Wirt kehrte zu seinem Stuhl zurück, der Jüngling glotzte dumpf vor sich hin, ebenso der Schläfer am Ofen, den das lautstarke Geschimpfe aufgeweckt hatte. Gregorius starrte noch immer auf die Treppe, über die der Fremde mit der Dirne verschwunden war. Als der Schlag einer Turmuhr an seine Ohren drang, zuckte er zusammen. Bislang hatte er Bier getrunken und die anderen Gäste beobachtet, doch das war nicht der Grund, warum er hergekommen war. Nicht mehr lange, und im Konvent würden sie sich zum Chorgebet versammeln, und er musste dabei sein. Entweder er handelte, oder er konnte sich gleich auf den Rückweg machen.

»Ich heiße Dobrila, und wie heißt du?«, vernahm er in diesem Augenblick eine Stimme, und er wusste, dass die Entscheidung gefallen war. Als er den Kopf drehte, blickte er in das Gesicht der Dirne mit den flachsblonden Haaren.

»Wie … wie ich heiße?«, stotterte Gregorius. Er fühlte sich überrumpelt, obgleich er seinen Besuch vorbereitet hatte. »Gregor …«

»Gregor«, wiederholte Dobrila und lächelte ihn an. »Ein schöner Name. Einem Gregor bin ich noch nie begegnet.«

Der Angesprochene schluckte. Warum nur hatte er ihr seinen richtigen Namen verraten, wo ihr doch jeder andere Name gleich viel bedeutet hätte? Warum hatte er nicht einfach Hans oder Jacob gesagt?

Der Wirt schlurfte heran und stellte eine neue Kanne Bier neben die alte. »Du bist fremd in der Stadt, nicht wahr?«, versuchte Dobrila ein Gespräch. Sie wartete. Als sie merkte, dass er nicht antworten wollte, begann sie selbst zu erzählen. Sie lebe erst seit einigen Jahren in Berlin, berichtete sie, doch inzwischen möge sie diese Stadt, obwohl sie und ihresgleichen von den meisten Bewohnern verachtet würden. Aber das sei an anderen Orten ja wohl genauso, fuhr sie fort, und dabei seien die Frauen ihres Gewerbes nun einmal wichtig. So sage es jedenfalls die Kirche, und der Rat sage es ebenso, und deshalb habe der Rat dieses Frauenhaus ja auch gebaut. Was sollte er auch sonst tun, wenn er die ehrbaren Weiber schützen wollte. Schließlich gebe es genug Männer in der Stadt, die allein seien.

Gregorius nahm all seinen Mut zusammen. »Wie viel?«, hörte er sich fragen. Seine Stimme klang heiser.

Dobrila blickte ihm in die Augen. »Das kommt darauf an, was du willst …«

Ihr Gegenüber senkte den Blick. Mit feuchter Hand kramte er ein paar Münzen hervor und legte sie auf den Tisch. Dobrila ließ ein leises Zeichen der Überraschung erkennen. Vorsichtig blinzelte sie zu dem Frauenwirt hinüber, und als sie sah, dass dieser mit anderen Dingen beschäftigt war, packte sie das Geld und ließ es unter ihren Kleidern verschwinden. In den Monaten seit ihrem Eintritt ins Frauenhaus hatte sie gelernt, dass es Männer gab, die großzügig waren, und andere, die am liebsten gar nichts bezahlt hätten. Dieser hier war einer von den Großzügigen. Und einer von den Eiligen war er obendrein.

Sie legte ihm die Hand auf den Arm. »Komm!«, ermunterte sie ihn, und nachdem Gregorius sich von seinem Stuhl erhoben hatte, gingen beide gemeinsam die Treppe hinauf.

Oben umfing sie ein aufdringlicher Geruch von billigen Duftwässern, wie man sie auf den Jahrmärkten und bei herumreisenden Krämern erstehen konnte. Aus der nächstliegenden Kammer drang heftiges Stöhnen, die Tür stand einen Spaltbreit offen und gab den Blick frei auf sich bewegendes, schweißglänzendes, wollüstiges Fleisch. Ohne das Treiben der anderen zu beachten, steuerte Dobrila den Gang entlang. Vor der hinteren Kammer blieb sie stehen. Sie legte den Riegel um und trat ein.

Wortlos folgte ihr Gregorius. Die Kammer war nicht mehr als ein Bretterverschlag, die Einrichtung bestand lediglich aus einem schlichten, großen Bett, das einen schmalen Gang zu einem ebenso schmalen Fenster frei ließ. Wie die Fenster im Untergeschoss war auch dieses mit ölgetränktem Pergament versehen, nur dass das Pergament hier um einiges dunkler war und auf diese Weise noch weniger Licht hereinfiel.

Dobrila schloss die Tür und machte sich an dem Bett zu schaffen. Mit geübten Handgriffen zog sie das Laken gerade und rückte ein paar Kissen zurecht. »Du solltest jetzt vielleicht besser den Hut absetzen, deine Tonsur stört mich nicht«, sagte sie leichthin. »Mag sein, dass du der erste

Mönch in unserem Haus bist. Der erste Gottesmann bist du jedenfalls nicht.« Sie lachte verschmitzt.
Gregorius hatte das Gefühl, der Boden unter den Füßen werde ihm weggezogen. Er lehnte sich an die Bretterwand und schloss die Augen. Ertappt wie ein ungehorsames Kind, stand er da, in seinem Kopf jagten sich die Gedanken – der Prior und seine Brüder, das abgelegte Gelübde, das zu brechen er sich gerade anschickte, der Klosterkerker und die ewige Verdammnis, dazu die Stiefmutter als die einzige Frau, die ihm jemals als Frau gegenübergetreten war, so viel Sünde, so viel Schuld, und auf der anderen Seite die Sehnsucht nach der verbotenen Welt, die ihn quälte, die ihm die Unruhe ins Herz gesenkt hatte und ihm die Seele zerriss und die ihn auch in einem Augenblick wie diesem keine Ruhe finden ließ.
Bebend vor Erregung wollte Gregorius aus dem Raum stürzen, doch Dobrila war schneller. Bevor er noch die Tür öffnen konnte, stand sie mit ausgebreiteten Armen vor ihm und versperrte ihm den Weg.
Gregorius funkelte sie feindselig an. »Ich Narr!«, stieß er hervor. »Ich dreimal törichter Narr, der ich um eines Weibes willen den schlüpfrigen Pfad des Unheils beschritten habe! Wie konnte ich nur vergessen, dass es ein Weib war, das die Sünde in die Welt gebracht hat! Eva hat es getan, und du bist ihre Tochter, du und die anderen in diesem Haus und überhaupt alle Weiber unter der Sonne. Verführerinnen seid ihr, todbringende Sirenen, die die Männer mit süßen Gesängen anlocken, um sie anschließend ins Verderben zu stürzen. Fliehe die Buhlerin, so steht es geschrieben, auf dass du nicht in ihre Stricke fällst! Oh, was für ein Tor war ich, dass ich diese Worte nicht wahrhaben wollte!« Er trat einen Schritt zurück und krümmte sich wie eine Raubkatze vor dem Sprung. »Werkzeuge des Teufels seid ihr!«, donnerte seine Stimme

durch den Raum. »Und es ist der böse Feind, der zwischen euren gierigen Schenkeln wohnt!«
Von draußen drang das Geräusch herbeieilender Schritte in die Kammer, und gleich darauf hämmerte eine Faust gegen die Tür. »He, was ist los da drinnen?«, wetterte der Wirt, und als er nicht sofort eine Antwort erhielt: »Brauchst du Hilfe, Dobrila?«
Die Angesprochene hatte ihren Kunden nicht eine Sekunde aus den Augen gelassen. »Ich brauche keine Hilfe. Es ist alles in Ordnung.«
»Alles in Ordnung … Dass ich nicht lache!«, brummte der Wirt. Und warnend fügte er hinzu: »Wenn er noch mal wie ein Ochse brüllt, setz ich ihn vor die Tür!«
Dobrila wartete, bis die Schritte sich entfernt hatten. Dann wandte sie sich wieder Gregorius zu. Dieser stand stumm da, den Kopf gesenkt, ein Kämpfer nach einem verlorenen Kampf. Ohne Widerstand ließ er sich auf das Bett ziehen. Sie nahm ihm den Hut vom Kopf, öffnete seine Kleider und begann mit ihren Fingern kleine Kreise auf seiner Haut zu zeichnen. Ein wohliges Zittern ging durch seinen Körper. Er hatte die Augen geschlossen und den Mund leicht geöffnet, und während sie tiefer glitt, begann er auf einmal sich zu regen. Von unsichtbaren Händen geleitet, mit Bewegungen, die niemand ihn gelehrt hatte und die ihm dennoch unendlich leicht fielen, legte er die Frau auf den Rücken und schob sich auf sie, und als sein Fleisch mit dem ihren verschmolz, durchzuckte es ihn wie ein gewaltiger Blitz. Sein Atem ging schnell und heftig, er presste sein Gesicht gegen ihre Schulter, er stöhnte, er tauchte ein in ihren weichen, sich hingebenden Leib, alles um ihn herum war verschwunden, er war außerhalb dieser Welt, kannte weder Vorher noch Nachher, nur das hitzige Vibrieren seines Körpers und die Anspannung aller Muskeln, und dann, am Ende eines leidenschaftlichen

Weges, explodierte er in einem nie gekannten, nie erahnten, jegliche Vorstellungen weit hinter sich lassenden Rausch ekstatischer Gefühle und grenzenloser Verzückung.
Erschöpft lag Gregorius da und rang nach Atem. In seinem Kopf herrschte Leere. Erst allmählich kroch das Leben in ihn zurück. Irgendwann rollte er sich zur Seite und setzte sich auf. Aus der Kammer nebenan war ein glucksendes Kichern zu vernehmen, unten auf der Straße bot ein Kesselflicker laut schreiend seine Dienste an. Wie im Traum erhob er sich, ordnete seine Kleider und ging zur Tür. Als er die Hand auf den Riegel legte, hörte er eine Stimme in seinem Rücken. »Komm wieder, Gregor!«, sagte die Stimme, und noch einmal: »Komm wieder!« Und »Komm wieder!« hallte es in seinem Kopf nach, als er die Treppe hinunterstieg und in den Raum trat, in dem die Färbergesellen vor einer Kanne Bier hockten und der Schläfer noch immer mit ausgestreckten Beinen am Kachelofen lehnte. Wortlos bezahlte Gregorius dem Wirt die Zeche und trat ins Freie.
Das grelle Nachmittagslicht brachte ihn jäh in die Welt zurück. Ein barfüßiges Mädchen trieb eine Herde schnatternder Gänse am Frauenhaus vorbei, und er wartete, bis sie weitergezogen waren. Dann lief er los. Hoffentlich hatten sie ihn im Konvent nicht vermisst, ging es ihm durch den Kopf, während er auf die andere Straßenseite wechselte. Und hoffentlich sprach ihn niemand auf seine Studien an, die Traktate des Augustiners Gerhard von Siena, die noch unaufgeschlagen auf dem Tisch in seiner Zelle lagen. Und hoffentlich fragte ihn niemand nach der Predigt, mit der ihn der Prior vor dessen Abreise beauftragt hatte.
Die Predigt … Gregorius schloss die Augen. Ihn schwindelte, und für einen Moment musste er sich an eine Hauswand lehnen. Vielleicht würde er sie in der Kirche ja alle wieder sehen – den Frauenwirt und die beiden Färbergesellen, den

Jüngling vom Nebentisch, wie er mit seinem Vater und seinen Brüdern ganz vorn stand, die Dirnen auf den Plätzen, die ihnen der Rat zugewiesen hatte, darunter jene Dirne, die ihm die erste Frau gewesen war und die ihm »Komm wieder!« nachgerufen hatte. Ja, vielleicht würden sie kommen und ihn ansehen und seinen Worten lauschen, und er – er würde vor ihnen stehen und über die Sünde sprechen und sie alle gemeinsam mit markigen Worten zu einem gottgefälligen Leben ermahnen …

Als Gregorius sich wieder in Bewegung setzte, wäre er beinahe mit dem Mann zusammengestoßen, der mit schnellen Schritten die Büttelgasse herunterkam. Der Mann war groß und kräftig und hatte ein verschlossenes Gesicht. Auf seinem Kopf trug er einen hellgrauen Hut mit einer roten Binde, in der eine Hahnenfeder steckte. Für die Dauer eines Herzschlags standen sie sich gegenüber, und jeder von ihnen wusste, dass er den anderen nicht berühren durfte. Dann trat Gregorius zur Seite und hastete die Straße hinunter.

Der Henker aber stand mit gerunzelter Stirn und blickte dem Davoneilenden hinterher. Er kannte das Gesicht. Irgendwoher kannte er das Gesicht. Er hatte es schon einmal gesehen, auch wenn ihm weder Name noch Ort einfallen wollten. Nur dass er es kannte, das wusste er ganz genau.

* * *

In der Nacht, bevor man Hanns Steffen aufs Schafott führte, brachte das Weib des Hofbäckers ein Kind zur Welt, dem der Daumen der linken Hand fehlte. Das Außergewöhnliche ereignete sich bald nach Mitternacht und damit zu einer Zeit, zu der die meisten Menschen in tiefem Schlaf lagen. Aber kaum begannen die Hähne zu krähen und sich ein dünner Silberstreif am Horizont abzuzeichnen, da verbreitete sich

die Nachricht wie ein Lauffeuer in den beiden Städten, und noch bevor die aufgehende Sonne die Dächer färbte, wusste fast jeder von dem beunruhigenden Geschehen.
Ein Zeichen! Der Himmel selbst hatte ein Zeichen geschickt! Und weil an diesem Tag eine Hinrichtung stattfinden sollte, die bereits zuvor für allerhand Aufsehen gesorgt hatte, zweifelte niemand daran, dass beide Ereignisse in einem engen Zusammenhang gesehen werden mussten. Die Frage war nur, wie die Sache mit dem fehlenden Daumen zu deuten war, hatte der Himmel bei seiner Willensbekundung doch eine eindeutige Festlegung vermissen lassen. Und so spaltete sich die Bevölkerung denn auch schon bald in zwei Gruppen, die gegensätzliche Standpunkte vertraten. Da gab es die einen, die meinten, das Urteil gegen den Angehörigen einer vornehmen Familie sei viel zu milde ausgefallen, man hätte ihn auf dem Hochgericht mit dem Rad richten und seine Leiche unter dem Galgen verscharren sollen, wie man es bei einem Mann von geringerer Herkunft zweifellos getan hätte. Und da gab es die anderen, eine Minderheit, die der Ansicht waren, den jungen Mann treffe nur eine geringe Schuld an dem Vorgefallenen, das Urteil sei viel zu hart, und deshalb habe der Himmel mittels der Missgeburt seinen Unmut über die Entscheidung des Richters ausdrücken wollen. Immer hitziger entwickelten sich die Gespräche, immer höher schlugen die Wogen der Erregung, und als die festgesetzte Stunde gekommen war und zu allem Überfluss noch ein Gewitter heraufzog – ein zusätzliches Zeichen? –, da waren weit mehr Menschen auf den Beinen als bei gewöhnlichen Hinrichtungen, und die Schauplätze des bevorstehenden Geschehens hatten sich mit einer unübersehbaren Zahl von Menschen gefüllt.
Auch nahe der Langen Brücke standen die Neugierigen dicht gedrängt. »Was für ein Tag!«, schüttelte sich eine Alte und

richtete den Blick sorgenvoll zum Himmel empor, wo sich dichte Wolken zu einem schwarzblauen Gebirge auftürmten. In den Bäumen hingen die Blätter schlaff an den Zweigen, die Vögel waren verstummt, aus der Ferne tönte dumpfes Donnerrollen herüber.
Ihre Nachbarin, eine spitznasige Frau mit einem Korb Erbsen unter dem Arm, gab sich zustimmend. »Ich hab ja schon manchen auf seinem letzten Gang begleitet, aber so etwas wie heute hab ich noch nie erlebt!«
Die Alte wollte gerade zu einer weiteren Bemerkung ansetzen, als zwei grimmig dreinschauende Stadtknechte auftauchten und die Reihen der Zuschauer abliefen. »Macht Platz, ihr Leute!«, forderten sie die Wartenden auf, und noch bevor diese der Aufforderung hätten nachkommen können, drängten die Knechte sie auch schon zurück. Die Alte verlor das Gleichgewicht und taumelte, und hätte nicht ein geistesgegenwärtiger Altarist von Sankt Nikolai sie aufgefangen, so wäre sie geradewegs in einen frischen Kuhfladen gestürzt. Wütend schickte sie den Knechten einen Fluch hinterher.
In diesem Augenblick kündeten Trommeln und Pfeifen von dem Herannahen des Armesünderzuges, und gleich darauf bogen die Erwarteten um die Ecke. Die Ersten, die erschienen, waren die Stadtmusikanten. Ihnen folgte ein halbes Dutzend Bewaffneter, Männer mit Brustpanzern und mit Spießen in den Händen. Als der Verurteilte sichtbar wurde, ging ein Raunen durch die Menge. Schleppend kam er daher, ein weicher, schwächlicher Körper mit einem blassen Kindergesicht. An seiner Seite ging ein Geistlicher aus dem Orden des heiligen Franziskus. Hinter ihm lief der Henker in seinem blutroten Mantel, mit dem Richtschwert am Gürtel und mit einem Strick in der Hand, dessen Ende um die Hände des Verurteilten geschlungen war. Den Abschluss des Zuges bildeten einige weitere Bewaffnete, allesamt Handwerker,

deren angespannte Gesichter verrieten, dass sie sich ihrer Wichtigkeit an diesem Tag vollauf bewusst waren.

Als der Zug sich der Langen Brücke näherte, kam ihm ein Bürschlein entgegen. Das Kind, nur mit einem Hemdchen bekleidet, hatte sich von der Mutterhand losgerissen und stolperte nun mit staksigen Schritten den Musikanten entgegen. Während die Mutter noch unschlüssig zwischen Hinterherlaufen und Abwarten schwankte und einer der Stadtknechte sich daranmachte, den Kleinen wieder einzufangen, hielt der Zug kurz an.

Die Alte drängte erschrocken nach hinten. Der Verurteilte war so dicht vor ihr zum Stehen gekommen, dass sie nur den Arm hätte ausstrecken müssen, ihn zu berühren. »Was für ein Mensch!«, flüsterte sie ihrer Nachbarin zu. »Gerade mal zwanzig Jahre alt. Sieh dir nur die Augen an! Solche Augen hat keiner, der reinen Herzens ist, sag ich dir! Die hat er auch nicht von seinem Vater. O nein, sein Vater ist ein guter Mann. Und erst diese Hände – schütteln möchte man sich!«

»Ein Scheusal!«, ereiferte sich die Spitznasige. »Wenn er nur bald tot wäre!«

Der Verurteilte, der die letzten Worte gehört hatte, drehte sich ruckartig zu der Sprecherin um. Sein Atem ging schwer, seine Augen verrieten die Angst, die er fühlte. Er war ein Wild in einer Falle, aus der es kein Entrinnen mehr gab. Noch nie war ihm solche Aufmerksamkeit zuteil geworden, wie an diesem letzten Tag seines Lebens – eine erregte, brodelnde, dem tödlichen Streich des Henkers entgegenfiebernde Aufmerksamkeit, deren Ende erst dann zu erwarten war, wenn er längst nicht mehr auf dieser Welt weilen würde.

Die Frau schlug entsetzt ein Kreuz. »Heilige Muttergottes!«, stammelte sie. Die Blicke ihres Gegenübers brannten wie Pfeile in ihrem Körper. Fast schien es ihr eine Ewigkeit, bis der Henker endlich an dem Seil ruckte, mit dem der Verurteilte gefesselt war, und der Zug seinen Weg fortsetzte. Unter dem Klang der Trommeln steuerte er auf das Gebäude in der Mitte der Langen Brücke zu, ein auf einer Flussinsel gegründetes, mit der Brücke durch einen Steg verbundenes Fachwerkhaus genau auf der Grenze zwischen Cölln und Berlin. Vor vielen Jahren hatte der Bau beiden Städten als gemeinsames Rathaus gedient; seit die Hohenzollern die einheitliche Verwaltung aufgelöst und überdies die Gerichtsbarkeit an sich gezogen hatten, residierte hier der vom Kurfürsten bestellte Hofrichter.

Die beiden Frauen versuchten dem Zug zu folgen, aber da sich bereits zahlreiche Menschen auf der Brücke befanden und diese deshalb von den Bewaffneten abgesperrt worden war, mussten sie umkehren. Verärgert schoben sie sich durch die Menge nach hinten, bis sie vor einem niedrigen, schon von mehreren Personen besetzten Mäuerchen in der Oderberger Straße Halt machten. Die Alte kniff abschätzend die Augen zusammen. Dann zwinkerte sie der Spitznasigen zu, und ehe ihr noch jemand zu Hilfe kommen konnte, raffte sie ihre Röcke und erklomm den gut gelegenen Aussichtspunkt.

Wind war aufgekommen. Er fuhr in die Kleider der Menschen und spielte mit den Blättern, die eben noch unbewegt an den Zweigen gehangen hatten. Aus der Ferne rollte anhaltendes Grummeln über das Land.

»Der arme Kerl!«, murmelte ein Zuschauer neben der Alten, die Augen Anteil nehmend auf den Verurteilten gerichtet.

Die Alte drehte ungläubig den Kopf. Der Mann hatte ein erdfarbenes, von tiefen Furchen durchzogenes Gesicht, aus dem zwei gutmütige Schafsäuglein hervorblinzelten; neben ihm stand eine Kiepe voller Mangold – zweifellos ein Bauer, der in der Stadt seine Ernte losschlagen wollte. »Du kennst den Fall wohl nicht, wie?«, fauchte die Alte ihren Nachbarn so heftig an, dass dieser vor Schreck beinahe den Halt verloren hätte. Und aufgebracht fügte sie hinzu: »Wer ihn nicht kennt, der sollte besser sein Maul halten!«

Der Bauer senkte den Kopf und schwieg. Die Spitznasige, die ebenfalls das Mäuerchen bestiegen hatte, warf der Alten einen vorwurfsvollen Blick zu. Ohne die Brücke, auf der jeden Moment der Richter erscheinen konnte, aus den Augen zu lassen, stellte sie sich neben den Bauern. »Glaub mir, guter Mann: Wenn einer den Tod verdient hat, dann ist es der da! Immerhin hat er ein Kind auf dem Gewissen. Das Kind, das er der Hedwig gemacht hat, und das …« Sie stockte. »Du hast überhaupt keine Ahnung, wie? Also pass auf, ich erklär's dir: Die Hedwig, das war die Magd von seinem Vater, und sein Vater, das ist der Kämmerer Kerstian Steffen. Ein angesehener Herr, einer von den ganz Feinen. Anders als der Sohn da drüben, dieser Lump. Also, wie gesagt: Vor ein paar Tagen hat die Hedwig ein Kind bekommen, von diesem Lumpen da, und da er heiraten wollte …«

»Natürlich nicht die Hedwig!«, mischte sich die Alte in die Rede, nun versöhnlicher gestimmt. »Die Hedwig wollte der nicht heiraten. So eine heiratet der nicht. Eine aus dem Schloss sollte es sein, eine« – sie gab ihrer Stimme einen bedeutungsschweren Klang – »vornehme Dame! Ihr Vater ist ein wichtiger Mann beim Kurfürsten. Alles war schon festgelegt, ein großes Ereignis, von dem die ganze Stadt wusste. Tja, und da bekommt die Magd seines Vaters auf einmal ein Kind von ihm …«

Der Bauer runzelte nachdenklich die Stirn. »Aber … vielleicht hätte die vornehme Dame ihn ja jetzt nicht mehr geheiratet …«

»Du bist ein kluger Bursche«, lobte ihn die Spitznasige. »Vielleicht hätte sie ihn nicht geheiratet. Vielleicht aber doch. Da konnte der Kerl sich eben nicht sicher sein. Und deshalb hat er die Hedwig gezwungen, das Balg zu töten, kaum dass es auf der Welt war.«

»Den Kopf hat sie ihm abgeschnitten, und anschließend hat sie es den Schweinen zum Fraß vorgeworfen!«, empörte sich die Alte. »Und vorher hat sie es noch nicht einmal getauft!«

Der Bauer stand mit offenem Mund da. »Und dann sind die beiden zum Richter gegangen und haben ihm das alles erzählt?«

Die Spitznasige rückte eine Handbreit zur Seite. »Na, so klug scheinst du nun auch nicht zu sein!«, stöhnte sie. »Die gehen doch nicht einfach zum Richter und erzählen ihm, dass sie gerade ein Kind umgebracht haben! So dämlich sind die doch nicht! Nein, ein Stallbursche hat die beiden beobachtet, wie sie das Kind in den Schweinekoben geworfen haben – den Körper mitsamt dem abgeschnittenen Kopf. Der Bursche hat's einem Knecht erzählt, und der hat's der Köchin gesagt, und so ist die Sache rausgekommen. Natürlich haben die beiden alles abgestritten, aber das hat ihnen nichts genützt.«

Auf der Brücke vor dem Rathaus begann sich Ungeduld zu verbreiten. Erwartungsvoll starrten alle auf die Tür, durch die der Richter herauskommen musste, doch einstweilen war dort nicht mehr zu sehen als die beiden Bewaffneten, die neben der Tür Aufstellung genommen hatten.

»Der Stallbursche hat einen heiligen Eid geschworen, dass die Sache tatsächlich so abgelaufen ist, und außerdem wusste die Köchin von dem Verhältnis der beiden. Ja, mehr noch – sie wusste sogar von dem Kleinen. Schließlich hat die Hedwig den Mund aufgemacht, und nachdem sie alles zugegeben hatte, konnte der Kerl sich auch nicht mehr rausreden.«

»Und weiter?«, wollte der Bauer wissen.

»Gestern hat sich der Henker die Hedwig vorgenommen. Du hättest sie sehen sollen: Kein Wort hat sie gesagt, als der Henker sie bei lebendigem Leibe eingegraben hat. Draußen, beim Galgen vor der Stadt.« Sie schüttelte sich. »Ein grässlicher Tod! Da hat es dieser Lump viel leichter.«

»Viel zu milde, das Urteil!«, zeterte die Alte. »Nur den Kopf abschlagen, das ist ja lächerlich. Rädern sollten sie ihn! Jawohl, auf dem Rabenstein die Knochen brechen und dann aufs Rad flechten. Das hätte der Kerl verdient!« Sie senkte die Stimme und deutete mit der Hand nach oben. »Der Himmel sieht das genauso. Heute Nacht hat er nämlich ein Zeichen gegeben, dass das Urteil viel zu milde ist. Heute Nacht wurde ein Kind ohne Daumen …«

Die Alte brach mitten im Satz ab, denn in diesem Moment öffnete sich die Tür des Rathauses, und der Richter trat heraus. Er war in eine rote, mit Pelzbesatz verbrämte Schaube gekleidet, auf seinem Kopf saß ein Barett. Sein Gebaren war voller Würde. Sollte er die Sache mit der Missgeburt ebenfalls als ein himmlisches Zeichen angesehen und dieses als eine Missbilligung seines Urteils gewertet haben, so war ihm jedenfalls in diesem Augenblick nicht das Geringste davon anzumerken.

Gespanntes Schweigen breitete sich aus, als der Richter das hochnotpeinliche Halsgericht eröffnete. In knappen Worten wurde der Prozess noch einmal wiederholt, auf dass jedermann sich ein Bild machen konnte von dem, was zuvor hinter den verschlossenen Türen des Gerichts abgelaufen war. Als der Richter von dem Kämmererssohn wissen wollte, ob er sich schuldig bekenne, und als dieser wie gelähmt verharrte und nicht antwortete, wuchs die Spannung spürbar an. Ohne öffentliches Bekenntnis konnte es kein Urteil geben und ohne Urteil keine Hinrichtung, und die Zuschauer würden auf der Stelle nach Hause gehen können. Doch bevor der Richter seine Frage noch einmal wiederholte, schien der Kämmererssohn sich plötzlich daran zu erinnern, dass er sich eine winzige Galgenfrist nur um den Preis schrecklicher Foltern erkaufen könnte und er am Ende sein Geständnis ohnehin wiederholen würde, und so schluchzte er denn ein gebrochenes Ja. Auf dem Gesicht des Richters zeichnete sich Zufriedenheit. In wohlgesetzten Worten verkündete er das Urteil. Als er den Stab über dem Angeklagten brach, schluchzte dieser ein weiteres Mal auf, und zwei Stadtknechte mussten ihn stützen.

Am Spreeufer, nicht weit von dem Geschehen entfernt, fiel mit lautem Knall eine Tür ins Schloss. Der Wind hatte zugenommen, er schob Wolken vor sich her und setzte kleine Schaumkronen auf den Fluss. Aus der Ferne war weiterhin Donnerrollen zu hören. Und dann begann auf einmal die Armesünderglocke zu läuten, gleichmäßig und ohne Gnade, jeder Schlag ein Schritt auf der kurz gewordenen Wegstrecke vom Leben in den Tod. Ein letztes Mal ordnete sich der Zug mit dem Verurteilten in der Mitte, dieses Mal angeführt von dem Richter, der auf einem kräftigen Friesenhengst saß, den der Kurfürst ihm zum Geschenk gemacht hatte. Erneut ertönte das Trommeln und Pfeifen, erneut schulterten die Bewaffneten ihre Spieße, und unter den Augen der Menge setzte sich der Zug abermals in Bewegung.

»Jetzt hat dein letztes Stündlein geschlagen!«, frohlockte die Alte, als der Kämmererssohn an ihr vorbeigeführt wurde, und eine Schwangere inmitten einer Kinderschar spuckte ihm empört ins Gesicht. Manch anfänglich Mitfühlender war durch das neuerliche Aufrühren des Verbrechens zum Befürworter einer unverzüglichen Hinrichtung geworden, und von allen Seiten wurden Verwünschungen und Flüche gegen den Kindesmörder ausgestoßen. Nur der Bauer stand wortlos auf dem Mäuerchen und verfolgte mit traurigen Augen den Gang des Verurteilten, der den Eindruck erweckte, er würde schon beim nächsten Schritt zu Boden sinken und liegen bleiben, um auf diese Weise zu versuchen, seinem Schicksal zu entgehen.

Die Alte stieß dem Bauern gut gelaunt ihren Ellenbogen in die Seite. »Komm mit zum Neuen Markt!«, ermunterte sie ihn mit Verschwörermiene. »Wenn wir uns beeilen, finden wir vielleicht noch einen guten Platz.« Und während sie dies sagte, sprang sie auch schon von dem Mäuerchen herab und stapfte eilig der Richtstätte entgegen.

Unterdessen hatte der Zug mit dem Verurteilten die Oderberger Straße verlassen und war in die Straße eingebogen, die zum Heiliggeist-Spital führte. Auch hier hatten sich zahlreiche Menschen versammelt. Sie lehnten aus den Fenstern oder standen vor den Häusern, und mehr als einmal hatten die Stadtknechte Mühe, dem Richter und seinem Gefolge den Weg durch die Menge zu bahnen. Vor der Kapelle des Spitals machte der Zug Halt. Ein paar Pfründnerinnen stimmten ein frommes Lied an, und ein junger Priester streckte dem Verurteilten die Monstranz entgegen. Der Franziskaner, der den Verurteilten auf seinem letzten Weg begleitete, forderte diesen zum Gebet im Angesicht des Herrn auf, doch der Angesprochene schien weder die Monstranz wahrzunehmen noch die an ihn gerichteten Worte zu hören.

Der Henker legte die Stirn in Falten. Er kannte das Verhalten eines armen Sünders kurz vor dem Ende – wenn der heraufziehende Tod diesem die ganze Welt in einen einzigen Nebel aus Angst verwandelte und er jederzeit umfallen konnte und er, der Henker, sich damit der schwierigen Aufgabe gegenübersah, einem solchen Mann noch auf ordentliche Weise den Kopf abzuschlagen. Er gab einem der Stadtknechte ein Zeichen. Dieser drängte den Franziskaner beiseite und hielt dem Kämmererssohn eine Kanne mit Wein hin. Kaum hatte der die Kanne wahrgenommen, da streckte er auch schon gierig die Hände danach aus, als reiche der Himmel höchst-

selbst ihm ein Geschenk. In großen Zügen trank er, während unter den Umstehenden Unmut laut wurde über diese Erleichterung, die der Richter ihm zugestanden hatte.
Die Pfründnerinnen vom Heiligen Geist sangen noch immer, als der Armesünderzug sich wieder in Bewegung setzte. Eine vornehme Frau in Schnürmieder und blauseidenem Schleppkleid betete einen Rosenkranz; irgendwo weinten zwei Mädchen; ein finsterer Kerl, dem der Henker die Ohren abgeschnitten hatte, wünschte dem Verurteilten viel Glück auf der Reise in die Hölle. Kurz vor der Badstube am Neuen Markt wurde der Zug noch einmal aufgehalten. Eine Frau mit einem verhärmten Gesicht warf sich vor dem Richter auf die Erde und flehte um Gnade für den Verurteilten. Der Himmel habe seinen Willen bekundet, jammerte sie unter Tränen, das daumenlose Kind sei das Zeichen, dass der Himmel den Tod des Unglücklichen nicht wolle, und niemand habe das Recht, dem himmlischen Willen zuwider zu handeln, weder das einfache Volk noch die hohen Herren, und deshalb müsse der Kämmererssohn auf der Stelle freigelassen werden, ansonsten werde schweres Unheil über die Stadt und ihre Bewohner hereinbrechen … Der Richter indes dachte gar nicht daran, sich von der Frau beeinflussen zu lassen. Stattdessen rief er einem Bewaffneten ein ungeduldiges »Schaff sie fort!« zu, und nachdem dieser die sich heftig Sträubende davongejagt hatte, konnte der Zug seinen Weg fortsetzen.
Auf dem Neuen Markt war die Zahl der Zuschauer derweil kräftig angewachsen. Die ganze Stadt schien auf den Beinen zu sein. Bereits in den Morgenstunden hatten sich die ersten Schaulustigen eingefunden, um einen Platz in der Nähe des Schafotts zu ergattern. Inzwischen reichte die Menschenmenge bis in die umliegenden Straßen, und noch immer strömten Neugierige hinzu. Alle waren sie gekommen: Junge und Alte, gut gekleidete Personen von Stand und Bettler

in Lumpen, Frauen mit Kindern an den Händen, Handwerksmeister und ihre Gesellen, die Vertreter des Herrn, dazu Fremde, die sich aus Anlass des bevorstehenden Turniers in der Stadt aufhielten und die ebenfalls mit ansehen wollten, wie man den Spross einer altehrwürdigen Familie aufs Schafott brachte. Glücklich durfte sich schätzen, wer eines der Häuser am Markt besaß, mit ungehindertem Blick auf das Blutgerüst in dessen Mitte. Andere balancierten auf mitgebrachten Leitern oder herangerollten Fässern oder hatten Plätze auf einem offenen Kastenwagen gemietet, den ein geschäftstüchtiger Ackerbürger vor dem Kaufhaus aufgestellt hatte. Dicht standen sie beieinander, schoben und drängten, und über allem lag das Gewirr unzähliger Stimmen, angefangen bei den leisen Gebeten der Einfühlsamen und den ernsten Gesprächen der Nachdenklichen bis hin zu dem Poltern der Witzbolde, dem Grölen der Trinker und dem Schreien der Händler, die zwischen den Zuschauern umherliefen und mannigfaltige Leckereien und erfrischende Getränke feilboten.

Als der Richter mit seinem Gefolge auf den Neuen Markt einschwenkte, ging eine Bewegung über den Platz, und zahllose Köpfe reckten sich den Ankömmlingen entgegen. Schlagartig herrschte Ruhe, nur vom Bernauer Bierkeller drangen noch ein paar feuchtfröhliche Stimmen herüber. Den Kopf hoch erhoben, ritt der Richter durch die Gasse, die die Bewaffneten ihm freimachten, hinter ihm folgten der Verurteilte und die anderen Männer. Der Zug hatte die Richtstätte fast schon erreicht, als der Kämmererssohn mit einem Mal wie versteinert stehen blieb. Aus weit aufgerissenen Augen starrte er den Mann an, der – eingerahmt von den beiden Bürgermeistern Berlins – nur wenige Schritte von ihm entfernt stand und dessen scharf geschnittenes Gesicht äußerste Anspannung verriet. Seine Lippen bebten, als er den Mund auftat. »Vater …«, stieß er tonlos hervor, ein einziges, kaum vernehmbares Wort nur, zugleich aber eine Welt von Gefühlen: die Erinnerung an ein Leben; die namenlose Angst am Rande des Schafotts; das Sehnen nach Hoffnung und gleichzeitig das Wissen, dass jeder Einzelne der hier Versammelten für die Unerfüllbarkeit dieses Sehnens stand.

Der Kämmerer Kerstian Steffen verharrte schweigend und regungslos. Die Adern an seinen Schläfen waren geschwollen, die Fäuste umschlossen den Griff eines Stocks, an den er seit einem Unfall gebunden war. In seinen Augen spiegelten sich weder Verständnis noch Vergebung, nur Fassungslosigkeit und Verachtung, vor allem aber die durch nichts zu erschütternde Überzeugung, dass eine schreckliche Tat nur durch eine schreckliche Bestrafung gesühnt werden konnte. Sein Leben lang hatte er für Härte gegenüber dem Verbrechen plädiert. Er war für strenge Strafen eingetreten und hatte jeden einen Schwächling gescholten, der von Erbarmen gesprochen und das Wort Gnade im Mund geführt hatte. Nun war sein eigener Sohn auf die Seite des Bösen übergewechselt, doch er blieb weiter bei seiner Haltung. Wer zum Mörder geworden war, der sollte auch wie ein Mörder sterben – selbst wenn es tausendmal die Möglichkeit gäbe, ihm durch Geld oder gute Beziehungen ein grausiges Ende zu ersparen.

In den hinteren Reihen machte sich Unruhe breit. »Schlagt ihm endlich den Kopf ab!«, tönte eine schrille Frauenstimme über den Platz, und sogleich fielen andere in die Aufforderung ein.

Der Verurteilte zuckte wie unter einem Peitschenhieb zusammen. »Vater!«, stieß er flehend hervor, und nach einigen Sekunden nochmals »Vater …«, doch da klang seine Stimme schon hohl und leer.

Missfällig wandte der Henker den Blick von dem Kämmerer. »Los, weiter!«, forderte er den Abgewiesenen auf und ruckte abermals an dem Seil. Ein Mann wie der Kämmerer würde sich eher die Zunge abbeißen, als dem eigenen Sohn einen letzten Trost zuzusprechen. Ja, wären da nicht andere gewesen, man hätte seinem Sohn nicht einmal die kleinste Erleichterung auf dem Weg in den Tod gewährt. Ein strenger Herr war er, der Herr Kerstian Steffen, stark und von stolzem Wesen. Ganz anders als der Vater der Hedwig, die er gestern in die Grube geschaufelt hatte: ein braver Schuhflicker, schlicht und einfältig, aber ein Herz so groß wie ein Wagenrad. Drei Mann hatten ihn festhalten müssen, während seiner Tochter langsam die Luft ausgegangen war, und seither lag er auf ihrem Grab und rührte sich nicht von der Stelle.

Von Sankt Marien schlug es die zehnte Stunde, als der Zug zu Füßen des Schafotts zum Halten kam. Schon am Vorabend hatten Zimmerleute das Blutgerüst aufgebaut, eine mannshohe, mit schwarzen Tüchern verhängte Bühne nahe dem Galgen und der steinernen Säule, an die man gelegentlich Menschen band, um sie den Flammen zu übergeben. Oben wartete bereits ein Henkersknecht auf die Ankömmlinge – der Löwe, wie man den Ersten unter den Knechten für gewöhnlich nannte –, ein stämmiger Bursche mit einem ausdruckslosen Gesicht und mit Händen, die so kräftig waren, dass sie einem Pferd mit einem einzigen Schlag das Rückgrat hätten brechen können. Neben ihm, auf einem Sockel, stand ein Kruzifix, in der Mitte des Schafotts lagen ein Kissen und etwas Sand, dahinter umrahmten zwei schlanke Wachskerzen einen offenen Sarg.

Alles war getan. Was noch fehlte, war das Ende.

Während der Richter vom Pferd stieg, um seinen Platz auf der Bühne einzunehmen, tastete der Henker verstohlen nach dem Richtschwert an seinem Gürtel. Da war es wieder – dieses Zittern seiner Hände, vor dem er sich fürchtete, seit er es zum ersten Mal gespürt hatte. Diese fahrige Bewegung seiner Finger. Die Unruhe, die sich nicht unterdrücken ließ. Dazu der Schweiß, der sich feucht und rutschig zwischen seine Hände und das Schwert setzte, kaum dass er dessen Griff berührte. Noch vor wenigen Monaten war das alles ganz anders gewesen, da hatten seine Hände einen Teil seines Schwertes gebildet. Doch dann war auf einmal dieses Zittern gekommen, ohne dass er sich dagegen hatte wehren können, und seither gab es seine Hände und gab es sein Schwert, und zwischen beide hatte sich die Angst vor dem Versagen geschoben, die Angst vor einem frühzeitigen Aus.

»Noch mal Wein?«, wollte ein Stadtknecht wissen.

Der Henker nickte. Mit unbewegter Miene wartete er, bis der Kämmererssohn getrunken hatte, dann deutete er auf die Treppe, an deren oberem Ende sich der Löwe bereithielt. Gestützt von dem Franziskaner, setzte der Verurteilte einen Fuß auf die erste Stufe, danach auf die nächste und auf die darauf folgende, eine ohnmächtige, kraftlose Abfolge von Bewegungen. Als sein Kopf über der Menge sichtbar wurde, schlugen ihm wütende Worte entgegen.

Der Richter, der auf sein eigenes Rederecht verzichtet hatte, gab dem Franziskaner einen Wink, und dieser trat an den Rand des Schafotts. Er war ein Mann von mittlerem Alter, mit einem offenen Gesicht und großen, gütigen Augen, die in der Lage schienen, einer ganzen Welt zu verzeihen. Als er zu sprechen begann, wurde es still. In dürren Worten beschwor er noch einmal das furchtbare Geschehen herauf, welches die Magd Hedwig unter die Erde und den Kämmererssohn auf das Schafott gebracht hatte, und sprach von den sinnlichen Lüsten und dem Gift der Begierde, jenen bösen Leidenschaften, die die böse Tat erst hervorgebracht hätten. Zusammen mit der herzlosen Mutter, die man eine Mutter eigentlich nicht nennen könne, habe der Verurteilte die Frucht ihres Leibes getötet und damit gegen das himmlische Gebot verstoßen. Aber, so schallte seine Stimme über den Platz, das sei es nicht allein, was man den Eltern vorwerfen müsse. Vielmehr hätten sie durch die Unterlassung der heiligen Taufe das junge Leben den Mächten der Hölle überantwortet, bleibe diesem doch nun infolge der Erbsünde das Himmelreich bis in alle Ewigkeit verwehrt.

In der Ferne erhellte ein Blitz den Himmel. »Haut ihm doch endlich seinen verfluchten Schädel runter!«, schrie ein vierschrötiger Kerl in der vordersten Reihe, und sogleich fielen andere mit ein.

Der Franziskaner wartete, bis wieder Ruhe eingekehrt war. »Fürwahr, es ist eine schwere Schuld, um die es hier geht, und das ist der Grund, weshalb der Henker gleich ein weiteres Mal seine Pflicht tun wird. Aber mag die Schuld auch noch so groß sein, so sage ich euch doch: Der hier stirbt, der stirbt als ein reuiger Sünder!« Der Mönch wandte seinen Blick zu dem Kämmererssohn und nickte bekräftigend mit dem Kopf. Dann fuhr er fort: »Drei Tage sind vergangen, seit der Richter das Urteil gefällt hat. In diesen drei Tagen habe ich den armen Sünder begleitet. Unter Tränen hat er mir vor Gott seine Sünden bekannt. Ich habe Gebete mit ihm gesprochen und habe ihm den Leib des Herrn auf die Zunge gelegt. Und deshalb kann ich mit all der Gewissheit sagen, derer ich als ein sterblicher Mensch überhaupt fähig bin: Dieser Mann empfindet wahrhaftige Reue, und er betrachtet den Tod als eine gerechte Sühne für seine schreckliche Tat! Auf ihn trifft nicht der Spruch des Salomo zu, der da lautet: ›Wer wider die Strafe halsstarrig ist, der wird verderben ohne alle Hilfe.‹ Nein, ich sage euch: Der hier vor euch steht, der ist kein Halsstarriger, und nicht als ein solcher wird er das irdische Jammertal verlassen und vor seinen himmlischen Richter treten.

Der hier steht, der wünscht nichts sehnlicher, als dass er das Geschehene ungeschehen machen könnte! Und da es ihm selbst an der notwendigen Kraft gebricht, so vernehmt die Botschaft, die er euch sagen will, durch meinen Mund: Er nimmt sein Schicksal bereitwillig an. Er bittet jeden von euch um Verzeihung, dem er Böses angetan hat, sei es in Gedanken, in Worten oder in Werken. Gegen niemanden von euch hegt er Groll. Jedem gewährt er Vergebung. Und er erfleht eure Fürbitte bei dem Vater der Barmherzigkeit.«

Der Mönch breitete seine Arme über der Menge aus. »Was euch selbst aber betrifft, so lernt aus dem, was geschehen ist! Nur derjenige führt ein rechtes Leben, der voller Liebe zu den Menschen ist, aber voller Hass gegen die Sünde. Dies zu bedenken, darum bitte ich euch um Jesu Christi und um des Heils eurer eigenen Seelen willen. Wendet euch ab von dem Weg des Verderbens! Macht kehrt auf der Straße der Finsternis, die in die ewige Verdammnis führt! Vor allem aber vertraut auf die Gnade des allmächtigen Gottes, denn ohne diese würdet ihr im Meer eurer Sünden versinken!«

Unter den Zuschauern hatten mehrere Frauen zu schluchzen begonnen, die trunkenen Stimmen vor dem Bernauer Bierkeller waren verstummt, und für kurze Zeit hatte sich eine beinahe besinnliche Stimmung im Angesicht des Schafotts breitgemacht.

Nun war der Löwe an der Reihe. Da der Richter bestimmt hatte, dass die entehrende Hand des Henkers den Verurteilten nicht berühren sollte, war es an dessen Knecht, die notwendigen Handgriffe auszuführen. Mit demselben unbeteiligten Gesicht, mit dem er einen Ochsen vom Pfahl losgebunden hätte, löste er dem Kämmererssohn die Fesseln. Er half ihm aus dem Mantel und führte ihn vor das Kruzifix, wo der Verurteilte niederkniete und sich anschickte, gemeinsam mit dem Franziskaner ein letztes Gebet zu sprechen.

Zwei Schritte entfernt, neben dem Sarg, stand der Henker und ließ seine Blicke über die Zuschauer schweifen. Eine Menge wie diese war wie eine launische Jungfer – unberechenbar und schwer zu lenken. Hatte sie einen finsteren Übeltäter vor sich, so war sie auf der Seite des Henkers, ja, machte sich der Übeltäter gar noch ohne Reue aus der Welt oder stieß Flüche gegen seine Mitmenschen aus, so forderte die Menge häufig, was der Henker nicht durfte. Ganz anders dagegen, wenn der Täter nicht finster war. Wenn er bei denen gestohlen hatte, die ohnehin zu viel besaßen, wenn er bis zu seiner Tat als ein ehrenwerter Mann gelebt hatte oder wenn es sich gar um eine Frau handelte, eine junge womöglich und eine hübsche dazu. Wandte sich der Täter dann auch noch mit einem tränenerstickten Schlusswort an die Umstehenden oder brach unter der Last überbordender Gefühle zusammen, wenn die Geliebte ein letztes Mal seinen Namen rief oder die Mutter um Gnade für ihren Sohn bettelte, so konnten sich die Wut auf den Täter und die Empörung über seine Tat in Windeseile in ein tief empfundenes Mitgefühl verwandeln. Und in demselben Maße, wie der Verurteilte in den Augen der Menge gewann, verlor der Henker, und niemand unter den Zuschauern vermochte sich vorzustellen, welch übermenschlicher Anstrengung es bedurfte, das Urteil angesichts einer solchen Stimmung noch ordnungsgemäß zu vollstrecken.

»Meister!«

Der Henker zuckte zusammen. Neben ihm wartete der Löwe mit der Augenbinde für den Verurteilten in der Hand. Dieser hatte sein Gebet beendet, seine Hände umklammerten das Kruzifix, sein Kopf war gegen den Gekreuzigten gelehnt. Mit leerem Blick erhob er sich mühsam und wankte, geführt von dem Mönch, zu dem Kissen in der Mitte des Blutgerüsts. Gerade wollte er sich auf die Knie niederlassen, als ein grell-

weißer Blitz den Himmel zerriss und ein mächtiger Donnerschlag über die Stadt rollte.
Erneut beschworen Zuschauer das himmlische Zeichen, während der Richter, dem die Unaufmerksamkeit des Henkers nicht entgangen war, unwillig die Stirn runzelte. »Du solltest dich besser beeilen, Meister Hans!«, drängte er und wies auf den Löwen, der noch immer mit der Augenbinde in der Hand dastand und wartete.
Der Henker schnaubte verärgert. Früher hatte ihn nie etwas abgelenkt. Heute war er unsicher. Und Unsicherheit war das Letzte, was er brauchen konnte. »Los!«, forderte er seinen Gehilfen auf. »Lass uns anfangen!«
Unter den Augen der Menge fesselte der Löwe dem Verurteilten die Hände auf dem Rücken, ließ ihn auf dem Kissen vor dem Sandhaufen niederknien und verband ihm die Augen. Als er fertig war, trat der Franziskaner noch einmal vor und sprach ein Vaterunser.
Und dann war die Reihe an dem Henker.
Trommeln wurden gerührt, vom Turm tönte der Takt der Armesünderglocke herüber. Abermals zuckte ein Blitz über den Himmel. Wie vor Hinrichtungen üblich, entschuldigte sich der Henker bei dem Verurteilten für das, was seines Amtes war, und ermahnte ihn gleichzeitig zu Standhaftigkeit und würdevoller Haltung. Der Kämmererssohn indes schien nichts von alledem zu hören. Schwankend wie ein Schilfrohr im Wind kniete er auf dem Kissen, den Kopf auf die Brust gesenkt, sein Mund formte unverständliche Worte. Der Henker zog argwöhnisch die Brauen hoch. Schon wollte er den Löwen auffordern, den Kopf des Verurteilten zu halten, als dieser auf einmal ein leises »Amen« murmelte und sein Körper sich straffte.
Der Henker wischte ein paar Schweißtropfen von seiner Stirn. Der Verurteilte würde stillhalten. Bestimmt würde er

stillhalten, eine gute Voraussetzung für einen sicheren Schlag. Verfolgt von den Blicken der Menge langte der Henker nach dem Schwert. Seine Hände zitterten stärker als zuvor. Nur keine Unsicherheit! Die Sache zu Ende bringen, schließlich war es nicht der erste Streich, den er führte! Mit einem trotzigen Ruck zog er das Schwert aus der Scheide, den breiten, schweren Bihänder mit dem »Soli Deo Gloria« in der Blutrinne, dem kronenförmigen Knauf und dem mit Schlangenhaut überzogenen Griff. Sein Herz schlug schneller, als er sich hinter dem Verurteilten aufbaute. Drüben vor dem Hof des Havelberger Bischofs begannen ein paar Frauen zu singen, zu Füßen des Schafotts schickte eine brüchige Stimme ein Gebet in den Himmel. Er schluckte und fuhr sich mit der Zunge über die Lippen. Sie warten auf dich, du musst es tun! Jetzt musst du es tun! Jetzt!! Entschlossen krampfte er seine Hände um das Schwert, bis er das Zittern hinter der Anstrengung nicht mehr fühlte, er hob das Schwert in die Höhe, den Blick in den Nacken des Kämmererssohnes gebohrt, er drehte den Körper in weiter Verrenkung, ein Tänzer, der den Tod bringt, »Soli Deo Gloria«, und dann zog er den Stahl surrend durch die Luft, und der Stahl schnitt mit aller Kraft in das Fleisch des Mannes, und der Mann kippte wie ein gefällter Baum vornüber.
Ein gefällter Baum …
Es dauerte einen Augenblick, bis sich die Erkenntnis auszubreiten begann, dass der Henker an Stelle des Nackens die Schulter getroffen hatte. Die Ersten, die es bemerkten, waren die Anwesenden auf dem Schafott, doch noch im selben Moment pflanzte sich das Wissen um den missglückten Schlag auch schon wie eine vom Sturm vorwärts gepeitschte Welle fort, und noch bevor der Franziskaner niederkniete, um sich des Verletzten anzunehmen, wussten auch die Zuschauer in den hinteren Reihen, was sich ereignet hatte. Der reumütige

Sünder war zu richten, nicht aber zu quälen! Schon begann die Stimmung der Versammelten umzuschlagen. Zustimmung wandelte sich in Entsetzen, aus der Genugtuung über die Strafe wurde der Schauder über ihren Vollzug, und je länger der Kämmererssohn sich stöhnend in seinem Blut wälzte und der Mönch mit hilflosen Worten auf ihn einredete, umso mehr baute sich eine gefährliche Mischung aus Mitleid mit dem Geschundenen und aus Empörung über den Schinder auf.

Der Henker glich einer Statue. Er hielt das Schwert in den Händen, seine Augen waren starr auf das am Boden liegende Opfer geheftet. Auf einen Wink des Richters hin streckten die Stadtknechte, die das Schafott umstanden, der aufgebrachten Menge ihre Spieße entgegen. Eine Lage wie diese konnte im Nu außer Kontrolle geraten. Mehr als einmal hatten aufgebrachte Zuschauer bei einer solchen Gelegenheit den Henker erschlagen. »Ein neues Zeichen!«, kreischte eine hysterische Stimme. »Noch ein Zeichen!« Und während sie die Worte unablässig wiederholte, wurden auch schon erste Forderungen nach Freigabe des so grässlich Zugerichteten laut.

Der Richter indes hatte, wie schon zuvor, so auch jetzt nicht die Absicht, den verurteilten Kindesmörder freizugeben. Stattdessen herrschte er den Henker an, er solle sich sputen und die Arbeit zu Ende führen, die ihm da eben so schändlich misslungen sei. Dieser verharrte noch immer mit dem Schwert in der Hand. Es war nicht das erste Mal, dass er das Ziel verfehlt hatte, und er war auch nicht der Einzige, dem so etwas widerfuhr – nicht umsonst galt eine Enthauptung als das Meisterstück jedes Henkers. Nein, es war das Zittern, das ihn erschreckte, dieses gottverdammte, durch nichts zu beeinflussende, ihn eines Tages womöglich noch ins Unglück stürzende Zittern seiner Hände, durch das sein

Schwert aus der Bahn gekommen war, und das den tödlichen Schlag zu einem Schlachten hatte werden lassen.
Im Osten flammten zwei starke Blitze auf. »Nun mach endlich, Meister Hans!«, zischte der Richter ungehalten, während er gleichzeitig den Franziskaner von dem Verurteilten wegdrängte. Der Mönch kam stolpernd auf die Beine und wollte gerade aufbegehren, als ein heranfliegender Stein ihn eines Besseren belehrte. Eilends schlug er ein Kreuz über dem am Boden Liegenden und duckte sich an den Rand des Schafotts. Im nächsten Augenblick richtete der Löwe auch schon den vor Schmerzen wimmernden Kämmererssohn auf, packte ihn mit ausgestrecktem Arm bei den Haaren, und der Henker trennte ihm mit einem gewaltigen Streich den Kopf vom Rumpf.
Ein Ruck ging durch die Zuschauer, ein fiebriges Aufstöhnen, und einige bange Sekunden lang hätte niemand zu sagen gewusst, in welche Richtung das Pendel ausschlagen würde. Mit Angstschweiß auf der Stirn stand der Henker da, auf dem Sandhaufen lag der abgeschlagene Kopf, daneben der Körper, aus dem das Blut in pulsierenden Stößen hervorquoll. Die hysterische Stimme kreischte noch immer »Ein neues Zeichen! Noch ein Zeichen!«, die beiden Bürgermeister bemühten sich lautstark, dem Vater des Hingerichteten eine Gasse durch die Menge zu bahnen, ganz in der Nähe zuckte ein gleißender Blitz aus den Wolken, gefolgt von einem ohrenbetäubenden Donner. Und dann begann es auf einmal zu regnen. Dicke Tropfen fielen vom Himmel, einzelne zuerst, doch schnell wurden es mehr, und je dichter sie fielen, umso nachhaltiger drückten sie das Pendel in die friedliche Richtung. Hastig, in knappen Worten, die kaum einer verstand, bestätigte der Richter dem Henker, dass er recht gerichtet hatte, so wie der Brauch es verlangte. Dann verließ er mit ausgreifenden Schritten das Schafott, stieg auf sein

Pferd und war gleich darauf, begleitet von zwei Stadtknechten, zwischen den Häusern verschwunden.

Auch die Reihen der Zuschauer begannen sich schlagartig zu lichten. Eilig flüchteten die Menschen in die umliegenden Gassen, etliche suchten Schutz unter den Dächern der Häuser oder unter den Arkaden. Immer stärker prasselte der Regen nieder, immer heftiger zerrissen Blitze den Himmel, und das Krachen des Donners erfüllte die Luft. Schnell hatte sich der Platz geleert, nur einige Fallsüchtige drängten sich noch um das Schafott und streckten dem Löwen weiße Leinentücher entgegen. Geschwind griff dieser nach den Tüchern, tauchte sie in das Blut des Toten und reichte sie den Wartenden gegen ein paar Münzen zurück. Plötzlich schob sich von hinten eine Frau über den Rand des Gerüstes. Mit zwei raschen Schritten war sie bei dem Kämmererssohn, presste ihren Mund in die Wunde, trank gierig, und noch bevor der Löwe die Frau bemerkte, war diese auch schon wieder von dem Gerüst hinabgesprungen und rannte mit blutverschmiertem Gesicht davon.

Der Henker, der bis dahin teilnahmslos neben dem Hingerichteten gestanden hatte, wischte sich mit dem Ärmel über das regennasse Gesicht. »Kümmere dich um ihn!«, rief er seinem Gehilfen zu. Er schob das Schwert in die Scheide, raffte seinen Mantel und hastete die Stufen des Schafotts hinunter. Unbehelligt überquerte er den Platz. Er lief an Sankt Marien vorbei, erreichte die Brüderstraße und bog hinter dem Kalandshof in eine winzige Gasse ein, die geradewegs auf die Stadtmauer zuführte. Es war eine Gasse, die von den meisten Berlinern gemieden wurde. Sie bestand aus drei baufälligen Häusern, einem umgestürzten Zaun und den verkohlten Überresten einer abgebrannten Scheune, und mancher Bewohner der Stadt war davon überzeugt, dass es an diesem Ort nicht mit rechten Dingen zuging. Vor dem kleinsten der drei Häuser machte der Henker Halt. Hier, hinter der Tür mit einem aufgemalten Wolf, verbarg sich die einzige Trinkstube der Stadt, die er bisweilen aufsuchte. Sie gehörte einem ehemaligen Landsknecht aus dem Rheinischen, Mewes Lakenmecker, einem bärbeißigen Burschen, dem das eigene Gewehr vor Jahren das halbe Gesicht weggerissen hatte und der nur durch ein Wunder überhaupt noch am Leben war.

Der Henker zog die Tür auf und trat ein. Der Raum war klein und schmal und mit einer Hand voll abgestoßener Tische zugestellt, die bis auf einen in der hinteren Ecke alle besetzt waren. Die Gäste, die hierher kamen, zählten zu den Ärmsten der Stadt: Tagelöhner in abgerissenen Kleidern, Bettler, die ein paar Münzen zusammengespart hatten, gelegentlich ein paar wollüstige Weiber. Wer etwas zu trinken verlangte, bekam das billigste Bier, das in der Stadt ausgeschenkt wurde. Beäugt von den Anwesenden, die eben noch wie alle anderen das Schafott umstanden hatten, steuerte der Henker durch den Raum und nahm auf seinem angestammten Schemel Platz.

Durch eine Hintertür schlurfte der Wirt heran und stellte eine Kanne Haferbier und einen Becher auf den Tisch. »Hast du ihn?«, stieß er schwer verständlich hervor. Der Henker knurrte unwillig. Ihn plagten ganz andere Sorgen, aber wie er wusste, brauchte er dem Mewes damit gar nicht erst zu kommen. Wortlos langte er unter seinen Mantel und zog die in einen Lappen eingewickelten Überreste eines abgeschnittenen Diebesfingers hervor. Einen Tag nach Peter und Paul hatte er den Halunken an den Galgen gehängt, weil er auf dem Markt einem Stralauer Fischer ein paar Aale gestohlen hatte. Gestern hatte er ihn wieder abgenommen. Fleisch war nicht mehr viel dran, aber ein Dieb blieb ein Dieb, und was für den ganzen Halunken galt, das galt genauso für dessen

Finger. Auch wenn die Maden sich schon daran satt gefressen hatten.
»Der Bauer kann's kaum noch erwarten«, lallte der Wirt und ließ das Stück in seine Gürteltasche gleiten. Bauern waren ganz verrückt nach Diebesfingern, halfen sie ihnen doch, in die Futtertröge gelegt, ihr Vieh vor dem Verhextwerden zu schützen. Der Henker winkte ungeduldig ab. Sollte der Kerl doch warten. Jeder musste warten, na und?
Nachdem der Wirt verschwunden war, goss der Henker sich Bier ein und trank in hastigen Zügen. Er war am Ende! Ein Henker, dem der eigene Körper den Dienst versagt, ist am Ende, so hatte sein Meister ihn einst gewarnt – damals, vor vielen Jahren, als er noch mit dem Schwert geübt und zum ersten Mal einem Schwein mit einem sauberen Schlag den Kopf runtergehauen hatte. An jenem Tag hatte der Meister ihm von Henkern erzählt, deren Augen trüb und deren Muskeln schlaff geworden waren oder denen die Schatten der Gemarterten die Seelen zerrissen hatten und die darüber zu Sklaven des Weins geworden waren, weil sie ohne den Wein ihre Arbeit nicht mehr geschafft hätten. Manch einer, der nicht hatte aufgeben wollen, war in Schande aus dem Amt gejagt worden. Anderen war gar noch Schlimmeres widerfahren: Einer seiner Vorfahren, so hatte der Meister berichtet, war von einer aufgebrachten Menge zu Tode gesteinigt worden – nach drei misslungenen Schlägen, als er gerade damit begonnen hatte, dem am Boden Liegenden mit seinem Schwert den Kopf abzusägen.
Der Henker fischte eine Fliege aus der Kanne und zerquetschte sie auf dem Tisch. Und wenn der Regen nun ausgeblieben wäre? Wenn es kein plötzliches Unwetter gegeben hätte und sie noch mehr Steine nach ihm geworfen hätten, oder wenn ein paar Erregte mit Knüppeln auf das Schafott gestürmt wären, um ihm den Schädel einzuschlagen? Gleich

morgen früh würde er dem Herrgott eine Kerze anzünden, schließlich hatte der den Regen geschickt und ihm auf diese Weise vielleicht das Leben gerettet. Aber danach? Würde es auch beim nächsten Mal wieder regnen, wenn ihm die Finger zitterten? Ja, konnte er denn von seinem Herrgott erwarten, dass der es immer gerade dann regnen ließ, wenn seine verfluchten Finger ihm wieder einmal einen Streich spielen wollten?

»Mewes!« Der Henker kippte das restliche Bier herunter und hieb mit der leeren Kanne auf den Tisch. Nein, die Tage in seinem Amt waren gezählt, da brauchte er sich nichts vorzumachen! Lange genug war er der Henker von Berlin gewesen, nun war seine Zeit abgelaufen. Nun galt es, den Absprung zu finden. Aber – wovon sollte er leben?

Der Wirt stellte eine weitere Kanne Bier auf den Tisch, und der Henker füllte erneut seinen Becher. Gewiss, er hatte nicht schlecht verdient in all den Jahren – Kopfabschlagen, Blenden, Daumenschrauben, hier ein paar Salben, dort ein paar Pülverchen oder Stücke aus seiner Schatzkiste, Berlin war eine große Stadt, und die meiste Zeit über hatte er gut zu tun gehabt. Aber der überwiegende Teil seines Lohns war ausgegeben, schließlich hatte er noch nicht ans Aufhören gedacht, und viel zu wenig hatte er sich zurückgelegt. Und Söhne hatte er auch nicht, die ihm das Altenbrot vorsetzen konnten. Stattdessen hatte er ein schwindsüchtiges Weib, dem Gevatter Tod wohl schon bald auf die Schulter klopfen würde, und wenn er danach wieder freien wollte, dann brauchte er Geld.

Also sollte er besser in seinem Amt bleiben?

An dem Tisch neben der Tür saßen drei Männer und schauten zu ihm herüber, während sie leise miteinander sprachen. Als er ihre Blicke suchte, verebbte das Gespräch, und sie wendeten sich ab. Gereizt krampfte der Henker die Hand um seinen Becher. Es war nicht schwer zu erraten, worüber sie gesprochen hatten. Also sollte er vielleicht doch bald Schluss machen und seine Arbeit einem anderen überlassen. Wenn nur die Sache mit dem Geld nicht wäre …

* * *

Die Stimmung im Skriptorium des Konvents war schlecht, und jeder der Anwesenden wusste, dass es so war. Gregorius hatte an einem Pult Platz genommen, das um diese Zeit verwaist war, da die Schreibermönche und die Illuminatoren sich zu einer Besprechung mit dem Subprior im Auditorium versammelt hatten. Einen Schritt weiter, auf einem Schemel, saß Thomas, der Magister studentium der Cöllner Dominikaner. Gegenüber dem offenen Fenster, durch welches das anhaltende Stakkato des Regens und gelegentlicher Donner hereindrangen, lehnte der Bibliothekar Konradus an einem der Bücherschränke, die das Skriptorium auf allen vier Seiten einrahmten. Keiner der drei Mönche sprach ein Wort. Ihre Mienen waren verschlossen, ihre Blicke auf den hageren Mann mit dem schmalen Gesicht und dem eckigen Kinn gerichtet, der vor einer Schrift mit neuen Erklärungen zu den Sentenzen des Petrus Lombardus saß. Ohne die anderen zu beachten, blätterte er die Seiten durch, las hier ein paar Zeilen und dort einen Absatz oder überflog auch nur die Zusätze und Anmerkungen, die ein Leser neben den Text geschrieben hatte. Als er am Ende angelangt war, schlug er das Buch zu. »Weiter!«, sagte er in einem Tonfall, der verriet, dass er es gewohnt war, zu fordern.
Der Bibliothekar stieß sich ohne Eile von seinem Bücherschrank ab, nahm das Buch vom Lesepult, wischte mit dem Ärmel darüber, als habe der andere es beschmutzt, und legte es auf ein Tischchen, auf dem bereits ein halbes Dutzend Bü-

cher übereinander gestapelt waren. Nachdem er dies beendet hatte, blickte er den Mann hinter dem Pult abwartend an.
»Weiter!«, wiederholte der seine Forderung, diesmal nachdrücklicher als beim ersten Mal. Mit seinen dürren Händen glättete er sein Skapulier und rückte die Kapuze zurecht. Natürlich hatte er längst bemerkt, dass er sich nicht unter Freunden befand, auch wenn jeder von ihnen das Kleid des heiligen Dominikus trug. Allerdings war es nicht das erste Mal, dass man ihm so begegnete, oft genug hatte er Widerspenstigkeit erlebt. Und wenn er in den letzten Jahren etwas gelernt hatte, dann war es das Wissen um die Bedeutung von Ausdauer und Härte bei der Verfolgung eines Ziels.
Der Bibliothekar wandte sich einem mit Schnitzereien versehenen Schrank in einer Nische neben der Tür zu, die zur Sakristei hinabführte. Umständlich kramte er ein Schlüsselbund hervor und öffnete ein Schloss. Die hier eingestellten Bücher waren die wertvollsten, die der Cöllner Konvent besaß. Bei einigen von ihnen handelte es sich um kostbare Prachtbände aus längst vergangenen Zeiten, ihre Deckel waren mit Elfenbein und edlen Steinen verziert, die Seiten bestanden aus feinstem Pergament aus den Häuten ungeborener Lämmer, die Texte waren mit farbigen Bildchen geschmückt. Andere hatte der Vorgänger des gegenwärtigen Priors von einer Reise aus der Stadt Mainz mitgebracht. Im Gegensatz zu den älteren Büchern waren diese nicht mit der Hand geschrieben, sondern nach dem damals noch neuen, inzwischen bereits verbreiteten Verfahren mit der Druckerpresse hergestellt, darunter mehrere von ihnen auf lombardischem Papier von so guter Qualität, wie es nur selten den Weg in den Handel fand.
»Nicolaus von Dinkelsbühl: ›De tribus partibus penitencie‹«, brummte der Bibliothekar und deutete auf das erste Werk in der obersten Reihe. Das Buch lehnte schräg an der Rückwand

und zeigte mit dem Einband nach vorn, Verfasser und Titel waren wie üblich nicht vermerkt, aber natürlich kannte der Bibliothekar seine Schützlinge wie ein Vater seine Kinder. »Antonius von Florenz«, wandte er sich dem nächsten Buch zu, »›De audiencia confessionum‹.« Er ließ einige Sekunden verstreichen, doch der Mönch hinter dem Lesepult zeigte keine Reaktion. »Die Heilige Schrift«, fuhr er fort und legte die Hand auf einen schwergewichtigen Codex mit einem Goldkreuz auf dem Deckel. »Ohne Zusätze.«

Sein Gegenüber funkelte ihn gereizt an. »Weiter!«, verlangte er schroff. Der Bibliothekar hielt dem Blick des anderen stand und ließ gleichzeitig seine Hand weiterwandern. »Der heilige Thomas: ›De veritate fidei catholicae contra errores infidelium‹ ... Und das hier« – er zeigte auf ein Werk mit einem Einband aus glattem Kalbsleder, in den ein Bild der Muttergottes mit dem Jesuskind eingeschnitten war – »das hier sind die Predigten unseres früheren Bruders Johannes Gotstich. Er wirkte als Lektor in unserem Konvent, ein von allen geschätzter Mann von großer Klugheit. Und von äußerster Glaubensstrenge!«

Der Mönch am Lesepult zog die Brauen hoch. »Ein bemerkenswerter Mann offenbar«, sagte er mit einem unüberhörbaren Anflug von Spott. Er streckte die Hand nach dem Buch aus, und nachdem er es bekommen hatte, begann er sich in seine neue Lektüre zu vertiefen.

Die drei anderen tauschten Blicke, dann gab sich jeder aufs Neue seinen eigenen Gedanken hin. Während der Bibliothekar übel gelaunt zu seinem Bücherschrank zurückkehrte und der Magister studentium weiter mit ausdruckslosem Gesicht auf dem Schemel hockte, eingehüllt in einen Mantel aus stoischer Gelassenheit, erhob Gregorius sich von seinem Pult und begann mit kleinen Schritten den Raum zu durchmessen. Er seufzte kaum vernehmbar. Der Mann hinter dem

Buch glich dem Unwetter, das seit einer Stunde die Stadt heimsuchte: Beide waren überraschend gekommen und über alle Maßen lästig, aber bei beiden gab es die Gewissheit, dass sie in absehbarer Zeit wieder verschwunden sein würden. Am Vorabend hatte der unliebsame Ordensbruder an die Klosterpforte geklopft – Ludolfus, ein Inquisitor aus dem Süden des Reiches, der im Auftrage des Apostolischen Stuhls unterwegs war und den ein Missgeschick nach Cölln verschlagen hatte. Einer seiner bewaffneten Begleiter hatte sich in der Nähe der Stadt bei einem Sturz ein Bein gebrochen, und da der Ketzerjäger den Schutz der Waffen nicht entbehren wollte, hatte er seine Reise für einen Tag unterbrochen, um einen neuen Mann in seine Dienste zu nehmen.

Ein Blitz warf harte Schatten auf Wände und Säulen, und für einen Moment war der Mönch mit dem Buch in ein grellweißes Licht getaucht. Auf diese Weise war Ludolfus also zu seinen Ordensbrüdern nach Cölln gekommen, und weil ihm Müßiggang ein Gräuel war und er nicht tatenlos seine Zeit verbringen wollte, während seine Leute auf der Suche nach einem Ersatz für den Verletzten die Stadt durchstreiften, hatte er den Subprior um die Erlaubnis gebeten, der Bibliothek des Konvents einen Besuch abstatten zu dürfen. Selbstverständlich hatte der Subprior dem Wunsch des Inquisitors entsprochen, allerdings hatte er ihm aus der bösen Ahnung heraus, es könnte zu Schwierigkeiten kommen, nicht nur einen, sondern gleich drei seiner Brüder als Begleiter mitgegeben. Eine zutreffende Ahnung, wie sich schon nach wenigen Minuten herausgestellt hatte! Ludolfus war kein nachdenklich Lesender, kein von der Sehnsucht nach Erkenntnis Getriebener, ja allem Anschein nach zählte er nicht einmal zu den Liebhabern kostbarer oder seltener Schriften. Nein, Ludolfus war ein Jäger – ein Jäger seines Glaubens, und als ein solcher wollte er jagen! Und verfügte er auch nicht über den geringsten Hinweis, dass es in dem Konvent eine Abweichung von der reinen Lehre geben könnte, so hatte er es sich dennoch nicht verdrießen lassen und hatte die Besichtigung der Bibliothek in ein trotziges Suchen nach ketzerischem Gedankengut verwandelt.

Neben einem der beiden Fenster, die zur Spreeseite hinausgingen, blieb Gregorius stehen. Draußen tobte noch immer das Unwetter, der Regen schlug hart gegen die Kirchenwand zu seiner Rechten, peitschte auf die Wasserschläge und spritzte in kleinen Fontänen in den Küchengarten des Konvents. Das dumpfe Trommeln, das vor kurzem noch über der Stadt gehangen hatte, war ebenso verstummt wie das ins Herz schneidende Läuten der Armesünderglocke, und auch von dem Gewirr unzähliger Stimmen war nichts mehr zu hören. Den Kopf in den Nacken gelegt, bohrte Gregorius seine Augen in die Wolkendecke, bis sich aus dem dunklen Grau das runde Gesicht mit den flachsblonden Haaren herausschälte, mit der kleinen Nase und dem rosenfarbenen Mund und der Stimme, die ihm nachgerufen hatte: »Komm wieder!«, und der er gefolgt war, auch wenn er es zunächst nicht gewollt hatte – erst ein Mal und dann noch ein Mal. Fünf Wochen waren seither vergangen, und schon in wenigen Stunden würde er abermals gehen, die Umstände waren günstig, und deshalb würde er sich bald wieder zu dem Schuppen hinstehlen, würde die Kleider wechseln und durch das Loch in der Klostermauer schlüpfen und würde ein weiteres Mal jener Stimme folgen, die ihm hinterhergerufen hatte: »Komm wieder!«

Das Schlagen eines Buchdeckels riss Gregorius aus seinen Gedanken. Er drehte sich um. Der Ketzerjäger saß mit düsterer Miene vor dem durchgesehenen Werk, sein Zeigefinger klopfte einen Takt auf dem Pult. Ein Jäger auf der Pirsch, in einem Wald ohne Wild ... Gereizt erhob er sich von seinem

Platz. Er blieb einen Augenblick unschlüssig stehen, dann wandte er sich wie unter einer plötzlichen Eingebung einem anderen Pult zu, auf dem ein schon älteres, bereits von Wurmspuren gezeichnetes Buch lag. Das Buch – ein Psalmenkommentar des heiligen Augustinus – war aufgeschlagen, am Anfang eines Abschnitts prangte eine ehedem vermutlich recht farbenfrohe, inzwischen jedoch ausgebleichene, vom Illuminator mit großer Sorgfalt gemalte Initiale. Kaum hatte Ludolfus deren Inhalt erfasst, als sich seine Miene schlagartig aufhellte. »Das Böse!«, verkündete er mit der Genüsslichkeit eines Hungrigen, der den ersten Bissen auf seiner Zunge spürt. Bei dem Buchstaben handelte es sich um ein großes O, in dessen Mitte ein Mönch auf einer Bank saß und dessen Ränder von Darstellungen gebildet wurden, die auf den ersten Blick wie blumige Ornamente aussahen, die sich bei näherem Hinschauen aber als zwei aufrecht stehende Basilisken entpuppten – die Herrscher über die bösen Wesenheiten der Tierwelt; Symbole für Tod, Teufel und die Welt der Dämonen. Ihre bekrönten Hahnenköpfe zielten bedrohlich auf das Haupt des Sitzenden, ihre Klauen reckten sich wie Dolche seinem Körper entgegen, und einzig die Füße des Mönchs, die über die dornenbewehrten Schwänze der Basilisken hinausragten – den unteren Teil des Buchstabens O –, deuteten die Möglichkeit seiner Errettung vor den Untieren an, die mit ihren Blicken ebenso töten konnten wie mit ihrem giftigen Atem.

»Das Böse!«, wiederholte Ludolfus beschwörend. Langsam hob er den Kopf, das eckige Kinn leicht vorgereckt, die Augen erst auf den Magister gerichtet, danach auf Gregorius, dann auf den Bibliothekar – eine einstudierte, bei vielen Gelegenheiten erprobte Abfolge von Bewegungen, mit der Absicht, seine Gegenüber in den Bann zu ziehen. »Nicht gegen Fleisch und Blut stehen wir im Kampf, sondern gegen die bösen Geister unter dem Himmel. Gegen die Herren der Welt, die in der Finsternis herrschen. Allgegenwärtig sind sie, überall lauern sie auf uns, und deshalb müssen wir die Rüstung Jesu Christi anlegen, auf dass wir gegen die listigen Anläufe des Teufels bestehen können und das Feld behalten.« Er streckte sich und hob das Kinn noch ein wenig höher. »Wir müssen stark sein – stark in dem Herrn und in der Macht seiner Stärke. Wir müssen unsere Lenden mit der Wahrheit gürten und den Panzer der Gerechtigkeit antun. Wir müssen den Schild des Glaubens ergreifen, um die feurigen Pfeile des Bösen auszulöschen, und wir müssen den Helm des Heils nehmen und das Schwert des Geistes, welches da ist das Wort Gottes.«

»Paulus«, murmelte der Bibliothekar – so laut, dass der Redner es hören musste.

Der Ketzerjäger stutzte. Wieder ein Beweis, dass man ihn nicht mochte! Die meisten mochten ihn nicht, weil er misstrauisch war und ein erbarmungsloser Streiter gegen die Sünden der Welt. Und weil er wusste, dass Aufsässigkeit oft genug der erste Schritt in die Ketzerei war! »Jawohl, Paulus!«, bestätigte er gedehnt, und seine Worte klangen wie eine Drohung. Er ließ ein paar Sekunden verstreichen. Dann wandte er sich übergangslos an den Magister studentium. »Heute Vormittag hat es in der Stadt eine Hinrichtung gegeben …«

Der Angesprochene, der bis dahin schweigend auf seinem Schemel gesessen hatte, erhob sich. Er war ein kleiner, fast unscheinbarer Mann von stillem Wesen, gleichzeitig aber ein namhafter Gelehrter, der sich sowohl bei seinen Studenten als auch bei anderen Gelehrten eines guten Rufes erfreute und der in erheblichem Maße zum Ansehen des Cöllner Generalstudiums beitrug. »Der Allmächtige hat Euch mit einer guten Beobachtungsgabe bedacht«, entgegnete er ausweichend.

Über Ludolfus' Lippen huschte ein dünnes Lächeln. Zweifellos war er ein guter Beobachter. Männer, die ihr Leben der heiligen Inquisition geweiht hatten, mussten gute Beobachter sein. »Was war der Grund für die Hinrichtung?«, beharrte er.

Der Magister studentium senkte die Augen. War er eben noch davon ausgegangen, dass der unerfreuliche Aufenthalt in der Bibliothek sich seinem Ende näherte, so schienen die Dinge nun offenbar einen anderen Verlauf zu nehmen. Ludolfus wollte etwas erfahren, und wenn er ihn richtig einschätzte, so gab es nichts auf der Welt, was ihn von diesem Ziel hätte abbringen können. Und so fügte sich der Magister denn in das Unabänderliche und begann, in groben Zügen die Geschichte von der Kindestötung, so weit sie ihm bekannt war, zu umreißen. Als er an dem Punkt angelangt war, wo die Magd sich gerade anschickte, dem Neugeborenen den Kopf abzuschneiden, unterbrach ihn ein jäher Zwischenruf.

»Eine Hexe!«, tönte Ludolfus' Stimme durch den Raum. Er hatte die Hände zu Fäusten geballt, Feuer loderte in seinen Augen.

Der Magister schüttelte den Kopf, doch hätte er ebenso gut versuchen können, den Lauf der Gestirne aufzuhalten – der Ketzerjäger hatte die Spur bereits aufgenommen. Da war es endlich, das Wild, das er herbeigesehnt hatte! Mit einem Schlag waren Bibliothek und Skriptorium für ihn verschwunden, und er stand auf dem himmelhohen Podest der Inquisition. »Ein Weib, das einem Neugeborenen den Kopf abgeschnitten hat … Das war eine Hexe! Hexen töten Kinder! Sie töten sie, um sie zu verschlingen. Um sie aufzufressen. Jawohl, um sie aufzufressen! Kein anderes Geschöpf würde sich jemals zu einer solch grausigen Tat herablassen, nicht einmal dem Vieh käme so etwas in den Sinn. Nur die Hexen –

die kennen solche Hemmungen nicht!« Er verzog angewidert den Mund. »Vor einigen Monaten haben wir im Elsass ein paar Weiber einäschern lassen, die meisten von ihnen waren Hebammen. Die Hebammen sind die schlimmsten, niemand schadet dem katholischen Glauben mehr als sie … Zuerst stellten sich die Weiber stur und leugneten ihr schändliches Tun, aber nachdem wir ihren Widerstand erst einmal gebrochen hatten, konnten sie uns gar nicht genug erzählen. Wie Wasser quoll es aus ihren Mäulern heraus: Wie sie Neugeborene ausgewählt hatten, die noch nicht durch das Bad der heiligen Taufe wieder geboren waren; wie sie diese auf Satans Geheiß mit Nadelstichen in ihre kleinen Hirne getötet hatten; wie sie das Blut geschlürft und das Fleisch gekocht und wie sie hernach alles gemeinsam verschlungen hatten. Wobei es nicht nur fremde Kinder gewesen waren, die sie ihren teuflischen Bräuchen geopfert hatten. O nein, einige dieser Hexen waren sogar an den Früchten ihres eigenen Leibes schuldig geworden!«

Gregorius stand mit dem Rücken zum Fenster, seine Blicke erfassten den Mann, der sich wie ein Cherub mit dem Flammenschwert der ganzen Welt gegenübersah. Ludolfus war noch hagerer, als er ihm anfänglich erschienen war. Ein Asket war er. Eine von Knochen zusammengehaltene, aus Sehnen und ledriger Haut bestehende Hülle, einzig dazu bestimmt, einem fanatischen Geist als Herberge zu dienen. Fast konnte man meinen, Ludolfus nehme als Mahlzeit nicht mehr als die tägliche Hostie zu sich.

»Vor ein paar Jahren ging in einem Dorf das Gerücht um, eine Hexe sei schuld am Verschwinden mehrerer Kinder. Der Richter ließ die Beschuldigte ins Gefängnis werfen, und als wir sie befragten, deckten wir binnen kurzem ihr ganzes widerwärtiges Treiben auf. Wie sie gestand, hatte sie die Kinder zunächst mit Hilfe von Zauberei getötet, und zwar so, dass es aussah, als seien sie von ihren Eltern im Schlaf erdrückt worden. Ein paar Tage später hat sie die Kinder dann aus ihren Gräbern gestohlen. Sie warf die toten Körper in einen Kessel und kochte sie viele Stunden lang. Aus der festen Masse machte sie Salben, die sie für ihre ruchlosen Künste benötigte. Den abscheulichen Sud füllte sie in eine Flasche; wer davon trank, wurde Mitwisser und Meister ihrer teuflischen Sekte.« Er machte eine wegwerfende Handbewegung. »Überflüssig zu betonen, dass wir die Hexe eingeäschert haben.«

Ludolfus hatte sich in Fahrt geredet. Seine Augen flackerten erregt, seine Wangenknochen zeichneten sich hart unter der Haut ab. »Manche Hexen trachten danach, mit Hilfe ihrer Zaubermittel Not und Teuerung im Lande hervorzurufen. Andere mischen Pulver zusammen, die sie unempfindlich gegen die Folter machen sollen, oder stellen Salben für ihre nächtlichen Ausflüge her. In der Kirchenprovinz Salzburg gab es eine Hexe, die hatte sich eine Hostie verschafft. Sie verfütterte die Hostie an eine Kröte, diese verbrannte sie, vermischte die Asche mit dem Blut eines ungetauften Säuglings, gab die gemahlenen Knochen eines Gehängten dazu und obendrein Bilsenkraut, Mohn und einige andere Pflanzen. Dieses Gebräu schmierte sie sich dann auf ihren Körper. Anschließend nahm sie einen Stock zwischen die Beine, und nachdem sie zuvor noch eine Beschwörungsformel gesprochen hatte, flog sie durch den Schornstein ihres Hauses hinaus zum Versammlungsplatz aller Hexen, wo der Teufel sie bereits ungeduldig erwartete.«

Ein Donnerschlag rollte über die Stadt und füllte den Raum. Der Magister studentium saß wieder auf dem Schemel, der Bibliothekar lehnte an seinem Schrank, und Gregorius verharrte noch immer vor dem offenen Fenster. Den Kopf gesenkt, lauschte er dem Regen, der scheinbar ohne Ende vom

Himmel fiel. Plötzlich wurde sein Gesichtskreis von zwei Füßen zerschnitten, und eine scharfe Stimme stach ihm ins Ohr: »Ihr glaubt wohl nicht an Hexen, wie?«
Erschrocken hob Gregorius den Kopf. Vor ihm stand Ludolfus, nicht weiter als zwei Ellen entfernt, und nagelte ihn mit seinen Blicken fest. Der Inquisitor hatte ihn überrumpelt. Mit einer einzigen Frage hatte er ihn vom Rand des Geschehens in dessen Mittelpunkt gezerrt und ihm zugleich die Zeit zum Nachdenken abgeschnitten. Eine Frage, die gefährlich werden konnte, denn wer nicht an Hexen glaubte, der war ein Ketzer, und ein Ketzer musste brennen. Musste eingeäschert werden, wie Ludolfus das nannte. »Die Magd war keine Hexe!«, brachte Gregorius viel zu heftig hervor. »Die Untersuchung hat nichts Derartiges ergeben!«
Ludolfus verzog höhnisch den Mund. Überraschen, verunsichern, einschüchtern – die Inquisition besaß wirkungsvolle Instrumente, man musste sie nur zu handhaben wissen! Er löste sich von Gregorius. »Noch vor wenigen Jahren stießen wir bei der Verfolgung der Hexen vielfach auf Ablehnung, und das nicht nur bei den Vertretern der Welt, sondern ebenso bei den Männern der Kirche. Viele leugneten schlichtweg ihr Vorhandensein und boten ihren gesamten Einfluss auf, um unsere Arbeit zu behindern. Damals war die Zahl der geführten Prozesse gering, und nur wenige dieser Teufelsbräute fanden den verdienten Tod.« Er schob abschätzig die Unterlippe vor. »Aber diese Zeiten sind vorbei!«, fuhr er fort, und seine Miene hellte sich auf. »Der Heilige Vater in Rom hat sie alle in die Schranken gewiesen, die ewigen Verhinderer und die kleinmütigen Zauderer, die mit ihrem lauwarmen Geschwätz und ihrer Unentschlossenheit nur dem Bösen in die Hände spielen. Er hat die Vergehen der Hexen beim Namen genannt. Er hat erklärt, dass sie mit ihrem ketzerischen Treiben die göttliche Majestät beleidi-

gen, und hat zum entschlossenen Kampf gegen sie aufgerufen. Auf seine Veranlassung wurde die heilige Inquisition gestärkt, und jedermann wurde verpflichtet, diese nach Kräften bei ihrer Arbeit zu unterstützen. Und er hat Männer in den Kampf geschickt, die nur ein einziges Ziel kennen: jedwede Form von Hexerei und teuflischem Aberglauben erbarmungslos und für alle Zeiten auszurotten!« Der Ketzerjäger hieb mit der Faust auf das Pult. »Inzwischen haben zwei Brüder unseres Ordens einen mächtigen Hebel geschaffen, dies großartige Ziel zu erreichen: ›Malleus maleficarum‹, ›Der Hexenhammer‹ – das umfassende, alle Fragen beantwortende Buch für den gnadenlosen Kampf gegen das Böse!«

Leiden und Tod, Leiden und Tod, Leiden und Tod ... Eine Hexe ist nicht zu bessern, ihre Reue ist eine leere Hülse. Wer sich einmal dem Teufel verschrieben hat, den lässt er nicht mehr los. Deshalb muss eine Hexe brennen. Auf den Scheiterhaufen mit ihr. Einäschern! Doch zuvor muss sie gestehen, denn ohne Geständnis darf man sie nicht verbrennen. Gesteht sie freiwillig, umso besser. Weigert sie sich, wird sie gefoltert. So einfach ist das. Zerschlagt ihr die Glieder! Zerreißt ihr die Seele! Martert sie mit grauenhafter Angst, ohne Ende, immer wieder, so lange, bis sie endlich gesteht! Und dann tötet sie! Denn eine Hexe sollst du nicht am Leben lassen, so heißt es in der Heiligen Schrift, und die Heilige Schrift ist der Wille Gottes, und Sein Wille geschehe, von Ewigkeit zu Ewigkeit!

Ludolfus trat näher an das offene Fenster heran und starrte durch den Regen. »Überall sitzen sie, die widerwärtigen Dienerinnen des Teufels. Hier in dieser Stadt und in den Dörfern ringsum. In den armseligen Hütten und in den Häusern der Reichen. Allgegenwärtig sind sie, das Reich ist voll von ihnen. Aber wir werden sie finden. Jede Einzelne von ihnen werden wir finden, und sollten sie sich auch in Mauselöcher verkriechen. Und dann werden wir sie vernichten! Werden sie ausrotten! Zermalmen! Der große Kampf hat gerade erst begonnen. Und uns, den Männern aus dem Orden des heiligen Dominikus – uns ist es vergönnt, in der ersten Reihe dieses Kampfes zu stehen! Zehn Jahre nur, und niemand wird das Reich wieder erkennen!«

Domini canes – die Spürhunde des Herrn ... Den Kopf vorgereckt, so stand Ludolfus da, stolz, entschlossen, unerbittlich. In seinen Augen schimmerte ein unirdischer Schein, sie waren in die Ferne gerichtet, in die bessere Welt, die er mit aufbauen wollte. Der Allmächtige selbst hatte ihm die Möglichkeit dazu gegeben, indem er ihn auf seinen Platz gestellt hatte. Und dafür wollte er ihm Dank sagen, Dank und immer wieder Dank für die unaussprechliche Gnade, die ihm, dem Unwürdigen, durch Seinen allerhöchsten Willen zuteil geworden war!

»Kann ich jetzt abräumen?« Der Bibliothekar lehnte mit verschränkten Armen an seinem Schrank und deutete auf das Tischchen mit den aufgestapelten Büchern.

Ludolfus starrte ihn entgeistert an. Sein Mund war leicht geöffnet, in seinem Hirn wirbelten die Gedanken durcheinander. Fahrig huschte sein Blick durch den Raum, blieb für eine Sekunde an dem verschlossenen Gesicht des Magisters hängen, sprang zu Gregorius, der unverwandt auf den Boden vor seinen Füßen sah, und von dort wieder zurück zu dem Bibliothekar, der – offenkundig gleichgültig gegenüber einer Antwort auf seine Frage – mit dem Abräumen des Bücherstapels begonnen hatte.

Wortlos drehte der Ketzerjäger sich um und verließ den Raum.

Als die drei Cöllner Mönche kurze Zeit später dem Subprior gegenübersaßen, um ihm von den Vorgängen im Skriptorium zu berichten, mussten sie feststellen, dass Ludolfus ihnen bereits zuvorgekommen war. Sichtlich verärgert sei er gewesen, so schilderte der Vertreter des Priors – ein rühriger Alter aus einem Fischerdorf an der Küste – ohne Umschweife die Stimmung, in der sein Gast ihn aufgesucht hatte. Von Hexen und Ketzern habe er gesprochen, ganz allgemein zunächst, von ihren Irrlehren und von der Notwendigkeit ihrer Bekämpfung, um gleich darauf einen Bogen zu schlagen zum Cöllner Konvent, in dem es möglicherweise bei dem einen oder anderen Bruder – er habe sich da sehr vorsichtig ausgedrückt – unklare Haltungen zu diesen wichtigen Fragen gebe, vor allem bei seinem Besuch in der Bibliothek seien ihm so einige Gedanken durch den Kopf gegangen … Natürlich, so der Subprior weiter, habe er diese Bemerkungen nicht ohne Widerspruch hingenommen, vielmehr habe er seinem Gast mit aller Entschiedenheit versichert, dass niemand in seinem Konvent solcher Haltungen verdächtigt werden dürfe, nicht ein Einziger unter all seinen Brüdern, ja, dass man im Gegenteil bei jedem von ihnen eine eindeutige Haltung sowohl zu Fragen des Ketzertums als auch zu solchen der Hexerei feststellen könne, und das nicht erst seit heute, sondern ebenso in der Vergangenheit, und auch in der Zukunft werde es sich nicht anders verhalten. Und nachdem er, fuhr der Subprior fort, auf diese Weise erst einmal jeden Zweifel an der Rechtgläubigkeit seines Konvents als unbegründet vom Tisch gewischt hätte, habe er das Gespräch blitzschnell auf einen anderen Gegenstand gelenkt, nämlich auf eine Einladung ins kurfürstliche Schloss, die er seinem werten Gast habe übermitteln sollen, einige Auskünfte über Angelegenheiten der heiligen Inquisition, die man dort gerne einholen wolle, und kaum habe dieser von der Einladung gehört, da seien auch schon seine sämtlichen Vorreden vergessen gewesen, und man habe die restliche Zeit nur noch über den bevorstehenden Besuch gesprochen. Mit anderen Worten: die Angelegenheit sei erledigt.

Die drei Mönche nickten beifällig, und der Magister studentium dankte dem Subprior für seine deutlichen Worte. Dieser zeigte sich höchst angetan von dem Lob – der Stolz des Mannes am Ruder, der in Abwesenheit des Kapitäns das Boot sicher zwischen den Klippen hindurchgeschifft hatte … Nun aber, ergriff er noch einmal das Wort, da sich alles glücklich gefügt habe, müsse er sich entschuldigen, denn der Besuch im Schloss beginne noch vor dem Chorgebet, und da er selbst seinen Gast dorthin begleiten werde, sei er in Eile. Woraufhin der Redner sich auch schon von seinem Stuhl erhob, ein gelöstes, ja beinahe fröhliches »Gelobt sei Jesus Christus« sprach und mit einem Ausdruck väterlicher Güte die drei Mönche entließ.

Kurz darauf stand Gregorius im Kreuzgang und schaute durch die hohen Arkadenfenster in den Himmel. Es hatte aufgehört zu regnen. Die Wolkendecke war aufgerissen, eine verwaschene Sonne blinzelte auf die Erde herab und spiegelte sich in den Pfützen, die das Unwetter im Klosterhof hinterlassen hatte. Er war zufrieden. Nichts schien seinen Plänen mehr im Wege zu stehen. Jetzt hieß es nur noch, das Chorgebet abzuwarten, und dann konnte er gehen.

Gregorius wollte sich gerade abwenden, als die Tür aufging, die von der Kirche in den Kreuzgang führte, und Bruder Jacobus über die Schwelle trat. Schnaufend verharrte dieser einige Sekunden, ein dickleibiger, kurzatmiger Koloss, und nachdem er Gregorius erblickte hatte, steuerte er, so rasch seine Körperfülle es ihm erlaubte, auf den Gesuchten zu. Mit Handzeichen – im Klosterhof galt das Schweigegebot – bat er Gregorius, ihm zu folgen, und kaum befanden sie sich im

Küchengarten und damit außerhalb der Klausur, da begann er auch schon, den Grund seiner Hast zu erklären. Der Vieh-Malke sei zur Beichte gekommen, sprudelte er hervor, er selbst habe sie ihm abnehmen wollen, doch plötzlich sei er vom Subprior aufgefordert worden, diesen ins Schloss zu begleiten, und deshalb müsse nun ein anderer für ihn die Beichte übernehmen, im Augenblick befinde sich der Besucher auf dem Kirchhof bei den Gräbern seiner Familie, doch schon im nächsten Moment könne er im Beichthaus erscheinen, und deshalb sei es wohl am besten, Gregorius zögere nicht lange, sondern mache sich unverzüglich auf den Weg. Woraufhin Bruder Jacobus – das Einverständnis seines Gegenübers voraussetzend – sich umdrehte und mit wehendem Skapulier zum Kapitelhaus hin entschwand.

Gregorius krauste die Stirn. Pawel Malke – ein alteingesessener Fleischer aus Berlin, Wirt des Gasthauses »Zum Löwen« in der Oderberger Straße, zudem der größte Viehhändler weit und breit. Ein kaltschnäuziger Mensch, rücksichtslos bis ins Mark, andererseits ein fleißiger Bußgänger und nicht zuletzt ein großzügiger Stifter, dem die Predigerbrüder einiges zu verdanken hatten. Eine in höchstem Maße zwiespältige Person. Oder wie Bruder Thomas es einmal ausgedrückt hatte: ein Mann ohne Skrupel, mit einer entsetzlichen Angst vor der Hölle.

Gregorius holte den schwarzen Kapuzenmantel aus seiner Zelle, der für diese Gelegenheit vorgeschrieben war, und eilte zum Beichthaus hinüber. Als er eintrat und die Tür hinter sich schloss, umfing ihn eine dämmrige Stille. Da der Viehhändler noch nicht eingetroffen war, nahm er auf einem Armlehnstuhl unterhalb eines Kreuzes Platz und versenkte seinen Kopf in die Hände. Deutlich spürte er, wie das Blut in seinen Adern pulsierte. Er stöhnte leise. Wieder die Anspannung in seinem Körper. Wieder die Ungeduld. Wieder die

Erregung. Nichts hatte sich geändert, seit er sich das erste Mal auf den Weg gemacht hatte. Alles war noch genauso wie damals. Alles wie damals – und gleichzeitig war alles ganz anders. Denn damals war er ins Frauenhaus gegangen. Heute ging er zu Dobrila.

Gregorius lehnte sich zurück, schloss die Augen und ließ sich treiben. Dobrila ... Tonlos formten seine Lippen den Namen, der ihn gefangen genommen hatte und der ihn nicht mehr loslassen wollte. Am Anfang war es nur das Fleisch gewesen, das ihn gelockt hatte, doch das Fleisch war nur der Anfang gewesen, denn mit seinem Besuch hatte er sich auf einmal einer Welt von Gefühlen gegenübergesehen, die so unerwartet und so heftig in ihm aufgebrochen waren wie ein lange verstummter gewaltiger Vulkan. Inzwischen gab es eine zärtliche Stimme, die sein Herz schneller schlagen ließ, gab es einen sanften Blick, der seine Seele in Schwingungen versetzte, und ein zartes Lächeln, das seinem Dasein Flügel verlieh und ihn mit der Ahnung von einem Leben durchtränkte, von dem er bisher ausgeschlossen war. Anfänglich hatte er noch versucht, sich dem Ansturm des Unbekannten entgegenzustemmen, doch das neuartige, überwältigende Gefühl hatte vollständig von ihm Besitz ergriffen und war ihm bis in jede einzelne Faser gedrungen. Und als er begriffen hatte, dass er das Gefühl nicht einfach abstoßen konnte, weil es zu ihm gehörte wie sein Kopf oder die Arme an seinem Körper, da hatte er es schließlich angenommen und hatte sich dazu bekannt, zu sein, was er war: ein Mönch, der sein Herz an eine Dirne gehängt hatte.

Wenige Minuten später breitete der Viehhändler in nüchternen Worten seine Sünden vor ihm aus, als verlese er einen Bericht über den Gang seiner Geschäfte. In Weißensee, so erklärte er und stellte ein »Erstens« voran, habe er zwei Bauern so lange gegeneinander ausgespielt, bis sie am Ende weit unter Wert verkauft hätten; bei einer Steglitzer Witwe – »zweitens« – habe er eine Notlage ausgenutzt und dadurch eine Schafherde für einen Spottpreis erworben; als drittes habe er dem Schwein eines Bauern in Schmargendorf so hart den Speck befühlt, dass es kurz darauf eingegangen sei; der vierte Punkt betreffe den Kauf eines gestohlenen Ochsen auf der Landstraße; und schließlich – Punkt fünf – sei er als Wirt des »Löwen« dafür verantwortlich, dass man seinen Gästen ein angegammeltes Kalb aufgetischt habe, kräftig gewürzt, wie sich verstehe.

Gregorius hörte sich die Aufzählung leidenschaftslos an, erlegte seinem Gegenüber die gebotenen Bußen auf, mahnte zur Besserung und erteilte Absolution. Der Viehhändler zeigte sich erleichtert. Gewissenhaft werde er jede einzelne Auflage erfüllen, versicherte er, aber nicht nur das, obendrein wolle er dem Konvent auch noch eine größere Spende zukommen lassen, und deshalb werde er sich schon bald an den Prior wenden oder an dessen Stellvertreter, solange der Prior noch auf Reisen sei, um die Angelegenheit zu beraten. Und während er dies sagte, sprang er auch schon auf und strebte dem Ausgang zu.

Nachdenklich blickte Gregorius dem Viehhändler hinterher, bis dieser das Beichthaus verlassen hatte. Dann erhob er sich von seinem Stuhl. Nun lag nur noch das Chorgebet vor ihm, danach war der Weg frei. Als er die Tür schon beinahe erreicht hatte, drehte er sich noch einmal um und sah zu dem Kreuz, unter dem er gesessen hatte. Gekreuziget und gestorben für die Sünden der Welt. Er fuhr sich mit der Zunge über seine trockenen Lippen. Für die Sünden der Welt …

Die Worte des Frauenwirts kamen kurz und trocken und trafen Gregorius mitten ins Herz. »Sie ist oben.«

Dieser schluckte. »Oben?«

Der Wirt legte den Kopf schief. Die meisten Gäste waren einfach. Manche schwierig. Der vor ihm stand, gehörte zu den Schwierigen. »Ja, oben«, bestätigte er lauernd.
»Was tut sie da … oben?«, versuchte Gregorius aufzuhalten, was nicht aufzuhalten war.
Am Tisch zu seiner Rechten erscholl höhnisches Gelächter. »Was soll sie da schon tun, Kamerad!«, polterte eine kehlige Stimme. »Sie spielt das süße Bettspiel!«
Gregorius drehte den Kopf zur Seite. Die Stimme gehörte einem Hünen mit halb offenem Leinenhemd und betont engen Beinlingen, zwischen denen eine übergroße Schamkapsel wie ein Berg in die Höhe ragte. Neben ihm saß Anna, die Dirne, die Gregorius bereits von seinen früheren Besuchen kannte. Ihr Rock war bis über ihre Knie geschoben, aus dem weit ausgeschnittenen, sandfarbenen Mieder quollen zwei füllige Brüste hervor. Mitfühlend, ja beinahe entschuldigend sah sie Gregorius an, gerade so, als sei sie es, die die Abwesenheit Dobrilas zu verantworten habe.
»Du kannst ja auf sie warten«, brummte der Wirt und drängte Gregorius von dem Hünen weg an einen anderen Tisch.
»Vielleicht solltest du ihn besser zu den Pfaffen schicken!«, rief der Hüne dem Wirt zu, während er gleichzeitig seine Hand in dem sandfarbenen Mieder vergrub.
Der Angesprochene ließ die Worte unbeachtet. Stattdessen holte er eine Kanne Bier und einen Becher und stellte beides mit den Worten: »Wenn du Ärger machst, schmeiß ich dich raus!« vor Gregorius hin.
Dieser saß stumm und reglos, seine Augen stierten feindselig zu der Treppe, die ins Obergeschoss führte. Zu den Kammern. Zu Dobrila! Nun also war eingetreten, wovor er sich schon so lange gefürchtet hatte. Immer wieder hatte er es von sich weggeschoben, weil das Denken daran ihm unerträglich gewesen war. Nun saß er hier und wartete auf sie, und ihr

keuchender Atem zerfraß ihm das Herz, und der Schweiß auf ihrem Körper brannte ihm Löcher in den Verstand. Sie ist oben …

Nach einer Zeit, die endlos war, kam jemand die Treppe herunter – ein Jüngelchen, allenfalls sechzehn Jahre, blass, schmächtig, vielleicht einer von den Knappen, die die angereisten Herren zu dem bevorstehenden Turnier mitgebracht hatten. Die erste Lektion. Ohne zur Seite zu sehen, huschte das Jüngelchen durch den Raum. Die Tür geöffnet, die Tür geschlossen. Verschwunden.

Nur mit Mühe gelang es Gregorius, sich zu beherrschen. »Ja ja, so ist das Leben!«, schlurfte die Frauenwirtin mit der angesammelten Weisheit ihres fortgeschrittenen Alters heran und stellte Gregorius eine Schüssel Fleischbrühe auf den Tisch. Und dann erschien sie endlich, auf die er gewartet hatte. Ohne Eile, mit gleichmäßigen Schritten, kam sie die Treppe herunter, und als sie die vorletzte Stufe erreicht hatte, drehte sie den Kopf nichts ahnend in den Raum – Dobrila, die Frau mit der zärtlichen Stimme, die sein Herz schneller schlagen ließ; Dobrila, die Sanftblickende, die seine Seele in Schwingungen versetzte; Dobrila, die Zartlächelnde, die ihm eine Ahnung von einem anderen Leben vermittelte.

Dobrila, die Dirne!

Bevor Gregorius auch nur ein einziges Wort hervorbringen konnte, hatte Dobrila die Situation bereits erkannt. Mit einem raschen Satz war sie von der Treppe herunter, drängte sich an seinen Tisch, packte ihn an der Hand und zerrte ihn – nicht mehr als ein willenloses Anhängsel – über die Stufen nach oben. Mit festem Griff zog sie ihn in die nächstliegende Kammer und warf die Tür zu. Schwer atmend standen sie sich gegenüber, Auge in Auge, nur eine Armlänge voneinander entfernt und doch so weit auseinander.

Dobrila sprach als Erste. »Ich muss Geld verdienen«, sagte

sie. Ihre Stimme klang warm und mitfühlend, keine trotzige Rechtfertigung, nur ein betretenes Werben um Verständnis. Gregorius indes kannte kein Verständnis. Angewidert verzog er das Gesicht. »Das war schmutziges Geld!«, stieß er hervor und dachte an das Jüngelchen, blass und schmächtig, auf dem Rückweg aus der Kammer.

»In diesem Haus gibt es nur schmutziges Geld«, erwiderte Dobrila. Sie streckte die Hand nach ihm aus, aber Gregorius entzog sich. »Du musst von hier fortgehen!«, verlangte er in der Art eines Mannes, der bereits alles entschieden hatte. »Ich will nicht, dass du hier bleibst und diese abscheuliche Arbeit machst. Ich kann es nicht ertragen. Du musst dir eine andere Arbeit suchen!«

Dobrila schüttelte den Kopf. »Es gibt nichts anderes für mich«, sagte sie bestimmt. Den Blick weiter auf ihn gerichtet, ließ sie sich auf der Bettkante nieder. »Bevor ich hierher gekommen bin, habe ich lange nach einer Arbeit gesucht. Vergeblich. Jetzt, wo ich eine Dirne geworden bin, wäre es noch viel schwieriger, eine zu finden. Außerdem müsste ich dem Wirt meine Schulden zurückzahlen, bevor ich das Haus verlasse. Als ich hier angefangen habe, hatte ich nichts, er hat mir Geld geliehen, für Kleider und anderes … Nein, Gregor, der Weg aus dem Frauenhaus ist schmal, das kannst du mir glauben. Die Jenne, die hat es geschafft. Vor ein paar Wochen war ein Weißgerber aus Fürstenwalde hier, der hat ihre Schulden bezahlt und hat sie mitgenommen. Aber das ist die Ausnahme.«

Gregorius schnaubte erregt. Mönche hatten kein Geld, um Schulden zu bezahlen. Und mitnehmen konnten sie auch niemanden. »Was du hier tust, ist eine schwere Sünde!«

»Und wie nennst du das, was du tust?«, entgegnete sie. Es war die Frage, die sie nur allzu gerne vermieden hätte.

Gregorius senkte den Kopf und schwieg. Dobrila erhob sich

von der Bettkante, ging zu ihm und legte ihm die Hand auf den Arm. »Ich hasse dieses Haus, und ich hasse alles, was ich hier tue! Aber ich habe keine andere Wahl. Und weil ich nichts ändern kann, deshalb freue ich mich umso mehr, dass du zu mir kommst. Ja, viel mehr als das, es macht mich glücklich, dass du kommst. Für andere Männer bin ich nur …«

»Hör auf!« Gregorius packte sie an den Schultern, schüttelte sie und stieß sie aufs Bett. Andere Männer. Männer, die zertrampelten, wofür sein Herz schlug. Brünstige Tiere. »Hör auf!«, keuchte er noch einmal. »Du bist nicht für dieses Leben gemacht! Du bist keine Dirne!«

Ihre Antwort kam leise wie dünner Regen an einem grauen Novembertag. »Und du bist kein Mönch.«

Gregorius ließ die Arme sinken. Keine Dirne. Kein Mönch. Er trat ans Fenster. Die rosenwassergeschwängerte, schweißdurchtränkte, nach Körpersäften riechende Luft verursachte ihm Übelkeit. Mit einer ungeduldigen Bewegung schob er den Holzrahmen mit dem Pergament zur Seite und sog die klare Herbstluft in seine Lungen. Unten auf der Straße hockte ein Vogelhändler auf einem Stein, schnitt Stücke von einem Brotlaib ab und stopfte sie in seinen Mund. Aus den Käfigen neben ihm tönten Drosselgesang und das Trillern von Lerchen.

Als Gregorius sich wieder umwandte, war auch die letzte Wärme aus seinem Gesicht gewichen. Nebelschleier senkten sich über die Kammer, die Erinnerung wischte Zeit und Raum beiseite und führte ihn mit sich fort. Stockend begann er zu sprechen. Er war wieder am Neuen Markt, er trat ein in das Haus, in dem er aufgewachsen war, und fühlte noch einmal die unbeschwerte Leichtigkeit jener Jahre, in denen alles so glücklich gefügt gewesen war. In denen er, der Lieblingssohn seines Vaters, sich angeschickt hatte, ein Kaufmann zu werden, und Friedrich, sein älterer Bruder, ein Arzt. Und dann eines Tages der erste schwere Schlag in seinem Leben, der Tod seiner Mutter, ein durchgehender Gaul, der ihr mit einem Huf den Schädel zertrümmert hatte, später die Wiederverheiratung seines Vaters und schließlich dessen Krankheit und damit der Beginn jener schrecklichen Zeit, in der seine wohl geordnete Welt zusammengebrochen war. In der er nicht nur eine bis dahin unbekannte Leere durchlebt hatte, sondern in der er zugleich von einem Gefühl ergriffen worden war, das ihm bis zu diesem Zeitpunkt nicht mehr gewesen war als ein beliebiges Wort: Hass.

»Lange ist es her, ich war damals gerade achtzehn Jahre alt. Es war eine helle Mondnacht kurz vor Michaeli. Alle im Haus hatten sich längst zur Ruhe begeben, und auch ich lag in meinem Bett und schlief. Plötzlich wurde ich von einem Geräusch geweckt. Als ich aufsah, entdeckte ich in der Tür meine Stiefmutter. Die Frau meines Vaters. Ich konnte sie deutlich erkennen, sie trug einen langen Umhang, den sie mit einer Hand zusammenhielt. Bevor ich etwas sagen konnte, stand sie neben mir und legte mir den Finger auf den Mund. Dann trat sie einen Schritt zurück, und während ich wie gelähmt in meinem Bett lag, löste sie die Hand von dem Umhang und ließ ihn zu Boden gleiten ...« Gregorius schluckte. »Die Frau meines Vaters bot mir ihren Körper an!«, betonte er jedes einzelne Wort.

»Sie war eine schöne Frau. Sie war jung, nur wenig älter als ich. Und sie war voller Begierde. Das Weib des Potiphar, das nach Joseph verlangte. Mein Vater konnte ihr nicht mehr geben, was sie begehrte, er war krank. Deshalb schlich sie in jener Nacht heimlich zu mir. Vielleicht hatte sie die Offenheit missverstanden, mit der ich ihr stets begegnet war. Aber ich habe es nicht um ihretwillen getan, denn ich habe sie nicht gemocht. Ich habe es für meinen Vater getan. Ihn habe ich verehrt. Ja, ihn habe ich geliebt. Und deshalb hätte ich nicht gezögert und hätte sie auf der Stelle erschlagen, wäre sie nicht im nächsten Augenblick aus meiner Kammer verschwunden!« Gregorius schloss die Augen. Er war eins mit seiner Erinnerung. »Seit jenem Tag hatte ich eine Feindin im Haus, und ich wusste, dass sie sich rächen würde ... Drei Wochen später kam Friedrich nach Berlin, er studierte damals an der Universität in Rostock und brauchte wieder einmal Geld. Friedrich brauchte immer Geld. Die ersten Tage lief alles wie gewohnt, doch dann bemerkte ich, wie meine Stiefmutter anfing, Friedrich zu umgarnen. Wann immer es ihr möglich war, suchte sie seine Nähe, sie machte ihm schöne Augen und bewunderte alles, was er sagte und tat. Es war gerade so, als würde man einem Hund einen Knochen hinhalten. Binnen kurzem hatte sie Friedrich so weit, dass er alles getan hätte, um den Knochen auch tatsächlich zu bekommen.«

Mit klopfendem Herzen stand Gregorius da, und als er weitersprach, zitterten seine Lippen. »Dann kam jener furchtbare Abend, den ich niemals vergessen werde. Wir standen alle gemeinsam um das Bett meines Vaters herum, und jeder von uns wusste, dass es mit ihm zu Ende ging. Da verlangte mein Vater auf einmal von mir, ich solle, anstatt wie geplant ein Kaufmann zu werden, zu den Predigerbrüdern gehen. Die Sorge um mein Seelenheil, sagte er, habe ihn zu diesem Verlangen bewogen, und außerdem mache er damit dem Himmel ein ganz besonderes Geschenk, welches dieser ihm am Tage des Gerichts gewiss hoch anrechnen werde. Das Kostbarste, das er auf Erden besäße. Und dann bestimmte er noch, dass ein kleiner Teil meines Erbes dem Konvent zufallen sollte, der größte aber Friedrich, schließlich würde ich als Mönch ja keine Verwendung mehr dafür haben ... Noch während er dies Urteil über mein Leben sprach, wusste ich, dass es nicht sein eigenes war. Andere wollten es so. Andere hatten dem Sterbenden die Sätze in den Mund gelegt, wohl wissend, dass ich ihm den letzten Wunsch nicht versagen würde!«

Der Weg ins Kloster. Manche gingen ihn, weil sie gehört hatten, Maria höchstselbst wische den Mönchen den Schweiß von der Stirn … »Als ich mich zur Seite drehte, da sah ich sie stehen, die Frau meines Vaters und meinen Bruder, und ich sah den Triumph in ihren Gesichtern. Das Weib des Potiphar hatte sich gerächt. Joseph wurde ins Gefängnis geworfen, nachdem er ihren gierigen Leib verschmäht hatte. Mich schickte die Buhlerin ins Kloster. Allerdings wäre sie niemals allein ans Ziel gekommen, mein Vater wäre ihren Einflüsterungen nicht gefolgt. Für ihn war sie eine Perle, mit der er sich schmücken wollte, aber keine Ratgeberin. Sie bedurfte der Hilfe eines anderen. Und diese Hilfe hatte sie in Friedrich gefunden. Er war es, der unserem Vater die niederträchtigen Worte ins Ohr geflüstert hat, kalt, berechnend und ohne Skrupel. Wobei er es nicht um ihretwillen getan hat, o nein, er tat es um seiner eigenen Ziele willen: Weil er auf diese Weise fast mein gesamtes Erbteil bekam; weil sein verletzter Stolz ihn dazu drängte, hatte unser Vater mich doch stets mehr geliebt als ihn, und nun konnte er es mir heimzahlen; und weil er sich durch sein Handeln die Gunst der Ehebrecherin erkaufen konnte. Geld, Eifersucht und Begierde – das waren die Antriebe, die sein Handeln bestimmt haben. Dafür hat er sein schmutziges Spiel gespielt! Dafür hat er den eigenen Bruder verraten!«

Gregorius bebte vor Erregung. Als wäre es gestern gewesen. Nichts hatten die Jahre geheilt, das Leben war weitergegangen, doch die Wunden klafften noch immer. Die Ordnung der Welt, so hieß es, sei die Liebe der Brüder. Aber die Ordnung der Welt konnte aus den Fugen geraten, das heilige, mit der Tinte der Ewigkeit geschriebene Gesetz konnte mit Füßen getreten werden, und am Ende stand die Unordnung: der Hass auf den Bruder. So war es jetzt, und so war es von allem Anbeginn an … Denn Adam erkannte sein Weib Eva, und sie ward schwanger und gebar den Kain und sprach: Ich habe einen Mann gewonnen mit dem Herrn. Und sie fuhr fort und gebar Abel, seinen Bruder. Und Abel ward ein Schäfer; Kain aber ward ein Ackermann. Es begab sich aber nach etlicher Zeit, dass Kain dem Herrn Opfer brachte von den Früchten des Feldes; und Abel brachte auch von den Erstlingen seiner Herde und von ihrem Fett. Und der Herr sah gnädig an Abel und sein Opfer; aber Kain und sein Opfer sah er nicht gnädig an. Da ergrimmte Kain sehr, und seine Gebärde verstellte sich …

»Noch in der Nacht verstarb mein Vater. Friedrich blieb damals länger, als er ursprünglich beabsichtigt hatte. Später ging er zurück nach Rostock, danach setzte er sein Studium in Leipzig fort. Heute lebt er als Stadtarzt in Berlin, allein, in dem Haus unserer Eltern am Neuen Markt. Die Frau meines Vaters ist im darauf folgenden Jahr gestorben, eine Geburt, das Kind war ebenfalls tot. Und was mich selbst betrifft – ich habe getan, was mein Vater von mir verlangte.« Gregorius war erschöpft, die Rückkehr in seine Vergangenheit hatte ihn ausgelaugt. »Jetzt weißt du, warum ich in der Tiefe meines Herzens kein Mönch bin.«

Dobrila hatte die ganze Zeit über auf dem Bett gesessen und ihm zugehört. Sie war mit ihm eingetaucht in sein früheres Leben, sie hatte versucht, ihn zu verstehen, und bei alledem war sie ihm näher gewesen als je zuvor. Eine Weile hing Schweigen in der Luft. Dann begann sie noch einmal zu sprechen. »Vor vielen Jahren durfte ich meinen Vater in die Stadt begleiten. Es war Markttag, und viele Menschen waren unterwegs. Neben einem Brunnen standen zwei Männer. Der eine schlug ein Tamburin, der andere führte einen Bären an einer Eisenkette. Und der Bär tanzte … Auf dem Rückweg hat mir mein Vater alles erklärt. Die Männer fangen den Bären ein und reißen ihm die Zähne aus. Danach lassen sie ihn über eine glühende Metallplatte gehen und schlagen dabei das Tamburin. Weil der Bär furchtbare Schmerzen leidet, richtet er sich auf und beginnt zu tanzen. Bald reicht allein das Geräusch des Tamburins, ihn tanzen zu lassen. Aus dem König des Waldes ist ein Tanzbär geworden. Will er leben, muss er sich fügen. Weigert er sich, wird er bestraft. Bären wie dieser sind traurige Tiere. Unendlich traurige Tiere.« Sie erhob sich und schloss ihn in ihre Arme. »Wir beide haben das gleiche Schicksal. Du bist kein Mönch, und ich bin keine Dirne, aber jeder von uns liegt an einer Kette, und jeder hat sein Tamburin, das ihn tanzen lässt. Wir gleichen den Tanzbären. Die Tanzbären sind unsere Brüder. Wir stecken alle in der falschen Haut.«

Gregorius presste sie an sich. Lange standen sie da. Kein Mönch. Keine Dirne. Tanzbären. »Ich muss gehen«, sagte er leise.

Die Kette.

Gemeinsam verließen sie die Kammer und gingen die Teppe hinunter. An den Tischen in der Gaststube lümmelten angetrunkene Männer und vergnügten sich mit den Dirnen des Hauses, Lachen und Kreischen erfüllten den Raum, es roch nach Bier und lüsternen Gedanken. Niemand beachtete sie, als sie zur Tür gingen, nur der Wirt auf seinem Stuhl schien erleichtert, dass der befürchtete Ärger ausgeblieben war.

Vor dem Haus blieben sie stehen. »Das Leben geht seltsame Wege«, sagte Dobrila und sah Gregorius in die Augen.

»Ja, das Leben geht seltsame Wege«, wiederholte dieser. Er suchte nach Worten, Worte zum Abschied, Worte aus der Tiefe seiner Seele, doch seine Zunge blieb stumm.

»Komm wieder!«, flüsterte sie.

»Ich komme wieder.« Ein letzter Blick. Dann wandte er sich ab und eilte die Straße hinunter.
Dobrila sah ihm hinterher, bis er um die Ecke verschwunden war. Komm wieder! Ich komme wieder. Und dann? In ihrem Herzen loderte eine Sehnsucht, so groß wie der Himmel über der Stadt, und zugleich erfüllte der Mangel an Hoffnung sie mit einer entsetzlichen Leere. Versunken in ihren Gedanken drehte sie sich um. Sie wischte mit der Hand über ihre tränenfeuchten Augen, atmete noch einmal tief durch und zog die Tür auf.
Gleich darauf hatte das Frauenhaus Dobrila verschluckt.

Die Verfassung, in welcher der Henker sich befand, war ebenso erbärmlich wie der Zustand der Mauer, an der er lehnte. Sein Gesicht war gerötet, alles um ihn herum schwankte, seine Augen stierten glasig zu dem Frauenhaus auf der anderen Straßenseite hinüber. Er schüttelte sich. Haferbier! Schuld an allem war nur das Haferbier, dieses gottverdammte, widerliche Haferbier! Und der Mewes natürlich. Kaum war die eine Kanne leer gewesen, da war der Mewes auch schon mit der nächsten angetrabt, und danach mit noch einer und noch einer, und jedes Mal hatte er sich hingestellt, der Mewes, und hatte dämliches Zeug gefaselt, von wegen das Leben ist nun mal so, und jeder kann mal Pech haben und ähnlichen Bockmist, hat sich angehört wie das Pfaffengeschwätz in der Kirche. Der Mewes, diese halb zerfetzte Fratze, ein Dummkopf war der, jawohl, ein richtiger Dummkopf, vergraben in seiner stinkenden Trinkstube und umgeben von dem miesesten Gelichter der Stadt. Ein Klugscheißer war der, was wusste der schon von den Sorgen eines Henkers, dem die eigenen Hände nicht mehr gehorchen wollten. Einem Huhn den Hals umdrehen, ja, das brachte der Mewes fertig, aber einem verfluchten Scheißkerl den Kopf runterhauen, davon hatte er keine Ahnung. Davon hatte er überhaupt keine Ahnung, nicht die geringste Ahnung hatte er davon.

Der Henker ließ einen Rülpser ertönen und spuckte den Biergeschmack in den Sand. Jawohl, er hatte getrunken, viel zu viel Bier hatte er getrunken, immer drauf auf die Sorgen, aber deshalb war er mit dem Verstand noch längst nicht aus der Welt. Immerhin hatte er die beiden vor dem Frauenhaus bemerkt, hatte beobachtet, wie sie sich in die Augen gestarrt hatten, die Dirne mit den blonden Haaren und der Kerl mit dem Filzhut auf dem Schädel. Ihn selbst hatten die beiden nicht bemerkt, wie denn auch, schließlich hatten sie sich nur immer gegenseitig angesehen, und wie die sich angesehen hatten, Blicke mit Gefühl, Liebesblicke, ja genau, richtige Liebesblicke waren das gewesen, und natürlich hatte er sofort mitbekommen, dass da was nicht stimmte, schließlich konnte ihm keiner was vormachen, schließlich lebte er lange genug in dieser Gegend, da sollte er schon merken, wenn da was nicht stimmte. Eine Dirne und ihr Kunde tauschen verliebte Blicke aus ... Seit wann tauschen solche Leute denn solche Blicke aus! Wär ja auch noch schöner, dann könnten sie ja gleich heiraten, die beiden, und wenn sie dann erst mal verheiratet wären, dann hätten sie keinen Grund mehr, vor dem Frauenhaus zu stehen, schließlich wär die Dirne dann ja keine Dirne mehr, und wenn sie keine Dirne mehr wär, dann hätte sie vor dem Frauenhaus auch nichts mehr zu suchen. Aber das war noch nicht alles, was er gesehen hatte. Da war noch mehr. Da war ihm nämlich noch was ganz anderes aufgefallen, auch wenn er viel zu viel durch seine Kehle gegurgelt hatte, da war ihm nämlich aufgefallen, dass er den Kerl kannte, jawohl, den Kerl mit den Liebesblicken, den kannte er, von irgendwoher kannte er den, irgendwo hatte er den schon mal gesehen, nur wo das war, daran konnte er sich nicht mehr erinnern. Nur dass er ihn kannte, so viel war sicher …

Ein Mann mit einem Handkarren, voll geladen mit Rauchhühnern und Schinken, kam um die Ecke und bog in die Straße zum Neuen Markt ein. Der Henker leckte sich mit der Zunge über die Lippen. Hunger hatte er, vor lauter Sorgen hatte er gar nicht mehr ans Essen gedacht, aber jetzt hatte er Hunger, und deshalb musste er nach Hause, jetzt, auf der Stelle, sein Weib musste ihm was zu essen machen, diese schwindsüchtige Schlampe, sonst würde er sie durchprügeln, verdient hatte sie es ja, diese Schlampe, führte ein schönes Leben, während ihm die Sorgen in die Fresse schlugen, aber jetzt würde er sie treten, jetzt musste sie ihm was zu essen machen, damit er sich den Bauch voll schlagen konnte, und obendrauf Bier, und anschließend rein ins Bett und die Vorhänge zu und die ganze beschissene Welt vergessen, dieses verfluchte Zittern in seinen Fingern und wie man sich bis ins Grab schinden musste, bloß um an Geld zu kommen, und das alles nur, weil der Himmel es so eingerichtet hatte, dass es ohne Geld nichts gab, überhaupt nichts, nicht mal den Dreck unter den Fingernägeln gab es, aber heute wollte er alles vergessen, heute wollte er nicht mehr dran denken und sich heiß machen, nur essen wollte er, zuerst wollte er essen.

Einige trunkene Gedanken später hockte der Henker am Tisch seines Hauses in der Büttelgasse und machte sich über eine Blutwurst her. Gierig schnitt er mit seinem Messer ein Stück ab, fügte eine halbe Zwiebel dazu und stopfte sich beides in den Mund. Er grunzte. Ein Leben ohne was Gutes zu essen war ein Scheißleben, und ein Scheißleben wollte er nicht führen, wenn ihm einer sein gutes Essen wegnehmen würde, dann würde er ihm alles wegnehmen, dann hätte er überhaupt keine Freude mehr am Leben, nicht die geringste, aber vielleicht wollten das ja manche in der Stadt, denen war doch völlig gleichgültig, was mit ihm geschah, nur die Drecksarbeit, die konnte er für sie machen, aber ansonsten gingen sie ihm alle aus dem Weg, und wer weiß, vielleicht würden sie ihm schon bald einen Tritt verpassen, und das alles nur wegen seiner dämlichen Finger, dieser Zitterfinger, gegen die er sich nicht wehren konnte. Er war ein Pechvogel, ein Unglücksrabe, einer, dem das Leben immer wieder in den Arsch trat, heute genauso wie früher. Früher, da hätte er es beinahe mal gepackt, diese Kaufmannswitwe aus Tangermünde, nicht schön, auch nicht jung, aber reich, die Witwe eines Pelzhändlers, dem sie in Nowgorod auf offener Straße die Kehle durchgeschnitten hatten, ein richtiges Goldvögelchen mit einem Haus wie ein Palast und mit Truhen voller Geld. Aber auch eine Wildkatze, eine richtige Wildkatze, musste einem Nachbarn im Streit unbedingt den Schuppen anstecken, und am Ende war nicht nur der Schuppen hin, sondern auch noch das ganze Haus mit allem Drum und Dran, jawohl, so war das damals, Asche zu Asche, und natürlich war sie fällig für das, was sie getan hatte, da konnte ihr auch ihr Geld nicht mehr helfen, schwupps, sprach der Richter das Urteil, und er sollte es vollstrecken, er, der frisch gebackene Henker. Das musste man sich mal vorstellen: ein paar Truhen voller Geld auf dem Scheiterhaufen, und er sollte die Fackel reinwerfen! Unvorstellbar, wirklich unvorstellbar, und deshalb hat er versucht, sie loszubitten, schließlich hat er als Henker das Recht dazu, aber alles umsonst, das Weib war stolzer als der Kaiser auf seinem Thron, ließ sich lieber verbrennen, als einen Henker zu heiraten, das Miststück, und aus war's mit den Truhen voller Geld, aus und vorbei. Danach kam dann nur noch der Abstieg, da hat er sich diese Schlampe ins Haus geholt, die Tochter von einem heruntergekommenen Henker aus der Neumark, arm bis auf die Knochen und hässlich wie die Samariterin auf dem Bild in Sankt Nikolai. Natürlich hätte er sie nicht gleich mitnehmen müssen, nur weil er sie im Suff auf die Wiese gelegt hat, aber was sagt man nicht alles, wenn der Vater einen Teufelstanz aufführt und einem dabei mit einem Knüppel vor der Nase rumfuchtelt …

Der Henker hieb wütend sein Messer in die Tischplatte. Das Leben ist ein Eselsfurz, jawohl, ein verdammter Eselsfurz ist das Leben, keine Truhe mit Geld, nur Tritte, sieh doch zu, wie du wieder hochkommst … Er schob die Blutwurst beiseite – so schwungvoll, dass sie beinahe vom Tisch gefallen wäre – und zog sich eine Schüssel mit Hechtsülze heran. Auf einmal stutzte er. Das Gesicht … der Kerl vor dem Frauenhaus … ein Mönch! Der Kerl vor dem Frauenhaus war ein Mönch! Jawohl, einer von den Predigerbrüdern war der Kerl, natürlich hatte er andere Kleider angehabt, klar, dass er sich verkleidet, wenn er da hingeht, aber trotzdem hatte er ihn erkannt, einer von den Dominikanern war's, einer, der gelegentlich in der Kirche predigte, denn dort hatte er ihn gesehen, auch wenn er als Henker immer abseits stehen musste, hatte er ihn gesehen, mit seinen eigenen Augen, denn seine Augen waren gut, die waren sogar ganz ausgezeichnet, die spielten ihm keinen Streich wie seine gottverdammten Zitterfinger. Sieh an, sieh an, ein Mönchlein war's! Ein Mönchlein mit einer Dirne!

»Bier!«, grölte der Henker durch das Haus. Aus der Küche antwortete unverständliches Gezeter, kurz darauf erschien sein Weib, eine blasse, hagere Person, und stellte eine weitere Kanne auf den Tisch. Der Henker füllte seinen Becher bis zum Rand. Er grinste. So sind sie, die Pfaffen, Wasser predigen, aber Wein trinken, schwarze Schafe sind sie, die Pfaffen, oder besser gesagt: geile Böcke, singen das Hohelied der Keuschheit und treiben's mit Dirnen, aber so ist das nun mal

im Leben, wem die Lenden jucken, dem helfen keine Gebete, der braucht ein Gänschen, das er rupfen kann, denn nur so … Der Henker, der gerade die Hand nach dem Becher ausgestreckt hatte, stutzte erneut. Er ließ die Hand sinken und legte die Stirn in Falten. Der Kerl … der Kerl, mit dem er vor ein paar Wochen beinahe zusammengestoßen wäre … dasselbe Gesicht! Genau, dasselbe Gesicht wie bei dem Mönchlein vor dem Frauenhaus, das er gerade gesehen hatte, und wenn's dasselbe Gesicht war, dann war's auch derselbe Kerl, so viel war sicher, so viel ließ sich wohl getrost feststellen, auch wenn man besoffen war, konnte man das feststellen, auch wenn einem das scheußliche Bier das Gehirn vernebelte.
Er schnitt sich ein Stück von der Hechtsülze ab und biss hinein. Das war schon ein Ding, ein unglaubliches Ding, was sich da abspielte, ein Mönch im Frauenhaus, das passte genauso wenig zusammen, als würde er selbst ins Schloss gehen und sagen: He, Kurfürst, hör mal zu, ich bin der Henker von Berlin, ab morgen will ich einer von deinen Hofräten sein … Nein, Mönch und Frauenhaus, das waren zwei verschiedene Schuhe, und zwei verschiedene Schuhe passten nun mal nicht zusammen, das wusste jeder. Wenn das der Prior wüsste! Bestimmt würde er toben, wenn ihm jemand die Geschichte von seinem Mönchlein erzählen würde, das lieber auf einer Dirne liegt anstatt fleißig zu beten, jawohl, toben würde er, der Prior, darauf konnte man einen lassen, und anschließend würde er seinem Mönchlein kräftig in den Arsch treten und es in den Klosterkerker werfen, und da hätte das Mönchlein dann genügend Zeit, über alles nachzudenken, da wär dann nichts mehr mit Gänschenrupfen und solchen Sachen …
Aus der Küche drang Brutzeln, und der Geruch von gebratenem Speck zog durch das Haus. »Beeil dich!«, brüllte der Henker. Er streckte den Fuß aus, angelte sich einen Schemel

und legte die Beine darauf. Wär das Mönchlein ein reicher Mann, dann könnte er zu ihm hingehen und sagen: He, Mönchlein, hör mal zu, ich will ein Geschäft mit dir machen, ich hab dich nämlich gesehen, da drüben vor dem Frauenhaus, und vor ein paar Wochen hab ich dich auch schon mal in dieser Gegend gesehen, gib mir Geld, und ich behalt die Sache für mich, aber wenn du dich weigerst, dann erzähl ich die Geschichte noch heute deinem Prior, und der sperrt dich ein, für die nächsten Jahre oder gleich für immer, also ist es besser, du gibst mir das Geld, besser für dich und – der Henker schnalzte verschmitzt mit der Zunge – besser für mich. Ein guter Plan, ein ganz ausgezeichneter Plan, kein Fremder würde etwas erfahren, schließlich würde sich das Mönchlein ja kaum auf den Marktplatz stellen und den Leuten erzählen: He, ihr lieben Leute, hört mal zu, der Henker erpresst mich, weil ich es mit einer Dirne getrieben habe. Nein, so dämlich wär der Kerl nicht, der würde die Sache nicht in die Welt hinausposaunen, und deshalb könnte man eine Menge Geld bei ihm holen. Könnte man, in Gedanken jedenfalls … in Wirklichkeit natürlich nicht, schließlich haben Mönche kein Geld, Mönche kann man nicht melken, die kann man höchstens schlachten, aber warum sollte er das Mönchlein vom Frauenhaus schlachten, wo das Mönchlein ihm doch gar nichts getan hatte?

Mitternacht war längst vorüber, als der Henker erwachte und keinen Schlaf mehr finden konnte. In seinem Schädel brummte es, um ihn herum roch es nach Erbrochenem und Bier. Mühsam richtete er sich auf. Er war im Bett, irgendwie war er ins Bett gekommen, vielleicht hatte sein Weib ihn dorthin geschleppt, jedenfalls konnte er sich nicht mehr daran erinnern, nur dass er getrunken hatte, daran konnte er sich erinnern, immer weiter getrunken, bis alles ganz leicht gewesen war, bis es ihm besser gegangen war, keine zitternden Hände mehr, keine Angst mehr vor dem Steine werfenden Pöbel, alles war ganz weit weg gewesen und endlich hatte er mal wieder an was anderes gedacht, an die Witwe aus Tangermünde hatte er gedacht, diese Wildkatze mit dem vielen Geld, allerdings schmorte die Witwe schon längst in der Hölle, und ein zweites Mal würde er so eine nicht finden, so eine mit so viel Geld, nein, wenn er was fand, dann höchstens ein Mönchlein vor dem Frauenhaus mit einer Dirne, aber von dem Mönchlein hatte er nichts, das ließ sich nicht melken, also musste er sich weiter mit seinen Sorgen abgeben, mit diesem Zittern, diesem gottverfluchten, elenden Zittern, gegen das er nichts machen konnte, gar nichts, das wusste er ganz genau, auch ein Arzt konnte nichts dagegen machen, einer von den studierten, Ärzte waren schließlich auch nicht schlauer als er selbst, nur reicher waren sie, die verflixten Ärzte, kein Wunder bei dem vielen Geld, das sie den Kranken abnahmen.

Lange saß der Henker in seinem Bett, während wirre Bilder durch seinen Kopf zogen. Irgendwann begann sich aus dem Bierdunst ein Gedanke herauszuschälen, verschwommen zunächst, noch völlig ohne Konturen, doch der Gedanke war da und ließ ihn nicht mehr los. Angestrengt begann der Henker, sich durch den Irrgarten seines trunkenen Gehirns zu quälen. Er überlegte und verwarf, begann von vorn und kam gelegentlich ein Stück weiter, und je länger er grübelte, umso mehr wurde aus dem anfänglichen Gedanken ein aussichtsreicher Plan. Schließlich war er am Ziel. Er schob den Bettvorhang zur Seite, erhob sich schwerfällig schwankend von seinem Lager und stieß die Fensterläden auf. Draußen kroch bereits der fahle Schimmer des anbrechenden Tages in die Gassen, und die Geräusche der erwachenden Stadt drangen ihm in die Ohren. Unsicher auf den Beinen, aber zufrieden stand er da, ein Feldherr vor der Schlacht, die den

Sieg bringen sollte. Endlich konnte er den Kampf gegen seine Sorgen eröffnen. Endlich wusste er einen Weg, wie er zu Geld kommen könnte.

* * *

Eines Tages hockte der Teufel auf einem Turm inmitten einer Stadt und betrachtete die Menschen, die der Herrgott erschaffen hatte. Viele Stunden lang verharrte er so auf seinem Platz, und je länger er sie anschaute, umso stärker schlich sich Neid in sein Herz, dass ein anderer und nicht er selbst der Schöpfer dieser Menschen war. Schließlich fasste der Teufel den Entschluss, es dem Herrgott gleichzutun. Er nahm einen Klumpen Lehm vom Acker, formte ihn mit seinen Händen, blies ihm den Atem des Lebens ein, und nachdem er dies alles zu Ende gebracht hatte, betrachtete er sein Geschöpf. Und siehe: Es war ein Wesen von solch abstoßender Hässlichkeit, dass er es beinahe wieder zerstört hätte. Doch weil er ahnte, dass ihm auch beim nächsten Versuch nichts Besseres gelingen würde, besann er sich anders und ließ es am Leben. Und er gab dem Wesen, das er erschaffen hatte, einen Namen und nannte es Jo.
So oder ähnlich hätte die Geschichte lauten können, wie Jo einst auf die Welt gekommen war. Ein Monstrum war er, ein Ungeheuer, eine Spottgeburt von so abscheulichem Aussehen, dass man nachgerade die Befürchtung hegen musste, Sonne und Mond könnten sich eines Tages verstecken, um den grausigen Anblick dieses Geschöpfes nicht länger ertragen zu müssen. Was seinen Körper anbelangte, so hatte dieser die Form eines Fasses, aus dem zwei kurze, nach außen verkrümmte Beine herausragten sowie ein Paar ungeschlachter Arme, die in Hände von Furcht einflößenden Ausmaßen mündeten. Auf der Oberseite des Fasses thronte ein halsloser, viel zu groß geratener Kopf von aschgrauer Farbe.

Die Augen blickten blöd, die Ohren glichen ausgebreiteten Fledermausflügeln und bildeten einen bizarren Gegensatz zu der absonderlichen Nase, nicht mehr als zwei winzigen Löchern, die knapp unterhalb der Augen in der Tiefe des Gesichts verschwanden. Wo andere einen Mund hatten, besaß Jo ein von wulstigen Lippen eingerahmtes und von brüchigen Zahnstummeln durchsetztes Maul. Sprechen konnte er kaum, ja, nicht einmal die Anfangsworte des Vaterunsers vermochte er zu stammeln. Galt es dennoch einmal, etwas zu sagen, so entwich seinem Maul zusammen mit einem widerwärtigen Gestank nicht mehr als eine lose Aneinanderreihung von Wörtern, die ihm von einem anderen eingegeben worden waren und die er so lange wiederholte, bis er sein Ziel erreicht hatte. Nur dann und wann grunzte er dumpf vor sich hin, die meiste Zeit aber schwieg er still, schnitt Grimassen und wartete, dass er gebraucht wurde.

Als Jo an einem nebelverhangenen Oktobermorgen auf der Schwelle des Henkerhauses gehockt hatte, da war selbst dessen hart gesottenem Bewohner der Schreck in die Glieder gefahren. Neun Jahre war das her, niemand hatte damals gewusst, wie das Monstrum in die Stadt gekommen war, niemand hatte es zuvor gesehen, aber da auch ein Mann wie der Henker mit einem solchen Wesen nichts zu tun haben wollte, hatte er zu einem Knüppel gegriffen und es unter Verwünschungen die Büttelgasse hinuntergejagt. Doch schon am nächsten Morgen war das Wesen wieder da und ebenso am darauf folgenden, und nachdem der Henker sich erst einmal an den Anblick gewöhnt hatte, erkundigte er sich am vierten Tag nach dessen Namen. Das Monstrum gaffte ihn an und stammelte »Jo«. Daraufhin ließ der Henker ihm etwas zu essen bringen, und noch bevor der Tag zu Ende ging, nahm er das Wesen in seinen Dienst. Seither tat Jo, was der Henker ihm auftrug, und dieser war mit seinem neuen Knecht zufrieden. Schickte er ihn zum Hundeschlagen durch die Stadt, so erschlug er jeden herumstreunenden Hund, der ihm über den Weg lief; hieß er ihn, die Latrinen zu leeren, so leerte er die Latrinen; drückte er ihm eine glühende Zange in die Hand und deutete auf einen verstockten Missetäter, so brannte er diesem die Verstocktheit aus dem Leib. Keine Arbeit war dem Henkersknecht Jo zu schmutzig oder zu scheußlich. Mitleid bedeutete ihm nicht mehr als ein Wort. Und dennoch wäre es eine grobe Ungerechtigkeit gewesen, ihn schlecht zu nennen. Ein Wesen wie Jo war weder schlecht noch war es gut – ein Wesen wie Jo war gleichgültig. Ein Geschöpf ohne Gewissen. Fleisch ohne Gedanken. Ein Diener seines Herrn, der tat, was zu tun war, und der nicht fragte, warum.

Auch an diesem Tag hatte Jo keine Fragen gestellt, als er vom Henker zum Frauenhaus geschickt worden war. Kurz nach Anbruch der Dunkelheit hatte er sich in dessen Nähe versteckt, und als ein Gast aus dem Haus gekommen war, da hatte er sich in seiner ganzen Hässlichkeit vor diesem aufgebaut und ihn mit den Worten des Henkers aufgefordert, er solle die blonde Dirne auf die Straße holen. Woraufhin der Gast, der eher die eigene Mutter erschlagen als sich dem stadtbekannten Monstrum widersetzt hätte, eilig umgekehrt war, um dessen Forderung zu erfüllen.

Den massigen Körper gegen eine Hauswand gepresst, stierte Jo zum Frauenhaus hinüber. Nach einer Weile wurde die Tür einen Spalt breit geöffnet, und ein Lichtstreifen kroch über die Straße. Gleich darauf wurde ein Kopf sichtbar, dann schob sich eine Frau nach draußen, und Jo konnte ihr blondes Haar sehen. Zufrieden fletschte er die Zähne, und während die Frau ihre Augen noch suchend die Straße entlangwandern ließ, löste er sich mit einem jähen Satz von der Wand und winkte ihr mit seinen plumpen Armen zu.

Dobrila erschrak. Schon als sie erfahren hatte, dass das Ungeheuer des Henkers sie erwartete, hatte ihr Herz heftig zu schlagen begonnen. Jetzt, da sie es vor sich sah, schlug es ihr beinahe zum Zerspringen. Wie eine monströse Windmühle stand es da, der wuchtige Körper fest auf der Erde, die Arme zwei Mühlenflügel, die in wilden Kreisen die Luft durchschnitten. Verängstigt blickte sie sich ein weiteres Mal um, doch niemand war auf der Straße. Niemand außer ihr selbst und dem Ungeheuer. Warum hatte es sie rufen lassen? Was hatte es mit ihr zu schaffen? Führte es Böses im Schilde? Schon spielte Dobrila mit dem Gedanken, sich umzudrehen und in die Sicherheit des Frauenhauses zurückzuflüchten, da durchzuckte sie auf einmal das unbestimmte, wenngleich durch nichts begründete Gefühl, sie täte besser daran zu bleiben. Und so nahm sie denn all ihren Mut zusammen, raffte die Kleider und überquerte die Straße. Zwei Armlängen vor dem Henkersknecht blieb sie stehen. »Was willst du?«, brachte sie beinahe trotzig hervor.
Die wulstigen Lippen des Monstrums öffneten sich mit einem Schmatzen, und aus seinem Rachen quollen die Worte: »Komm Kerker … Mönch …«
Dobrila blickte ihn entgeistert an. »Komm Kerker … Mönch …«, wiederholte Jo und entblößte seine Zahnstummel. Er streckte die Hand nach ihr aus, aber Dobrila war schneller und entzog sich. Jo ließ ein warnendes Knurren hören. »Komm Kerker … Mönch …«, grunzte er ein weiteres Mal, nun schon böse.
Dobrila stand wie versteinert und starrte auf das Maul, das aussah wie ein Loch, das sie einsaugen wollte. In ihrem Kopf baute sich die Ahnung von etwas Furchtbarem auf. Es gab nur einen einzigen Mönch, den sie kannte. »Was soll das heißen: ›Komm Kerker … Mönch …‹?«, verlangte sie zu wissen, doch noch während sie sprach, schalt sie sich eine Närrin.

Der Henkersknecht war nicht mehr als ein hirnloser Bote. Von ihm konnte sie keine Antwort erwarten. Wollte sie wissen, worum es ging, dann musste sie mitgehen. Musste ihm folgen – wenn es Not tat, auch in den Kerker. In den Kerker!

In diesem Moment erschien ein Mann in der Tür des Frauenhauses, in seiner Hand hielt er einen Becher. »He, Dobrila, wo bist du?«, schallte seine Stimme über die Straße. Sie klang verärgert. Die Gerufene tauchte in die Dunkelheit. Ihre Brust hob und senkte sich rasch, ihr Atem ging keuchend. Alles, was sie jemals über den Kerker gehört hatte, floss aus ihrer Erinnerung hervor und formte sich zu einem pechschwarzen See – Schreckliches, Angst Einflößendes, Unaussprechliches. Drüben auf der anderen Straßenseite verlangte die Stimme ein weiteres Mal nach ihr. Dobrila zog den Kopf zwischen die Schultern. Wenn sie das Gestammel des Ungeheuers richtig deutete, dann war Gregor im Kerker. Aber warum? Wieso, um alles in der Welt, hatten sie ihn eingesperrt? Was hatten sie mit ihm vor? Und weshalb sollte sie kommen?

»Scher dich zum Teufel, verdammte Dirne!«, schimpfte der Mann vor dem Frauenhaus und wandte sich ab. Dobrila wartete, bis die Tür sich hinter ihm geschlossen hatte. Dann zwang sie sich zum Handeln. Gregor war in Not! Gregor verlangte nach ihr! Und sie? Sie gab sich ihrer Angst hin und zitterte, als halte ihr einer das Messer an die Gurgel. »Los, geh voran!«, forderte sie den Henkersknecht auf. Dieser glotzte blöd, doch offensichtlich hatte er ihre Worte verstanden. Mit der stumpfen Zufriedenheit eines Idioten, der sein Ziel erreicht hatte, setzte er seinen unförmigen Körper in Bewegung.

Das Gefängnis lag nicht weit vom Frauenhaus entfernt, und so standen beide kurz darauf vor dem runden, von einer kegelförmigen Spitze gekrönten Turm gleich neben dem Spandauer Tor. Der Turm war alt und stammte noch aus den

Gründerjahren der Stadt, er besaß dicke Mauern und hatte von Anfang an als Gewahrsam für die Gefangenen gedient. Die Wachen am Tor blickten neugierig, als der Gehilfe des Henkers angelaufen kam, und als sie die junge Frau hinter ihm bemerkten, da steckten sie ihre Köpfe zusammen und tuschelten. Jo hingegen schenkte ihnen nicht die geringste Beachtung, sondern steuerte zielstrebig auf den Gefängnisturm zu. Er stieg die Stufen zum Eingang empor, schob den Schlüssel ins Schloss und zog die schwere, mit Eisen beschlagene Tür auf.

Ein weiteres Mal musste Dobrila allen Mut zusammennehmen. Mit angehaltenem Atem setzte sie ihren Fuß auf die unterste Stufe und zuckte noch im selben Moment zurück, als sei sie geradewegs in einen Scheiterhaufen getreten. Der Kerker – ein Ort inmitten des wimmelnden, sich bewegenden, pulsierenden Lebens und gleichzeitig die entlegenste Insel am Rande der Welt. Ein Vorgeschmack auf die ewige Verdammnis. Die meisten, die hierher geschafft wurden, waren an ihrem Ende angelangt, für sie bildete der Kerker nur den Durchgang auf dem Weg zum Schafott. Die anderen spuckte er irgendwann ins Leben zurück, nach einer Zeit, die in Äonen zählte, und nachdem Leiden und Verzweiflung ihnen das Rückgrat gebrochen hatten.

»Komm!«

Oben auf der Treppe stand das Monstrum und wedelte abermals mit den Armen. Dobrila gab sich einen Ruck. Das Bild von Gregor vor Augen, stieg sie die Stufen hinauf. Als sie durch die Tür trat, schlug ihr ein Ekel erregender Gestank entgegen, und sie taumelte zurück – feuchtkalte, modrige Ausdünstungen, der Pestgeruch von verwesendem Fleisch und eiternden Wunden, von Ungeziefer, menschlichen Ausscheidungen und Schweiß. Im Schein einer Fackel konnte sie das enge Loch in der Mitte des Raums erkennen, den schwarzen Schlund, durch den die Gefangenen in das Verlies hinabgelassen wurden, eine gemauerte, lichtlose Grube, eine Gruft, in der sie, angekettet an den Wänden, ihr grausiges Schicksal durchlitten.

Aus dem Dunkel drang halb ersticktes Stöhnen zu ihr herauf. Gregor!, hämmerte es in ihrem Schädel. Getrieben von Angst und Entsetzen stürzte sie an das Loch und schrie seinen Namen in die Finsternis, und als nur ein weiteres Stöhnen ihr antwortete, wiederholte sie seinen Namen, wieder und wieder, während es hohl zu ihr zurückhallte – Gregor! Gregor! Gregor! … Vergeblich. »Was habt ihr ihm angetan?«, fuhr sie herum. Der Henkersknecht mahlte geräuschvoll mit den Kiefern, seine Finger bewegten sich wie Schlangen, denen man ein Kaninchen zum Fressen hinhielt. »Komm!«, verlangte er und machte einen Schritt auf sie zu. Dobrila wich zurück. Ihre Augen hetzten durch den Raum. Eine Treppe. Gegenüber der Tür gab es eine Treppe, die nach oben führte. Irgendwohin. Nach oben. Sie presste sich an der Wand entlang und tastete mit dem Fuß nach einer Stufe. Erneut das gesichtslose, halb erstickte Stöhnen. »Komm!«, tönte das Ungeheuer und drängte Dobrila mit seinen Blicken auf die nächste Stufe, Auge in Auge, und noch einmal »Komm!«, das Ungeheuer schnitt Grimassen, und ein weiteres Mal »Komm!«, es ruderte mit den Armen, Speichel tropfte von der heraushängenden Zunge, immer weiter die Stufen nach oben, vorbei an den schweren Deckenbalken, mit dem Kopf durch die Luke und hinein ins nächste Stockwerk, die Schultern, der Bauch, die Beine, und dann, am Ende der Treppe und begleitet von einem Schnauben, ein letztes Mal »Komm!«.

Die Jagd war zu Ende. Dobrila drückte sich an die Wand. Das Ungeheuer keine Sekunde aus den Augen lassend, schob sie sich von der Treppe weg, Fuß für Fuß, bis ein Hindernis ihr den Weg versperrte. Als sie ihr Gesicht dem Raum zuwandte, schrie sie auf: eiserne Fesseln und Peitschen, Zangen in einem Kohlebecken, Haken an der Decke, eine Streckbank … Ihr schwindelte. Der Ort, von dem die Leute die grässlichsten Geschichten erzählten! Die Hölle der Stadt! »Wo ist er?«, stieß sie hervor.

In diesem Augenblick löste sich seitlich von ihr ein Schatten von der Wand, und eine kalte Stimme schnitt durch den Raum: »Willkommen in meinem Reich!« Dobrila fuhr herum. Neben einem Holzverschlag, beleuchtet von einer rußenden Fackel, stand ein Mann – groß gewachsen, breitschultrig, mit nackten Armen, die wie wuchtige Walkhämmer aus einem speckigen Lederwams herausragten. Der Mann hob die Arme und verschränkte sie vor der Brust. »Du weißt, wer ich bin?«

Der Henker! Der Henker von Berlin! Dobrila stand reglos, sie war unfähig, sich zu rühren. Natürlich wusste sie, wer er war. »Wo ist er?«, kamen die Worte aus ihrem Mund.

»Er ist nicht hier.«

»Aber … aber ich denke …« Dobrila deutete mit einem Blick auf das Ungeheuer, das sich – ohne auch nur den geringsten Anteil am Fortgang des Geschehens zu nehmen – auf dem strohbedeckten Boden neben der Treppe niedergelassen hatte und mit den Fingergelenken knackte.

Der Henker hob die Brauen. »Wärst du sonst hierher gekommen?«

Einige Atemzüge lang hing Stille im Raum, nur durchbrochen von dem Knacken der Knochen. Dobrilas Gehirn arbeitete fieberhaft. »Aber wenn er nicht hier ist, was … was wollt Ihr dann von mir?«

»Ich will deine Hilfe.« Der Henker räumte eine eiserne Schandmaske von einem Hocker, rückte ihn neben die Streckbank, suchte nach einem Lappen, wischte die Sitzfläche sauber und setzte sich. Das Verhalten eines Mannes, der

Zeit hatte. Eines Mannes, der nicht unter der Umgebung litt, weil er in dieser Umgebung zu Hause war.

Dobrila stand keuchend da und wartete.

»Wie oft hat der Mönch dich besucht?«, wollte der Henker wissen.

»Wie … wie oft der Mönch mich … besucht hat?« Dobrila begriff nicht. »Viermal«, antwortete sie wahrheitsgetreu.

»Viermal«, wiederholte der Henker und wiegte dabei bedächtig den Kopf. »Sieh an, sieh an! Und dabei weißt du genau, dass ein Mönch im Frauenhaus nichts zu suchen hat.«

»Ja, aber … er hat doch nur … er wollte doch nur …«

Der Mann neben der Streckbank verzog höhnisch den Mund. Ausreden. Flügellahme Entschuldigungen. Erst brachen sie das Recht, und dann fingen sie an zu stottern. »Meinetwegen könnt ihr es jeden Tag miteinander treiben«, erklärte er mit einer wegwerfenden Handbewegung. »Ich bin nicht der Prior, und ich bin nicht der Bürgermeister. Mir geht es um etwas anderes.«

Das Ungeheuer neben der Treppe war eingeschlafen, sein Schnarchen, das wie das Röcheln eines Ertrinkenden klang, erfüllte den Raum. »Ich kenne deinen Mönch«, fuhr der Henker fort. »Pater Gregorius, ein Predigerbruder aus Cölln. Sein bürgerlicher Name ist Gregor Molner. Er ist der Bruder unseres Stadtarztes Doktor Friedrich Molner. Du kennst ihn doch, unseren Stadtarzt?«

Die Angesprochene neigte kaum merklich den Kopf.

»Ein ehrgeiziger Mann, dieser Doktor! Wie man sich in der Stadt erzählt, will er ins Schloss, als Leibarzt des Kurfürsten. Den plagt das Wasser im Körper, und da keiner von seinen bisherigen Ärzten ihm helfen konnte, hält er Ausschau nach einem neuen. Doktor Molner scheint ganz versessen darauf, diesen Posten zu bekommen, so hört man. Wobei das durchaus nicht verwunderlich ist, handelt es sich doch um einen der angesehensten, den der Hof zu vergeben hat.« In die Augen des Henkers trat ein Funkeln. »Und um einen der am besten bezahlten«, fügte er genüsslich hinzu.

»Warum erzählt Ihr mir das?«

Der Henker tat, als hätte er die Frage nicht gehört. »Doktor Molner ist nicht der einzige Bewerber um diesen Posten. Es gibt noch einen anderen: Doktor Veit Potzlinger. Ein Franke, vor einer Woche ist er nach Berlin gekommen. Nicht, weil der Kurfürst ihn gerufen hätte, nein, er hat sich aus eigenem Antrieb auf den Weg gemacht. Allerdings scheint er voller Hoffnung in Bezug auf eine Anstellung, sonst hätte er die weite Reise wohl kaum unternommen. Mit anderen Worten: Es gibt zur Zeit zwei Doktoren, die beide den Posten am Hof anstreben. Zwei Gegner im Wettstreit um die Gunst des Kurfürsten. Und um viel Geld.«

Der Henker erhob sich von seinem Hocker und lehnte sich an einen Stuhl, dessen Sitzfläche vollständig mit langen, spitzen Nägeln versehen war. »Nehmen wir einmal an, in der Stadt würde bekannt, dass der Predigermönch Pater Gregorius ins Frauenhaus gegangen ist, und das nicht nur einmal, sondern gleich mehrmals. Ein Skandal! Jeder würde davon erfahren, die Leute würden sich die Mäuler über ihn zerreißen. Aber nicht nur das – auch auf den Doktor würde ein Schatten fallen. Auf der Straße würden die Leute mit dem Finger auf ihn zeigen und zueinander sagen: Seht, das ist der Bruder des Mönchs, der im Frauenhaus war! Was für eine Familie! Schande über ihren Namen! Schande über die Familie! Und wenn der Doktor auf diese Weise erst einmal im Gerede ist – meinst du nicht auch, der Kurfürst würde es sich dreimal überlegen, ob er einen solchen Mann überhaupt noch in seine Dienste nimmt?«

Dobrila stand mit offenem Mund da. Sie begann zu begreifen. »Ihr wollt den Doktor … erpressen?«

Der Henker hob abwehrend die Hände. »Erpressen – was für ein hartes Wort. Ich würde es eher einen Handel nennen. Ein Geschäft. Niemand erfährt, dass sein Bruder im Frauenhaus war, und er zeigt sich dafür erkenntlich. Er ist ein reicher Mann, der Doktor, und der Posten am Hof wird ihm noch mehr Geld einbringen. Ein Mann wie er wird nicht gleich arm, wenn er uns einen Teil davon abgibt.«

»Uns?!«

»Ich nehme doch an, du kannst Geld gebrauchen, oder irre ich mich?« Der Henker setzte eine besorgte Miene auf. »Was kriegst du schon für deine Arbeit? Den größten Teil streicht der Frauenwirt ein, dieser Schuft, und dir bleibt der kümmerliche Rest. Und wenn du erst mal alt und welk bist, bekommst du überhaupt nichts mehr. Dann gibt er dir einen Tritt, und du liegst auf der Straße und bist froh, wenn dir jemand ein angegammeltes Stück Brot zusteckt. Kein schönes Schicksal! Ganz anders dagegen« – das Gesicht des Henkers glättete sich wieder – »wenn du auf mich hörst, denn ich biete dir die Gelegenheit, dies düstere Schicksal abzuwenden. Mach mit, und du wirst mehr Geld in den Fingern haben, als du ansonsten in deinem ganzen Leben bekommen wirst! Was hast du schon groß zu tun? Du gehst zum Doktor, erzählst ihm von seinem Bruder, und da der Doktor ein gescheiter Mann ist, wird er nicht lange überlegen, sondern dir das Geld in die Hand drücken, und siehe da: schon bist du reich. Das ist alles! Eine leichte Sache, und ungefährlich obendrein, denn warum sollte der Doktor Schwierigkeiten machen? Er wird sich hüten, schließlich will er den Kurfürsten kurieren. Und was deinen Mönch anbelangt, da brauchst du dir auch keine Sorgen zu machen. Natürlich wird der Doktor wütend auf ihn sein, vielleicht wird er toben, aber er wird nichts gegen seinen Bruder unternehmen. Oder sollte er etwa zum Prior gehen und sagen: He, Prior, hör mal zu, dein

Mönch geht ins Frauenhaus, du musst ihn bestrafen? Dann könnte er die Geschichte ja gleich auf den Markt tragen, und im Schloss könnte er Bescheid sagen, dass er auf den Posten verzichtet. Du siehst also, das Ganze ist eine sichere Angelegenheit.«

Neben der Treppe prustete das Ungeheuer, und Dobrila rückte erschrocken zur Seite. Wie durch einen Schleier waren die Worte des Henkers an ihr Ohr gedrungen: ein Geschäft mit dem Stadtarzt, viel Geld, eine sichere Angelegenheit … Worte aus einer Welt, die nicht die ihre war, gesprochen aus einem Antrieb, den sie nicht kannte. Seit sie denken konnte, hatte sie ein ehrliches Leben geführt, und hatten die Umstände sie auch zu einer Dirne gemacht, so war sie noch längst keine Erpresserin, keine gemeine Diebin, die einem anderen das Geld wegnehmen wollte. Und was hieß schon eine ungefährliche Sache? Wenn es sich wirklich so verhielt, warum ging der Henker dann nicht selbst zu dem Doktor? Warum suchte er jemanden, der sich an seinem Plan beteiligte und dem er einen Teil seiner Beute abgeben wollte, die er doch viel besser allein einstecken könnte? Weil es ungefährlich war? O nein, einen Mann wie den Stadtarzt zu erpressen war alles andere als eine Kleinigkeit. Ging es schief, war das Leben verwirkt, das wusste niemand besser als der Henker. Und schließlich gab es da noch einen weiteren Grund, die Finger von der Angelegenheit zu lassen, einen sehr wichtigen Grund – Gregor! Sollte sie seinen Bruder ausgerechnet mit jenen Besuchen erpressen, die er, Gregor, ihr abstattete? Mit jenen Besuchen, die inzwischen so wichtig für sie geworden waren, auf die sie wartete und nach denen sie sich sehnte?

»Nun, was ist?«, unterbrach der Henker ihre Gedanken.

Dobrila schluckte. Alles in ihr drängte nach Ablehnung, indes machten Ort und Umstände ihr die Entscheidung nicht leicht. »Ich bin nur eine einfache Dirne«, versuchte sie sich herauszuwinden. »Der Stadtarzt dagegen ist ein bedeutender Mann, der würde gar nicht erst mit mir reden. Und außerdem würde er mir nicht glauben. Er würde Beweise verlangen, und die kann ich ihm nicht ...« Sie stockte. Die Lebensgeschichte von Gregor. Eine Geschichte, die sie nur von ihm selbst haben konnte. »Der Doktor würde mir nicht glauben!«, wiederholte sie trotzig. Was ging es den Henker an, was sie wusste!

Dieser lächelte überlegen. Selbstverständlich hatte er jeden möglichen Einwand seines Opfers bedacht. »Das kann er sich nicht leisten«, wischte er ihre Worte beiseite, »denn in diesem Fall müsste er damit rechnen, dass die ganze Stadt von den Verfehlungen seines Bruders erfahren würde. Es käme zu Nachforschungen, man würde den Beschuldigten befragen, die Sache würde sich als wahr herausstellen, und schon wäre das Spiel für den Doktor verloren.«

»Und wenn Gregor alles abstreiten würde?«

»Das wäre schlecht für dich.« Erneut verzog der Henker sein Gesicht zu einem Lächeln. »Denn in diesem Fall würde man dich der Folter übergeben, um zu erfahren, ob deine Behauptungen zutreffen oder ob du lügst.«

Dobrilas Finger krallten sich in das Mauerwerk in ihrem Rücken. Der Folter übergeben ... Ihr Blick glitt über den Stuhl mit den Nägeln, sprang zu den Peitschen und von dort zu den Zangen in dem mit Kohlen gefüllten Becken. »Vielleicht geht der Doktor ja zum Rat und zeigt mich an!«

»Weshalb sollte er das tun? Um dir zu schaden?« Der Henker schüttelte den Kopf. »Glaub mir, was mit dir geschieht, ist ihm völlig gleichgültig. Das Einzige, was ihn umtreibt, ist der Posten am Hof. Um den zu bekommen, würde er alles tun, und deshalb wird er die Angelegenheit für sich behalten und zahlen. Und im Übrigen weiß er genau, dass er als Leibarzt des Kurfürsten das Vielfache von dem verdienen wird, was er uns gibt.« Alles war durchdacht. Alles war gesagt. »Also?«

Aus dem Holzverschlag drang das Rascheln von Stroh, und für einige Sekunden wurden die Umrisse einer Ratte unter dem Türspalt sichtbar. Dobrila wischte sich den Schweiß von der Stirn. Die Zeit der Ausflüchte war vorbei, sie musste sich bekennen, der Henker hatte keinen ihrer Einwände gelten lassen. Eine ungefährliche Sache, sagte er, der Doktor würde schweigen und zahlen. Gregor würde kein Schaden erwachsen. Dem Doktor war an ihrem Tod nichts gelegen. Ein ausgereifter Plan, nichts konnte schief gehen, jeder Schritt des Doktors war vorausberechnet, war sorgfältig erwogen, da war sich der Henker ganz sicher. Und weil er sich ganz sicher war, deshalb stand er in diesem Moment neben dem Stuhl mit den Nägeln und hielt die Augen auf sie gerichtet und tat so, als warte er auf ihre Entscheidung. Aber in Wirklichkeit war es gar nicht ihre Entscheidung, auf die er wartete, denn die hatte er längst für sie getroffen. In Wirklichkeit war es nur noch ihr Ja, auf das er wartete.

»Nein.«

Obwohl ihr das Wort nur als ein flüchtiger Hauch über die Lippen gekommen war, zuckte Dobrila zusammen. Vier dürre Buchstaben, nicht mehr, doch zugleich ein Aufbegehren gegen die Macht. Ein Aufstöhnen im Angesicht der Gefahr. Das Flehen des Gewissens. Nein – ein verzweifeltes, ein mutiges, ein würdevolles Wort.

Ein Wort ohne die geringste Bedeutung.

»Nein …«, wiederholte der Henker, und es klang so beiläufig, als antworte er auf die Frage, ob er gerade die Ratte unter dem Türspalt gesehen habe. Was galt an einem Ort wie diesem schon ein Nein! Er kramte in einer Kiste, holte einen metallenen Gegenstand hervor und machte einen Schritt auf

Dobrila zu. Mit einer jähen Bewegung hielt er ihr den Gegenstand hin. »Weißt du, was das ist?«

Dobrila wollte entsetzt zurückweichen, doch die Wand ließ ihr keinen Raum. Aus weit aufgerissenen Augen starrte sie auf zwei flache, an den Innenseiten mit kurzen Spitzen versehene Eisenstücke, die durch Flügelschrauben miteinander verbunden waren. »Der erste Grad der Folter«, erklärte der Henker. »Der Anfang sozusagen, allerdings durchaus keine Kleinigkeit. Hier kommen die Daumen rein, und dann …« Er drehte an einer der Schrauben, und die Eisenstücke näherten sich einander an. »Du glaubst gar nicht, wie weit man Daumen zusammenpressen kann! Keine schöne Sache, sag ich dir. Die meisten schreien schon, bevor ihnen das Blut aus den Adern spritzt. Andere halten mehr aus. Bei denen lockern wir die Platten ein paar Umdrehungen, und anschließend drehen wir sie umso fester wieder zusammen. Oder wir spielen ihnen ein wenig zum Tanz auf …«

Er griff nach einem Hammer und hieb damit einige Male auf das Eisen. Von der Treppe her antwortete ein erschrockenes Grunzen, und das Ungeheuer kam mit einer für seinen massigen Körper überraschenden Behändigkeit auf die Beine. Einen Augenblick lang stand es orientierungslos im Raum, gluckste und schnaufte und schlenkerte mit den Armen, dann fiel sein Blick auf den Gegenstand, den der Henker in der Hand hielt. Mit den Worten: »Hier hast du dein liebstes Spielzeug!«, warf dieser ihm die Daumenschrauben zu.

»Warum erzählt Ihr mir das alles?« Dobrila lehnte kreidebleich an der Wand. »Ich hab nichts verbrochen.«

Der Henker verzog belustigt den Mund. »Das sagen alle, die hierher kommen. Zumindest am Anfang sagen sie das.« Er legte den Hammer beiseite und trat an eine Winde, von der ein Seil über eine an der Decke befestigte Rolle führte. Am Ende des Seils befand sich ein eiserner Haken. »Im letzten

Jahr hatten wir eine Diebin hier, ein hübsches Ding, so etwa in deinem Alter. Ein hoher Herr hatte sie beschuldigt, ihm etwas gestohlen zu haben. Bedauerlicherweise war die Kleine verstockt und hat alles abgestritten. Nachdem wir es zunächst mit den Daumenschrauben versucht hatten, haben wir sie aufgezogen – Arme auf den Rücken und ab unter die Decke. Als sie noch immer nicht gestehen wollte, haben wir ihr Gewichte an die Füße gehängt.« Er wies auf ein halbes Dutzend Steine von unterschiedlicher Größe. »Schwere Brocken, sag ich dir! Dieser hier hat ihr die Arme ausgerenkt. Du hättest hören sollen, wie sie gebrüllt hat. Als Jo dann noch anfing, am Seil zu rütteln, hat sie gestanden. Drei Tage später war sie tot. Lebendig begraben.«

»Nein!!« Mit einem markerschütternden Aufschrei stieß Dobrila sich von der Wand ab und stürzte auf die Treppe zu, doch bevor sie einen Fuß auf die erste Stufe setzen konnte, stand das Ungeheuer vor ihr und versperrte ihr mit ausgebreiteten Armen den Weg. »Lasst mich hier raus!«, schrie Dobrila.

»Machst du mit?«

Dobrila taumelte zurück. In ihrem Herzen wühlte panische Angst. Machst du mit? Der Preis der Freiheit, knallhart und ohne Umschweife. »Ihr könnt mir nichts tun! Nein, Ihr könnt mir nichts tun! Jeder würde sehen, was Ihr mit mir gemacht habt!«

In den Augen des Henkers spiegelte sich Triumph. Noch ein Hieb, und er war am Ziel. »Du irrst dich! Wir sind nicht dümmer als die Inquisition. Die stopft ihren Opfern Leinentücher in Mund und Nase und beträufelt sie anschließend mit Wasser. Tropfen für Tropfen. Und mit jedem wird das Atmen ein wenig schwieriger. Eine qualvolle Angelegenheit, kann ich dir sagen. Und gefährlich. Wenn man nicht rechtzeitig Schluss macht …« Der Henker zuckte die Schultern. »Ein

Tod, der keine Spuren hinterlässt. Niemand kann etwas beweisen. Und für den Fall, dass man erst gar nicht mit dem Opfer in Verbindung gebracht werden will, schafft man die Leiche halt auf die Seite. Raus aus der Stadt und rein in den Fluss. Für Jo eine Kleinigkeit.« Er warf seinem Knecht einen Blick zu. »Übrigens ist Jo gar nicht so böse, wie er aussieht. Er kann auch sehr nett sein. Besonders zu Frauen.«

Dobrila schlug die Hände vor die Ohren. »Hört auf!!«, schrie sie aus der Tiefe ihrer gequälten Seele, »Hört auf!!«, und ihre Schreie reihten sich ein in den grauenhaften Chor jener unzähligen anderen, die dieser Raum in der Vergangenheit bereits vernommen hatte. Hemmungslos schluchzend ließ sie sich auf den Boden gleiten, ihr Körper bebte, ihre Augen waren zusammengepresst, nichts mehr sehen, nichts mehr hören, nur weg von diesem entsetzlichen Ort, weg von all den Scheußlichkeiten und den rohen Gemeinheiten, raus aus diesen mit Blut getränkten Mauern, diesem unsäglichen Elend, dieser Hölle. »Ja!!«, rief sie, schrie sie, brüllte sie, so laut sie konnte, und noch einmal »Ja!« und »Ja!« und »Ja!«, das Zauberwort, das sie ins Leben zurückbringen sollte, ihre Entscheidung gegen die Angst, gegen die Folter und gegen den Tod, ein Wort wie eine Keule, mit dem sie die Skrupel in ihrem Inneren niederprügelte und sich die Freiheit erkämpfte, das ihr die Luft zum Atmen wieder gab und das sie ins Frauenhaus zurückkehren ließ, in die Gnade des Frauenhauses, jawohl, in die Gnade des Frauenhauses, jene großartige, unendliche, beseligende Gnade. Und während ihre Gefühle noch einen wirbelnden Tanz vollführten, da schwindelte ihr auf einmal, und sie fiel auf die Seite und blieb liegen, und eine finstere Nacht senkte sich über sie und schloss sie mitleidsvoll in ihre Arme.

* * *

Martha, die Magd, blickte aus dem Fenster im oberen Stockwerk des Hauses »Zu den zwei Muscheln« am Neuen Markt und strahlte. »Was für ein herrlicher Tag!«, schwärmte sie. Mit der einen Hand den Mantelrock ihres Herrn haltend, mit der anderen sein Barett, atmete sie tief durch und begann, noch während sie die Luft aus ihrer Lunge entließ, ein sehnsuchtsvolles Liedchen von zwei Nachbarskindern zu summen und einer Liebe, die so rein war wie gediegenes Gold.

Friedrich verzog missfällig den Mund. Schlichten Gemütern dünkte ein Tag nur allzu schnell ein herrlicher zu sein – kein Wunder, schließlich waren es nicht Sorgen wie die seinen, die sie umtrieben! Er erhob sich von seiner Sitzbank neben dem grün glasierten Kachelofen, strich prüfend über sein dichtes, mit einer Mischung aus Wein und Eiklar gefestigtes Haar, räusperte sich und streckte der Magd auffordernd die Arme entgegen. Diese löste sich mit einem Wiegeschritt vom Fenster und reichte ihrem Herrn das Verlangte. Friedrich zog den Mantelrock an, den schönsten, den er hatte, und setzte das mit einer Agraffe geschmückte Barett aus italienischem Damast auf den Kopf. Gewissenhaft überzeugte er sich von dem fehlerlosen Sitz seiner Kleider. Dann verließ er wortlos die Stube, stieg die Treppe hinunter und trat ins Freie.

Draußen empfing ihn der freundlichste Tag, den der Herbst bis zu diesem Zeitpunkt gekannt hatte. Weiße Wölkchen glitten wie Segelschiffe über einen sanftblauen Himmel, ein leichter Wind wehte den Duft von bunt gefärbten Wäldern und Heidekrautwiesen heran, die Sonne schien warm. Nichts erinnerte mehr an das heftige Gewitter, das die Stadt vor wenigen Tagen heimgesucht hatte. Es war ein Wetter, das wie geschaffen war für das vom Kurfürsten anberaumte Turnier. Und so hatten die Menschen denn auch ihre besten Kleider angezogen, hatten ihren Schmuck hervorgeholt und sich festlich herausgeputzt und waren aus der dämmrigen

Enge ihrer Häuser in das Licht jenes wunderschönen Tages getreten, wo sie seither durch die Straßen wandelten, einander trafen und in Grüppchen zusammenstanden, lachend, schwatzend, sich neckend, fröhliche Gesichter in einer fröhlichen Stimmung, Menschen, die das Leben genießen wollten, weil das Leben an diesem Tag für sie etwas Besonderes bereithielt.

Friedrich war eben im Begriff, den Neuen Markt zu überqueren, als ein Mann mit grüner Hose, blauem Wams und einem rotbraunen Federhut auf ihn zugeeilt kam. »Oh, Doktor Molner! Welch ein Entzücken, Euch zu sehen!« Der Angesprochene zuckte zusammen. Er kannte die Stimme. Sie gehörte Edmund Edelkind, seinem zahlungskräftigsten Patienten, einem ebenso dümmlichen wie lästigen Nichtsnutz in den Zwanzigern, der sich von einer eingebildeten Krankheit zur nächsten hangelte und der nur deshalb auf großem Fuße zu leben vermochte, weil er von seinem Vater neben Haus und Geld die Einkünfte aus mehreren äußerst einträglichen Dörfern geerbt hatte.

»Das Entzücken ist ganz auf meiner Seite, lieber Freund!«, erwiderte Friedrich den Gruß und zwang sich zu einem Lächeln.

»Überall ist etwas los, lieber Doktor«, freute sich Edmund Edelkind. »Die ganze Stadt gleicht einem Ameisenhaufen: Es wimmelt hier, es wimmelt da, überall wimmelt es. Kommt mit! Zwar schmerzen mir die Beine, dass ich schreien möchte – wir müssen demnächst darüber reden –, aber diesen lustigen Burschen dort dürft Ihr keinesfalls versäumen. Köstlich, sage ich Euch! Ein riesengroßer Spaß!«

Friedrich ergab sich in sein Schicksal und folgte seinem Patienten. Ein paar Schritte weiter – dort, wo vor einigen Tagen noch das Blutgerüst für den Kämmererssohn gestanden hatte – tollte ein Spielmann auf einer Tonne herum, ein buntscheckiger Possenreißer mit aufgesteckten Eselsohren, einer blitzenden Schellenkette, die ihm bis auf den Gürtel hing, und einer Laute in der Hand. Um ihn herum waren etliche Schaulustige versammelt. Gerade in diesem Moment hatte der Spielmann eine Geschichte zu Ende gebracht und verbeugte sich nun derart unbeholfen vor seinen Zuschauern, dass es nur noch eine Frage von Sekunden schien, bis er von seiner Tonne herabstürzen würde. Doch schon im nächsten Augenblick stand er wieder aufrecht wie der Kirchturm von Sankt Marien, wackelte mit seinen Eselsohren und stieß ein heiseres Iii-Aaa aus, schlug anschließend ein paar Takte auf seiner Laute und bat gleich darauf mit erhobener Hand um Ruhe. »Und nun, hochverehrtes Publikum«, schallte seine Stimme über den Platz, »lasst mich die Begebenheit erzählen von dem betrunkenen, schlaftrunkenen Meister, von der listigen, lüsternen Meisterin und von dem dümmsten aller dummen Gesellen, der nicht wusste, wie ihm geschah. Es ist eine gar ergötzliche Geschichte von der Gier der Weiber und wie sie es verstehen, sich zwecks Befriedigung ihrer unkeuschen Leidenschaften der Männer zu bedienen.«

»Köstlich, nicht wahr?«, kicherte Edmund Edelkind.

Friedrich zog die Mundwinkel ein wenig nach oben. »Köstlich!«, bestätigte er.

»Also, ihr lieben Leute«, begann der Spielmann, »hört gut zu, was ich euch zu berichten habe: Es lebte einmal ein Meister namens Konrad in einer Stadt – wie sie hieß, werde ich euch nicht verraten –, der war ein Zwerg im Arbeiten, aber ein Riese war er im Trinken. Abend für Abend gurgelte er ein ganzes Dutzend Kannen Wein hinunter, und kaum hatte er die letzte geleert, da fiel er auch schon in sein Bett und fing laut an zu schnarchen.«

Der Spielmann schloss die Augen, legte den Kopf auf die Schulter und begann – begleitet von dem Gelächter der Umstehenden – in den absonderlichsten Tönen zu grunzen und zu quieken, zu wimmern und zu stöhnen, gerade so, wie der geschilderte Trunkenbold es wohl gemacht haben mochte.

»Nun hatte der Meister aber eine Meisterin«, nahm der Spielmann seine Geschichte nach einer Weile wieder auf. »Sie hörte auf den Namen Elisabeth und war vieltausendmal schöner als Absaloms Schwester. Und weil Schönheit und Keuschheit nur selten beieinander wohnen, deshalb langweilte sie sich gar sehr, wenn sie des Abends neben ihrem schnarchenden Ehegespons im Bett lag, und gemäß dem fürwahr weisen Wort: ›Wenn es dich juckt, musst du dich kratzen!‹, sann sie darüber nach, wie sie Abhilfe schaffen konnte.«

Erwartungsvolle Zurufe wurden laut, während der Spielmann ein paar schräge, das Kratzen andeutende Akkorde auf seiner Laute griff. Friedrichs Patient rieb sich die Hände. »Eine köstliche Geschichte!«

»Eines Tages nun kam ein Geselle ins Haus, der war ein fleißiger und rechtschaffener Kerl, und der Meister mochte ihn aus diesem Grunde gut leiden. Aber auch die Meisterin fand Gefallen an ihm, war er doch nicht nur fleißig und rechtschaffen, sondern zugleich ein höchst stattlicher Kerl von der Art, wie die Weiber sie mögen. Was sein Auftreten anbelangte, so war er still und verhielt sich scheu wie ein Hase. Die Meisterin hingegen sah in ihm einen kraftstrotzenden Hengst, und sprach sie mit ihm, so richteten sich ihre Augen denn auch weniger auf sein Gesicht als auf das verborgene Ziel ihrer sehnlichsten Wünsche.«

Mit dem Griff seiner Laute bezeichnete der Spielmann jene Stelle seines Körpers, die von einer rotgelbgrün gestreiften Schamkapsel verhüllt war. Zwei pausbäckige Jungfern mit dicken Zöpfen, die sich bis nach vorn gedrängt hatten, senkten errötend die Köpfe, doch anstatt fortzulaufen, blieben sie stehen und spitzten die Ohren.

»Aber hört, was weiter geschah, ihr lieben Leute: Eines Nachts verspürte der Geselle ein Rumpeln und Pumpeln in seinem Bauch, als habe er am Abend nicht Brot, sondern Wackersteine gegessen. Er kroch aus seinem Stroh und schlich durch das Haus hinunter in den Hof, in dem es so dunkel war wie in einem Bärenarsch. Dreimal schlug er der Länge nach hin, und immer wieder stand er auf, bis er endlich jenen Ort erreicht hatte, den ich aus guten Gründen nicht beim Namen nennen möchte – schließlich bin ich der hochwohlerzogene Sohn hochwohlgeborener Eltern!« Der Spielmann streckte seine Nase in den Himmel, spitzte den Mund wie ein blasierter Höfling und drehte sich erst ein wenig nach links, danach ein wenig nach rechts. Dann polterte er auf einmal so kräftig los, dass die Umstehenden erschrocken zusammenfuhren: »Und plötzlich tat er einen mächtigen Furz!«
Auch diesen Teil seiner Geschichte versuchte der Spielmann darzustellen, doch brachte er an Stelle des beschriebenen Donners nicht mehr als ein zartes Windchen zustande, so sehr er sich auch mühte.
»Man sollte dir in den Arsch treten, vielleicht gelingt's dir dann besser!«, rief ihm ein glotzäugiger Mann in den Kleidern eines kurfürstlichen Dieners zu. Die Zuschauer lachten.
»Gern zu Euren Diensten, werter Herr Oberhofmarschall!«, antwortete der Spielmann. »Nur lasst mich zuvor noch das Feuer der Frau Elisabeth löschen!«
»Ist das nicht köstlich?«, gluckste Edmund Edelkind. »Das Feuer der Frau Elisabeth löschen …«
Friedrich tat so, als hätte er die Worte seines Patienten nicht gehört.
»Die Meisterin«, fuhr der Spielmann fort, »hatte das nächtliche Verschwinden des braven Gesellen wohl bemerkt, und weil sie vor Ungeduld schon ganz krank war, schlich sie ihm nach bis in den Hof. Als der Geselle nun von jenem Orte zu-

rückkam, den ich nicht nennen möchte – ihr wisst, ich bin der hochwohlerzogene Sohn hochwohlgeborener Eltern –, da stürzte sie sich auf ihn wie der Sperber auf die Lerche und stöhnte ihm in die Ohren: ›Kommt, Konrad, mein herzensguter Gemahl, mir ist so heiß, dass ich schier verbrenne! Ach, Konrad, wie heiß ist es mir!‹ Und während sie dies sagte, fühlte sie auch schon mit der Hand an den Ort ihres Verlangens, und je mehr sie fühlte und wühlte, desto größer wurde ihre Gier. Der Geselle hingegen wusste überhaupt nicht, wie ihm geschah. ›Oh, welch ein Irrtum, Frau Meisterin! Ich bin doch gar nicht Euer herzensguter Gemahl!‹, stammelte er und suchte sich ihren fühlenden, wühlenden Händen zu entziehen. Doch je mehr er sich wehrte, umso fester hielt ihn die Meisterin. ›Ach, Konrad, mein liebster Gemahl!‹, stöhnte sie immer wieder von neuem, woraufhin der Geselle nicht müde wurde zu antworten: ›Aber ich bin doch gar nicht Euer Gemahl, gute Frau Meisterin!‹ Ich bin es nicht, nein, nein, ich bin es nicht ...«

»So ein dämlicher Kerl!«, grölte ein Vollbart von hinten. »Besorgen soll er's ihr! Besorgen!«

»Oho, wie gescheit Ihr seid, werter Herr!«, lobte der Spielmann und machte dabei eine Geste, als setze er dem Zuschauer einen Siegerkranz auf das Haupt. »Genau das war es, wonach der Meisterin der Sinn stand. Nur war der Geselle der allerdümmste Dummkopf unter der Sonne, und deshalb musste sie ihn noch unzählige Male beim Namen ihres Ehegemahls rufen. Schon wähnte sie die Sache verloren und wollte enttäuscht zurück in ihr Bett, da endlich geschah das Wunder, und der Geselle begriff, was sie wollte. Er packte sie mit seinen starken Händen, warf sie ins Gras und schmachtete: ›Oh, Elisabeth, mein angetrautes Weib!‹, und sie antwortete: ›Oh, Konrad, mein Herr und Gebieter!‹, daraufhin er wieder: ›Oh, Elisabeth, mein einziges, geliebtes Weib!‹, und sie: ›Konrad, oh Konrad!‹, und immer so weiter. Wie ein richtiges Ehegespann waren sie nun, er war ihr Mann und sie war sein Weib, und wie die Eheleute sich an den süßen Spielen der Liebe erfreuen, so erfreuten die beiden sich nun aneinander. Er genoss sie und sie genoss ihn, und sie herzten und liebten sich ohne Ende. Und hätten nicht die Hähne gekräht, so würden sie noch immer im Gras liegen und sich herzen und lieben bis auf den heutigen Tag!« Die letzten Sätze hatte der Spielmann mit ein paar eindeutigen Bewegungen seiner Schamkapsel und einem sich beschleunigenden Einschlagen auf seine Laute begleitet. Nun, da er mit seiner Geschichte am Ende angelangt war, hielt er auf einmal inne, setzte das moralinsaure Gesicht eines Wanderpredigers auf und verkündete mit feierlich getragener Stimme: »Dies, liebe Zuhörer, war die verwerfliche und höchst anrüchige Geschichte von der ewigen Gier der Weiber und ihren schändlichen Listen. Und weil die Weiber nun einmal so sind, wie sie sind, deshalb gebe ich euch, ihr werten Ehemänner, diese Warnung mit auf den Weg: Trinkt, so viel ihr nur reinschütten könnt, aber habt stets dabei Acht, dass eure Weiber euch keine Hörner aufsetzen, wie die Elisabeth ihrem betrunkenen, schlaftrunkenen Konrad.«

Beifall wurde laut, der Vollbart hieb schallend in die Hände und wiederholte ein ums andere Mal: »Jetzt hat er's ihr besorgt! Jetzt hat er's ihr besorgt!«, die pausbäckigen Jungfern kicherten mit gesenkten Köpfen vor sich hin. Friedrich verdrehte die Augen. »Na, habe ich Euch etwa zu viel versprochen?«, jauchzte Edmund Edelkind vor Vergnügen. »Nein«, entgegnete der Gefragte, bemüht, jenes Maß an Begeisterung in seine Stimme zu legen, das ihm gerade noch als vertretbar erschien. »Nein, ganz gewiss nicht. Eure Empfehlungen gehören zu den zuverlässigsten Dingen des Lebens, da weiß man stets, was einen erwartet … Aber nun bitte ich Euch, mich zu entschuldigen.« Friedrich schob noch ein paar Sätze über die vielfältigen Verpflichtungen eines Stadtarztes hinterher, versicherte, dass er sich so bald wie möglich der heftigen Beinschmerzen – oder waren es die Arme? – seines verehrten Patienten annehmen werde, nahm zur Kenntnis, dass dieser seinem Körper in Zukunft noch mehr Schonung angedeihen lassen wollte, und war, während der Spielmann auf seiner Tonne gerade laut lärmend zu einer weiteren Geschichte ausholte, gleich darauf im Gewühl der Umherlaufenden verschwunden.

Mal diesen grüßend, mal jenem freundlich zuwinkend, lief Friedrich den Hohen Steinweg entlang, erkundigte sich im Gasthaus »Zum Löwen« nach dem Befinden eines erkrankten Reisenden, der ihn am Vorabend wegen eines plötzlichen Unwohlseins zu sich gerufen hatte, und schlug anschließend den Weg zur Stechbahn ein. Je näher er dem Ort kam, an dem das seit Wochen mit Spannung erwartete Ereignis stattfinden sollte, umso stärker wuchs die Zahl der Menschen an, denen er begegnete. Jeder aus den beiden Städten, der konnte, war auf den Beinen, zudem hatte sich eine unübersehbare Schar von Besuchern aus der näheren und selbst aus der weiteren Umgebung eingefunden: Ritter mit ihrem Tross, darunter die Kämpfer, die sich im Turnier miteinander messen wollten; Edelleute aus den alteingesessenen Geschlechtern und kleine Landadlige, die kaum einer kannte; Bauern, die für ein paar Stunden der Einförmigkeit ihres Alltags entfliehen wollten; Händler auf der Suche nach guten Geschäften; Spielleute und Gaukler, Bettler und reisende Dirnen und nicht zuletzt jene, die von jedem größeren Menschenauflauf angezogen wurden und deren Anwesenheit die sicherste Gewähr dafür bot, dass dem Henker in den nächsten Tagen die Arbeit nicht ausgehen würde.

Eingereiht in eine sich vorwärts schiebende Menge, hatte

Friedrich gerade die Lange Brücke betreten, als ein lautes Fluchen ihn aufhorchen ließ. »Verdammte Mähre!«, tönte eine wütende Männerstimme vom Spreeufer herauf, und eine klägliche andere Stimme bettelte: »So helfe uns doch endlich einer! So helfe uns doch einer!« Wie auf ein Kommando kam die Menge zum Stehen, und zusammen mit den anderen schob Friedrich sich an das Geländer heran. Unten am Ufer – zwischen mehreren Zelten, vor denen Turnierpferde gestriegelt und Rüstungen auf Hochglanz gebracht wurden – versuchten zwei Knechte ein Pferd zu beruhigen, einen schweren Fuchs mit breiter Brust und muskulösem Hals. Irgendetwas schien das Tier erregt zu haben, es bleckte die Zähne, schnaubte und warf den Kopf hin und her und stieg mit seiner ganzen Kraft auf die Hinterhand, während die beiden Knechte ohnmächtig an den Zügeln zerrten und umso lauter und verzweifelter nach Hilfe riefen, je länger das Ringen andauerte.

»Von Redow ...«, bemerkte ein Lockenkopf neben Friedrich abfällig.

Der sah den Mann an und nickte. Achim von Redow – wohl der größte Verschwender der Mark! Erbe eines riesigen Vermögens, mit dem man eine mittelgroße Stadt hätte aufkaufen können, aber inzwischen schien es nicht einmal mehr für gute Pferdeknechte zu reichen. Eine Schande!

Friedrich wartete, bis hinzugeeilte Helfer das aufgeregte Tier gebändigt hatten, und löste sich dann von dem Geschehen. Zügig überquerte er die Brücke und stand gleich darauf vor der Stechbahn, einem rechteckigen, aus Anlass des Turniers mit frischem Sand aufgeschütteten Platz, der auf der linken Seite von einer Reihe Bürgerhäuser, im hinteren Teil von der Mauer des Dominikanerkonvents begrenzt wurde. Den Abschluss zu seiner Rechten bildete das kurfürstliche Schloss samt einigen Nebengebäuden – keine prunkvolle Residenz von der Art, wie man sie an manch anderem Ort im Reich finden konnte, sondern ein märkisch bescheidener, handwerklich solider, dreigeschossiger Backsteinbau mit einem Fundament aus Feldsteinen und einem Dach aus Schiefer.

Vorbei an fliegenden Händlern, gewichtig einherstolzierenden Männern und Frauen mit zerrenden Kindern an den Händen, bahnte Friedrich sich einen Weg und steuerte auf die mit Fähnchen geschmückte Tribüne zu, die man für den Kurfürsten sowie eine begrenzte, wenn auch nicht eben gering zu nennende Zahl ausgewählter und auf diese Weise vor jedermanns Augen ausgezeichneter Gäste errichtet hatte. Obwohl der Beginn des Turniers nicht mehr fern lag, waren viele der vorhandenen Plätze noch unbesetzt. Am Tribünenaufgang wurde Friedrich von einem Hofdiener in Empfang genommen und durch die Reihen geleitet. Er wechselte ein paar Worte mit dem kurfürstlichen Sekretär, von dem man sich erzählte, er werde in Kürze eine Verwandte des Kanzlers heiraten, erkundigte sich bei dem Kaufmann Jakob Wins – im letzten Jahr einer der beiden Berliner Bürgermeister – nach dessen Befinden, ignorierte den Amtmann von Liebenwalde, einen rechthaberischen Dickschädel, mit dem ihn die Erinnerung an einen noch nicht lange zurückliegenden Streit verband, versicherte einem Mann, an dessen Namen er sich nicht mehr erinnerte, wie sehr er sich freue, ihn zu treffen, und während er all dies tat und gleichzeitig im vollen Bewusstsein der Bedeutung dieses besonderen Augenblickes ein Bein vor das andere setzte, lauerte er mit zunehmender Ungeduld darauf, dass der Hofdiener stehen bleiben und ihm einen jener Plätze zuweisen möge, die man zu den besseren zählen durfte. Doch der Diener lief unbeirrt weiter, und erst als er gegen ein Absperrbrett zu stoßen drohte, machte er Halt – am Ende der Tribüne, in der hintersten Reihe, dort, wo es nicht mehr weiterging.

Mit umwölkter Stirn stand Friedrich vor dem zugewiesenen Platz und starrte zu jener Stelle hinüber, die dem Kurfürsten und dessen engsten Begleitern vorbehalten war. Sollte der Herrscher im Verlaufe des Turniers einmal geruhen, sich zur Seite zu drehen und seine Blicke in jene Richtung zu lenken, in der er, Friedrich, saß, so war kaum damit zu rechnen, dass er ihn über diese Entfernung hinweg überhaupt wahrnehmen würde.

»Erfreut, dich zu sehen, bester Freund!«

Friedrich neigte zerstreut den Kopf. Erst jetzt bemerkte er den Mann, der zwei Plätze vor seinem eigenen saß und an dem er soeben achtlos vorbeigegangen war: einen farblosen Mittdreißiger mit einem lippenlosen Mund, unruhigen Augen und mit Kleidern, die eine Spur zu schäbig waren, als dass man ihm die Bedeutung geglaubt hätte, die zur Schau zu tragen er sich bemühte. »Oh, Eberhard!«, murmelte er, immer noch grollend, während er seinen Platz einnahm. Friedrich kannte den Mann, solange er denken konnte – Eberhard von Reinsleben, Nachfahre einer Freibauernfamilie, die drei Jahrhunderte zuvor im Rahmen der Ostsiedlung aus der Harzgegend in die Mark gekommen war und die es, als Ministerialen im Dienst der askanischen Markgrafen stehend, binnen kurzem zu Ansehen und darüber hinaus zu einem nicht unbeträchtlichen Wohlstand gebracht hatte. Heute war von beidem nicht mehr viel übrig. Die Familie war fast vollständig ausgestorben, Eberhard – ihr letzter männlicher Spross und ebenso jeglichen Heiratsplänen abhold wie Friedrich – lebte zusammen mit seiner Schwester einen Dreistundenritt von Berlin entfernt in einem Dorf, das Einzige, das ihm aus dem Besitz seiner Familie noch verblieben war und das ihn mehr schlecht als recht ernährte. Und was das Ansehen betraf, so hatte man ihn einzig um seines Namens willen auf die Tribüne des Landesherrn eingeladen, womit sich nur einmal mehr die altbekannte Wahrheit bestätigte, dass der Glanz der Altvordern oftmals ausreicht, um noch über einen längeren Zeitraum hinweg die Glanzlosigkeit der Nachkommen zu überstrahlen. Freunde hatte Eberhard keine. Viele, die ihn kannten, trauten ihm nicht über den Weg, andere hatten Angst vor ihm, insbesondere vor seiner nur wenig verdeckten Gottlosigkeit und dem beinahe völligen Fehlen von Skrupeln. Lediglich zu Friedrich hatte er über all die Jahre hinweg eine geradezu hündische Anhänglichkeit bewahrt, die dieser aus Gründen, die niemand außer ihnen beiden kannte, vorbehaltlos erwiderte.

»Der Posten am Hof?«, legte Eberhard von Reinsleben den Finger ohne Umschweife in die offene Wunde.

Friedrich vergewisserte sich, dass niemand ihn hören konnte. »Kennst du Edmund Edelkind?«, stöhnte er. »Nein, du kennst ihn nicht? Dann weißt du gar nicht, was dir erspart geblieben ist! Gerade ist er mir über den Weg gelaufen. Er ist der dümmste und langweiligste unter allen meinen Patienten, ja, er ist sogar noch dümmer und langweiliger als der Schulten aus der Mittelstraße, den außer der Befindlichkeit seines unablässig schwitzenden und stinkenden Körpers nur eine einzige Sorge umtreibt: Wer ihm als Nächster über den Weg laufen könnte! Hätten sie kein Geld, mich zu bezahlen, ich würde sie schon lange nicht mehr kennen!« Er machte eine Handbewegung wie einer, der in einen Schmutzkübel gefasst hat und sich anschließend den Dreck abschütteln will. Dann sprang er übergangslos zu jenem Thema, auf das Eberhard ihn angesprochen hatte und das ihm mehr als jedes andere unter den Nägeln brannte. »Ich weiß, wie man die Wassersucht des Kurfürsten kurieren kann, und ich habe dafür gesorgt, dass man in seiner Umgebung Kenntnis davon hat, dass ich es weiß. Ich habe alles auf das Beste eingefädelt, wie dir bekannt ist, schon seit Monaten, und deshalb habe ich täglich, ja stündlich damit gerechnet, dass man mich ins Schloss ruft, um mir endlich die Aufgabe zu übertragen, die mir zukommt. Nacht für Nacht habe ich in meinem Bett gelegen und mir mein Leben als Leibarzt des Kurfürsten ausgemalt: ein prächtiges Haus, kostbare Kleider, Feste, von denen man noch lange danach spricht, dazu das Ansehen, wenn die Leute auf der Straße stehen bleiben und einander zuflüstern: ›Seht nur, dort läuft Doktor Molner! Er ist einer der tüchtigsten Ärzte. Er hat unseren Landesherrn kuriert, wo andere versagt haben!‹« Friedrich knirschte mit den Zähnen. »Alles schien günstig für mich, ja, es gab Stunden, da war ich mir sogar schon sicher, dass der Kurfürst mich eines Tages noch zu einem seiner Hofräte ernennen würde! Und nun? Nun kommt auf einmal dieser anmaßende, hochnäsige, eingebildete Geck daher, dieser« – er bemühte sich, so viel Verachtung wie nur möglich in seine Stimme zu legen – »Doktor Veit Potzlinger und setzt alles daran, mich so kurz vor dem Ziel um den größten Triumph meines Lebens zu betrügen!«

Eberhard von Reinsleben verzog das Gesicht, als halte ihm jemand einen stinkenden Fisch unter die Nase. »Ein Franke!«, warf er das Reizwort ins Gespräch, das jedem Berliner mehr sagte als lange Erklärungen.

»Ein Franke!«, bestätigte Friedrich verbittert und ließ das Wort in der Luft hängen. Seit die Hohenzollern vor einigen Jahrzehnten die Herrschaft über die Mark übernommen hatten und an die Spree gekommen waren, hatten sie sich stets mit Männern aus ihren fränkischen Stammlanden umgeben, und kaum einem Märker war es vergönnt gewesen, einen Posten an ihrem Hof zu übernehmen. Damals hatten sich Einheimische und Zugereiste wie fremde Völker gegenübergestanden, die einander nicht über den Weg trauten, und hatten sich – so die Märker über die Franken – dünkelhafter

Aufgeblasenheit bezichtigt oder – so die Franken über die Märker – einer ungehobelten, ja nachgerade halb barbarischen Lebensart, die durch süddeutsche Kultur erst ebenso veredelt werden musste wie märkischer Wein durch fränkische Reben. Erst in den letzten Jahren, unter der Regentschaft des gegenwärtigen Kurfürsten, war es zu einer Änderung dieser Politik gekommen, und Männer aus der Mark hatten in zunehmendem Maß Hofämter besetzt. Und nun, nachdem es endlich so aussah, als könnten beide Seiten ihr Auskommen miteinander finden, nun kam auf einmal wieder ein Franke daher und verkündete hochtönend, er sei gekommen, die Krankheit des Kurfürsten zu kurieren – gerade so, als sei ein märkischer Arzt dazu nicht in der Lage!
Während Friedrich noch mit düsterer Miene seinen trüben Gedanken nachhing, erhob sich zu Füßen der Tribüne auf einmal lautes Gelächter. Zwei Gaukler, eingekreist von einer Schar Schaulustiger, führten ein Lanzenstechen auf, allerdings eines von ganz besonderer Art. Ausstaffiert wie zwei Mönche, mit dicken Kugelbäuchen unter überlangen Kutten und abgenagten Kalbsknochen an Stelle von Lanzen, rannten sie unter dem Gejohle der Umstehenden gegeneinander an, bohrten sich wechselseitig die Knochen in ihre Bäuche, stolperten über ihre Kutten und richteten sich unter Verrenkungen wieder auf, zogen Grimassen, markierten Siegerposen und stießen deftige, wiewohl mit Witz und Geist gewürzte Flüche aus, die jedem Ziegelknecht die Schamröte ins Gesicht getrieben hätten.
Eine viel zu laut vorgebrachte Begrüßung ließ Friedrich zusammenschrecken. Vor ihm, getrennt durch eine Sitzreihe, stand ein Mann mit einem rot glänzenden Gesicht, kleinen durchsichtigen Augen und einem silbergrauen Bart und breitete in Festtagslaune die Arme aus. Friedrich wischte seine Gedanken beiseite und erhob sich von seinem Platz.

Balthasar Gans – ein alteingesessener Fischhändler, Ratsherr seit kurzem und vielleicht schon bald Bürgermeister von Cölln, ein umtriebiger, bienenfleißiger Ehrgeizling, zugleich ein Mann mit der durchtriebenen Intriganz eines römischen Prälaten, der weder vor kleinen Sticheleien noch vor größeren Boshaftigkeiten zurückschreckte, solange er nur darauf hoffen durfte, mit heiler Haut davonzukommen. Friedrich erwiderte den Gruß und machte den Ratsherrn mit Eberhard von Reinsleben bekannt. Der Ratsherr, dem wohl der Name, nicht aber der Träger dieses Namens bekannt war, rang sich ein paar unverbindliche Worte über die Bedeutung des Landadels für die Stadt und die Bedeutung der Stadt für den Landadel ab und wandte sich schon mit seinem nächsten Satz wieder an Friedrich. »Unser zufälliges Zusammentreffen, verehrter Doktor Molner, gibt mir die Gelegenheit, Euch von einer äußerst erheiternden Begebenheit zu berichten. Sie betrifft eine Person, von der Ihr zweifellos bereits gehört habt. Ihr wisst, wen ich meine?« Er schob den Kopf ein wenig vor und hob den Zeigefinger. Als er das Wort aussprach, kam es kraftvoll wie die Trompeten von Jericho: »Potzlinger!«

Potzlinger! Potzlinger! Immer wieder Potzlinger! Friedrich machte ein solch unfreundliches Gesicht, dass der Ratsherr – obwohl keineswegs ungeübt im Umgang mit derartigen Gesichtern – erschrocken zurückfuhr. Erst ein von Friedrich nachgeschobenes versöhnliches »Ich bin gespannt auf Euren Bericht« brachte ihn dazu, das, was er sich vorgenommen hatte, auch in Angriff zu nehmen. In unverkennbarer Vorfreude die Hände aneinander reibend, setzte er sich, wartete, bis Friedrich und dessen Nachbar ihre Plätze ebenfalls wieder eingenommen hatten, beugte sich, soweit die Umstände es zuließen, nach hinten und begann zu erzählen.

»Die Geschichte ist mir von einem Hofdiener zugetragen

worden. Ein Fest im Schloss, letzte Woche, Potzlinger weilte gerade den zehnten Tag in der Stadt. Es war sozusagen sein zweiter Auftritt bei uns …« Ein süffisantes Lächeln legte sich auf sein Gesicht. Jeder in Berlin und Cölln kannte die Geschichte von der denkwürdigen Ankunft des Franken an der Spree: von dem Achsenbruch seines Reisewagens und von seinem Sturz in eine bodenlose Pfütze, und wie er anschließend mit schlammverkrusteten Kleidern durch das Gertraudentor gehumpelt war, die eine Hand auf den silbernen Knauf eines Spazierstocks gestützt, in der anderen ein winziges Hündchen haltend, das selbst in ausgestrecktem Zustand nicht viel größer war als eine ausgewachsene Ratte. Und all das ausgerechnet während eines Jahrmarktes, als die Stadt voller Menschen war und tausend neugierige Gaffer bereitstanden, das außergewöhnliche Schauspiel zu genießen!
»Und weiter?«, fragte Eberhard von Reinsleben in das Lächeln seines Gegenübers hinein.
»Weiter?« Der Ratsherr blickte verwirrt. Allem Anschein nach war dem Landmann die Geschichte von der Ankunft des Franken nicht bekannt. Und sein anderer Zuhörer, der diese Geschichte zweifellos kennen musste, zeigte nicht die geringste Bereitschaft, die ihr innewohnende Komik angemessen zu würdigen. »Ja ja, weiter … Nun, dann also zu der Begebenheit im Schloss.« Der Ratsherr räusperte sich. »Eigentlich war es gar kein richtiges Fest, was dort stattgefunden hat. Eher sollte man es vielleicht ein Beisammensein in einem kleineren Kreis nennen, an dem teilnehmen zu dürfen Potzlinger die Ehre hatte. Nicht etwa um seiner Verdienste willen, o nein, von denen hatte sich in der kurzen Zeit seines Aufenthaltes ja noch niemand überzeugen können. Protektion war es, reine Protektion, nichts anderes! Potzlinger stammt bekanntlich aus Ansbach und verfügt über Kontakte zum dortigen Hof und damit wiederum über Verbin-

dungen nach Cölln, und genau diese Verbindungen waren der Grund, weshalb man ihn ins Schloss eingeladen hatte … Aber wie auch immer – da saßen sie nun alle zusammen, der Hofmarschall und der Kammermeister sowie einige weitere Herren von Rang, selbstverständlich auch ein paar von den Junkern, die bekanntermaßen nur selten etwas auslassen, dazu mehrere Damen. Und Potzlinger mitten unter ihnen. Natürlich stürzten sich alle auf ihn, wie das nun einmal so ist, wenn einer von weit her angereist kommt und Neuigkeiten mitbringt, und Potzlinger gab Auskunft, so gut er konnte. Irgendwann war Ansbach erledigt, aber Potzlinger redete noch immer. Zunächst über seine Heilkünste, die ihn, so betonte er, besser als jeden anderen befähigten, die Krankheit unseres Landesherrn zu kurieren, danach über seinen langjährigen Aufenthalt in Paris, wobei er allerdings weniger über die Stadt sprach als vielmehr über die Leistungen, die er dort angeblich vollbracht haben will. Und sämtliche Erzählungen, so schilderte es mir mein Gewährsmann, brachte er in einem näselnden Tonfall hervor, wie er seinen Angaben zufolge in Paris üblich sein soll.« Der Ratsherr zog die Nase kraus und schob den Mund vor, bis er aussah wie ein eingeklemmter Frosch. »Eine solche Aussprache scheint Potzlinger für besonders vornehm zu halten«, versuchte er das Näseln des Franken nachzuahmen.

Eberhard von Reinsleben zeigte ein dünnes Lächeln. Friedrich lauerte mit gefrorener Miene dem Fortgang des Berichtes entgegen.

»Da stand Potzlinger also nun und redete und redete, immer von einem Thema zum nächsten, und dabei bemerkte er überhaupt nicht, wie seine Zuhörer sich zu langweilen begannen. Auf einmal verbreitete sich die Nachricht, in einem Nebengemach seien allerlei süße Köstlichkeiten aufgetafelt worden, darunter« – der Ratsherr ließ die Worte wie zarten

Schmelz von seiner Zunge tropfen – »orientalisches Konfekt, mit Rosenöl parfümiert, französischer Blancmanger, Mandorlati aus Cremona und dazu, alles andere überragend, der heilige Mauritius als kühner Ritter hoch zu Ross … aus Zucker. Und während Potzlinger noch immer das große Wort führte, entschwanden seine Zuhörer einer nach dem anderen in das Nebengemach. Alle, bis auf eine einzige Dame, auf die er weiter einredete – und die war so taub wie eine Otter, die sich die Ohren verstopft hat!«

Befreit von der Verpflichtung eines Erzählers, sich während seines Vortrags jeder vorausgreifenden Gemütsäußerung zu enthalten, brach der Ratsherr nun, da der Höhepunkt seiner Geschichte erreicht war, in ein gellendes, völlig übertriebenes Lachen aus. Friedrich hingegen, für den die Geschichte erzählt worden war, verharrte gänzlich unbewegt. Ein Gegenspieler blieb ein Gegenspieler, mochte er auch der lächerlichste unter der Sonne sein! Und im Übrigen gab allein die Tatsache, dass der Franke überhaupt ins Schloss eingeladen worden war und so viele hohe Herren ihm ihr Ohr geliehen hatten – Neuigkeiten hin, Neuigkeiten her –, Anlass zu Besorgnissen der allerheftigsten Art. Friedrich wollte gerade damit beginnen, einige bislang unerwähnt gebliebene Einzelheiten jenes obskuren Beisammenseins zu erfragen, als der Ratsherr plötzlich den Kopf drehte und ein Ausdruck von Überraschung, durchsetzt mit einem kräftigen Anteil unübersehbarer Vorfreude, sich auf seinem Gesicht breit machte. Seine Ankündigung kam so knapp, dass sie nur als ein Hinweis auf etwas wahrhaft Herausragendes gedeutet werden konnte: »Da ist er!«

Friedrich erstarrte. Es war nicht schwer zu erraten, wer mit diesem »er« gemeint war! Widerwillig folgte er den Blicken des Ratsherrn. Aus der Richtung des Tribünenaufgangs kam ein Mann angehumpelt, klein, rund, mit einer gegen den Himmel gebogenen Nase und einem vorgeschobenen, von strahlenförmig auseinander laufenden Falten umgebenen Mund. Barett und Schaube des Mannes bestanden aus teuren Stoffen, die Finger seiner linken Hand zierten mehrere Ringe, seine Rechte steckte in einem Lederhandschuh und umschloss den Silbergriff eines aufwändig gedrechselten Spazierstocks. Mit der Unerbittlichkeit jener heranrollenden Flut, die einst die Soldaten Pharaos unter sich begraben hatte, wälzte sich der Mann durch die Reihen und hielt erst inne, als der Hofdiener, der ihn geleitete, mit der Hand auf einen Sitzplatz wies.

Auf den Sitzplatz neben Friedrich.

Für die Dauer eines Atemzugs stand der Hinzugekommene angespannt wie ein Händler auf dem Markt, der in letzter Sekunde noch einmal die Preise durchkalkuliert. Dann blickte er seinem Gegenüber gerade ins Gesicht. »Doktor Mulner, wenn ich nicht irre?«, näselte es, diesmal jedoch nicht als die Stimme jenes Abwesenden, Körperlosen gewissermaßen, über den man eben noch gesprochen hatte, sondern als die gegenwärtige Stimme des Leibhaftigen. In der Vorderreihe ließ der Ratsherr seine Hand wie zufällig nach oben wandern, bis sie in der Form eines Trichters hinter dem rechten Ohr zur Ruhe kam, welches den beiden Doktoren am nächsten war.

»Molner!«, berichtigte Friedrich, wobei er das o in seinem Namen unnötigerweise in die Länge zog. Seine Augen huschten von dem, wie es ihn dünkte, bösartigen Gesicht des Mannes zu dem Pelzbesatz seiner Schaube – Biber natürlich! –, zu den viel zu großen Ringen, die protzig in der Sonne glitzerten, den kuhmaulförmigen Schuhen, wie sie seit einiger Zeit in Mode waren, die er selbst aber nicht ausstehen konnte, und von dort wieder zurück zu dem bösartigen Gesicht. Irgendjemand im Schloss hatte sich diese Gemeinheit für ihn ausgedacht, diese unverfrorene, geschmacklose Gemeinheit! »Sollte ich Euch kennen?«, fügte er der Korrektur seines Namens hinzu, und biss sich noch im selben Moment auf die Lippen.

Der andere kostete den kleinen Triumph, der ihm so unvermutet in den Schoß gefallen war, genüsslich aus. »Doktor Veit Potzlinger«, entgegnete er. »Aus Ansbach, in Franken. Ich bin hier, um Euren allerdurchlauchtigsten Kurfürsten von seiner schweren Krankheit zu heilen.«

Friedrichs Augen sprühten Funken. »Noch ist nichts entschieden!«, entfuhr es ihm. Der andere notierte befriedigt einen weiteren Triumph und wandte sich, ohne auf die Äußerung einzugehen, dem Ratsherrn und Eberhard von Reinsleben zu. Mit der Mühelosigkeit eines Mannes, der Übung im Austausch von Belanglosigkeiten hat, wechselte er ein paar nichts sagende Worte mit jedem von ihnen und wünschte ihnen und sich selbst einen ereignisreichen Tag. Dann nahm er Platz und begann, ohne seinen Nachbarn weitere Beachtung zu schenken, seine Blicke über die inzwischen etwa zur Hälfte mit Zuschauern besetzte Tribüne schweifen zu lassen. Zielstrebig fixierte er einen nach dem anderen, versuchte durch auffälliges Hüsteln oder angestrengtes Hinsehen die Aufmerksamkeit einiger Ausgewählter auf sich zu lenken, um sie anschließend, nachdem sie ihn erst einmal wahrgenommen hatten, mit einem leutseligen Winken oder einer angedeuteten Verbeugung zu grüßen.

Zwei Räte, drei Hofjunker, der kurfürstliche Sekretär, der die Verwandte des Kanzlers heiraten wollte, ein Ratsherr aus Berlin … Irritiert stellte Friedrich fest, dass die Gegrüßten die freundlichen Gesten des Franken auf ebenso freundliche Weise erwiderten, und schon beschlich ihn der Verdacht, dieser könnte womöglich über mehr Kontakte am Hof – und damit auch über mehr Fürsprecher – verfügen, als er bisher angenommen hatte. Doch dann keimte auf einmal die Ahnung in ihm auf, die Betreffenden könnten, anstatt gute Bekannte zu sein, die Grüße lediglich der Höflichkeit halber erwidert haben, und als schließlich der kurfürstliche Hofmaler dem Franken zuwinkte, von dem er, Friedrich, mit Bestimmtheit wusste, dass dieser dem Franken nie zuvor begegnet sein konnte, da glätteten sich seine Züge wieder, und Erleichterung senkte sich in sein Herz.

Ganz anders hingegen der Ratsherr, dessen tief gefurchte Stirn die Ungeduld verriet, die in seinem Inneren brannte. Eine Geschichte, die erzählt werden sollte, brauchte Futter – ansonsten starb sie an Auszehrung, noch bevor sie so richtig begonnen hatte. Mit der Unschuldsmiene eines Neugeborenen wandte er sich an den Franken. »Ihr wart in Paris, wie ich gehört habe …«

Friedrich warf ihm einen vernichtenden Blick zu.

»Paris …?«, wiederholte Potzlinger leicht zerstreut das Wort, das der Ratsherr ihm wie ein duftiges Wölkchen zugeschoben hatte, um gleich darauf hinzuzufügen: »Ah, oui, Paris!« Ein verglühendes Lächeln auf dem Mund, die Hand ein letztes Mal winkend zum Gruß erhoben, löste er sich von seinem Ausflug über die Tribüne, sog nach Art eines schmachtenden Liebhabers die Luft ein und drehte sein Gesicht dem Ratsherrn zu. »Ja, bester Freund, es ist so, wie Ihr sagt: Ich war in Paris. Und zwar so lange, dass ich mir beinahe schon erlauben darf zu sagen: Ich bin ein Pariser! In dieser Stadt, bester Freund, habe ich meine Ausbildung vollendet und sie mit der Würde eines Doktors der Medizin gekrönt – nachdem ich zuvor schon einige Jahre im fernen Italien zugebracht hatte, in Salerno, Ihr habt vielleicht davon gehört, an jener altehrwürdigen Schule, die schon viele Generationen der fähigsten Ärzte hervorgebracht hat. Eine erstklassige Ausbildung also, wie Ihr seht, aber eine solche Ausbildung ist nun einmal unabdingbar für einen erstklassigen Physicus. Oder wie ein befreundeter Professor es bei unseren abendlichen Geselligkeiten gelegentlich auszudrücken pflegte – übrigens die beste Koryphäe in puncto Wassersucht, die es gibt: Willst du Berge sehen, so reise in die Berge!« Er machte eine Pause, als wolle er seinen Zuhörern genügend Zeit einräumen, den tiefen Gehalt seines Ausspruchs zu erfassen. »Und Ihr, verehrter Doktor Molner«, wandte er sich dann an Friedrich, während sein rechter Zeigefinger einen fröhlich-beschwingten Takt auf dem Griff seines Spazierstocks trommelte, »darf ich fragen, über welche Stationen Ihr Euch die Welt der Medizin erobert habt?«

Die Antwort kam knapp. »Rostock und Leipzig.«

Potzlinger zog die Brauen hoch. »Ah ja, Rostock und Leipzig. Sehr interessant!«, näselte er, und Friedrich bedauerte, dass gelehrte Doktoren ihre Streitigkeiten anders auszutragen pflegten als Lastenträger und Packer.

Ein kurzes Schweigen senkte sich über den Randbereich der Tribüne, das Lärmen der aufgefahrenen Geschütze verstummte, die Gegner sammelten frische Kräfte. Plötzlich kehrte der Franke mit einem unvermittelten Temperamentsausbruch nach Paris zurück. »L'art de vivre, meine lieben Freunde!«, stieß er schwelgerisch hervor, wobei sein Näseln eine höhere, dem Ausmaß seiner Begeisterung entsprechende Stufe erreichte. »Was für ein Leben! Und was für eine Stadt! Von einer Größe und Ausdehnung, die ihr euch unmöglich vorstellen könnt. Eine Stadt von dort nach dort« – er deutete mit seinem Spazierstock über die Köpfe hinweg in unbestimmte Fernen – »und von dort nach dort. Überall Häuser, große und kleine, Paläste und Hütten, alles ist dort vertreten. Und Straßen, sage ich euch, so viele Straßen, dass ein Fremder sich glatt darin verirren muss. Und dann erst die vielen Menschen! Viel, viel mehr, als ihr in eurem ganzen Leben jemals zu sehen bekommen werdet, alle zusammengerechnet. Darunter die klügsten und geistreichsten Menschen, die man sich überhaupt nur vorstellen kann. Mit vielen von ihnen habe ich gesprochen, wir haben voneinander gelernt, sie von mir und ich von ihnen. O ja, liebe Freunde, lasst es mich ohne Übertreibung aussprechen: Man hat mich sehr geschätzt! Wie sagte doch mon professeur so oft: Monsieur Potzlinger, sagte er, bleibt bei uns in Paris und tragt bei zum Ruhm unserer Stadt! Ja, genau so hat er es gesagt, genau so, aber leider sah ich mich außer Stande, ihm seinen Wunsch zu erfüllen. C'est la vie, meine lieben Freunde! C'est la vie!« Er zuckte die Achseln wie einer, der eine Einladung zu einer Hochzeitsfeier absagen muss, weil er für denselben Tag bereits Einladungen zu fünf anderen Hochzeitsfeiern hat. Als er weitersprach, schwenkte er seinen Spazierstock im Takt seiner Worte, und je mehr er ins Schwärmen geriet, umso ausgreifender wurden die Muster, die er beschrieb. »Auch manch wunderschöner Frau musste ich eine Absage erteilen, Zizi, Mimi, toutes les petites parisiennes, wie haben sie geweint … Aber was hatten wir auch für herrliche Zeiten miteinander! Rauschende Feste, vous comprenez? Nächtelang. Musik ohne Ende. Tanz in den Straßen und dazu le vin. Vin rouge, fässerweise, rouge wie die Liebe, mes chers amis! O ja, Paris, Stadt meines Lebens. Heiß lodert die Sehnsucht. Mais Paris, c'est fini!«

Der tanzende Spazierstock vollführte einen letzten Schwenk und kam hart auf dem Holzboden zum Stillstand. Mit einem Seidentüchlein wischte sich der Franke eine Träne aus dem Auge. »Von Paris ging ich zurück nach Ansbach. Ein großer Sprung, zweifellos, wenngleich das kurzweilige Leben am Hofe unseres allergnädigsten Landesherrn mir den Wechsel ein wenig erleichtert hat.« Er hielt inne, krauste die Stirn und ließ einen sorgenvollen Blick über die Stadt wandern. »Diesmal ist es weit schwieriger – der Sprung von Ansbach nach Berlin. Aber vielleicht wird es ja erträglicher, wenn ich erst einmal als kurfürstlicher Leibarzt im Schloss bin.«

Friedrichs Gesicht war rot angelaufen, seine Blicke erweckten den Eindruck, sie könnten das Weltmeer vergiften. Der Ratsherr indes zerbarst beinahe vor innerem Vergnügen. Wie es aussah, bedurfte es nur noch eines winzigen Anstoßes, eines Fingerschnippens sozusagen, und die kleinen Scharmützel würden sich zu einer offenen Feldschlacht ausweiten. Schon spielte er mit dem Gedanken, die Helden seiner angehenden Geschichte mittels einer gezielten Falschmeldung endgültig aufeinander zu hetzen, als auf einmal eine von unzähligen »Ahs!« und »Ohs!« begleitete Bewegung durch die Menge ging und die Sitzenden sich von ihren Plätzen erhoben. Gleich darauf schraubten sich Trommelwirbel wie aufsteigende Adler in den lichtblauen Himmel, ertönte majestätisch das Schmettern der Fanfaren, und dann erschien er auch schon unter dem wappenverzierten Baldachin auf der Tribüne – Johann, von Gottes Gnaden Kurfürst der Mark Brandenburg, Sohn des Kurfürsten Albrecht und der Margareta von Baden, hochedler Herrscher aus dem ruhmreichen Hause der Hohenzollern. Eingerahmt wurde er von seiner Gemahlin Margarete, der Tochter Herzog Wilhelms von Sachsen, sowie den beiden kaiserlichen Gesandten, die sich seit mehreren Wochen zu Gesprächen über die Streitigkeiten zwischen Brandenburg und Pommern an der Spree aufhielten und zu deren Ehren – und natürlich mit der Absicht, sie für die eigene Position zu gewinnen – der Kurfürst das zweitägige Turnier angesetzt hatte. Hinter dem Regenten folgten einige der vornehmsten Vertreter des märkischen Adels mit ihren Damen, dazu die höchsten Hofbeamten – ebenfalls in weiblicher Begleitung – sowie das Dreigespann der kurfürstlichen Ärzte: Meister Hans Oppeln, der

Leibarzt Konrad Schwestermüller und der seit einiger Zeit vom Landesherrn besonders geschätzte Conrad Diell, ein Franziskaner. Angestrahlt von der Sonne, bestaunt und bejubelt von der Menge, so präsentierte sich der Herrscher mit seinem Gefolge, ein Bild der Macht, des Reichtums und des Glanzes – Gewänder aus schimmerndem Atlas und perlenbesticktem Samt, aus rotem und blauem Scharlach und mit Granatapfelmustern verziertem Brokat; Gold, Silber und feurig funkelnde Steine; Schuhe und Stiefel aus allerfeinstem Leder; schmuckverzierte Hüte und duftig fließende Schleier; weiße Straußenfedern; Pelze von Luchs, Zobel und Hermelin.

Friedrich hatte sich hinter dem Rücken des vor ihm stehenden Franken vorbeigeschoben und jede kleine Geste des Kurfürsten, so weit ihm das aus der Entfernung möglich war, auf das Genaueste verfolgt. Nun, da er eine erste Bilanz seiner Beobachtungen ziehen konnte, zeigte sich Zufriedenheit auf seinem Gesicht: Der Mann, der da in der Mitte der Tribüne stand und seine Blicke über seine Untertanen schweifen ließ, litt noch immer! Ehemals ein Kraftmensch, von dem man sich erzählt hatte, er könne einen Gegner an einem einzigen Arm zur Tür hinaustragen, wirkte der Kurfürst heute – gerade mal sechsunddreißig Jahre alt – trotz seiner Größe und seiner Leibesfülle schwächlich und müde. Der schleppende Gang verriet die Schmerzen in seinen Beinen, die Anspannung in seinem Gesicht spiegelte die Atemnot, eine Folge des unnatürlichen Wassers, das sich aufgrund eines Ungleichgewichts der Körpersäfte angesammelt hatte und das ihm die Brust wie eine Klammer zusammenpresste. Offenbar entsprachen die Gerüchte aus dem Schloss der Wahrheit, wonach der Zustand des Kurfürsten sich seit dessen Rückkehr vom Nürnberger Reichstag vor drei Monaten weiter verschlechtert hatte.

»Vielleicht solltet Ihr Euch ebenfalls setzen, verehrter Doktor Molner!«, hörte Friedrich die Stimme des Franken. Der Kurfürst hatte seinen Platz unter dem Baldachin eingenommen, ebenso seine Gemahlin und seine hochrangigen Begleiter, und auch die übrigen Zuschauer auf der Tribüne hatten sich wieder gesetzt. Mit einem mürrischen »Danke für den Hinweis!« ließ Friedrich sich nieder. Er war enttäuscht. Hatte der Kurfürst mehrere der Anwesenden mit der Huld eines gnädigen Zuwinkens bedacht, so hat er ihn selbst dabei ausgespart. Nicht, dass er mit einer solchen Begrüßung durch den Landesherrn ernsthaft gerechnet hätte. Der Kurfürst war kein Mann, der seine Gunst leichtfertig über seine Untertanen verströmte. Aber gehofft hatte er darauf! Gehofft, dass sich das Augenmerk des Regenten ihm zuwenden könnte, und sei es auch nur für die Dauer eines winzigen Moments. Schließlich wusste jeder, dass es oftmals gerade kleine Zufälligkeiten am Rande waren, die eine Entscheidung in die eine oder in die andere Richtung lenken konnten.

Unten auf dem Feld begann in dieser Minute der Einritt der Kämpfer. Noch am Vorabend hatte es nicht unerhebliche Aufregung gegeben, als ein Ritter aus der Altmark wegen einer unstandesgemäßen Ehe von dem Turnier ausgeschlossen worden war und der Ritter, anstatt stillzuschweigen und von dannen zu ziehen, in der Art eines Marktschreiers sämtliche zehn ägyptischen Plagen auf die Stadt herabgeflucht hatte und nur durch die Fürsprache eines einflussreichen Verwandten davor bewahrt worden war, in den Turm geworfen zu werden. Doch nun war aller Ärger vergessen, und diejenigen, die ihre Kräfte im Kampf miteinander messen wollten, erweckten beinahe den Anschein, als suchten sie das unwürdige Verhalten eines der Ihren durch ihr eigenes Auftreten wieder gutzumachen. Stolz saßen sie auf ihren Pferden, zwei Dutzend Männer in blank polierten Rüstungen,

angeführt von dem Turniervogt, den Richtern und den Herolden in ihren reich verzierten Wappenröcken, daneben liefen die Knechte einher, in den Händen die Banner ihrer Herren, eine farbig-fröhliche Fahnenreihe, die sich selbstbewusst im Rhythmus der Schritte und im leichten Wehen einer Brise bewegte. Begleitet vom Klang der Trompeten umritten die Männer das Turnierfeld und kamen vor dem Kurfürsten zum Stehen, wo sie ihm ihren Gruß entboten, wie Anstand und Sitte es verlangten. Dann trat der Turniervogt vor und verkündete mit lauter Stimme die Regeln für dic kommenden Kämpfe. Eindringlich forderte er die Teilnehmer auf, ihr Bestes zu geben, mahnte sie zu ritterlichem Verhalten, drohte jedem, der die Regeln verletzte, eine strenge Bestrafung an, und nachdem alles gesagt war, was gesagt werden musste, verließ er mit seinem Gefolge unter dem Beifall der Menge das Feld, auf dem der Wettstreit stattfinden sollte.
Der Ratsherr begleitete in bester Laune den Abmarsch der Kämpfer, Eberhard von Reinsleben brachte ein erwartungsvolles »Nun zeigt mal, was ihr könnt!« über die Lippen, der Franke umklammerte mit beiden Händen seinen Spazierstock und schaute – viel zu aufdringlich, wie Friedrich fand – zum Kurfürsten hinüber. Dieser saß schweigend in seinem Sessel, das bärtige Kinn in die Hand gestützt, und lauschte einem der beiden Gesandten, der wortreich auf ihn einredete. Friedrich ließ seine Augen zu den drei Ärzten wandern. Schon ein erster Blick ließ ihn erkennen, dass zwei von ihnen offenbar missgestimmt waren. Während Oppeln dumpf vor sich hinbrütete und sich dabei so ausdauernd am Hals kratzte, als beabsichtige er, seinen Kehlkopf freizulegen, hockte Schwestermüller wie ein zusammengesunkenes Fragezeichen an seiner Seite und zupfte imaginäre Staubflocken von seiner Kleidung. Diell hingegen, ein aufgeräumter und für einen Mönch beinahe zu lebhafter Mann, schien von dem

Missmut der beiden anderen Ärzte entweder nichts zu bemerken, oder dieser war ihm gleichgültig. Angeregt plauderte er mit dem Hausvogt, bezog auch den Hofmeister und den Marschall mit ein und strahlte dabei mit der Sonne um die Wette. Friedrich verzog säuerlich den Mund. Wenn es stimmte, was man in Hofkreisen munkelte, dann hatte der Franziskaner bei der Behandlung des Kurfürsten seit einiger Zeit die Nase weit vorn. Er habe einen neuen Weg eingeschlagen, so hieß es, eine Mischung aus starken Abführungen und dem Hervorrufen künstlicher Geschwüre am Bauch, deren Eiterung anschließend unterhalten werden musste. Eine uralte Therapie, die bereits Celsus gegen die Wassersucht empfohlen hatte, die er, Friedrich, jedoch niemals anwenden würde. Keine Erfolg versprechende Sache, wenn nicht sogar gefährlich. Der Kurfürst indes schien immer noch große Stücke auf Diell zu halten, wie damals schon, als er ihm neben einem lebenslangen Dienstvertrag und einem Haus in der Stadt auch noch ein Gehalt von – so die Gerüchte – stolzen zweihundert Gulden im Jahr zugesichert hatte.

Ein abfälliges »Schönbusch!« aus dem Mund seines Freundes Eberhard brachte Friedrich zu dem Turniergeschehen zurück. Er wandte sich von den Ärzten ab und richtete den Blick nach vorn zu dem Ritter, der soeben, geleitet von einem Herold, auf das Kampffeld ritt. »Der große Aus-dem-Sattel-Heber!«, fügte Eberhard hinzu. Friedrich nickte verstehend. Schönbusch, eigentlich von Schönbusch, ein dummdreister, mehr berüchtigter als berühmter Draufgänger, laut, ungeduldig und immer mit dem Maul vorneweg. Einer, der sich brüstete, auch schon mal ohne Helm und mit einer Pfanne an Stelle eines Brustharnischs gegen einen Herausforderer anzurennen. Ein Wunder, dass er überhaupt noch am Leben war. Seit seiner Ankunft in Berlin hatte er wohl mehr als tausendmal verkündet, er werde jeden Gegner in hohem Bogen aus dem Sattel heben, wen immer das Los für ihn bestimme, und je näher der Tag der Entscheidung gerückt war, umso verwegener waren seine Sprüche geworden. Nun, da das erste Treffen unmittelbar bevorstand, schien er es kaum mehr auszuhalten. Pausenlos an den Zügeln zerrend, ließ er sein schweres Schlachtross wie einen Sendboten der Apokalypse über das Turnierfeld stampfen, schwenkte die lange, mit dem scharfen Renneisen bewehrte Lanze und feierte sich mit heiserer Stimme als den angehenden Gewinner.

Ganz anders dagegen sein Gegner, der Falke, wie viele ihn wegen des Vogels in seinem Wappen nannten, ein Mann von edler Gesinnung und untadeligem Charakter, Sieger in etlichen Schlachten, ein hoch aufgeschossener Recke mit einem ehrlichen Gesicht und funkelnden, schwarzen Augen, die Frauenherzen zum Schmelzen bringen konnten. Heftiger Beifall brandete auf, als er durch die Schranken ritt, angetan mit einem fein ziselierten Harnisch aus der Werkstatt eines Nürnberger Plattners und auf einem starkknochigen, mit Brustpanzer und Rossstirn geschützten Rappen sitzend, einem Turnierpferd von der Art, für die die Händler nicht zu Unrecht ein Vermögen verlangten.

»Der wird dem Schönbusch schon das Maul stopfen!«, zeigte sich Eberhard von Reinsleben zuversichtlich, und der Ratsherr ergänzte: »Mit dem Kopf in den Sand soll er ihn werfen, diesen Aufschneider!« Friedrich drehte den Kopf zu dem Baldachin und versuchte auszumachen, welchen der beiden Kämpfer der Kurfürst favorisierte, doch dieser saß mit unbewegtem Gesicht in seinem Sessel – mit von Schmerzen gezeichnetem Gesicht, wie Friedrich zu erkennen meinte –, und selbst als der Herold mit lauter Stimme die Namen der gegeneinander Antretenden ausrief und diese noch einmal vor die Tribüne ritten und ehrerbietig ihre Lanzen senkten, änderte sich die Miene des Regenten nur geringfügig, und auch das nur für einen flüchtigen Moment. Ein leidender Mann, da war sich Friedrich sicher! Ein Mann, der dringend seiner Hilfe bedurfte!

Mit einem Ausdruck trotziger Entschlossenheit lehnte sich Friedrich so heftig zurück, dass dem Franken an seiner Seite vor Schreck fast der Spazierstock entglitten wäre. Friedrich verzichtete auf eine Entschuldigung und wandte sich stattdessen wieder dem Geschehen auf dem Turnierplatz zu. Der Herold hatte das Feld bereits verlassen, die Schranken waren geschlossen, die Kämpfer lenkten ihre Pferde zu den mit bunten Fähnchen markierten Anrittmarken. Vom Dominikanerkonvent her mühte sich eine einsame Glocke gegen die Nichtigkeiten eines genusssüchtigen Lebens, doch ihre Mahnung verhallte, kaum dass ihr Klang über die Klostermauer gesprungen war. Zurufe wurden laut, anfeuernd und Mut machend, Ratschläge wurden gebrüllt, Wünsche gegrölt, und als die beiden Männer sich von ihren Knappen die schweren Rennhüte mit den aufgesteckten Zimieren reichen ließen, als sie ihre Häupter dahinter verbargen und damit ihre Welt auf jenen winzigen Ausschnitt begrenzten, den die schmalen Sehschlitze ihnen ließen, als sie die Finger fester um die Zügel ihrer Pferde krampften und die Lanzen einlegten und ihre Füße in den Steigbügeln nach vorn streckten, auf der Suche nach dem größtmöglichen Halt, da reckten sich tausend Köpfe in die Höhe, schlugen tausend Herzen in einem schnelleren Takt, und für Männer und Frauen, für Junge und Alte, für Arme und Reiche gab es nichts anderes mehr unter dem ganzen weiten Himmel, als die beiden zum Vorwärtsstürmen bereiten Kämpfer auf ihren unruhig scharrenden Pferden.

»Los!«, presste Eberhard von Reinsleben zwischen den Zähnen hervor, und im selben Augenblick gab eine Trompete das Zeichen. Los geht es! In den Sand mit dem Kerl! Stoßt zu, wir wollen was sehen! Und da sind sie auch schon, die halb erstickten Angriffsschreie unter den geschlossenen Rennhüten, Sporen stoßen in die Flanken der Pferde, Tiere mit der Wucht von Geschossen, schwerfällig im Anritt, aber dann immer kräftiger, unaufhaltsam, die trommelnden Hufe spritzen den Sand auf, in der Luft wippen die farbenprächtigen Zimiere, schneller geht es und immer schneller, jedes Lidzucken ein Schrumpfen der Entfernung, nur noch wenige Rosslängen, die Lanzen zielen punktgenau auf den Gegner, atemlos die Zuschauer, die Gesichter rot vor Erregung, jetzt, jetzt gleich – und dann der Aufprall, ungebremst und hart, die Pferde bäumen sich auf, die Lanze des Falken gleitet an der Tartsche seines Gegners ab, durchstößt die Luft, Schönbusch ist erfolgreicher, zwei Handbreit unter dem Rennbart kriegt er den Falken zu fassen, eisenbewehrtes Holz donnert gegen den eisernen Harnisch, krachend zerbricht die Lanze, ein entsetzlicher Ruck durchpeitscht den getroffenen Körper, ein Schmerz wie ein Blitz und der herbe Geschmack von blutigem Schweiß. Das Ende der Leidenschaft. Der Anfang des Leids.

Das Publikum applaudierte für einen guten Stoß, auch wenn man ihn eher dem anderen gewünscht hätte. Dieser saß nach wie vor in seinem Sattel, nicht fest, aber er saß, die Brust von der rohen Hand eines Riesen gequetscht, Farben vor dem schmalen Fenster seines Sehschlitzes, alles war in Bewegung, der Kopf seines Pferdes eine sich schlängelnde Schlange, Schönbusch zerfließend, sich verformend, dabei grölend über den Platz tanzend, den Rennhut unter dem Arm, das Maul sperrangelweit aufgerissen wie der Fisch, der einst Jona verschluckt hatte … Dann die Rückkehr ins Leben, eine Rose, geworfen von einer Dame auf der Tribüne und mit Beifall bedacht von den Zuschauenden, der Falke wendete sein

Pferd, seine Augen suchten die Anrittmarke, er trieb sein Tier an, vorwärts, nur vorwärts, den bunten Fähnchen entgegen, hinein in die zweite Runde, vielleicht die entscheidende, Vater im Himmel, gib mir die Kraft zum Sieg. Dann das Hantieren der Pferdeknechte, das Nachziehen der Gurte und Riemen, während die Riesenhand um seine Brust sich allmählich lockerte und die Farben in dem Sehschlitz verschwanden und den Blick freigaben auf das andere Ende der Stechbahn, wo sich Schönbusch aufbaute, ungebärdig und wild, mit einer neuen Lanze unter dem Arm, ein Mann, der darauf brannte, seinen Gegner endlich aus dem Sattel zu rennen. Wieder die anfeuernden Rufe, das köpfereckende Mitgehen der Masse, dann auf einmal – gerade in dem Moment, als die Knechte das Turnierfeld verließen und der Trompeter sich bereitmachte, das Signal zu blasen – eine Unruhe in der Nähe des Baldachins, nichts Besonderes, niemand schenkte ihr Beachtung, nur Friedrich drehte den Kopf zur Seite. Der Franziskaner-Arzt hatte sich von seinem Platz erhoben und schob sich nach vorn zum Kurfürsten. Den Kopf herabgebeugt, hörte er, was dieser ihm zu sagen hatte, nickte einige Male und entfernte sich dann mit eiligen Schritten von der Tribüne. Grüblerisch sah Friedrich ihm hinterher. Eine vergessene Arznei? Akute Schmerzen? Anzeichen für eine sich entwickelnde Atemnot? Vielleicht ging es dem Kranken ja weit schlechter, als dieser es sich bisher hatte anmerken lassen … Noch während Friedrich darüber nachdachte, welche Folgen ein beschleunigter Verlauf der kurfürstlichen Erkrankung für ihn selbst haben könnte, ertönte das Trompetensignal, und als er sich wieder dem Turnierfeld zuwandte, wurde er gerade noch Zeuge jenes geschickt geführten Stoßes, mit dem der Falke zunächst nach der Rennbrust seines Gegners zielte, um dann in letzter Sekunde seine Lanze zu versetzen und sie mit voller Wucht an der Außenkante von Schönbuschs Tartsche zu platzieren, womit er diesen – dessen eigener Stoß ins Leere ging – unabwendbar aus dem Sattel warf. Der Getroffene hatte den Boden noch nicht berührt, da brandete von allen Seiten auch schon tosender Beifall auf, Blumen flogen auf das Feld, und zahllose Lippen formten den Namen des glücklichen Siegers. Ein guter Kampf! Ein spannender Kampf! Ein Kampf, wie jeder ihn sich wünschte!

Zwei Turnierknechte packten den Liegenden und trugen ihn hinter die Schranken, derweil der Falke eine Ehrenrunde um den Platz begann. »Der Schönbusch reißt sein Maul nicht so schnell wieder auf!«, frohlockte Eberhard von Reinsleben, und hämisch fügte er hinzu: »Wenn er es überhaupt noch mal aufreißt …«

Potzlinger schüttelte den Kopf. »Eine Verletzung, nicht mehr!«, verkündete er mit der Bestimmtheit eines Mannes, der sich vollkommen sicher ist. »Mit Turnieren kenne ich mich aus, schließlich habe ich genug davon miterlebt. Turniere sind meine Welt.« Er zog eine an einer Halskette hängende, mit weinfarbenen Amethysten besetzte Riechkapsel unter seiner Schaube hervor, führte sie an seine Nase und atmete den süßlich-würzigen Nelkengeruch ein, der der Kapsel entströmte. »Nur an dieses aufdringliche Transpirieren der Pferde werde ich mich wohl nie gewöhnen können!«

Friedrich vergaß für einen Moment den Kurfürsten und seine Krankheit, ein paar Umsitzende schauten wie Blässhühner, vor deren Angesicht eine Rohrdommel ertrank, Eberhard von Reinsleben richtete die Augen gen Himmel und stöhnte. Nicht so der Ratsherr. Er, dem die gewechselten Worte nicht viel mehr bedeuteten als Meilensteine auf dem Weg zu seiner ersehnten Geschichte, hockte zufrieden auf seinem Platz, strahlte in sich hinein und begann – fest entschlossen, die Sache noch weiter voranzutreiben – auf der Suche nach einem Einfallstor für ein weiteres Geplänkel die lichtärmeren Winkel seines Gehirns zu durchforsten. Vielleicht sollte er sich bei Potzlinger nach den Perspektiven eines kurfürstlichen Leibarztes erkundigen, dem es gelungen war, seinen Herrn zu kurieren? Oder ihn nach seinen hochrangigsten Patienten befragen? Nach Heilungen in beinahe aussichtslosen Fällen? Plötzlich schoss ihm ein anderer – und wie er meinte: besserer – Gedanke durch den Kopf, und erfüllt von stiller Vorfreude drehte er sich um. »Einen Nachbarn von mir plagt dieselbe Krankheit wie unseren Kurfürsten«, verkündete er mit einem Ausdruck tief empfundener Anteilnahme in der Stimme, wobei er seinen Blick genau in der Mitte zwischen den beiden Ärzten positionierte. »Der Ärmste! Man hat ihm gesagt, er solle sich auf sein Ende vorbereiten, denn seine Krankheit sei nicht heilbar.«

Die Antwort kam gleichzeitig, und sie kam so vehement, dass sich selbst noch der kurfürstliche Sekretär, der ein gutes Stück entfernt saß, erschrocken nach hinten umdrehte. Eine solche Behauptung sei völliger Unsinn, sprudelte es aus Potzlinger heraus, selbstverständlich sei die Wassersucht heilbar, schließlich habe er selbst ja schon zahlreiche Erkrankte geheilt, und das nicht etwa durch ein Wunder wie einst Jesus im Hause des Pharisäers, o nein, Wunder seien nicht seine Sache, er habe eine Ausbildung genossen, eine ganz hervorragende, wie er ja bereits angeführt habe, und deshalb seien seine Heilungen eine Folge seiner Ausbildung, seines hohen ärztlichen Könnens; und Friedrich verkündete mit der Heftigkeit eines Mannes, der sich zu Unrecht an den Pranger gestellt fühlt, dass sich die Aussage des Ratsherrn unmöglich auf ihn selbst beziehen könne, schließlich habe er den erwähnten Kranken niemals zu Gesicht bekommen, und deshalb könne nur ein Bader gemeint sein oder ein herumreisender Quacksalber oder eines von diesen unzähligen Kräuterweibern, Leute mithin, die vom Fluss der Säfte im Körper und den dabei auftretenden Störungen – von der wahren Medizin also – ebenso wenig verstünden wie der Ochse von der Bibel und die einem Wassersüchtigen, anstatt das Übel an der Wurzel zu packen und es auszureißen wie einen morsch gewordenen Baum, fauliges Ziegenfett auf den Bauch schmierten.

Die Augen des Franken weiteten sich, kaum dass Friedrich den Satz beendet hatte. »Oho, fauliges Ziegenfett auf den Bauch!«, näselte er. »Hört, hört!«

Der Ratsherr legte so viel Unschuld in seine Stimme, wie er nur konnte: »Zuvor hatte man meinem Nachbarn geraten, er solle sich in eine Schweinsblase erleichtern, den Urin im Rauchfang verdunsten lassen und die Blase danach in einem Düngerhaufen vergraben, dann sei seine Krankheit verschwunden. Leider hat es nicht geholfen. Ein andermal hatte man ihm empfohlen, er solle eine ausgehöhlte Zaunrübe über Nacht mit Bier füllen und am nächsten Morgen die Flüssigkeit trinken. Aber auch das war vergebens.«

Der Gesichtsausdruck Potzlingers war der eines Mannes, der von einer lichten Anhöhe ins dunkle Tal hinunterschaut. »Nein, nein, nein!«, stieß er kopfschüttelnd hervor, und nach einer kurzen Pause, und eine Spur präziser: »Welch Finsternis! Welch Finsternis!«

Unten auf dem Turnierfeld ritten in diesem Moment die nächsten Kämpfer in die Schranken, doch Friedrich hatte nur noch Augen und Ohren für seinen Nachbarn. »Ihr wisst so gut wie ich, Doktor Potzlinger«, zischte er, »dass es bei uns nicht nur stinkendes Ziegenfett und voll gepisste Schweinsblasen gibt! Das ist die Medizin des Volkes, und die findet Ihr nicht nur hier, die findet Ihr auch in Paris oder in Ansbach oder sonst wo auf der Welt. Daneben gibt es die andere Medizin, die Medizin der Gelehrsamkeit, des Wissens, der Universitäten. Und die wiederum gibt es nicht nur in Paris oder in Salerno oder meinetwegen auch in Ansbach, die gibt es auch hier, an diesem Ort, an dem Ihr Euch zur Zeit als Gast aufhaltet, und Ihr tätet gut daran, Euch mit diesem Gedanken vertraut zu machen! Ich selbst gehöre zu den Vertretern dieser Medizin, wie Ihr wisst, und als ein solcher habe ich Jahre meines Lebens der Wassersucht gewidmet. Und weil ich das getan habe, deshalb könnt Ihr versichert sein: Ich kenne mich aus mit der Wassersucht, und ich weiß, wie man sie bekämpft! Wenn es richtig ist, dass diese Krankheit ihre Ursache im vielen Trinken hat – und davon ist zweifelsfrei auszugehen! –, und wenn es stimmt, dass die Lunge den Überschuss an Flüssigkeit in die Brust entsendet, woraus wiederum die Hitze …«

»Verzeiht, dass ich Euch ins Wort falle, Verehrtester«, unterbrach ihn sein Nachbar. »Ich habe nicht den geringsten Zweifel, dass Eure Ausführungen von allergrößtem Interesse für mich wären, und sollte es mir meine Zeit einmal erlauben, so würde ich sie mir mit dem allergrößten Vergnügen anhören. Doch heute bin ich leider etwas in Eile, es gibt da einige Dinge von äußerster Dringlichkeit, die ich mit Doktor Kornburger zu bereden habe. Ihr kennt ihn doch, den Doktor Kornburger, den Hofrat? Ein feinsinniger Mensch von höchster Bildung und Kultur.« Er erhob sich von seinem Platz, wedelte ein paar Staubkörner von seiner Schaube und wollte sich eben in Bewegung setzen, als er noch einmal innehielt. »Übrigens ein Franke«, fügte er seinen Worten hinzu. Dann packte er seinen Spazierstock und humpelte davon.

Friedrich saß wie auf einem glühenden Rost. »Das wird er noch bereuen!«, rang er um Fassung, gerade als ein kraftvoller Trompetenstoß das nächste Rennen einleitete: zwei Reiter, die krachend zusammenstießen und gemeinsam zu Boden fielen … »Würde man den Kerl morgen tot auffinden, wüsste jeder, wer's getan hat!«, kommentierte Eberhard von

Reinsleben trocken, und der Ratsherr bemerkte mit triefendem Tremolo, er, Friedrich, solle sich nur ja keine Sorgen machen, denn einen solch widerwärtigen Menschen werde der Kurfürst sich ganz gewiss nicht zu seinem Leibarzt erwählen, viel eher werde er ihn vorziehen – ihn, den von allen hoch geschätzten und außerordentlich befähigten Stadtarzt Doktor Molner.

»Danke für Euren Zuspruch«, knirschte Friedrich, während er darüber nachdachte, warum der Kammermeister dem Franken bei dessen Abgang gerade so freundlich zugewinkt hatte. Mit einer zornigen Geste verschränkte er die Arme vor der Brust, seine Blicke brannten Löcher in den Tribünenboden. Potzlinger! Ein wichtigtuerischer, eingebildeter, unausstehlicher Schwätzer! Das Spottbild eines Arztes! Eine miese Kreatur, die es darauf anlegte, ihm Knüppel zwischen die Beine zu werfen! »Dir werd ich's zeigen!«, ereiferte er sich, ohne sich um die anderen zu scheren, die sich erstaunt nach ihm umdrehten. Dann streckte er trotzig das Kinn vor, richtete seine Augen auf das Turnierfeld und versank in brütendem Schweigen.

Es war spät am Abend, als Friedrich den Heimweg antrat. Der erste Tag des Turniers war mit einem festlichen Bankett im Schloss und anschließendem Tanz zu Ende gegangen, beides auf das trefflichste arrangiert, eine Tafel voller erlesener Gaumenfreuden, Musik im Lichterschein zahlloser Kerzen, dazu das eitle Zurschaustellen der teuren Garderoben – ein rechtes Vergnügen für alle, die geladen waren. Und so war die Zeit denn auch bereits weit fortgeschritten, als der Kurfürst mit der Andeutung, dass er sich bald zurückziehen wolle, dem festlichen Treiben ein Ende setzte. Einer nach dem anderen verließen die Gäste das Schloss und traten in die klare Herbstluft hinaus, darunter nicht wenige von ihnen mit unsicherem Gang und unsteten Blicken. Letzte Worte wurden gewechselt, Schultern geklopft und Wangen mit Küssen bedeckt, und nachdem man sich noch einmal eines baldigen Wiedersehens in nur wenigen Stunden versichert hatte, ergoss sich die illustre Schar wie ein auslaufendes Fass Wein in die schlafende Stadt.

Friedrich war einer der Letzten, der das Schloss verließ. Am Portal verabschiedete er sich von seinem Freund Eberhard, der – wie stets, wenn er an der Spree weilte – im »Schwarzen Adler« Quartier genommen hatte, wo es eine ebenso dralle wie willige Magd gab, und wandte sich dann der Langen Brücke zu. In ihrer Mitte blieb er stehen und lehnte sich an das Geländer. Der Fluss zog ruhig dahin, der Himmel schien fast sternenlos, ein Umstand, der indes weniger vereinzelten Wolken geschuldet war als vielmehr dem Licht zahlreicher, über die Stadt verteilter, mit Kien bestückter Feuerpfannen, die dazu bestimmt waren, den Heimweg der kurfürstlichen Gäste zu beleuchten.

Vom Schloss her näherten sich zwei Diener mit einem Tragestuhl, auf dem eine zusammengesunkene, offenbar bereits in den Schlaf gefallene Dame saß. Friedrich kannte sie von dem Fest her: die Mutter eines begüterten Ritters von der Elbe, kränklich, aber resolut. Da war es ihm gerade gelungen, einen der kurfürstlichen Kammerdiener in ein zwar heikles, unter medizinischen Gesichtspunkten allerdings äußerst aufschlussreiches Gespräch über Fragen der Verdauung von dessen gnädigem Herrn zu verwickeln, als die alte Dame auf einmal ohne ein Wort der Entschuldigung dazwischengefahren war und ihm den Kammerdiener entführt hatte, und später war dann keine Gelegenheit mehr gewesen, das Gespräch fortzusetzen. Offensichtlich gehörte die Mutter des Ritters zu jenen, die Unhöflichkeit als ein selbstverständliches Vorrecht des Alters ansahen … Verdrießlich wischte Friedrich mit dem Zeigefinger über das Geländer. Aber selbst wenn er das unterbrochene Gespräch zu Ende geführt hätte, was hätte es ihm genutzt? Nach allem, was er wusste, war der Kurfürst noch immer unentschlossen, was einen neuen Leibarzt anbelangte – eine Haltung, die zweifellos auf die eigensüchtigen Machenschaften des Franziskaner-Arztes zurückging! –, und deshalb blieb ihm, Friedrich, nichts anderes übrig, als sich weiterhin in Geduld zu fassen, Augen und Ohren aufzusperren und den Heiligen Kosmas und Damian noch die eine oder andere Kerze zu opfern, auf dass diese sich für ihn einsetzten und ihm endlich seinen sehnlichsten Wunsch erfüllten.

Ein weinseliges »Oho!« riss Friedrich aus seinen Gedanken, gefolgt von einer Hand, die sich plump vertraulich auf seine Schulter legte. Als er sich umdrehte, blickte er in das an einen voll gesogenen Schwamm erinnernde Gesicht Edmund Edelkinds. Anders als bei der Begegnung auf dem Neuen Markt schien sein Patient nicht mehr Herr seiner – dümmlichen – Gedanken zu sein. Seine Kleider befanden sich in einem Zustand peinlicher Unordnung, er schwankte wie ein zu schwer beladener Esel. Ein Mann, bei dem es nicht mehr nötig war, sich der üblichen Zurückhaltung zu befleißigen.

»Mir scheint, Ihr seid betrunken«, bemerkte Friedrich geradeheraus. »Habt Ihr mir nicht erzählt, Ihr wolltet Eurem Körper mehr Schonung angedeihen lassen?«

Der andere schüttelte heftig den Kopf. »Morgen, lieber Doktor, morgen … nicht heute«, lallte er und strahlte dabei von den kümmerlichen Überresten seiner abgerissenen Hutfeder bis zu den mit Essen beschmutzten Schuhspitzen. »Ein herrlicher Abend, nicht wahr, Doktor? Glaubt mir, heute haben wir einen witzigen Einblick … einen winzigen Einblick in das Paradies bekommen.«

Friedrich rollte mit den Augen. Das Paradies des Edmund

Edelkind. »Die Feier ist vorbei. Kommt, ich begleite Euch nach Hause!«

»Nicht nötig, meine … meine Freunde werden mich begleiten«, widersprach der Aufgeforderte. Er drehte sich um und ließ seine glasigen Augen über die Brücke wandern. »Nanu, eben waren sie doch … waren sie doch noch da …«

Ohne ein weiteres Wort zu verlieren, packte Friedrich seinen Patienten am Arm – bei weitem zu kräftig, wie er genüsslich feststellte – und wollte ihn gerade mit sich fortziehen, als dieser plötzlich gegen das Geländer drängte und sich geräuschvoll und anhaltend in die Spree übergab.

»Der Au… der Auerhahn«, japste er, als er fertig war, und wischte mit dem Ärmel über sein Gesicht. »Angegammelt war er, der verdammte Auerhahn. Ich hab's gleich gemerkt. Nun ist er weg … auf immer und ewig. Nur schade um das … Wildschwein und die … die köstliche Eiersuppe mit … Safran.« Er machte eine ausladende Geste zum Fluss hin. »Aber es ist … besser so. Vielleicht werden meine Schmerzen … werden meine Schmerzen jetzt endlich vergehen.« Sich mit der Linken an Friedrichs Schulter festhaltend, langte er mit der Rechten nach dessen Hand und presste sie auf seinen Bauch. »Oder ist es etwas Ernstes?«

Friedrich stöhnte und dachte an den Posten im Schloss. »Los jetzt!«, knurrte er. Edmund Edelkind stammelte etwas, das sich anhörte wie »den Tod schon vor Augen«, schlug drei windschiefe Kreuze und stieß sich von dem Geländer ab. Geleitet von Friedrich, torkelte er die Straße hinunter. Als er bei der Baustelle des Berliner Rathauses einen Ziegelsteinhaufen entdeckte, entzog er sich und ließ sich auf dem Haufen nieder. Friedrich verfluchte den Moment, als er auf der Brücke stehen geblieben war.

»Welch köstlicher Wein!«, freute sich Edmund Edelkind. »Frankenwein, Italienerwein und dann vor allem dieser

Cyp… dieser Cyp… dieser Cypernwein. Köstlich, einfach köstlich! Ich hoffe nur, er … bekommt mir …« Er hielt inne. »Er bekommt mir doch, oder? Oder nicht? Warum … warum sagt Ihr nichts, lieber Freund. Steht es … schlecht um mich? Los, heraus mit der Wahrheit! Ich will … ich will wissen, wie es um mich … mich steht!«

Einige mit Zähneknirschen angefüllte Sekunden lang zögerte Friedrich, ob er die Aufforderung für bare Münze nehmen und der Wahrheit die Ehre geben sollte, doch dann entschied er sich gegen die Wahrheit und für das Geld und begann zu fabulieren: von der Hoffnung, die man niemals aufgeben dürfe, auch wenn es noch so schlecht um einen stünde, und von seinen Heilkünsten, auf die der Kranke sich verlassen könne, auch wenn das natürlich alles nicht billig sein werde, o nein, überhaupt nicht billig, aber er, Friedrich, werde ihm schon helfen. Edmund Edelkind zeigte sich erleichtert. Dann erhob er sich von dem Ziegelsteinhaufen, beklagte noch kurz eine blutleere, doch hoffentlich nicht auf Dauer abgestorbene Stelle an seinem Gesäß und wankte schließlich an Friedrichs Arm die Straße entlang bis zu seinem Haus am Neuen Markt, wo Friedrich ihn verließ, nicht ohne ihm zuvor noch das Versprechen gegeben zu haben – dreimal insgesamt –, schnellstmöglich mit den notwendigen Behandlungen zu beginnen.

Aus der Brüderstraße drang der Ruf des Nachtwächters herüber, irgendwo heulte ein Hund, ein Heimkehrer aus dem Schloss tastete sich fluchend an den Arkaden des Kaufhauses entlang. Friedrich mied den Mann und überquerte mit schnellen Schritten den Platz. Als er die Tür seines Hauses aufzog, bemerkte er zu seiner Überraschung einen Lichtschein in der Küche, und als er näher trat, erblickte er im Flackern des fast heruntergebrannten Herdfeuers Martha, seine Magd. Schlafend saß sie auf einem Schemel, zu ihren Füßen,

auf dem mit Ziegelsteinen gepflasterten Boden, lag etwas Helles, Flaches, Viereckiges.
Friedrich räusperte sich, und die Magd schreckte aus ihren Träumen auf. »Oh, Doktor Molner«, murmelte sie schlaftrunken. Es dauerte einen Augenblick, bis sie sich zurechtgefunden hatte, dann schaute sie sich suchend um. Schließlich fiel ihr Blick auf den Boden. »Da ist er ja«, sagte sie, mehr zu sich selbst als zu ihrem Herrn. Sie bückte sich und hob das vor ihr Liegende auf – ein in der Mitte zusammengefaltetes, an den Enden mit Siegellack verschlossenes Blatt Papier. »Ein Brief.«
»Ein Brief?«, wiederholte Friedrich und machte ein fragendes Gesicht. Und dafür war seine Magd die halbe Nacht aufgeblieben?
»Er wurde am Nachmittag für Euch abgegeben, von einem Jungen, den ich nicht kenne. Eine dringende Sache, hat der Junge gesagt. Deshalb bin ich noch nicht ins Bett gegangen, sondern …«
»Schon gut, Martha«, fiel ihr Friedrich ins Wort und nahm ihr das Papier aus der Hand. »Du kannst jetzt schlafen gehen.« Während die Magd – steif vom Sitzen – zu ihrer Kammer entschwand, legte Friedrich Holz ins Feuer, ließ sich auf dem Schemel nieder und hielt den Brief vor sich hin. Einen Absender gab es nicht, ebenso wenig den Abdruck eines Siegelstempels oder einen sonstigen Hinweis, der Aufschluss über den Verfasser des Schreibens hätte geben können. Entschlossen brach Friedrich den Lack auf, entfaltete das Papier und hielt es ins Licht. Schon ein erster Blick genügte, um sein Herz schneller schlagen zu lassen.

Als die Hähne krähten, saß Friedrich noch immer auf seinem Schemel. Das Feuer im Herd war längst erloschen, durch die Ritzen in den Fensterläden drang erstes Morgenlicht in die

Küche und gab den Gegenständen ihre Umrisse zurück. Neben ihm stand eine Kanne, in der sich sein bester Wein befunden hatte, die jetzt aber leer war. Der Brief hatte ihn in einen Zustand gespannter Erregung versetzt, seine Seele trug Flügel, das Blut strömte ihm schneller durch die Adern. Und waren seine Augen auch schwer nach der durchwachten Nacht, schmerzten ihn auch Nacken und Glieder, so war das nichts im Vergleich zu dem Glücksgefühl, das er in sich spürte – jenem wunderbar belebenden, herrlich prickelnden Gefühl, das den Menschen befällt, wenn die Sterne günstig für ihn stehen. Und für ihn standen sie günstig, dessen war er sich gewiss.

Zwei Stunden später überquerte, ja, fast könnte man sagen: überschwebte Friedrich den Neuen Markt, eilte die Oderberger Straße hinunter, hoffend, dass niemand Notiz von ihm nehme, hastete an den Torwachen vorbei aus der Stadt und schlug anschließend den Weg ein, der ins nahe gelegene Stralau führte. Einem Reiter, der ihm entgegenkam und den er zu kennen glaubte, wich er aus, indem er sich hinter einer Brombeerhecke versteckte, ein paar Reisigsammlerinnen hingegen grüßte er mit freundlichen Worten. Und als ein Hosianna singender Krüppel auf den Knien dahergekrochen kam und ihm die Hand hinstreckte, da warf er ihm eine Münze zu, viel zu groß, wie er wusste, aber er war nun einmal in allerbester Laune, und als der Krüppel ihn wortreich segnete und den Schutz sämtlicher Heiligen auf ihn herabflehte und ebenso auf sein Weib sowie alle seine schon geborenen oder noch zu erwartenden Kinder, da warf er ihm gar noch eine zweite Münze hinterher.

Kurz hinter der umgestürzten Pappel, bei welcher dem Büchsenmeister des Kurfürsten im vergangenen Herbst der Teufel erschienen war, verließ Friedrich den Hauptweg und bog – nachdem er sich vergewissert hatte, dass niemand ihn beobachtete – in einen ausgetretenen Trampelpfad ein, der zur Spree hinführte. Der Pfad schlängelte sich durch dichtes Unterholz, über vom Wasser freigespülte Wurzeln und vorbei an dickstämmigen Kopfweiden, die ihre Äste wie störrische Haarbüschel in den Himmel reckten, und je näher er dem Fluss kam, dessen Bett infolge des vielen Regens in diesem Jahr breiter war als gewöhnlich, umso feuchter und rutschiger wurde sein Weg. Mit einem Ausdruck aufkeimenden Unwillens blickte Friedrich an seinen feinen Kleidern hinab und auf seine nagelneuen Schuhe, die in den morastigen Boden einsanken wie Rührlöffel in einen Kuchenteig, während er gleichzeitig mit den Händen in der Luft herumwedelnd Myriaden aufdringlicher Quälgeister zu verscheuchen suchte. Ein höchst ungewöhnlicher Ort für eine Begegnung zweier Herren! Andererseits ein Ort, an dem niemand sie beobachten würde.

Vom Fluss her trieb der Wind rauen Gesang ans Ufer herüber – ein Mann in der Spitze eines Lastkahns, der mit einem Stechpaddel sein Schiff durch die Strömung steuerte und dabei eines jener uralten slawischen Lieder sang, wie man sie an der Spree des Öfteren hören konnte. Friedrich stahl sich hinter einen Busch und wartete, bis das Schiff außer Sicht war, dann kehrte er auf den Pfad zurück und setzte seinen Weg fort. Erneut mühte er sich durch Gestrüpp und über wild wucherndes Wurzelwerk, bis sich sein Pfad nach einer Biegung auf einmal im Nichts verlor und er vor jenem trüben, von Fliegen umschwärmten und von gelbem Hahnenfuß und Blutweiderich gesäumten Tümpel stand, den der Unbekannte zum Treffpunkt mit ihm auserkoren hatte.

Derjenige, dem zu begegnen er so inständig herbeigesehnt hatte, war noch nicht da. Ein Anflug von Enttäuschung erfasste ihn. Aber schon im nächsten Augenblick schalt er sich einen Dummkopf, den der Übereifer gepackt hatte, und er nahm sich vor, geduldig zu warten. Sein Blick verlor sich in der schwarzbraunen Bodenlosigkeit des Tümpels, auf dessen Oberfläche Sonnenstrahlen wie winzige Sternchen glitzerten. Er war aufgeregt, seine Hände waren feucht. Der Brief, den er erhalten hatte, stammte zweifellos aus dem Schloss, und er enthielt die Nachricht, auf die er gewartet hatte! Nicht dass der unbekannte Absender ihm dies in unmissverständlichen Formulierungen mitgeteilt hätte. Im Gegenteil: das Schreiben war ebenso unverfänglich wie kurz, nicht mehr als ein paar dürftige Zeilen, die Aufforderung zu einem Treffen unter Angabe von Ort und Zeit, das war alles. Doch musste eine solche Nachricht für einen Außenstehenden auch völlig nichts sagend sein – für ihn selbst war sie nicht weniger als ein offenes Buch. Bereits die Schrift, schwungvoll und selbstbewusst, verwies auf einen Herrn von höherem Stand und damit auf einen, der entweder Entscheidungen zu fällen befugt war oder der zumindest einem Kreis von Personen angehörte, die sich in Angelegenheiten von einiger Wichtigkeit als Eingeweihte betrachten durften. Desgleichen vermochte der Ort der Begegnung einen gewissen Aufschluss über deren Hintergrund zu geben, war die Abgelegenheit doch ein deutlicher Hinweis darauf, dass man keine Zeugen wünschte, was wiederum nichts anderes heißen konnte, als dass es sich bei dem Inhalt des Gespräches um etwas Vertrauliches, etwas Geheimes handelte. Und was schließlich die Tatsache der Begegnung selbst anbetraf, so konnte dies nur bedeuten, dass der Absender des Briefes ihm etwas Erfreuliches mitzuteilen hatte. Denn warum sonst hätte er die Gefahr seiner Entdeckung eingehen sollen und damit möglicher nachfolgender Sanktionen? Nur um ihm, Friedrich, eine Nachricht von schlechtem Inhalt zu übermitteln, die er ohnehin über kurz oder lang erfahren würde? Nein, alles in allem waren das deutliche Hinweise, worum es bei diesem Treffen ging – jeder Einzelne von ihnen nicht zwingend, aber in der Summe eindeutig und klar.

»Guten Tag.«

Friedrich zuckte zusammen. Eine weiche Stimme, schüchtern, fast entschuldigend, alles andere als die Stimme eines kurfürstlichen Amtsträgers. Er fuhr herum. Nur ein paar Schritte von ihm entfernt, im Schatten einer Weide, stand eine Frau. Ihre Haare waren von einem leinenen Tuch verdeckt, das wie ein Umhang bis auf die Taille herabfiel – das Erkennungszeichen der Berliner und Cöllner Dirnen!

»Was … was machst du hier?«, stammelte Friedrich, erschrocken über diese unerwartete Begegnung. Eine Dirne! Vor ihm stand eine Dirne, und jeden Augenblick konnte der hohe Herr aus dem Schloss erscheinen, und er stand hier und vor ihm … Seine Miene verfinsterte sich, auf seine Stirn traten Zornesfalten. »Scher dich weg!«, zischte er wütend und drohte zum Zeichen, dass er es ernst meinte, mit der Faust.

Dobrila drückte sich in den Schutz der Weide. Ihre Lippen zitterten, als sie den Mund auftat. »Ich will … Euch sprechen. Der Brief, den Ihr … bekommen habt …«

Friedrich erstarrte. Der Brief! Es gab nur einen Brief, den er bekommen hatte! »Was sagst du da …?«

»Ich … will Euch sprechen«, wiederholte Dobrila. »Deshalb … deshalb hab ich den Brief schreiben lassen.«

Ihr Gegenüber rang nach Fassung. Den Brief schreiben lassen … Die schwungvolle, selbstbewusste Schrift … Der hohe Herr … Mit einem Knall, so laut, dass er selbst noch in Köpenick zu hören sein musste, zerplatzte der hohe Herr aus dem Schloss, und wo eben noch lichteste Erwartung gewesen war, strahlend wie die Sonne, da gähnte auf einmal ein tiefschwarzes Loch.

Dobrila dachte an den Henker. Tücher und Wasser, hatte er gesagt. Ein Tod, der keine Spuren hinterlässt … Sie musste es

loswerden! Jetzt musste sie es loswerden! »Euer Bruder … hat mich besucht«, würgte sie hervor. »Im Frauenhaus, in Berlin.«
Ein entgeisterter Blick war die Antwort.
»Euer Bruder war bei mir … Der Mönch …«
»Mein Bruder war bei dir?« Friedrich stand mit offenem Mund. Es gab Tage im Leben, da bewegten sich die Ereignisse mit einer rasenden Geschwindigkeit, und der Verstand hechelte hinterher und hatte Mühe, den Anschluss nicht zu verlieren. »Was willst du damit sagen? Und was geht mich die Sache an? Warum erzählst du mir das?«
Das Vorgeplänkel war vorbei, der Tanz auf dem Seil hatte begonnen. »Gregor hat mich ein paar Mal besucht, obwohl er ein Mönch ist«, sprudelte Dobrila die Sätze hervor, die sie sich zurechtgelegt hatte. »Ihr seid sein Bruder. Ihr wollt der Leibarzt vom Kurfürsten werden, aber wenn die Leute erfahren, dass Gregor bei mir war, wird man schlecht über Euch reden und der Kurfürst wird Euch nicht zu seinem Leibarzt machen.« Sie schluckte. Wie Gift waren ihr die Worte aus dem Mund gekommen. Widerwärtige Worte. Worte, nach denen der, dem sie galten, nur noch einen einzigen Wunsch haben konnte: dass sie vom Seil stürzte und sich das Genick brach!
»Gebt mir hundert rheinische Gulden, und niemand wird von der Sache erfahren!«, brachte sie ihr Anliegen zu Ende.
Friedrich war blass geworden. »Du dreckige Dirne!«, presste er zwischen den Zähnen hervor. »Du miese, dreckige Dirne! Du willst mir mein Lebenswerk …« Plötzlich stutzte er. »Woher weiß ich überhaupt, dass du die Wahrheit sagst?«
Eine Frage, auf die sie vorbereitet war. »Euer Vater hat Gregor zu den Mönchen geschickt, und Ihr wart dabei, Ihr und … Eure Stiefmutter.«
Das Gesicht Friedrichs wurde noch eine Spur blasser.
»Gebt mir das Geld, und niemand wird von Gregors Besu-

chen erfahren!«, stieß sie hastig hervor. »Das schwöre ich Euch, bei unserem Herrn Jesus Christus und bei allen Heiligen!«
Friedrich wandte sich ab und starrte auf den Fluss. Sie hatte ihn in der Hand! Ein Wort von ihr – und wenn natürlich auch niemand die Entscheidung des Kurfürsten vorhersagen konnte, so war es doch in höchstem Maße wahrscheinlich, dass diese gegen ihn ausfallen würde! Dass er einen anderen zu seinem Leibarzt machen würde und damit ihm, Friedrich, der Hof für immer versperrt wäre! Alles umsonst: das nächtelange Pläneschmieden, die fein gesponnenen Kontakte, das zermürbende Warten. Und das alles nur wegen seines Bruders, der sich in Ausschweifungen erging, anstatt sich in sein Mönchsein zu fügen. Eine Ungeheuerlichkeit. Eine unglaubliche, unerträgliche Ungeheuerlichkeit!
In der Nähe stieg ein Fischreiher auf und flog mit kräftigen Flügelschlägen flussaufwärts. Friedrich sah ihm nach. Und wenn er nun zahlte? Vielleicht war ja doch noch nicht alles zu spät. Er konnte ihr Geld geben, einhundert Gulden, ein hoher Preis für ihr Schweigen, gewiss, aber schließlich ging es um die Verwirklichung seines Traums. Und außerdem würde er das Geld bald verschmerzen, hatte der Kurfürst ihn erst einmal in seine Dienste genommen …
Nur – wenn sie wieder kam?
Als Friedrich sich umdrehte, hatte er seine Entscheidung getroffen. »Weiß außer dir sonst noch jemand, dass mein Bruder bei dir war?«, wollte er wissen, und seine Stimme strahlte eine gefährliche Ruhe aus.
Dobrila spürte Verunsicherung. »Nein, niemand.«
»Vielleicht war er aber noch bei einer anderen Dirne?«
»Nein«, entgegnete sie überzeugt.
»Aber vielleicht hast du ja jemandem erzählt, dass du dich mit mir treffen willst?«

»Nein, Herr, nein!« Dobrila fühlte, wie Angst in ihr hochkroch. »Ihr könnt mir glauben, Herr, niemand weiß von der Sache, nur ich allein, sonst niemand. Und wenn Ihr mir das Geld gebt, werde ich schweigen. Das verspreche ich Euch. Bitte, Herr, bitte, gebt mir das Geld! Danach werde ich Euch nie mehr belästigen!«

Eine Wolke schob sich vor die Sonne, als Friedrich den ersten Schritt tat. Sein Mund hatte sich in einen dünnen Strich verwandelt, seine Augen waren zu schmalen Schlitzen verengt. Niemand würde wegen einer toten Dirne lange Untersuchungen anstellen. Und niemand würde auf den Gedanken kommen, einen ehrenwerten Bürger mit ihrem Tod in Verbindung zu bringen.

»Was … was wollt Ihr von mir?!« Dobrilas Gesicht war aschfahl. Nur zehn Schritte war der Mann von ihr entfernt, der da mit leicht angewinkelten Armen und gespreizten Fingern auf sie zukam. Ihre Blicke huschten umher. Der Weg zum Wasser führte in eine Sackgasse, sie würde sich im Dickicht verfangen. Was blieb, war nur der Weg zurück, der Weg über den Trampelpfad, hinüber zur Landstraße. Mit der Kraft der Verzweiflung stieß sie sich von der Weide ab, um loszulaufen, doch Friedrich hatte ihre Absicht erkannt und versperrte ihr den Weg. Ein Aufstöhnen entrang sich ihrem Mund. Sie hob abwehrend die Hände vor die Brust und stolperte nach hinten, tastete mit den Füßen über schwankenden Boden, strauchelte, ihr Kopftuch verfing sich in einem Busch und zerriss, sie wollte sich umsehen, wollte sich einen anderen Fluchtweg suchen, doch da war er auch schon dicht heran, sie hob einen dünnen Ast auf und streckte ihn vor sich hin, sie hielt ihn als eine Waffe, obwohl er keine war, keine sein konnte gegen die Entschlossenheit, mit der er ihr gegenüberstand, gegen die Wut, gegen das mörderische Funkeln in seinen Augen.

In diesem Moment tönte lautes Lachen von der Landstraße herüber, und Friedrich wusste, dass er verloren hatte. Ein einziger Schrei von ihr, und alles würde öffentlich werden und Potzlinger würde triumphieren! Er ließ die Arme sinken. »Ich tu dir nichts!«, raunte er Dobrila zu. Diese hielt noch immer den Ast in der Hand. Gerettet! Sie war gerettet, zumindest so lange, wie sich die anderen noch in Rufweite befanden. Nun fehlte nur noch das Geld, denn ohne Geld konnte sie dem Henker nicht unter die Augen treten. »Hundert Gulden!«, zischte sie in einer Weise, die keinen Widerspruch zuließ. Friedrichs Antwort kam schnell. »Du sollst sie bekommen!«, versicherte er beinahe flehentlich. »Aber gib mir Zeit.« Dobrila ließ den Ast fallen und raffte ihren Rock. »Drei Tage. Ich geb Euch Nachricht wegen der Übergabe.« Und noch während sie die Worte hervorbrachte, drehte sie sich auch schon um und eilte den Stimmen auf der Landstraße entgegen.

Friedrich stand wie angewurzelt. Ein paar Sekunden nur! Nicht mehr als ein paar winzige Sekunden, und er hätte die ganze Angelegenheit aus der Welt gehabt, und alles wäre für ihn gewesen wie zuvor! Nun aber stand er hier und fühlte sich elend, und das nicht etwa wegen seiner Absicht, sondern weil er gescheitert war. Du sollst nicht töten, so stand es geschrieben, aber hatte der Mensch nicht das Recht, sich zu wehren, wenn ein anderer ihm Böses wollte? Oder sollte er etwa abwarten und zusehen, wie der andere ihm schadete? Nein, jedes Tier kämpfte, wenn es angegriffen wurde, und niemand fand etwas dabei. Und was für das Tier galt, das musste erst recht für den Menschen gelten, denn der Mensch war die Krone der Schöpfung. Und deshalb würde er kämpfen und sich sein Lebenswerk nicht zerstören lassen! Nicht von seinem Bruder, der sich in der Sünde wälzte wie ein Schwein in der Suhle, und erst recht nicht von einer dahergelaufenen Dirne, die die Dreistigkeit besaß, ihm sein mühsam verdientes Geld abnehmen zu wollen! Gewiss, die erste Schlacht hatte er verloren. Aber er würde dafür sorgen, dass es eine zweite Schlacht gab, und für die würde er besser gewappnet sein. Aus der würde er als Sieger hervorgehen. Und dann konnte er endlich kommen – der Tag, an dem er die Ernte, die niemand anderem zustand als ihm, in die Scheuer fahren würde.

* * *

Es dämmerte bereits, als sie Dobrila holten. Sie kamen die Straße herunter, drei Stadtknechte, an ihrer Spitze ein Graubärtiger mit einem Gesicht wie gealtertes Leder, dahinter, in kurzem Abstand, ein Mann in den Dreißigern, aufrecht, das Kinn nach vorn gereckt, die Hände hinter dem Rücken verschränkt. Ohne die Stehengebliebenen zu beachten, die ihnen neugierige Blicke zuwarfen, marschierten sie vorwärts. Kleine Fontänen spritzten auf, als ihre Stiefel in die Pfützen eintauchten, die der nächtliche Regen hinterlassen hatte. Ein Bürgersweib schlug verschüchtert ein Kreuz, deutete der Aufzug doch auf ein Vorkommnis mit ernstem Hintergrund, und ein solches war allemal ein Grund, sich zu bekreuzigen. Eine Lumpensammlerin stellte ihren Sack ab und rief den Männern hinterher, was denn los sei.

Vor dem Frauenhaus kam der kleine Zug kurz zum Stehen. Der Graubärtige gab seinen Begleitern ein paar flüchtige Anweisungen, dann zog er die Tür auf, und gemeinsam fielen sie – ungestüm wie die Knechte des Herodes beim bethlehemitischen Kindermord – in das Haus ein. Die Anwesenden fuhren erschrocken zusammen, einige rückten ihre Kleider zurecht, ein feister, kahlköpfiger Mann wollte sich, nachdem er die Eintretenden als die Vertreter der städtischen Ordnung erkannt hatte, heimlich über die Treppe nach oben stehlen, stolperte jedoch über die halb nackten Beine seiner Nachbarin, schlug der Länge nach hin und blieb liegen. Der Graubärtige indes nahm weder Notiz von diesem noch von den anderen, scherte sich auch nicht um den Frauenwirt, der wortreich nach einer Erklärung verlangte, sondern wandte sich stattdessen dem Mann zu, der ihnen gefolgt war. Der zeigte mit einem empörten »Das ist sie!« auf Dobrila. In den Gesichtszügen des Graubärtigen lag Strenge, als er vor die Bezeichnete trat und sich wie ein drohendes Gewitter vor ihr aufbaute. Ob sie den Mann wiedererkenne, der ja gerade erst ihr Kunde gewesen sei, herrschte er sie an, und als sie die Frage bejahte, da forderte er sie auf, ihn unverzüglich zu der Kammer zu führen, die sie bei ihrer Begegnung benutzt hätten. Verwirrt und eingeschüchtert, vor allem aber durchdrungen von einer düsteren Vorahnung, stieg Dobrila mit den Männern nach oben, und als sie vor dem Bett standen und der Graubärtige den Strohsack anhob und einen kostbaren Rosenkranz aus Korallen zu Tage förderte und der Kunde auf die Frage, ob es der seine sei, mit einem entschiedenen »Ja!« antwortete, da wusste Dobrila, dass etwas Furchtbares auf sie zukam. Fassungslos vernahm sie, dass man sie eine Diebin hieß, und während ihre Augen in Tränen ertranken und sie mit angstbebender Stimme ihre Unschuld beteuerte, ja herausschrie, banden ihr die Stadtknechte die Hände auf den Rücken und führten sie, begleitet von einem Schwall wüster Verwünschungen, die der Frauenwirt ihr hinterherschickte, aus dem Haus.

Zwei Tage später stand Gregorius in einer Kammer im oberen Stockwerk des Frauenhauses und kämpfte darum, in einem Meer aufgepeitschter Gefühle die Orientierung zu behalten. Bereits bei seiner Ankunft hatte er bemerkt, dass etwas nicht stimmte. Vom Wirt, der wie üblich auf seinem

Stuhl gegenüber dem Eingang gethront hatte, war er angefunkelt worden, als habe er diesem gerade eine schwelende Lunte unter die Sitzfläche gelegt, die Frauenwirtin war mit verkniffenem Gesicht an ihm vorbeigehuscht, und als er festgestellt hatte, dass Dobrila nicht anwesend war und er sich daraufhin an den Wirt mit der Bitte um Auskunft über ihren Verbleib gewandt hatte, da war dieser zornig von seinem Stuhl aufgesprungen und mit einem verächtlichen »Dobrila!« durch die Hintertür entschwunden. Woraufhin eine Fistelstimme von der Ofenbank her zusammenhangloses Zeug gebrabbelt hatte, von Stadtknechten, die nicht zimperlich sein dürften, und von ruchlosem Tun, das sich noch nie ausgezahlt hätte, doch noch bevor er die Fistelstimme nach Näherem hätte fragen können, war er auf einmal von einer Hand gepackt und über die Treppe nach oben gezogen worden, und nun also stand er hier in einer Kammer, neben einem Bett, und vor ihm stand Anna, die Dirne, und während sie von dem Vorgefallenen berichtete, liefen ihr die Tränen über das sorgenvolle Gesicht.

»Sie hat nicht gestohlen! Sie ist keine Diebin!«, endete Anna mit einem Aufschluchzen, so laut, dass ihre Beteuerung aus dem unteren Stockwerk mit einem aufgebrachten »Ruhe, verdammt!« beantwortet wurde. Verzweifelt fuhr sie sich mit den Fingern durch das Haar. »Man wird ihr nicht glauben! Der Kunde ist ein Adliger, sie ist eine Dirne. Niemand wird ihr glauben, wer glaubt schon einer Dirne, wenn es gegen einen Adligen geht. Man wird sie foltern! Und wenn sie nicht gesteht, dann wird man sie weiter foltern und immer weiter und weiter, so lange, bis sie es nicht mehr aushalten kann und den Diebstahl zugibt. Und dann wird man sie hinrichten …« Mit einem neuerlichen Aufschluchzen ließ sich Anna auf das Bett fallen und vergrub ihr Gesicht in den Kissen.

Gregorius spürte, wie blankes Entsetzen ihm die Kehle zuschnürte. Nein, Dobrila war keine Diebin! Sie war eine Dirne, eine verachtete, ehrlose Person, aber sie war keine Diebin! Nie hätte sie genommen, was einem anderen gehörte! Sie war unschuldig. Unschuldig – und trotzdem saß sie im Gefängnis. »Nein, sie hat nicht gestohlen!«, sagte er mit der gleichen Selbstverständlichkeit, mit der an jedem neuen Morgen die Sonne aufgeht.
Ein tränenersticktes Aufstöhnen war die Antwort. Dann trat Schweigen ein, ein eisiges, von pechschwarzen Gedanken vergiftetes Schweigen. Gegen die Lähmung ankämpfend, die ihn zu überwältigen drohte, versuchte Gregorius das Durcheinander in seinem Kopf zu ordnen. Er brauchte Klarheit. Brauchte den Schlüssel für das Unbegreifliche. Dobrila hatte den Rosenkranz nicht gestohlen, aber trotzdem war er in ihrem Bett gewesen, die Stadtknechte hatten ihn dort gefunden. Also musste ein anderer ihn dorthin gelegt haben. Ein anderer … Der Kunde womöglich. Der Mann, dem der Rosenkranz gehörte. Aber warum sollte er das getan haben?
Anna lag noch immer mit dem Gesicht in den Kissen. »Kennst du den Mann, der bei ihr war?«, erkundigte sich Gregorius. »War er früher schon mal hier? Oder war es das erste Mal?«
Sie richtete sich auf. »Er war noch nie hier. Niemand von uns hatte ihn vorher gesehen. Zuerst dachte ich, es wäre Euer Bruder, aber der …« Sie hielt inne und presste erschrocken die Hand vor den Mund, doch es war bereits zu spät.
Gregorius starrte sie entgeistert an. »Mein Bruder? Hast du eben von meinem Bruder gesprochen?«
Anna drehte den Kopf zur Seite. In ihren Augen lag Angst. Gregorius ließ sich neben sie fallen, packte sie bei den Armen und zwang sie, ihn anzusehen. »Was ist mit meinem Bru-

der?«, drängte er sie, getrieben von der Ahnung, dass sich hinter dem Unfassbaren noch etwas viel Unfassbareres verbergen könnte. »Los, red schon! Was hat mein Bruder mit der Sache zu tun?«

Ein Weinkrampf war die Folge, unterbrochen von einer halb erstickten Anrufung aller Heiligen, von denen eine Dirne sich Schutz und Beistand erhoffen konnte. Dann ging auf einmal eine Veränderung in ihr vor. Das Beben ihres Körpers verebbte, sie öffnete die Augen und sah ihn an. »Es ist ohnehin alles verloren«, brachte sie hervor, und nach einer Pause und so leise, dass er Mühe hatte, sie zu verstehen, fügte sie hinzu: »Dobrila hat Euren Bruder erpresst.«

Gregorius wurde kreidebleich. »Was sagst du da?!«

»Dobrila hat Euren Bruder erpresst, weil Ihr« – sie schluckte – »weil Ihr im Frauenhaus wart. Er sollte ihr hundert Gulden geben, sonst würde er nicht der Leibarzt vom Kurfürsten werden. Sie hat …«

Über die Treppe näherten sich ungeduldige Schritte, und im nächsten Moment hämmerte eine Faust gegen die Tür. »He, ihr da drin!«, zeterte der Frauenwirt. »Das ist kein Haus zum Quatschen! Bei mir wird Geld verdient!«

In Anna stieg Wut hoch. »Halt's Maul, verfluchter Halsabschneider!«, schrie sie, riss sich einen Schuh von den Füßen und warf ihn gegen die Tür. »Dobrila geht's ans Leben, und du denkst nur an dein Geld! Du wirst dein Geld schon noch bekommen!«

»Das will ich dir auch geraten haben, du verflixtes Luder!«, gab der Frauenwirt ebenso heftig zurück. Lautstark über den Kerl schimpfend, der ihm von Anfang an nicht gepasst hatte, stieg er ins untere Stockwerk hinunter. Anna wartete, bis die Schritte verklungen waren, und wandte sich anschließend wieder Gregorius zu. In knappen Sätzen schilderte sie ihm, was es mit dem kurfürstlichen Leibarzt auf sich hatte und

wie sehr seinem Bruder daran gelegen war, diesen Posten zu bekommen.
Gregorius beherrschte sich nur mühsam. »Das ist nicht wahr!«, zischte er, nachdem Anna geendet hatte. »Um nichts in der Welt hätte Dobrila versucht, meine Besuche bei ihr in schmutziges Geld zu verwandeln! Sie hat mich gemocht, ja, mehr als das, sie hat mich …« Er brach ab.
Anna hatte verstanden. Sie nickte bestätigend. »Dobrila hat es nicht freiwillig getan«, sagte sie dann, und ihre Antwort kam williger als die Antworten zuvor. Zu viel war bereits ans Licht gezerrt worden, als dass der Rest ein Geheimnis bleiben durfte.
»Sie hat es nicht freiwillig getan?« Die Stimme von Gregorius verriet Unverständnis. »Willst du sagen … jemand hat sie gezwungen? Wer sollte das gewesen sein?«
Anna bedeutete ihm, sich einen Augenblick zu gedulden. Leise erhob sie sich von dem Bett, öffnete die Tür und blickte hinaus. Niemand war zu sehen, die anderen Kammern standen leer, aus dem Gastraum drangen die gewohnten Geräusche nach oben. Ebenso leise trat sie in den Raum zurück. Als sie sich neben Gregorius setzte, glänzte Schweiß auf ihrer Stirn. »Ihr dürft niemandem erzählen, dass ich von dieser Sache weiß. Das müsst Ihr mir ganz fest versprechen!«
»Ich verspreche es. Also, wer war es?«
Bleischwer hing die Spannung im Raum. Als sie das Wort aussprach, war es nicht mehr als ein Hauch, aber die Wirkung hätte kaum größer sein können. »Der Henker.«
Gregorius fuhr zurück. »Der Henker!?«
»Dobrila hat mich in alles eingeweiht«, flüsterte Anna und rückte noch näher an Gregorius heran. Mit stockender Stimme und immer wieder von Schluchzen unterbrochen, begann sie zu erzählen, was sie wusste – von dem Ungeheuer des Henkers, das Dobrila ins Gefängnis geholt hatte, von

dem entsetzlichen Stöhnen aus dem Verlies, von der Folterkammer mit all den grausigen Dingen und von dem Henker und wie dieser Dobrila mit Drohungen in die Enge getrieben hatte, bis ihr keine Wahl mehr geblieben war und sie schließlich, zu Tode geängstigt und am Ende ihrer Kräfte, in sein abscheuliches Verlangen eingewilligt hatte.

Erschüttert lauschte Gregorius ihrem Bericht, und je mehr er hörte, umso mehr baute sich in seinem Kopf das Schreckensbild wahnwitziger und in ihrer Folge womöglich Tod bringender Machenschaften auf. Als er wieder das Wort ergriff, war es nur noch die Bestätigung, die er suchte. »Wusste mein Bruder, dass der Henker hinter Dobrilas Erpressung stand?«

»Nein. Der Henker wollte sich aus der Sache raushalten. Der wollte nur das Geld.«

Gregorius spürte, wie ihm das Blut in den Adern gefror. Nur noch ein Glied fehlte, ein allerletztes Glied, und der Kreis würde geschlossen sein. »Der Mann, der bei ihr war und den du vorher noch nie gesehen hast, dieser Adlige … erinnerst du dich an seinen Namen?«

»Ja, ich erinnere mich. Es ist ein Name, den ich nie mehr vergessen werde. Der Mann heißt Eberhard von Reinsleben.«

»Eberhard von Reinsleben …«, wiederholte Gregorius und ballte die Hände zu Fäusten. Seine Vermutung hatte sich bestätigt. Der Kreis war geschlossen. Der Kreis, in dessen Mitte Friedrich stand. Sein Bruder!

Gregorius barg das Gesicht in seinen Händen. Eberhard von Reinsleben, Friedrichs engster Freund aus den Tagen ihrer Kindheit. Der Mensch, der Friedrich immer am nächsten gewesen war. Der zu ihm aufgeblickt und alles darangesetzt hatte, sich dessen Zuneigung zu erhalten. Und der in seiner Schuld stand – seit damals, viele Jahre war es her, als man Eberhards Mutter mit einem Messer in der Brust tot aufgefunden hatte, eine zänkische Frau, die in ständigem Streit mit ihrem Sohn gelebt hatte. Eine kipplige Sache war das seinerzeit gewesen, um ein Haar hätten sie Eberhard als Muttermörder hingerichtet, und nur durch Friedrichs Eid, er sei zur Tatzeit mit diesem zusammen gewesen, war Eberhard mit heiler Haut davongekommen. Ein klarer Meineid – hatte er selbst, Gregorius, seinen Bruder doch zur fraglichen Zeit mit ein paar windigen Burschen in einer Winkelzeche sitzen sehen.

Ein beklommenes »Ihr kennt den Mann?« holte Gregorius in die Kammer zurück. Er richtete seine Augen auf die Dirne, doch seine Gedanken gingen andere Wege. Die Zusammenhänge dieser ungeheuerlichen Verschwörung lagen deutlich zu Tage, die Beteiligten waren namhaft gemacht, nun musste etwas geschehen. Ohne die Frage zu beantworten, stand er auf und steuerte zur Tür. Anna ergriff seinen Arm. »Was wollt Ihr tun?«, stieß sie hervor.

Gregorius wich ihrem Blick aus. »Als Erstes will ich mit ihr sprechen.«

»Im Gefängnis?!«

Ihr Erstaunen goss Öl in das Feuer seiner eigenen Zweifel. »Ja, im Gefängnis«, bestätigte er, mehr trotzig als zuversichtlich. »Vielleicht gelingt es mir, die Wachen zu bestechen, und sie lassen mich zu ihr. Danach werde ich weitersehen.«

Anna wollte noch etwas erwidern, doch Gregorius hatte bereits den Riegel umgelegt und war aus der Kammer hinaus. Mit schnellen Schritten eilte er die Treppe hinunter, durchquerte die Stube und fand sich schon im nächsten Augenblick auf der Straße wieder.

Die durchsichtige Bläue des Himmels hatte sich in ein fades Grau verwandelt, die Luft schmeckte nach abgestandenen Pfützen und Rauch. Sein Herz krampfte sich zusammen. Er steckte in einem Strudel, und der Strudel zog ihn tiefer und

tiefer, und wo er ihn wieder ausspucken würde, war völlig ungewiss.
Am Spandauer Tor herrschte Andrang, und Gregorius musste warten. Voller Ungeduld verfolgte er die Verhandlungen zweier Wachtposten mit einem Fuhrmann über die Höhe des Zolls, die dieser für seine Waren entrichten sollte. Grobe Worte flogen hin und her, schließlich warf der Fuhrmann den Wachen mit einer bissigen Bemerkung den geforderten Zoll vor die Füße, kletterte auf seinen Wagen und ließ die Peitsche knallen. Schwerfällig setzte sich der Wagen in Bewegung, gefolgt von einem mit Ziegelsteinen beladenen Ochsenkarren und dem Stadthirten, der eine Herde Kühe nach Berlin zurücktrieb.
Nachdem das Gedränge vorbei war, wechselte Gregorius zu den beiden Posten hinüber. »Ich will ins Gefängnis«, kam er ohne Einleitung auf sein Anliegen zu sprechen.
Der jüngere der beiden, ein Mann mit einem dünnen Bartflaum unter der Nase, hätte fast das Stück Knorpel verschluckt, auf dem er genüsslich herumkaute. »Du willst ins Gefängnis?«, wiederholte er verdutzt, und nach einer kurzen Pause fügte er – mit einem Grinsen, das sämtliche Zähne freilegte – hinzu: »Sonst wollen sie immer raus …«
Gregorius überging die Bemerkung und zog stattdessen die Münzen hervor, die er vor kurzem noch Dobrila zugedacht hatte. »Die sind für euch.«
Der zweite Wachtposten musterte ihn misstrauisch. »Was willst du denn im Gefängnis?«
»Vor zwei Tagen wurde eine junge Frau eingeliefert. Ich bin … ein Verwandter. Ich muss sie sehen! Dringend!«
Der Mann senkte den Blick, das Misstrauen in seinem Gesicht war verschwunden. »Behalt dein Geld! Wir haben keinen Schlüssel, wir sind nur für die Bewachung zuständig. Den Schlüssel hat Meister Hans.«

Ein heftiger Stich durchzuckte Gregorius. Meister Hans. Der Henker. Ausgerechnet der Henker! Wortlos wandte er sich ab und ließ sich auf der Treppe des Gefängnisturms nieder, hinter dessen mächtigem Mauerwerk sie gefangen gehalten wurde. Hinter dem sie litt, während er nur ein paar Armlängen von ihr entfernt saß und nicht zu ihr konnte. Plötzlich hörte er eine Stimme an seiner Seite. »Geh zum Korbflechter!«, sagte der ältere Torwächter. »In der Nacht ist ihm ein Schwein verendet. Die Henkersknechte sind gerade bei ihm. Sprich mit dem Löwen!« Er wies mit der Hand an der Stadtmauer entlang. »Siehst du die Hütte dort hinten, die mit dem Karren davor? Dort ist es.« Und warmherzig setzte er hinzu: »Geh mit Gott, mein Sohn!«

Gregorius dankte und kam eilig auf die Beine. Ein Strohhalm nur, aber wem das Wasser bis zum Hals reicht, der hat keine Wahl. Gleich darauf stand er vor der Hütte. Wie ein Schwalbennest klebte sie an der Stadtmauer, eine winzige Behausung, dazu ein ebenso winziger Verschlag aus angefaulten Brettern. Vor dem Verschlag lief eine hutzlige Alte beständig im Kreis herum – allem Anschein nach die Korbflechterin – und jammerte dabei so erbärmlich, als habe sie ein Dutzend Kinder auf einmal verloren. »Oh, Jesus Maria! Unser Schwein ist krepiert, unser einziges Schwein, und das gerade jetzt, wo wir es endlich großgefüttert hatten. Nächste Woche wollten wir es dem Fleischer verkaufen, und jetzt ist es tot. Oh, Jesus Maria, was für ein Unglück!«

Die Jammernde befand sich gerade vor dem Eingang des Verschlages, als die beiden Henkersknechte mit dem toten Tier heraustraten, der eine von ihnen das Wesen, das die Leute das Ungeheuer nannten, der andere der Löwe. Das Ungeheuer stieß einen warnenden Grunzlaut aus, und die Korbflechterin hatte gerade noch Zeit, zur Seite zu springen, als der Kadaver auch schon dicht an ihr vorbeiflog. Mit einem klatschenden Geräusch landete er auf dem Karren. Gregorius sah, wie das Ungeheuer seinen unförmigen Körper über den Karrenrand schob und mit seinen fleischigen Händen das Schwein zurechtrückte, und voller Grauen dachte er an die Begegnung Dobrilas mit diesem Monstrum, von der Anna ihm berichtet hatte.

Der Löwe hatte die Deichsel bereits in der Hand, als Gregorius ihm in den Weg trat. »Ich muss mit dir reden«, sagte er.

Der Angesprochene legte den Kopf schräg. »Wer bist du? Und was willst du von mir?«

Gregorius senkte die Stimme. »Vor zwei Tagen hat man euch eine junge Dirne gebracht. Ich bin ein Verwandter. Ich muss sie sehen.«

Die Miene des Löwen verfinsterte sich. »Lass mich in Ruhe!«, fauchte er und spuckte wütend auf den Boden. Doch Gregorius dachte gar nicht daran, der Aufforderung nachzukommen. Mit den Worten »Mehr hab ich nicht« legte er sein Geld auf die Deichsel.

Ein paar Kinder lauerten in sicherer Entfernung, aus Fenstern gafften Neugierige herüber. Der Löwe nahm das Geld und bedeutete Gregorius, ihm in den Verschlag zu folgen. Noch während er das Geld in seinem Beutel verstaute, begann er zu sprechen, nüchtern und ohne den geringsten Anflug von Mitleid. Die Worte eines Mannes, der nichts dabei fand, aus einem anderen einen Krüppel zu machen. »Sie ist tot.«

Sie ist tot … Drei Worte, ein Leben. Stille trat ein. Vollständige, alles umfassende Stille. Einsamkeit in ihrer reinsten Form. Kein Löwe mehr, keine Alte, kein Ungeheuer, das in hirnloser Gleichförmigkeit auf dem Karrenrand herumtrommelte. Keine Regung. Nur Stille. Und eine nachtschwarze Leere, die bis in die Unendlichkeit reichte.

Den Löwen indes bekümmerten die Gefühle seines Gegenübers nicht im mindesten. Draußen stand der Karren mit dem Schwein, und für ein paar lumpige Münzen ließ er sich von niemandem die Seele abkaufen. »Sie hat uns eine Menge Ärger eingebracht, deine Verwandte!«, schimpfte er. »Eine gemeine Diebin, aber natürlich hat sie alles abgestritten, als der Richter sie befragt hat. Geheult hat sie, schlimmer als die Wölfe im Winter, das hättest du hören sollen! Dabei war alles klar, schließlich lag der Rosenkranz in ihrem Bett, und der Kunde hat einen Eid drauf geleistet, dass er ihm gehört. Aber sie hat's bestritten. Tja, und deshalb hat man sie uns übergeben. Ein paar Kleinigkeiten vorab, danach gab's dann Lappen in Mund und Nase und Wasser drauf. Dabei ist sie weggeblieben. Nicht schön, aber auch ein so guter Henker wie Meister Hans kann mal einen Fehler machen. Was meinst du, wie der Richter ihm dafür den Arsch aufgerissen hat!« Er drückte einen Finger gegen die Nase und schnaubte den Rotz auf den Boden. »Aber deiner Verwandten kann das ja gleichgültig sein, die liegt unterm Galgen und wir haben den Ärger. Und das alles nur, weil so ein verstocktes Weibsbild nicht das Maul aufmacht!« Unwillig drehte er sich um und verschwand nach draußen.

Gregorius stand da und starrte ihm hinterher. Starrte durch ihn hindurch auf die Summe aller Mosaiksteinchen, die sich zu einem Bild geformt hatten. Sie hatten Dobrila erstickt! Sie hatten ihr die Luft genommen, langsam und quälend, während sie dagelegen hatte, ohne sich wehren zu können. Er sah sie vor sich, schreckensbleich ihr Gesicht, die Augen aus den Höhlen tretend, die Finger in Todesangst ins eigene Fleisch gekrallt, und neben ihr stand der Henker und träufelte das Wasser. Träufelte, bis sie erstickt war … Auch ein guter Henker kann mal einen Fehler machen, hatte der Löwe gesagt. Aber der Henker hatte keinen Fehler gemacht. Er hatte gewusst, was er tat. Und er hatte es gewollt! Er sollte sie zum

Reden bringen, und dabei – welch schreckliche Ironie! – hätte ihm nichts Schlimmeres widerfahren können, als dass sie vor dem Richter geredet hätte. Entweder, weil sie das schreckliche Spiel durchschaut hätte, das da mit ihr gespielt wurde, oder weil die Qualen der Folter ihr unerträglich geworden wären und sie deshalb – ohne die Zusammenhänge zu begreifen – alles jüngst Erlebte aus sich herausgesprudelt hätte. Deshalb hatte der Henker sie loswerden wollen – weil sie ihm gefährlich geworden war. Deshalb hatte er sie getötet – um sich selbst zu schützen.

Als Gregorius auf die Gasse hinaustrat, wehte der Wind den Klang einer Glocke herüber. Bald würden sie zum Chorgebet gehen, drüben im Konvent, in jener so fernen Welt, in der es keine Frauen gab und keinen Henker und in der die Worte Liebe und Leiden etwas ganz anderes meinten als hier. Ohne sich umzusehen setzte er sich in Bewegung. Seine Füße liefen von allein, dem einzigen Ziel auf dem Erdkreis entgegen, das für ihn zählte. Er beschleunigte seine Schritte, hastete an der Stadtmauer entlang, vorbei an den Häusern, den Menschen, dann durch das Tor, sein Atem ging keuchend, die Weggabelung beim Spital, die Straße nach Frankfurt, er begann zu rennen, Blutgeschmack stieg ihm in den Mund, Kreise traten vor seine Augen, aus den Kreisen erwuchs der Hügel, erwuchs die Richtstätte, der Ort der Verdammten, Geschundenen, überall Raben, dann endlich der Galgen mit der aufgeschaufelten Erde, mit dem frisch gegrabenen Grab, auf das er zustolperte, verschleiert sein Blick, er warf sich nieder, ließ sich fallen, fiel in den Abgrund seiner Trauer und in die Schmerzen seiner Seele.

Lange lag er so da, während die Zeit verrann. Der Wind wirbelte tote Blätter über das Grab, und aus dem Rauschen des nahen Waldes erklang eine wehmütige Melodie. Wolken, von Westen heranziehend, türmten sich drohend über ihm auf, Unheil kündende Drachen, Riesen, zum Kampf bereit, eine Faust, die zum Schlag nach ihm ausholte. Irgendwann setzte er sich auf, und als er sich umsah, da schauderte ihn. Vor ihm, am Galgen, wiegten sich in einem traurigen Takt die Leiber der Gehängten; gleich nebenan zwei Kadaver, auf Räder geflochtenes, stinkendes, in Sonne und Regen verwesendes Rabenfutter, Menschen, denen der Henker mit wuchtigen Stößen die Knochen zertrümmert hatte; nur ein paar Schritte entfernt der Platz für die Scheiterhaufen; hoch aufgemauert der Rabenstein für das Schwert; am Rande der Richtstätte gespenstische Köpfe, auf Stangen gespießt, eine ordentliche Reihe, wie die Zuschauer sie liebten.

Als die Dämmerung einsetzte, zogen graue Nebel vom Fluss herauf. Der Mönch und die Dirne … Vorbei. Die Dirne war tot, zerrieben zwischen seelenloser Rohheit und rücksichtsloser Gier. Getötet von Eberhard von Reinsleben, dem willigen Werkzeug. Getötet von dem Henker, der schmutziges Geld mit ihr hatte machen wollen und der ihrem Leben ein Ende gesetzt hatte, als es gefährlich für ihn geworden war. Und getötet von Friedrich, der sie in eine Falle getrieben und auf dem Altar seiner selbstsüchtigen Ziele geopfert hatte. Getötet von Friedrich – von seinem Bruder!

Bilder tauchten vor ihm auf, Durchlebtes war wieder da. Der willenlose Vater auf dem Sterbebett, die eingeflüsterten Worte, der Weg ins Kloster, und Friedrich stand daneben und triumphierte. Das väterliche Erbe, Mönche brauchen kein Geld, aber Friedrich konnte es brauchen, ebenso wie er den wollüstigen Leib der Stiefmutter brauchen konnte. Die Jahre im Kloster, die unentrinnbare Allgegenwärtigkeit des Kreuzes, die endlosen Gebete, während Friedrich das Leben auskostete und an seinen Träumen baute. Dann das Wunder: das Erwachen des Herzens, das zarte, noch unbeholfene Erahnen einer tausendfach bunten, tausendfach blühenden Blumenwiese, und gleich darauf der frostige Atem des Todes, der das Herz erstarren und die Blumen welken ließ, und wieder war Friedrich da und triumphierte.

Bald darauf kam die Nacht, und mit der Nacht kamen die Dämonen. Bebend vor Erregung saß Gregorius neben dem Grab, seine Augen durchbohrten die blutbefleckte und von Tränen gesättigte Erde, fraßen sich durch bis in die schwärzesten Winkel der Hölle. Ja, er hasste seinen Bruder! Er hasste ihn mit jeder Faser seines Herzens, mit der ganzen Leidenschaft seiner verwundeten Seele, mit der Kraft seines Verstandes! Er hasste ihn, auch wenn er wusste, dass Hass oft nur der Keim von noch Schlimmerem war … Denn so sprach der Herr zu Kain: Warum ergrimmst du, und warum verstellt sich deine Gebärde? Ist's nicht also, wenn du fromm bist, so bist du angenehm; bist du aber nicht fromm, so ruhet die Sünde vor der Tür, und nach dir hat sie Verlangen; du aber herrsche über sie.

Leichter Nieselregen nässte die Erde. Der Nebel war dicht und schwer, die Welt hatte sich in ein Leichentuch gehüllt. Alles war verschwunden. Der Konvent – verschwunden. Das Frauenhaus – verschwunden. Auch das stumme Sich-Fügen war verschwunden, die Angst vor der Wahrheit, die Bereitschaft zur Lüge. All seine Jahre bei den Predigerbrüdern waren nichts anderes als eine brüchige Fassade gewesen, und der Tod Dobrilas hatte sie endgültig zum Einsturz gebracht. Was blieb, war ein Trümmerhaufen.

Der Mönch und die Dirne. Die Dirne war tot. Und der Mönch?

* * *

Die Schritte auf dem abgetretenen Steinfußboden im Gästehaus des Dominikanerkonvents kamen schnell und gleichmäßig wie Hammerschläge auf einem Amboss und spiegelten die Stimmung wider, in der Friedrich sich befand. Er war aufgeregt. Aufgeregt und voll ungeduldiger Erwartung, seit ein Laienbruder kurz vor Anbruch der Dunkelheit an seiner Tür erschienen war und ihn mit den Worten »Unser Prior möchte Euch empfangen« zum Mitkommen aufgefordert hatte. Kaum war ihm Zeit geblieben, sich angemessen anzukleiden, so sehr hatte der Klosterbote ihn gedrängt, und nun befand er sich bereits seit einer Stunde in dem völlig verwaisten Gästehaus, und das Einzige, was sein Warten unterbrochen hatte, war das Erscheinen eines weiteren Laienbruders gewesen, der ihn gebeten hatte, sich noch ein wenig zu gedulden.

Friedrich zog ein Seidentuch aus dem Ärmel seiner Schaube und tupfte sich damit über die Stirn. Obwohl es kühl war, lag feuchter Glanz auf seinem Gesicht. Zwei Tage war es her, da hatte er an die Pforte des Konvents geklopft, kurz nachdem Stadtknechte die Dirne aus dem Frauenhaus geholt und ins Gefängnis geworfen hatten, doch der Prior war nicht zu sprechen gewesen. Er befinde sich schon seit längerem auf einer Reise und werde erst in den nächsten Tagen zurückerwartet, hatte der Pförtner ihm erklärt, und da er, Friedrich, sein Anliegen nicht mit dem Subprior hatte bereden wollen, war er unverrichteter Dinge wieder abgezogen – nicht ohne den Pförtner zuvor noch eindringlich zu ermahnen, er möge den Prior nach dessen Rückkehr umgehend in Kenntnis davon setzen, dass der Stadtarzt Doktor Molner ihn in einer Sache von äußerster Dringlichkeit zu sprechen wünsche. Seither hatte Friedrich wie auf glühenden Kohlen gesessen, hatte einen Stoßseufzer nach dem anderen gen Himmel geschickt und dabei wohl tausendmal oder mehr mit deftigen Worten seinen Bruder verflucht.

Ein feines Zischen über seinem Kopf ließ Friedrich nach oben blicken. Noch fünf Kerzen brannten in dem schmiedeeisernen Leuchter, eine war bereits erloschen, seit er begonnen hatte, seine Runden zu drehen. Nicht mehr lange, und die Stadt würde sich im Schlaf wiegen, nur er selbst konnte sich womöglich die halbe Nacht um die Ohren schlagen, bloß weil es dem Prior offenbar an dem Gespür dafür fehlte, wie wichtig seine Angelegenheit war! Er schnaubte verärgert und wandte sich zum wiederholten Mal während seines Wartens dem Wandbild an der Schmalseite des Raumes zu: drei junge Männer, strotzend vor Gesundheit, schön, reich gekleidet, jeder von ihnen auf dem Rücken eines prächtigen Pferdes sitzend; gleich daneben, ebenfalls auf Pferden, drei Skelette mit gebleichten Schädeln und klapprigen Knochen, die Zügel in den fleischlosen Fingern. Ein Bild in kräftigen Farben, das im Licht der verbliebenen Kerzen dennoch seltsam verloren wirkte.

Eine Stimme riss Friedrich aus seiner Betrachtung: »Quod fuimus, estis; quod sumus, vos eritis.«

Er fuhr herum. Die Tür des Gästehauses war offen, auf ihrer Schwelle stand eine hoch gewachsene Gestalt, die sich wie ein Scherenschnitt vor dem Hintergrund des von Mondlicht durchtränkten Nebels abhob. »Was wir gewesen sind, seid ihr; was wir sind, werdet ihr sein«, übersetzte die Stimme. Und mit einem Ausdruck tiefen Respekts setzte sie hinzu: »Ein bemerkenswertes Bild!«

Ebenso lautlos, wie sie geöffnet worden war, wurde die Tür auch wieder geschlossen, und Matthias, der Prior der Cöllner Dominikaner, trat in den Raum. Friedrich grüßte, ohne auf die Worte des anderen einzugehen. Ein bemerkenswertes Bild – vielleicht. Nur waren es ganz andere Dinge, die ihm in diesem Augenblick auf der Seele brannten.

»Ich bitte um Verzeihung, verehrter Doktor Molner, wenn ich Eure Geduld über Gebühr strapaziert haben sollte«, entschuldigte sich der Prior. »Aber die Rückkehr des Schäfers zu seiner Herde bringt jedes Mal einige Unruhe mit sich – Begrüßungen, Gespräche, Verpflichtungen der unterschiedlichsten Art. Schließlich war ich sechs Wochen fort. Eine lange Zeit. Und mitunter auch eine beschwerliche Zeit. Gerade heute hatten wir erst wieder mit einer Schwierigkeit zu kämpfen: eine zerstörte Brücke, wir mussten nach einer Furt suchen. Ein zeitraubendes Unterfangen.« Er hob die Brauen, und das von oben herabfallende Licht ließ seine strengen Züge noch strenger erscheinen. »Aber nun genug von meinen Erlebnissen … Man sagte mir, Ihr wolltet mich sprechen, verehrter Doktor. In einer Sache, die keinen Aufschub dulde.«

Der Prior wies mit der Hand auf zwei Lehnstühle neben einer Säule, und beide Männer nahmen Platz. Missmutig nahm Friedrich zur Kenntnis, dass der Prior sich jenen Stuhl ausgesucht hatte, der dessen Gesicht im Schatten ließ, während sein eigenes im Licht lag. Er beugte sich ein wenig vor, und als er zu reden begann, tat er es mit gedämpfter Stimme. »Ehrwürdiger Vater, es ist eine Angelegenheit von höchster Vertraulichkeit, die mich zu Euch führt«, versuchte er einen Anfang. »Eine Angelegenheit, die sowohl für Euch und Euren Orden als auch für mich von ganz erheblichem Gewicht ist und deren Bereinigung uns allen gemeinsam zum Vorteil gereichen würde … Es geht um meinen Bruder.«

Der Prior saß steif wie eine Schnitzfigur, seine Ellenbogen waren auf die Stuhllehnen gestützt, sein Kinn ruhte auf den Spitzen seiner Finger. Er wartete.

Friedrich räusperte sich. »Ich will völlig offen zu Euch sein, auch wenn mir diese Offenheit schwer fällt. Mein Bruder … mein Bruder hat mit einer Dirne Unzucht getrieben.«

Hatte Friedrich angenommen, der Prior würde mit einem Ausdruck unverhohlener Bestürzung auf seine Mitteilung reagieren, so sah er sich getäuscht. Lediglich ein beschleunigtes Einatmen war zu hören. »Gregor – Ihr erlaubt, dass ich ihn bei dem Namen nenne, der mir der geläufigere ist –, Gregor also war im Frauenhaus, und das nicht nur einmal, sondern mehrmals. Und stets bei derselben Dirne. Eine Schande, nicht zuletzt für den Namen meiner Familie. Wäre unser Vater nicht schon vor vielen Jahren von uns gegangen, ich bin sicher, das Wissen um Gregors abscheuliches Tun hätte ihn vorzeitig ins Grab gebracht.« Er seufzte. »Aber ist meinem Vater diese Schande auch erspart geblieben – wir müssen mit ihr leben. Wir müssen der Wahrheit ins Auge sehen, auch wenn sie einen Schock für uns bedeutet.«

Mit einem leisen Zischen erlosch eine zweite Kerze in dem Leuchter, und das Gesicht des Priors tauchte noch tiefer ins Dunkel. Friedrich fuhr sich mit der Zunge über die trockenen Lippen. »Vor zwei Tagen hat die Dirne, bei der er war, einen Kunden bestohlen – einen wertvollen Rosenkranz, ausgerechnet einen Rosenkranz! Man hat sie ins Gefängnis geworfen und verhört. Bei dem Verhör kam es zu einem Unfall. Sie ist tot. Inzwischen liegt sie unter dem Galgen.«

Stille umgab den Prior wie ein Mantel aus Eis. Erst nach einer Weile nahm er das Wort. »Ihr seid außerordentlich gut unterrichtet, wenn ich mir die Bemerkung erlauben darf, verehrter Doktor«, kam seine Stimme. Sie klang ruhig und beherrscht, die Stimme eines nüchternen Kalkulierers, der Gefühle und Verhalten wohl voneinander zu trennen wusste und dem klar war, dass er auf seine Fragen keine einzige Antwort bekommen würde, wenn der andere sie ihm nicht geben wollte.

Friedrich erhob sich und stellte sich hinter seinen Stuhl. »Ich nehme an, es wäre schlecht, wenn bekannt würde, dass einer Eurer Brüder das Frauenhaus besucht hat – schlecht für den Ruf Eures Ordens … und für Euch selbst.«

»Und schlecht für Euch, vermute ich.« Der Prior hatte den Kopf gehoben, seine Augen zielten auf Friedrich.

Dieser hielt dem Blick stand. »Und schlecht für mich«, bestätigte er. Natürlich wusste der Prior, dass er nicht gekommen war, um ihm und seinem Konvent aus der Klemme zu helfen. »Ich will es geradeheraus sagen: Der Kurfürst trägt sich mit der Absicht, mich als Leibarzt ins Schloss zu holen. Eine Absicht, die für mich äußerst verlockend ist, wie Ihr Euch wohl denken könnt. Allerdings steht zu befürchten, dass er von seinen Plänen Abstand nimmt, sollte er von den Verfehlungen meines Bruders erfahren. Ein kurfürstlicher Leibarzt mit einem besudelten Namen … Ihr versteht?« Seine Stimme nahm einen beschwörenden Klang an. »Wir sitzen beide in demselben Boot, Ehrwürdiger Vater! Jedem von uns könnte das Treiben meines Bruders erheblichen Schaden zufügen. Und deshalb, denke ich, sollten wir alles in unserer Macht Stehende unternehmen, um einen solchen Schaden von uns abzuwenden.«

Die Entgegnung des Priors war denkbar knapp. »Ich höre«, sagte er und verschränkte die Arme vor der Brust.

Friedrich verspürte Erleichterung. Keine Vorwürfe, kein Wehklagen, kein ermüdendes Wenn und Aber. »Gregor muss verschwinden!«, forderte er, so heftig, dass der Schwung seiner eigenen Worte ihn zusammenfahren ließ. Gemäßigter fuhr er fort: »Gregor ist eine Bedrohung für uns beide, und er wird eine Bedrohung für uns sein, solange er hier ist. Und das nicht nur deshalb, weil bekannt werden könnte, was er in der Vergangenheit getan hat, sondern auch, weil er versuchen wird, es wieder zu tun. Gregor hat den Weg der Keuschheit verlassen, auf den er durch sein Gelübde verpflichtet war, und ist auf den Pfad fleischlicher Begierden übergewechselt. Er hat sich der Wollust verschrieben. Er ist ein Hurenbock geworden, jawohl, einen Hurenbock nenne ich ihn, und wenn Ihr seinem Treiben nicht ein für alle Mal den Boden entzieht, wird er ein Hurenbock bleiben bis ans

Ende seiner Tage! Wer einmal ins Frauenhaus geht, der geht immer wieder dorthin, und ist die eine Dirne auch tot, so gibt es immer noch andere. Und deshalb muss Gregor verschwinden, bevor er weiteres Unheil anrichten kann! Schickt ihn fort! Schickt ihn in einen anderen Konvent, Ihr habt die Macht dazu! Niemand braucht den wirklichen Grund seines Wegganges zu erfahren, und niemandem wird diese Veränderung auffallen, schließlich wechseln die Männer Eures Ordens des Öfteren ihren Konvent. Ja, schickt ihn fort, und zwar so weit es nur geht, denn nur so werden wir auf Dauer Ruhe vor ihm haben!« Friedrich machte eine Pause. Dann setzte er, ermutigt durch das Verhalten des Priors, unverblümt hinzu: »Im Übrigen spiele ich mit dem Gedanken, Eurem Konvent eine nicht unerhebliche Stiftung zukommen zu lassen.«

Zufrieden mit sich selbst, ließ Friedrich seine Worte im Raum verklingen. Was zu sagen war, war gesagt. Die Karten lagen auf dem Tisch, nun war der Prior an der Reihe. »Wer weiß noch von dem Vorgefallenen?«, wollte dieser wissen.

Friedrichs Antwort kam prompt: »Niemand, soweit ich weiß.«

Der Prior saß da wie aus Erz gegossen, nur sein Atmen verriet, dass noch Leben in seinem Körper steckte. Plötzlich tat er den Mund auf, und was er sagte, traf Friedrich wie ein Keulenschlag: »Bruder Gregorius ist unauffindbar.«

»Was sagt Ihr da?!« Friedrich trat vor seinen Stuhl und ließ sich auf die Sitzfläche fallen. Er versuchte durch die Schatten hindurch in dem Gesicht des anderen zu lesen. Bruder Gregorius ist unauffindbar … Hatte eben noch Zuversicht ihn beflügelt, so sah er sich nun etwas völlig Unerwartetem gegenüber, etwas Unwägbarem, etwas, das den Plan, den er sich ausgedacht hatte, im Handumdrehen zunichte machen musste.

In dem Leuchter erlosch eine weitere Kerze. »Gleich nach meiner Ankunft hat man mich in Kenntnis davon gesetzt, dass Bruder Gregorius sich nicht im Konvent aufhält. Das letzte Mal wurde er am Nachmittag gesehen, am Ende der Non, als er mit den anderen zusammen die Kirche verließ.«
Der Prior faltete die Hände und legte sie in seinen Schoß. Nichts verriet das Feuer, das in seinem Inneren brannte. »Nehmen wir an, er hätte heute ein weiteres Mal jenen Ort aufgesucht, von dem Ihr mir berichtet habt. Dann hätte er feststellen müssen, dass die Dirne, zu der er für gewöhnlich ging – Ihr habt erwähnt, dass es jedes Mal dieselbe war –, nicht mehr dort ist. Er hätte erfahren, dass man sie wegen eines Diebstahls ins Gefängnis geschafft hat, und möglicherweise hätte er auch von ihrem Tod erfahren.« Er dachte einen Augenblick nach. »Da es sich stets um dieselbe Dirne handelte, können wir vielleicht davon sprechen, dass – wie soll ich es ausdrücken – zwischen beiden eine gute Bekanntschaft bestand. Von daher scheint es mir nicht ausgeschlossen, dass ihr Tod eine gewisse Betroffenheit bei ihm ausgelöst hat … wobei wir über das Ausmaß dieser Betroffenheit natürlich nur Vermutungen anstellen könnten. Allerdings wissen wir etwas anderes umso genauer: dass sie nämlich unter dem Galgen liegt, wie Ihr mir berichtet habt.«
Friedrich starrte ihn an. »Ihr meint … es wäre möglich, dass er zum Galgen gegangen ist?«
»Ja.« Der Prior presste die Zähne so fest aufeinander, dass die Wangenknochen hervortraten. Ein Predigerbruder aus seinem Konvent am Grab einer Dirne, nachts, auf der Richtstätte vor den Toren der Stadt … »Sollte die Beziehung über die bloße Vermengung des Fleisches hinausgereicht haben, halte ich es für vorstellbar, dass er diesen Ort aufgesucht hat.«
In Friedrichs Gesicht standen Zweifel. Er dachte an sein Zusammentreffen mit der Dirne und wie sie davon gesprochen

hatte, sie könne die Begegnungen mit seinem Bruder an die Öffentlichkeit zerren ... »Selbst wenn ein solches Gefühl nur einseitig gewesen sein sollte, könntet Ihr Recht haben«, sagte er, mehr zu sich selbst als an den Prior gewandt. Es gab nicht den geringsten Grund, diesen in die Sache mit der Erpressung einzuweihen.

»Das herauszufinden wäre ein Leichtes, nur sind die Stadttore bereits geschlossen«, fuhr der Prior fort. »Wir werden uns bis morgen früh in Geduld üben müssen.«

»Dieser gottverdammte Kerl!«, knirschte Friedrich, für einen Moment gleichgültig gegenüber der Anwesenheit des Priors. Geduld! Wenn ihm in diesem Augenblick etwas unerträglich war, dann war es Geduld! Vergrößerte sich doch mit jeder ungenutzt verstrichenen Stunde die Gefahr, dass das Verhalten seines Bruders ihm alles zerstören konnte. Erregt sprang er auf und begann mit schnellen Schritten den Raum zu durchmessen.

Der Prior lehnte sich zurück, seine Augen wanderten zur Decke. Viele Jahre war es her, da hatte es in einem anderen Ort der Ordensprovinz Saxonia ein ähnliches Vorkommnis gegeben. Sein dortiger Bruder, ein sowohl ehrgeiziger wie auch gewissenhafter Mann, hatte die Sache damals mit den Senioren seines Konvents besprochen, wie es die Regeln verlangten; er hatte dem Provinzial berichtet, der daraufhin nichts Eiligeres zu tun gehabt hatte, als bei ihm einzufallen und gründliche Untersuchungen anzustellen; er hatte einen ausführlichen Bericht an den Ordensgeneral verfasst; das Provinzialkapitel hatte sich mit der Sache beschäftigt und schließlich, ein halbes Jahr später, auch noch das Generalkapitel. Alles war ordnungsgemäß vonstatten gegangen – den Sünder hatte man für den Rest seines Lebens in den Kerker geworfen –, alle Zuständigen waren beteiligt gewesen, niemand übergangen worden. Nur der Prior, unter dem sich dieser Vorfall ereignet hatte – der war auf Dauer in seinem Konvent verblieben, und die höheren Würden, die er angestrebt hatte, waren einem anderen zuteil geworden …

»Wenn man ihn beim Galgen entdeckt, ist alles verloren!« Friedrich war vor dem Prior stehen geblieben. In seinen Schläfen pulste das Blut. »Es würde Untersuchungen geben, und alles würde herauskommen!«

Bedächtig erhob sich der Prior von seinem Stuhl. Auge in Auge standen sich beide gegenüber. Sie waren Verbündete. Jeder von ihnen hatte ein Ziel. Jeder war auf dem Weg nach oben, und über jedem hing die Bedrohung schwer wie ein Fels, der schon in den nächsten Stunden herabstürzen und alle Hoffnungen und Träume unter sich begraben konnte.

»Ich werde ihn wegbringen lassen«, sagte der Prior tonlos. »Weit weg.«

Friedrich machte ein fragendes Gesicht. »Weit weg?«

»Ich möchte den Konvent nicht nennen. Der dortige Prior ist mir sehr zugetan, seit wir ihm vor einigen Jahren eine kostbare Reliquie geschenkt haben. Bruder Gregorius wird fortan unter seiner Aufsicht leben.«

»Und wenn Gregor versuchen sollte, sein Treiben in diesem anderen Konvent fortzusetzen?« Aus Friedrichs Stimme sprach Besorgnis. »Und was ist mit denjenigen, die ihn dorthin schaffen? Wenn er ihnen nun alles erzählt? Und was ist mit den Oberen Eures Ordens? Was werdet Ihr ihnen sagen, wenn sie Einzelheiten von Euch wissen wollen?«

Das Schweigen des Priors ließ Friedrich verstummen, und beschämt senkte er den Blick.

Der Wind pfiff leise, als die beiden Männer aus dem Gästehaus in den Nebel hinaustraten. Die Kirche war kaum mehr zu erkennen, über die Grabsteine und Gräber waberten zerrissene Schwaden. Ohne ein weiteres Wort legten sie den Weg bis zur Pforte zurück. Einen Moment mussten sie sich

gedulden, bis Bruder Egidius zur Stelle war und den späten Besucher in die Stadt entließ.
»Bruder Gregorius ist noch immer nicht zurückgekehrt«, zeigte sich der Pförtner besorgt und fügte – sich bekreuzigend – hinzu: »Möge unser himmlischer Vater seine Hand über unserem Konvent halten und verhüten, dass unserem Bruder etwas zugestoßen ist!«
Der Prior sah ihn gedankenverloren an. »Ja, so sei es«, sagte er. »Möge unser himmlischer Vater seine Hand über unseren Konvent halten.«

* * *

Es war die Spitze eines Wanderstabes, die Gregorius ins Leben zurückbrachte. Sie stieß hart gegen seine Rippen, herrisch, geradezu feindselig, einzig darauf abzielend, ihn so schnell wie möglich aus dem Schlaf zu holen. Als er die Augen aufschlug und den Kopf hob, fiel sein Blick auf eine schwarze Kapuze, die zur Linken von einem Erhängten, zur Rechten von einem aufs Rad Geflochtenen eingefasst war.
Es dauerte ein paar Sekunden, bis die Kapuze gegen den wolkenverhangenen Morgenhimmel an Tiefe gewann und sich aus der dunklen Höhle ein Gesicht herausschälte – ein Gesicht mit einer zornig geblähten Nase, mit herabgezogenen Mundwinkeln und mit Blicken, in denen der blanke Ekel angesichts dieses grauenhaften Ortes geschrieben stand. »Steh auf!«, presste der Mann in der Kapuze hervor und stieß zum Zeichen, dass er es ernst meinte, ein zweites Mal mit dem Stab gegen seine Rippen, diesmal noch heftiger als zuvor.
Gregorius zuckte zusammen. Sie hatten ihn gefunden. Irgendwie hatten sie ihn gefunden, auch wenn er in diesem Moment keine Ahnung hatte, woher sie es wussten. Aber was spielte das auch für eine Rolle – jetzt, wo sie da waren.

Und wo es nur einen einzigen Grund für ihre Anwesenheit geben konnte: ihn zurückzuholen ... Mit einer unvermittelten Drehung rollte Gregorius sich zur Seite und versuchte auf die Füße zu kommen, doch der andere war schneller. Er warf ihn wieder auf den Boden, kniete sich auf seine Brust und drückte ihm den Stab so fest gegen die Gurgel, dass ihm die Luft knapp wurde. »Versuch das nicht noch mal!«, zischte der Mann.

Bernhardus, der Sakristan des Konvents. Der Mann mit der Statur eines großen Bären. Ein Rohling, den der Orden nur oberflächlich domestiziert hatte. Das Gesicht von Gregorius verfärbte sich, bunte Kreise traten ihm vor die Augen. Plötzlich ließ der Druck nach, und der Bär öffnete den Mund. »Hör gut zu, Bruder, denn mehr als das, was ich dir jetzt sage, wirst du nicht von mir hören. Der Prior schickt uns. Wir haben Anweisung, dich in einen anderen Konvent zu schaffen. Den Namen werd ich dir nicht nennen, du wirst ihn erst erfahren, wenn wir am Ziel sind. Wir werden eine Weile unterwegs sein.« Er entblößte seine Zähne. »Aber glaub mir: Wir bringen dich bis ans Ziel, das ist sicher!« Die Miene des Sakristans spiegelte abgrundtiefe Verachtung, und der Stab drückte abermals gegen den Hals von Gregorius.

Wieder die Kreise vor den Augen. Dann erhob sich Bernhardus und winkte mit der Hand. Erst jetzt bemerkte Gregorius den zweiten Mann, der ein paar Schritte entfernt stand: Andreas, ein Laienbruder, Tischler von Beruf, ein schlichtes Gemüt, von der Statur her aber ebenso eindrucksvoll wie Bernhardus. Zwei kräftige Kerle, die der Prior da für ihn ausgesucht hatte. Kräftig und obendrein verschwiegen. Bernhardus war einer der engsten Vertrauten des Priors, der würde den Mund halten, auch wenn der Prior offenbar etwas veranlasst hatte, was er den Ordensregeln gemäß nicht hätte veranlassen dürfen. Und Andreas war taubstumm.

Der Sakristan ließ sich von dem Laienbruder ein Stoffbündel reichen, zwang den am Boden Liegenden, sich aufzusetzen, und drückte ihm dieses in die Hände. »Als Erstes wirst du deine Kleider wechseln«, verlangte er barsch. Und mit einem Blick auf die Gehängten, die im auffrischenden Wind einen makabren Tanz vollführten, setzte er hinzu: »Aber nicht hier!«
Gregorius starrte auf das Bündel wie auf eine giftige Schlange: Tunika, Skapulier, der schwarze Kapuzenmantel … »Los!«, knurrte Bernhardus und hob den Stab. Gregorius saß noch immer. Die Kleider seiner Vergangenheit. Die Kleider endloser Jahre. All das, was er abstreifen wollte! Plötzlich schnitt der Stab durch die Luft, und Gregorius konnte gerade noch ausweichen. Es gab keinen Zweifel – die beiden würden alles daransetzen, den Auftrag des Priors auch auszuführen. Und was den Sakristan anbetraf, so würde dieser es nicht einmal ohne eine gewisse Befriedigung tun. Das Bündel in den Händen, kam Gregorius auf die Beine. Erst jetzt wurde ihm bewusst, wie sehr er fror, eine durchdringende Kälte, die sich seines Körpers bemächtigt hatte, aber ebenso seiner Seele. Vom Galgen stiegen ein paar Raben auf und schwangen sich in den schwarzgrauen Himmel. Der Wind wehte Sand über die Erde, über das Grab, über seine Trauer. Stumm nahm er Abschied, bis starke Arme ihn packten und vor sich herschoben. Am Waldrand machten sie Halt, und er entledigte sich seiner Kleider. Die Hände zitterten ihm, als er die Tunika überstreifte und das Skapulier anlegte, und einzig sein Verstand – das Wissen, dass alles im Leben seine Zeit hat – ließ ihn den Mantel anziehen und die Kapuze über seine Tonsur schlagen. Wortlos, mit einer gebieterischen Kopfbewegung, warf Bernhardus ihm ein Paar Schuhe und einen Beutel hin, und als er den Beutel aufnahm und einen Blick hineinwarf, da fand er in ihm nicht nur Wegzehrung vor,

sondern außerdem sein Brevier sowie die Heilige Schrift, die ihn durch die Jahre begleitet hatten. Wie es aussah, hatten sie an alles gedacht.

An einer Weggabelung beim Übergang über die Panke drehte Gregorius sich ein letztes Mal um. Tief hing der Himmel über dem Land, Wolken wie geschmolzenes Blei, darunter die beiden Städte mit ihren Mauern und ihren hoch aufragenden Türmen und dazwischen die Wegmarken seines Lebens. Ein Windstoß wirbelte ihm Sand ins Gesicht. »Los!«, befahl eine Stimme, und eine Hand packte ihn am Ärmel und zog ihn fort. Gleich darauf verlor sich der Weg in einem Gehölz, und was eben noch gewesen war, blieb zurück.

Gegen Mittag überquerten die Männer bei Spandau die Havel. Neugierige Augen schauten ihnen hinterher, und ein paar rotznäsige Kinder begleiteten sie auf ihrem Weg durch die Stadt. Hinter Staaken begann es zu tröpfeln, wenig später setzte ein Landregen ein, der die Kleider durchnässte und, je länger er andauerte, durch die Haut bis in die Eingeweide drang. Reisende trafen sie nur selten: einen Trupp Berittener auf dem Weg an die Oder, zwei wandernde Steinmetzgesellen, gegen Nachmittag eine Gruppe Zigeuner, einer davon mit einem Affen auf der Schulter. Das Jahr neigte sich seinem Ende zu, der Oktober hatte begonnen, und wer nicht unterwegs sein musste, der blieb zu Hause und richtete sich auf den bevorstehenden Winter ein.

Die Nacht verbrachten sie im Haus eines Pfarrers in einem Dorf abseits der Landstraße, das sie gerade noch vor Einbruch der Dunkelheit erreicht hatten. Der Pfarrer war ein betagter Mann, Gott näher schon als den Menschen, ein wundersamer Kauz, der unentwegt an Stöckchen herumschnitzte und dazu unverständliche Geschichten erzählte. Aber da er ihnen zu essen gab und ein Feuer, an dem sie ihre Kleider trocknen konnten, saßen sie mit ihm zusammen, bis ihm der

Schlaf den Kopf auf die Brust sinken ließ. Gegen Morgen prasselte heftiger Regen auf das Dach, sie hörten sich weitere Geschichten an, während sie warteten, und als der Regen nachließ, machten sie sich erneut auf den Weg. Schweigend wie bereits am Vortag, folgten sie einem alten, an manchen Stellen nur noch schlecht erhaltenen Knüppeldamm durch das Moor, eine Abkürzung, die der Pfarrer ihnen beschrieben hatte, bis der Knüppeldamm auf einmal endete, obgleich er eigentlich hätte weiterführen sollen, und der Weg seine Fortsetzung in einem Wald fand. Bald mussten sie einen von dichtem Tann gesäumten See umgehen, auf dessen Oberfläche sich geheimnisvolle Muster abzeichneten, dann kamen sie an einen Kreuzweg, später an eine Abzweigung, von der mehrere Pfade abgingen, und nachdem sie einem dieser Pfade gefolgt waren und nach längerem Marsch feststellen mussten, dass sie nur wieder an ihren Ausgangspunkt zurückgekehrt waren, da führte nichts mehr an der Erkenntnis vorbei, dass sie die Orientierung verloren hatten.
Obwohl es kühl war, begann Bernhardus zu schwitzen. Eine Weile lief er aufgeregt hin und her, versuchte die Himmelsrichtung zu bestimmen, was sich angesichts der von Wolken verdeckten Sonne als schwierig erwies, und entschied sich schließlich für einen anderen jener Pfade, die von der Abzweigung ausgingen. Sichtlich beunruhigt trieb er Andreas und Gregorius zur Eile an. Ihr Weg führte durch Schneisen aus dornigem Gestrüpp, umgestürzte Bäume bildeten Hindernisse, über die sie hinwegsteigen mussten, der Wind schüttelte Regen von den Zweigen, alles wirkte feindselig, finster und fremd. Ein unsichtbares Rascheln in der Nähe veranlasste Bernhardus zu singen, atemlos vom Laufen, einen Hymnus, den er schon oft im Chorgebet angestimmt hatte, ein Gesang gegen die Angst: gegen das Verirren und gegen die wilden Tiere und überhaupt gegen alles

Böse, was einem Menschen in einem unheimlichen Wald wie diesem zustoßen konnte.
Als sie eine Anhöhe erreichten, stand das Böse auf einmal vor ihnen. Es hatte die Gestalt von fünf Reitern, dunklen, mit Waffen behängten Kerlen, die schon auf einem städtischen Marktplatz jeden Vorübergehenden das Fürchten gelehrt hätten, die hier jedoch, inmitten der Waldeinsamkeit, geradezu Entsetzen hervorrufen mussten. Der Art ihrer Aufstellung zufolge schien der Vordere ihr Anführer zu sein: ein starkknochiger, ziegenbärtiger Hüne mit einer Bärenhaube auf dem Kopf, der auf einem Hengst von solch prachtvollem Aussehen saß, dass es sich nur um ein gestohlenes Tier handeln konnte. Zwei Schritte hinter ihm standen die anderen – ein Hagerer mit einer Hasenscharte, ein schielender Zwerg, ganz in Wolfsfell gekleidet, daneben ein schweinsäugiger Dickwanst mit fleischigen Lippen und mit Nasenlöchern, die jeweils drei Fingern auf einmal Platz geboten hätten. Am auffälligsten aber – und zugleich am bedrohlichsten wirkend – war der Fünfte, ein Mann mit einer gräulich verzogenen, vernarbten Grimasse, allem Anschein nach einer, der vom Henker mit einem glühenden Eisen durch die Wangen gebrannt worden war.
Die Hände des Anführers lagen lässig auf dem Sattelknauf. Spott glitzerte in seinen Augen. »Nanu, wer läuft uns denn da über den Weg?«
»Ein paar Schwarzkittel!«, witzelte der Zwerg und plusterte sich auf wie ein radschlagender Pfau. Neben ihm setzte sich der Schweinsäugige in Szene: »Nonnenficker!«, krakeelte er. »Nonnenficker!«
Die Miene von Bernhardus war die Miene eines Mannes, der eine schwere Last gegen eine noch schwerere eingetauscht sieht. Dennoch bemühte er sich, so viel Liebenswürdigkeit wie möglich in seine Stimme zu legen, als er zu sprechen be-

gann: »Gute Freunde, wir sind nur ein paar einfache Mönche aus dem Orden des heiligen Dominikus und haben uns in eurem Wald verlaufen. Wir kommen aus der Stadt Cölln an der Spree und sind auf der Reise nach« – er stockte – »auf der Reise in einen anderen Konvent unseres Ordens«, vollendete er den Satz mit einem Seitenblick auf Gregorius.

Dieser stand mit ausdruckslosem Gesicht, stumm wie ein Fisch, als ginge ihn die Sache nichts an. Neben ihm klammerte sich Andreas an seinen Wanderstab.

Der Anführer wiegte bedächtig den Kopf. »So so, auf der Reise seid ihr … Reisen ist eine teure Angelegenheit, hab ich gehört: ein Geschenk für diesen, ein Geschenk für jenen, Zehrgeld für unterwegs, schließlich braucht der Mensch ja was zu essen, und dann natürlich das Wegegeld, fast hätt ich's vergessen.«

»Richtig, Wegegeld müssen sie zahlen!«, rief der Hagere, sprang mit einem Satz vom Pferd und hielt auf den Beutel zu, den Bernhardus über seinem Rücken trug.

Andreas, der den Wortwechsel zwar nicht verstanden, aber sehr wohl begriffen hatte, worum es ging, stellte sich schützend vor Bernhardus. Der Hagere spuckte verächtlich aus und legte die Hand an sein Schwert. Bernhardus zog den Kopf zwischen die Schultern. Angstschweiß tropfte auf sein Skapulier. »Aber ihr … ihr könnt uns doch nicht …«

»Was können wir nicht?«, tönte der Anführer. »Euch Geld abnehmen für die Benutzung unserer Wege?« Er lachte höhnisch. »Mag sein, dass ihr später den Weg in die Hölle umsonst benutzen dürft. Für unsere Wege müsst ihr zahlen!«

Seine Begleiter stimmten laut johlend zu, der Schweinsäugige trommelte vor Begeisterung mit den Handflächen auf seine Schenkel. Bernhardus erinnerte sich an die Weisheit, wonach sich hinter manch rauer Schale ein weicher Kern verbarg, und beschloss, es mit einem Appell an den Kern zu versuchen. Mutig tauchte er mit seinem Kopf hinter dem Rücken von Andreas hervor. »Weder die Diebe noch die Räuber werden das Reich Gottes erben!«, versuchte er den Männern ihre trüben Aussichten bewusst zu machen, falls sie damit fortführen, Diebe und Räuber zu sein. Und um seinen Worten den nötigen Nachdruck zu verleihen, zugleich aber, um sich auf gar keinen Fall dem Verdacht auszusetzen, er selbst könnte sich auf irgendeine Weise daran beteiligen, ihnen das Reich Gottes zu versperren, setzte er hinzu: »Paulus an die Korinther.«

Schallendes Gelächter war die Antwort. »Du irrst, Nonnenficker!«, trumpfte der Schweinsäugige auf. »Im letzten Jahr hat mir einer von deinen Brüdern einen Ablass verkauft, und zwar für sämtliche Räubereien, die ich bis an mein Lebensende noch begehen werde. Hat mich einen Batzen Geld gekostet, dieser Ablass. Nun will ich aber auch etwas davon haben!«

Der Zwerg neben ihm hob sich im Sattel und streckte den Zeigefinger in die Luft. »Wenn wir überhaupt zum Rauben kommen!«, verkündete er schelmisch. »Immerhin könnte ja ein Wunder geschehen, wie bei den Pilgern vom Wilsnack-Blut, und ihre Wanderstäbe verwandeln sich in Schwerter. Dann schlagen sie uns vielleicht in die Flucht.«

»Au, fein!«, grölte der Schweinsäugige. »Zeigt her eure Schwerter! Zeigt her eure Schwerter!«

Bernhardus war blass geworden. Er schob sich an Andreas vorbei und tat einen halben Schritt nach vorn. »Wer … wer ist euer Herr?«, wollte er von dem Anführer wissen. Dieser lenkte sein Pferd dicht an den Fragenden heran. »Du willst wissen, wer unser Herr ist? Eine verständliche Frage, zumindest von deiner Warte aus gesehen, schließlich steht sein Name ja nicht in der Bibel … Dietrich von Plochwitz heißt er. Du hast den Namen wohl noch nicht gehört, wie? Und dabei sitzt seine Familie fast schon seit Adam und Eva auf der Burg.« Er schnalzte mit der Zunge. »Jetzt weißt du, wer unser Herr ist.«

»Wer seinen Männern erlaubt, harmlose Mönche zu belästigen«, ließ sich in diesem Augenblick eine Stimme vernehmen, »der ist kein Herr, sondern ein Flegel!«

Schlagartig herrschte Ruhe im Wald. Der Anführer machte ein Gesicht, als sei gerade Wotans wilde Jagd über die Baumwipfel gebraust, seine Kumpane reckten ungläubig die Hälse. Bernhardus war noch blasser als zuvor.

Es war Gregorius, der gesprochen hatte. »Ein Schurke ist dein so genannter Herr«, ergänzte er seine Bemerkung. »Ein übler Schurke, den der Teufel eines Tages noch das Tanzen lehren wird.« Bernhardus packte ihn am Arm. »Bist du von Sinnen?! Du stürzt uns alle ins Unglück!«

Den Blick ungläubig auf Gregorius geheftet, ließ der Anführer sich von seinem Pferd herab und zog das Schwert aus der Scheide. Ein Wahnsinniger! Wer in einer solchen Lage solche Worte gebrauchte, der konnte nur ein Wahnsinniger sein! Mit der Linken Bernhardus zur Seite stoßend – so heftig, dass dieser zu Boden ging – zielte er mit dem Schwert in seiner Rechten auf den Kopf von Gregorius. »Was hast du da eben gesagt?«

Der Angesprochene blickte ihn furchtlos an. »Der, den du deinen Herrn nennst, ist ein Schurke«, wiederholte er. »Und falls du denkst, ich hätte Angst, ihm das ins Gesicht zu sagen, so befindest du dich im Irrtum.«

»Stopf ihm sein freches Maul!«, rief der Schweinsäugige, und der durch die Backen Gebrannte lallte: »Totmachen! Totmachen!«

Der Anführer umkreiste Gregorius wie die Sonne die Erde. »Unser Herr wird Hundefutter aus dir machen!«, zischte er und fletschte die Zähne.

»Totmachen! Totmachen!«, hallte es durch den Wald.
Am Boden richtete sich Bernhardus auf, sein Gesicht war weiß wie eine frisch gekalkte Wand. »Habt Erbarmen, gute Freunde! Unser Bruder ist seiner Sinne nicht mächtig, er ist verwirrt, und deshalb müsst ihr Erbarmen haben! Unser Vater im Himmel wird es euch anrechnen am Tage des Gerichts. Und wir werden für euch beten.«
Der Anführer beachtete ihn nicht, sondern wandte sich an seine Männer. »Wir nehmen das Großmaul mit«, entschied er. »Unser Herr wird sein Vergnügen daran haben, ihm das Maul zu stopfen. Und die beiden anderen nehmen wir auch mit.« Und knurrend fügte er hinzu: »Obwohl es einfacher wär, sie an einen Baum zu binden und den Wölfen zu überlassen.«
Bernhardus erging sich in anhaltendem Gejammer, Andreas dachte voll Grimm an den Prior und dass dieser von allen Laienbrüdern ausgerechnet ihn für diese Reise ausgewählt hatte. Gregorius indes zeigte sich unbeeindruckt und setzte sich in Bewegung, noch bevor ihn der Anführer dazu aufgefordert hatte.

Die Burg des Junkers Dietrich von Plochwitz, die sie nach einer guten Stunde erreichten, glich einem kraftstrotzenden Recken, der sich in einen gichtgeplagten Greis verwandelt hatte. Der Wassergraben, der die Anlage umschloss, war fast ausgetrocknet, das steinerne Wappen über dem Eingang von den Jahren zerfressen, Löcher gähnten in den einst uneinnehmbaren Mauern, der Wehrgang bestand aus halb verfaulten Brettern, ebenso die marode Zugbrücke, die über den Graben zu dem Tor mit dem verkanteten Fallgatter führte. Drinnen in der Burg der gleiche Anblick: ein paar Gebäude von unterschiedlicher Güte, vor allem von der schlechteren, ein Brunnen mit einem Rand, kaum höher als die Hühner,

die in trauter Gemeinsamkeit mit Schweinen und Ziegen im Hof herumstreunten, unter einem morschen Baum ein Zwinger voll kläffender Bestien, denen die schiere Mordlust ins Gesicht geschrieben stand, und über allem die muffigen, modrigen Ausdünstungen von Jahrhunderten.
Die Hunde sprangen wie verrückt im Zwinger umher, als die Männer des Burgherrn mit ihren Gefangenen durch das Tor traten. »Das sind die Tierchen!«, griente der Anführer, und jeder wusste, wovon er sprach. Neben dem Brunnen hielten sie an. Während die Reiter absaßen und zwei Burschen die Pferde übernahmen, ließ Gregorius seinen Blick über den Burghof schweifen. Aus einem Fenster schauten drei Frauen zu ihnen herüber, vor einem Holzhaufen stand ein Alter mit einer Axt in der Hand. Als er den Kopf in die andere Richtung drehte, bemerkte er zwischen dem Torturm und einer Schmiede einen Wagen mit bunt bemalter Plane. Auf der Deichsel hockte ein kleiner Mann und stocherte in seinen Zähnen, neben ihm, auf einer Kiste, saß eine Frau mit schwarzen, offenen Haaren, die Beine übereinander geschlagen, die Augen dem Geschehen im Hof zugewandt. Wie es den Anschein hatte, gehörten die beiden nicht zu den ständigen Bewohnern der Burg, sondern hielten sich aus einem anderen Grund in deren Mauern auf.
»Wir schaffen sie dort drüben rein«, bestimmte der Anführer und blickte zu den Überresten eines Gebäudes, das mit seinem eingestürzten Dach, den von Brandspuren gezeichneten Mauern und der eingefallenen Tür Gedanken an eine Stadt nach dem Durchzug des Feindes wachrief. Er winkte den Alten herbei. »Du kümmerst dich um die drei und passt auf, dass sie sich nicht heimlich verdrücken! Sollten sie's versuchen, dann machst du mit ihnen das Gleiche wie damals mit diesem Pfeffersack … du weißt schon, der Geizkragen, der uns die vielen schönen Dinge nicht freiwillig geben wollte,

die er auf seinem Wagen hatte.« Er grinste Bernhardus an. »Dem hat er mit der Axt einen Scheitel gezogen ...«
Bernhardus wollte gerade sein »Aber ihr könnt uns doch nicht ...« wiederholen, als der Alte ihm mit einem hässlichen Lachen den Axtstiel in den Rücken stieß und ihn zusammen mit Gregorius und Andreas über den Hof trieb. Obwohl die Ausmaße des Gebäudes, das der Anführer bezeichnet hatte, nicht gering waren, bestand es lediglich aus einem einzigen Raum und war mit Gerümpel aller Art voll gestellt. In seiner Mitte befand sich eine offen stehende Bodenluke, in der eine Leiter zu erkennen war, die sich in einer uneinsehbaren Tiefe verlor. »Los, runter mit euch!«, fauchte der Alte. Von der Tür her drang höhnisches Gelächter. Der durch die Backen Gebrannte lallte »Jetzt zieh'n sie in die Hölle!«, der Zwerg nahm auf tollpatschig tänzerische Weise den Abstieg der drei Mönche vorweg.
Bernhardus ging als Erster. Aschfahl im Gesicht, zwängte er sich durch das Loch und tastete sich über die Sprossen nach unten. Die Hölle, in die er zog, war dunkel und stank und entsprach damit durchaus den Vorstellungen, die man sich in der Welt der Lebenden gemeinhin von der Welt der Verdammten machte. Hätten sich in diesem Augenblick tausend tobende Teufel auf ihn gestürzt und ihn in feurige Ketten geschlagen – es hätte ihn nicht im Geringsten verwundert. Doch alles blieb ruhig, niemand erschien, stattdessen ging die Sprossenreihe zu Ende, und Bernhardus fand sich in knietiefem Wasser wieder, oder richtiger gesagt: in einer stinkenden, leicht zähflüssigen, mit Stücken unklarer Art durchsetzten Flüssigkeit, die noch in demselben Moment, in dem er sie weich wabernd an seinen Beinen spürte, einen heftigen Brechreiz in ihm auslöste.
Auf Bernhardus folgte Andreas, auf Andreas Gregorius, dann fiel die Lukenklappe zu, und von einer Sekunde auf

die nächste senkte sich eine ägyptische Finsternis über das unterirdische Gefängnis. Gleich darauf ließen Geräusche darauf schließen, dass der Alte eine Sitzgelegenheit auf die Klappe rückte und darauf Platz nahm. »Du hast uns alle ins Unglück gestürzt!«, zischte Bernhardus in die Richtung, in der er Gregorius vermutete. »Du bist schuld an unserer Lage! Hättest du den Mund gehalten, wären wir jetzt nicht hier!« Er stieß wütend mit der Hand nach Gregorius, doch der Stoß ging ins Leere. »Wenn es wenigstens noch darum ginge, die Krone des Märtyrertums zu erlangen! Aber nein, wenn wir vielleicht an diesem grauenvollen Ort vermodern, dann einzig und allein deshalb, weil ein paar Strauchdiebe von der allerübelsten Sorte ihren Spaß daran finden!« Plötzlich, noch während er seiner Erregung Luft verschaffte, durchzuckte ihn ein Gedanke: Die Geschichte von der wundersamen Befreiung der drei Männer aus dem Feuerofen fiel ihm ein, und da er von nicht minderer Glaubensstärke durchdrungen war als sie, begann er, den Himmel um eine ebensolche Befreiung anzuflehen.

Nur wenige Atemzüge später machte eine Berührung seinem Flehen ein jähes Ende. Die Berührung ging von etwas Lebendigem aus, war weich und schmiegsam und stupste erst gegen sein eines Bein, dann gegen sein anderes. Bernhardus geriet in Panik. Er stolperte blind zur Seite, prallte gegen eine Wand, stolperte zurück und geriet dabei in ein Loch, aus dem er sich mit einem Sprung befreite, wobei er mit dem Kopf gegen etwas Hartes stieß, und während tausend winzige Lichter vor seinen Augen tanzten und sein Herz im Rhythmus eines wahnsinnig gewordenen Trommlers gegen seinen Brustkasten schlug, entschied er sich, anstatt sich weiter an den Herrn des Himmels zu wenden, es zunächst einmal bei dem Herrn des Verlieses zu versuchen. »He, guter Freund da oben, hör mir mal zu!«, rief er, nachdem er sich ein wenig beruhigt hatte. »Wir sind drei Gottesmänner, die niemandem etwas zu Leide getan haben. Wir sind eher zufällig hier. Ein Versehen sozusagen, du verstehst, was ich meine? Auf uns warten noch wichtige Aufgaben. Keine Kleinigkeiten, o nein, Aufgaben im Namen unseres lieben Herrn Jesus Christus, die keinen Aufschub dulden. Und deshalb müssen wir unseren Weg fortsetzen, und zwar so bald wie möglich. Verstehst du? Wir müssen weg von hier, das ist es, was ich sagen will. Wir müssen weiterziehen, um unseren Auftrag zu erfüllen. Und dabei kannst du uns behilflich sein, guter Mann. Bald wird es dunkel, dann machst du die Luke einfach auf und lässt uns raus. Niemand wird etwas merken. Wir werden uns ganz leise davonschleichen, und wenn es hell wird, sind wir schon weit fort von hier und können unseren Auftrag erfüllen. Und dir wird eine hohe Belohnung zuteil werden, denn der Segen unseres himmlischen Vaters ist dir gewiss. Dir und deinen Kindern und deinen Kindeskindern bis ins siebte Glied und vielleicht sogar noch weiter. Hast du mich verstanden, mein Freund? Unser lieber Herr Jesus Christus wird es dir vergelten. Und wir werden dir dankbar sein, ich und meine Brüder.«

Die Antwort kam ebenso klar wie kurz. »Wenn du nicht sofort mit deinem dämlichen Gequatsche aufhörst, scheiß ich euch durch die Luke!«

Bernhardus krümmte sich wie unter einem Peitschenhieb. Schlagartig war alle Hoffnung zerronnen, die ihn eben noch beseelt hatte. Schon wollte er sich in einem Ansturm von Verzweiflung auf den Boden werfen, als er sich in letzter Sekunde der Örtlichkeit erinnerte und sich, anstatt niederzufallen, mit den Händen gegen eine der unsichtbaren Wände stützte. Ihn schwindelte. Er fühlte sich ausgesetzt und verlassen wie nie zuvor in seinem Leben. Drei Schritte weiter übergab sich Andreas mit geräuschvollem Würgen.

Gregorius tastete nach der Leiter, und nachdem er sie gefunden hatte, klammerte er sich daran fest und hob den Kopf zu der Luke. »Vielleicht wird es ja gar nicht so schlimm für uns werden«, sagte er laut, seine Worte zum Schein an Bernhardus gerichtet. »Ich entsinne mich, den Herrn dieser Burg schon einmal gesehen zu haben, es ist gar nicht lange her. Es war nach einer Messe. Alle hatten die Kirche bereits verlassen, nur er kniete noch vor dem Altar. Ich hörte, wie er leise sprach: von der Liebe zum Nächsten und von den guten Taten, die allein Bestand hätten, denn alles andere sei nichtig und ohne Wert. Jawohl, von diesen Dingen sprach er. Und weil er so etwas sagte, deshalb glaube ich nicht, dass er drei harmlosen Mönchen auch nur ein Härchen krümmen wird. Er ist ein frommer Mann, der niemals ...«

Ein Kichern unterbrach den Redefluss von Gregorius. »Der Dietrich ein frommer Mann?«, tönte es durch die Luke. »Solch ein dummes Zeug hab ich nicht mehr gehört, seit sich meine Marie ins Grab gelegt hat!«

Gregorius gab sich trotzig. »Jawohl, fromm! Wer sich so verhält, den nenn ich fromm!«

»Mönch, du weißt nicht, wovon du sprichst! Unser Herr ist kein Frommer. Unser Herr ist einer, der gelegentlich einen Becher mit dem Teufel trinkt! Der hat schon so manchem das Lebenslicht ausgeblasen: Kaufmann, Bauer, Pilger – da ist er nicht wählerisch. Zack, ein Messer zwischen die Rippen, und das war's! Oder ein Strick um den Hals. Einige hat er auch schon in euer Verlies da unten geworfen und einfach verfaulen lassen.«

Nach Andreas musste sich nun auch Bernhardus übergeben.

»Nein, er ist kein grober Kerl!«, beharrte Gregorius. »Er liebt die Menschen, das habe ich wohl verstanden.«

»Er liebt die Menschen ...« Der Alte prustete verächtlich.

»Der Dietrich liebt das Geld und weiter nichts. Für Geld macht der Dietrich alles!«
Bernhardus schöpfte neue Hoffnung. »Genau! Das ist es!«, frohlockte er und erinnerte sich wieder an die Männer im Feuerofen. »Geld will er haben, sagst du. Gut, geben wir ihm unser Geld. Geben wir ihm alles, was wir haben. Wir brauchen nichts. Überhaupt nichts. Schließlich haben die Vögel und die Tiere des Waldes auch kein Geld, und dennoch gibt ihnen unser Herrgott alles, was sie benötigen. Und wenn er es schon dem gemeinen Vieh gibt, um wie viel mehr wird er es uns dann geben! Deshalb lauf geschwind zu deinem Herrn, guter Mann, und sag ihm, wir geben ihm unser ganzes Geld. Alles, was wir haben.«
»Das nimmt er euch sowieso ab«, kam die niederschmetternde Antwort. »Viel wird's ohnehin nicht sein, was ihr da mit euch herumtragt. Ein Spatzendreck wird's sein, und dafür hat der Dietrich noch nie einen freigelassen. Für eine Kiste voller Geld würde er's vielleicht tun. Aber nicht für einen hingeschissenen Spatzendreck.« Einen Augenblick schwieg der Alte. »Nein, wenn ich's recht bedenke: Freilassen wird er euch bestimmt nicht. Eher knüpft er euch auf und sieht zu, wie ihr zappelt. Da hat er wenigstens noch seinen Spaß. Vielleicht wirft er euch auch in den Zwinger.«
Obwohl es finster war, konnte Gregorius beinahe körperlich fühlen, wie Bernhardus ein weiteres Mal zusammenzuckte. Natürlich waren die Worte des Alten mehr als nur dahingesprochenes Geschwätz. Nach allem, was sie in den letzten Stunden erlebt hatten, und nach dem Wenigen, was der Alte erzählt hatte, handelte es sich bei dem Junker Dietrich von Plochwitz um einen Strauchritter von der übelsten Sorte. Männer wie er waren eine Plage für das Land, deren Wirkung nur noch von der Pest übertroffen wurde. Mordbrenner waren sie, Wegelagerer und Plünderer, die weder Tod

noch Teufel fürchteten und vor denen niemand sicher war. Begleitet von Spießgesellen, die um nichts besser waren als sie selbst, fielen sie über schutzlose Dörfer her, trieben den Bauern das Vieh von der Weide, räumten ihnen die Häuser aus und setzten ihnen anschließend den roten Hahn auf das Dach. Auch die Städte waren vor ihnen nicht sicher. Sie schnappten sich deren Kaufleute, lauerten deren Besuchern auf und verschleppten für Lösegeld manch einen Bürger. Wer sich ihnen in den Weg stellte, wurde verletzt, verstümmelt, getötet. Mit Widerstand mussten sie kaum rechnen – ein paar halbherzige Vorstöße des Landesherrn, gelegentlich eine Strafaktion von Seiten der Städte, alles nur Nadelstiche, mitunter schmerzlich, aber ohne durchschlagenden Erfolg. Und weil niemand ihrer Herr wurde, deshalb ritten sie immer weiter, stets auf der Jagd nach dem Geld, denn Geld war ihr Ziel, und für viele war es das einzige Ziel, das sie hatten. War es der Schlag ihres Herzens. War es das Kreuz, vor dem ihr Rücken sich krümmte. Oder wie der Alte es ausgedrückt hatte: Für Geld macht der Dietrich alles.

Von der anderen Seite der Luke drang brüchiger Gesang in das Verlies, ein Sauflied, wie man es in den Wirtshäusern hören konnte. Gregorius nahm einen neuen Anlauf. »Solange sein Gast hier ist, wird er uns bestimmt nichts tun.«

Das Singen verstummte. »He, woher weißt du, dass er einen Gast hat?«

»Ich kenn den Wagen, der da draußen im Burghof steht. Und den Henning, den kenn ich auch.«

»Henning? Welchen Henning? … Du meinst Lorenz.«

»Ja, Lorenz! Natürlich, genau den mein ich. Den Lorenz. Der Henning ist ja längst tot. War ein seltsamer Kauz, der Henning. Da ist der Lorenz schon ein ganz anderer.«

»Ja ja, da ist der Lorenz schon ein ganz anderer«, wiederholte der Alte in dem halb vertraulichen Tonfall eines Mannes, der mit einem anderen über einen gemeinsamen Bekannten spricht. »Aber wer Lorenz Hühnerbein heißt und sich Lorenz von der Falkenhöhe nennt, der ist auch ein ganz anderer. Ein ganz Besonderer ist der. Und das weiß der Dietrich an ihm zu schätzen. Wie das schon klingt: Lorenz von der Falkenhöhe!« Er sprach den Namen mehrmals laut aus, wobei er die Betonung mal auf das Lo legte und mal auf das Fal. »Kein Wunder, dass den beiden die Zeit nicht lang wird! Die wissen das Leben zu genießen. Und warum sollten sie auch nicht, schließlich ist der Blondschopf nicht oft in unserer Gegend. Und wer sich schon so lange kennt wie die beiden, der hat sich halt immer was zu erzählen.«

»Und die Schöne sitzt draußen«, bemerkte Gregorius mitfühlend.

Der Alte kicherte. »Und dabei wär sie so gern dabei, die Agnes, dann könnte sie nämlich den Mägden die Augen auskratzen. Das würde sie gar zu gern tun, dafür hab ich einen Riecher. Aber ist ja auch verständlich, so wie ihr Lorenz sich da drinnen vergnügt. Und dabei ist sie so ein hübsches Ding. An der würd ich mir gern mal die Finger verbrennen!« Der Alte kicherte erneut, diesmal lüstern. »Aber ein Biest ist sie auch, die Agnes. Ich hab's selbst gesehen, im letzten Jahr, wie sie wegen der Mägde mit den Fäusten auf ihren Lorenz losgegangen ist. Aber dem Lorenz macht das nichts aus, der zahlt's ihr mit gleicher Münze heim. Und wenn's ihm passt, dann vergnügt er sich halt wieder. Du hättest mit anhören sollen, wie sie's getrieben haben, der Dietrich und der Lorenz mit den Weibern! Glatt die Schamröte hat's einem ins Gesicht getrieben!«

Das Kichern ging in ein asthmatisches Glucksen über. »Oh, Sünde!«, stöhnte Bernhardus. »Oh, schreckliche Sünde!«

Gregorius wartete, bis der Alte sich wieder beruhigt hatte. »Ja ja, der Lorenz, der ist schon ein rechter Genießer. Aber bald ist's damit ja auch wieder vorbei. Sind sie erst unterwegs, dann wird ihnen das Leben noch karg genug.«

»Karg genug? Dass ich nicht lache! Denen wird das Leben doch nicht karg. Die haben doch genug Geld im Beutel, schließlich …« Der Alte stockte, und einen Moment herrschte Stille. Als er weitersprach, hatte sich seine Stimme verändert. »He, wozu erzähl ich dir das eigentlich alles? Ich glaub fast, du willst mich aushorchen.« Und lauter: »Ja genau, du willst mich aushorchen, du Mistkerl! Aber nicht mit mir! Mit mir kannst du das nicht machen, das sag ich dir! Kein einziges Wort sollst du mehr von mir hören!« Und mit einem »Verrecken sollt ihr alle drei!« hieb der Alte mit dem Axtstiel auf die Lukenklappe, rückte seinen Schemel zurecht und erging sich in grimmigen Gedanken.

Das Erste, was Gregorius von dem Junker Dietrich von Plochwitz zu sehen bekam, waren zwei Füße auf dem Rand einer hölzernen Wanne. Sie waren verquollen, wie das für gewöhnlich der Fall ist, wenn sie über einen längeren Zeitraum dem Wasser ausgesetzt sind, und erinnerten Gregorius an zwei Bärentatzen, von denen er zwar in seinem ganzen Leben noch nie welche zu Gesicht bekommen hatte, die aber in seiner Vorstellung so oder zumindest so ähnlich beschaffen sein mussten. Die Füße waren breit und an den Oberseiten stark behaart, besonders dort, wo sie in die Beine übergingen, die Zehen waren groß, lang und gebogen und glichen gierig ausgefahrenen Krallen, die nur auf ein ahnungslos vorbeikommendes Opfer zu warten schienen, um sich mit einer blitzschnellen Attacke in dessen Fleisch zu versenken.

Eine Stimme in seinem Rücken riss Gregorius von dem Anblick los. »Das ist der Schweinehund!«, bellte der Anführer und stieß den vor ihm Stehenden so heftig nach vorn, dass dieser um ein Haar über die Tatzen hinweg in das Wasser gestürzt wäre.

Aus der Wanne ertönte ein Rülpsen, gefolgt von einem Schlürfen und dem Geräusch durch die Kehle rinnenden Weins. Dann wieder ein Rülpsen, danach ein Furz, der in blubbernden Blasen an die Oberfläche stieg. Schließlich ein gleichermaßen ungläubiges wie bedrohlich klingendes »Hm!«.

Gregorius stand steif da, stinkend nach der abscheulichen Unterwelt, aus der er gekommen war, und starrte in ein Gesicht, das nicht weniger bemerkenswert war als die Füße. Betrachtete man es recht, so bestand das Gesicht eigentlich nur aus Haaren, aus einem wahren Wildwuchs widerspenstiger Strähnen, die geradezu verschwenderisch wuchernd die obere Kopfhälfte fast völlig verdeckten, während die untere hinter einem Bart von buschwerkähnlicher Beschaffenheit verborgen war. Dazwischen lagen die Augen, zwei unzugängliche Weiher in einem undurchdringlichen Wald, unter diesen die Nase, klein, knollig und – selbst angesichts der schlechten Beleuchtung gut zu erkennen – von weinroter Farbe. Alles andere, was sonst noch das Gesicht eines Menschen ausmachte, war nicht zu sehen, sondern nur zu erahnen.

Mit einem gut berechneten Schwung warf eine Magd Holz in ein Kaminfeuer, über dem ein gewaltiger Kupferkessel Wolken von Wasserdampf in die Luft blies. Erst jetzt entdeckte Gregorius die zweite Wanne und damit auch den Mann, der in ihr saß. Welch ein Gegensatz zu dem Junker! Von schlanker und mittelgroßer Statur, hatte der Mann ein glatt rasiertes Gesicht, leuchtende, lebenslustige Augen und einen Mund, der Klugheit, aber auch eine gewisse Verschlagenheit verriet. Den blonden Haaren zufolge handelte es sich um jenen Lorenz Hühnerbein alias Lorenz von der Falkenhöhe, von dem der Alte gesprochen hatte. Sichtlich zufrieden hockte er in seiner Wanne, in der rechten Hand einen Zinnpokal voller Wein, die Linke unter dem Rock einer weiteren Magd, die an seiner Wanne lehnte und träumerisch versonnen nicht nur durch Gregorius und die Wand in dessen Rücken hindurchschaute, sondern ebenso durch alle anderen Wände dieser Welt. Kein Wunder, dass die Schöne auf dem Burghof ihm das Gesicht zerkratzt hatte!

»Die Hunde im Zwinger sind schon unruhig!«, sagte der Anführer, weil niemand etwas sagte, und sein Mund verzog sich von einem Ohr bis zum anderen.

Die Magd am Feuer murmelte ein missfälliges »Igitt!«, das – so wie sie es hervorbrachte – offenbar aus einschlägigen Erinnerungen gespeist war. Aus der Tiefe des behaarten Gesichts kam ein unwilliges, an den Anführer gerichtetes »Verschwinde!«. Ohne Widerworte, wenngleich sichtbar enttäuscht, verließ dieser den Raum.

Und dann tauchte der Junker aus dem Wasser auf wie eines jener sagenhaften Seeungeheuer, von denen selbst die Mutigsten nur mit gesenkter Stimme zu sprechen wagten. Erst legte er die eine Pranke auf den Wannenrand, dann – der Zinnpokal fiel scheppernd auf den Boden – die andere, und nachdem er seine von Wein getränkten Muskelpakete in die richtige Ausgangslage gebracht hatte, setzte er sich ruckartig auf. Flutwellengleich schwappte das Wasser über den Rand der Wanne und ergoss sich über den Boden.

»Aha!«, donnerte das Seeungeheuer so laut, dass die Magd neben Lorenz schlagartig ihren schmachtenden Blick verlor. »Du bist also dieser elende Hurensohn, der die Unverschämtheit hatte, mich zu beschimpfen! Mich, den ruhmreichen Dietrich von Plochwitz aus dem ruhmreichen Geschlechte derer von Plochwitz, vor denen Generationen in Ehrfurcht ihre Knie gebeugt haben!«

Obwohl der andere zu weit entfernt war, um ihm gefährlich werden zu können, trat Gregorius einen Schritt zurück. »Ich wollte …«

»Halt's Maul!«, brüllte der Junker noch lauter als zuvor. Gleich darauf brüllte er ein zweites Mal, doch diesmal war es ein ungeduldiges »Wein«. Die Magd am Kessel zuckte zusammen. Geschwind hob sie den herabgefallenen Pokal auf, füllte ihn und reichte ihn dem Junker. Dieser dankte mit einem Griff an ihr Hinterteil.

Gluckernd verschwand der Wein in dem Urwald aus Haaren. Anschließend erneutes Gebrüll. »Nun red endlich, du stinkender Bock! Bevor ich dich in den Kessel schmeiße, will ich wenigstens wissen, wer du bist!«

Gregorius schluckte, wohl wissend, was für ihn auf dem Spiel stand. Er hatte einen hohen Einsatz gewagt, nun musste sich zeigen, ob er gewinnen würde. Freiheit oder Tod. Ein neuer Anfang oder ein frühes Ende. »Es stimmt, was man Euch berichtet hat: Ich habe Euch verunglimpft. Aber ich habe es nicht getan, weil ich es ernst meinte. Ich kenne Euch überhaupt nicht. Ich habe es getan, weil es für mich ein Weg in die Freiheit war.«

Die anderen legten die Köpfe schief, als hätten sie sich verhört, der Junker wollte laut herausplatzen, ob sein Gegenüber ihn vielleicht für blöd hielte, indes veranlasste eine trübe Ahnung in seinem trunkenen Hirn ihn zu schweigen. Lauernd wartete er auf eine Erklärung. »Ich bin Bruder Gregorius, ich komme aus der Stadt Cölln an der Spree und gehöre dem Orden der Predigerbrüder an, wie Ihr an meinen Kleidern seht. Meine beiden Begleiter stammen ebenfalls aus Cölln. Unser Prior hat sie beauftragt, mich in einen anderen Konvent zu bringen. Zwangsweise.« Er straffte sich. »Ich will aber nicht in diesen anderen Konvent. Ja, mehr noch, ich will überhaupt nicht mehr in einen Konvent! Würden die beiden mich nicht wie ihren Gefangenen vor sich hertreiben – ich hätte meine Kleider längst gegen andere getauscht. Für immer!«

»Und was sagt der Himmel dazu?«

Die Frage war aus der anderen Wanne gekommen, und obwohl sie in einem schnippischen Tonfall vorgetragen war, schien sie nicht ohne ein gewisses Einfühlungsvermögen. Dennoch tat Gregorius so, als hätte er die Frage nicht gehört.

»Ich musste einen Weg finden, meinen Bewachern zu entkommen. Die beiden sind kräftig und haben mich keinen Moment unbeobachtet gelassen. In dieser Lage kamen mir Eure Männer gerade recht, denn durch sie sah ich für mich auf einmal einen Weg in die Freiheit.«

»Meine Männer kamen dir gerade recht? Ein Weg in die Freiheit?« Die Augen des Junkers schauten so ungläubig wie die Augen eines Mannes, dem ein anderer unvermittelt eine Kiste voller Geld anbietet.

»Ich biete Euch eine Kiste voller Geld an«, sagte Gregorius. »Als Gegenleistung, wenn Ihr mich freilasst.«

Für ein paar Sekunden waren das Knacken des Feuerholzes und das Brodeln des Wassers die einzigen Geräusche im Raum. Witz oder Wahn, das schien hier die Frage. Oder die Wahrheit. »Woher will denn ein Mönch so viel Geld nehmen?«, wollte der Junker wissen. Er hatte den Kopf ein wenig vorgeschoben, ein Zeichen, dass die Worte von Gregorius seine Neugier geweckt hatten. In der Wanne nebenan nippte Lorenz an seinem Wein und harrte ebenfalls der Auflösung des Rätsels.

»Das Geld, das ich meine, befindet sich natürlich nicht in meinem Besitz. Aber ich kann Euch sagen, wie Ihr es bekommen könnt. Bevor ich Euch jedoch Einzelheiten nenne, müsst Ihr mir drei Dinge zusichern.«

Einer Fee, die den von ihr Auserwählten das Schlaraffenland

versprochen hätte, wäre schwerlich mit größerer Aufmerksamkeit begegnet worden als Gregorius. Acht weit aufgerissene Augen, funkelnd wie frisch geschlagene Goldgulden, waren auf ihn gerichtet. »Als Erstes verlange ich von Euch, dass Ihr meine beiden Begleiter freilasst, auf dass sie in ihren Konvent zurückkehren können. Zweitens müsst Ihr mir versprechen, dass Ihr mich ebenfalls ziehen lasst, sobald Ihr im Besitz des Geldes seid. Und zum Dritten will ich Euer Wort, dass Ihr denen, die das Geld in ihrer Obhut haben, keinen Schaden zufügen werdet.«

Der Junker wiegte bedächtig den Kopf. »Eine Menge Forderungen für einen, den ich mit einem Fingerschnipsen über die Klinge springen lassen könnte! Du hast Glück, dass ich ein so gutmütiger Mensch bin.« Er überlegte einen Moment. Schließlich brummte er ein großmütiges »Einverstanden« und krönte dieses gleich noch mit einem deftigen »Bei meinem Arsch!«.

Gregorius atmete auf. Für Geld macht der Dietrich alles, hatte der Alte gesagt. Und wie es aussah, hatte der Alte Recht. Schon begannen die Umrisse seines neuen Lebens sich am Horizont abzuzeichnen, schien der Weg, für den er sich entschieden hatte, frei vor ihm zu liegen. Doch erst einmal führte dieser Weg durch ein Schlammloch. »Der Cöllner Konvent besitzt in der Stadt Spandau eine Terminei, ein kleines Haus, in dem sich gelegentlich Brüder aus Cölln aufhalten, um in der Stadt und in der näheren Umgebung Almosen zu sammeln. Haben sie genug zusammengebracht, schaffen sie das Gesammelte auf einem Karren nach Cölln. Manchmal ist es viel, manchmal ist es wenig.« Gregorius senkte den Blick. »In den nächsten Tagen wird es viel sein. Ein Bürger aus Spandau ist gestorben, ein wohlhabender Mann. Wie ich weiß, hat er in seinem Testament fast sein gesamtes Geldvermögen dem Cöllner Konvent vermacht. Doch obwohl es sich um einen namhaften Betrag handelt, soll das Geld nicht gesondert und auch nicht unter dem Schutz von Bewaffneten nach Cölln geschafft werden, sondern zusammen mit den Almosen, die gerade eingesammelt worden sind. Zwei Brüder werden unterwegs sein, das Geld wird sich auf dem Karren befinden, versteckt unter Korn, Speck, Butter und Ähnlichem. Dieses Vorgehen hält man für das unauffälligste und damit zugleich für das sicherste.«

Ein einfacher Plan, leicht auszuführen und mit hohem Gewinn. Gregorius staunte, wie leicht ihm die Worte über die Lippen gekommen waren. Wie leicht er durch das Schlammloch gewatet war.

»Potzblitz!«, rief der Junker aus und hieb mit der flachen Hand auf das Wasser, dass es bis zur Decke hinaufspritzte. »Das nenn ich einen Gottesmann von der ganz besonderen Art! Ein herrlicher Streich – eine Kiste voller Geld und nicht mehr als zwei lumpige Mönche, die sie bewachen. Fabelhaft, einfach fabelhaft!« Er blickte zu seinem Wannennachbarn. »Was sagst du dazu, Lorenz? Dafür lassen wir ihn laufen, meinst du nicht auch?«

Der Angesprochene zwinkerte verschmitzt. »Wenn das Geld im Kasten klingt, Gregorius in die Hölle springt!«, wandelte er den Spruch ab, mit dem die Ablasshändler ihren Kunden das Ersparte aus den Taschen zu ziehen pflegten. »Ich denke auch, für diesen Plan sollten wir ihn laufen lassen.«

»Aber bis wir die Beute haben«, wandte sich der Junker wieder an Gregorius, »bleibst du hier.« Und grimmig wie der König, von dem die Schrift sagt, dass sein Leben verwirkt, wer ihn erzürnt, setzte er hinzu: »Aber wehe dir, wenn du uns Geschichten erzählt hast!«

»Kommt er dann in den Zwinger, oder kommt er in den Kessel?«, mischte sich die Magd am Feuer in das Gespräch, bereit, mit einem erneuten »Igitt!« auf die Entscheidung des

Junkers zu antworten. Dieser kratzte sich nachdenklich am Kopf. »Erst in den Zwinger, der Rest in den Kessel!«, grölte er schließlich, und dabei bewegte sich sein Körper so lebhaft, dass – gerade, als die Magd ihr »Igitt!« aussprach – eine weitere Flutwelle den Boden überschwemmte.

Gregorius ließ einen Moment verstreichen. »Da ist noch etwas«, sagte er dann, ein wenig stockend. Der Junker grölte noch immer. »Da ist noch etwas!«, wiederholte er, diesmal nachdrücklicher. Das Grölen verlief sich wie eine Welle am Strand. »Was ist da noch?«, fragte der Junker. Und während die Fluten in der Wanne sich zu glätten begannen und der Junker ihn misstrauisch beobachtete, fing Gregorius noch einmal an zu reden.

Kurze Zeit später plantschte der allseits gefürchtete Dietrich von Plochwitz – Straßenräuber, Mörder und Brandstifter – in kindlicher Vorfreude mit seinen Bärentatzen im Wasser herum, trieb allerlei Schabernack mit der Magd, die sich zu ihm in die Wanne gesetzt hatte, und soff dabei, teils aus Übermut und teils wegen des größeren Fassungsvermögens, anstatt aus dem Pokal gleich aus der Kanne. Gleich nebenan vergnügte sich Lorenz mit der anderen Magd, wonnige Brüste wippten in weingeschwängertem Wasser, Kreischen und Jauchzen ertönte und ausgelassener Gesang, alles so durchdringend, dass die anderen Burgbewohner in ihrer Arbeit innehielten und – von der dunkelhaarigen Schönen abgesehen – neugierig oder neidisch zu jenem Fenster hinüberschauten, aus dem sich die Geräusche geballter Sinnenlust und praller Lebensfreude über die Burg und selbst noch über deren nähere Umgebung ergossen.

Das Jauchzen wurde immer lauter, das Necken und Scherzen immer heftiger, als auf einmal das irdische Jammertal in die Tür trat – bleich wie der Tod, feucht bis über die Knie und stinkend. Das Treiben in den Wannen verebbte. »Eieiei!«, sagte der Junker im Tonfall eines überraschten Vaters, der von den Bubenstücken seines missratenen Nachwuchses erfährt, und gleich darauf noch einmal: »Eieiei!« Und dann holte er plötzlich mit seiner Kanne aus, schleuderte sie mit einem gut gezielten Wurf an die Wand über der Tür, von wo sich der Wein wie ein Wasserfall über die beiden Mönche ergoss, und begann noch im selben Augenblick hemmungslos zu schreien. Ob sie nicht wüssten, mit wem sie es zu tun hätten, brüllte er aus Leibeskräften, Dietrich von Plochwitz sei er, ein tapferer, hochedler Ritter, in Stadt und Land wohl bekannt, eine Zierde des Reiches, Schützer von Witwen und Waisen, und als ein solcher habe er es nicht nötig, sich von ein paar dahergelaufenen Gecken beleidigen zu lassen, jawohl, von dahergelaufenen Gecken, auch wenn sie Gottesmänner seien, aber das bedeute ihm nicht mehr als der Furz einer Mücke, und wenn sie ihre Schnauzen denn unbedingt aufmachen wollten, dann sollten sie das in ihrem Kloster tun, dort könnten sie ja den Prior beschimpfen oder ihre Brüder, aber nicht ihn, Dietrich von Plochwitz, den Nachfahren unsterblicher Helden und selbst ein Held, nein, nicht ihn! Und noch um ein Weiteres die Stimme anhebend, brüllte er etwas von dem ihm zustehenden Recht, einen dreisten Beleidiger zur Rechenschaft zu ziehen, ein Recht, das er sich von niemandem nehmen lassen werde, auch nicht von drei dreckigen Mönchen, und damit sie sich ein Bild machen könnten von dem, was er meinte, sollten sie schleunigst ihre dreimalverfluchten Ärsche in ihren stinkenden Kutten in Bewegung setzen und aus dem Fenster sehen, dann würden sie es schon begreifen!

Bernhardus hatte nicht den geringsten Zweifel, mit wem er es zu tun hatte. Der Teufel! Der Leibhaftige! Satan in seiner schrecklichen Gestalt! Sich ein übers andere Mal bekreuzigend, schob er sich um die Wanne herum durch den Raum,

Andreas am ausgestreckten Arm hinter sich herziehend. Zwei Schritte vor dem Fenster blieb er stehen. Entsetzen legte sich auf sein Gesicht, als er hinausblickte, seine Hand fuhr ans Herz. Weniger als einen Steinwurf entfernt, halb schon in der Dämmerung, hing Gregorius über dem Zwinger. Er war angetan mit dem weiten Kapuzenmantel, Arme und Beine waren ihm auf dem Rücken mit einem Seil zusammengebunden, das über einen Ast des morschen Baumes lief und dessen Ende von einer Hand voll johlender, offensichtlich angetrunkener Männer gehalten wurde. Zogen die Männer an dem Seil, so hoben sie Gregorius in die Höhe; gaben sie nach, so senkten sie ihn den Rachen der mordgierigen Bestien entgegen, die wild tobend in ihrem Zwinger übereinander sprangen und zähnefletschend nach ihm schnappten.

Bernhardus stützte sich auf Andreas. »Den werdet ihr nicht mehr wieder sehen!«, donnerte der Junker durch den Raum, und um den Ernst seiner Worte zu unterstreichen, hängte er gleich noch ein paar gottlose Flüche hintendran. Dann schwenkte er auf einmal um, und als er weitersprach, war seine Stimme von der Zartheit eines Lamms. »Aber ich kann auch anders«, säuselte er sanft. »Denn wer mir wohlgesinnt ist und wer meinen Zorn nicht erregt, dem erweise ich gern eine Gefälligkeit.« Und während er dies sagte, erhoben sich die beiden Mägde in den Wannen und stiegen über deren Rand, nackt von den aufgelösten Haaren bis zu den Zehenspitzen, strichen sich mit schlüpfrigen Fingern das Wasser von den Körpern und lächelten die Mönche verführerisch an.

Diese standen mit offenen Mündern – schwer atmend und schwitzend der eine, ein Glitzern in den Pupillen der andere. Lüsternes Girren erfüllte den Raum. »Komm!«, keuchte Bernhardus, an Andreas gewandt. »Komm!«, keuchten auch die Mägde. Bernhardus taumelte nach hinten, fegte mit einer unglücklichen Armbewegung mehrere Tiegel voller Kräuteressenzen auf den Boden, stürzte über einen Tonkrug mit Badelauge, kam wieder hoch, tastete sich mit den Händen rückwärts durch den Raum und durch die Tür hinaus in den Gang, und als er endlich jenem Sündenpfuhl von nachgerade babylonischen Ausmaßen entronnen war, begann er zu rennen, rannte so schnell wie er nur konnte, stürzte um die Ecke und aus dem Haus, rannte, von den Spottrufen der Zuschauenden begleitet, über den Hof, setzte flink wie ein Reh über die Brücke und war im nächsten Augenblick in den Tiefen des schützenden Waldes verschwunden. Andreas folgte in einigem Abstand.

Das brüllende Gelächter in der Badestube wollte kein Ende nehmen. Der Junker lehnte bis zur Hüfte aus dem Fenster und wieherte wie ein Pferd. »Grüßt euren Prior von mir!«, grölte er. »Vielleicht treff ich ihn ja eines Tages – in der Hölle!« In seinem Rücken krümmte sich Lorenz laut lachend in der Wanne, die beiden Mägde lagen sich in den Armen und gackerten wie Hühner. Vor einer Nische stand Gregorius, eingehüllt in eine Decke. »So viel Spaß hab ich schon lange nicht mehr gehabt!«, prustete der Junker und kehrte aus der kühlen Oktoberluft in das warme Wasser zurück. Lorenz goss sich übermütig seinen restlichen Wein über den Kopf. »Von denen hast du nichts mehr zu befürchten!«, rief er Gregorius zu. »Die werden rennen, bis ihnen die Lunge aus dem Hals hängt. Und zu Hause werden sie jedem erzählen, dass dich die Hunde gefressen haben!«

Der Junker wischte sich Lachtränen aus dem Gesicht. »Was sie vielleicht auch tun werden, immerhin haben wir ja noch nicht das Geld!« Und glucksend fügte er hinzu: »Obwohl es mir um einen solch durchtriebenen Kerl wie dich fast ein wenig Leid tun würde.«

Gregorius stand noch immer in seine Decke gehüllt und

starrte auf das Geschehen. Starrte auf den betrunkenen Junker mit den Bärentatzen und dem behaarten Gesicht, starrte auf den Blondschopf, der eben damit beschäftigt war, die beiden Mägde in seine Wanne zu ziehen, starrte auf die Puppe über dem Zwinger, die sich, vom Wind bewegt, an ihrem Strick drehte. Nun hatte es also begonnen, sein neues Leben – das fremde, das unbekannte, das so völlig andere Leben.

Sechs Tage später beugten sich vier Männer und eine Frau auf der Burg des Junkers Dietrich von Plochwitz über den schweren Eichentisch im Saal und starrten auf eine Kiste. »Da ist es drin!«, murmelte Lorenz, und obwohl er jenes »es« in einem Zustand sprachlicher Unbestimmtheit beließ, wusste doch jeder, was er meinte. Es war eine Stimmung von ganz besonderer Art, die über der kleinen Versammlung hing, eine Mischung aus Andächtigkeit, ungeduldiger Erwartung und vorweggenommener Verzückung. Ging es allein nach dem Gewicht, so hatte der Fang sich mehr als gelohnt: Zwei Männer waren nötig gewesen, die Kiste auf den Tisch zu heben – ein Prachtstück aus dunklem, über viele Jahre gealtertem Holz, mit einem eingeschnitzten Wappen in der Mitte und mit verzierten Eisenbändern beschlagen, ein rechtes Zeugnis meisterlicher Handwerkskunst, das bei all seiner Vollkommenheit nur einen einzigen Fehler hatte: die drei Ehrfurcht einflößenden Schlösser, die den Inhalt vor unbefugtem Zugriff schützen sollten und zu denen die Schlüssel fehlten, weil einer der Überfallenen sie boshafterweise weggeworfen hatte.
»Kleinhans wird's schon machen!«, gab Lorenz sich überzeugt und zwinkerte dem beinahe zerbrechlich wirkenden Mann mit dem Fuchsgesicht und den krausen Haaren zu, der an seiner Seite stand. Dieser nickte bedächtig. Unter den gespannten Blicken der anderen streifte er die Ärmel hoch,

lockerte seine schlanken, ungewöhnlich langen Finger, strich über die Gelenke und hielt auf einmal wie durch Zauberei ein halbes Dutzend Nachschlüssel in der Hand. Prüfend musterte er sie, bis er den richtigen gefunden hatte. Mit dem Fingerspitzengefühl eines Starstechers schob er den Schlüssel in das erste Schloss. Es knackte. »Oh!«, entfuhr es Agnes, und sie beugte sich noch tiefer über die Kiste. Leise, metallisch schabend, bewegte sich der Schlüssel in dem unsichtbaren Gewirr aus Federn, Bolzen und Riegeln, bis es ein weiteres Mal knackte. Ein paar Sekunden später folgte noch einmal das gleiche Geräusch, und im selben Augenblick sprang das Schloss auch schon wie durch ein Wunder auf.

Kleinhans strahlte. Der Anführer, der den überfallenen Mönchen die wertvolle Fracht – ohne Schlüssel – abgenommen hatte, seufzte erleichtert. Einige Handgriffe später waren auch die beiden anderen Schlösser geöffnet, und der Junker, der die Kiste selbstverständlich als sein Eigentum betrachtete, hob den Deckel. Zahllose Goldstücke und Silbermünzen funkelten den Versammelten entgegen, kleine, runde Freudenstifter, jeder von ihnen ein Fest für die Augen und ein Labsal für die Sinne. »Donnerwetter!«, begeisterte sich der Junker und wühlte mit den Händen in dem Geld. »Donnerwetter!«, frohlockten auch die anderen, und außerdem noch »Wunderbar!« und »Uuiii!«. Und als gerade in diesem Moment die schräg stehende Sonne durch die Wolken brach und ihre Strahlen durch ein Fenster auf den Schatz fielen, da durchglänzte den heruntergekommenen Saal auf der heruntergekommenen Burg des heruntergekommenen Junkers Dietrich von Plochwitz noch einmal eine Aura von Macht, Größe und Reichtum.

Der Anführer löste sich als Erster. Wenn sie hier alle gemeinsam um die Kiste herumstehen und ihre Augen darin baden konnten, dann war das im Wesentlichen ihm selbst und seinen Männern zu verdanken. Vor allem ihm selbst. Mit einem Seitenblick auf seinen Herrn stülpte er die Unterlippe vor und wiegte den Kopf. »Keine leichte Sache!«, sagte er. Und damit seinem Herrn die vollbrachte Leistung auch wirklich bewusst wurde, die wiederum in einem unmittelbaren Verhältnis zu seinem Anteil an der Beute stehen würde, sagte er es gleich noch ein zweites Mal.

Hatte er Anerkennung erwartet, so erntete er Erstaunen. »Zwei Mönche?!«, zeigte sich Lorenz verblüfft, und der Junker fragte: »Häääh?«

Der Anführer lächelte nachsichtig. »Drei Tage lang haben wir ununterbrochen auf der Lauer gelegen, und das bei Wind und Wetter. Und was für ein Wetter! Geregnet hat es, ach, was sag ich da, gegossen hat es! Geschüttet, was der Himmel nur hergeben wollte! Mehr als hundert Mal waren meine Männer drauf und dran, einfach umzukehren. Meinten, der Kerl hätte uns ein Märchen erzählt. Aber ich hab ihnen in den Arsch getreten.« Und zur Bekräftigung noch einmal: »Keine leichte Sache!«

Lorenz verdrehte die Augen. »Keine leichte Sache!«, äffte er den Anführer nach. Doch dieser ließ sich davon nicht beirren. Sein Ziegenbart bebte selbstgefällig, als er weitersprach: »Da lagen wir also auf der Lauer, und immer, wenn wir in der Ferne etwas auf uns zukommen sahen, dachten wir: Das sind sie. Doch nichts da! Keine Mönche, kein Karren, keine Kiste. Nur Regen. Und meine Männer immer unruhiger. Am dritten Tag kamen sie dann endlich. Und was soll ich euch sagen: Genau zur selben Zeit nähert sich aus der entgegengesetzten Richtung ein Kaufmannszug, begleitet von jeder Menge Bewaffneter! Tja, da mussten wir uns ganz schön beeilen. Meine Männer haben sich vor Angst in die Hosen geschissen, aber ich hab ihnen Beine gemacht. Wir also raus aus unserem Versteck und rauf auf die Straße, und ehe die Mönche sich auch nur ein einziges Mal bekreuzigen konnten, da hatten wir ihnen schon ihr gutes Stück abgenommen. Natürlich wollte ich auch die Schlüssel für die Schlösser haben, aber einer von diesen beiden Mistkerlen war so unverschämt und hat sie ins Gestrüpp geworfen. Und die ganze Zeit über kommt der Kaufmannszug immer näher. Wir also rauf auf die Pferde, mitsamt der Beute, und ab ging die wilde Jagd.« Mit einer lässigen Bewegung schob der Anführer seine Bärenhaube aus der Stirn. »Vorher hab ich mich allerdings noch bei dem Scheißkerl bedankt, der die Schlüssel weggeworfen hat …«

»Was hast du mit ihm gemacht?« Die Frage klang besorgt und kam von Gregorius, der, anstatt sich an dem Tanz um die goldene Kiste zu beteiligen, auf einer Bank unter der Trophäe eines eingestaubten Dreißigenders Platz genommen hatte.

Der Anführer zeigte ein breites Grinsen. »Ich hab ihm so kräftig in seinen Mönchsarsch getreten, dass er bis ins nächste Nonnenkloster geflogen ist!«, polterte er und klopfte dabei mit der Hand auf sein rechtes Bein, das Corpus delicti seiner denkwürdigen Tat.

Die anderen grinsten ebenfalls, Gregorius blickte verdrießlich, aber schwieg. Der Junker nahm dem Anführer die Bärenhaube vom Kopf, hielt sie über die Kiste und warf eine Hand voll Münzen hinein. »Für dich«, verkündete er gönnerhaft, und beiläufig fügte er hinzu: »… und für deine Männer.«

Der Gesichtsausdruck des Anführers erinnerte an einen Blasebalg, aus dem die Luft entweicht. »Keine leichte Sache!«, frotzelte Lorenz und erntete einen wütenden Blick. Sichtlich beeindruckt wandte sich der Junker an Gregorius. »Das nenn ich einen großartigen Streich! Nie im Leben hätt ich mir träumen lassen, dass man mit einem Mönch so viel Geld machen kann!«

»So viel Geld …«, knurrte der Anführer in seinen Ziegenbart.
»Eine Gans, die goldene Eier legt«, sprang Agnes dem Junker bei.
Gregorius erhob sich von der Bank. In den Tagen, die er auf der Burg zugebracht hatte, war er wie ein Gast behandelt worden, er war wohl genährt und steckte in neuen Kleidern. Zwischen dem Haarkranz seiner Tonsur zeigte sich ein erster, wenn auch noch zaghafter Flaum. »Dann bin ich jetzt also frei?«
Der Junker nickte nachdrücklich. »Ein Dietrich von Plochwitz hält sein Wort!«, verkündete er, hörbar bemüht, seiner Stimme einen Anstrich von Verlässlichkeit zu geben. »Selbstredend bist du frei. Frei wie ein Vogel bist du. Vogelfrei sozusagen.« Er stieß ein röhrendes Lachen aus. Ein gelungenes Wortspiel, nicht ganz treffend, aber trotzdem gelungen! Abermals tauchte er mit der Hand in die Kiste, fischte etliche Münzen heraus und hielt sie Gregorius hin. »Deine Kutte und das restliche Zeug kannst du natürlich auch wieder haben.«
»Ich brauche die Sachen nicht mehr.«
»Und die Bücher?«
Gregorius verneinte. Er wollte sich abwenden, doch der Junker hielt ihm noch immer die Hand mit dem Geld hin. Mit dem gestohlenen Geld. Mit dem Geld, das nur deshalb gestohlenes war, weil er, Gregorius, es dazu gemacht hatte. »Ich will es nicht«, sagte er und drehte sich um. Im Kamin knisterte das Feuer, Flammen züngelten wie Schlangen über das Holz. Er legte die Hand an die Tür. »Was hast du jetzt vor?«, hörte er eine Stimme in seinem Rücken. Gregorius schwieg. »Komm mit uns!«, forderte die Stimme ihn auf. Zögernd drehte er sich um. Lorenz hatte sich von dem Tisch gelöst und machte ein paar Schritte auf ihn zu. »Vor einer Weile hat uns einer verlassen. War über Nacht bei einem Weib, und am nächsten Morgen ist er einfach liegen geblieben. Wir

könnten einen Neuen gut brauchen. Vor allem einen so gescheiten Burschen wie dich.«
Die Augen aller Anwesenden waren auf Gregorius gerichtet.
»Was sollte mich dazu bewegen, mit euch zu kommen?«
»Der Hunger.«
Gregorius fühlte sich unwohl. Für einen entlaufenen Mönch war es nicht leicht, Geld zu verdienen, noch dazu in der Fremde, und noch dazu vor dem Winter. Allerdings hatte er die Brücken zu seinem bisherigen Leben nicht abgebrochen, um auf der Landstraße zu verhungern. »Ich werde eine Arbeit finden«, sagte er trotzig, »vielleicht als Schreiber.«
»Als Schreiber …« Das Wort klang in dem Mund von Lorenz so, als handele es sich um etwas Unappetitliches, beinahe Lepröses. »Schreiber – das ist etwas für kleine Lichter, aber nichts für einen Mann von deinen Fähigkeiten! Du bist zu Größerem geboren. Und deshalb solltest du mit uns kommen. Bei uns gibt es immer genug zu essen, und frieren müssen wir auch nicht. Ein, zwei Wochen werden wir noch durchs Land ziehen, wir werden unterwegs anhalten, werden den Leuten ein paar Dinge zeigen, die sie nicht kennen, und ihnen dazu ein paar Geschichten erzählen, und sie werden uns ihr Geld dafür geben. Danach suchen wir uns ein warmes Nest für den Winter und warten in aller Ruhe ab, bis die Vögel wieder zwitschern. Kein schlechtes Leben, das kannst du mir glauben, und Knochenarbeit ist es auch nicht. Das Einzige, was du bei uns zu tun hättest, wäre reden, den Leuten etwas erzählen, das ist alles. Aber reden kannst du ja.«
Um Unterstützung für sein Werben bemüht, blickte Lorenz erst zu Kleinhans – der setzte eine feierliche Miene auf und schnalzte zum Zeichen seiner Zustimmung mit der Zunge –, dann zu Agnes, die für einen Augenblick die Schmach mit den Mägden vergaß und mit einem beifälligen »Ja, er soll

mitkommen!« in seine Kerbe schlug. »Siehst du«, zeigte sich Lorenz in seinem Bemühen gestärkt, »die beiden wollen dich auch. Also los, gib deinem Herzen einen Ruck! Eine bessere Gesellschaft als unsere findest du ohnehin nicht. Wir sind wie eine Familie. Einer ist für den anderen da. Hat einer Sorgen, so teilen wir sie mit ihm. Braucht einer Hilfe, so helfen wir ihm, was immer es auch sein mag. Glaub mir, wenn es sein müsste, würden wir sogar das Leben füreinander geben, solch eine Familie sind wir!«

Agnes zischte eine Bemerkung, von der Gregorius nur das Wort »Dreckskerl« verstand. In diesem Augenblick ging die Tür auf, und zwei Küchenmägde betraten den Raum, jede von ihnen eine Schüssel voll saftiger Fleischstücke vor dem Bauch haltend. Ihnen folgte ein Junge mit zwei Kannen Wein, so groß, dass er sie kaum schleppen konnte, dahinter kamen die Köchin und ein weiterer Junge mit einem Brett, auf dem ein verheißungsvoll duftendes, mit Fett übergossenes und mit kleinen, in Schmalz gebratenen Vögeln verziertes Reh lag.

Gregorius ging zu dem Kamin und blickte ins Feuer. Wie Gold sprühten die Funken, als ein Holzscheit zerbrach und in die Glut fiel. Lorenz trat an seine Seite. Er hielt einen Pokal in der rechten Hand, einen zweiten in seiner linken, den er Gregorius auffordernd entgegenstreckte. »Schließ dich uns an, du wirst es bestimmt nicht bereuen!«

Draußen auf einer Mauer hatte sich ein Rabe niedergelassen und krächzte ein düsteres »krrok«. Gregorius dachte an die Nacht auf der Richtstätte. »Ihr seid eine Familie, hast du gesagt. Eine Familie, in der einer für den anderen da ist. In der die Sorgen des einen die Sorgen der anderen sind. In der man sich hilft, was immer es auch sein mag.«

Lorenz spürte, dass er gewonnen hatte. »So hab ich es gesagt, und so halten wir es!«

Wieder der Rabe. Schwarz wie die Erinnerung. Schwarz wie die Gedanken, die die Erinnerung gebiert. Gregorius streckte die Hand aus. »Ich komme mit.«

»Dann lass uns auf eine gemeinsame Zukunft trinken, Gregorius«, sagte Lorenz und reichte ihm den Wein.

Der Angesprochene schüttelte den Kopf. »Nicht mehr Gregorius«, entgegnete er mit fester Stimme. »Gregor.« Und während er auf den Pokal in seiner Hand starrte, gefror sein Gesicht zu einer Maske, und seine Blicke tauchten durch den blutroten Wein in jene Welt, in der der Hass einen Namen hat und die Rache ein Gesicht. Selbstverloren in seinen Gedanken, atmete er tief durch, schloss die Augen und leerte den Pokal in einem einzigen Zug.

· Zweiter Teil ·

Die Begegnung mit einer einfachen Bäckerstochter war es, gerade erst vierzehn Jahre alt, bei der der kurfürstliche Kanzler Doktor Sigmund Zerer auf den Gedanken kam, wie sich ein möglicher Krieg zwischen seinem Herrn und dem Pommernherzog Bogislaw vielleicht am besten verhindern ließ. Allerdings war dies nicht der erste Gedanke, der ihn in jenem Augenblick bewegte. Vielmehr war es die Jungfer höchstselbst, die zunächst seine Aufmerksamkeit in Anspruch nahm, eine Jungfer, die er nie zuvor gesehen hatte und von der er auch nicht wusste, dass sie die Tochter eines Bäckers war. Schön war sie – ja, mehr als das, sie war die Schönheit in eigener Person, eine frisch aufgebrochene Knospe, die so recht zu dem wundervollen Frühlingstag passte, der seit den frühen Morgenstunden die beiden Spreestädte umschmeichelte. Mit würdevoll erhobenem Kopf schritt sie einher, einen Weidenkorb anmutig unter dem Arm haltend. Makellos waren die Züge ihres Gesichts, ihre Wangen hatten die Farbe von Rosen, ihre kirschroten Lippen strahlten jene Sinnlichkeit aus, die Männerherzen schneller in Brand zu setzen vermochte als der Blitz eine Scheune.

Vor dem Gasthaus »Zum Weißen Ross« nahe dem Cöllner Rathaus blieb die Jungfer stehen, nicht weit von dem Kanzler entfernt, den sie indes ebenso wenig wahrnahm wie alle anderen Vorübergehenden auf der Straße. Schon streckte sie die Hand aus, um die Tür des Gasthauses zu öffnen, als eine Stimme aus dem oberen Stockwerk ihr etwas zurief und sie den Kopf hob und die Sonne sich wie ein Goldregen über ihr

Gesicht und ihren blonden Haarzopf ergoss. Der Kanzler, ein Mann, der die Blüte seines Lebens bereits hinter sich hatte, stand wie angewurzelt, bemerkte weder den kurfürstlichen Windhundhetzer, der ihm seinen Gruß entbot, noch die beiden Knechte, die ihn mit ihrem Mistkarren beinahe umgefahren hätten, sondern stand nur und starrte das Bäckerstöchterchen an.

Er stand auch noch wie angewurzelt, als die Jungfer in das Gasthaus entschwunden war. Welch eine Vollkommenheit, dachte er! Welch eine Wonne, dies engelsgleiche Wesen zu betrachten! Dann kam ihm auf einmal der Gedanke, welch unvergleichlich größere Wonne es doch sein müsste, dies Wesen zu besitzen, und eifersüchtig dachte er an den Glücklichen, der es eines Tages in sein Heim führen würde. Nur einmal will ich die Jungfer noch sehen, sagte er sich, danach werde ich unverzüglich meinen Weg fortsetzen, auf dass niemand sich über meine lang andauernde Anwesenheit an diesem Ort verwundere. Und so begab er sich denn in den Schatten eines Erkers und schaute angestrengt zu der Tür, die das liebreizende Geschöpf seinen Blicken entzogen hatte.

Zäh verstrichen die Minuten, klebrig wie Honig, doch nichts rührte sich in dem Haus. Mit der Zeit wurde er ungeduldig; dann wurde er ärgerlich, gerade so, als hätte er einen Anspruch darauf, dass sie zurückkäme; schließlich beschlich ihn der Verdacht, dass das Alter ihm die Klarsicht getrübt haben könnte, und er schickte sich an zu gehen. Da plötzlich erblickte er sie wieder – allerdings nicht aus dem »Weißen Ross« kommend, wie er erwartet hatte, vielmehr sah er sie ein gutes Stück weiter, gleich neben der Cöllner Badstube am Fischmarkt. Wie sie dorthin gekommen war, hätte er in diesem Moment nicht zu sagen gewusst; allein dass sie da war, daran gab es keinen Zweifel. Und während er noch mit seiner Verwirrung kämpfte, bog sie auch schon um die nächste Ecke und verschwand, ohne sich noch einmal umgesehen zu haben.

Der Kanzler war enttäuscht. Die Stirn gefurcht, die Augen umwölkt, so stapfte er mit ausgreifenden Schritten die Breite Straße hinunter, überquerte die Stechbahn, wo er einer Meute kläffender Hunde ausweichen musste, die eine Katze vor sich herjagte, und wollte eben durch das Schlossportal treten, als er zum zweiten Mal an diesem Tag wie angewurzelt stehen blieb. Doch war es beim ersten Mal eine Angelegenheit von rein persönlicher Bedeutung gewesen, die ihn hatte innehalten lassen, so handelte es sich diesmal um eine solche von öffentlichem Interesse, genauer gesagt: um allerhöchste Politik – um jene Frage nämlich, wie sich ein möglicher Krieg zwischen Brandenburg und Pommern am besten verhindern ließe. »Das ist es!«, rief er so laut, dass die Wachtposten am Portal ihn verdutzt ansahen und einer sich gar zu den Worten erdreistete: »Was ist es?« Doch ohne den Fragenden ob seines despektierlichen Verhaltens zurechtzuweisen, ja, ohne die Frage überhaupt nur vernommen zu haben, stürzte der Kanzler an den Wachen vorbei, hastete die Treppen empor und eilte in seine Kanzlei, wo er sich umgehend darüber hermachte, das zarte Pflänzchen seines anfänglichen Gedankens in eine kräftige Pflanze zu verwandeln – in einen ausgereiften, widerspruchsfreien, nach allen Richtungen hin sorgfältig durchdachten Plan.

Zwei Stunden später saß er seinem Herrn in dessen Arbeitsgemach gegenüber – einem holzgetäfelten Raum mit flandrischen Wandteppichen und einem Leuchter aus Hirschgeweihen –, verwies auf die vielen Überlegungen, die man hinsichtlich der Streitigkeiten mit Pommern bereits angestellt habe, und auf die dabei offen gebliebenen Fragen, und breitete, nachdem er die Originalität seines neuen Gedankens gebührend hervorgehoben hatte, seinen Plan in allen Einzelheiten vor dem Kurfürsten aus. Dieser war beeindruckt. Andächtig lauschte er dem Vortrag, stellte gelegentlich eine Frage, klingelte zwischendurch, da der erörterte Gegenstand sein Blut heftig in Wallung brachte, nach einem Diener und verlangte nach einer Medizin, die seine Ärzte ihm einrühren sollten, und noch während der Kanzler sprach und obwohl die Zeit des mittäglichen Mahles bevorstand, schickte er mit Dringlichkeit nach jenem Mann, der die Hauptrolle in dem Stück spielen sollte, das sein Gegenüber sich ausgedacht hatte.

Die bestellte Medizin befand sich noch halb fertig im Mörser, als der Herbeigerufene auch schon auf einem mit rotem Samt ausgeschlagenen Sessel im Arbeitsgemach des Regenten saß und zu erahnen versuchte, was der Anlass für die ungewöhnliche Geschäftigkeit war: Swantibor von Torgow, Abkömmling eines uralten pommerschen Adelsgeschlechts, ein Mann in den Vierzigern, von wachem Verstand und stämmig wie eine Eiche, einer der tapfersten Männer, die sein Land in den letzten Jahrzehnten hervorgebracht hatte. Und einer der bekanntesten obendrein – ein Umstand, der allerdings nicht nur auf diese Vergangenheit zurückzuführen war, sondern ebenso auf die Tatsache, dass er in dem endlosen Streit zwischen Pommern und Brandenburg die Seiten gewechselt hatte. Ehedem einer der wichtigsten Ratgeber Herzog Bogislaws, hatte er umfassende Einblicke in dessen Politik bekommen, hatte Kontakte geknüpft und auf zahllosen Reisen das Land sowie alle wichtigen Personen kennen gelernt. Immer mehr war sein Ansehen gestiegen, immer mehr Menschen hatten seine Meinung geschätzt, da hatte sich eines Tages im Verlauf einer höfischen Intrige Misstrauen in das Herz des Herzogs geschlichen, und in der Folge war das Verhältnis der beiden Männer zueinander rasch schlechter geworden. Anlässlich des Todes der herzoglichen

Gemahlin Margaretha, die der Pommer wie eine Heilige verehrt hatte, war es schließlich zum Bruch zwischen ihnen gekommen. Lange Jahre mit Bogislaw verheiratet, war die Herzogin – eine Tochter des früheren brandenburgischen Kurfürsten Friedrichs II. – kinderlos geblieben, und da das Land im Fall eines Aussterbens des herzoglichen Geschlechts an Brandenburg gehen sollte und es stets eines der vordringlichsten Ziele Bogislaws gewesen war, eine solche Entwicklung zu verhindern, hatte er sich zunehmend von seiner Gemahlin abgewandt und sie immer schlechter behandelt. Vor drei Jahren – man schrieb das Jahr des Herrn 1489 – war Margaretha einsam und zermürbt in Wolgast gestorben, der Schatten einer Frau, die von ihrem hartherzigen Ehegatten zu Grunde gerichtet worden war. Empört über Bogislaws Verhalten hatte Swantibor von Torgow kurz darauf in aller Heimlichkeit dessen Land verlassen und sich dem Kurfürsten von Brandenburg angedient – mitsamt dem gewaltigen Schatz an Erinnerungen, Beobachtungen und Wissen, den er bei seinem Übertritt mitgebracht hatte.

Ohne die üblichen Höflichkeitsfloskeln kam der Kurfürst zur Sache. »Ich habe Euch zu uns gebeten, lieber von Torgow, weil wir eine Angelegenheit von äußerster Wichtigkeit mit Euch zu besprechen haben. Es geht wieder einmal um Pommern, allerdings gibt es ein paar neue Gedanken. Ungewöhnliche vielleicht, aber gescheite!«

Der Kurfürst warf seinem Kanzler einen anerkennenden Blick zu, den dieser mit einem Ausdruck unterwürfiger Bescheidenheit quittierte. Der Pommer saß in seinem Sessel und wartete.

»Wir werden Euch unverzüglich mit unseren Gedanken vertraut machen«, fuhr der Kurfürst fort, »doch zuvor sollt Ihr noch wissen, dass wir über eine neue Nachricht in der pommerschen Sache verfügen: Danach soll Bogislaw unlängst geäußert haben, dass es binnen einer Frist von zwei Jahren keine Streitigkeiten zwischen ihm und uns mehr geben werde … Die Nachricht stammt aus Gartz, von dem Ritter, den wir Euch bei unserem Turnier im vergangenen Herbst vorgestellt haben. Bedauerlicherweise zeichnet sich auch diese Mitteilung wieder durch die gleiche Unbestimmtheit aus, die wir in den letzten Monaten des Öfteren beklagen mussten. Ich erinnere nur an die Eindrücke, die wir von unserer Reise nach Königsberg mitgebracht haben, oder an die Gerüchte, wonach immer mehr von Bogislaws Beratern auf einen Waffengang gegen uns drängen sollen. Mit anderen Worten: Alles ist genau so wie bei unserem letzten Gespräch! Niemand vermag mit Sicherheit zu sagen, ob Bogislaw unseren Streit auf friedlichem Weg beilegen will oder ob er bereits das Schwert gegen uns wetzt.«

Es klopfte an der Tür, und ein Diener brachte einen silbernen Becher mit dem Trank, den die Ärzte dem Kurfürsten bereitet hatten. Während dieser den Becher zum Mund führte und ihn mit sichtlichem Widerwillen zu leeren begann, ergriff der Kanzler das Wort. »Gerüchte, Unbestimmtheiten, Vermutungen … In unserem Verhältnis zu dem Pommernherzog gibt es nur zwei Gewissheiten, von denen wir ausgehen können: Das ist zum einen die Tatsache, dass Bogislaw nicht im Traum daran denkt, unsere Lehnshoheit über sein Land hinzunehmen, sondern dass er stets bestrebt sein wird, vom Kaiser die Reichsstandschaft zu erlangen und damit unsere berechtigten und durch Verträge gesicherten Ansprüche auszuschalten. Und die zweite Gewissheit ist, dass er jede sich bietende Gelegenheit ausnutzen wird, um unsere Grenzstreitigkeiten zu seinen Gunsten zu entscheiden. Ich erinnere an Vierraden, Stolzenburg und so weiter. Das sind die einzigen beiden Gewissheiten, die wir haben. Alles andere zerrinnt uns zwischen den Fingern.«

»Ihr habt eine dritte Gewissheit vergessen, lieber Doktor: die Tatsache nämlich, dass Bogislaw infolge seiner Neuvermählung nunmehr den polnischen König auf seiner Seite hat.« Der Kurfürst hatte das säuerliche Gesicht, das seine Medizin bei ihm hervorgerufen hatte, beim Gespräch über die Politik unverändert beibehalten. Und das nicht ohne Grund, war die Lage, in der er sich befand, doch in der Tat eine höchst schwierige: Verhielt er sich ruhig und wartete, bis Bogislaw vielleicht gegen ihn losschlug, so setzte er sein Land einer erheblichen Gefährdung aus. Traf er hingegen Vorkehrungen, rüstete er und sammelte seine Gefolgsleute, so lieferte er Bogislaw unter Umständen gerade den Vorwand zu jenem Angriff, den er von ganzem Herzen zu verhindern wünschte. Und was die beunruhigenden Nachrichten der letzten Zeit anbelangte, so konnte er keineswegs ausschließen, dass es sich dabei um eine List des Herzogs handelte, die ihn, den Kurfürsten, zu einem unbedachten Schritt verleiten sollte, um ihn anschließend gegenüber dem Kaiser und aller Welt als Friedensbrecher brandmarken zu können … »Der Allmächtige ist mein Zeuge, dass ich vom Kriegführen nichts halte, aber um des Vaterlandes willen und zur Bewahrung meines Ansehens und zum Schutze meiner Untertanen muss ich alles tun, was in meiner Macht steht. Nur – was soll ich tun, wenn ich über die tatsächlichen Absichten meines Gegners so unzureichend unterrichtet bin? Welche Schritte soll ich einleiten? Wie soll ich mich verhalten?« Der Kurfürst schüttelte entschieden den Kopf. »Nein, will ich nicht leichtfertig handeln und am Schluss womöglich einen hohen Preis dafür zahlen, so brauche ich genaue Kenntnisse der gegenwärtigen Lage. Ich muss wissen, was Bogislaw wirklich plant, denn nur so kann ich meine Entscheidungen auf eine vernünftige Grundlage stellen!« Er machte eine Pause und ließ das Gesprochene verklingen. Dann fügte er beinahe feierlich hinzu: »Und um in den Besitz dieses Wissens zu gelangen, lieber von Torgow, gibt es nur einen einzigen Weg: Ihr müsst nach Pommern gehen und dieses Wissen beschaffen!«

Nun war er heraus, der Satz, der bereits in der Luft gelegen hatte! Klar und unmissverständlich stand er im Raum, beinahe grob in der Eindeutigkeit seiner Aussage. Aber noch war der Kurfürst nicht am Ende. »Wenigen ist das Land so gut bekannt wie Euch. Ihr kennt seine Städte und seine Burgen, Ihr findet Euch dort zurecht, Ihr wisst mit den Menschen zu sprechen, habt Freunde, von denen Euch viele auch heute noch zugetan sein werden. Und aus all diesen Gründen seid Ihr der richtige Mann für uns. Der einzig richtige Mann, wie ich betonen möchte! Und deshalb bitte ich Euch, bester Freund: Geht nach Pommern und berichtet uns, was Bogislaw plant – wenn es sein muss, ein ganzes Jahr oder mehr! Beobachtet und horcht überall herum! Verschafft uns die Nachrichten, die wir so dringend benötigen! Helft uns, lieber von Torgow! Wir werden es Euch reichlich lohnen.«

Mit einem verhaltenen Stöhnen presste der Kurfürst sich gegen die Rückenlehne seines Sessels. Das Atmen fiel ihm schwer, die Rede hatte ihn Kraft gekostet. Mehr als je zuvor machte ihm seine Krankheit zu schaffen. In seiner Umgebung war es ein offenes Geheimnis, dass er noch für das laufende Jahr eine Reise in den Schwarzwald plante, um bei einem Aufenthalt in Wildbad neue Kräfte zu schöpfen.

Der Pommer schwieg noch immer. Längst lagen nicht alle Einzelheiten auf dem Tisch. Längst war nicht alles gesagt. War doch jedem der Anwesenden nur allzu gut bekannt, dass er, Swantibor von Torgow, sich nicht einfach nach Pommern begeben konnte wie ein beliebiger Reisender. Nein, wenn etwas als sicher gelten durfte, dann war es die Tatsache, dass die Häscher Bogislaws ihn erwarteten! Dass sie auf der Lauer lagen, jederzeit darauf vorbereitet, dass er zurückkehren könnte, um noch im selben Moment über ihn herzufallen! Um ihn in Ketten zu schlagen und ihn zu töten, langsam und qualvoll. Ihn mit glühenden Zangen zu martern, ihm die Zunge herauszuschneiden und die Augen auszustechen und ihn von Pferden in Stücke reißen zu lassen, während Bogislaw selbst daneben stehen und sich an seinem Elend ergötzen würde und ihn den übelsten, schändlichsten und widerwärtigsten Verräter nennen würde, den das Land jemals gekannt habe. Das alles würden sie ihm antun und vieles andere mehr, und deshalb war an eine gewöhnliche Rückkehr nicht zu denken, das wussten sowohl der Kurfürst als auch sein Kanzler. Baten sie ihn dennoch, dann hatten sie einen Grund dafür. Dann hatten sie einen Plan.

Auf einen Wink des Kurfürsten nahm der Kanzler das Wort. »Es versteht sich von selbst, dass Euch bei unserem Vorhaben nicht ein einziges Härchen gekrümmt werden darf«, wandte er sich an den Pommern und griff damit ahnungsvoll dessen Gedanken auf. »Allein der Gedanke an eine solche Möglichkeit wäre uns unerträglich, seid Ihr doch ein Mann, den wir über alle Maßen schätzen. Und das nicht nur, weil Ihr uns nahezu unerschöpfliche Auskunft über unseren Gegner zu geben wusstet, nein, sondern ebenso, weil wir Euch als einen Menschen kennen gelernt haben, der eine wesentliche Bereicherung für das Leben an unserem Hof darstellt: als einen geistreichen und kurzweiligen Unterhalter, als einen ausgezeichneten Jäger, der auf bewundernswerte Weise Mut und Treffsicherheit miteinander vereint, und – nicht zu vergessen – als einen Liebling unserer Damen. Glaubt mir, nicht zuletzt für sie wäre Euer vorzeitiges Ableben ein herber Verlust!« Der Kanzler lächelte dem Pommern beredt zu. Dann wurde er wieder ernst. »Nein, verehrter Herr Swantibor, Eure Sicherheit ist unsere Aufgabe, und Ihr dürft gewiss sein, dass wir alles daransetzen werden, Euch zu schützen. Und deshalb, in Befolgung dieses Grundsatzes, haben wir uns etwas ausgedacht, was ich wohl – bei aller Bescheidenheit – als einen nachgerade vollkommenen Schutz für Eure Person bezeichnen darf, soweit Menschenwerk überhaupt jemals den Anspruch auf Vollkommenheit zu erheben vermag: Wir werden Euch hinrichten!«

Einzig ein leichtes Heben seiner Brauen ließ die Verblüffung erkennen, die die letzten Worte des Kanzlers bei dem Pommern ausgelöst hatten. Aber schon im nächsten Moment verzogen sich seine Mundwinkel nach oben, und die Erwartung von etwas Außergewöhnlichem zeichnete sich in seinem Gesicht. »Und nachdem Ihr mich hingerichtet habt, trinken wir einen guten Schluck?«

»Den erlesensten Tropfen, den wir auftreiben können!«, schmunzelte der Kanzler mit einem Seitenblick auf seinen Herrn. »Doch bevor wir uns den Einzelheiten Eures Todes zuwenden, verehrter Herr Swantibor, gestattet mir, dass ich Euch zunächst eine kurze Geschichte erzähle. Sie stellt gewissermaßen den Auslöser für unsere Überlegungen dar und damit auch für jene Gedanken, die wir uns bezüglich Eures Todes gemacht haben. Es handelt sich um ein Erlebnis, das ich hatte und das erst wenige Stunden zurückliegt. Ich befand mich gerade in der Nähe des Cöllner Rathauses und war in ein Gespräch mit einem mir bekannten Herrn vertieft, da wurde ich auf einmal Zeuge, wie ein Weib aus dem Volke das Gasthaus ›Zum Weißen Ross‹ betrat. Eine zufällige Wahrnehmung meinerseits, und natürlich schenkte ich diesem Vorgang keinerlei weitere Aufmerksamkeit, sondern widmete mich meinem Gespräch. Nach einer Weile war alles gesagt, ich verabschiedete mich von meinem Gegenüber und wollte eben den Rückweg ins Schloss antreten, da erblickte ich – wiederum war's der reine Zufall – besagtes Weib ein zweites Mal. Nur kam es nicht etwa aus dem ›Weißen Ross‹ heraus, wie eigentlich zu erwarten gewesen wäre, sondern aus einem ganz anderen Gebäude, ein gutes Stück von dem Gasthaus entfernt. Selbstverständlich dachte ich nicht weiter darüber nach – was bedeutet mir schon ein herumspazierendes Weib –, doch dann kam mir auf einmal jener – verzeiht, falls ich anmaßend sein sollte – großartige Gedanke, den mit Leben zu erfüllen wir uns hier im Arbeitsgemach unseres gnädigen Herrn zusammengefunden haben: der Gedanke nämlich, jenen überraschenden, wenngleich leicht erklärbaren Vorgang – ein Verbindungsweg auf der Rückseite der Häuser fraglos – in der pommerschen Sache zur Anwendung zu bringen. Oder um es klar zu sagen: Während wir Bogislaw glauben machen, dass Ihr Euch in Cölln befindet – und zwar muss er es unumstößlich glauben, es darf nicht den geringsten Zweifel für ihn geben, gerade so wie ich felsenfest davon überzeugt war, dass sich jenes Weib im ›Weißen Ross‹ befand –, während wir Bogislaw also glauben machen, dass Ihr, verehrter Herr Swantibor, Euch in Cölln befindet, weilt Ihr in Wahrheit an einem ganz anderen Ort, nämlich in seinem Land, und kundschaftet es für uns aus. Und das Mittel, mit dem wir die Gedanken des Herzogs in die entsprechende Richtung zu lenken beabsichtigen, ist Euer Tod … oder richtiger natürlich: Euer vermeintlicher Tod.« Der Kanzler beugte sich vor. »Und damit Bogislaw den Köder auch wirklich schnappt, den wir ihm hinhalten, und nicht etwa misstrauisch wird, haben wir uns einen ganz besonderen Tod für Euch ausgedacht: Ihr werdet die Jungfrau küssen!«

Auf der anderen Seite der Spree pries ein Ausrufer laut schreiend die Künste eines reisenden Zahnbrechers an. Der Kanzler wartete, bis der Mann verstummt war. »In diesem Schloss gibt es ein heimliches Gericht. Es befindet sich im obersten Stockwerk jenes Turmes, den man den Grünen Hut nennt, und ist damit nur wenige Schritte von uns entfernt. Der wesentliche Bestandteil dieses Gerichtes ist eine Figur in Gestalt einer stehenden Jungfrau. Sie ist aus Eisen gefertigt – daher ihr Name: die Eiserne Jungfrau – und ihre Aufgabe ist es zu töten. Allerdings hat ihr Töten nichts mit dem gewöhnlichen Geschäft zu tun, das der Henker besorgt. Vielmehr erstreckt es sich auf Fälle ganz besonderer Art, und zwar auf solche, von denen niemand außerhalb der Mauern dieses Schlosses Kenntnis bekommen soll – es handelt sich ja, wie ich erwähnt habe, um ein heimliches Gericht.« Der Kanzler strich mit der Hand bedächtig über seinen Kinnbart. »So viel zur Eisernen Jungfrau ganz allgemein. Sehen wir uns nun den Ablauf einer Hinrichtung an. Dazu stellen wir uns eine Person vor, die – was der Allmächtige verhüten möge! – einen gewalttätigen Anschlag auf einen Angehörigen unseres Hofes unternommen hätte. Des Weiteren stellen wir uns vor, es gäbe gute Gründe, die unseren gnädigen Herrn veranlassen würden, den Prozess gegen den Täter im Verdeckten zu führen. Der Täter käme also vor das heimliche Gericht, das Gericht würde ihn zum Tode verurteilen und anschließend würde man ihn der Eisernen Jungfrau zuführen. Diese müsst Ihr Euch etwa mannsgroß vorstellen, sie steht aufrecht, ihre Arme sind ausgebreitet, in jeder Hand hält sie ein Schwert. Nachdem der Verurteilte seinen Platz vor der Jungfrau eingenommen hat, fordert der Richter ihn auf, sie zu küssen. Der Verurteilte beugt sich vor, berührt ihr Antlitz, und schon erwacht die Jungfrau zu schaurigem Leben. Ein Räderwerk in ihrem Inneren setzt die schwerterbewehrten Arme in Bewegung, diese umklammern den Unglücklichen und pressen ihn mit großer Kraft gegen ihren Körper, und während das geschieht, stoßen gleichzeitig Dolche und Dornen aus ihr hervor und bohren sich in sein Fleisch. Ist dieses blutige Werk vollbracht, öffnet sich eine Steinplatte zu Füßen des

Opfers, und der geschundene Körper stürzt durch einen mit Messern bewehrten Schacht in die Tiefe. Oder um genau zu sein: in einen unterirdischen Kanal, der mit der Spree in Verbindung steht, über die der Tote schließlich fortgeschwemmt wird.«

»Und diese Jungfrau soll ich küssen?« Die Stimme des Pommern klang entspannt, ja fast ein wenig belustigt. Ein Verhalten, wie es der Kanzler bei einem Mann wie diesem nicht anders erwartet hatte. »Solltet Ihr mit der Art Eurer Fragestellung zum Ausdruck bringen wollen, lieber Herr Swantibor, dass Ihr nicht an das Vorhandensein jener von mir – so hoffe ich zumindest – doch recht anschaulich geschilderten Jungfrau glaubt, so geht Ihr recht in dieser Annahme.« Der Kanzler neigte anerkennend den Kopf. »Es gibt sie nicht! Es gibt sie lediglich in der Vorstellung unserer Untertanen. Sie lebt in den Schauder erregenden Geschichten, die das Volk sich von ihr erzählt, wobei wohl niemand mehr zu sagen wüsste, worauf diese Geschichten sich gründen. Irgendwelche Geschehnisse in der Vergangenheit vielleicht, den Menschen unverständlich, dazu Vermutungen oder reine Erfindung … Ihr wisst ja, wie solche Gerüchte entstehen. Und sind sie erst einmal im Umlauf, so ist es vollkommen gleichgültig, ob sie einen wahren Gehalt besitzen oder nicht. Sie werden geglaubt. Geht auf den Markt und sprecht mit den Leuten, da wird Euch jeder etwas über die Unglücklichen sagen können, die durch den Jungfernkuss zu Tode gekommen sind!«

»Wobei der Umstand«, warf der Kurfürst staatsmännisch ein, »dass meine Untertanen von dem Vorhandensein eines in Wirklichkeit überhaupt nicht vorhandenen, geheimen Gerichts überzeugt sind, in meinen Augen auch etwas Gutes hat. Verstärkt ihre Überzeugung doch die Ehrfurcht, mit der sie mir begegnen, und erweist sich somit als meiner Herrschaft dienlich, worauf ich als kluger Regent nicht leichtfertig verzichten sollte. Und das ist auch der Grund, warum ich in der Vergangenheit nie die Absicht hatte, durch eine Aufdeckung der Wahrheit den Gerüchten über die Eiserne Jungfrau den Nährboden zu entziehen. Und genau so, lieber von Torgow, will ich es auch künftighin halten.«

Eine Aufforderung, versteckt, aber deutlich. »Euer kurfürstliche Gnaden dürfen versichert sein, dass dieses Geheimnis in meiner Brust begraben ist«, beteuerte der Pommer.

Der Kurfürst zeigte sich zufrieden, und der Kanzler ergriff wieder das Wort. »Nachdem wir Euch also jenen Teil unseres Plans enthüllt haben, wonach Eure Hinrichtung vermittels des Jungfernkusses erfolgen soll, wenden wir uns nun dem vorgeblichen Grund für die Hinrichtung zu. Ein ganz wesentlicher Punkt, ist doch die Glaubwürdigkeit gerade auch in dieser Frage eine entscheidende Voraussetzung für das Gelingen unseres Plans.«

»Wobei es allerdings weniger darum geht, was Eure Untertanen glauben …«, bemerkte der Pommer mit einem viel sagenden Lächeln.

Der Kanzler erwiderte das Lächeln und verbuchte den Galgenhumor des Pommern als einen Hinweis, dass dieser bei dem Vorhaben mitmachen würde. »Wenn ich von Glaubwürdigkeit spreche, verehrter Herr Swantibor, so zielt diese natürlich vor allem auf Bogislaw. Alles, was wir uns ausgedacht haben, zielt vor allem auf Bogislaw! Er ist es, der von Eurem Tod überzeugt sein muss, und dementsprechend haben wir unseren Plan aufgebaut. Glaubt mir, dieser Plan ist ein kleines Kunstwerk. Er beruht auf einer vollkommenen Täuschung und verschafft Euch auf diese Weise die Sicherheit, die Ihr braucht. Doch wie das mit Kunstwerken nun einmal so ist – will man sie in all ihren Feinheiten erfassen, darf man nichts übereilen, sondern muss ihnen mit Muße gegenübertreten. Und deshalb bitte ich Euch noch um ein wenig

Geduld, bis wir unsere Gedanken in der notwendigen Ausführlichkeit dargelegt haben. Danach mögt Ihr dann hart mit uns ins Gericht gehen und unseren Plan entweder gutheißen oder ihn verwerfen.«
Und während sich der Kanzler – zutiefst überzeugt von dem, was er sich ausgedacht hatte – in seinem Sessel zurechtrückte und selbstbewusst die Beine übereinander schlug, begann er auch schon, sich den Feinheiten seines Planes zuzuwenden.

In den Vormittagsstunden eines sonnigen Apriltages im Jahre des Herrn 1492 tauchte in Berlin und Cölln das Gerücht auf, im Grünen Hut, dem Schlossturm, habe es in der vergangenen Nacht – gerade als die Uhren die zwölfte Stunde angezeigt hatten – eine Hinrichtung durch jenes schaurig-schreckliche Instrument gegeben, das jedermann unter dem Namen »Die Eiserne Jungfrau« bekannt war. Die Nachricht reihte sich ein in eine Kette von Nachrichten über frühere Begebenheiten derselben Art und stand mit ihrer Blutrünstigkeit und dem Gruseln, das sie hervorrief, so recht im Gegensatz zu der Leichtigkeit jenes wunderschönen Tages, an dem sie in Umlauf kam.
Über den Weg, auf dem das Gerücht aus dem Schloss in die Stadt gelangt war, ließ sich nichts Genaues sagen; einige mutmaßten, dass ein Eingeweihter geplaudert hatte, die meisten dachten an einen zufälligen Zeugen oder argwöhnten einen Lauscher an einer Tür. Anders verhielt es sich hingegen mit der Botschaft, um die es ging – diese war eindeutig und ließ keinen Raum für Spekulationen. Danach handelte es sich bei dem Getöteten um den pommerschen Adligen, der vor ein paar Jahren im Schloss aufgetaucht war, wo er sich der besonderen Gunst des Kurfürsten erfreut hatte, und über den in der Stadt zahlreiche Klatschgeschichten in Umlauf gewesen waren, aufregende und unterhaltsame, düstere und

lichte. Nicht zuletzt hatte er in diesen Geschichten als ein Weiberheld gegolten, und wie es schien, war es gerade diese Eigenheit, die ihm nun zum Verhängnis geworden war. Er habe sich, so besagte das Gerücht, einer Hofdame auf äußerst unschickliche, ja geradezu unverschämte Weise genähert, und da es sich bei ihr um eine Dame von höchstem Rang gehandelt und diese gedroht habe, sie werde vor Schande sterben, sollte sie nicht Genugtuung erhalten, sei dem Kurfürsten keine andere Wahl geblieben, als den frech frevelnden Fremdling hinrichten zu lassen. Dass der Regent zu diesem Zweck die Eiserne Jungfrau gewählt habe und damit jenen Weg, der den Blicken des Volkes entzogen war – wer hätte es nicht verstanden, ging es doch bei der Missetat des Pommern um eine Angelegenheit von äußerster Delikatesse.
Lag das nächtliche Geschehen im Schloss also in wesentlichen Zügen klar zu Tage, so ließ das Gerücht viele Einzelheiten indes unbeantwortet: Hatte man den Pommern vor seinem Tode gefoltert? Hatte er um Gnade gebettelt, und wenn ja, warum hatte der Kurfürst dem Flehen seines einstigen Günstlings nicht entsprochen? War der Regent bei der Hinrichtung zugegen gewesen oder hatte er sich von seinen Höflingen berichten lassen? War der Pommer sofort tot, als die Dolche in seinen Körper gedrungen waren, oder hatte er lange gelitten? Und dann natürlich die wichtigste Frage von allen, die Königsfrage, sozusagen: Wer war die Dame, um derentwillen das nächtliche Schauerstück überhaupt zur Aufführung gelangt war? Handelte es sich vielleicht um das Weib des Hofmeisters, ein begehrenswertes Geschöpf von bestechender Anmut, aber gottergeben und züchtig bis ins Mark? Oder war es die Kornburgerin, wie man sie nannte, die Frau des Hofrats Doktor Kornburger, eine lebenslustige, unbekümmerte Person, die der Pächter der Lohmühle vor ein paar Wochen mit einem Unbekannten an einem lauschi-

gen Örtchen gesehen haben wollte? Oder – und hier pflegten alle, die darüber redeten, die Hände entsetzt vor den Mund zu schlagen – war es gar die Kurfürstin höchstselbst, der sich der Fremdling zu nähern versucht hatte? Fragen über Fragen also, und da das Gerücht auf keine von ihnen eine Antwort bereithielt, konnte es nicht ausbleiben, dass Vorwitzige die gewagtesten Vermutungen anstellten, Wichtigtuer sich in verworrenen Gedankenspielen ergingen, und die Fantasien der Neunmalklugen mit den Frühlingsblumen um die Wette blühten.

Das Gerücht war fast schon ein wenig in Vergessenheit geraten, auf den Märkten sprach man wieder häufiger über das Wetter und seltener über die Jungfrau, da ereignete sich etwas Einzigartiges, noch nie da Gewesenes in der Stadt. Es begab sich in einer Nacht, die so ganz anders war als die vorangegangenen. Vorbei waren die sonnendurchwärmten Tage, die Frühlingsblumen peitschte der Wind, aus dichten Wolkengebirgen regnete es so heftig auf die Erde, dass man beinahe an eine neue Sintflut hätte denken können. In jener scheußlichen Nacht also zogen ein paar Männer mit verkniffenen Gesichtern und triefnassen Kleidern durch die Stadt, unter ihnen der Totengräber mit einem Spaten, auf ihren Schultern trugen sie einen Sarg. Fackeln hatten sie nicht, der Regen hätte sie ausgelöscht, und so kämpften sie sich stolpernd durch die nachtdunklen Straßen. Bald hatten sie den Kirchhof von Sankt Marien erreicht. Finsternis hüllte sie ein, nur dann und wann zuckten Blitze über den Himmel und tauchten das Geschehen in ein gespenstisches Licht. Wie Schauspieler in einer unheimlichen Kulisse bewegten sich die Männer zwischen den Gräbern, eilig und stumm. Neben einem Grab, in dem bereits ein anderer lag, setzten sie den Sarg ab. Wasser lief durch seine Ritzen und tränkte die Sandsäcke in seinem Inneren, von denen niemand den Trägern etwas gesagt hatte. Dann begann der Totengräber mit seiner Arbeit. Kraftvoll stieß er den Spaten in die voll gesogene Erde, während sich die anderen über den Kirchhof verteilten und erst wieder alle zusammenkamen, als das Grab geöffnet war. Der Regen bildete den Gesang und Hundebellen das letzte Gebet, als sie Stricke um den Sarg legten und ihn in die Grube hinabließen. Kaum hatte sein Holz den anderen Sarg berührt, da begann der Totengräber, Erde in das Loch zu werfen, und die anderen verteilten sich abermals über den Kirchhof. Schnell war die Arbeit getan, verschwunden war der Sarg mit den Sandsäcken, Spuren gab es nicht, überall nur Wasser und Modder. Im Schein eines gewaltigen Blitzes traten die Männer den Rückzug an, und während der nachfolgende Donner noch über den Kirchhof rollte, hatte der Spuk sich bereits aufgelöst, und die Toten waren wieder sich selbst überlassen.

Am nächsten Morgen wurde erneut spekuliert in der Stadt. Obwohl das Geschehen sich zu nächtlicher Stunde ereignet hatte, gab es drei Zeugen, die, wenn auch nicht alles – und vor allem nicht das Entscheidende –, so immerhin einiges beobachtet hatten. Da war zum einen die Gemahlin des Heidereiters, die an Schlaflosigkeit litt und bei ihren Wanderungen durch das Haus von einem Fenster aus ein paar Männer gesehen hatte, die mit einem geschulterten Sarg auf den Kirchhof gegangen und dort herumgelaufen waren. Und da war Hartmann Rindsfuß, der Stadtmusikant, der von seinem angstschlotternden Sohn aus dem Bett geholt worden war und der bei einem Blick nach draußen, ebenso wie sein Sohn, wandelnde Schatten zwischen den Gräbern erkannt hatte. Mehr wusste indes keiner von ihnen, doch da sie neugierig waren, begaben sie sich – zusammen mit anderen, denen sie berichtet hatten – gleich nach Anbruch der Dämmerung, und nachdem der Regen aufgehört hatte, auf den Kirchhof und machten sich auf die Suche nach den Spuren des nächtlichen Treibens – nur ein Grüppchen zunächst, das sich jedoch rasch vergrößerte, als sich die Nachricht von dem Vorgefallenen in der Stadt verbreitete. Doch welch eine Enttäuschung für alle, die suchten: Nichts war zu sehen, kein einziger Hinweis auf die Grabstelle, in der man den Toten beigesetzt hatte, weder Fußstapfen noch Spuren des Grabens, weder aufgeworfene Erde noch die Abdrücke eines abgestellten Sargs. Alles, was ja zweifellos einmal vorhanden gewesen sein musste, hatte der Regen ausgelöscht.

Im Verlauf des Vormittags tauchten zwei Hinweise auf, dass der Hof hinter der Sache steckte. Der erste kam von einem weiteren Augenzeugen, einem Greis, der sich auf einmal erinnerte, dass er in der Nacht ein paar Männer auf dem Kirchhof gesehen hatte und dass unter diesen der Riese gewesen war, ein Schlosswächter, der selbst den größten Berliner noch um Haupteslänge überragte und der, so der Greis, trotz des strömenden Regens und auch aus einiger Entfernung deutlich zu erkennen gewesen sei. Der andere Hinweis kam von der Geliebten des kurfürstlichen Tanzmeisters, die in einem Haus an der Stechbahn wohnte und die, da sie ebenfalls nicht hatte schlafen können, Zeugin geworden war, wie mehrere Männer mit einem Sarg durch das Schlossportal gekommen und über die Lange Brücke nach der anderen Spreeseite hin entschwunden waren. Nur – wenn es tatsächlich eine Verbindung zwischen dem Geschehen bei Sankt Marien und dem Hof gab, von welcher Art war dann diese Verbindung?

Acht Stunden nach den nächtlichen Ereignissen verließ ein Diener das Schloss und eilte zu der Witwe seines verstorbenen Bruders in die Stadt. Auf äußerste Geheimhaltung dringend, zog er sich mit ihr in eine Ecke des Hauses zurück, in der ihnen niemand zuhören konnte. Er habe nicht viel Zeit, brachte er hervor, aber er müsse ihr unbedingt etwas berichten, etwas sehr Aufregendes, Wichtiges, sie wisse schon, die Sache auf dem Kirchhof von Sankt Marien … Woraufhin die Schwägerin ganz dicht an ihn heranrückte und die Ohren weit aufsperrte, um zu hören, was der Schwager zu sagen wusste. Unter dem Siegel strengster Verschwiegenheit und ohne auf die Quelle seines Wissens auch nur mit einem einzigen Wort einzugehen, schilderte er ihr, was es mit dem nächtlichen Geschehen tatsächlich für eine Bewandtnis hatte. Der tote Pommer sei es gewesen, raunte er und schlug drei Kreuze, den habe man zu Grabe getragen, nachdem er, wie sich in der Stadt ja bereits herumgesprochen habe, von der Eisernen Jungfrau so grässlich zugerichtet worden sei. Für gewöhnlich überlasse man einen auf derartige Weise Hingerichteten ja der Spree, aber in diesem besonderen Fall habe der Kurfürst eine Ausnahme gemacht. Denn obwohl er angesichts der Verfehlungen des Fremden höchst aufgebracht gewesen sei und seine Hinrichtung befohlen habe und obwohl einem Hingerichteten die Bestattung auf einem Kirchhof ja üblicherweise verwehrt bleibe, habe er ihm dennoch als Tribut an die Zeit, in der er ihn sehr geschätzt habe, ein Begräbnis in geweihter Erde zugestanden. Eine Hinrichtung mit nachfolgendem Gnadenerweis gewissermaßen, denn als einen solchen müsse man das Begräbnis auf dem Kirchhof zweifellos sehen. Allerdings, so fuhr der Schwager fort, habe der Kurfürst angeordnet, dass es keinerlei Hinweis auf diesen Gnadenakt geben solle, und genau das sei der Grund, weshalb man den Pommern ausgerechnet in jener fürchterlichen Regennacht verscharrt habe, heimlich und unauffindbar, hineingeworfen in das Grab eines anderen. Die Schwägerin zeigte sich verwirrt. Ein ungewöhnliches Verfahren, sagte sie, und der Schwager pflichtete ihr bei. Höchst ungewöhnlich sei es in der Tat, aber der Kurfürst sei nun einmal der Kurfürst, und deshalb könne er in allen Angelegenheiten verfahren wie er wolle, und dass die hohen Herrschaften sich mitunter die absonderlichsten Sachen ausdächten, davon habe ja jeder schon des Öfteren gehört. Woraufhin der Schwager noch hinzufügte, dass er nun, da er sein Wissen offenbart habe, schnellstens den Rückweg antreten müsse, auf dass seine Abwesenheit im Schloss keinen Verdacht errege. Und nachdem er seine Schwägerin noch einmal zu allerstrengster Verschwiegenheit ermahnt hatte, stürzte er auch schon davon.

Die Schwägerin aber machte sich auf den Weg zu ihrer Nachbarin …

Den Hof des Pommernherzogs Bogislaw erreichten die Nachrichten von den außergewöhnlichen Ereignissen, als dieser sich gerade an den Reizen seiner jungen polnischen Gemahlin erfreute. Dunstig, gleichsam schwitzend, hing der Mond über dem Stettiner Schloss, als zwei Fackelreiter über den Vorplatz ritten und vor dem Portal von ihren Pferden stiegen. Gleich darauf stand ein Hauptmann vor ihnen, hörte sich an, was ihr Begehr war, und knurrte dabei Worte wie »Völlig ausgeschlossen!« und »Nicht um diese Zeit!«, doch als die Männer sich nicht abweisen ließen und immer von neuem die Dringlichkeit ihres Anliegens betonten, da führte er sie in das Schloss. Beim Schein einer Kerze schilderten sie einem Höfling, was sie zu sagen hatten, und als sie mit ihrem Bericht am Ende waren, da flackerte Befriedigung in den Augen des Höflings, und er eilte gemeinsam mit ihnen durch das nächtliche Schloss zu den Gemächern der herzoglichen Gemahlin. In einem Vorraum nahmen sie Platz und warteten. Eine Stunde verging, dann hörten sie eine Stimme, eine Tür wurde geöffnet, eine zweite, und im nächsten Moment stand der Herzog vor ihnen. Wohlbehagen lag in seinen Zügen, in seinen Augen schimmerte Samt, und als die Boten zu sprechen begannen, da trat noch ein nachgerade überirdisches Glänzen hinzu, das umso stärker wurde, je mehr Einzelheiten er von ihnen erfuhr. Wie ein Schwamm saugte er jedes ihrer Worte begierig in sich auf – die Hofdame von Rang und die Eiserne Jungfrau, der grässlich zugerichtete Körper, die namenlose Grablegung in einer regengepeitschten Nacht. Zweimal ließ er sie ihren Bericht wiederholen, fragte nach Einzelheiten, wollte mehr wissen, als sie wussten, bis er sie schließlich mit einer großzügigen Belohnung entließ. Dann verlangte er nach Wein, dem besten, den er hatte, setzte sich an ein Fenster seines Schlosses und starrte in allerbester Laune in den Mond.

Zehn Tage später starrte ein anderer Mann in den Mond, gut einen Tagesritt von dem herzoglichen Schloss entfernt. Bekleidet mit den Gewändern eines Pilgers, Bartstoppeln im Gesicht, so lehnte er am Stamm einer Eiche. Vor ihm auf den Feldern, die sich bis an das nahe gelegene Dorf heranzogen, wühlten ein paar Wildschweine in den Saaten, vom Wasser her drang das Rufen einer Schnepfe. Noch hatte er Zeit. Noch musste er warten. Erst wenn der Mond die Hügel berührte, würde der Junge erscheinen und ihn auf versteckten Pfaden über die Grenze führen, bis er seinen Weg allein fortsetzen konnte.

Wind kam auf, duftend und schwer. Niemand würde ihn erwarten in dem Land, das einst seine Heimat war, keiner würde mehr nach ihm suchen. Er war tot. Tot und ins Grab gelegt, und alles, was man je gegen ihn aufgeboten hatte, war Vergangenheit. Bald würden sie nicht mehr an ihn denken, ja, selbst Bogislaw würde ihn vergessen. Doch während sie sich alle in diesem Glauben wiegten, würde er unter ihnen weilen, ein lebender Toter in der Gestalt eines Pilgers, der von einem Ort zum anderen zog und überall herumhorchte und alles auskundschaftete, und der dem Kurfürsten Berichte zukommen ließ, wann immer sich die Möglichkeit dazu ergab. Helfer würde er überall finden, schließlich wusste er, wie er mit den Menschen zu reden hatte, und Geld, sie zu bezahlen, besaß er mehr als genug. Nein, niemand würde nach ihm suchen, weil niemand ihn erwartete. Und dennoch musste er mit äußerster Vorsicht zu Werke gehen, konnte doch schon ein einziger Fehler ihn das Leben kosten. Aber er war ein schlauer Fuchs, und deshalb würde er keinen Fehler machen. Auf sich selbst konnte er sich verlassen, heute nicht anders als in seinem bisherigen Leben. Und solange niemand in dem Grab auf dem Marienkirchhof herumwühlte und die Sandsäcke entdeckte und auf diese Weise das Lügengespinst um seine vermeintliche Hinrichtung zerriss, solange war er sicher. Aber warum sollte jemand in dem Grab herumwühlen? Wie sollte er das Grab überhaupt finden, wo es doch keine Spuren gab? Und wer sollte so etwas tun?

* * *

»Nun beeil dich schon! Sie werden allmählich ungeduldig!« Gregors Stimme klang gereizt. Er stand hinter dem bunten, mit Bildern von allerlei wundersamen, teilweise grotesken Lebewesen geschmückten Vorhang, den sie zwischen ihrem Planwagen und der kleinen Bühne gespannt hatten, und beobachtete durch ein winziges Loch die Menge, die auf dem Marktplatz der Stadt zusammengeströmt war. Vor einer Stunde waren bereits etliche Kinder gekommen und hatten ihnen erwartungsvoll bei ihren Vorbereitungen zugeschaut; bald darauf hatten sich Männer und Weiber dazugesellt, allesamt in der Hoffnung auf eine kurzweilige Unterbrechung ihres Alltags; schließlich war die Zahl der Versammelten so weit angewachsen, dass ein großer Teil des Platzes voller Menschen stand. Inzwischen fingen die Ersten an zu murren.

»Ich mach so schnell ich kann!«, kam die Stimme von Agnes ebenso gereizt aus dem Wageninneren zurück. »Hättest du das Horn nicht aus dem Fell gerissen, hätten wir längst angefangen!«
Aus einer Seitengasse quälte sich ein überladener Eselskarren auf den Platz und kam neben dem Brunnen mit dem bronzenen Stadtheiligen zum Stehen. Gregor konnte sehen, wie der Treiber seinen Esel festband und sich zu den Wartenden stellte. Vom Turm der Kirche, die wie eine behäbige Glucke inmitten der Schar kleiner Häuser hockte, schlug eine Uhr.
»Fertig!« Agnes biss den Faden ab, warf die Nadel beiseite und ließ sich vom Wagen herab. Ihr langes, mit einem Stirnreif zusammengehaltenes Haar schimmerte wie Ebenholz in der Sonne. Hastig verstaute sie das Kostüm bei den anderen Requisiten, die hinter dem Vorhang bereitlagen.
»Dann lass uns beginnen!« Gregor überprüfte noch einmal den Sitz seiner Kleider, zupfte an den Ärmeln seines weiten Mantels und rückte den hohen Hut zurecht. Längst war seine Aufgeregtheit der ersten Zeit einer eingespielten Routine gewichen, und niemand unter den Zuschauern hätte mehr den Predigermönch in ihm erahnt, der er noch vor einem Jahr gewesen war. Dabei war das Vorführen der Schaustücke die geringere Schwierigkeit gewesen, mit der er zu kämpfen gehabt hatte. Viel schwerer war er mit der Erkenntnis klargekommen, dass seine eigene Rolle innerhalb der Gruppe um Lorenz Hühnerbein alias Lorenz von der Falkenhöhe zu einem erheblichen, wenn nicht gar zum entscheidenden Teil darin bestand, jene Ablenkung zu schaffen, die Lorenz und Kleinhans brauchten, um ihren heimlichen Geschäften nachgehen zu können. Als er zum ersten Mal mit ihren Diebereien konfrontiert worden war, hatte er Lorenz empört zur Seite genommen und ihn zur Rede gestellt. Doch der hatte ihn nur

verständnislos angesehen, hatte ihn gefragt, was denn so Verwerfliches daran sei, einem gut betuchten, satt gefressenen, sich der sonnigen Seiten des Lebens erfreuenden Bürger den Geldbeutel vom Gürtel zu schneiden – denn nur bei solchen pflege man sich ja zu bedienen! –, und hatte ihm anschließend die Liste seiner eigenen Verfehlungen vorgehalten: die Besuche bei Dobrila, die Flucht aus dem Kloster, den Überfall auf die Spandauer Geldboten, den es ohne seine Mitwirkung überhaupt nicht gegeben hätte. »Du machst nur große Sachen, nicht wahr?«, hatte Lorenz ihn mit einem herausfordernden Lächeln gefragt, ganz der Mann, der, wohl wissend um den Splitter im eigenen Auge, auf den Balken im Auge des anderen zeigt. Ohne auf das Gesagte zu antworten, hatte er, Gregor, sich alles angehört, danach war er gegangen und hatte versucht, einen anderen Weg einzuschlagen. Doch nur wenige Tage später war er wieder zu der Gruppe gestoßen und hatte weitergemacht wie zuvor. Vielleicht war es der Hunger gewesen, der ihn zurückgetrieben hatte, das Wissen, dass er bei Lorenz stets einen vollen Magen haben würde und in der kalten Jahreszeit obendrein ein Dach über dem Kopf. Vielleicht hatte ihn die Freiheit der Landstraße gelockt, die Weite der Welt nach der Enge des Klosters. Vielleicht war es aber auch die Tatsache gewesen, dass die neuen Kleider, in die er geschlüpft war, ihm weit besser passten, als er es zunächst hatte wahrhaben wollen.

Schlagartig verebbten die Gespräche der Zuschauer, als Agnes die Trommel zu rühren begann und Gregor mit dem selbstbewussten Gesichtsausdruck eines herrschaftlichen Würdenträgers die Bühne betrat. Den Kopf mit dem graugesträhnten Bart leicht angehoben, das Kinn vorgereckt, richtete er seine Augen erst nach der einen Seite, dann nach der anderen und grüßte anschließend mit der Hand. Das Trommeln verstummte. »Liebe Leute! Hochverehrte Anwesende!«, schallte die Stimme von Agnes über den Platz. »Lange habt ihr euch gedulden müssen, aber nun ist er endlich da, auf den ihr gewartet habt: Drago von Dragolien, der Herr der Knochen! Der Mann, der von weit her zu euch gekommen ist, um euch die Merkwürdigkeiten des Lebens recht eindrücklich vor Augen zu führen!« Sie deutete mit dem Arm auf Gregor, und dieser reckte den Kopf noch ein wenig höher. Ein Name, den Kleinhans sich ausgedacht hatte – halb Drache, halb Goliath, beides vermischt zu einem Land, das ebenso fern wie erfunden war, dessen bloßer Klang indes weit mehr Wissen und Weltkenntnis widerspiegelte, als jeder der Anwesenden in seinem ganzen Leben erlangen würde.

»Bürger und Einwohner dieser Stadt!«, hob Gregor an. »Ihr Männer und Weiber! Ihr Jungen und Alten! Alle, die ihr euch hier versammelt habt auf dem Marktplatz eurer wunderschönen Stadt! Ihr alle dürft euch glücklich preisen, dass ihr den Entschluss gefasst habt, eure Arbeit beiseite zu legen und zu uns kommen. Denn das, was ihr bei uns sehen werdet, wird euch über alle Maßen in Erstaunen versetzen. Ja, viel mehr noch: Es wird sich in eure Hirne und Herzen einbrennen wie Feuer, und noch auf dem Sterbebett werdet ihr euren Enkeln davon berichten, was ihr an diesem Tag bei uns zu sehen bekommen habt. Wundersames wird es sein! Mirakulöses! Absonderliches, wie es absonderlicher nicht erdacht werden könnte! Das alles wird es sein. Manches davon stammt aus der Nähe. Anderes hingegen aus fremden Ländern, die so weit von eurer Stadt entfernt sind, dass ihr heute loslaufen könntet, und ihr würdet sie selbst bis ans Ende Eures Lebens nicht erreichen. Das alles werden wir euch zeigen, und dazu werden wir euch Geschichten erzählen von diesen Dingen und von ihren merkwürdigen Bewandtnissen. Wobei wir uns dem Vorwurf der Unredlichkeit aussetzen würden, wollten wir euch die mit den Dingen gelegentlich zusammenhängenden Grausigkeiten verschweigen. Weshalb ich euch auch gleich bitte, eure Kinder so nahe wie möglich bei euch zu behalten, auf dass sie sich nicht unnötig erschrecken!«

Erwartungsvolle Blicke begleiteten die Worte, einige Zuschauer rückten näher an die Bühne heran, andere, offensichtlich die Ängstlicheren, machten ein paar Schritte nach hinten. Und dann begann die Vorführung auch schon. Agnes verschwand für einen Moment hinter dem Vorhang, um gleich darauf mit einem Tamburin in der einen Hand und einem Korb in der anderen zurückzukehren, in dem sich einige Gegenstände von eher bescheidenen Ausmaßen verbargen. Eilig drängten die nach hinten Gerückten, die sich zwar nicht fürchten, aber alles gut sehen wollten, wieder nach vorn. Begleitet vom Rasseln des Tamburins, langte Gregor mit einer ausladenden Armbewegung in den Korb und streckte im nächsten Augenblick den ersten Gegenstand in die Höhe – einen schwarzen Stein von axtähnlichem Aussehen. »Ein Donnerkeil!«, verkündete er mit Donnerstimme, und während er das Gebilde nach allen Seiten hin wendete, erzählte er die Geschichte von den drei Jacobspilgern, die auf ihrer Wanderung in ein furchtbares Gewitter geraten waren und dabei hatten mit ansehen müssen, wie der Donnerkeil in einem gewaltigen Blitz in einen Acker niedergefahren war, was sie alle drei fast zu Tode erschreckt hatte. Anteil nehmendes Murmeln war die Antwort. Jeder hatte bereits von den mit Zauberkräften behafteten Donnerkeilen gehört – man konnte Krankheiten mit ihnen heilen, Geister vertreiben oder sein Haus gegen Blitzschlag schützen –, wenige jedoch hatten sie bisher gesehen, und so richteten sich zahlreiche neugierige Blicke auf das vorgezeigte Stück.

Wieder das Rasseln des Tamburins, der Griff in den Korb, dazu das Raunen der Menge. »Ein Judenstein vom Berg Karmel, hilfreich für schwach gewordene Männer!«, rief Gregor und hielt ein eichelförmiges Gebilde in die Höhe. Dann »Lapides bufonini – zwei Krötensteine gegen Gifte aller Art!«, danach einen Zwergentopf, eines jener sagenhaften irdenen Gefäße, die ohne menschliches Zutun in der Erde heranwuchsen, bis sie eines Tages zufällig von einer Hacke oder vom Pflug eines Bauern ans Tageslicht befördert wurden. Als Letztes holte er ein mattweiß schimmerndes, auf den ersten Blick nicht einzuordnendes Gewirr von Knochen und Knöchelchen aus dem Korb: den eingedrückten Schädel der einzigen Ziege eines armen Bauern, wie er erklärte, die vor einigen Jahren einer mit Getöse vom Himmel herabstürzenden Feuerkugel von der Größe einer Männerfaust zum Opfer gefallen war.

»Besser die Ziege als die Bäuerin!«, rief ein Vorwitziger, doch nur wenige lachten. Mit Feuerkugeln war nicht zu spaßen. Feuerkugeln hatten schon so manches Dorf in Brand gesetzt, zudem kündeten sie von Hagelschlag und Raupenfraß, von Missernten und Hungersnöten und mitunter von Krieg.

Während Gregor das bestaunte Stück in die Höhe hielt, auf dass alle es sehen konnten, erfassten seine Augen jene beiden Männer, deren Anwesenheit zwar nicht die Vorführung, wohl aber die Vorführenden sowie natürlich sie selbst bereichern sollte: Lorenz und Kleinhans, jeder von ihnen in unauffälligen Kleidern steckend, die Blicke auf die Bühne gerichtet, mitraunend und mitstaunend, auf dass niemand der Umstehenden Verdacht über den wahren Grund ihres Dabeiseins schöpfte. Wäre dennoch jemand auf sie aufmerksam geworden und hätte das heimliche Wandern ihrer Hände beobachtet – die Menge hätte sie ergriffen und dem Henker übergeben, und nichts hätte sie vor dem schimpflichen Tod am Galgen bewahrt.

Gregor reichte Agnes die zertrümmerte Ziege und machte

einen halben Schritt nach vorn. Die Arme hebend, bat er um Ruhe. »Wundersames haben wir euch schon vorgeführt, ihr guten Leute. Denkwürdiges habt ihr bei uns bereits gesehen. Nun aber kommen wir zu Dingen, die werden euch noch weit mehr in Erstaunen versetzen. Große Dinge werden wir euch zeigen, oder vielleicht sollte ich besser sagen: riesenhafte Dinge! Dinge, die euer Blut in Wallung versetzen und euch den Schlaf rauben werden. Und so seht denn und staunt, was wir aus fernen Ländern unter großen Mühen für euch zusammengetragen haben! Doch bevor ich euch den ersten dieser Schätze zeige, bitte ich einen aus eurer Mitte auf die Bühne, auf dass er mir behilflich sei.« Suchend ließ Gregor seine Blicke über die Köpfe der Zuschauer schweifen. »Du!«, sagte er schließlich und deutete mit dem Finger auf einen in seiner Nähe stehenden Mann. Der Ausgewählte zuckte zusammen. Er war klein und schmächtig, hatte unruhige Augen und einen Mund, der nahezu von einem Ohr bis zum anderen reichte. »Du!«, wiederholte Gregor in einem Tonfall, der keinen Widerspruch duldete, und schon stolperte der Mann – mehr geschoben als aus eigenem Antrieb sich bewegend – auf die Bühne. Ein unglückliches Grinsen im Gesicht, stand er da.

»Warte hier!«, befahl Gregor und verschwand hinter dem Vorhang, während Agnes abermals zu trommeln begann. Gleich darauf kehrte er mit einem Knochen zurück, dessen Ausmaße sich in der Tat nur als riesig beschreiben ließen, und wuchtete ihn dem Wartenden auf die Schulter. Dieser ging mit einem entgeisterten »Huch!« in die Knie.

Niemand unter den Versammelten lachte. Alle standen mit aufgerissenen Mündern und stierten auf den Knochen. »Bürger! Einwohner dieser Stadt!«, tönte Gregors Stimme über den Platz. »Jeder von euch hat schon von Riesen gehört. Hier ist einer!« Das Trommeln endete abrupt, und für die Dauer eines Atemzuges war es so still, dass man das Wehen des Windes vernehmen konnte. Unweit der Bühne begannen zwei Kinder zu weinen.

Und dann begann Gregor zu erzählen, eindringlich und mit geheimnisvoller Stimme, den Zuschauern fast schon beschwörend in die Augen blickend. Von wilden Riesen sprach er, die einst die Felsbrocken verstreut hätten, die man allerorten antreffen könne, und von den »tumuli giganti«, wie er sie nannte, den Hünengräbern aus mächtigen Steinen, von denen viele so schwer seien, dass Dutzende Männer nicht in der Lage wären, sie zu bewegen. Er erzählte von Goliath, dem Philister, den David mit der Schleuder getötet hatte. Und er berichtete von dem riesenhaften Menschengeschlecht aus grauer Vorzeit, ein jeder von ihnen ein großer Sünder, weshalb sie alle durch die Sintflut hinweggerafft worden seien. Er drängte den Schmächtigen nach vorn bis dicht an den Rand der Bühne. »Und von solch einem riesenhaften Menschen stammt dieser Knochen!«

Die Anspannung unter den Zuschauern machte sich in einer allgemeinen Unruhe Luft. Etliche redeten aufeinander ein, andere verharrten stumm und mit weit aufgerissenen Augen, wieder andere hielten die Hände vor die Gesichter gepresst und starrten zwischen den Fingern hindurch auf das Schaustück wie auf einen heranpreschenden Feind. Ein Überbleibsel von einem Menschen, der ertrunken war, während Noah mit seinen Tieren in der Arche gesessen hatte! Der Hänfling stand mit zusammengebissenen Zähnen und stemmte den Knochen, Gregor sonnte sich in der Attitüde eines lorbeerbekränzten Triumphators, der sein Heer zu einem grandiosen Sieg geführt hatte. Eine Vorführung, die wohl niemals ihre Wirkung verfehlen würde – mochte der Knochen nun tatsächlich von einem Sintflutopfer stammen oder nicht!

Auf den Riesen folgte ein Zwerg, danach ein Einhorn, repräsentiert durch die abgebrochene Spitze seines Horns, dann als ein weiterer herausragender Höhepunkt der Drachen – eine runzlige, schuppenbesetzte Lederhaut von graugrüner Färbung, die, kaum dass Agnes sie in die Höhe hielt, etlichen Zuschauern Schweißtropfen auf die Stirn trieb. Niemand achtete auf die beiden Männer, die sich nach hinten aus der Menge hinausstahlen und zum Stadttor hin verschwanden, alle blickten gebannt auf die hochgehaltene Haut. Gregor befestigte ein paar Bilder von Drachen an dem Vorhang und begann die dazugehörenden Geschichten zu erzählen: von schrecklichen Ungeheuern, die einst in den Wäldern der Umgebung gelebt hatten; von zu Tode geängstigten Bürgern und aus Todesangst geopferten Jungfrauen; von unerschrockenen Helden, die gegen die Ungeheuer in den Kampf gezogen waren, tapfer und siegreich wie einst der heilige Georg, der Drachentöter.

Klatschend fiel ein Bürschlein ins Wasser, das um der besseren Aussicht willen den Brunnen mit dem Stadtheiligen erklommen hatte. Die Umstehenden blickten unwillig, ein Mann mit Händen wie Heugabeln versetzte dem Bürschlein eine Ohrfeige. Agnes entfernte sich mit der Drachenhaut hinter den Vorhang. »Und nun gebt gut Acht, ihr Leute!«, rief Gregor. »Vieles habt ihr bei uns gesehen. Von mancherlei wundersamen Dingen habt ihr bei uns gehört und auch von schrecklichen. Eines jedoch ist noch übrig, und wir wollen nicht von euch scheiden, ohne euch mit ihm noch bekannt gemacht zu haben. Ich spreche von dem einzigartigen, noch von niemandem gezeigten, nur in unserer Vorführung zu sehenden Erdmaulwurf!«

Ein junger Mann mit unmäßig großen Ohren streckte den Kopf über die Menge. »Maulwürfe kennen wir!«, verkündete er so laut, dass jeder ihn hören musste. »Dein Maul kennen

wir auch!«, wies ihn ein anderer ebenso laut in die Schranken.
Gelächter schallte über den Platz. Gregor zeigte sich nachsichtig. »Gewöhnliche Maulwürfe kennt ihr zweifellos, ihr Leute, und ich müsste der dümmste Narr unter der Sonne sein, wollte ich euch einen von dieser gewöhnlichen Art darbieten. Nein, unser Maulwurf ist ein ganz anderer. Einen wie diesen habt ihr in eurem Leben noch nicht gesehen.« Er wartete, bis vollständige Ruhe eingekehrt war. »Bei dem Erdmaulwurf handelt es sich um ein Tier aus einem Land, dessen Namen ihr zweifellos noch nie gehört habt, weswegen ich ihn euch auch nicht nennen will. Er lebt in ausgedehnten Erdhöhlen und besitzt, wenn er ausgewachsen ist, die Größe eines Ochsen. Vier starke Hörner zieren seinen Kopf, jedes von ihnen ist weiß wie Elfenbein, während das Fell, das seinen Körper bedeckt, eine dunkle Färbung aufweist. So wie dieses hier …«
Mit zwei schnellen Schritten war Gregor bei dem Vorhang, hielt im nächsten Augenblick eine Leine in der Hand und zerrte das geschilderte Tier – der Größe nach kein ausgewachsenes, sondern eher ein Jungtier – auf die Bühne. »Der Erdmaulwurf!«, donnerte seine Stimme über den Platz.
Die Zuschauer standen mit aufgesperrten Mündern und glotzten auf das herumhüpfende, mit seinen vier Hörnern wackelnde und dabei absonderliche Schreie ausstoßende Tier, schwankend zwischen Überraschung, Ungläubigkeit und schierem Entsetzen. Erst ein Mädchen in der vordersten Reihe brach den Bann. »Da steckt ja jemand drin!«, piepste die Kleine. Und während alle die Köpfe reckten und zu erkennen versuchten, was die Kleine gemeint hatte, schob sich auch schon eine menschliche Hand aus dem rechten Vorderbein des Tieres und fing leutselig an zu winken. Die Mehrheit der Zuschauer zeigte sich erleichtert, einige waren

enttäuscht, andere gaben sich verdrießlich und schimpften, dass man mit ernsten Dingen wie diesen keinen Schabernack treiben dürfe. Gregor warb um Verständnis für die Verkleidung. Bedauerlicherweise, sagte er, sei es noch niemandem gelungen, einen Erdmaulwurf einzufangen, der sich vorzeigen ließe, weshalb man sich entschlossen habe, auf der Grundlage verlässlicher Berichte von Augenzeugen ein lebensgetreues Abbild von ihm anzufertigen, damit die Zuschauer wenigstens einen groben Eindruck von dessen Aussehen und seinen Besonderheiten bekämen.

Beifall brandete auf, freundliche Zurufe waren zu hören, am Schluss lobten selbst einige jener Zuschauer, die eben noch Bedenken zum Ausdruck gebracht hatten, den gelungenen Auftritt. Und als das Tier sich auch noch auf die Hinterbeine erhob und über die Bühne tanzte und dazu ein Lied sang, in das alle, da sie es kannten, mit einstimmen konnten, da war des Klatschens und Jubelns kein Ende mehr, und tausend Lobesworte flogen über den Platz – so lange, bis Gregor nach mehreren Verbeugungen die Vorführung für beendet erklärte und die werten Bürger und Einwohner der wunderschönen Stadt, wie er noch einmal betonte, nach althergebrachtem Brauch um ein paar Münzen für die Vorführenden bat …

Abendstimmung lag über dem Land. Der Wind, der den ganzen Tag mit der Gleichförmigkeit eines Mühlrades von Süden herangeweht war, hatte sich gelegt, die letzten Strahlen der untergehenden Sonne zauberten Farbtupfer an die Wolken. Gregor lag auf dem Rücken, seine Füße baumelten in dem klaren, erfrischenden Wasser eines Bachs. Bratenduft stach ihm in die Nase, die Gaumen und Zunge betörenden Verheißungen eines Jungschweins, das auf einem Spieß steckte und bestens geeignet war, hungrige Mägen zu füllen. Er schloss die Augen. Am Nachmittag hatten sie Lorenz und

Kleinhans wieder getroffen, wie üblich erst einen Tag nach ihrer Vorführung – eine Vorsichtsmaßnahme wegen möglicher Verfolger, die sie stets eingehalten hatten. Dabei war auch diesmal wieder alles glatt gegangen auf dem Marktplatz der Stadt, die er als eine wunderschöne gelobt hatte, obwohl sie ihm gar nicht als eine solche erschienen war. Natürlich hatte es Unruhe unter den Zuschauern gegeben, jedes Mal gab es solche Unruhe, wenn der Beifall sich legte und die Leute nach ihren Münzen kramten und einige von ihnen feststellen mussten, dass sich diese mitsamt den Geldbeuteln in Luft aufgelöst hatten. Alle hatten sie durcheinander geschrien, etliche hatten sich wutschnaubend auf die Suche nach den Dieben gemacht, doch die waren längst zum Tor hinaus. Sie selbst hatte niemand verdächtigt, ihn und Agnes, aber wie hätte das auch jemand tun können, schließlich waren sie die ganze Zeit über auf der Bühne gewesen, und deshalb hatte man sie unbehelligt ziehen lassen, nachdem man ihnen vorher noch Geld für die Vorführung gegeben hatte. Nicht sonderlich viel zwar, aber so war das nun mal in solchen Augenblicken, wenn sich alles in heller Aufregung befand und die Dinge, die eben noch Gegenstand größter Aufmerksamkeit gewesen waren, sich plötzlich in Nebensächlichkeiten verwandelt hatten.

Gregor zog die Füße aus dem Wasser und gesellte sich zu den anderen. Zufrieden hockte Kleinhans am Feuer und drehte den Spieß, auf dem das Schwein steckte, zwei Schritte weiter lehnte Lorenz an einem Stein, neben ihm saß Agnes mit dem Kopf an seiner Schulter. Sichtlich belustigt lauschte Lorenz den Erzählungen eines etwa gleichaltrigen Mannes mit einem bartlosen Gesicht und kupferroten Haaren, eines Bekannten aus früheren Zeiten, den er am Vormittag zufällig auf der Landstraße getroffen hatte. Zehn Jahre zuvor waren die beiden sich das erste Mal begegnet, auf einem Kirchweihfest in der Nähe der Oder, als jeder von ihnen es auf denselben Geldbeutel abgesehen hatte und sie, anstatt sich um den Beutel zu streiten, gemeinsam in eine Schenke gegangen waren und dort so lange getrunken hatten, bis der Wirt sie gewaltsam vor die Tür gesetzt hatte.

»Erweist uns die Ehre, hochverehrter Knochenmeister Drago von Dragolien, und trinkt mit uns!«, witzelte Lorenz und deutete einladend auf eine Kanne Wein, die er sich in Reichweite gestellt hatte. Ebenso wie Kleinhans war auch Lorenz in denkbar guter Laune, war die Ernte, die sie eingefahren hatten, diesmal doch besonders üppig ausgefallen. Gregor goss Wein in einen Becher und ließ sich an einem Rad des Planwagens nieder.

Der Rothaarige wartete, bis die kleine Unruhe sich gelegt hatte. »Ja, sie war schon ein bildschönes Weib, die Sophie!«, unterstrich er das vorher Gesagte und nickte anerkennend mit dem Kopf. »Ein Weib von der Art, wie man nur selten eines zu sehen bekommt. Mit Haaren wie Seide. Mit dunklen Rehaugen. Und der Körper …« Er zog genießerisch die Luft durch die Nase. »Dazu die beiden Kerle, mit denen sie durch die Gegend gezogen ist, jeder von ihnen mit purem Gold in den Fingern. Ein unschlagbares Gespann, die drei, das kann ich euch sagen! Die Besten weit und breit. Kaum ließ sich die Sopie irgendwo blicken, da blieben auch schon sämtliche Mannsbilder stehen und glotzten sich die Augen nach ihr aus, und den beiden Kerlen war es ein Leichtes, den Glotzenden das Geld abzunehmen. Wahrscheinlich haben die das noch nicht mal am selben Tag bemerkt, so sehr hat ihnen die Sophie die Köpfe verdreht!«

Der Rothaarige biss herzhaft in eine Wurst und spülte das Stück mit einem Schluck Wein hinunter. »Drei Jahre haben sie das so gemacht, und die ganze Zeit über haben sie gelebt wie die Maden im Speck. Bis die Sache in Angermünde kam, als einer der beiden Kerle einer Hübschen ein Halsband geschenkt hat …«

»Und?«, lauerte Lorenz.

Der Rothaarige befreite mit der Zunge ein eingeklemmtes Wurststück aus einer Zahnlücke. »Es war dasselbe Halsband, das er ihr ein paar Stunden vorher gestohlen hatte … Und kaum hat sie es gesehen, da brüllt sie auch schon los, als hätte ihr jemand einen Spieß in den Arsch gesteckt. Tja, und den Rest hat dann der Henker erledigt.«

Lorenz verdrehte die Augen. »Ich hab's ja immer gewusst: Die Weiber sind der Untergang eines jeden guten Mannes!«, feixte er und zwickte Agnes dabei so deftig in die Seite, dass diese mit einem Aufschrei in die Höhe fuhr und Lorenz dabei versehentlich den Becher aus der Hand schlug. In hohem Bogen ergoss sich der Inhalt über dessen Kleidung. »Und der Untergang eines jeden guten Weins sind sie außerdem!«, fügte er säuerlich hinzu.

»Man muss im Leben halt immer gut aufpassen«, mischte sich Kleinhans in das Gespräch. Er ließ einen Augenblick verstreichen, dann wandte er sich an den Rothaarigen. »Auch auf die drei Gulden und die sechs Groschen in seinem Beutel muss man gut aufpassen«, ergänzte er, wobei er sich bemühte, seiner Stimme einen beiläufigen Klang zu geben.

Der Angesprochene – einer der kühnsten, kaltblütigsten und geschicktesten Diebe, die seine nicht gerade mitgliederarme Zunft hervorgebracht hatte, einer, der binnen einer halben Stunde fünf Händler auf dem Hamburger Viehmarkt um ihre gesamte Barschaft erleichtert hatte –, dieser Angesprochene also saß stumm und betreten wie einst König Belsazar angesichts des »Mene Tekel« an der Wand seines Palastes. Lorenz füllte seinen Becher nach und nippte genüsslich an dem Wein, Agnes grinste, und auch Gregor hatte seinen Blick erwartungsvoll auf den anderen gerichtet. Wortlos

löste dieser seinen Geldbeutel vom Gürtel, öffnete ihn und schüttete die Münzen vor sich auf die Erde. Leise begann er zu zählen. Als er fertig war, stand Bewunderung in seinen Augen. »Drei Gulden und sechs Groschen … Wie es aussieht, hab ich meinen Meister gefunden.«
Kleinhans, innerlich strahlend, winkte mit gespielter Bescheidenheit ab. »Nur ein wenig Fingerfertigkeit, nicht mehr.« Dann griff er unter den linken Ärmel seiner Schecke, holte einen silbernen Ring hervor, den der Rothaarige zuvor an seiner Hand getragen hatte, und warf ihn zu den Münzen. »Trinken wir auf alle Langfinger dieser Erde!«, rief er augenzwinkernd. »Auf dass die Henker recht oft ohne Arbeit sein mögen!«
Der Rothaarige saß mit offenem Mund da und starrte auf den Ring wie auf eine Erscheinung. »Ja ja … auf dass die Henker … recht oft ohne Arbeit sein mögen«, stammelte er, schob den Ring auf seinen Finger und leerte – ein Mann, der einen Blick in eine Traumwelt getan hatte – unter dem wohlmeinenden Gelächter der anderen seinen Becher.

Zwei Stunden später hatte sich das Jungschwein in einen Haufen abgenagter Knochen verwandelt, und der Vorrat an Wein war auf weniger als die Hälfte geschrumpft. Agnes hatte sich in das Innere des Wagens zurückgezogen, Gregor lehnte an dem Wagenrad und schaute in den Mond, die drei anderen lagerten halb sitzend, halb liegend um das kleiner gewordene Feuer und kramten in den Schätzen ihrer Erinnerungen. Aus einiger Entfernung trug der Wind das Keckern eines Fuchses herüber.
»Und dann hat die Gräfin einen Ausrufer herumgeschickt und hat überall verkünden lassen: Wenn der Dieb die gestohlene Brosche zurückbringt, soll er nicht nur ohne Strafe bleiben, sondern er bekommt obendrein fünfzig Gulden Be-

lohnung.« Der Rothaarige trank einen Schluck und wischte sich mit dem Handrücken über den Mund. »Fünfzig Gulden – ein hübsches Sümmchen! Also ist der Bartel zu der Gräfin hin und hat ihr die Brosche zurückgebracht. Die alte Dame war ganz außer sich vor Freude. Ein uraltes Erbstück, hat sie ihm erzählt, seit Generationen im Besitz der Familie, die vielen Erinnerungen und so weiter. Der Bartel hat dagesessen auf dem feinen Sessel der Gräfin und hat zu allem mit dem Kopf genickt, und dann hat die Gräfin ihm die Belohnung gegeben und hat ihn sogar noch bis ans Burgtor gebracht, und dort haben die beiden sich verabschiedet. Und was meint ihr, was der Bartel in seiner Hand hielt, als er durchs Tor hinausspazierte? Die Brosche!«
Der Rothaarige schlug sich vor Begeisterung über das wenn auch nicht sehr ehrenwerte, so doch zweifellos gelungene Gaunerstück auf die Schenkel, Kleinhans kommentierte die Dreistigkeit mit einem »Nicht schlecht!«.
»Und dann hat der Bartel von einem Tag auf den anderen Schluss gemacht?«, griff Lorenz eine frühere Bemerkung des Rothaarigen auf.
»Von einem Tag auf den anderen«, bestätigte dieser. »Fünf Jahre ist das jetzt her. Was ihn dazu getrieben hat, kann ich nicht sagen. Auf jeden Fall ist er in die Stadt gezogen, wo sein Bruder wohnt. Nach Stendal. Lebt seither als ein anständiger Mensch und hat alles, was er braucht – ein schönes Haus, genug zu essen, genug zu saufen und außerdem von seinen Fischzügen noch jede Menge Geld. Alles da! Im letzten Sommer hab ich ihn besucht. Hab ihn auf die alten Zeiten angesprochen, ob ihm nicht was fehlt und so. Aber der Bartel wollte nichts mehr davon wissen. Vorbei ist vorbei, hat er gesagt. Es geht ihm gut und was will er mehr, hat er gesagt. Nur über die Verwandten ärgert er sich noch zum Krüppel. Die Brut seines Bruders. Ein Rudel Wölfe ist gar nichts dagegen,

hat er gesagt. Wie die auf sein Geld schielen! Wahrscheinlich beten sie jeden Tag hundert Vaterunser, dass er endlich den Arsch zukneift und sie alles bekommen, was er hat.« Er grunzte verächtlich. »Vielleicht müssen sie nicht mal mehr lange warten, denn der Bartel sah krank aus, als ich ihn gesehen hab. Obwohl er's nicht zugeben wollte.«
»Soll er sein Geld doch unter die Leute bringen«, schaltete sich Gregor in das Gespräch ein. »Dann bleibt für die Erbschleicher nicht mehr viel übrig.«
Der Rothaarige rülpste in seinen Becher. »Was meinst du, wie viel der in den Jahren zusammengebracht hat! Ein solcher Haufen fließt einem nicht so schnell durch die Finger.«
»Dann soll er's den Armen geben«, wandte Gregor ein. »Es laufen ja genug davon herum. Und wenn ihm das nicht passt, dann vergräbt er's halt im Wald.«
»Oder er nimmt sein Geld mit ins Grab«, erweiterte Kleinhans die Liste der Möglichkeiten und versuchte sich einen Toten in einem Sarg voller Münzen vorzustellen.
Der Rothaarige blickte ihn nachsichtig an. »Du kennst diese verdammte Familie nicht! Die sind hinter dem Geld her wie der Teufel hinter der Seele. Die bringen es fertig und schleichen sich nachts auf den Kirchhof, machen sein Grab wieder auf und räubern den Sarg aus.«
»Dann muss er eben dafür sorgen, dass niemand sein Grab findet«, warf Lorenz ein. »So wie sie's vor ein paar Monaten in Berlin gemacht haben. Du kennst doch die Geschichte, oder?«
»Dieser Pommer, der der Kurfürstin an die Wäsche gegangen ist? Die Sache mit der Eisernen Jungfrau?« Der Rothaarige nickte. »Natürlich kenn ich die Geschichte, wer kennt die nicht. Hat sich ja überall rumgesprochen.«
»Na, siehst du. Kein Mensch weiß, wo das Grab liegt. Soll der Bartel das doch genauso machen.« Lorenz kam unsicher

auf die Beine, ging ein paar Schritte zur Seite und erleichterte sich. Eine Fledermaus schnitt durch die Luft und flog in den Mond, der eben an die Baumwipfel rührte. Aus dem Inneren des Wagens drangen die Geräusche der Schlafenden. Lorenz kehrte zur Feuerstelle zurück. »Eine seltsame Sache war das damals. Ein Fuhrknecht in irgendeinem lausigen Gasthaus hat uns die Geschichte erzählt. Er hatte sie von einem Verwandten, der war gerade in Berlin, als es geschah. Bei strömendem Regen haben sie den Sarg eingebuddelt, nachts auf dem Kirchhof von Sankt Marien, und am nächsten Morgen war keine einzige Spur mehr zu sehen. Niemand weiß, in welchem Grab der Pommer liegt. Nur der Kurfürst weiß es, und vielleicht ein paar von seinen Leuten. Sonst niemand.«

»Tja, der Kurfürst ist schon ein ganz besonderer Mensch!« Der Rothaarige stieß die Luft aus der Nase. »Erst piekt er dem Pommern Löcher in den Körper, als wollte er ihn mit Speckstreifen spicken, dann will er nett zu ihm sein und erlaubt, dass er auf den Kirchhof kommt, obwohl ein Hingerichteter dort eigentlich nichts zu suchen hat, und weil er will, dass das Begräbnis heimlich stattfindet, betreibt er diesen merkwürdigen Aufwand.«

»Den Aufwand hat er nicht getrieben, weil er den Pommern heimlich ins Grab legen wollte«, widersprach ihm Lorenz. »Das Heimliche war für den Kurfürsten nicht das Entscheidende. Ihm ging es um etwas anderes.« Er lehnte sich zurück und starrte zu den Sternen hinauf, die immer klarer am Himmel hervortraten. »Es gibt da so eine merkwürdige Einzelheit, die hat mich schon damals stutzig gemacht, als ich davon gehört habe. Ich meine das Herumlaufen der Männer auf dem Kirchhof, ihr wisst schon, wie sie sich überall verteilt haben und es dadurch zu einer solchen Verwirrung kam, dass kein Augenzeuge später sagen konnte, wo das Grab denn nun tatsächlich lag ... Was wäre eigentlich so schlimm gewesen, wenn einer die Stelle gesehen hätte? Oder wenn am nächsten Tag Spuren da gewesen wären? Hatte der Kurfürst etwa Angst, jemand könnte hingehen und den Pommern wieder ausgraben? Wohl kaum!« Lorenz schüttelte entschieden den Kopf. »Nein, es ging nicht darum, den Toten heimlich auf den Kirchhof zu schaffen. Das wäre ohne dieses Verwirrspiel möglich gewesen. Für den Kurfürsten war das Entscheidende, dass die Lage des Grabes geheim bleiben würde! Darum ging es ihm! Aus welchem Grund er das wollte, kann ich auch nicht sagen. Auf jeden Fall handelt es sich um etwas Geheimnisvolles. Etwas, das für den Kurfürsten so wichtig war, dass niemand davon erfahren sollte.«

Der Rothaarige versuchte mit der Hand den Weinschleier wegzuwischen, der sich über seine Augen gelegt hatte. Er gab sich nachdenklich. »Etwas Geheimnisvolles, sagst du? Deshalb die Verwirrung, damit niemand das Grab findet? Weil er sonst das Geheimnis des Kurfürsten ...«

»Ein Schatz!«, fiel Kleinhans ihm überschwänglich ins Wort, ebenfalls bereits vom Weingenuss gezeichnet. »Das ist es – ein Schatz liegt in dem Grab! Schade, dass wir die Stelle nicht kennen, sonst könnten wir uns nachts mit einem Spaten auf den Kirchhof schleichen und mal nachsehen. Dann könnten wir uns das Beutelschneiden in Zukunft schenken. Dann wären wir reich!«

Lorenz lachte trocken. »Oder der Kurfürst erwischt uns dabei und lässt uns aufknüpfen. Schließlich hätten wir sein Geheimnis verletzt. Nein, so verrückt bin ich nicht. Schuster, bleib bei deinen Leisten, hat mein Vater immer gesagt. Zu Recht! Mir genügen die reichen Bürger. Solange die noch mit ihrem Geld auf der Straße herumspazieren, kann mir der Kurfürst mit seinem Grab gestohlen bleiben, mitsamt dem Geheimnis, das sich darin befindet!« Er hob seinen Becher.

»Ich trinke auf die Reichen und ihre Geldbeutel. Mögen sie niemals aussterben!«
»Auf die Kühe, die wir melken wollen!«, schloss sich der Rothaarige an.
»Auf die reichen Kühe!«, griente Kleinhans. Gemeinsam leerten sie ihre Becher.
Drei Schritte weiter aber lehnte Gregor mit versteinerter Miene an dem Wagenrad und schwieg.

In dieser Nacht fand Gregor keinen Schlaf. Reglos verharrte er an seinem Platz, während quälende Erinnerungen in seiner Brust wühlten und finstere Gedanken durch seinen Kopf zogen. Längst war das Feuer erloschen, lagen die anderen und schliefen, und über seinem Kopf spannte sich ein weiter, die Erde an ihren Enden berührender, mit unzähligen Sternen übersäter Himmel. Bald nach Mitternacht frischte der Wind wieder auf, Wolken zogen heran und schoben sich vor die Sterne. Am Waldrand wiegten sich die Baumwipfel in einem Geistertanz. Schließlich, noch bevor die Nacht zu erblassen begann, erhob Gregor sich von seinem Platz, schlich zu Lorenz, der sich neben der Feuerstelle niedergelegt hatte, und rüttelte ihn am Arm. »Ich muss mit dir reden.«
Kurz darauf saßen die beiden Männer ein Stück weit vom Lager entfernt auf der Erde, und Lorenz versuchte durch seine Schläfrigkeit und den Weinnebel hindurch in den Zügen seines Gegenübers zu lesen. Obwohl es nicht kalt war, fröstelte ihn. Leise fing Gregor an zu sprechen. »Du kennst die Geschichte meines Lebens. Ich habe sie dir erzählt, bald nachdem wir die Burg des Dietrich verlassen hatten. Du weißt, wie man mir mitgespielt hat. Zuerst mir allein. Später dann mir und … Dobrila.«
Dobrila. Er schluckte. Es war das erste Mal seit ihrem Tod, dass ihm ihr Name über die Lippen gekommen war. Schön

und schrecklich zugleich hing er in der Luft, schön wie die Erinnerung an gemeinsames Glück, schrecklich wie die Wunde, die ihr grausamer Abschied ihm ins Herz gebrannt hatte. »Damals habe ich von Hass gesprochen. Heute spreche ich noch immer von Hass. Nichts hat die Zeit gelindert, und wenn ich auch seit damals nie mehr das Vergangene erwähnt habe, so habe ich doch immer daran gedacht. Stets habe ich den Tag herbeigesehnt, an dem es mir endlich möglich sein würde zu tun, wonach es mich verlangt – mich zu rächen! Nun ist es so weit. Ich habe einen Plan, oder richtiger: einen vorläufigen Plan, denn noch weiß ich nicht, ob er sich so verwirklichen lässt, wie er in meinem Kopf ist. Ich werde nach Berlin gehen und einige Erkundigungen einziehen, danach werde ich klar sehen. Aber wie immer diese Erkundigungen auch ausfallen mögen – die Zeit des Wartens ist in jedem Fall abgelaufen. Ich will mich rächen, und ich werde mich rächen, für alles, was man mir angetan hat! Und für alles, was man Dobrila angetan hat!« Gregors Atem ging schwer. Worte wie Waffen. Wie anders als die Schrift, die da sagt: Du sollst nicht rachgierig sein … Er schob den Gedanken beiseite. »Erinnerst du dich noch an unsere Begegnung damals auf der Burg, als du mir sagtest, ihr wäret alle eine Familie, in der einer für den anderen da sei? In der die Sorgen des einen die Sorgen der anderen seien und in der ihr einander helfen würdet, was immer auch sein möge? Heute brauche ich eure Hilfe.«

»Ich erinnere mich noch sehr gut an meine Worte, und ich bereue nicht, dass ich sie gesprochen habe. Wenn du um Hilfe bittest, werden wir dir helfen.« Die Schläfrigkeit war von Lorenz abgefallen, das Wissen um die Bedeutung der Stunde hatte den Weindunst aus seinem Kopf vertrieben. »Als du mir deine Geschichte erzählt hast, da habe ich gespürt, was für tiefe Verletzungen du mit dir herumträgst. Und mir war klar, dass dir der Sinn nach Rache stand, auch wenn du dieses Wort damals nicht in den Mund genommen hast. Damals, als du gerade dem Kloster den Rücken gekehrt hattest und alles noch ganz neu für dich war. Aber trotzdem habe ich keinen Augenblick daran gezweifelt, dass du an deinem Ziel festhalten würdest. Und ich habe gewusst, dass du keiner von denen bist, die eine solche Sache mit der Eisenstange bereinigen. Du bist kein Mann fürs Grobe. Du bist einer, der sein Ziel mit dem Kopf erreicht. Ein Fallensteller bist du. Einer, der seine Rache wie eine Vorführung inszeniert.«

Während Lorenz' Rede hatte Gregor mit düsterem Blick dagesessen und vor sich hingestarrt. Jetzt hob er den Kopf und begann zu sprechen. In nüchternen Worten schilderte er, was er sich zurechtgelegt hatte, verwies auf Ungeklärtes und noch zu Erledigendes, breitete Vorbereitungen und Winkelzüge aus, und je mehr er sprach und seinem Plan Ausdruck verlieh, umso stärker glich er jenem schon fast Verdursteten, der endlich die ersehnte Quelle vor sich sieht und in diesem Augenblick nur noch ein einziges Ziel kennt: das quälende Verlangen in seinem Inneren zu stillen. »Nun weißt du, was ich vorhabe. Schon morgen werde ich mich auf den Weg nach Berlin machen. Anschließend will ich den Meister aufsuchen, von dem du mir erzählt hast, vorausgesetzt, es gelingt dir, mir einen Besuch bei ihm zu vermitteln.«

»Er wird dich empfangen«, gab Lorenz sich überzeugt. »Er kennt mich gut und hat mir noch nie einen Wunsch abgeschlagen.« Er rechnete. »Sechs Tage, das müsste zu schaffen sein, denk ich … Sei in sechs Tagen in Wilsnack. Wir treffen uns bei der Wallfahrtskirche, um die Mittagszeit. Dort wirst du von mir erfahren, wie du zu ihm kommst.«

Gregor stand auf. Wie eine Säule hob er sich von dem nächtlichen Himmel ab. Immer mehr Wolken waren aufgezogen, nur vereinzelt schimmerten noch ein paar Sterne. Vom Wald klang der Ruf eines Totenvogels durch die Nacht. »Ich werde da sein«, sagte er mit fester Stimme. »Ganz gewiss werde ich da sein. Und dann geht es weiter. Schritt für Schritt. Bis zum Ende.«

* * *

Die Schmalzküchlein waren von goldbrauner Farbe und glänzten wie Speckseiten in der späten Augustsonne. Ihre Oberflächen glichen Gebirgen voll abgründiger Schründe und zerrissener Höhen, aus ihrem Inneren entströmte der Geruch fremdländischer Gewürze und zauberte einen Hauch von Exotik auf den Platz vor Sankt Nikolai am Ufer der Spree.

»Wollt Ihr eines haben, mein Herr?« Der Mann hinter den Küchlein streckte fragend den Kopf nach vorn.

Gregor nickte. »Gebt mir dieses da!«, sagte er und deutete mit dem Finger auf das Stück, das ihm unter allen angebotenen das größte zu sein schien. Seit dem Abend, als er vor der Stadt gelagert hatte, weil die Tore bereits geschlossen gewesen waren, hatte er nichts mehr gegessen, und nun, da die Sonne schon im Zenit stand, verspürte er Hunger. Gierig griff er nach dem Stück, das der Bäcker ihm hinhielt, und biss hinein.

Eine stupsnäsige Magd mit einem Einkaufskorb unter dem Arm blieb neben ihm stehen, schnupperte, rollte mit den Augen, ließ sich von dem Bäcker ein halbes Dutzend seiner süßen Köstlichkeiten in ihren Korb legen und entschwand im Schlenderschritt zum Molkenmarkt hinüber. »Aus der ganzen Stadt kommen sie zu mir«, freute sich der Mann, während er vorgeformten Teig in einen Kessel mit heißem Schmalz gleiten ließ. »Aber wie sollten sie auch nicht, bei dem, was da drin ist: Haselnüsse und Äpfel, Honig vom Barnim, den besten, der sich dort auftreiben lässt, dazu Ingwer und Zimt aus dem Nilfluss im Land der Ägypter und noch einige weitere Zutaten, die ich aber niemandem verrate. Die bleiben mein Geheimnis!«

Gregor verzog anerkennend das Gesicht. »Da hab ich ja Glück gehabt, dass ich Euch über den Weg gelaufen bin!«

Der Küchleinbäcker strahlte und ließ ein weiteres Teigstück in den Kessel gleiten. »Ihr seid fremd in Berlin, mein Herr?«

»Ich bin nur für kurze Zeit hier«, wich Gregor aus und schob den Rest des Gebäcks in den Mund. »Ich brauche einen Schneider, der mir ein neues Hemd anfertigt. Eigentlich wollte ich die Sache schon in Spandau erledigen, aber dort bin ich an einen Meister geraten, der hat mich fast um den Verstand gebracht. Hat ununterbrochen geredet anstatt zu arbeiten. Kannte jeden und kannte jede Geschichte, spreeauf und spreeab. Schließlich hab ich es nicht länger ausgehalten und bin nach Berlin geflüchtet, um mir hier einen Schneider zu suchen.«

»Dann seid auf der Hut, dass Ihr nicht dem Jacob Schatz in die Hände geratet!«, lachte der Bäcker. »Sonst hättet Ihr Euch den Weg hierher auch sparen können. Die Leute haben ihm nicht umsonst den Spitznamen Jacob Schwatz gegeben. Bei dem kommen hundert Sätze auf einen Stich. Aber zum Glück ist er ja nicht der einzige Schneider in der Stadt. Geht zum alten Botz – dem Lucas, nicht dem Peter –, der wird Euch gut bedienen. Oder schaut rüber nach Cölln zum krummen Michil, bei dem werdet Ihr ebenfalls zufrieden sein.«

Gregor leckte das Fett von seinen Fingern und legte dem Mann ein Geldstück hin. »Danke für den guten Rat!«, sagte er, und mit einem Blick auf die Küchlein: »Ausgezeichnet! Wirklich ausgezeichnet!« Dann drehte er sich um und wandte sich wieder der Stadt zu.

Die Sonne hatte den Zenit erst um ein Weniges überschritten, als Gregor auch schon auf einem wackeligen Stuhl in der

Werkstatt jenes Schneiders saß, den die Leute mit dem Namen Jacob Schwatz bedacht hatten. Der Schneider war auf eine Besorgung aus dem Haus gegangen, doch da er jeden Moment zurückerwartet wurde, hatte sein Weib ihn, Gregor, aufgefordert, Platz zu nehmen und sich bis zur Rückkehr ihres Ehegatten zu gedulden.

Gregor sah sich um. Der Raum, in den es ihn verschlagen hatte, glich weniger der ordentlichen Werkstatt eines rechtschaffenen Handwerksmeisters als vielmehr der elenden Behausung eines heruntergekommenen Tagelöhners. Die Wände waren von Flecken übersät und abgestoßen, die Tür hatte ein Loch, der Fußboden war klebrig und diente als Aufbewahrungsort für Stoffreste der billigsten Art. In der Mitte des Raums stand ein Tisch von fast drei Schritten im Geviert, darauf lagen Fingerhüte und Nadeln, Knöpfe, Nesteln und Bänder, eine angerostete Schere sowie ein altersschwaches Bügeleisen, das wohl ebenso viel wiegen mochte wie ein zweijähriges Kind. Und als wäre das alles noch nicht genug, war der gesamte Raum obendrein von einer gleichmäßigen Staubschicht überzogen, die nur an einigen Stellen unterbrochen war, bei denen es sich möglicherweise um solche handelte, an denen der Hausherr in den letzten Tagen tätig gewesen war. Alles in allem also nicht der Schneider, von dem man eine gute Arbeit erwarten konnte. Aber das war ja auch nicht der Grund, weshalb er, Gregor, hier war.

Ein Kopf schob sich in den Raum, schnarrte etwas, das sich anhörte wie »Ich geh weg«, und war im nächsten Augenblick wieder verschwunden. Gregor lehnte sich zurück. Durch das offen stehende Fenster fiel sein Blick auf zwei Fachwerkhäuser mit Zunftzeichen über dem Eingang und mit einem Misthaufen vor dem einen und einem Brunnen vor dem anderen, auf dessen Rand ein singendes Mädchen saß. Berlin … Nach fast einem Jahr war er wieder in der Stadt, aus der düstere

Ereignisse ihn vertrieben hatten, und nun war er zurückgekehrt, um den düsteren Ereignissen noch ein weiteres hinzuzufügen. Angst, dass man ihn erkennen und für sein früheres Verhalten zur Rechenschaft ziehen könnte, hatte er nicht. Gewiss war er längst von allen vergessen, und außerdem sah er auch ganz anders aus in seinen neuen Kleidern, mit den lang gewachsenen Haaren und dem vollen Bart. Nur einmal, da war er doch zusammengezuckt – als er gegenüber dem Frauenhaus gestanden hatte und der Wirt herausgekommen und so dicht an ihm vorbeigegangen war, dass er ihn beinahe berührt hätte. Doch der Wirt hatte nichts gemerkt, und gleich darauf war er, Gregor, wieder allein gewesen und hatte auf das Frauenhaus gestarrt und auf die Eingangstür und auf das Fenster vor der Kammer, es war immer dieselbe Kammer gewesen, und deshalb war es ein ganz besonderes Fenster, von dem er den Blick nicht mehr hatte abwenden können. Und während er dagestanden hatte, in seinem Kopf den Widerhall all der warmen, wohltuenden Worte, da hatte eine Hand ihm die Kehle zugeschnürt, und Tränen waren ihm in die Augen getreten, und irgendwann war er mit schnellen Schritten davongeeilt und hatte sich ans Spreeufer gesetzt, versteckt hinter Büschen, und sich der Last seiner schwarzen Gedanken überlassen.
Später war er auf die andere Seite des Flusses hinübergewechselt, zu dem Ort, an dem er fast die Hälfte seines Lebens zugebracht hatte, zu dem Konvent der Dominikaner. Mit klopfendem Herzen hatte er sich angeschlichen und hatte ihn umkreist wie eine feindliche Burg, die Mauern so mächtig, die Pforte so eng, auf der Kirche der Dachreiter mit der Glocke, der wohlvertrauten, tausendmal gehörten Glocke, und während er noch hingeschaut hatte, da war sie auf einmal erwacht und hatte zu schlagen begonnen, und seine Erinnerung hatte sich auf den Weg gemacht, aus seiner Zelle

auf den Gang und über die Treppe in den Chor, und ein nicht enden wollendes Ave-Maria, Ave-Maria, Ave-Maria hatte ihm dröhnend und hart gegen die Schläfen getrommelt.

»Ei, ei, wen haben wir denn da?«, riss ihn in diesem Augenblick eine Stimme aus seinen Gedanken, um gleich darauf noch ein beinahe gesungenes »Ich grüße Euch, allerverehrtester Freund!« hinzuzufügen.

Gregor hob den Kopf. Durch die Tür trat ein Männchen, das als Hofnarr jedem Herrscher unter der Sonne zur Ehre gereicht hätte. Ausgestattet mit einem birnenförmigen Kopf, zwei über die Unterlippe vorspringenden, an das Gebiss eines Feldhasen erinnernden Zähnen und einem kugelförmigen Bauch, schritt es auf Storchenbeinen einher und wiegte sich dabei lässig in den Hüften. Seine Kleidung war nach der Mode des Mi-parti in zwei Hälften geteilt, rechts quer und links längs gestreift, und leuchtete in den buntesten Farben. Zaddeln schmückten die Ärmel, Schellen den Gürtel, in seinem rechten Mundwinkel steckte ein Halm, der sich im Takt seiner Worte bewegte.

»Vielleicht habt Ihr Euch schon gefragt, ob man bei mir eine gute Arbeit erwarten kann«, sagte das Männchen ahnungsvoll, sprang behände auf den Tisch und schlug nach Schneiderart die Beine übereinander. »Nun gut, ich geb es ja zu, meine Werkstatt ist nicht die feinste in der Stadt, aber daran dürft Ihr Euch nicht stören, werter Herr! Denn seid Ihr etwa gekommen, meine Werkstatt zu kaufen? Nein, gewiss nicht. Ihr seid gekommen, weil ich Euch Kleider anfertigen soll, hab ich Recht? Seht Ihr, und deshalb wollen wir uns auch nicht mit Unwichtigem befassen, sondern unsere Aufmerksamkeit auf die Kleider richten. Und was diese anbelangt, da kann ich Euch versichern, mein Herr: Ihr habt eine kluge Entscheidung getroffen! Jawohl, eine äußerst kluge Entscheidung, zu der ich Euch nur beglückwünschen kann, denn ich bin einer der begehrtesten Schneider in der Stadt. Es spricht sich halt herum, wer gute Arbeit leistet. Bei mir bekommt jeder, wie er's verdient, sag ich immer, und Ihr, mein Herr, verdient das Beste. Das seh ich schon auf den ersten Blick. Stellt mich auf die Probe, und ich mach Euch die herrlichsten Kleider aus den herrlichsten Stoffen, und das nicht etwa nach der Art irgendeines dahergelaufenen Dorfschneiders, o nein, ich mach sie so, wie man sie in Nürnberg und Lübeck trägt ... ach, was sag ich da, wie man sie in Florenz trägt oder in Paris! Genau so kleide ich Euch ein, und wenn erst einmal alles fertig ist, dann steht Ihr in Eurer ganzen Pracht vor mir, und ich verneige mich vor Euch als vor einem hohen Herrn!« Der Schneider schob den Kopf über seinen Kugelbauch nach vorn und beugte ihn fast bis auf die Tischplatte hinunter. »Und so lasst uns denn beginnen, bester Freund, und lasst Euch einkleiden, wie es einem Herrn wie Euch gebührt. Beginnen wir mit einer Schecke, einer ganz besonderen natürlich, einer, die sich absetzt von all dem anderen Zeug, das viele eine Schecke nennen und das doch nichts anderes ist als eine Beleidigung für unsere Augen. Aber eine Schecke ist natürlich erst der Anfang, denn außerdem ...«

»Ich brauche ein Hemd, und zwar schnell«, fiel Gregor ihm ins Wort. Er war zufrieden. Wie es aussah, hatte er genau den Mann vor sich, auf den er gehofft hatte.

Der Schneider verzog das Gesicht. »Ein Hemd ...«, wiederholte er und spuckte seinen Halm auf den Boden, »und zwar schnell ...« Er musterte Gregor mit einem Blick, in dem nicht weniger Verachtung lag, als Jojachin sie einst bei seiner Ankunft in Babel empfunden haben mochte, und einen Moment lang befürchtete Gregor bereits, er könnte kurzerhand vom Tisch springen und ihn – mit den heftigsten Worten die Unziemlichkeit seines Ansinnens beklagend – aus dem Haus werfen. Doch der Schneider dachte gar nicht daran. Vielmehr vollzog er unversehens die erstaunlichste Wandlung, die man sich nur vorstellen konnte, und wo eben noch Verachtung gewesen war, zeichnete sich nun reinste Beflissenheit. »Oho, ein Hemd möchte der Herr«, flötete der Schneider. »Da seid Ihr bei mir genau an der richtigen Stelle, denn niemand in der Stadt wird Euch ein solch schönes Hemd anfertigen, wie ich es tue. Ja, ich möchte geradezu sagen, jeder, der Euch in diesem Hemd sehen wird, der wird Euch beneiden und Euch fragen, von wem Ihr es habt. Aber in diesem Fall sagt es nur offen heraus, mein lieber Herr, sagt es offen und ehrlich, dass es von dem Schneidermeister Jacob Schatz aus der Jüdenstraße stammt, der macht die besten Hemden weit und breit, der würde selbst dem hochwohlgeborenen Herrn Kurfürsten noch eines anfertigen, wenn der es nur wollte.« Er rieb sich die Hände. »Also, mein Herr, lasst uns nicht länger Zeit verschwenden, sondern mit der Arbeit beginnen. Vielleicht habt Ihr ja schon einen Stoff mitgebracht, aus dem ich Euch das Hemd anfertigen soll? Nein? Auch nicht schlimm, dann gehen wir gemeinsam zum Händler und suchen einen passenden Stoff für Euch aus. Oder wir sehen erst einmal nach, was ich in meiner Werkstatt habe, das scheint mir am einfachsten, und außerdem geht es am schnellsten. Und wenn ich es recht bedenke, scheint es mir ohnehin die beste Lösung, denn hier findet Ihr bestimmt den Stoff, nach dem Ihr sucht. Ach, was rede ich da – nicht nur einen Stoff werdet Ihr finden, viele werden es sein, sehr viele, und die nähen wir dann alle zusammen, Mi-parti sag ich nur, schaut mich an, da seht Ihr, was für ein prächtiger Anblick das ist. O ja, mein Herr, glaubt mir, es gibt nichts Besseres für Euch als Streifen, fröhliche Streifen, einmal so« – er fuchtelte mit der Hand durch die Luft – »und einmal so. Das wird Euch stehen, das wird Euch gefallen. Und deshalb wollen wir unverzüglich mit dem Aussuchen beginnen.«

Kaum hatte der Schneider das letzte Wort gesprochen, da sprang er auch schon von dem Tisch herunter, warf sich auf den Boden und begann auf allen vieren in seinen Stoffresten zu wühlen. Staub stieg auf und schwebte in Wölkchen durch den Raum. Gregor wechselte ans Fenster. »Ihr seid Eurer Stadt ohne Frage auf das Engste verbunden, Meister Jacob«, sagte er und schluckte. »Da kennt Ihr gewiss auch den Doktor Friedrich Molner.«

Der Schneider fuhr unbeirrt in seinem Wühlen fort. »Doktor Friedrich Molner? Natürlich kenn ich den, wer kennt den nicht. Das ist einer, dem würd ich auch gern mal ein paar Kleider anfertigen, aber der kommt ja nicht zu mir. Der geht zu anderen. Als wenn er bei mir nichts Gutes bekäme!«

»Der Doktor ist als Leibarzt des Kurfürsten im Schloss, nicht wahr?«

Der Kopf des Schneiders tauchte aus den Stoffen auf. »Der ist doch nicht im Schloss!«, sagte er entschieden, und es klang beinahe wie ein Vorwurf. Er kam auf die Beine, wischte mit einer Handbewegung die Schere vom Tisch und hockte sich auf die Kante. »Ihr seid ein Bekannter von ihm?«, erkundigte er sich.

Gregor leckte sich über die trockenen Lippen. »Ich dachte, der Kurfürst wollte ihn an seinen Hof holen …«

»Oho, das dachte der werte Herr Doktor auch!«, lachte der Schneider. »Aber da hatte er die Rechnung ohne den Kurfürsten gemacht. Der wollte nämlich den anderen, diesen Franken, den kleinen Dicken mit dem Hündchen, diesen Doktor Potzlinger. Den wollte der Kurfürst haben, und den hat er sich auch ins Schloss geholt, Ende letzten Jahres, wenn ich mich recht entsinne. Der andere ist Stadtarzt geblieben. Ihr hättet ihn sehen sollen, wie er damals rumgelaufen ist, der Doktor Molner – ganz rot war er im Gesicht, rot vor Wut. Auf der Straße hat er es natürlich nicht gewagt, den Mund aufzumachen, aber drinnen, hinter verschlossenen Türen, da soll er getobt haben, so haben's die Leute erzählt. Von wegen der Kurfürst habe eine falsche Entscheidung getroffen und der Franke sei überhaupt gar kein richtiger Arzt, sondern ein Schwindler, und wenn der Kurfürst einen Arzt brauche, dann solle er ihn selbst ins Schloss holen, denn er wisse genau, wie man den Kurfürsten von seiner Krankheit kurieren könne, und immer so weiter. Und dann haben die Leute noch erzählt, dass er sich fürchterlich geärgert habe, dass er nun auch kein Hofrat werden könne, denn ohne Leibarzt zu sein, werde ihn der Kurfürst auch nicht zum Hofrat ernennen, und Hofrat, das wollte er schon immer gern werden, der Doktor Molner. Ja, so haben's die Leute damals erzählt.«

»Also hat der Franke den Sieg davongetragen«, fasste Gregor die Ausführungen des Schneiders zusammen.

Der lächelte das überlegene Lächeln des Wissenden. »Irrtum, mein Herr, denn der Franke hat den Kurfürsten ebenso wenig kuriert wie alle anderen Ärzte vor ihm. Ganz im Gegenteil – während der Franke an dem Kurfürsten herumgepfuscht hat, ging es dem immer schlechter, und in der Stadt hat man schon das Gerücht gehört, bald könnte es zu Ende gehen. Aber was hat der Franke auch nicht alles mit ihm angestellt! Der Brosius aus der Nagelstraße hat's mir erzählt, der arbeitet als Bratenwender in der Schlossküche, da erfährt er alles ganz genau, schließlich ist der Küchenschreiber das größte Schnattermaul, das man sich vorstellen kann, und der Küchenschreiber hat ihm alles erzählt. Hungern musste der Kurfürst, hat der Brosius gesagt, und trinken durfte er auch nicht viel, und dauernd hat der Franke ihn zur Ader gelassen, ganz weiß soll der Kurfürst schon gewesen sein, hat der Brosius gesagt. Aber ist das vielleicht verwunderlich, wenn man ihm erst nichts zu essen gibt und ihn dann auch noch leer laufen lässt wie ein abgestochenes Schwein? Wer sollte da nicht weiß werden, nicht wahr, mein Herr, ich hab doch Recht? Später hat er's mit Ochsengalle versucht, der Herr Doktor Potzlinger, aber nur die von frisch geschlachteten Ochsen durfte es sein, andere Galle hilft nicht, hat er gesagt. Und der Kurfürst hat ihm geglaubt und hat fleißig getrunken. Wär die Sache noch eine Weile weitergegangen, ich glaub, wir hätten nicht einen einzigen Ochsen mehr in unserer Gegend gehabt – bis auf den Franken!«

Der Schneider klatschte vor Freude über seinen Scherz in die Hände und prustete gleichzeitig so heftig los, dass Gregor schon die Befürchtung hegte, er könnte ersticken. Doch der Schneider erstickte nicht. »Irgendwann hat der Kurfürst gemerkt, dass der Franke nur ein Wichtigtuer ist, aber noch bevor er ihn mit einem Tritt zum Teufel jagen konnte, hat der sich freiwillig aus dem Staub gemacht. Heimlich, natürlich. Hinter Schöneberg wurde er ein letztes Mal gesehen, dann war er weg.«

»Und der Stadtarzt?«

»Der Stadtarzt?« Der Schneider wischte sich ein paar Lachtränen aus den Augenwinkeln. »Der hat natürlich gedacht, jetzt wär er selbst an der Reihe. Mit der strahlendsten Miene ist er herumgelaufen und hat die Niederlage des Franken weidlich ausgekostet. Nun sei seine Stunde gekommen, hat er allen erzählt, noch ein paar Tage, dann werde der Kurfürst einen Boten nach ihm schicken und ihn ins Schloss holen und dann werde er den Kurfürsten behandeln und ihn von seiner Krankheit heilen und so weiter. So hat er sich's gedacht, aber nichts geschah. Ein Tag nach dem anderen verging, und unser guter Herr Stadtarzt wurde immer kleinlauter, und irgendwann lief er wieder mit demselben roten Gesicht durch die Stadt wie zuvor. Ich kann mich noch erinnern, wie ihn einer von den Cöllner Ratsherren auf die Sache angesprochen hat, Balthasar Gans ist sein Name. Ich war zufällig in der

Nähe und hab alles mit angehört, auf dem Mühlendamm war's. Ihr glaubt gar nicht, wie ein solch hoher Herr wie der Stadtarzt schimpfen kann! Und dabei hat ihm wohl am meisten zu schaffen gemacht, dass er ohne den Posten im Schloss nicht reich werden würde.« Der Schneider verdrehte die Augen. Dann hob er auf einmal seinen Zeigefinger. »Aber das war noch nicht alles, denn kurz darauf kam erst der Höhepunkt …«

»Der Höhepunkt?«

»Der Höhepunkt! Vor ein paar Wochen war's, Anfang Juli, wenn mir mein Gedächtnis keinen Streich spielt. Eines Tages kamen Reiter in die Stadt, darunter ein hoher Herr, ich hab ihn gesehen. Groß war er und stattlich, mit Haaren und Bart so schwarz wie die Hölle, dazu Kleider aus allerfeinstem Tuch, ja allerfeinstes Tuch war's, das hab ich sofort erkannt, schließlich kenn ich mich damit aus. Geradewegs ins Schloss sind sie geritten, und noch am selben Abend wusste bereits die ganze Stadt, was es mit den Reitern auf sich hatte: Der Stattliche mit den Höllenhaaren war ein Arzt und kam aus einer Stadt, die heißt Padua und befindet sich auf der anderen Seite der Berge, die man die Alpen nennt. Dort soll es besonders kluge Ärzte geben, und einer von denen ist also nun im Schloss und behandelt unseren Kurfürsten. Bestimmt hat er Erfolg, denn dass er gut ist, das hab ich auf den ersten Blick gesehen.«

»Damit dürften die Hoffnungen Eures Stadtarztes ja erledigt sein.«

»Erledigt … da sagt Ihr das richtige Wort, mein Herr«, pflichtete der Schneider Gregor bei. »Der Kurfürst hat dem Doktor gezeigt, dass er ihn nicht haben will, also muss der sich weiter um die Kranken in der Stadt kümmern. Ausgeträumt ist sein Traum, endgültig ausgeträumt.« Er zuckte die Achseln. »So, mein Herr, nun habt Ihr gehört, was es mit dem Doktor

Friedrich Molner auf sich hat. Wie Ihr seht, weiß ich Bescheid in der Stadt. Es gibt wohl nichts, was mir nicht bekannt wäre, und wenn Ihr jemals etwas wissen wollt, dann braucht Ihr nur zu mir zu kommen. Ich mach Euch nicht nur die herrlichsten Kleider, ich steh Euch auch mit Auskünften zur Verfügung. Ihr braucht mich nur zu fragen, mein Herr. Ja, fragt mich nur, von mir sollt Ihr alles erfahren!«

Von der Straße drang Schweinequieken in die Werkstatt, dann das Geräusch einer durch die Luft zischenden Weidengerte, anschließend neuerliches Schweinequieken. »Wie geht es Eurem Henker?«

Der Schneider, der eben noch bestens gelaunt auf der Tischkante gesessen und sich in seinem Wissen gesonnt hatte, ließ den Unterkiefer fallen. In seinen Augen stand Verwirrung. »Wie es dem Henker geht?«, wiederholte er die Worte und rückte, noch während er sprach, auf der Kante entlang, bis er am Ende des Tisches auf die Beine kam. »Dem Henker geht es gut, mein sehr verehrter Herr, ja ja, gut geht es ihm, warum sollte es ihm auch nicht gut gehen, sein Weib ist tot, aber ihm geht es gut, dem Henker, unserem Henker … Aber vielleicht sollten wir uns jetzt den Stoffen zuwenden, mein Herr, schließlich wollen wir Euch doch ein schönes Hemd machen, nicht wahr, deswegen seid Ihr ja hier, und außerdem muss ich auch noch Euer Maß nehmen, damit ich zuschneiden kann, Ihr versteht?« Der Schneider kniete nieder – nicht ohne Gregor im Auge zu behalten –, raffte mit ausgebreiteten Armen alle Stoffe zusammen, die er zu greifen bekam, und warf sie auf den Tisch. »Aber als Erstes müssen wir herausfinden, was Euch gefällt, mein lieber Herr, denn ohne einen Stoff, der Euch gefällt, gibt's auch kein Hemd.«

Gregor löste sich vom Fenster und trat an den Tisch. »Nun gut, dann lasst mal sehen, was Ihr mir anzubieten habt!«

Der Totengräber vom Marienkirchhof war ein Mann, der zu den am schlechtesten angesehenen Einwohnern Berlins zählte, zudem war er mürrisch, misstrauisch und menschenscheu. Doch handelte es sich bei den letztgenannten Merkmalen um Eigenheiten seines Charakters, die er mit manchem seiner Zeitgenossen teilte, so war das schlechte Ansehen, in dem er stand, eine Folge seines Amtes. Totengräber waren Verachtete, waren Leute ohne Ehre, und das Einzige, was sie über diesen Makel hinwegtrösten konnte, war der Umstand, dass sie nicht die Einzigen waren, an denen er haftete. Vielmehr reihten sie sich ein in eine Kette, die beim Henker ihren Anfang nahm, die Dirnen und Spielleute einschloss und die selbst noch die Angehörigen solch unauffälliger Berufe wie Bader, Müller oder Schäfer umfasste. Schon ihre Kinder bekamen die Last ihrer Herkunft zu spüren, wenn die Zünfte ihnen ein ehrliches Handwerk verweigerten; sie selbst wurden gemieden, solange man sie nicht brauchte; und redete man über sie, so waren es oft schaurige Geschichten von Totengräbern, die in finsteren Nächten über die Kirchhöfe schlichen und dort vertraulich-makabren Umgang mit Geistern und Dämonen pflegten.

Gregor hatte den Schneider kaum verlassen, da klopfte er auch schon an die Tür des Totengräberhauses gegenüber dem Kirchhof von Sankt Marien. Es vergingen einige Sekunden, dann waren Schritte auf knarrenden Holzdielen zu vernehmen, und ein graugesichtiger Mann erschien in der Tür.

»Was wollt Ihr?«, erkundigte dieser sich schroff.

»Ich möchte dich sprechen«, entgegnete Gregor, während seine Augen den anderen abtasteten. Graue Hose, graues Hemd, auch der kurz geschnittene, nur die Oberlippe aussparende Bart war grau. Alles an diesem Mann schien von derselben Farbe.

»Worum geht es?«

Zwei Frauen, die mit Eierkörben an der Kirchhofsmauer entlangkamen, spitzten die Ohren. Gregor wartete, bis sie weitergegangen waren. »Es geht um die Bestattung des Pommern, die der Hof veranlasst hat. Die Sache im Frühjahr.«

Der Totengräber stand stocksteif und hielt die Klinke in der Hand, seine Augen hatten sich zu schmalen Schlitzen verengt. Plötzlich trat er einen Schritt zurück und wollte die Tür hinter sich zuziehen, doch Gregor war schneller und schob den Fuß dazwischen. »Es gibt ein Geheimnis um dieses Grab, und du kannst mir einiges dazu erzählen.«

»Einen Dreck werd ich Euch erzählen!«, zischte der Totengräber und zog an der Tür.

»Auch nicht für Geld?«

Das Ziehen ließ nach.

»Zehn Gulden!«, lockte Gregor.

Der Mann mit dem grauen Gesicht und den grauen Kleidern schob den Kopf in den Spalt. »Wer seid Ihr? Und wer sagt Euch überhaupt, dass es da ein Geheimnis gibt?«

Gregors Mund verzog sich zu einem dünnen Lächeln. »Willst du die Gulden nun haben oder nicht?«

Einige Atemzüge lang herrschte Ruhe im Haus. »Wenn jemand davon erfährt, bin ich erledigt«, stöhnte der Totengräber.

»Es wird niemand davon erfahren.«

Wieder ein Stöhnen, gefolgt von einem längeren Schweigen. Dann die Antwort. »Dreißig Gulden.«

»Einverstanden«, stimmte Gregor zu. Dreißig Gulden waren für einen Totengräber eine Menge Geld. Und für dreißig Gulden durfte man ein paar brauchbare Auskünfte erwarten.

Der Totengräber steckte seinen Kopf durch die Tür und sah sich um. »Aber nicht hier. Wir treffen uns draußen vor der Stadt, am Ende des Holzmarktes. Ihr geht vor, ich folge in einigem Abstand. Aber versucht nicht, mich übers Ohr zu hauen, mit mir ist nicht zu spaßen!«

Wenig später lehnte Gregor an einem Stapel Schiffsbauholz und wartete. Vom Fluss drangen slawische Wortfetzen zu ihm herüber, einige Flößer von der Oberspree, die sich abmühten, ihre zusammengebundenen Stämme ans Ufer zu bringen. Nicht weit von ihnen entfernt dümpelten drei Lastkähne im Wasser. Nahe der Straße machten sich Weiber an einem Haufen Brennholz zu schaffen und warfen Scheite in ihre Kiepen, Knechte luden Bretter auf einen Wagen. Niemand beachtete ihn.

Ein Geräusch in seinem Rücken ließ ihn herumfahren. Vor ihm stand der, auf den er gewartet hatte, den Hut ins Gesicht gezogen. »Hier bin ich«, knurrte der Totengräber. Unruhig schaute er in alle Richtungen, dann streckte er die Hand aus. »Als Erstes will ich das Geld.«

Gregor kramte die Gulden hervor und legte sie zwischen sich und dem anderen auf ein Brett. »Erst die Auskünfte, dann das Geld.«

Die Augen seines Gegenübers huschten über die Goldmünzen, die hell in der Sonne glitzerten. Sein Atem ging schnell. »Was wollt Ihr wissen?«

»Der Hof wollte seinerzeit verhindern, dass jemand die genaue Lage des Grabes erfährt. Was war der Grund dafür? Was für ein Geheimnis sollte auf diese Weise gehütet werden?«

Der Totengräber schüttelte den Kopf. »Ich weiß es nicht. Man hat uns damals den Sarg gezeigt und gesagt, wir sollten ihn auf dem Marienkirchhof in die Erde bringen, und zwar so, dass niemand die Grabstelle finden kann. Und dann hat man uns noch gesagt, die ganze Sache sei äußerst wichtig und wir sollten das Maul halten. Das war alles.«

Gregor versuchte in den Augen des anderen zu lesen. »Gut, ich will einmal annehmen, du sagst die Wahrheit und weißt tatsächlich nicht, worum es ging. Aber du weißt vielleicht, ob dieses Geheimnis für den Hof auch heute noch von Bedeutung ist? Schließlich sind seit damals beinahe fünf Monate vergangen.«

»Der Hof hat die ganze Zeit über ein waches Auge auf das Grab gehabt, und daran hat sich bis heute nichts geändert. Gelegentlich treiben sich Leute aus dem Schloss auf dem Kirchhof herum. Sie tun so, als würden sie nur ein wenig umherspazieren, aber in Wahrheit geht es ihnen um das Grab. Ich weiß das, immerhin bin ich oft genug auf dem Kirchhof. Mir entgeht …«

Ein Geräusch ließ den Totengräber verstummen. Er spähte um die Ecke. Von der anderen Seite des Platzes her kamen zwei Männer gelaufen, der eine von ihnen allem Anschein nach ein Händler – heftig mit den Armen gestikulierend und schimpfend –, der andere einer der städtischen Kreider, die den Holzmarkt überwachten und für das Eintreiben des Platzgeldes zuständig waren. Zügig steuerten die beiden auf mehrere Stapel Bauholz zu, prüften die angebrachten Zeichen, zählten und entfernten sich anschließend laut streitend zum Eingang des Holzmarktes hin, wo sich ein Unterstand für die Bediensteten befand.

Auf der Stirn des Totengräbers hatten sich Schweißperlen gebildet. »Beeilt Euch mit Euren Fragen!«, drängte er heiser.

»Beschreib mir die Lage des Grabes!«

Zögern. Dann ein Blick auf die Münzen. Dann die Antwort.

»Wenn Ihr den Kirchhof betreten habt, haltet Euch rechts. Kirche und Mauer laufen in einem Winkel aufeinander zu. Es ist das vorletzte Grab an der Mauer.«

»Und wer liegt unter dem Pommern?«

Der Totengräber nagte mit den Zähnen an seiner Unterlippe.

»Ein Federhändler. Sein Name war Jacob Engel, er hat in der Brüderstraße gewohnt, schräg gegenüber dem Kalandshof. Vor zwei Jahren ist er gestorben. Das ist alles, mehr kann ich Euch nicht sagen.« Er wandte sich den Gulden zu. Seine Finger zitterten, als er damit begann, sie einzusammeln. Plötzlich hielt er inne. »Ich weiß noch etwas«, kam seine Stimme stockend und leise. »Gebt mir zehn Gulden mehr.«

Wortlos langte Gregor in seinen Beutel, holte die geforderten Gulden heraus und legte sie neben die noch verbliebenen auf das Brett.

Die Schweißperlen auf der Stirn des Totengräbers hatten sich in kleine Bäche verwandelt, die ihm über das Gesicht liefen. »Worum es dem Hof bei der ganzen Sache geht, weiß ich nicht. Aber ich« – seine Stimme verwandelte sich in einen Hauch –, »ich weiß, dass in dem Sarg … kein Mensch lag.«

Gregor blickte erstaunt. »Woher weißt du das?«

Für einen kurzen Moment flackerte Stolz in den Augen des Totengräbers auf. »Die Leute nennen mich den Herrn über die Toten, und das nicht von ungefähr. Ich hab schon so manchen zu Grabe getragen und dabei so manchen Sarg in meiner Hand gespürt. Und deshalb weiß ich, dass in dem Sarg kein Mensch lag. Sandsäcke vielleicht, aber kein Mensch.«

»Und warum?«, entfuhr es Gregor, obwohl er wusste, dass der andere ihm die Frage nicht beantworten konnte.

Der Totengräber sammelte die restlichen Gulden ein. »Danach müsst Ihr Euch beim Kurfürsten erkundigen«, sagte er in einem Tonfall, der deutlich machte, dass er das Gespräch als beendet ansah. Er lugte kurz um den Bretterstapel herum und vergewisserte sich, dass niemand zu ihnen herüberschaute. Dann warf er Gregor ein drohendes »Wehe, wenn Ihr mich verratet!« zu und hastete davon.

Gregor löste sich von den Brettern. »Sandsäcke …«, murmelte er und wandte sich dem Fluss zu. Er war zufrieden. Alles, was wichtig für ihn war, hatte er erfahren. Was er nicht erfahren hatte, war nicht wichtig für ihn. Auf einem abgebrochenen Ast, den das Wasser angespült hatte, ließ er sich nieder. Die Flößer hatten ihre Stämme ans Ufer gebracht, zwei Männer stießen mit langen Stangen einen der Lastkähne in die Fahrrinne. Hoch über ihm kreiste ein Bussard und lauerte auf Beute. »Sandsäcke …«, wiederholte er noch einmal, stützte nachdenklich den Kopf in die Hände und starrte hinüber zur Stadt.

* * *

»Geh zur Seite, mein Sohn! So geh doch zur Seite!«
Die Stimme des Greises, der in eine Decke aus feinstem Harras gehüllt auf dem Boden der Wilsnacker Wallfahrtskirche kauerte und aufgeregt zu ihm herüberwinkte, riss Gregor aus seinen Gedanken. Er drehte sich um. Vor ihm stand eine Frau mit einem Säugling auf dem Arm. Der Körper des Säuglings war von gelbbrauner Färbung, die Arme waren unförmig und viel zu lang, ebenso die knielosen Beine mit den Füßen, an denen die Zehen fehlten. Seine Augen blickten leer zur Decke empor, deren feingliedrige Rippen sich wie ein Netz über der Halle spannten. Seine Ohren waren verschlossen, und selbst dem vereinten Getöse der vereinten Welt wäre es nicht gelungen, sie zu erreichen, denn das Kind, das die Frau auf ihrem Arm trug, war nicht aus Fleisch und Blut, das Kind war aus Wachs.
Gregor gab den Weg frei und drückte sich an einen Pfeiler. Die Frau gehörte zu einer Gruppe von Pilgern, denen die Anstrengungen einer weiten Reise in die Gesichter geschrieben standen. Einer von ihnen hatte sich einen halbwüchsigen Jungen auf den Rücken geladen, ein lallendes, sabberndes Bündel; ein anderer durchmaß das Kirchenschiff mit seinem

Körper, warf sich zu Boden, stand wieder auf, machte einen Schritt nach vorn und warf sich erneut nieder. Betend und singend bewegte sich die Schar auf die Wunderblutkapelle gegenüber dem riesigen Bild des heiligen Christophorus zu. Während die anderen im Angesicht des Hostienschreins auf die Knie fielen, trat die Frau vor ein Gestell, an dem mehrere wächserne Arme und Beine sowie ein winziges Häuschen hingen. Mit tränenüberströmten Augen befestigte sie ihren Säugling an dem Gestell. Dann wandte sie sich ebenfalls dem Schrein zu und flehte das Heilige Blut um den schon viel zu lange ausgebliebenen Kindersegen an.

Hohl hallten Stimmen vom Eingang herüber, eine Gruppe Männer, die anhand des Fähnchens, das einer von ihnen an seinem Pilgerstab befestigt hatte, als Ungarn zu erkennen waren. Gregor stand noch immer neben dem Pfeiler. Ein Kirchendiener schleppte eine Kiste mit bleiernen Abzeichen für die Pilger an ihm vorbei, die diese sich an ihre Hüte zu stecken pflegten – drei mit jeweils einem roten Fleck versehene Hostien zum Gedenken an das Blutwunder, das aus dem einst unbedeutenden Dörfchen Wilsnack binnen kürzester Zeit einen viel besuchten Wallfahrtsort hatte werden lassen. Mehr als einhundert Jahre war das jetzt her. Der Prignitzer Ritter Heinrich von Bülow hatte mit seinen Männern die Gegend verheert und dabei auch die alte Kirche des Ortes abgebrannt. Alles lag in Schutt und Asche, die Mauern waren eingebrochen, die Glocken zu Boden gestürzt, die eichene Altarplatte, in deren Innerem der Pfarrer ein Kästchen mit drei geweihten Hostien aufbewahrt hatte, war verkohlt. Schon wollte der Pfarrer Abschied von seiner Gemeinde nehmen, da hörte er im Traum eine Stimme, die ihn aufforderte, in den Ruinen seiner Kirche eine Messe zu halten, und als er der Stimme folgte und zurückkehrte, da fand er die drei Hostien unversehrt vom Feuer auf einer Altardecke liegend, und auf jeder von ihnen schimmerte ein Tropfen Blut. Blut auf dem Leib des Herrn! Heiliges Blut! Schnell verbreitete sich das Wissen um das Geschehene überallhin, die ersten Wallfahrer stellten sich ein, bald wusste man von Wundern zu berichten: von Krankenheilungen, von wieder erweckten Toten und von Gefangenen, die durch die Kraft des Blutes aus ihren Kerkern befreit worden waren. Und während unter den Vertretern der Kirche ein heftiger Streit über die Echtheit des Blutwunders entbrannte, der erst durch das Eingreifen des Papstes zu dessen Gunsten entschieden wurde, gedieh der Ort des Ereignisses auf das Prächtigste, erwuchs aus den Trümmern des einstigen Kirchleins eine mächtige Kirche, und die Zahl der aus allen Himmelsrichtungen herbeiströmenden Pilger nahm so kräftig zu, dass der Gnadenort Wilsnack schließlich mit Aachen oder gar mit Rom in einem Atemzug genannt wurde.

Als Gregor sich dem Ausgang der Kirche zuwandte, wäre er um ein Haar gegen einen Büßer geprallt, der halb nackt und mit ausgebreiteten Armen in Kreuzesform neben einem Standbild des heiligen Jakobus stand und Bibelverse zwischen den Zähnen hervorpresste. Der Mann schien zutiefst erschöpft, offensichtlich verharrte er schon über eine längere Zeit in seiner beschwerlichen Haltung – einer von denen, die sich ein Martyrium aufluden, um Schuld zu tilgen und Ablass zu erlangen. »Ecce enim in iniquitate generatus sum, et in peccato concepit me mater mea«, kamen ihm die Worte aus dem Mund. Gregor ging an dem Büßer vorbei und steuerte durch das gedrungene Langhaus auf das Portal zu.

Draußen empfing ihn ein verhangener, beinahe schon frühherbstlicher Tag. Da die große, alljährlich zu Sankt Bartholomäus stattfindende Wallfahrt gerade vorüber war, zeigte sich der Platz vor der Kirche nur mäßig gefüllt. Fast ein wenig verloren wirkten die Stände der Händler mit ihren Heili-

genfiguren, den Holzschnitten der Muttergottes und den unzähligen Kruzifixen in den verschiedensten Größen; vereinsamt auch die Tische, an denen der Bedarf für den wandernden Pilger feilgeboten wurde, wie Kürbisflaschen oder Bettelsäcke aus Leder. Drei Jungfern umrundeten auf Knien das Gotteshaus, eine jede von ihnen mit Sackleinen bekleidet. Gegenüber dem Eingang hatten sich ein paar Verkrüppelte aufgebaut und starrten mit sehnsuchtsvoll entrückten Augen auf das Ziel ihrer Reise.
Gregor ließ einen aufdringlichen Händler stehen, der ihm zwei Dutzend Rosenkränze von unterschiedlicher Machart beinahe ins Gesicht hielt, und ließ sich auf einer Holzbank nieder, die ein wohlmeinender Bürger vor seinem Haus aufgestellt hatte. Die Mittagszeit war längst vorbei, doch noch immer war von Lorenz nichts zu sehen. Er nahm ein Stück Brot aus seinem Beutel und biss hinein. In diesem Moment bemerkte er aus den Augenwinkeln, wie jemand auf ihn zukam. »Nicht herschauen!«, raunte der und setzte sich neben ihn auf die Bank. »Falls uns jemand beobachtet.«
Lorenz! Gregor war erleichtert. »Meine Reise nach Berlin war erfolgreich«, gab er kauend und ebenso leise zurück. »Jetzt fehlt mir nur noch der Meister.«
»Es gab da eine kleine Schwierigkeit, aber die ist aus dem Weg geräumt. Er wird dich empfangen.« Lorenz legte wie zufällig die Hand vor den Mund. »Geh durch die Gasse dort drüben, die mit dem weit vorkragenden Haus. An ihrem Ende halte dich links, dort findest du die Herberge ›Zum güldenen Stern‹. Geh hinein und frag nach Jochim, er wird dich weiterbringen. Wenn alles erledigt ist, treffen wir uns an der Straße nach Havelberg, ein gutes Stück außerhalb der Stadt. Ich werde auf dich warten.« Ein Bettelweib mit drei schmutzstarrenden Kindern kam vorbei, und Lorenz steckte ihr eine Münze zu. Dann erhob er sich von der Bank. Er rück-

te seine Kleider zurecht, setzte ein andächtiges Gesicht auf und strebte mit gemessenen Schritten dem Gotteshaus entgegen.

Aus der Kirche schallte Gesang, als Gregor sich aufmachte und den Weg ging, den Lorenz ihm beschrieben hatte. Vor der Herberge »Zum güldenen Stern« blieb er stehen. Der Name war in ungelenker Schrift auf eine Holztafel gemalt, darunter prangte – groß wie ein Wagenrad – der Stern von Bethlehem. Lärm drang aus dem Haus auf die Gasse. Als Gregor eintrat, erblickte er inmitten einer Staubwolke einen Burschen, der eben damit beschäftigt war, ein Loch in eine Wand zu schlagen. »Ich möchte zu Jochim!«, rief Gregor in das Hämmern hinein. Der Bursche ließ die Hand sinken und musterte seinen Besucher. »Du bist allein?« Gregor nickte. Wortlos legte der andere den Hammer beiseite, ging zur Tür und spähte nach draußen. »Komm!«, sagte er dann und wandte sich einem Hinterausgang zu.

Gregor folgte ihm. Sie gelangten in einen von Gebäuden umstellten Hof, von dem ein Tor auf die Gasse hinausführte. In seiner Mitte stand ein zweirädriger Karren mit einer Truhe, die einem Kutscher als Sitz dienen konnte. Der Bursche spannte ein Pferd ein. Dann kletterte er auf den Karren, holte ein schwarzes Tuch aus der Truhe und hielt es auffordernd in die Luft. »Na los, oder hast du Angst?«, feixte der Bursche. Gregor überging die Bemerkung. Er stieg über die Deichsel nach oben, stellte sich in die Truhe, ließ sich die Augen verbinden und legte sich nieder.

Dröhnend fiel der Deckel zu, und um Gregor herum war es Nacht. Er hörte, wie das Tor geöffnet wurde und jemand auf der Truhe Platz nahm. Gleich darauf setzte sich der Karren in Bewegung. Schaukelnd ging es durch die Straßen, mal geradeaus, mal um eine Ecke, dann über ein Wegstück voller Schlaglöcher, bis der Karren schließlich zum Stehen kam.

Stimmen drangen an Gregors Ohren. Er lauschte, doch nichts war zu verstehen. Plötzlich wurde der Deckel der Truhe geöffnet, vier kräftige Hände griffen ihm unter die Arme, zogen ihn hoch und ließen ihn auf den Boden herab. Der Geruch eines Ziegenstalls stach ihm in die Nase, nicht weit entfernt schlug Metall gegen Metall, vielleicht ein Schmied oder ein Dengler beim Klopfen einer Sense. Mehr grob geschoben als behutsam geführt, gelangte er über sandigen Boden in einen Raum mit Steinbelag. Im nächsten Augenblick ließen die Hände ihn los, Schritte entfernten sich, und hinter ihm schlug eine Tür zu.

Abwartend verharrte er, das Tuch noch immer vor den Augen, als er auf einmal ein krächzendes Kichern vernahm. Das Kichern war weder höhnisch, noch war es kindlich, viel eher schien es von einem Wesen herzurühren, dessen Verstand ganz eigenen Regeln gehorchte. »Du bist also derjenige, den Lorenz mir angekündigt hat«, bemerkte das Wesen. »Ist ein guter Junge, der Lorenz, nicht wahr?«

Gregor drehte den Kopf in die Richtung, aus der die Stimme gekommen war. Die Stimme eines alten Mannes.

»Du darfst deine Augenbinde jetzt übrigens abnehmen. Eine Nachlässigkeit meiner Diener …«

Voll gespannter Erwartung streifte Gregor das Tuch über den Kopf. Kerzenschein traf seine Augen, vermischt mit dem Flackern eines Feuers und dem verwaschenen Tageslicht, das durch die nicht vollständig geschlossenen Fensterläden von draußen hereinfiel. Der Raum, in den man ihn geführt hatte, war groß, er war aus Feldsteinen gemauert, hatte eine flache Holzdecke und beherbergte die umfangreichste Sammlung von Behältnissen und Gerätschaften, die Gregor je gesehen hatte. Wandgestell reihte sich an Wandgestell, darauf standen Töpfe und Tiegel mit Kräutern, Pulvern und Pasten, Schachteln mit Wurzeln, Waagen von unterschiedlicher Bauart und Mörser, dazu zahlreiche Glasfläschchen voller geheimnisvoller Tinkturen sowie Röhren, die ihrer Form nach an Schlangen erinnerten. Zwei Fenster hatte der Raum, unter jedem gab es einen Tisch, dazwischen befand sich eine Feuerstelle, auf der ein Sud in einem Kessel brodelte, und neben dem Kessel stand der Herr all jener Dinge, stand der Mann, dessen Geschäft der Tod war, stand der Giftmischer und hielt – ein König mit seinem Zepter – einen Rührstab in der Hand. Zu sehen war freilich nur wenig von ihm. Sein Gesicht hatte er hinter einer goldenen Maske verborgen, sein Körper steckte in einem schwarzen, bis auf den Boden herabreichenden und mit Goldfäden bestickten Gewand.

»Von Lorenz hab ich nur erfahren, dass du meine Hilfe suchst. Deine Geschichte kenne ich nicht. Vielleicht willst du sie mir ja erzählen?« Der Giftmischer legte lauernd den Kopf schräg. Gregor schwieg. »Auch gut!«, gab sich der Mann hinter der Maske zufrieden und wischte mit einer fahrigen Handbewegung durch die Luft. »Wenn du es nicht sagen willst, soll's mir recht sein. Ich hab noch nie einen bedrängt.« Er wandte sich dem Kessel zu, rührte mit seinem Stab einige Male in dem Sud herum, legte dann den Stab beiseite und humpelte zu einem Sessel, der auf einem flachen Absatz neben einer angelehnten Tür stand, die offenbar in einen weiteren Raum führte. Der Sessel war ganz aus dunklem Holz gefertigt und ließ eher an den Thron eines Herrschers denken als an den Sitz eines Gewöhnlichen. Sein hochgezogenes Rückenteil wies Einlegearbeiten von bemerkenswerter Kunstfertigkeit auf, die Armlehnen waren aufwändig geschnitzt und liefen in Löwenköpfen aus, die Sitzfläche war von einem Kissen aus schwarz glänzender Seide bedeckt, auf dem ebenfalls der Kopf eines Löwen zu erkennen war. Ächzend ließ der Giftmischer sich darauf nieder. »Setz dich doch, mein Freund!«, forderte er seinen Besucher auf.

Gregor sah sich um. Einen weiteren Sessel gab es nicht, schon gar keinen von solch prächtiger Art wie der Thron, stattdessen fiel sein Blick auf einen Schemel vor einem der beiden Tische. Er wollte sich eben darauf setzen, als er zurückfuhr. Neben dem Schemel, zur Hälfte von dem Tisch verdeckt und vom Licht nur schlecht erhellt, lag ein Ziegenbock.

Wieder das irre Kichern. »Ein weiteres Beispiel, wie nachlässig meine Diener sind, sie hätten das Vieh längst wegräumen sollen. Aber nimm trotzdem Platz, mein Freund, der Bock kann dir nichts mehr tun. Er ist tot. Aconitum war's, Sturmhut … im Wesentlichen jedenfalls. Ein gutes Gift. Vielseitig verwendbar, ob es nun schnell gehen soll oder langsam und unter Schmerzen. In der letzten Woche hat mich einer aufgesucht, der hatte so ganz besondere Vorstellungen, wie die Sache in seinem Fall ablaufen soll. Deshalb der Versuch mit dem Bock.«

Gregor wandte die Augen von dem Kadaver und ließ sich nieder. Der Giftmischer gluckste eine Weile vor sich hin, dann versank er in Schweigen, und Gregor mutmaßte bereits, er könnte eingeschlafen sein. Doch plötzlich kehrte das Leben in ihn zurück. »Ich bin ein König!«, verkündete er stolz und straffte sich. »Ein König im Reich der Gifte. Und weil alle das wussten, deshalb sind sie zu mir gekommen. Alle haben sie hier gesessen, an derselben Stelle, an der du jetzt sitzt, und glaub mir, darunter war manch einer mit einem großen Namen. Einen Grund zu kommen, hatte jeder von ihnen: ein böser Feind, ein lockendes Vermögen, Rache, gelegentlich ein Eheweib, das den tyrannischen Gatten nicht länger ertragen mochte … tausend Gründe gibt es, einen anderen zu töten. Und dabei wollten sich viele noch nicht einmal mit einem einfachen Tod bescheiden. O nein, viele waren so sehr vom Hass verzehrt, dass ihnen das schrecklichste Gift geradezu als eine harmlose Näscherei erschien. Und ich – ich war ihnen zu Diensten. Ich habe ihnen geholfen, denn ich konnte ihnen helfen.« Er beugte sich vor. »Glaub mir, mein Freund, ich bin gut. Ich bin sogar sehr gut. Einer der Besten bin ich! Und dabei ist das Zubereiten von Giften eine schwierige Kunst, vielleicht die schwierigste überhaupt, die es gibt. Ich beherrsche diese Kunst. Ich widme mich diesem Schwierigen – damit diejenigen, die zu mir kommen und meine Hilfe erbitten, es leicht haben. Denn ist das Gift erst einmal gut zusammengemischt, dann ist die Beibringung zumeist eine leichte Sache. Ja, in vielen Fällen ist sie geradezu ein Kinderspiel: ein paar Tropfen in den Wein, ein wenig Pulver ins Salzfass oder auf die Innenseite eines Hemdes …« Er schlug vergnügt die Hände zusammen. »Ach, da ich gerade von Wein spreche … verzeih einem alten Mann die Unaufmerksamkeit, lieber Freund! Wenn du schon mein Gast bist, dann hast du auch ein Recht darauf, dass ich dich als einen solchen behandle.«

Der Giftmischer griff nach einem Glöckchen an der Lehne seines Sessels und klingelte. Im nächsten Augenblick ging die Tür neben ihm auf, und ein Jüngling erschien. Auch er hatte sein Gesicht hinter einer Maske verborgen. In den Händen hielt er ein Auftragebrett, auf dem zwei Becher aus Bergkristall standen sowie eine silberne Kanne. Der Jüngling füllte Wein in einen der Becher, reichte ihn Gregor und stellte sich anschließend, ohne zuvor auch noch den anderen gefüllt zu haben, an die Seite seines Herrn. »Ein guter Tropfen!«, krächzte dieser. »Ich denke, er wird dir zusagen.«

Gregor verspürte ein leichtes Zittern in seiner Hand, als er den Becher zum Mund führte. Seine Augen waren auf den Mann gerichtet, der ein wenig nach vorn gebeugt in seinem Sessel saß und mit den Fingern die Schnitzereien der Armlehnen nachzeichnete. Auch wenn die Gesichtszüge hinter der Maske versteckt waren, so vermeinte er dennoch, das lauernde Grinsen erkennen zu können, mit dem der andere ihn beobachtete. Indem er sich noch einmal den Hintergrund ihrer Begegnung in Erinnerung rief, führte er den Becher an die Lippen und trank.

Der Giftmischer zeigte sich erheitert. Er klopfte mit den Händen auf seine Schenkel und brabbelte ein paar Worte, die vermutlich so etwas wie Anerkennung ausdrücken sollten, die von der Maske jedoch weitgehend verschluckt wurden. Dann stand er auf. Das eine Bein nachziehend, humpelte er zu einem Wandgestell, entnahm einem bauchigen Gefäß eine mit einer Salzkruste versehene Kröte, warf diese in den Kessel, rührte darin herum und humpelte wieder zurück. Hörbar angestrengt ließ er sich auf seinen Thron fallen. Nachdem er eine Weile geschwiegen hatte, richtete er das Wort erneut an Gregor. »Nun, mein Freund, geht es dir gut?«

Dieser bejahte.

»Das will gar nichts bedeuten!«, stieß der Giftmischer hervor und brach abermals in sein Gekicher aus, diesmal so andauernd, dass er schließlich nach Luft schnappen musste. Es dauerte eine Weile, bis er sich wieder beruhigt hatte. »Kennst du die Geschichte vom Flinken Kieckebusch, diesem Heißsporn, der sengend und plündernd durchs Land gezogen ist und der es fertig gebracht hat, einem Grafen am helllichten Tag das Weib zu entführen? Der hat auch Wein getrunken, der Kiekebusch, dieselbe Sorte, die du gerade trinkst: Malvasier, er stammt von einer Insel, die ihre Bewohner Madeira nennen, wenn ich mich nicht irre. Als er den Wein getrunken hat, ist zunächst einmal gar nichts geschehen, ein paar Tage später war er dann allerdings tot. Elend zugrunde gegangen, sag ich dir! Oben und unten ist es ihm rausgekommen. Alles fauliger Zerfall, stinkend wie die Hölle, kaum einer hat es noch in seiner Nähe ausgehalten. Und das Ganze unter entsetzlichen Krämpfen. Dass der Wein damit zu tun hatte, auf den Gedanken ist niemand gekommen, schließlich lag die Sache schon einige Tage zurück. Und nachweisen lässt sich das Gift auch nicht. Arsenik war's, manche nennen es Hüttenrauch. Es ist das Gift der Gifte. Mit ihm lassen sich die meisten Angelegenheiten erledigen, ganz gleich, ob der Tod bereits nach einer Stunde eintreten soll oder erst nach Tagen oder gar Wochen. Ein wenig davon in einen Becher, in die Suppe, in einen saftigen Braten, das ist alles. Du kannst auch eine Kerze damit tränken. Wenn der andere sie dann am Abend anzündet, um bei ihrem Schein vielleicht Pläne für sein weiteres Leben zu schmieden, holt er sich mit jedem Atemzug ein Quäntchen Tod in die Lungen, und irgendwann ist Schluss, und niemand weiß zu sagen, warum.« Der Giftmischer lehnte sich – Vertraulichkeit andeutend – nach vorn. »Hast du schon mal von den Weibern gehört, die durch den Finger ihres Ehegatten zu Tode gekommen sind? Nein? Es geschieht beim Liebesspiel. Wenn der Mann in der Tiefe wühlt, während das Weib sich in wohligen Wonnen windet, streicht er ihr das Gift in die Grotte und …«

»Ich brauche etwas schnell Wirkendes«, fiel Gregor seinem Gegenüber ins Wort. Ihm war unwohl, und das nicht etwa wegen des Weins, den er getrunken, sondern wegen der Worte, die er gehört hatte. Hätte man den Mann ergriffen, der da vor ihm inmitten eines der bedeutendsten Pilgerorte der Christenheit auf seinem grotesken Thron saß – ihm wäre die strengste Bestrafung zuteil geworden, die sich nur denken ließ. Doch wie es den Anschein hatte, schien ihn dieser Umstand nicht im Geringsten zu beunruhigen. Unbeschwert plauderte und scherzte er, prahlte mit seinen Fähigkeiten und gab sich wie ein biederer Krämer auf dem Markt, der einem Kunden die Breite seines Angebots vorstellt und die Vorzüge der einzelnen Waren erklärt.

»Eine Stunde, ein Tag, ein Monat – wie du willst!« Der Giftmischer überlegte einen Moment. Dann warf er dem Jüngling, der die ganze Zeit über schweigend neben ihm ausgeharrt hatte, ein paar Worte zu und deutete auf ein flaches Deckelgefäß in einem der Wandgestelle. Der Jüngling reichte es ihm. »Vielleicht ist es ja das, was du suchst«, sagte der Giftmischer verheißungsvoll und umfasste das Gefäß dabei wie ein Liebhaber seine Geliebte. »Wenn man den Inhalt gut aufbereitet, ergibt das einen höchst bemerkenswerten Saft, mit dem man allerhand anstellen kann. Hexen, zum Beispiel, mischen ihn gern in ihre Salben, und auch der Henker macht gelegentlich Gebrauch davon, um einem armen Sünder die Leidenszeit zu verkürzen. Du hast keine Ahnung, was es ist, nicht wahr, mein Freund? Aber gehört hast du gewiss schon davon. Es ist ein zuverlässiges Gift, sag ich dir, ein äußerst zuverlässiges, und ebenfalls nicht nachzuweisen. Gibst du die richtige Dosis in ein Getränk, so brauchst du nur noch zu warten. Willst du hören, wie das Gift seine Wirkung entfaltet? Ja? Dann hör gut zu, ich werde es dir erzählen. Als Erstes blicken die Augen des Opfers verwirrt, gleichzeitig wird es von Schwindel erfasst, Magen und Darm beginnen ihm zu schmerzen, und unter Umständen kommt es zu heftigem Erbrechen. Bald darauf werden die Gliedmaßen schwer. Eine Lähmung macht sich breit, die bei den Beinen ihren Anfang nimmt und langsam nach oben wandert. Durst peinigt das Opfer. Es wankt. Schließlich kann es sich nicht mehr aufrecht halten, es sinkt zu Boden und kriecht auf allen vieren wie ein kleines Kind. Konnte es zunächst noch sprechen, so wird seine Stimme nun heiser und versagt endlich ganz. Zuletzt greift die Lähmung auf die Lungen über, das Atmen fällt ihm schwerer und schwerer, gerade so, als stopfe ihm jemand einen Lappen in den Mund, und während das Opfer die ganze Zeit über alles wahrnimmt, was in seiner Umgebung geschieht, rückt es mit jedem quälenden Atemzug der Hölle ein kleines Stück näher. Am Ende erstickt es, und das bei vollem Bewusstsein.« Zufrieden mit seiner Schilderung, gluckste der Giftmischer leise vor sich hin und wackelte dabei mit dem Kopf. Dann hob er den Deckel von dem Gefäß. Er langte hinein und hielt im nächsten Moment ein Häufchen Samenkörner sowie getrocknetes Kraut in seiner Hand. »Schierling!«, verkündete er geradezu entzückt.

Gregor starrte auf die Hand, ohne diese indes wahrzunehmen. Der Tod, den der Giftmischer ihm da eben geschildert hatte, war ein Tod, den er kannte. Nicht in allen Einzelheiten, wohl aber im Wesentlichen. Als stopfe jemand dem Opfer einen Lappen in den Mund, hatte der Giftmischer gesagt. Und außerdem hatte er noch gesagt: Am Ende erstickt man bei vollem Bewusstsein.

Das war der Tod von Dobrila.

»Na, mein Freund«, tönte es von dem Thron, »habe ich deine Vorstellungen getroffen?«

Gregor riss sich von seinen Gedanken los. In seinen Augen glitzerte Entschlossenheit. Ohne zu zögern zog er einen Beutel voller Münzen hervor und legte ihn auf den Tisch. »Erzählt mir mehr vom Schierling!«, forderte er den Giftmischer auf. »Erzählt mir alles, was ich wissen muss!«

* * *

Eine Woche nach Wilsnack und wenige Tage vor dem großen Jahrmarkt, den die Berliner alljährlich zum Fest der Kreuzerhöhung abzuhalten pflegten, lenkten Gregor und Kleinhans ihren Planwagen auf das Georgentor zu. Es war spät am Vormittag, und sie waren die Einzigen um diese Zeit, die Einlass begehrten. Die Stadt lag ruhig, als wollte sie angesichts der bevorstehenden Geschäftigkeit noch ein wenig verschnaufen, am Tor lehnten zwei Wächter und blinzelten gelangweilt in die Sonne. Langsamer werdend, rumpelte der Wagen auf die Brücke, die den Stadtgraben überspannte. Ein paar Tage zuvor, kurz hinter Havelberg, hatten sie ihn mitsamt den beiden Pferden und der Ladung einem fahrenden Krämer abgekauft, einem einfachen, wiewohl bauernschlauen Mann, der ihnen, äußerst zufrieden mit dem ungewöhnlichen Handel, das viele Geld aus den Fingern gerissen hatte und eilends damit verschwunden war, wohl aus der Befürchtung heraus, sie könnten sich den Kauf noch einmal überlegen. Doch Gregor und Kleinhans hatten sich den Kauf nicht noch einmal überlegt, sondern waren ohne zu zögern auf den Wagen geklettert und hatten sich auf die Reise nach Berlin gemacht. In einem Dorf hatten sie von einem Landadligen ein weiteres Pferd erstanden, das sie seither hinter sich herführten; in Bötzow waren sie zu einem Stellmacher gegangen und hatten sich einen doppelten Boden unter ihren Wagen bauen lassen – eine meisterliche Arbeit, so gut, dass der Umbau selbst dann kaum zu erkennen war, wenn man von dessen Vorhandensein wusste.

Mit einem Ruck kam der Wagen zum Stehen. Einer der beiden Torwächter – ein Mann mit Zähnen wie Schießscharten und hochroten Ohren – löste sich aus seiner Langeweile und wandte sich den Ankömmlingen zu. Bedächtig wanderte er einmal um den Wagen herum, steckte den Kopf unter die Plane, und nachdem er sich auf diese Weise einen Eindruck verschafft hatte, baute er sich in seiner ganzen amtlichen Wichtigkeit neben dem Kutschersitz auf. »Krämer!«, krähte er und fügte noch im selben Atemzug hinzu, ihm könne man nichts vormachen, er wisse Bescheid, schließlich stehe er schon sein halbes Leben am Tor und deshalb kenne er seine Kunden. Kleinhans nickte. Jawohl, Krämer seien sie, das habe der werte Bruder Torwächter ganz richtig erkannt, und zwar seien sie Krämer von der Art, die mit allem handelten, was Geld einbringe, angefangen bei Borten und Beuteln bis zu Messern und Mützen, dies alles befinde sich auf ihrem Wagen, und weil der Jahrmarkt ins Haus stünde und man sich aus diesem Anlass gute Geschäfte verspräche, deshalb seien er und sein Gehilfe – er wies auf Gregor, der sich im Inneren des Wagens zu schaffen machte – in die Stadt gekommen. Zwar sei bis zu dem Markt noch ein paar Tage Zeit, fuhr Kleinhans fort, doch viel zu lange schon seien sie unterwegs gewesen, das Reisen sei wahrhaftig eine arge Last, sie seien verdreckt und von unzähligen Schlaglöchern zerschunden, und außerdem – er senkte die Stimme – verspürten sie eine gewisse Einsamkeit, nur zwei Männer in einem Wagen, da fehle einfach die nötige menschliche Wärme, wenn der werte Bruder Torwächter verstünde, was er damit ausdrücken wolle … Woraufhin der solchermaßen ins Vertrauen Gezogene griente, näher herantrat und – ebenfalls mit abgesenkter Stimme – von der Badstube am Kröwel zu sprechen begann, von den einfallsreichen Mägden, die der Bader beschäftige, und von den neckischen Tändeleien im Schwitzbad und in den Wannen, die er selbst schon genossen habe, heimlich natürlich, schließlich sei er ein Verheirateter, aber trotzdem sei er dort gewesen, und weil er deshalb über alles Bescheid wisse, könne er die Kröwelstube wärmstens empfehlen …

Kleinhans wartete, bis der andere geendet hatte. Wenn das so sei, dann werde man sich die Zeit bis zum Jahrmarkt schon zu vertreiben wissen, erklärte er und knuffte den Torwächter vertraulich gegen die Schulter. Und dazu lachte er ein so eindeutiges Lachen, dass der Guardian der Franziskaner, der gerade seines Weges kam, ihm einen tadelnden Blick zuwarf. Kleinhans indes ließ sich davon nicht beirren. Ja, dieses Berlin scheine wahrhaftig eine großartige Stadt zu sein, gab er sich gegenüber dem Wächter beeindruckt, schon vorher habe er manches in dieser Hinsicht gehört, aber nun, da er hier sei, habe er das Gefühl, dass es sich tatsächlich so verhalte. Und weil er von allem so angetan sei, deshalb wolle er ihm, dem großartigen Torwächter einer großartigen Stadt, eine kleine Aufmerksamkeit zukommen lassen, ein wenig von dem Theriak nämlich, der sich neben allen anderen Waren ebenfalls auf ihrem Wagen befinde, eine ausgezeichnete Sorte, die heilende Wirkung noch dort entfalte, wo andere Arzneien längst versagten. Er drehte sich dem Wageninneren zu, hieß Gregor einen Löffel von dem Angepriesenen in ein Näpfchen füllen und reichte dieses dem Wächter. Der strahlte. Dankbar die wertvolle Gabe in der Hand haltend, gab er geschwind noch einen zusätzlichen Hinweis für den Badegenuss am Kröwel, und nachdem Kleinhans, wie es üblich war, den Zoll für die mitgeführten Waren entrichtet hatte, schaukelte der Wagen durch das Tor und bog in die Gasse an der Stadtmauer ein.

Gregor kroch nach vorn und setzte sich neben Kleinhans. Obwohl die Sache einen ernsten Hintergrund hatte, musste er schmunzeln. Nach einem solchen Gespräch, zeigte er sich überzeugt, werde es bei der Ausreise gewiss keine Schwierigkeiten geben. Kleinhans stimmte ihm zu und dachte an die Badefreuden, von denen er dem Torwächter bei dieser Gelegenheit berichten wollte …

In der »Sonne« kamen sie unter. Das Gasthaus lag abseits vom allgemeinen Treiben der Stadt gleich gegenüber der Mauer, hatte einen Hof, in dem man einen Wagen abstellen konnte, und einen Stall für die Pferde und gehörte im Übrigen zu jener Sorte von Gasthäusern, die sich am besten mit dem Wort unauffällig bezeichnen ließen. Unauffällig wie das Haus war auch der Wirt, ein schmalwüchsiger, geduckt gehender Mann, der seine Arbeit verrichtete, wo sie anstand, der sich aber ansonsten nach Kräften bemühte, seinen Gästen so wenig wie möglich unter die Augen zu treten.

Zwei Stunden, nachdem sie mit ihrem Wagen durchs Tor gefahren waren, stand Kleinhans am Berliner Fischmarkt in der einzigen vom Rat beider Städte privilegierten Apotheke deren Betreiber Johann Zehender gegenüber und hielt ein Fässchen in der Hand, das er drei Tage vorher in einer anderen Apotheke erworben hatte. Er sei ein reisender Krämer, der anlässlich des bevorstehenden Jahrmarktes in die Stadt gekommen sei, erklärte Kleinhans, er führe Waren unterschiedlicher Art mit sich, die meisten davon für das einfache Volk, daneben aber auch dieses Fässchen mit Theriak, kein Triaca di Venezia zwar, wie er leider einräumen müsse, gleichwohl aber auch dieser von ganz ausgezeichneter Qualität, und deshalb erlaube er sich, ihn dem werten Herrn Apotheker zum Kauf anzubieten. Der Angesprochene wiegte argwöhnisch den Kopf. Theriak von ausgezeichneter Qualität könne er wohl brauchen, entgegnete er und musterte das Fässchen, immerhin gebe es genügend Leute in der Stadt, die danach verlangten und die auch den hohen Preis zu zahlen bereit seien, wohl wissend, dass es sich bei Theriak schlechterdings um eine Wunderarznei handele, nur müsse man gerade bei Theriak stets Misstrauen walten lassen, sei doch jedermann bekannt, wie viel Schindluder mit dieser Arznei getrieben werde, indem nämlich nicht darinnen enthalten sei, was darinnen enthalten sein sollte, und deshalb gehöre er zu jenen, die bei einem Ankauf immer die allergrößte Vorsicht walten ließen. Woraufhin Kleinhans – Sohn eines Baders und als solcher in puncto Heilmittel mit allen Wassern gewaschen – das Fässchen auf den Tisch stellte, es öffnete, ein Beglaubigungsschreiben daneben legte und gleichzeitig anfing, die mehr als einhundert in der Medizin enthaltenen Bestandteile mitsamt ihren wichtigsten Vorzügen herzusagen: Opium, Xereswein, Angelikawurzel, Malabar-Kardamom, Myrrhe, Vipernextrakte, gereinigter Honig … Der Apotheker war beeindruckt. Abwechselnd starrte er auf Kleinhans, der nicht müde wurde zu reden, und auf den schwarzbraunen, würzig riechenden Brei in dem Fässchen, der genau so aussah, wie echter Theriak aussehen sollte. Sein Besucher war gerade bei Tamarindenmus und Meerzwiebeln angelangt, als er sich dem Schreiben zuwandte. Dieser Theriak, so stand dort in wohlgesetzter Schrift zu lesen, habe seinen Ursprung in der Stadt Nürnberg und sei daselbst öffentlich eingemischt worden im Jahre des Herrn 1486 unter der Aufsicht der ehrwürdigen und angesehenen und jedermann bekannten Prüfer Soundso und Soundso, darunter prangte das Gütesiegel, das den in dem Schreiben enthaltenen Angaben das nötige Gewicht verlieh. Neugierig geworden – Kleinhans widmete sich gerade dem Krötenpulver –, entnahm der Apotheker dem Fässchen eine Probe. Er besah und beschnupperte sie, leckte daran mit der Zunge und erklärte schließlich, indem er Kleinhans in seiner Rede unterbrach, da sein eigener Vorrat sich dem Ende zuneige und eine neue Lieferung erst für das Frühjahr in Aussicht stünde, würde er den Theriak, von dessen Echtheit er sich soeben habe überzeugen können, gern käuflich erwerben, vorausgesetzt natürlich, sein Besucher überlasse ihm das Fässchen für einen annehmbaren Preis.

Schnell hatte man sich geeinigt, das Geld war bezahlt, das Fässchen zur Seite gestellt, als Kleinhans auf einmal ein Leinensäckchen in der Hand hielt. Behutsam legte er es auf den Tisch. Eine Probe, erläuterte er, die er dem werten Herrn Apotheker gern überlassen würde, nicht gegen Geld, o nein, vielmehr als ein Geschenk, habe er – wenngleich nur ein einfacher Krämer – im Verlaufe ihrer Begegnung doch den Eindruck gewonnen, dass eine Probe wie diese hier in den allerbesten Händen sei. Der Apotheker antwortete mit einem huldvollen Blick wie ein Lehnsherr im Gespräch mit einem geschätzten Vasallen. Kleinhans entfernte den Bindfaden, mit dem das Säckchen verschlossen war, und entleerte den Inhalt, drei eher unscheinbare Kügelchen von der Größe eines Daumennagels, auf den Tisch. Pestpillen, verkündete er, Krakauer Pestpillen! Der Apotheker, zuerst einen winzigen Moment zurückzuckend, machte ein verblüfftes Gesicht. Vor einiger Zeit, berichtete Kleinhans, seien sie im Reich des polnischen Königs umhergereist, dort hätten sie die Pillen gekauft, gegen teures Geld zwar, aber schließlich handele es sich nicht um beliebige Pillen, sondern um solche von herausragender Wirksamkeit, und gute Dinge hätten nun einmal ihren Preis. Mit der Spitze seines Zeigefingers brachte er eine von den dreien ein wenig ins Rollen, so dass der Apotheker sie von allen Seiten betrachten konnte. Ein kluger Mann in der Stadt Krakau habe sie hergestellt, und weil sie so gut seien, deshalb habe man gleich eine ganze Kiste davon erworben, und diese hier seien nun die Letzten, und ebendie wolle er, wie schon erwähnt, dem verehrten Herrn Apotheker zum Geschenk machen.

Der zum Empfang der geschilderten Wohltat Ausersehene beugte den Kopf über die Kügelchen. Krakauer Pestpillen, murmelte er, von denen habe er noch nie etwas gehört, aber das wolle natürlich nichts heißen, schließlich lerne auch ein so erfahrener Mann wie er selbst niemals aus, immer mal wieder gebe es neue Arzneien, warum also nicht auch Pillen aus Krakau gegen die Pest. Plötzlich kam ihm ein Gedanke, und er löste sich aus seiner Betrachtung. Wie es denn gegebenenfalls um Nachschub bestellt sei, wollte er wissen. Kleinhans zuckte bedauernd die Schultern. In den nächsten Jahren werde er ganz gewiss nicht wieder nach Polen reisen, von ihm seien also keine Lieferungen zu erwarten, allerdings lasse sich natürlich nicht ausschließen, dass eines Tages ein anderer Krämer vorbeikäme, der Pillen derselben Sorte mit sich führte, und bei diesem könne der werte Herr Apotheker sich ja dann eindecken, falls dies sein Wunsch sei. Ein halb nachdenkliches, halb enttäuschtes »Hm« war die Antwort. Der Apotheker nahm eines der Kügelchen vom Tisch und drehte es zwischen seinen Fingern – so unsanft, dass ein Bröckchen sich ablöste und herabfiel. Mit einer raschen Bewegung entwand Kleinhans ihm das Stück. Die Pillen seien außerordentlich empfindlich, brachte er nicht ohne einen vorwurfsvollen Unterton hervor und beförderte sie alle drei zurück in ihr Säckchen. Das Gleichgewicht der Stoffe, mahnte er mit erhobenem Zeigefinger, und außerdem scheuten die Pillen das Licht, weshalb es ohnehin am besten sei, sie im Dunkeln zu belassen und sie erst dann wieder ihrem Behältnis zu entnehmen, wenn jemand vorbeikäme, sie zu erwerben. Der Apotheker runzelte die Stirn. Was es nicht alles gibt, murmelte er andächtig, aber wie er ja bereits bemerkt habe, lerne auch ein so erfahrener Mann wie er selbst niemals aus, und da er die Wirkung der Pillen keinesfalls beeinträchtigen wolle, werde er so verfahren, wie sein Besucher ihm geraten habe.

Auf das Freundlichste verabschiedet, verließ Kleinhans das Haus des Apothekers. Nahe der Lappgasse – dort, wo die Tagelöhner der Stadt sich zu versammeln und auf Arbeit zu warten pflegten – entdeckte er Gregor im Gespräch mit zweien von ihnen. Während er langsam vorbeiging, erhaschte er einen flüchtigen Blick auf die beiden: zwei finstere Kerle, ebenso schmutzig wie hässlich, der eine von ihnen mit einer klaffenden Wunde auf der Stirn, der andere mit einem Gesicht voller Warzen. »Der Handel gilt!«, hörte er Gregor sagen, und das Klimpern von Münzen klang ihm in den Ohren. In einer Trinkstube hinter dem Heiliggeist-Spital ließ er sich nieder. Gleich darauf erschien Gregor, berichtete von der Anwerbung der beiden Männer und erkundigte sich nach Kleinhans' Besuch in der Apotheke. Alles sei nach Plan verlaufen, berichtete dieser, nur zum Schluss sei die Sache beinahe schief gegangen, als der Apotheker eine Pille zu grob in die Hand genommen habe und ein paar Krümelchen sich gelöst hätten, doch zum Glück sei das Gold nicht zu erkennen gewesen, das man in den Pillen versteckt habe, und anschließend habe er den Apotheker davon überzeugen können, dass die Pillen unbedingt in ihrem Säckchen verbleiben müssten, und da befänden sie sich nun und seien so sicher wie in Abrahams Schoß und warteten darauf, dass jemand käme, sie zu erstehen. Gregor zeigte sich zufrieden. Es werde jemand kommen, sagte er, und bevor er noch mehr sagen konnte, ging die Tür auf und Lorenz trat in den Raum.

Nur ein paar Schritte von der Trinkstube entfernt trieb zur selben Zeit der Henker mit kleinen, kurzen Hammerschlägen dem Mühlknecht Hinrich Reppin einen in Schwefel getauchten Kienspan unter den Nagel seines rechten Mittelfingers. Blut spritzte, Schreien erfüllte den Raum und schwoll an mit jedem neuen Schlag, den der Henker tat. Die Augen des Hinrich, sonst gutmütig und sanft, waren weit aufgerissen, über seinen nur mit einem Schurz bekleideten Körper liefen Bäche von Schweiß. Hinter dem Tisch, der das Grauen von der Welt wohlanständiger Bürgerlichkeit trennte, steckte der Richter eine Nuss in den Mund. Na bitte, rief er dem Hinrich ungehalten zu, da habe er nun die Quittung für seine Verstocktheit, nun begreife er vielleicht, dass man noch ganz anders mit ihm verfahren könne als gestern, die Daumenschrauben, die habe schon manch einer ausgehalten, aber heute – der Richter hieb mit der Faust auf den Tisch – sei das schon etwas anderes, denn heute komme man zur Sache. Wimmern war die Antwort, schmerzverzerrtes, angstvolles Gestammel. Der Richter hob die Stimme. Warum er nicht endlich zugebe, dass er ein verteufelter Sodomit sei, dass er es mit dem Moritz getrieben habe, ein Mann mit einem Mann, und das auf eine Art, wie sie widerwärtiger schlechterdings nicht mehr vorstellbar sei, der Müller und sein Weib hätten alles mit angesehen und ihre Berichte mit einem Eid beschworen, und der Moritz habe längst gestanden, also solle er nun ebenfalls sein Maul aufmachen. Und indem der Richter dies sagte, riss er dem neben ihm sitzenden Schreiber ein Stück Papier aus der Hand und hielt es dem Hinrich hin. Hier, an dieser Stelle, donnerte er, werde sein Geständnis stehen, und wenn er sich damit nicht spute, dann werde man noch ganz andere Seiten aufziehen.

»Um deiner Seele willen – tu es, mein Sohn!«, meldete sich der Priester zu Wort, ein altersloser, beliebig aussehender Mann, der zwischen dem Richter und den beiden Ratsherren seinen Platz hatte. »Die Sünden wider die Natur sind verabscheuungswürdig und strafbar, darunter die Sünde der Sodomie, derer du schuldig geworden bist. Ihretwegen hat der Herr Feuer auf die Städte Sodom und Gomorra regnen lassen, denn die Sodomie ist eine Sünde, die das Feuer verdient, und ihretwegen hat er immer wieder Pest, Hunger und Krieg über seine Kinder gebracht. Jeder, der sich dieser schrecklichen Sünde hingibt, wird vor Gottes Gesetz schuldig, jenem Gesetz, das die Menschen nun einmal nicht so schuf, dass sie in dieser Weise miteinander verkehren könnten. Denn es geht hier ja um nichts Geringeres als um das Band, das uns mit Gott verbindet und das verletzt wird, wenn sich die Natur, seine eigene Schöpfung, durch verkehrte Lust verunreinigt.« Der Richter warf dem Priester einen ungeduldigen Blick zu, doch der ließ sich in seinem Redefluss nicht beirren.

»Die Unzucht«, fuhr er stattdessen fort, »die du begangen hast, mein Sohn, ist Ketzerei! Und deshalb musst du dein Gewissen erleichtern. Versöhne dich mit Gott, indem du deine Schuld gestehst und bereust, was du getan hast! Wir alle wollen dir dabei helfen.« Und mit einem Ausdruck väterlicher Besorgnis und um ihm das rechte Verständnis für das gegenwärtige Geschehen nahe zu bringen, fügte er hinzu, dass alles, was hier vor sich gehe, doch einzig und allein der Rettung seiner unsterblichen Seele diene. »Unsterbliche Seele, unsterbliche Seele«, grunzte das Ungeheuer des Henkers von der Treppe her, während der Henker den Hammer hob und zum Schlag ausholte. Der Richter steckte eine weitere Nuss in den Mund. Dann nickte er.

An diesem Nachmittag trieb man dem Mühlknecht Hinrich Reppin noch zwei weitere schwefelgetränkte Kienspäne unter die Fingernägel, und nachdem dieser sich noch immer unbeugsam zeigte, zündete der Henker die Späne an. Ein Schrei entrang sich dem Mund des Gequälten, ein lang gezogener, unirdischer Schrei, der wie Höllengetöse gegen die Mauern des Kerkers anbrandete. Der Richter zog ein Tüchlein aus chinesischem Damast hervor und hielt es unauffällig vor seine Nase, einer der beiden Ratsherren – ein Mann, der nie zuvor mit dem Geruch angebrannten Menschenfleischs Bekanntschaft gemacht hatte – kämpfte dagegen an, sich zu übergeben. Schließlich fiel der Hinrich in Ohnmacht, und da man entschlossen war, die Sache noch an diesem Tag zu Ende zu bringen, sah man sich gezwungen, zu warten.

Der Vorrat an Nüssen – vom Richter zu gering bemessen, da er sich in der Hartnäckigkeit des Beschuldigten getäuscht hatte – war längst aufgebraucht, als es dem Henker endlich gelang, diesen ins Leben zurückzuholen. Gleich darauf lag der Hinrich auch schon auf der Streckbank, Seile wurden befestigt, zusätzlich Beinschrauben angelegt, doch noch bevor die Vorbereitungen abgeschlossen waren, brachen bei dem Hinrich auf einmal alle Dämme. Man solle ihn nicht mehr foltern, sprudelte es aus ihm heraus, er wolle gestehen, alles wolle er gestehen, jawohl, er sei schuldig, er habe getan, was man ihm vorwerfe, alles habe er getan, was die anderen ausgesagt hätten, ein verteufelter Sodomit sei er, und mit dem Moritz habe er es getrieben, aber nun wolle er gestehen, wolle alles zugeben, nur foltern solle man ihn nicht mehr, um alles in der Welt nicht mehr foltern! Woraufhin der Priester – die Augen über die Aufziehhaken in der Decke hinaus zum Himmel gerichtet – die Barmherzigkeit des Allmächtigen lobte und dem Hinrich die Errettung seiner gefallenen Seele in Aussicht stellte, und der Richter sich mit einem knurrigen »Na also!« befriedigt zurücklehnte.

Alles Weitere gestaltete sich einfach. In der gebotenen Ausführlichkeit, wenngleich stockend und mitunter nur schwer verständlich, schilderte der Hinrich den Anwesenden sämtliche Einzelheiten seines schändlichen Tuns, gab auf jede Frage eine erschöpfende Antwort, fügte gelegentlich auch noch bis dahin Unbekanntes hinzu, und nachdem der Schreiber alles fein säuberlich zu Papier gebracht hatte, konnten – gerade noch rechtzeitig vor dem Beginn des Abendessens – von allen Beteiligten die notwendigen Unterschriften unter das Geständnis gesetzt werden. Zufrieden mit dem Ergebnis seiner Untersuchung verließ der Richter mitsamt seiner Begleitung den Kerker. Die Henkersknechte entfernten die Beinschrauben, banden den Hinrich von der Streckbank los, und nachdem der Henker ihm noch eine lindernde Salbe auf das verschmorte Fleisch geschmiert hatte, schafften sie ihn in das Verlies hinunter, in dem er bleiben würde bis zu dem Tag, an dem man ihn altem Brauch gemäß mit dem Feuer vom Leben zum Tod richten würde.

Als der Henker aus dem Gefängnis trat, war die Dämmerung bereits angebrochen. Trübe und trostlos hing der Himmel über Berlin. Die Stadttore waren geschlossen, die Menschen zogen sich in ihre Häuser zurück. Ein paar Schritte entfernt räumten zwei Mädchen ihre Puppen zusammen. Der Henker lief die Spandauer Straße entlang, bog in die Büttelgasse ein und stand gleich darauf vor seinem Haus. Auf der anderen Straßenseite ging ein Fenster auf. »Hat's der andere auch zugegeben?«, krächzte eine alte Vettel über die Gasse hinweg. Der Henker drehte wortlos den Kopf zur Seite und nickte. »O gütiger Gott, Sodomiten in unserer Stadt!«, stieß die Alte hervor, bekreuzigte sich und schlug die Fensterläden zu. »Nicht mehr lange«, brummte der Henker und wandte sich der Pforte zu, die in den winzigen Garten neben seinem Haus führte. Ohne die drei Männer mit den Messern und dem Fläschchen mit dem todbringenden Schierling zu bemerken, die ihn aus einem sicheren Versteck heraus beobachteten – Gregor, Kleinhans und Lorenz –, schob er den Riegel zurück und ging hinein. Grunzen empfing ihn, als er den Verschlag öffnete, in dem er ein Schwein hielt. Er wechselte das Stroh, schleppte Wasser und Futter herbei, und nachdem er anschließend noch wie an jedem Abend sehnsüchtig zum Fenster der Jungfer Katharina hinübergeschaut hatte, betrat er durch die Hintertür die Küche seines Hauses. Übel gelaunt warf er seinen Hut auf einen Stuhl. Natürlich würde er die Jungfer nicht bekommen – ein Henker war ein Geächteter, und unter Geächteten musste er sich ein Weib suchen. Aber je länger sein eigenes Weib unter der Erde lag und er selbst für sich sorgen musste, umso stärker spürte er, dass es besser wäre, wenn er wieder freite. Er nahm eine Wurst aus dem Rauchfang, eine von den kräftig geräucherten, wie er sie gern aß, schälte drei Zwiebeln, holte Brot und breitete alles zusammen auf dem Tisch aus, auf dem bereits zwei Kannen Bier standen, die der Löwe ihm am Vormittag gebracht hatte. Durch das Fenster fiel letztes Tageslicht herein und färbte die Gegenstände mit einem matten Grau. Hungrig und durstig von seiner Arbeit steckte er eine halbe Zwiebel in den Mund, biss in die Wurst und goss Bier in seinen Becher. In diesem Augenblick klopfte es an der Tür.

Der Henker stieß einen Fluch aus. Verärgert über die Störung, strich er die fettigen Finger an seinem Lederwams ab, erhob sich und ging in die Diele. Noch ehe er die Tür erreicht hatte, klopfte es erneut, diesmal ungeduldiger als beim ersten Mal. »Verdammt, ich komm ja schon!«, rief er kauend. Als er öffnete, sah er sich einem kleinen Mann mit einem Fuchsgesicht gegenüber und mit krausen Haaren, die unter einer rissigen Fellkappe hervorlugten.

»Was willst du?«, knurrte der Henker und musterte den Mann, den er nicht kannte.

Kleinhans streckte ihm einen Gegenstand hin, der in ein grob gewirktes Tuch gewickelt war. »Kommt ein wenig zur Seite, Meister Hans!«, stieß er aufgeregt hervor. »Da ist mehr Licht, da könnt Ihr's besser sehen.« Er machte einige Schritte von der Tür weg und wartete. »Nun kommt schon und seht Euch das an! Ihr werdet erstaunt sein.« Der Henker folgte ihm unwirsch. Kleinhans gab sich geheimnisvoll und hielt den Gegenstand auf eine Weise, dass kein zufällig Vorbeikommender ihn hätte erkennen können. Mit umständlichen Handgriffen – darauf bedacht, Gregor die Zeit zu verschaffen, die dieser für sein Vorhaben benötigte – befreite er den Gegenstand aus der Umhüllung. Ein bemalter Holzkasten kam zum Vorschein. Kleinhans suchte angestrengt, indem er ihn mehrmals drehte und wendete, fand schließlich eine Sicherung in Gestalt eines kaum erkennbaren Nagels und entfernte diesen. Mit einem quietschenden Geräusch ging der Kasten auf. In ihm, eingebettet in ein Tuch von derselben Art wie die Umhüllung, lag ein Schächtelchen aus Birkenrinde.

Der Henker befreite seinen Gaumen von einem anhaftenden Stück Zwiebel und beugte sich über das Schächtelchen. »Seht nur!«, hauchte Kleinhans verheißungsvoll und hob vorsich-

tig den Deckel. Auf dem Boden, sorgsam in frisches Moos eingebettet, lagen zwei Zähne.
Die Miene des Henkers wechselte von gedämpfter Neugier über offenkundige Enttäuschung zu unverhohlenem Zorn. »Willst du mich zum Narren halten?!«, zischte er.
»Eine Minute noch, Meister Hans!«, flötete Kleinhans. »Gebt mir nur noch ein winziges Minütchen, danach werdet Ihr mein Anliegen verstehen. Am besten ist es wohl, Ihr erfahrt alles der Reihe nach.« Unbeholfen versetzte er das Mitgebrachte wieder in seinen ursprünglichen Zustand, vergewisserte sich noch einmal in alle Richtungen, dass niemand kam, und begann dann zu erzählen. »Ein Verwandter schickt mich zu Euch, er selbst kann leider nicht kommen, Gott sei's geklagt, er ist verletzt und liegt im Bett wegen des fürchterlichen Vorfalls, von dem ich Euch berichten will. Alles fing damit an, dass mein Verwandter – übrigens ein Vetter von mir, mütterlicherseits – einen Tonkrug fand, Ende letzten Monats war's, nicht weit von hier an der Stelle, wo kurz vor Mahlow die Landstraße nach Heinersdorf abzweigt, Ihr kennt die Gegend gewiss. Mein Vetter war gerade unterwegs – er ist viel unterwegs, müsst Ihr wissen, er handelt nämlich mit Wollstoffen und Gewürzen –, er war also gerade unterwegs, und da sah er auf einmal unter einer Linde einen Tonkrug liegen. Der Krug war mit einem Deckel verschlossen und außerdem war er verschnürt, und zwar in Form eines Kreuzes, und eigentlich hätte das Kreuz meinen Vetter sofort stutzig machen müssen, ja um nichts in der Welt hätte er das gefährliche Gefäß anrühren oder gar öffnen dürfen, aber mein Vetter ist nun mal ein neugieriger Mensch – das hat er von seiner Mutter, die war auch eine ganz Neugierige –, und deshalb machte er sich ebenso geschwind wie der Hahn über die Henne über den Krug her und befreite ihn von den Schnüren. Und was soll ich Euch sagen?«

Kleinhans trat einen halben Schritt zurück, sog die Luft durch die Nase und blies sie hörbar wieder aus. »Ein Geist!« Er schob bedeutungsschwer die Unterlippe vor. »Ein Geist war in dem Krug! Irgendjemand hatte ihn dort eingesperrt, und mein Vetter, dieser Unglückliche, hat ihn gefunden, unter einer Linde, wie gesagt. Als er den Deckel abnahm, da gab es einen Knall, so laut, dass mein Vetter beinahe sein Leben ausgehaucht hätte, und mit diesem Knall entwich der Geist in einer blauen Rauchwolke aus dem Krug, und es stank ganz entsetzlich. So hat es mir jedenfalls mein Vetter erzählt, und meinem Vetter kann man glauben. Natürlich hat er sich bemüht, den Geist zu überreden, in den Krug zurückzukehren, aber alle Versuche waren vergeblich. Schließlich hat der Ärmste die Beine in die Hand genommen und ist weggelaufen, den ganzen weiten Weg von Mahlow nach Berlin ist er gerannt, nicht ein einziges Mal hat er sich umgedreht, fast gestorben ist er vor Angst, und als er endlich zu Hause war, hat er sich in sein Bett geworfen und hat die Decke über den Kopf gezogen. Und hätte sein Weib ihn nicht rausgeprügelt, er wär wohl nie mehr in seinem Leben aufgestanden. So aber ist er wieder hervorgekrochen, und als er feststellte, dass von dem Geist keine Spur mehr da war, da hat er natürlich angenommen, er hätte ihn auf dem Weg von Mahlow nach Berlin abgehängt. Oh, wie hat er sich da gefreut, mein Vetter, ganz glücklich …«
»Jetzt hör endlich auf, leeres Stroh zu dreschen!«, schnitt ihm der Henker das Wort ab. »Entweder du sagst, was du willst, oder« – er holte mit dem Arm aus – »du bist ganz schnell bei deinem dämlichen Vetter!«
Kleinhans hob beschwichtigend die Hände. »Gemach, gemach, werter Meister Hans! Habt nur noch ein klein wenig Geduld mit mir, gleich werdet Ihr wissen, warum ich Euch aufgesucht habe. Vielleicht ist es das Beste, ich kürze meine

Schilderung etwas ab, damit ich Eure kostbare Zeit nicht unnötig in Anspruch nehme. Also hört zu, was weiter geschah: Der Geist aus dem Gefäß, das mein Vetter unter der Linde gefunden hatte, war natürlich nicht verschwunden, wie Ihr Euch zweifellos bereits gedacht habt, vielmehr war er meinem Vetter den ganzen weiten Weg gefolgt, weil er sich entschlossen hatte, sich auf Dauer in dessen Haus einzunisten. Und da sitzt er nun auch, der Geist, und nichts deutet darauf hin, dass er die Absicht hätte, sich bald wieder zu verabschieden. Tagsüber schläft er, da ist nichts von ihm zu hören, da hat mein Vetter keinen Ärger mit ihm. Aber in der Nacht, wenn die Uhren die zwölfte Stunde schlagen, dann geht es los. Dann treibt er sein schauriges Unwesen, und das nicht etwa leise und heimlich – o nein, Lärm macht der Geist, ganz gewaltigen Lärm, das könnt Ihr Euch gar nicht vorstellen! Er spielt und zecht so laut, dass niemand im Haus mehr schlafen kann, und erst wenn die Hähne krähen, begibt er sich wieder zur Ruhe. Mein Vetter meint, es würde sich wohl um den Geist eines toten Spielers handeln, der dazu verurteilt sei, bis in alle Ewigkeit weiterzuspielen.«

Wortlos drehte der Henker sich um und steuerte auf die Tür seines Hauses zu, als Kleinhans auf einmal einen Beutel voller Münzen in der Hand hielt. Ihr Aneinanderklingen ließ den Henker innehalten. »Mein Vetter erwartet nichts umsonst«, beeilte sich Kleinhans zu sagen. »Er ist großzügig, äußerst großzügig sogar, denn diese Angelegenheit bedrückt ihn gar sehr. Deshalb seid so gütig, werter Meister Hans, und leiht mir noch für einen Augenblick Euer Ohr, dann bin ich gleich fertig.« Der Henker versuchte durch das Dämmerlicht hindurch den Inhalt des Beutels einzuschätzen. »Also«, nahm Kleinhans seine Rede wieder auf, »da war er nun, der Geist, und gab keine Ruhe, wie ich gerade erwähnt habe. Daraufhin hat mein Vetter einen Priester geholt, einen von Sankt Peter aus Cölln, der wollte den Störenfried in eine Sau bannen, so wie Jesus das mit den Geistern der besessenen Gerasener getan hat, doch obwohl er sich redliche Mühe gegeben hat, waren seine Anstrengungen erfolglos. Danach hat es mein Vetter mit einem Franziskaner versucht, und zwar mit einem, der sich aufs Geisterbannen versteht – so haben es ihm jedenfalls die Leute erzählt –, aber auch dem Franziskaner ist es nicht gelungen, den Geist zu vertreiben. Stattdessen hat er meinem Vetter den Ratschlag gegeben, er solle das Haus abreißen, in dem er wohnt, und sich an anderer Stelle ein neues bauen, denn das sei der einzige Weg, diesen besonders hartnäckigen Geist loszuwerden. Ihr werdet verstehen, dass meinem Vetter dieser Gedanke nicht sonderlich gefiel. Bevor ich mein Haus abreiße, hat er sich gesagt, versuch ich es mit frommem Gesang – den hatte ihm nämlich sein Nachbar empfohlen –, und so fing er denn an zu singen, stundenlang hat er gesungen, so ausdauernd und gleichzeitig so laut, dass sein Weib und seine Kinder schon drauf und dran waren, das Haus zu verlassen. Nur den Geist – den schien das nicht im Geringsten zu stören, der war immer noch da! Gestern hat mein Vetter dann Asche aus dem Kamin genommen, hat sie weihen lassen, und als der Geist in der Nacht wieder erschien, hat er mit der Asche nach ihm geworfen. Und das war die Folge …« Kleinhans deutete auf das, was er in der Hand hielt. »Zugeschlagen hat er, der Geist, zwei Zähne hat er ihm ausgeschlagen, und nun liegt mein Vetter im Bett.«

Auf der anderen Straßenseite wurde ein Fenster geöffnet, eine Frauenhand mit einem Nachttopf erschien, entleerte den Inhalt auf die Gasse und verschwand wieder. Der Henker schielte nach dem Beutel. »Wie viel?«

Kleinhans tat so, als denke er nach. Dann machte er einen Schritt zurück. Gregor hatte genug Zeit gehabt, jedes weitere

Gespräch mit dem Henker war überflüssiges Geplänkel. »Wenn ich es recht bedenke …«, sagte er und gab seiner Stimme einen zweifelnden Klang, »… also eigentlich denke ich … vielleicht seid Ihr ja doch nicht der Richtige für diese Angelegenheit.«

Die Augen des Henkers blitzten auf. »Was soll das heißen, ich bin nicht der Richtige? Ich bin der Richtige! Natürlich bin ich der Richtige! Ein solcher Geist ist nichts für einen Pfaffen und für einen Franziskaner ist er auch nichts. Wenn jemand die Sache hinbekommt, dann bin ich das und sonst niemand. Ich weiß, wie man das macht. Ich lock den Geist in einen Sack, und wenn er reingekrochen ist, schnür ich den Sack zu und schmeiß ihn in einen Sumpf. Ich kenn einen Sumpf ganz in der Nähe, der ist dafür bestens geeignet. Also – wo wohnt er, dein Vetter?«

»In einen Sumpf wollt Ihr den Geist werfen?« Kleinhans verzog das Gesicht, als habe er in etwas Saures gebissen. »Versteht mich nicht falsch, Meister Hans, aber ein Sumpf … also ein Sumpf scheint mir nicht die rechte Lösung zu sein. Nein, nein, ich denke« – er trat einen Schritt zurück – »also, ich meine« – ein zweiter Schritt – »verzeiht, Meister Hans, dass ich Euch gestört habe, verzeiht, aber … nein, so geht das nicht, nicht in einen Sumpf … vielleicht kann der Geist sich ja … und wenn nicht, dann vielleicht doch … nein, nein, Meister Hans … so lebt denn wohl, und Gott mit Euch, Meister Hans, Gott mit Euch …« Und noch während Kleinhans die letzten Worte über die Lippen kamen, drehte er sich um und hastete mit den mehrfach verpackten Zähnen davon.

Der Henker stand wie vom Donner gerührt. Kaum war der Geldsegen strahlend wie die Morgensonne vor ihm aufgetaucht, da war die ganze Sache, die so manche seiner Sorgen hätte lösen können, auch schon wieder zerplatzt. »Wenn ich dich noch mal zu fassen kriege, zerreiß ich dich in der Luft!«, fauchte er und trat mit dem Fuß nach einem streunenden Hund, der gerade noch ausweichen konnte. Ein ganzer Beutel voller Geld war ihm da eben durch die Finger gerutscht, lauter funkelnde Goldgulden, oder wenn es vielleicht auch keine Goldgulden gewesen waren, dann zumindest Groschen oder im schlechtesten Fall auch nur Pfennige, aber ein Haufen Geld war es auf jeden Fall gewesen, wunderbares, nützliches Geld, und das Ganze für einen Geisterbann, nichts weiter als einen Geisterbann, mochte es sich auch um einen von der schwierigeren Sorte handeln! Wütend spuckte der Henker in den Sand. Nicht der Richtige sollte er sein! Erregt trat er ins Haus und schlug die Tür hinter sich zu. Er ging in die Küche, nahm einen Leuchter vom Bord und zündete die Kerzen an. »Mieser Saukerl!«, schimpfte er, während er den Leuchter auf den Küchentisch stellte und sich vor seiner unterbrochenen Mahlzeit niederließ. »Erst den Mund wässrig machen und dann wegrennen! Verrecken sollst du, verdammter Misthund!« Er riss mit seinen Zähnen ein Stück Wurst ab und langte nach dem Becher mit dem Bier. »Verrecken sollst du!«, wiederholte er noch einmal. Dann leerte er den Becher in einem einzigen Zug.

Abermals klopfte es an der Tür.

Der Gesichtsausdruck des Henkers verfinsterte sich um ein Weiteres, hellte sich jedoch schon im nächsten Moment wieder auf: Womöglich hatte sich der andere ja eines Besseren besonnen und das viele Geld war doch nicht verloren! Er erhob sich, nahm den Leuchter und ging hinaus in die Diele. Als er die Tür aufmachte, sah er sich einem Mann gegenüber, der ihm einen Geldbeutel entgegenstreckte. Einem anderen Mann, wie er zu seiner Überraschung feststellte, und auch der Geldbeutel war ein anderer. Ein größerer noch als der erste.

»Gebt mir das wirksamste Heilmittel, das Ihr habt«, flehte

Lorenz, »und diese Gulden gehören Euch! Nur schnell muss es gehen! Schnell!«
Ohne auf die Worte des anderen einzugehen, schoss der Henker mit der Hand nach vorn und packte den Beutel. In seiner Rechten den Leuchter haltend, klemmte er den Stoff zwischen die Zähne und zog mit der Linken das Band auf, das den Beutel zusammenhielt. Als er hineinsah, begann sein Herz kräftiger zu schlagen. Zahllose Goldgulden boten sich seinem Blick dar, übereinander liegend, nebeneinander, durcheinander – eine weit größere Summe, als ihm jemals für eines seiner Heilmittel geboten worden war!
»Ich geb dir das Beste, was ich hab!«, verkündete er entschieden und verschwand mit dem Beutel im Haus. Lorenz folgte ihm mit einem raschen Schritt und zog die Tür hinter sich zu.
»Ich will nicht gesehen werden«, beeilte er sich zu erklären.
Sein Gegenüber verzog spöttisch den Mund. »Wenn es dir nichts ausmacht, das Henkerhaus zu betreten – mir soll's recht sein!« Bestens gelaunt stieg er über die Treppe ins obere Stockwerk. Er stellte den Leuchter auf einen Tisch, legte den Beutel mit dem Geld daneben, schloss – wie immer bei solchen Gelegenheiten – die Fensterläden, auf dass kein neugieriger Nachbar ihn beobachten konnte, und wandte sich dann der großen Truhe zu, in der schon sein Vater und dessen Vater ihre Schätze aufbewahrt hatten. Leise vor sich hinsummend öffnete er sie und machte sich über ihren Inhalt her. Er entnahm einen Korb mit Alraunen, mehrere Knochen und Hirnschalen, einen Tiegel mit Armesünderfett, drei Galgenstricke, das Kleid einer Ertränkten sowie Hände und Haut von einem Enthaupteten, allesamt heiß begehrte Glücksbringer und hoch geschätzte Heilmittel gegen unzählige Krankheiten, das meiste davon auch für Zauberei nutzbar, eine Sache, mit der er indes nichts zu schaffen haben wollte. Schließlich, auf dem Boden seiner Schatzkiste angelangt, hielt er

das kostbarste Stück seiner Sammlung in den Händen, die stärkste Medizin, die er besaß: den ausgeblichenen Schädel eines zuerst Geräderten und anschließend Geköpften, der vor Jahresfrist den beiden liebreizenden Töchterchen des kurfürstlichen Lautenschlägers auf eine besonders abscheuliche Weise den Garaus gemacht hatte. Fast lebendig wirkte der Schädel im Licht der flackernden Kerzen – beseelt noch die Augen, die Zähne gleichsam im Todesschmerz aufeinander gepresst, mit Leben erfüllt auch die flache Stirn, hinter der einst ersonnen ward, woran andere nicht einmal zu denken wagten.

»Dass dein gottverdammter Schädel eines Tages so viel Geld einbringen würde, hättest du dir auch nicht vorgestellt, wie?«, frohlockte der Henker, klemmte sich das wertvolle Stück unter den Arm und drehte sich um. Noch im selben Augenblick fuhr er zurück. Polternd fiel der Schädel zu Boden und rollte über die Diele. Vor den drei Männern blieb er liegen.

Gregor sprach als Erster. »Erinnerst du dich an mich?«

Der Henker starrte auf den Sprecher, starrte auf die beiden anderen abendlichen Besucher, starrte auf die Messer, die sie in ihren Händen hielten und die ihm sagten, dass hier ein ernstes Spiel gespielt wurde. Ein sehr ernstes Spiel.

Lorenz und Kleinhans stellten sich zu beiden Seiten des Henkers auf. Gregor tat einen Schritt nach vorn. »Du hast wohl gedacht, es gibt mich nicht mehr?«, sagte er mit eisiger Stimme. »Aber da hast du dich getäuscht. Mich gibt es noch. Im Gegensatz zu einem jungen Weib mit dem Namen Dobrila. Aus dem Frauenhaus, falls du dich an den Namen nicht mehr erinnern kannst.«

Der Henker zuckte zusammen. Ein Jahr war vergangen. Ein Jahr, in dem das Geschehene verblasst war. Und nun waren da auf einmal diese Messer, und von einer Minute auf die andere kam das Geschehene wieder hoch. »Was willst du von mir?«, stieß er hervor.

»Du hast sie getötet.«

Die Antwort kam schnell. »Du lügst! Ich hab sie nicht getötet! Das Ganze war ein Unfall, so was kann immer mal geschehen. Auch der Richter sieht das so. Geh hin zu ihm und lass dir bestätigen, dass es ein Unfall war! Nein, getötet hab ich sie nicht, das ist nicht wahr. Ich hab lediglich getan, wofür der Rat mich bezahlt.« Er fühlte ein Brennen in seinem Mund und leckte mit der Zunge über den Gaumen. »Im Übrigen war sie eine Diebin und wäre ohnehin nicht mehr am Leben«, setzte er trotzig hinzu.

»Du weißt genau, dass sie keine Diebin war!« Gregors Stimme klang drohend. »Du hast sie gezwungen, meinen Bruder zu erpressen, und der hat ihr daraufhin die Falle gestellt, die sie ins Gefängnis gebracht hat. Sie hat nicht gestohlen, das weißt du so gut wie ich. Sie war das Opfer einer falschen Anschuldigung.«

»Warum gehst du dann nicht zu dem, der sie angeschuldigt hat? Warum kommst du zu mir? Geh zu dem anderen, ohne den wär sie überhaupt nicht ins Gefängnis gekommen!«

»Eberhard von Reinsleben?« Gregor verzog verächtlich den Mund. »Dieser Mann war ein Werkzeug, nichts weiter. Ein austauschbares Werkzeug. Hätte er's nicht getan, wär's ein anderer gewesen … Nein, mir geht es um diejenigen, die Dobrila tatsächlich auf dem Gewissen haben, und du bist einer davon. Zuerst hast du sie mit deinen Machenschaften ins Gefängnis gebracht, und als sie dort war, hast du sie getötet, weil du Angst vor ihr hattest. Weil du damit rechnen musstest, dass sie vor dem Richter reden könnte und du am Ende selbst noch ein Fall für den Richter geworden wärst. Um deine eigene Haut zu retten, deshalb hast du sie aus dem Weg geräumt – kalt, grausam und gefühllos. Es war ja auch einfach für dich, nachdem du sie nun schon mal auf der Folter hattest. Wie hast du gerade gesagt – ein Unfall, so etwas kann immer mal geschehen. Und im Übrigen wusstest du genau, dass man wegen einer toten Dirne nicht viel Aufhebens …«

Ein Geräusch auf der Gasse ließ Gregor innehalten. Schritte kamen näher, zwei Frauen im Streit, erst zurückhaltend, dann heftiger, schließlich eine Männerstimme, die Schweigen gebot. Der Henker drehte mit einer jähen Bewegung den Kopf zur Seite, doch ehe er sich noch bemerkbar machen konnte, drückte Lorenz ihm bereits sein Messer gegen die Kehle. Blut kroch über den Hals auf das Lederwams, während die Schritte auf der Gasse sich entfernten.

Und dann tat der Henker auf einmal den Mund auf. Fast beschwörend kamen seine Worte. Worte wie Donnerschläge. Worte, so groß wie die Sonne, der Mond und die Sterne. »Sie ist nicht tot!«

Ein Messer fiel zu Boden, sprang über die Dielen und blieb liegen. Aus Gregor war alles Leben gewichen. Erstarrung schloss ihn ein, machte ihn unfähig, sich zu bewegen. Sie ist nicht tot! Sie ist nicht tot … Sie ist tot. Tot ist sie! Tot, tot, tot! Seine Lippen bebten, als er die Sprache wieder fand. »Du lügst! Du willst dich retten!«

Der Henker fuhr sich ein weiteres Mal mit der Zunge über den Gaumen. »Sie lebt«, beharrte er und gleich darauf noch ein zweites Mal, fast schon flehend: »Sie lebt!« Sein Blick huschte fahrig durch den Raum. Wenn es für ihn überhaupt noch eine Möglichkeit gab, den Kopf aus der Schlinge zu ziehen, dann nur, indem er mit der Wahrheit herausrückte. Zumindest mit so viel Wahrheit, wie notwendig war. »Man hat sie ins Gefängnis gebracht, der Richter hat sie befragt, und weil sie nicht gestehen wollte, hat der Richter sie mir übergeben. Und ich hab getan, wofür ich bezahlt werde. Meine Pflicht, nichts anderes. So ist das üblich. Als Letztes … als Letztes haben wir ihr Mund und Nase mit Tüchern verstopft und Wasser raufgetropft. Natürlich sollte sie am Leben bleiben, aber irgendwann rührte sie sich nicht mehr. Es gibt da eine schmale Grenze zwischen Leben und Tod, da kann jeder mal einen Fehler machen. Natürlich hab ich versucht, sie wieder aufzuwecken, aber es war vergeblich. Was meinst du, wie der Richter mich anschließend zusammengestaucht hat! Getobt hat er, von wegen so was darf nicht vorkommen, ich sei ein schlechter Henker, und vielleicht würde man sich bald einen anderen suchen und so weiter. Du kannst dir gar nicht vorstellen, was ich mir alles anhören musste! Und dann ist er gegangen, der Richter … das heißt, vorher hat er mir noch aufgetragen, die Diebin unter dem Galgen zu begraben. Jawohl, die Diebin, das hat er gesagt. Das waren seine Worte.« Der Henker fuhr sich mit der Hand über das Gesicht. Schwindel hatte ihn erfasst.

»Los, erzähl weiter!« Gregor zitterte vor Erregung. Das Gift entfaltete seine Wirkung. Ein Wettlauf gegen die Zeit hatte begonnen. Ein unerwarteter, unvorhersehbarer Wettlauf.

»Jo hat sie in seinen Karren gelegt und ist mit ihr zum Tor raus. Kurz vor dem Hochgericht hat er sie ins Gebüsch gezogen. Er wollte …« Der Henker zögerte.

Mit einer raschen Bewegung nahm Gregor sein Messer vom Boden auf und drückte es dem Henker gegen die Kehle. »Was wollte er?!«

»Er wollte … mal wieder eine Frau haben, das wollte er. Freiwillig lässt sich ja keine mit ihm ein. Und wie sie da so auf seinem Karren lag, da dachte er …« Ein Schmerz in seinem Magen ließ den Henker zusammenzucken. Er presste die Hände auf den Bauch.

»Weiter!«, keuchte Gregor. Noch hatte der andere nichts be-

merkt. Noch hatte er nicht begriffen, wie nutzlos jedes einzelne Wort für ihn war. Dass er ebenso gut schweigen konnte.
»Jo wollte sich gerade über sie hermachen, da hat sie plötzlich ihre Augen geöffnet. Ja, das kannst du mir glauben, sie hat ihre Augen geöffnet! Also war sie nicht tot. Also hab ich sie nicht getötet. Ich bin unschuldig!«
Von der Gasse drangen Stimmen herauf. Gregors Herz raste. »Weiter!!«, herrschte er sein Gegenüber an. »Weiter, oder ich stoß dir das Messer in den Hals!«
Die Antwort kam leiser als zuvor, und die Stimme klang rau. »Jo ist weggelaufen, hat sich irgendwo verkrochen vor Angst. Am nächsten Morgen ist er dann zurückgekommen und hat mir alles erzählt. Wir sind rausgegangen zu dem Gebüsch, der Löwe war auch dabei, aber da lag sie nicht mehr. Sie war weg. Daraufhin haben wir die ganze Umgebung abgesucht, aber sie war verschwunden. Spurlos.« Der Henker krampfte die Hände in den Magen. »Auch in den Dörfern ist sie nicht, wir haben uns erkundigt. Ich weiß nicht, wo sie ist. Das Einzige, was ich weiß ... ist, dass sie lebt. Dass ich sie ... nicht getötet habe ... mehr kann ich ... kann ich dir nicht sagen, also lass mich ... jetzt ... endlich in Ruhe ...« Die letzten Worte hatte der Henker mit Mühe hervorgepresst. Ein Würgen erfasste seinen Körper. Er krümmte sich, sein Atem ging schwer. Einen Moment verharrte er so. Als er sich wieder aufrichtete, war es eine andere Angst, die in seinen Augen stand. Eine noch größere. »Was ... was habt ihr mit mir ... gemacht?«, stammelte er.
Gregor wandte sich ab. In einer Ecke des Raumes ließ er sich auf einen Schemel fallen und vergrub den Kopf in seinen Händen. Sie ist nicht tot. Sie lebt! Sie lebt!! Er stand auf und trat ans Fenster. Was gäbe er darum, wenn es sich wirklich so verhielte! Wenn sie lebte! Wenn sie bei ihm wäre! Sie ist nicht tot ... Der Henker hatte die Wahrheit gesagt. Ein Mann in

seiner Lage sagt die Wahrheit. Auch wenn er versucht hatte, sie zu töten. Sie ist nicht tot!

Aber sie ist auch nicht da.

Er ging zu dem Schemel zurück, ließ sich erneut darauf fallen. Vor ihm der Henker, das heisere Stöhnen, das Würgen, die Schmerzen … und sie war am Leben! Aber der Henker wollte sie töten! Ganz gewiss wollte er sie töten … der sterbende Henker mit dem Gift in seinem Körper, das ihn tötete, langsam und schrecklich, wie ein Lappen, auf den man Wasser träufelte … Doch sie war am Leben! Unendlich misshandelt, unendlich gequält, doch sie war am Leben!

Aber wo war sie?!

Mit einem kaum vernehmbaren »O mein Gott!« ging der Henker in die Knie. Gregor erhob sich, durchmaß den Raum, presste die Stirn an die Wand. »O mein Gott!«, stöhnte der Henker ein zweites Mal und sank auf die Hände. Gregor hieb seine Fäuste gegen die Wand. Dobrila! Dobrila! Plötzlich hielt er inne. Eine Begebenheit stand ihm vor Augen, ein Gespräch, verschwommene Satzfetzen, kaum erinnerbar, aber vielleicht war es ein Anfang. Er schlug die Hände vor sein Gesicht, verschwunden war der Henker, war das Haus, er tauchte in die Tiefen seiner Erinnerung, durchkämmte sein Gedächtnis auf der Suche nach den Worten, die die Zeit fast ausgelöscht hatte. Nach den Worten, die ihm ein Schatz sein sollten.

Und dann hatte er die Worte auf einmal gefunden.

* * *

In dieser Nacht hatte Gregor einen Traum. Er saß auf dem Schemel im oberen Stockwerk des Hauses in der Büttelgasse, vor ihm am Boden lag der tote Henker, daneben der Schädel, der diesem aus der Hand gefallen war. Leer starrten die

Augenhöhlen aus dem bleichen Gebein, kein Aufblitzen der Seele mehr, nur rabenschwarze Dunkelheit, leblos und kalt. Plötzlich begann die Dunkelheit zu wachsen. Sie wuchs über den Schädel hinaus, wuchs über den Henker, über das Haus, bäumte sich hoch hinauf bis in den Himmel, streckte sich weit bis zum Horizont, eine Landschaft aus vollständiger Finsternis, und er, Gregor, stand mitten in ihr. Angstvoll riss er die Augen auf, tastete in alle Richtungen, doch die Finsternis gab ihre Geheimnisse nicht preis. Vorbeigleitende Schwingen streiften sein Gesicht. Der Ruf eines Nachtvogels stach ihm ins Herz, aus der Nähe antworteten Wölfe. Dann fielen Stimmen mit ein, von Geistern, von Kobolden und Zwergen, von umherirrenden Seelen, die auf Erlösung warteten, dazu das grimmige Frohlocken von Räubern und Mördern. Gregor schob einen Fuß nach vorn, sein zittriger Atem vermischte sich mit den Geräuschen der Gesichtslosen. An schwarzen Abgründen entlang stolperte er aufwärts, dem Gipfel eines unsichtbaren Berges entgegen. Bald umfing Kälte seinen Körper, unter seinen Tritten zerbarst ewiges Eis. Immer banger wurde ihm, während er höher und höher stieg, immer weiter in die Nacht hinein, in die feindselige, furchtbare Nacht.

Irgendwann erschien das Licht. Perlgraue Dämmerung kroch fahl über das Land, Formen schälten sich aus der Schwärze, Umrisse gewannen Tiefe. Schon röteten sich die Wolken. Wo eben noch Gespenster und Gelichter ihr Unwesen getrieben hatten, grüßte nun Vogelzwitschern, und der Geruch von üppigem Leben stieg aus der Erde. Ein leuchtender Punkt am Horizont ließ Gregor den Atem anhalten. Schnell wandelte sich der Punkt zu einem Bogen, wurde größer, blähte sich zu einem strahlenden Kreis. »O Sonne!«, jubelte Gregor, »o wunderbare, Leben spendende Sonne!«, und auf dem Gipfel seines Berges begann er zu tanzen. Gierig sog er die Wärme ein, die seinen erstorbenen Körper umschmeichelte, begehrlich badete er in dem himmlischen Glanz. Wie Gold hing die Sonne am Firmament, ihr Licht spiegelte sich in den stillen Seen und in den sanft dahintreibenden Flüssen, es tränkte das Land, auf dem das Korn reifte und wohlschmeckende Früchte wuchsen, es liebkoste die blumenbekränzten Jungfern, die sich unter der Dorflinde im Tanz drehten, und leuchtete dem Schulzen, der den Becher mit Wein zum Mund führte, um die verschwenderischen Gaben des Sommers zu preisen.

Im nächsten Augenblick entdeckte Gregor von der Höhe seines Gipfels die endlose Reihe der Berge. Hoch waren sie und spitz, eine gewaltige Kette, die zu seinen Füßen begann und von ihm fortführte, bis sie sich in einer unbestimmten Ferne verlor. Eine steil aufragende Wand in der Welt bildeten sie, eine Mauer, so hoch, dass die Strahlen der Sonne sie nicht zu überspringen vermochten. Sie standen genau in der Mitte des Landes, und wie ein riesiges Messer teilten sie das Land in zwei Hälften. Die eine Seite war hell, war die Sonne, war das Leben und die blühenden Blumen. Die andere war die eiskalte Nacht. Zwei Wege führten hinein in das Land, ein jeder von ihnen in eine der beiden Hälften, und der eine war nicht schwerer zu begehen als der andere. »Du bist mir ein guter Weg«, sagte Gregor zu dem rechten, der in die Sonne führte, und zu dem linken sagte er: »Und du bist mir ein schlechter.« »Guter Weg … schlechter Weg …« hallte es von den Felswänden wider. Plötzlich vernahm Gregor eine Stimme in seinem Rücken. »Genug geschwätzt!«, mahnte die Stimme. »Steig auf, unser Weg ist noch weit!« Als Gregor sich umdrehte, sah er hinter sich einen Apfelschimmel stehen. »Dies ist mein Reich!«, sagte der Schimmel. »In ihm gibt es alles, was es gibt. Es ist die Summe aller Möglichkeiten. Steig auf, ich trage dich ans Ziel!« Gregor tat, wie ihm geheißen, und näherte sich dem Tier. Auf einmal bemerkte er, dass das Pferd nicht nur einen einzigen Kopf besaß, sondern derer gleich zwei, von denen der eine nach rechts schaute und der andere nach links. »So beeil dich doch, wir dürfen keine Zeit verlieren!«, drängte das Pferd. Geschwind saß Gregor auf und griff nach den Zügeln. Er packte sie, so fest er nur konnte, hart traten seine Knöchel hervor, schließlich tropfte Blut aus den kalkweißen Fingern. »Dies ist mein Reich!«, wiederholte das Pferd und stampfte das »mein« in den felsigen Boden. Gregor zog an den Zügeln, doch er spürte keinen Widerstand, und als er sie besah, da entdeckte er, dass sie durchtrennt waren. Entschlossen nahm er die Enden und verschlang sie zu einem Knoten, doch schon im nächsten Augenblick hatten die Enden sich wieder voneinander getrennt. Abermals versuchte er es, danach ein drittes Mal, aber jedes Mal waren seine Mühen umsonst. Und während seine Ohnmacht ihn niederdrückte und Verzweiflung sich in sein Herz stahl, da begann der Schimmel auf einmal zu lachen, hochmütig und triumphierend, und gleichzeitig setzte sich das Tier in Bewegung, und das Lachen schwoll an, und es brach sich an den Bergen und an dem Land und an der Sonne, und es schwoll weiter an und wurde lauter und lauter – so laut wurde es schließlich, dass Gregor zutiefst verwirrt aus seinem Traum aufschreckte und schweißgebadet von seinem Lager hochfuhr.

Gregor war immer noch verwirrt, als er gleich nach Tagesanbruch Berlin verließ. Nur flüchtig nahm er den von schweren Rössern gezogenen, mit einem Dutzend Reisender voll besetzten Rollwagen wahr, der sich zum Tor hinausquälte, überhörte den »Guten Ritt!«, den ihm ein aufgekratzter Wachtposten hinterherrief, und trieb stattdessen sein Pferd zur Eile an. Beim Georgenspital schwenkte er auf die Straße ein, die nach Osten führte. Als er sich der Richtstätte näherte, ließ er sein Pferd in einen langsamen Trab fallen. Die Stirn düster umwölkt, suchten seine Augen die Gegend ab. Hier irgendwo hatte es sich zugetragen, hier hinter den Büschen, die zu beiden Seiten die Landstraße säumten. In seiner Vorstellung sah er, wie Dobrila aus ihrem totenähnlichen Schlaf erwachte, er sah das Ungeheuer des Henkers, wie es sich über sie beugte, und ein weiteres Mal krampfte sich sein Innerstes zusammen. Gleich darauf erblickte er den Galgen, unter dem er gelegen hatte. Eine ganze entsetzliche Nacht hatte er dort zugebracht, auf ihrem Grab, das gar nicht das ihre gewesen war, und hatte um sie getrauert, während sie dicht – keinesfalls weiter als eine Tagesstrecke entfernt – in seiner Nähe gewesen war.

Gegen Mittag erfuhr er, dass er sich im Weg geirrt hatte. Diese Straße führe doch zur Oder, so knurrte ein unfreundlicher Bursche in einem fast ausgestorbenen Dorf, an den er sich gewandt hatte. Wenn er nach Fürstenwalde wolle, dann müsse er an der Spree entlang reiten, denn die Stadt Fürstenwalde liege nun mal an der Spree, wie er vielleicht schon gehört habe, und nicht an der Oder! Gregor unterdrückte eine ebenso unfreundliche Antwort und wendete wortlos sein Pferd.

Rasch flog die Zeit dahin. Im Laufe des Nachmittags zogen Wolken auf und verhießen eine frühe Dämmerung. Wieder und wieder kam ihm sein Traum in den Sinn: der Apfelschimmel mit den zwei Köpfen, die helle Welt und die finstere, die durchtrennten Zügel, die zusammenzufügen ihm nicht gelungen war und die ihn in drastischer Weise daran erinnert hatten, dass er auf den Ausgang seiner Reise nicht den geringsten Einfluss besaß. Und in der Tat – es war nicht viel, was er hatte, einen einzigen Satz nur, beiläufig gesprochen von Dobrila bei ihrer letzten Begegnung: Die Jenne hat vor ein paar Wochen das Frauenhaus verlassen und ist mit einem Weißgerber nach Fürstenwalde gegangen … Das war alles. Vielleicht war es ja ein Schatz, über den er mit diesem Satz verfügte. Womöglich war es aber auch nicht mehr als eine wertlose Aneinanderreihung von Wörtern.

Die Türme von Fürstenwalde zeichneten sich bereits in der Ferne ab, als Gregor bei einem Wegekreuz auf einen Trupp Bewaffneter stieß. Die Pferde, auf denen sie saßen, waren von guter Rasse, die Kleider der Männer verrieten Geld. Angeführt wurden sie von einem Priester mit einer langen Kette um den Hals, an der ein goldenes Kreuz im Licht der Abendsonne funkelte. Ein paar Schritte vor Gregor kamen die Männer zum Stehen. »Gelobt sei Jesus Christus, mein Sohn!«, grüßte der Priester.

»In Ewigkeit, Amen!«, entgegnete Gregor. Die Nähe von Fürstenwalde ließ vermuten, dass die Männer zu dem Bischof von Lebus gehörten, der in der Stadt seinen Sitz hatte. Der Priester, eine große Erscheinung mit dem Gesicht eines feinnervigen Denkers, lenkte sein Pferd nahe an Gregor heran. »Ihr scheint es sehr eilig zu haben, mein Sohn«, sagte er mit einem Blick auf dessen Pferd. Die Nüstern des Tieres bebten, das Fell war schweißnass.

»Ja, Vater, ich bin in Eile.« Gregor spürte Ungeduld in sich aufsteigen. »Ihr würdet mir einen Gefallen erweisen, wenn Ihr mir sagtet, in welchem Teil Eurer Stadt ich die Gerber finden kann?«

»Die Gerber?« Der Priester hob erstaunt die Brauen. »Was hat ein Mann wie Ihr mit solchen Leuten zu tun?«

Gregor wich dem Blick aus. »Verzeiht, Vater, aber ich bin …«

»… in Eile«, vollendete der Priester den Satz. »Ihr erwähntet es schon. Doch mögt Ihr auch noch so sehr in Eile sein, so bedenkt stets, was die Schrift dazu sagt: Wo man nicht mit Vernunft handelt, da geht's nicht wohl zu; und wer schnell ist mit den Füßen, der tut sich Schaden!« Er bedeutete seinen

Männern, den Weg freizugeben. »Kurz vor der Stadt führt ein Weg rechts ab zur Spree. Dort könnt Ihr finden, wonach Ihr sucht. Gott behüte Euren Weg, mein Sohn!«
»Er behüte auch den Euren, Vater!«, gab Gregor zurück und stieß, noch bevor er zu Ende gesprochen hatte, seinem Pferd die Fersen in die Flanken. In raschem Ritt näherte er sich der Stadt. Schnell wuchsen die Mauern in die Höhe, der Dom mit dem mächtigen Turm, das bischöfliche Schloss. Kurz vor dem Tor schwenkte er auf den Weg ein, den der Priester ihm beschrieben hatte. Vor ihm, am Spreeufer, hatten mehrere Schiffe festgemacht, in ihrer Nähe warteten Fuhrwerke, dazwischen liefen Männer und schleppten Lasten. Als er um eine Baumgruppe bog, erblickte er nicht weit entfernt einige Häuser am Fluss, bei denen die dazugehörigen Einrichtungen verrieten, dass dort die Gerber lebten.
Im Westen sank die Sonne immer tiefer. Gregor stieg vom Pferd und warf die Zügel über einen Ast. Als er sich den Häusern näherte, schlug ihm ein Gestank von Verwesung und Fäulnis entgegen. Er ließ zwei Lohgerber unbeachtet und steuerte auf das Haus eines Weißgerbers zu. Eingelegt in Bottichen voll Ekel erregender Beizen oder in Laugen aus Alaun dümpelten zahlreiche Häute, andere waren zum Trocknen an Stangen gehängt, wieder andere lagerten auf einem Steg über dem Wasser. Zwei Jungen waren damit beschäftigt, sie zu waschen. Dicht daneben stand ein Mann an einem Schabebaum und fleischte mit einem Falzeisen ein Ziegenfell ab. Dobrila war nirgends zu sehen.
»He, was sucht Ihr hier?«, schnitt eine schrille Stimme durch die Luft.
Gregor drehte sich zu der Stimme um. Nahe dem Haus, neben einem Abtritt, stand eine Frau von schwer bestimmbarem Alter. Ihre Kleider waren ärmlich, ihr Gesicht wirkte verhärmt. »Was Ihr hier sucht, will ich wissen«, wiederholte

die Frau ihre Frage. Der Mann am Schabebaum hatte das Falzeisen abgesetzt und schaute zu ihnen herüber.
»Ich will zu Jenne«, antwortete Gregor. »Bist du Jenne?«
Die Frau löste sich von dem Abtritt. Misstrauisch die Arme in die Hüften gestemmt, blickte sie ihn an. »Was wollt Ihr denn von ihr?«
Gregor zwang sich zur Ruhe. »Nun sag schon: Bist du's oder bist du's nicht?«
»Sie ist es nicht!« Der Gerber warf einen abgeschabten Fettklumpen in die Spree und kam näher. Bleich, fast leichenartig wirkte sein Gesicht, die derben, von der Arbeit aufgequollenen Hände waren voller Schnitte und Risse. Gregor schätzte, dass er die Dreißig kaum überschritten hatte. »Sie ist es nicht«, sagte der Gerber noch einmal. »Leider ist sie's nicht, denn die Jenne, die war ein schönes Stück Fleisch! Ein wunderschönes Stück Fleisch war die! Mit der kam keine andere mit. Vor allem die hier nicht!« Er deutete mit einer Kopfbewegung auf sein Weib.
Die Gerberin wollte gerade den Mund auftun und sich gegen die niederträchtigen Worte zur Wehr setzen, als sie mit einem knappen »Halt's Maul!« in die Schranken gewiesen wurde. Der Gerber nahm die Lederkappe vom Kopf und wischte sich mit dem Ellenbogen über die schweißige Stirn. »Sie ist nicht mehr hier, die Jenne. Sie ist mit einem Essigkrämer weg, nachdem ein Pferdeknecht vom Bischof ihrem Kerl ein Messer in den Bauch gestoßen hat. Dem Thile, mein ich. Der Thile, das war der Kerl von ihr, der hat vor mir hier gearbeitet. Jetzt ist er tot, deshalb bin ich hier.«
»War ja selber schuld, dieser dämliche Thile!«, keifte die Gerberin. »Sagt dem Knecht, dass er hässlicher ist als seine Gäule, und das, nachdem sie den ganzen Abend gesoffen haben!«
Gregor blickte den Gerber fast flehend an. Die eine Spur, die zu suchen er hier war, hatte er gefunden. Doch noch fehlte

die zweite. Die entscheidende! »War da … war da noch eine andere bei der Jenne? Dobrila ist ihr Name. Sie hat ein rundes Gesicht, dunkle Augen und eine kleine Nase. Und flachsblonde Haare hat sie.« Er schluckte. Ein Nein, ein einfaches Nein nur, und alles war verloren. Für immer!

»Eine andere?«

Die Gerberin hob stöhnend die Hände zum Himmel. »Beim heiligen Bartholomäus, natürlich war da noch eine andere, hast du das denn schon wieder vergessen? Du bist doch …«

Der Gerber holte mit dem Arm zum Schlag aus. »Du sollst endlich dein verfluchtes Maul halten!«, brüllte er in einer Lautstärke, die ausgereicht hätte, selbst das Getöse der Hämmer in der Walkmühle zu übertönen. »Ich weiß selbst, dass da noch eine andere war!« Den Blick drohend auf sein Weib gerichtet, ließ er den Arm langsam wieder sinken. Dann begann er auf einmal zu husten, kräftig und ausdauernd, und Gregor musste warten. »Ja, da war noch eine andere«, keuchte er, nachdem er sich wieder beruhigt hatte. »Nicht, dass sie hier gewohnt hat, nein, sie ist nur ein paar Mal hier gewesen, und da haben wir sie gesehen. Weil die Jenne …« Erneut musste er husten, diesmal noch länger als zuvor. »Also die Jenne, die hat mir damals das Haus verkauft, weil der Pferdeknecht von dem Bischof, der hat doch ihren Kerl abgestochen, den Thile, und deshalb hat sie mir das Haus verkauft. Weil der Thile, der konnte das ja nun nicht mehr gebrauchen, weil der war ja jetzt unter der Erde. Viel konnte ich der Jenne nicht dafür bezahlen, ich hab ja nicht viel, aber sie war's zufrieden, und bald danach ist sie dann weggegangen. Vorher hat sie noch bei uns gewohnt, nicht lange, nur kurz, und in der Zeit haben wir die andere gesehen, die mit den blonden Haaren, diese … diese …«

»Dobrila«, sprang Gregor ihm bei.

»Richtig, diese Dobrila, die haben wir gesehen, die war ein

paar Mal hier. Das letzte Mal hat sie der Jenne ein großes Stück Tuch gezeigt. Ich hab's gesehen, wie sie da beide auf dem Steg gesessen haben und wie die Dobrila der Jenne das gezeigt hat. Ein großes Stück Tuch war's, ein ganz neues.«
Die Gerberin brach in ein gehässiges Lachen aus. »Von wegen ein ganz neues! Ich hab das Tuch auch gesehen. Das war kein neues. Völlig eingestaubt war's. Schmutzig war's. Wer weiß, wie lange das schon irgendwo rumgelegen hat, dein neues Tuch!«
»Schmutzig war's, schmutzig war's!«, äffte der Gerber sein Weib nach. Er spuckte in den Sand. »Danach haben wir die andere nicht mehr gesehen«, wandte er sich wieder an Gregor. »Wo sie heute ist, weiß ich nicht. Ich weiß nur, dass sie nicht mit der Jenne zusammen weggegangen ist, weil ich hab die Jenne nämlich gesehen, wie sie mit ihrem Essigkrämer raus ist aus der Stadt. Da war die andere nicht dabei. Aber wo sie geblieben ist ...« Er zuckte die Schultern.
Gregor zitterte vor Anspannung. Endlich wusste er, dass Dobrila am Leben war! Endlich hatte er ihre Spur gefunden! Doch wo hielt sie sich auf, in diesem Augenblick, während er hier stand und nach ihr suchte? Wo war sie, wenn sie nicht mit der Jenne und dem Krämer mitgegangen war? War sie überhaupt noch in Fürstenwalde?
Vom Steg drang lautes Fluchen herüber. Einer der Jungen hatte versehentlich einen Stapel Häute in den Fluss gestoßen, und nun mussten die beiden die Häute aus dem Wasser bergen. Mit einer abfälligen Bemerkung drehte sich der Gerber um und ging zu seinen Söhnen. Gregor senkte den Kopf, seine Augen bohrten sich in den Sand, in seinem Gehirn überschlugen sich die Gedanken. Ein Tuch hatte Dobrila gebracht, ein großes Stück Tuch. Ein angestaubtes zwar, aber ein großes, so hatte es zumindest der Gerber gesagt. Auch ein angestaubtes Stück Tuch hatte seinen Preis, wenn es groß

war. Kostete Geld. Kostete viel Geld, das erst einmal verdient werden musste. Es sei denn, es war ein Geschenk …

Er stutzte. Eine Eingebung, vielleicht zu weit hergeholt, aber in diesem Moment hatte er nichts Besseres. Mit ein paar schnellen Schritten war er bei dem Gerber. »Könnte sie bei jemandem sein, der mit Tuchen zu tun hat? Gibt es Weber oder Tuchhändler in deiner Stadt?«

Klatschend ließ der Gerber eine nasse Haut auf den Stapel fallen. »Was kann ich schon wissen, ich bin doch noch nicht lange in Fürstenwalde.« Er kratzte sich nachdenklich am Kinn. »Das Einzige, was ich weiß, ist, dass es hier Tuchmacher gibt. Sie wohnen in einer Gasse, die geht von der Mühlenstraße ab. Allerdings kenn ich keinen von denen, außer einen, den treff ich manchmal hier unten am Fluss. Ein feiner Kerl, Arnt heißt er. Der kann vielleicht Geschichten erzählen, sag ich Euch! Der hört gar nicht mehr auf, wenn er erst mal angefangen hat. Aber bei dem ist sie nicht, Eure … Eure … na ja, Ihr wisst schon, wen ich meine. Nicht als Eheweib und auch nicht als Magd. Das Weib von dem Arnt hab ich nämlich schon gesehen, ein hübsches Ding, etwas knochig, aber hübsch. Und eine Magd – wie sollte der Arnt eine Magd bezahlen? Nein, bei dem ist sie ganz bestimmt nicht. Obwohl der Arnt ein feiner Kerl ist, wie gesagt, einer von den feinsten …«

»Fallen dir noch andere ein?«, fiel Gregor dem Gerber ins Wort.

Der schüttelte den Kopf. »Ich hab Euch doch gesagt, ich bin noch nicht lange hier. Fragt einen anderen, der weiß bestimmt mehr.«

Gregor nickte stumm. Drüben am anderen Ufer verschwand gerade die Sonne als ein glutroter Ball hinter den Bäumen, aus der Stadt schallte Glockenläuten herüber, jeder Schlag der Nacht ein wenig näher als der vorherige. Gregor wollte sich eben in Bewegung setzen, als ein von einem abermaligen Hustenanfall begleitetes »He, wartet!« ihn innehalten ließ. Er drehte sich um. »Mir ist da doch noch etwas eingefallen«, rang der Gerber nach Luft. »Es gab da einen Tuchhändler, seinen Namen weiß ich nicht, ich weiß nur, dass er vor einer Weile gestorben ist und dass seine Witwe jetzt allein in dem Haus lebt. Seine Witwe ist blind. Alle haben gedacht, sie geht ins Spital, aber sie wollte nicht. Wo das Haus liegt, kann ich allerdings nicht sagen …«

Die Glocken läuteten noch immer, als Gregor auf einer Brücke den Stadtgraben überquerte und auf das Tor zuritt. Misstrauisch musterten ihn die Wachen und fragten ihn nach seinem Begehr. Er sei der Bote eines hohen Herrn, antwortete Gregor, und reise mit einer wichtigen Nachricht, doch da er an diesem Tag sein Ziel nicht mehr erreichen könne, wolle er in Fürstenwalde die Nacht zubringen. »So so«, brummte der eine Wächter. »Seid willkommen!«, empfing ihn der andere und wies ihm den Weg zu einer zwar namenlosen, für die Bedürfnisse eines müden Reisenden allerdings – wie er versicherte – bestens geeigneten Herberge unweit des Rathauses, die sich im Besitz seines Bruders befinde. Wenige Minuten später hatte Gregor sein Pferd in dieser Herberge untergestellt und sich auch gleich nach der blinden Tuchhändlerswitwe erkundigt. Noch ein paar Minuten später, und er stand bereits gegenüber von deren Haus – einem zweigeschossigen, giebelständigen Fachwerkbau, der trotz einiger Schnitzereien und zweier Butzenfenster einen eher schlichten Eindruck machte. »Zum neuen Schlüssel« war in ausgeblichenen Lettern über dem Eingang zu lesen.

Unschlüssig über sein weiteres Vorgehen starrte Gregor auf die Tür, als diese auf einmal geöffnet wurde und ein Geistlicher in Begleitung einer älteren, leicht gebückt gehenden Frau erschien. Gregor wartete einen Augenblick, beobachtete, wie die beiden vor dem Haus stehen blieben und der Geistliche der Frau, bei der es sich offensichtlich um die Blinde handelte, wortreich das Aussehen des Abendhimmels beschrieb, und wechselte dann in einen schmalen Durchgang, an den das Haus mit seiner Traufseite grenzte. Wo das Haus endete, begann ein flacher Zaun, der sich an dem Durchgang entlangzog, dahinter befand sich ein Garten mit einem Schuppen und mehreren Beeten, bepflanzt mit Gemüse und Kräutern, alles sorgfältig angelegt und ordentlich gepflegt, sowie mit drei Apfelbäumen in der Mitte.

Und zwischen den Apfelbäumen, fast verdeckt von deren Schatten, stand Dobrila.

Ein überwältigendes Gefühl von Glückseligkeit durchflutete Gregor. Was er so inständig gehofft hatte, war Wirklichkeit geworden – sie war am Leben! Sie lebte, und er hatte es geschafft, sie zu finden! Nun stand sie vor ihm, nicht weiter als einige Armlängen war sie von ihm entfernt, auch wenn sie ihn noch nicht bemerkt hatte, aber trotzdem war sie ihm ganz nahe, während sie in dem Garten herumlief und sich bückte und die herabgefallenen Äpfel in einen Korb legte, mit ihren wunderschönen Händen, die so zärtlich sein konnten.

Still stand Gregor, völlig reglos, während Dobrila noch immer den Boden absuchte. Plötzlich schien sie zu spüren, dass jemand sie beobachtete. Sie wandte sich dem Durchgang zu, und als sie den Kopf hob, blickte sie geradewegs in sein Gesicht. Einen winzigen Augenblick stutzte sie: der Bart, die lang gewachsenen Haare, die unter dem Hut hervorschauten – dann hatte sie ihn erkannt, hatte das Gesicht jenes Mannes erkannt, den sie mehr geliebt hatte als alles andere auf der Welt. Jenes Mannes, den sie für immer verloren geglaubt hatte. Sie tastete nach einem Halt, ihr Mund formte unhörbare Worte. »Ich bin es!«, sagte Gregor und stieg über den Zaun. »Ich bin es wirklich!« Dobrila durchwanderte einen

Traum. »Nein«, stammelte sie, »das kann nicht sein ... Das ist nicht möglich ...« Gregor machte einen Schritt auf sie zu. »Doch, es ist möglich. Das ist kein Traum. Das ist die Wahrheit. Ich bin hier. Ich bin bei dir!«

Die Blicke ineinander verschmolzen, trat Gregor dicht an sie heran und streckte die Hände nach ihr aus. Seine zarte Berührung brachte sie ins Leben zurück. »Nein, das ist kein Traum«, hauchte sie. »Das ist wahr.« Ihr Atem ging stoßweise. Angetrieben von einer Macht, die so alt ist wie die Ewigkeit, hob sie die Arme und schlang sie um seinen Hals. Sie presste sich an ihn, sie öffnete ihm ihre Seele und nahm ihn in sich auf, sie hüllte sich ein in ihn, während die Welt in Schweigen verharrte und die Zeit den Atem anhielt. Zwei Menschen, die durch die Ungnade des Schicksals getrennt und durch die Gnade der Liebe wieder zusammengeführt worden waren.

Lange hielten sie einander fest, eingewoben in ein Gespinst, das kein anderer zu durchbrechen vermochte – weder der Knabe, der fröhlich singend zwei Schafe durch den Durchgang trieb, noch das Schusterweib, das, kaum dass es um die Ecke gebogen war, auch schon zu schimpfen begann, weil es sah, was nicht gesehen werden durfte. Schließlich tauchten sie in die Welt zurück. Dobrila fasste Gregors Hände, ihre Blicke schwammen in seinen Augen. »Woher wusstest du, dass ich lebe? Und wie hast du mich gefunden? Und überhaupt – warum bist du nicht in deinem Konvent, du bist doch ein Mönch?«

Gregor schüttelte den Kopf. »Ich bin kein Mönch mehr. Ich bin ein Fahrender geworden. Ich ziehe mit Freunden durchs Land, wir ... wir zeigen den Leuten ein paar Dinge, die ihnen Abwechslung bringen. Seit einem Jahr mache ich das. Damals habe ich meinen Konvent verlassen – damals, als du auf einmal verschwunden warst. Ich weiß alles: Dass der Henker dich gezwungen hat, meinen Bruder zu erpressen, die Sache mit dem Rosenkranz, dass sie dich ins Gefängnis geworfen haben und …« Er stockte. »Ich habe die ganze Zeit gedacht, du wärst tot. Erst gestern habe ich erfahren, dass das nicht stimmt. Ich habe mich sofort auf die Suche gemacht. Du hast mir mal von der Jenne erzählt … dass sie mit einem Weißgerber nach Fürstenwalde gegangen ist. Dadurch …«

»Dobrila, liebes Kind!«, schallte in diesem Augenblick eine Frauenstimme vom Haus her durch den Garten. »Wo bist du?« In der Tür, angetan mit einem schmucklosen, schwarzen Kleid, stand die Tuchhändlerswitwe. Dobrila klammerte sich an Gregor. »Es dauert nicht lange!«, flüsterte sie fast beschwörend. »Ich muss sie ins Bett bringen, ich mach so schnell ich nur kann. Warte auf mich, dort hinten in dem Schuppen! Ich bin bald wieder zurück.« Und während sie sich bereits von ihm löste, setzte sie leise hinzu: »Sie ist gut zu mir.«

Versonnen sah Gregor ihr nach, bis sie mit der Witwe im Haus verschwunden war. Dann wandte er sich dem Garten zu. Der Apfelkorb stand noch immer unter den Bäumen, so wie sie ihn abgestellt hatte, grau war er in der Dämmerung, grau auch das Haus, der Garten, der Himmel. Doch das Leben hatte Farben, leuchtete und strahlte im Licht der Liebe. Beseligt ging Gregor zu dem Schuppen und trat ein. Durch ein abgebrochenes Brett auf der Rückseite drang spärliches Licht in den Raum. Kisten standen herum und zahlreiche Körbe, Arbeitsgeräte für den Garten, dazu eine Truhe von außergewöhnlicher Größe. Ausgerollt auf der Truhe lagen ein paar alte Strohsäcke. Gregor suchte den heraus, der am wenigsten zerschlissen war, legte ihn in einer Ecke auf die Erde und setzte sich darauf nieder. Den Kopf an die Wand gelehnt, überließ er sich seinen Gedanken.

Draußen schritt die Dämmerung voran, bald kroch die Dunkelheit in den Schuppen und raubte den Gegenständen ihre Konturen. Endlich ließ ihn das Herannahen eiliger Schritte aufhorchen, und noch bevor er sich erheben konnte, trat Dobrila auch schon durch die Tür. Ihr hastiger Atem verriet die Sehnsucht, die in ihrem Inneren brannte. Mit sicherem Gespür fand sie ihn in seiner Ecke. Wortlos ließ sie sich neben ihm fallen, schlang die Arme um ihn und zog ihn mit sich hinab auf das Lager. Ihre Tränen nässten seine Haut, während sie sein Gesicht mit Küssen bedeckte und ihm die Worte ins Ohr flüsterte, die sie lange, viel zu lange schon in sich begraben hatte.

Die Körper eng aneinander gerückt, so lagen sie da und ließen sich treiben im Gleichklang ihrer Seelen. Langsam verrann die Zeit, während die Stadt sich im Schlaf wiegte. Mitternacht war längst vorbei, als Dobrila sich auf einmal aufsetzte und zu reden begann. Stockend kamen ihre Worte, schwer von dem Fluch furchtbarer Erinnerungen, die wie eiserne Gewichte auf ihr lasteten. »Die Nacht im Kerker war das Schlimmste, was ich bis dahin erlebt hatte. Sie haben mich zu den anderen in das Verlies geschafft und mit Ketten an die Wand angeschlossen, und dann haben sie mich warten lassen. Um mich herum herrschte völlige Finsternis. Ich saß auf dem Boden, er war kalt und glitschig und mit Ekel erregendem Unrat bedeckt. Ratten liefen mir über die Beine. Ich konnte nicht mehr denken vor Angst. Immer wieder hab ich meine Unschuld herausgeschrien, ich hab den Himmel angefleht und alle Heiligen, ich hab mir das Gesicht zerkratzt, bis mir das Blut über die Finger lief, doch alles war umsonst … Dann haben sie mich geholt, ich weiß nicht, wie viele Stunden inzwischen vergangen waren. Ein paar Männer saßen vor mir, ich bin auf die Knie gefallen und hab sie angebettelt, sie sollten mich gehen lassen, ich hätte doch nichts gestohlen, aber sie schüttelten nur ihre Köpfe und for-

derten mich auf, den Diebstahl zu gestehen. Schließlich übergaben sie mich dem Henker. Der zeigte mir als Erstes seine grauenhaften Werkzeuge und beschrieb mir, was er mir mit ihnen antun wollte. Dann fing er an. Es war die Hölle.«
Ein Schluchzen unterbrach den Fluss ihrer Worte. All die schrecklichen Bilder standen ein weiteres Mal vor ihr, rissen ihr von neuem die Seele auf und wühlten in den Wunden, die nicht verheilt waren und die nie vollständig verheilen würden. Sie tastete nach Gregor. »Der Henker hat mir Daumenschrauben angelegt, und dann hat er sie zusammengezogen. Ich weiß noch, wie ich geschrien habe. Die anderen Männer haben auf mich eingeredet, aber ich hab ihre Worte nicht verstanden, ich hab nur geschrien, als er immer fester zog und ich nichts dagegen machen konnte, außer ich hätte gestanden, aber was hätte ich denn gestehen sollen, ich war ja unschuldig, und trotzdem zog der Henker die Schrauben immer fester und fester … Irgendwann hab ich das Bewusstsein verloren.« Sie hielt einen Moment inne. »Zum Glück hat er mir die Daumen nicht zerquetscht. Er hat rechtzeitig aufgehört, sie sind heil, auch wenn die Schmerzen in ihnen nicht mehr aufhören wollen. Aber wie hätte ich mit zerquetschten Daumen eine Arbeit finden sollen? Jeder hätte sofort Bescheid gewusst, niemand hätte mich genommen. Und selbst wenn einer barmherzig gewesen wäre, wie hätte ich mit solchen Daumen gute Arbeit für ihn leisten können?«
Der Ruf des Nachtwächters ganz in der Nähe ließ sie verstummen. Dobrila wartete, bis er weitergezogen war. »Als ich wieder zu mir kam, lag ich auf einem Tisch. Sie hatten mich festgebunden, ich konnte mich nicht mehr rühren. Die Männer standen um mich herum, ich sehe noch heute ihre Gesichter. Sie beugten sich über mich und fragten, ob ich nicht endlich die Wahrheit sagten wollte, und ich schrie, so laut ich nur konnte: Das ist die Wahrheit, ich hab nichts ge-

stohlen, ich bin unschuldig! Dann kam wieder der Henker. Er sagte zu den Männern: Gleich werdet Ihr das Geständnis haben. Im nächsten Augenblick hielt er Lappen in der Hand und …«

Mit einem Aufstöhnen brach Dobrila ab. Sie ließ sich fallen, warf sich auf Gregor, Weinkrämpfe schüttelten ihren geschundenen Körper. Gregor strich mit der Hand über ihr Haar, während er gleichzeitig in ohnmächtiger Wut die Zähne aufeinander presste. Es dauerte lange, bis sie die Kraft fand, ihren Bericht zu Ende zu führen. »Als alles vorbei war, haben sie mich aus der Stadt gebracht. Sie dachten, ich sei tot. Aber ich war nicht tot, ich war am Leben, sie haben sich getäuscht. Irgendwann bin ich aufgewacht. Ich hatte das Gefühl, jemand wäre ganz nahe bei mir, ich hörte eine Stimme, nur wenige Handbreit von mir entfernt, sie lallte und war voller Speichel, und als ich die Augen öffnete, da sah ich das Ungeheuer des Henkers vor mir, der halslose Kopf, die Augen, aus denen mich der Teufel anschaute, das widerwärtige Maul, und gleichzeitig erkannte ich, dass ich in einem Gebüsch lag, und das Ungeheuer machte gerade Anstalten, mich zu berühren …« Ein Beben durchlief ihren Körper. »Ich kann mich nicht mehr erinnern, ob ich geschrien habe, ich weiß nur, dass das Ungeheuer plötzlich von mir abließ und davonrannte. Kurz darauf standen ein paar Reisende vor mir, die zufällig in der Nähe waren. Sie haben mich mitgenommen und gepflegt, es waren gute Menschen. Als es mir wieder besser ging, bin ich dann zu Jenne gegangen. Und mit ihrer Hilfe habe ich diese Arbeit hier gefunden.«

Dobrila atmete schwer, das Sprechen hatte sie erschöpft. Doch noch war sie nicht am Ende. »Damals hab ich die Zusammenhänge nicht begriffen. Damals hatte ich nur Angst, unendliche Angst. Später hatte ich Zeit zum Überlegen und ich hab alles klarer gesehen. Dass ich fast tot gewesen wäre, das war kein Versehen. Kein Unfall. Der Henker hat versucht, mich zu töten. Er wollte mich loswerden, weil er fürchtete, ich könnte über ihn reden, über die Erpressung, zu der er mich gezwungen hat.« Erneut setzte sie sich auf. »Eine Frage konnte ich mir allerdings bis heute nicht beantworten«, sagte sie, und ihr Mund zitterte. »Der Mann mit dem Rosenkranz, war er …« Sie stockte.

Wind schnitt durch die Ritzen des Schuppens, fein wie die Klinge eines Messers. »Ja, er war ein Freund meines Bruders«, vollendete Gregor ihren Satz.

Dobrila saß wie erstarrt. Keine Einbildung. Keine abwegigen Gedanken in Nächten ohne Ende, zwischen Träumen aus Eis und Granit. Die Wahrheit. »Ich wollte, sie wären alle tot!«, stieß sie hervor, und der Klang des Hasses verzerrte ihre Stimme.

Stille trat ein, in der Luft hing der Widerhall ihrer Worte. Gregor zog sie an sich und umschloss sie mit seinen Armen. Wortlos lagen sie da, sich haltend, sich spürend, und je länger sie lagen, umso mehr verebbte das Toben der Dämonen, und die Schwingungen der Liebe gewannen wieder die Oberhand. »Das Schreckliche ist vorbei«, durchbrach Gregor schließlich das Schweigen. »Von nun an bleiben wir zusammen, und nichts soll uns mehr trennen. Nichts und niemand auf dieser Welt! Nur einmal« – er zögerte – »nur einmal muss ich dich noch verlassen …«

Ein Stöhnen entrang sich ihrem Mund. »Was hast du vor? Wo willst du hin?«

Gregor nahm ihre Hand. »Als ich heute Morgen losgeritten bin, habe ich etwas unterbrochen, was ich lange vorbereitet habe. Ich will jetzt nicht darüber reden, aber ich will es zu Ende führen. Wie lange es dauern wird, kann ich nicht sagen. Morgen früh beginnt der Jahrmarkt in Berlin, da muss ich in der Stadt sein. Danach noch ein paar Tage, vielleicht eine

Woche, ein wenig mehr – ich weiß es nicht. Wenn alles erledigt ist, komme ich zurück, und wir gehen gemeinsam von hier fort. Dann sollst du alles erfahren.«

Kraftvoll klammerte sie sich an ihn und hielt ihn fest, so fest sie konnte. »Ich werde auf dich warten«, flüsterte sie. »Tag und Nacht werde ich auf dich warten!« Und während sie die Worte sprach, traten von neuem Tränen in ihre Augen.

Abermals versanken sie in Schweigen. Draußen sang leise der Wind in den Bäumen, er ließ die Blätter rascheln und trug den süßlichen Geruch von abgeernteten Feldern und von Schilf zu ihnen herein. Irgendwann setzte leichter Regen ein. Sanft plätscherte er auf das Dach und legte einen Vorhang zwischen den Schuppen und die Welt. Gregor hatte seinen Mantel über Dobrila gebreitet. Ihr Kopf ruhte an seiner Brust, mit seinen Fingern zeichnete er die Linien ihres Gesichts nach. Als er die Stille durchbrach, kamen seine Worte so weich wie das Schaben auf Samt. »Erinnerst du dich noch, wie du damals über Tanzbären gesprochen hast? Es war bei unserem letzten Beisammensein, kurz bevor ich dich verlassen musste. Tanzbären, hast du gesagt, sind unendlich traurige Tiere, sie tragen Ketten, und wenn andere es von ihnen verlangen, müssen sie tanzen. Dann hast du uns selbst mit ihnen verglichen. Ich bin kein Mönch, hast du gesagt, und du bist keine Dirne, aber auch wir haben unsere Ketten und müssen tanzen, wenn andere es wollen. Die Tanzbären sind unsere Brüder, denn so wie sie stecken auch wir in der falschen Haut. Das waren deine Worte.«

Sie nickte kaum merklich. »Ja, ich erinnere mich gut. Du warst kein Mönch und ich war keine Dirne. Und trotzdem mussten wir tanzen. Wie die Bären.«

Er drehte sich auf die Seite und beugte sich über sie. Genugtuung lag in seiner Stimme. »Heute sind die Bären wieder frei! Sie sind keine Tanzbären mehr! Niemand führt sie länger an einer Kette herum, und es gibt niemanden, der ihnen noch befehlen könnte zu tanzen. Die Tanzbären haben ihre Freiheit zurückgewonnen. Sie sind wieder richtige Bären geworden.«

»Nein.« Dobrila schüttelte langsam den Kopf. »Nein, Gregor, du irrst. Tanzbären können nie wieder richtige Bären werden!« Sie ließ ein paar Atemzüge verstreichen. »Ich sehe noch die Augen des Bären vor mir, damals auf dem Marktplatz in der Stadt, in die mein Vater mich mitgenommen hatte. Ganz deutlich sehe ich sie vor mir, sie waren traurig und voller Schmerz. Bären wie dieser sind gezeichnet von ihrer Gefangenschaft, sie tragen tiefe Wunden in ihren Herzen und haben viel von dem verlernt, was sie früher einmal wussten, was ihnen einmal selbstverständlich war.« Ihre Blicke wanderten nachdenklich durch die Dunkelheit. »Der Wald, in dem sie von ihren Bäreneltern großgezogen wurden, ist ihnen fremd geworden. Wie können sie sich dort wieder zurechtfinden? Was ist, wenn sie anderen Bären begegnen, die nicht getanzt haben wie sie – sprechen sie noch dieselbe Sprache? Vielleicht brummen und grunzen sie ja noch so wie die anderen Bären, aber verstehen die anderen, was sie ihnen damit sagen oder was sie ausdrücken wollen? Und wie ist es mit dem Klettern und Schwimmen? Bären lieben es, auf Bäume zu steigen, um den Bienen den Honig zu stehlen und im Wasser zu plantschen. Aber Tanzbären? Wie viel Zeit ist vergangen, seit sie das letzte Mal auf einen Baum gestiegen sind, und wann sind sie das letzte Mal durch einen Fluss ans andere Ufer geschwommen? Und wenn der Jäger mit seinen Hunden kommt – wissen die Tanzbären sich noch zu wehren? Und wenn Schnee fällt – schaffen sie es, sich für den Winter einzurichten?« Dobrila hatte sich in Eifer geredet. »Nein, Tanzbären können nie wieder richtige Bären werden! Ihr Leben lang werden ihnen die Füße brennen von dem glühenden Metall, auf dem sie einst zum Tanzen gezwungen wurden. Und auch eine Kette tragen sie ihr Leben lang. Nicht mehr die Kette aus Eisen, die gibt es nicht mehr. Es ist eine andere, eine unsichtbare, niemand kann sie sehen oder könnte sie anfassen, aber sie ist da und sie wiegt ebenfalls schwer: Es ist die Kette, mit der sie an ihre Vergangenheit gefesselt sind. Glaub mir, Gregor, Tanzbären tragen ihr Unglück bis zu ihrem Tod mit sich herum, und würden sie auch hundert mal hundert Jahre alt werden!«

Gregor zeigte sich ungeduldig. »Ja, es ist richtig, was du sagst. Sie haben an ihrem Unglück zu tragen. Sie sind an ihre Vergangenheit gefesselt. Sie haben Wunden. Und dennoch – sie haben ihre Freiheit wiedergewonnen! Sie müssen nicht mehr tanzen! Und außerdem sind die Tanzbären, die wir meinen, nicht allein. Sie sind zu zweit. Der eine hat den anderen, und gemeinsam werden die Tanzbären es schaffen!« Er lehnte sich mit dem Rücken an die Schuppenwand und bettete ihren Kopf in seinen Schoß. »Das Leben ist kein Bild, das in einer einzigen Farbe gemalt ist. Es ist nicht nur weiß oder rot oder schwarz. Es ist bunt. Erinnere dich an die Bilder, die du in den Kirchen gesehen hast, auf den Altären oder an den Wänden oder in den Fenstern aus Glas – jedes von ihnen setzt sich aus einer Vielzahl von Farben zusammen, manche Farben sind hell, manche dunkel, die einen leuchten wie Gold, die anderen heben sich kaum von ihren Nachbarfarben ab und so weiter. Aber wie immer jede einzelne auch beschaffen sein mag, erst alle zusammen ergeben sie das Bild, das wir uns ansehen. Und genau so verhält es sich mit dem Leben. Auch hier gibt es eine Vielzahl von Farben: Es gibt Gutes und Schlechtes, Helles und Dunkles, es gibt Glück und Leid und Krankheit und Wohlbefinden und noch vieles mehr, und erst alles zusammen macht das große Bild aus, das wir Leben nennen. Und deshalb ist unser Leben eben nicht nur die Kette – es ist auch die wiedergewonnene Freiheit!« Gregor ließ seine

Gedanken einen Augenblick schweifen. »Es ist wie mit dem Wald, in dem du aufgewachsen bist: Der Wald – das sind die schönen Tage, wenn die Sonne durch das Laub auf den Boden scheint und in den Zweigen die Vögel zwitschern. Der Wald ist die mächtige Eiche, die ihre Äste in den Himmel streckt, ist der Bach, dessen kühles Wasser dem Reisenden Erquickung bringt, sind die jungen Füchse, die herumtollen …«

»… und der Jäger, der sie in seinen Fallen fängt«, fiel sie ihm düster ins Wort. »Der Wald ist der Herbststurm, der die Blätter von den Bäumen fegt. Der Wald ist der Blitz, der die Eiche fällt, mag sie auch noch so mächtig sein. Er ist die Eisdecke über dem Bach, so dick, dass man sie kaum aufhacken kann. Der Wald ist der Schnee, so weit das Auge reicht, ist Entbehrung und quälender Hunger, der in den Eingeweiden frisst, und oft genug ist der Wald auch der Tod.«

»Ja, ja und nochmals ja!« Gregor nickte heftig. »Du hast Recht. Tausendmal hast du Recht. Aber deine Worte sind nur ein Teil der Wirklichkeit, ebenso wie das, was ich gesagt habe, nur ein Teil der Wirklichkeit ist. Es gibt nicht nur das eine und es gibt nicht nur das andere. Es gibt beides. Der Winter kommt, genau so wie du ihn beschrieben hast, und auch der Tod kommt. Aber vor dem Winter kommt der Sommer.« Er ballte die Hand zur Faust. »Und vor dem Tod kommt das Leben.«

Vor dem Tod kommt das Leben …

Schwer standen die Worte im Raum. Worte der Wahrheit. Worte der Hoffnung. Worte der Sehnsucht nach einem Glück, das seine Erfüllung bis an das Ende aller Zeiten bewahrt. Dobrila setzte sich auf und legte die Arme um ihn, hielt ihn ganz fest. »Unser Leben«, ergänzte sie leise.

Draußen hatte es aufgehört zu regnen. Gleichmäßig strich der Wind um den Schuppen im Garten der Tuchhändlerswitwe, wehte durch die Gassen der Stadt, trieb zarte Nebelschleier vom Fluss vor sich her. Mit dem Regen waren auch die Wolken verschwunden. Silbrig stand die schmale Mondsichel am Himmel, und unzählige Sterne blickten auf das Land und auf die Menschen herab. Blickten auf Wohlsein und Not. Blickten auf Glück und auf Leid. Und auf die Liebe.

* * *

Schläfrig, noch trunken vom Vorabend, saß Friedrich am Tisch in der Stube im oberen Stockwerk seines Hauses, stocherte lustlos mit einem Löffel in einem Schälchen voller klein gehackter Eier und baute Häufchen aus ihnen, als ein Geschrei von der Straße her ihn zusammenfahren ließ. »Elefantenschmalz! Skorpionöl!«, trompetete es – so grell und durchdringend, dass er noch in derselben Sekunde den Löffel fallen ließ, die Ellenbogen auf den Tisch stützte und seine Ohren in den Handflächen vergrub. »Elefantenschmalz! Skorpionöl!«, brach es ein zweites Mal über ihn herein, diesmal gedämpft, aber immer noch deutlich vernehmbar. Friedrich kniff die Augen zusammen, jeden Moment gewärtig, die Stimme könnte wiederkehren, doch diese zog es vor zu schweigen. Einstweilen jedenfalls. Vorsichtig lüftete er die Hände, erhob sich, noch ein wenig unsicher auf den Beinen, und öffnete das Fenster. Die frühe Vormittagssonne traf ihn wie ein Keulenhieb. Er wartete, bis sich seine Augen an die Helligkeit gewöhnt hatten, dann schaute er sich um. Auf dem Platz, der sich anlässlich des Jahrmarktes in einen Viehmarkt verwandelt hatte, war das Treiben längst in vollem Gang. Menschen schlenderten zwischen Schafen und Rindern umher, vor dem Kaufhaus lagerte ein Dutzend Schweine, unter den Arkaden hockten Ziegenverkäufer und warteten auf Kunden. Vereinzelt hatten ein paar andere Händler ihre Stände aufgebaut.

»Elefantenschmalz! Skorpionöl«, schmetterte es, und Friedrich schlug erneut die Hände vor die Ohren. Er beugte sich aus dem Fenster. Schräg unter ihm stand ein Quacksalber neben einem Tisch, auf dem sich eine Vielzahl leerer Näpfchen befand, dazu zwei riesige Holzschüsseln, von denen die eine mit einer schmutzig grauen Masse gefüllt war – vermutlich das Elefantenschmalz – und die andere mit einer gelblichen, von dunklen Bestandteilen durchsetzten Flüssigkeit – das Skorpionöl, wie anzunehmen war. Hinter dem Tisch hingen zwei Bilder an Stangen, deren Einzelheiten Friedrich allerdings aus seinem Blickwinkel nicht zu erkennen vermochte. Vor dem Tisch hatten sich zahlreiche Schaulustige versammelt.
»Ist das Elefantenschmalz auch echt?«, hörte Friedrich ein Weib aus der Nachbarschaft fragen, das sich mit breit angewinkelten Armen nach vorn drängte. »Echt! Echt!«, grummelte er, während er das Fenster schloss und kopfschüttelnd zu seinem Tisch zurückkehrte. »Natürlich ist es echt. Nichts als Elefant ist da drin. In jedes Näpfchen kommt ein ganzer Elefant!« Er verdrehte die Augen zu der niedrigen Balkendecke hin und tastete gleichzeitig nach dem Löffel. Der Schädel schmerzte ihn, in seinem Magen fraßen die Säfte kleine Löcher in die Wände. Missmutig bohrte er den Löffel in eines der Eierhäufchen, führte ihn an die Nase, roch, legte ihn beiseite und biss stattdessen in ein Stück weißes Brot. »Elefantenschmalz! Skorpionöl!«, brüllte es von draußen. Friedrich wechselte zu der Bank neben dem Kachelofen hinüber. Begleitet von einem säuerlichen Aufstoßen, lehnte er den Kopf an die Wand und dachte an den vergangenen Abend. Eine Einladung bei den Blankenfeldes ist ein Höhepunkt im Leben, hatte sein Vater stets behauptet, und er hatte Recht gehabt, auch wenn ihm ansonsten viel Unsinniges über die Lippen gekommen war. Essen vom Feinsten, ein erstklassiger Wein, Musik – eine Geselligkeit zu Ehren einiger Kaufleute

aus dem Handelshaus der Fugger, und er, Friedrich, war dabei gewesen. Ein Dankeschön, weil er den Hausherrn von einem quälenden Brustschmerz kuriert hatte. Ein gelungener Abend, ein äußerst gelungener sogar! Leider ein wenig überschattet von den unerfreulichen Gesprächen über den fortdauernden Ärger mit den Pommern: Scharmützel an der Grenze, Überfälle auf Dörfer, Plünderungen von Kaufmannszügen – alles Handlungen, die jederzeit zu dem Krieg führen konnten, den viele schon so lange befürchteten. Sollten die hohen Herren doch endlich Frieden schließen, sonst könnte es am Ende noch dazu kommen, dass der Pommernherzog mit seinen Bewaffneten in Berlin einziehen würde!

Friedrich nahm ein Kissen und drückte es gegen seinen Bauch. Ist das Elefantenschmalz auch echt …? »Einfältiges Volk!«, knurrte er abschätzig, obwohl niemand da war, der ihn hätte hören können. Und als er das Gefühl hatte, der kleine Ausbruch wirke sich wohltuend auf seinen Magen aus, da fügte er dem ersten Ausbruch gleich noch einen zweiten hinzu – diesmal so laut, dass die Magd, die gerade an die Tür gepocht, jedoch den Inhalt seines Knurrens nicht verstanden hatte, dies als eine Aufforderung betrachtete und eintrat.

Erschrocken wandte Friedrich ihr den Kopf zu.

»Ein Junge ist an der Tür«, meldete die Magd.

Ein unwilliges »Na und?« war die Antwort.

»Er sagt, ein Kranker schickt ihn. Ein Reisender.«

»Was für ein Reisender?«

»Er sagt, der Mann ist zum Jahrmarkt in die Stadt gekommen, und in der Nacht ging es ihm plötzlich schlecht, und Fieber hat er auch. Der Mann ist sehr reich, sagt der Junge.«

»Sehr reich?« Friedrich versank in ein kurzes Nachdenken. Dann legte er das Kissen zur Seite, rieb sich mit beiden Händen über das Gesicht, wobei er stöhnte wie ein Lastenträger, der sich an Stelle eines einzigen Sacks gleich zwei über die

Schulter geworfen hatte, und stand auf. Eine gute Weile später hatte er sich in den Stadtarzt verwandelt, als den jedermann ihn kannte, und trat, die Ledertasche mit den wichtigsten Utensilien in der Hand, vor die Tür. Draußen wartete der Junge, ein unauffälliger Knabe mit einem Gesicht, das unter einem dunklen Haarschopf schon beinahe erwachsen in die Welt schaute. »Bitte beeilt Euch, Herr!«, drängte der Junge. Von dem Tisch mit den Schüsseln und Näpfchen tönte es: »Elefantenschmalz! Skorpionöl!« Friedrich verschluckte einen Fluch, der ihm in der Öffentlichkeit schlecht angestanden hätte, und hieß den Jungen, ihm den Weg zu weisen. Eine stoisch vor sich hinfressende Schafherde umgehend, beäugt von drei ausgewachsenen Ochsen, die sich vor dem Hof des Havelberger Bischofs niedergelassen hatten, bog Friedrich mit seinem Führer in die Straße ein, die auf die Stadtmauer zuführte. Auch hier herrschte Jahrmarktstreiben. Stände und Zelte mit Dingen des täglichen Bedarfs reihten sich aneinander; Garköche priesen gesottene Schnecken und Frösche an; Bäcker lockten mit kleinen Küchlein, die wunderbar nach Anis dufteten; dazwischen, im Straßenstaub, hockten Blinde und Krüppel und bettelten um Almosen. Vor einem Haus mit zwei Erkern blieb der Junge stehen. »Bitte wartet einen Augenblick!«, forderte er Friedrich auf, und noch bevor dieser ihn hätte fragen können, wieso, um alles in der Welt, er denn warten solle, anstatt sich auf schnellstem Weg zu dem Kranken zu begeben, war der Junge auch schon in einer Seitengasse verschwunden. Gereizt runzelte Friedrich die Stirn. Er ließ seinen Blick die Straße entlangwandern. Nicht weit von ihm entfernt lag das Frauenhaus, in der Büttelgasse wohnte der Henker, rechts ging es zum Geckhol – alles in allem nicht gerade die Gegend, in der der reiche Kranke sich wohl fühlen dürfte. Andererseits war Jahrmarkt, und zu Zeiten von Jahrmärkten pflegte die Stadt voll zu sein, und jeder, der sie besuchte, musste sich glücklich schätzen, wenn er überhaupt ein Bett bekam. Auch wenn er sich vielleicht in einer anrüchigen Nachbarschaft wieder fand.

Ein Händler mit einem Bauchladen, der ebenso fromme wie farbenfrohe Heiligenbilder feilbot, kam auf Friedrich zu, doch dieser hob abwehrend die Hände. Wo der Junge nur blieb, schließlich konnte er nicht den ganzen Tag auf ihn warten! Plötzlich bemerkte er zwei finstere Gestalten, die – vom Neuen Markt her kommend – neben dem Zelt eines Messerschleifers stehen blieben und aufdringlich zu ihm herüberstarrten. Der eine von ihnen hatte eine klaffende Wunde auf der Stirn, das Gesicht des anderen war mit unzähligen Warzen bedeckt. Friedrich wandte sich in die entgegengesetzte Richtung, wo in diesem Moment ein Ausrufer laut schreiend den demnächst beginnenden, äußerst sehenswerten und höchst ergötzlichen Auftritt zweier Purzelbaum schlagender Hunde ankündigte. Dann drehte er sich wieder um. Die Männer beobachteten ihn noch immer. Friedrich begann, sich unwohl zu fühlen. Wo steckte er nur, dieser verdammte Junge! Wie ein Schiff, das angesichts einer bedrohlich wirkenden Wetterlage in einem nahe gelegenen Hafen Schutz sucht, steuerte er auf den nächstbesten, von einer größeren Zahl Schaulustiger umlagerten Stand zu. Friedrich drängte sich zwischen die anderen. »Einfach tot?«, hörte er eine Stimme an seiner Seite. Sie gehörte einem rundlichen Weib mit zwei Kindern an den Händen, der Erscheinung nach eine Bäuerin aus dem Umland. Neben ihr stand eine herausgeputzte Magd. »Einfach tot«, bestätigte diese in einem Tonfall überheblicher Beiläufigkeit, wie er Städtern oft eigen ist, während sie gleichzeitig in einem Spiegel, den der Händler zur Anprobe seiner Haarspangen, Armreifen und Halsketten hingelegt hatte, die Ausdrucksmöglichkeiten ihres Gesichts erprobte. »Irgendwann stirbt halt jeder«, setzte sie schnoddrig hinzu, »auch ein Henker.« Sie machte ein Kussmündchen und hob gleichzeitig die Lider. »Vielleicht«, überlegte die Bäuerin, »haben ihn ja die Sodomiter verflucht, und er ist deshalb gestorben.« Die Magd drehte den Kopf ins Profil. »Was weiß denn ich«, gab sie sich gleichgültig. »Ich weiß nur, dass es bald ein ordentliches Feuerchen geben wird …«

Die Bäuerin schüttelte sich. »Womit kann ich Euch dienen, mein Herr?« Der Händler stürzte in diesem Augenblick auf Friedrich zu, nachdem er den hohen Besucher wahrgenommen hatte, der völlig unerwartet an seinen Stand getreten war. Der Angesprochene winkte ab und murmelte ein zerfahrenes »Nein, danke«. Der Henker, die Sodomiten – kaum ein Gespräch in diesen Tagen, bei dem es nicht auch um diese beiden Geschichten ging … Friedrich kehrte dem Stand den Rücken und hielt abermals Ausschau. Nirgendwo war der Junge zu entdecken, nur die beiden dunklen Gestalten verharrten noch immer an derselben Stelle wie zuvor und starrten unverhohlen und frech zu ihm herüber. Er beschloss, zu seinem Haus am Neuen Markt zurückzukehren, dies jedoch nicht auf dem kürzesten Weg, der ihn an den beiden vorbeigeführt hätte, sondern auf einem geringfügigen Umweg. Ohne weiter zu zögern wandte er sich in die Richtung der Stadtmauer und damit jenem Platz zu, auf dem der Geflügelmarkt abgehalten wurde. Erst jetzt nahm er die Musik wahr, die an seine Ohren drang, eine gefällige, von einer Fiedel getragene und von einem Tamburin begleitete Melodie, dazu das rhythmische Klatschen einer größeren Anzahl von Menschen. Als er den Platz erreichte und um die Ecke sah, blickte er auf die Quelle der Musik: Aufgebaut vor einem bunten, mit Bildern von wundersamen, teilweise grotesken Lebewesen geschmückten Vorhang befand sich eine Bühne, nicht groß, aber auch nicht klein, darauf stand ein Mann in einer Ecke und spielte auf der Fiedel, während sich in der Mitte der Bühne eine Frau im Tanz wiegte und gleichzeitig mit ihren schlanken Armen das Tamburin schlug. Bekleidet war die Frau mit einem leuchtend roten Rock und einem tiefblauen Mieder, ihr Gesicht war von herber Schönheit, ihr langes ebenholzfarbenes Haar, in dem eine Rose steckte, glänzte im Sonnenlicht.

»Das nenn ich tanzen!«, lobte eine Stimme aus der Menge, und eine andere rief: »Los, zeig's uns, mein Rehlein!« Friedrich war stehen geblieben. Er wendete unauffällig den Kopf und schaute zurück. Die beiden Männer waren ihm ein Stück weit gefolgt, allerdings deutete ihr Verhalten darauf hin, dass sie sich anschickten, ihn nicht länger zu belästigen. Obwohl angesichts der vielen Menschen ringsum keine wirkliche Gefahr für ihn bestanden hatte, verspürte Friedrich Erleichterung. Sein Gesicht hellte sich auf, und er richtete sein Augenmerk erneut auf die Tänzerin, die eben zu schnelleren Schrittfolgen überging, die hüpfte und sprang und sich drehte und ihren Rock fliegen ließ und dabei den Zuschauern einen Blick auf ihre wohlgeformten Beine darbot. Angetan von der Musik, versunken in das fröhliche Bild, stand Friedrich da, als die Tänzerin auf einmal mit einer flinken Handbewegung die Rose aus ihrem Haar löste und sie über die Köpfe der Menge hinweg durch die Luft warf.

Vor Friedrichs Füßen blieb die Rose liegen.

Belauert von zahllosen Augen, sah Friedrich erst auf die Rose, dann auf die Tänzerin, dann wieder auf die Rose. »Unser Stadtarzt ...«, hörte er es tuscheln und: »Ob er sie aufhebt?« Die Musik hatte ausgesetzt, die Tänzerin stand am Rande der Bühne und lachte ihn an, offensichtlich in der Absicht, ihn zu ermutigen. Friedrich lächelte unsicher. Ein Spiel! Alles war bloß ein Spiel! Ein Spiel auf dem Jahrmarkt, und auch wenn sie nur ein fahrendes Weib war und er einer der angesehensten Bürger seiner Stadt, wer wollte ihm an einem freudvollen Tag wie diesem das Mitmachen verwehren? Unter dem Beifall der Menge bückte er sich, hob die Rose auf und hielt sie – ein wenig unbeholfen in der Rolle, die ihm da so unversehens zugewachsen war – in die Höhe. Die Tänzerin strahlte. Schon antwortete sie mit einem Rasseln ihres Tamburins, der Mann hinter ihr hob die Fiedel, und von neuem setzte die Musik ein. Schneller als zuvor fielen nun die Töne, der Rock beschrieb Kreise, die Menge johlte und klatschte, alles strebte erkennbar einem Höhepunkt zu – als plötzlich das Rasseln des Tamburins jäh abbrach und die Tänzerin zu Boden stürzte.

Ein Aufstöhnen ging durch die Reihen der Zuschauer. Die vorn Stehenden beugten sich über die Gestürzte, die hinten Stehenden drängten nach vorn, und im Nu hatte sich ein stoßendes, schiebendes Knäuel gebildet, das sich wortreich ein Bild von dem Vorgefallenen zu verschaffen suchte. Friedrich hielt noch immer die Rose in der Hand. Auf einmal spürte er Verantwortung in sich aufkeimen, und ungeduldig die Gaffenden beiseite drängend und dabei ausrufend, obwohl die meisten ihn kannten: »Ich bin der Stadtarzt! Lasst mich zu ihr!«, zwängte er sich nach vorn. Die Tänzerin auf der Bühne lag da, ohne sich zu rühren. Dahinter, in seiner Ecke, stand der Mann mit der Fiedel und glotzte hilflos auf das Geschehen, allem Anschein nach ein unbeholfener, unfähiger Mensch, der versagte, wo schnelle Hilfe vonnöten war. Friedrich riss endgültig das Ruder an sich. Die Vorführung sei beendet, verkündete er barsch, die Zuschauer sollten weitergehen und seine Maßnahmen nicht stören, überdies wies er die beiden am nächsten stehenden Männer an, die Gestürzte behutsam aufzunehmen und hinter den Vorhang zu tragen. Widerwillig begann die Menge sich zu zerstreuen. In seiner

Ecke stand noch immer der Fiedler und schlenkerte – ein Blatt im Wind – mit seiner Fiedel. Friedrich folgte den beiden Männern mit der Tänzerin hinter den Vorhang. Aus einem Planwagen, der zwei Schritte entfernt stand, ließ er einen Strohsack herbeischaffen, und nachdem die beiden Träger die Ohnmächtige darauf niedergelegt und sich anschließend entfernt hatten, kniete er sich neben sie. Aus seiner Tasche, die er die ganze Zeit über nutzlos mit sich herumgetragen hatte, entnahm er ein Fläschchen. Er öffnete es, hielt es der Liegenden an die Nase und fing in Gedanken an zu zählen. Noch bevor er die Sieben erreicht hatte, schlug sie die Augen auf.

Verwirrung stand in ihrem Gesicht. »Was ... ist geschehen?«, stammelte sie und machte Anstalten, sich aufzusetzen.

Friedrich bedeutete ihr, liegen zu bleiben. »Nur eine Kleinigkeit, nichts Ernstes. Du bist ohnmächtig geworden. Der schnelle Tanz, die vielen Menschen – eine plötzliche Schwäche. Gleich wird es dir besser gehen.«

Die solcherart Umsorgte gab sich beruhigt. »Ich danke Euch für Eure Hilfe, mein Herr. Wer seid Ihr?«

»Ich bin Doktor Friedrich Molner, der Stadtarzt von Berlin. Ich war zufällig in dieser Gegend unterwegs. Und wer bist du?«

»Agnes heiße ich. Ich ziehe mit Lorenz durchs Land ...« Sie richtete sich ein wenig auf und schaute sich suchend um, doch der Erwähnte war nicht zu sehen. »Lorenz ist mein Begleiter, müsst Ihr wissen. Wir machen so allerlei. Wir zeigen den Leuten die Dinge, die hier liegen« – sie deutete auf die Requisiten – »und dazu erzählen wir ihnen Geschichten. Außerdem machen wir Musik, und ich tanze, wie Ihr gesehen habt. Manchmal errate ich auch Geheimnisse.«

»Du errätst Geheimnisse?«

»Ja, von Leuten, die uns zusehen. Aber ich erkundige mich bei den Leuten natürlich vorher, ob sie damit einverstanden

sind. Nicht, dass ihre Nachbarn etwas erfahren, was sie nicht wissen sollten! Sonst könnten wir womöglich noch Ärger bekommen, und das wollen wir auf gar keinen Fall.«
Friedrich machte ein fragendes Gesicht. »Und was für Geheimnisse sind das?«
»Na, zum Beispiel …« Agnes spitzte den Mund und überlegte. »Na, zum Beispiel verrate ich ihnen, wie viel Geld sie in ihrem Beutel haben. Wenn sie dann nachsehen und feststellen, dass es stimmt, sind sie immer ganz erstaunt.«
Ein ungläubiger Blick traf sie. »So etwas kannst du?«
»Ja, das kann ich!«, sagte sie mit Entschiedenheit. »Oder glaubt Ihr mir nicht? Wollt Ihr, dass ich es Euch beweise?«
»Warum nicht!«
Agnes richtete den Kopf zum Himmel, kniff die Augen fest zusammen und drückte ihre gespreizten Finger gegen die Stirn. Einen Moment später begann sie zu stöhnen. Wie erwartet, hatte ihr Gegenüber nicht das Geringste bemerkt. Völlig unwissend war er. Zwei Gulden steckten in seinem Beutel, so hatte es ihr Kleinhans mit Zeichen zu verstehen gegeben, nicht mehr und nicht weniger. Und Kleinhans irrte sich nicht.
Das Stöhnen ebbte ab. Sie öffnete die Augen. »Zwei Gulden!«, sagte sie mit fester Stimme.
Neugierig langte Friedrich nach seinem Beutel und entnahm ihm die Münzen, die er enthielt. Zwei Gulden lagen in seiner Hand.
»Seht Ihr!«, triumphierte Agnes. »Wie ich Euch gesagt habe – ich kann Geheimnisse erraten. Da habt Ihr den Beweis!«
Friedrich saß mit offenem Mund, in der Hand die beiden Münzen, den Blick starr auf die vor ihm Liegende gerichtet, die ihn anlächelte. Möglicherweise war sie ja eine Hexe, fuhr es ihm durch den Kopf! Oder gar der Leibhaftige selbst, versteckt in dem Körper einer schönen Frau! Argwöhnisch rückte er ein Stück von ihr ab.

»Das ist noch nicht alles, was ich kann«, verkündete Agnes. »Ich kann noch mehr, obwohl mancher mir das vielleicht nicht zutrauen mag.« Sie vergewisserte sich, dass niemand in der Nähe war. »Ich kann Gold machen …«, flüsterte sie hinter vorgehaltener Hand. Einen Augenblick saß sie völlig regungslos, als wollte sie sichergehen, dass er ihre Worte verstanden hatte. Dann schickte sie sich an aufzustehen. »Aber nun Schluss mit dem Reden, ich muss mit der Arbeit anfangen. Spielleute haben immer etwas zu tun. Die kommen nie zur Ruhe, das kann ich Euch sagen! Also habt nochmals vielen Dank, mein Herr, dass Ihr …«

»Halt, warte!« Friedrich ergriff ihren Arm. »Nicht so eilig! Du wirst deine Arbeit schon noch schaffen.« Er suchte nach Worten. »Was du da eben gesagt hast … das mit dem …«

»Dass ich Gold machen kann?«

»Ja ja, richtig, dass du … dass du Gold machen kannst …« Friedrich versuchte in ihren Augen zu lesen. »Du machst dich lustig über mich, nicht wahr? Vielleicht kannst du ja Geheimnisse erraten, das hast du gerade unter Beweis gestellt. Aber Gold machen – das ist doch etwas ganz anderes.«

Agnes zog einen Schmollmund. »Das ist nicht nett von Euch, mein Herr, dass Ihr so etwas von mir denkt. Ich sag die Wahrheit! Ich bin keine Lügnerin! Auch wenn ich nur ein einfaches Spielweib bin.« In ihren Augen glitzerte eine Träne.

»Nein, nein, so hab ich das ja nicht gemeint! Du bist keine Lügnerin, ganz gewiss nicht, nein, nein! Aber du musst verstehen … das Goldmachen ist keine Kleinigkeit. Es ist äußerst schwierig. Um nicht zu sagen, es ist eine große Kunst. Viele kluge Männer haben sich schon daran versucht, aber bisher ist es niemandem gelungen.«

Agnes sah ihn selbstbewusst an. »Ich hab schon oft Gold gemacht! Allein von unseren Vorführungen könnten wir nicht leben, da wären wir längst verhungert. Glaubt mir, mein

Herr, die Leute sind geizig und die Zeiten sind schlecht. Und dann noch der lange Winter, wenn die Straßen voll Schnee sind und wir keinen Pfennig verdienen.«

»Heißt das, ihr lebt von dem Gold, das du gemacht hast?!« Friedrich war wieder an sie herangerückt, sein Gesicht war nicht mehr als eine Elle von dem ihren entfernt. »Ihr lebt von deinem eigenen Gold?!«

»Nein, nicht nur!« schmollte Agnes abermals. »Wir leben auch von unseren Vorführungen, die sind nämlich gut. Den Leuten gefällt es, wenn ich tanze, und wenn Lorenz dazu auf seiner Fiedel …«

»Gewiss, sie sind gut, eure Vorführungen!«, beeilte sich Friedrich zu versichern. »Zweifellos sind sie gut! Aber … aber wenn du Gold machen kannst, warum macht ihr dann überhaupt noch die Vorführungen? Warum seid ihr nicht so reich, dass ihr gar nicht mehr arbeiten müsst?«

Agnes schüttelte nachsichtig den Kopf. »Nein, mein Herr, das geht nicht, wir sind doch Spielleute! Stellt Euch vor, wir wären sehr reich, wir hätten viel Gold und damit auch viel Geld – was würden die Leute von uns denken? Würden sie nicht annehmen, wir hätten unseren Reichtum gestohlen? Bestimmt würden sie das tun, und bevor wir ihnen noch alles erklären könnten, hätte uns der Henker schon den Garaus gemacht. Nein, mein Herr, nur von unserem Gold leben, das geht nicht. Leider geht das nicht.« Sie seufzte. »Allerdings ist das auch nicht allzu schlimm, denn es gibt ja noch eine andere Schwierigkeit, die …«

Ein Geräusch ließ Friedrich sich umdrehen. Drei Schritte entfernt stand der Fiedler – ein Gesichtsausdruck wie ein Schaf – und zupfte verlegen an seiner Schecke. »Verzeiht, mein Herr«, sagte er zu Friedrich, »aber wir haben viel Arbeit. Sie muss mir helfen. Ich kann unmöglich alles allein machen.« Er setzte ein Verständnis heischendes Lächeln auf.

»Schon gut!«, schnaubte Friedrich unwillig. Er nahm einen der beiden Gulden, die er noch immer in seiner Hand hielt, und reichte ihn dem Fiedler. »Hier, eine Entschädigung, dass ich deine Begleiterin von der Arbeit abhalte. Es dauert nicht mehr lange.«

Lorenz nahm das Geldstück entgegen, verbeugte sich und verschwand mit einem mehrmaligen »Danke, Herr!«. Friedrich wandte sich wieder Agnes zu. Ein Anflug von Besorgnis lag in seinen Zügen. »Du wolltest gerade auf eine weitere Schwierigkeit zu sprechen kommen …«

»Eine weitere Schwierigkeit, o ja! Eine sehr große sogar!« Sie malte mit ihrem rechten Zeigefinger einen Kreis in den Sand. »Dies ist das Gold. Und dies« – sie zerteilte den Kreis mittels einer Linie in zwei Hälften – »dies sind die beiden Teile, die ich brauche, um Gold zu machen. Beide Teile sind notwendig, auf keines kann ich verzichten. Bei diesem hier« – sie deutete auf die eine Hälfte – »handelt es sich um eine bestimmte Sorte von Pillen. Man kann sie in einer Apotheke kaufen, allerdings nicht immer. Auch nicht oft. Eigentlich nur selten … ja ja, selten, das ist das richtige Wort.«

»Was sind das für Pillen?«

»Es sind Pillen gegen die Pest. Sie haben ihren Namen nach der Stadt, aus der sie stammen.« Sie näherte sich Friedrichs Ohr und senkte die Stimme. »Krakauer Pestpillen heißen sie. Aber man bekommt sie nur selten, wie gesagt.«

»Krakauer Pestpillen?« Auf Friedrichs Stirn hatten sich Falten gebildet. »Ich bin Arzt, aber von diesen Pillen habe ich noch nie gehört. Krakauer Pestpillen …« Er wiederholte das Wort mehrmals und starrte dabei nachdenklich vor sich hin. »Allerdings … wenn ich es mir recht überlege, irgendwie kommt mir der Name doch bekannt vor … auch wenn ich nicht genau weiß …« Er kaute auf seiner Unterlippe. »Nein, es fällt mir nicht ein, wo ich ihn schon gehört habe.« Plötzlich unterbrach ein anderer Gedanke sein Grübeln. »Du hast eben gesagt, diese Pillen bekommt man bei den Apothekern. Aber warum machen die Apotheker denn damit kein Gold?«

Ein halb überlegenes, halb vorwurfsvolles Lächeln glitt über Agnes' Gesicht. »Verzeiht, mein Herr, aber Ihr wart unachtsam.« Sie deutete mit ihrem Finger auf die zweite Hälfte des Kreises. »Das da habt Ihr vergessen.«

»Das da? Was ist das da?«

Das Vorwurfsvolle verschwand aus ihrem Lächeln und nur der Ausdruck von Überlegenheit blieb zurück. »Das sag ich nicht. Das ist mein Geheimnis. Aber es ist leicht zu besorgen.«

Friedrich starrte auf den Goldkreis zu seinen Füßen. Die eine Hälfte war leicht zu besorgen, die andere hingegen nicht. »Und warum stellst du die Pillen nicht selbst her?«

Sie sah ihn an, als hätte er ihr gerade die Frage gestellt, warum sie nicht wie ein Vogel durch die Luft fliegen würde. »Ich kenn doch die Zusammensetzung nicht! Ich kaufe die Pillen bei den Apothekern, die bekommen sie von reisenden Händlern, und die kaufen sie bei denen, die sie herstellen. Aber wie die das machen …« Sie zuckte die Achseln. »Allerdings hab ich von einem Mann gehört …«

Eine erneute Unterbrechung ließ sie innehalten. »Agnes!«, tönte es von der Bühne her, und in der nächsten Sekunde schob sich ein Kopf um den Vorhang. »Jetzt musst du aber kommen, Agnes! Wir haben so viel Arbeit.«

Der Fiedler! Gereizt sprang Friedrich von dem Strohsack auf und streckte dem anderen seinen zweiten Gulden hin – so heftig, dass der um ein Haar von der Bühne gestürzt wäre. »Hier, nimm!«, fauchte Friedrich, und es klang so, als wollte er sagen: »Wenn du uns noch einmal belästigst, schlag ich dich tot!« Er wartete, bis der Störenfried verschwunden war, und ließ sich dann wieder neben Agnes nieder.

»Also!«, sagte er – viel zu grob, wie er erschrocken feststellte. »Also«, wiederholte er noch einmal, diesmal in dem freundlichsten Tonfall, dessen er fähig war. »Du wolltest gerade von einem Mann sprechen …«

Agnes' Augen hingen an dem Vorhang, hinter dem Lorenz verschwunden war. »Der Mann … ja ja, der Mann …« Sie löste den Blick. »Es ist schon lange her, aber soweit ich mich erinnere, war der Mann ein Eierhändler … nein, ein Federhändler war er, und ich glaube, er lebte sogar hier in dieser Gegend. Wo genau, das weiß ich nicht mehr, ich hab's vergessen. Seinen Namen dagegen weiß ich noch ganz genau: Jacob Engel hieß er. Ich kannte mal einen, der hieß auch so, deshalb kann ich mich an den Namen erinnern. Allerdings hat der Jacob Engel, den ich kannte, seinen Namen zu Unrecht getragen. Der war nämlich alles andere als ein Engel …« Sie ließ ein helles Lachen erklingen.

Ein lüsternes Lachen, durchzuckte es Friedrich, doch er schob den Gedanken sofort beiseite. Unwichtig, höchst unwichtig. Viel bemerkenswerter war der Name, den sie genannt hatte! Ein Name, den er nicht zum ersten Mal hörte. Ein Mann, den er gekannt hatte, wenn auch nur flüchtig. Der in seiner Nähe gewohnt hatte und vor einem Jahr gestorben war, vielleicht auch vor zweien. »Und was hat es mit diesem Jacob Engel auf sich?«

»Also, dieser Jacob Engel … der Federhändler, nicht der andere« – wieder das Lachen – »der kannte die Zusammensetzung.« Sie deutete mit dem Finger auf jene Hälfte des Kreises, die die Pestpillen darstellte. »Irgendwann hat er mal jemandem das Leben gerettet, der Federhändler, die Einzelheiten kenn ich nicht, und zum Dank hat der Gerettete ihm einen Ring geschenkt, und in dem Ring war eine Formel eingeritzt, nämlich die Formel, was in den Pestpillen drin ist, wie man sie also selber herstellen kann. Außerdem hat der Gerettete

ihm verraten, was man noch zum Goldmachen braucht, also die zweite Hälfte des Kreises, und da der Jacob Engel auf diese Weise alles wusste, konnte er gleich mit dem Goldmachen anfangen. Allerdings hat er nicht mehr viel von seinem Wissen gehabt, denn bald darauf ist er gestorben.« Sie setzte ein mitfühlendes Gesicht auf. »Ärgerlich, findet Ihr nicht auch? Da kennt man nun schon mal ein solches Geheimnis, und dann nützt es einem nichts mehr. Bestimmt war er ganz enttäuscht, als er auf dem Sterbebett lag. Und traurig. Oder auch wütend. Ja, vielleicht war er auch wütend. Ich weiß es nicht. Ich weiß nur, dass er den Ring runtergeschluckt hat, bevor er gestorben ist. Ja, runtergeschluckt hat er ihn, stellt Euch das vor! Weil er keinem anderen das Geheimnis gegönnt hat. Weil er nicht wollte, dass ein anderer Gold macht, wo er selbst das nun doch nicht mehr machen konnte.«
Friedrich hing an ihren Lippen. »Ja, und weiter?«
Sie hob die Arme. »Nichts weiter. Dann haben sie ihn mitsamt dem Ring ins Grab gelegt. Das war alles.«
»Das war alles?« Einen Moment war Friedrich sprachlos. Eine merkwürdige Sache, die sie ihm da erzählt hatte! Gold aus zwei Teilen, den einen wollte sie nicht verraten, der andere war nur schwer erhältlich, Krakauer Pestpillen, von denen er noch niemals gehört hatte, dazu dieser Händler aus seiner Nachbarschaft, ein Ring mit einer Formel, den der Händler geschluckt hatte, bevor er ins Grab gekommen war … Eine merkwürdige Sache fürwahr! Verworren. Unwirklich. Die Geschichte einer Fahrenden. Eines Spielweibes. Spielweiber hatten es gelernt, Geschichten zu erzählen. Davon lebten sie, damit verdienten sie ihr Brot. Andererseits hatte sie ihm den Inhalt seines Geldbeutels genannt, die zwei Gulden. Woher hatte sie davon wissen können? War sie vielleicht doch eine Hexe? Und falls sie eine Hexe war – was war mit dem Gold?

»Vielleicht sind das ja alles nur Geschichten«, hörte er sich sagen.
Agnes zeigte sich beleidigt. »Niemand zwingt Euch, mir zu glauben, mein Herr.« Ihre Finger strichen über ihren Rock. »Ja, wenn ich es mir recht überlege … vielleicht war es gar nicht gut, dass ich Euch das alles anvertraut habe. Vielleicht hätte ich besser meinen Mund halten sollen. Ja, ich denke, ich hätte besser daran getan!«
Sie versuchte auf die Beine zu kommen, doch Friedrich fasste sie am Arm. »Halt, bleib noch!« Wie dumm war er gewesen! Wie dumm seine Worte! »Ich glaub dir, natürlich, ich glaub dir, aber du musst verstehen, das ist nicht so einfach bei dem, was du mir da erzählt hast. Viel leichter wäre es schon, etwas zu glauben, das man mit eigenen Augen gesehen hat. Vor allem, wenn es sich um eine solch schwierige Sache wie das Goldmachen handelt.« Seine Hand hielt noch immer ihren Arm. In seinem Kopf arbeitete es fieberhaft. »Ich hab einen Vorschlag: Lass uns zusammen Gold machen! Lass es uns ein einziges Mal machen, ein einziges Mal nur, danach werde ich auch nie wieder sagen, du würdest Geschichten erzählen. Komm heute Abend zu mir, in das Haus ›Zu den zwei Muscheln‹ am Neuen Markt. Ich werde dich erwarten, und dann zeigst du mir, wie du es machst.«
Ihre Antwort traf seinen Magen an der empfindlichsten Stelle. »Warum sollte ich mit Euch Gold machen, mein Herr? Für mich selbst brauche ich keinen Beweis. Ich weiß, dass ich es kann. Und was Euch anbelangt …« Sie ließ den Satz unvollendet, aber es war klar, was sie meinte.
Friedrich stöhnte. Nein, sie brauchte keinen Beweis. In der Tat brauchte sie keinen Beweis. Aber er brauchte ihn! Nur – wenn sie ihn nicht ins Vertrauen ziehen wollte? Wenn sie ihr Geheimnis nicht preisgeben wollte? Ihm nicht zeigen … Er stockte. Und wenn er sie zwang? Wenn er ganz einfach zu ihr

sagte: Du hast die beiden Gulden erraten, du bist eine Hexe. Entweder du verrätst mir dein Geheimnis, oder ich gehe zum Rat und zeige dich an …

»Vielleicht weihe ich Euch ja doch in das Goldmachen ein«, hörte er sie in diesem Moment sagen. Er starrte sie an wie eine Marienerscheinung. Nachdenklich die Augen auf einen unbestimmten Punkt gerichtet, saß sie neben ihm und kaute an ihren Fingernägeln. Er wartete, wagte kaum zu atmen.

»Doch, mein Herr«, sagte sie nach einer Ewigkeit, »ich denke, ich werde Euch einweihen. Wir wollen diese Gegend hier ohnehin verlassen, wir fahren ans Meer, also könnt Ihr meinetwegen sämtliche Pestpillen im Umkreis aufkaufen und damit Gold machen, so viel Ihr wollt. Uns wird's nicht stören. Ihr macht es hier, und wir machen es dort. Und deshalb werde ich's Euch zeigen … vorausgesetzt natürlich, die Pillen sind überhaupt aufzutreiben, denn ohne die Pillen geht's nun mal nicht.«

»Ich werd sie besorgen!«, stieß Friedrich hastig hervor, ohne die geringste Ahnung zu haben, wie er das bewerkstelligen sollte. »Wann treffen wir uns?«

Sie hob abwehrend die Hände. »Nicht so eilig, mein Herr, nicht so eilig! Vielleicht mag ich Euch ja etwas einfältig erscheinen, aber ganz so einfältig bin ich nicht. Wenn ich für Euch etwas tue, müsst Ihr auch für mich etwas tun. Eine Gegenleistung, sozusagen. Schließlich will ich auch meinen Vorteil aus dieser Sache haben.«

»Eine Gegenleistung?« Friedrich sah sie überrascht an. »Ah ja, natürlich, eine Gegenleistung. Selbstverständlich. Und an was denkst du?«

Agnes bedeutete ihm, sitzen zu bleiben, und stand auf. Vorsichtig in alle Richtungen spähend, umrundete sie erst den Vorhang und die Bühne, danach den Planwagen, schließlich kletterte sie auf der einen Seite in den Wagen hinein und auf

der anderen Seite wieder heraus. »Er ist nicht da«, raunte sie, während sie sich erneut auf den Strohsack setzte. »Ihr dürft mich aber nicht verraten, mein Herr! Nicht wahr, das tut Ihr nicht, oder?«
Friedrich schüttelte entschieden den Kopf.
»Also, dann hört zu: Es gibt da einen Burschen, einen Spielmann … einen großen, starken … einen gescheiten …« Sie zögerte. »Ihr versteht?« Friedrich nickte. »Gut. Also dieser Bursche hat ein wenig Ärger in Eurer Stadt gehabt. Keine große Sache, nicht der Rede wert, aber Ihr wisst ja, wie schnell man unsereins Schwierigkeiten macht. Es wäre mir eine große Erleichterung, wenn ich wüsste, dass er gut aus der Stadt kommt, wenn wir erst einmal weitergezogen sind, Lorenz und ich. Für einen so bedeutenden Herrn wie Euch ist das eine Kleinigkeit.«
»Einverstanden.« Friedrich setzte eine Vertrauen erweckende Miene auf. »Du kannst dich auf mich verlassen. Er ist schon so gut wie draußen.«
»Ich danke Euch, mein Herr! Ihr glaubt gar nicht, was mir Eure Hilfe bedeutet. Nun kann ich ruhigen Herzens von dannen ziehen. Mein Liebs… äh, der Bursche wird sich bei Euch melden. Nicht sofort, erst in den nächsten Tagen. Vielleicht auch erst in einer Woche.« Agnes atmete erleichtert auf. Plötzlich legte sie den Kopf schräg. »Ihr meint es doch ehrlich mit mir, oder?«
»Selbstverständlich meine ich es ehrlich!«, bemühte sich Friedrich, ihre Zweifel zu zerstreuen. Gewiss würde er versuchen, den Burschen aus der Stadt zu bringen. Zumindest würde er versuchen, es zu versuchen. Dass er allerdings um irgendeines hergelaufenen, Recht und Ordnung missachtenden Weiberhelden willen eigenen Ärger in Kauf nahm – das konnte wohl keiner ernstlich von ihm erwarten! »Also, wann kommst du?«

Agnes überlegte. »Heute Abend, wenn es dunkel ist. Haltet einen Kessel mit Wasser und ein Feuer bereit. Und die Pestpillen natürlich, falls Ihr sie auftreiben könnt. Ich werd Lorenz einen Schlaftrunk einmischen, damit er nicht merkt, wenn ich mich heimlich davonstehle. Lorenz ist nämlich sehr eifersüchtig, müsst Ihr wissen, auch wenn er vielleicht nicht so aussieht. Aber wenn er denkt, dass ihm ein anderer Mann in die Quere kommt, dann wird er zur Bestie!« Sie stand auf. »Falls Ihr die Pillen nicht bekommt und wir deshalb kein Gold machen können, löst Ihr Euer Versprechen aber trotzdem ein, nicht wahr?«

»Dann löse ich es trotzdem ein«, versicherte Friedrich und kam ebenfalls auf die Beine. »Aber zunächst einmal wollen wir uns dem Gold widmen.«

Weniger als eine halbe Stunde später schwankte Friedrich zwischen zwei Gefühlen, von denen er überzeugt war, dass nur wahrhaft große Männer wie er selbst in der Lage waren, sie beide zur gleichen Zeit zu verkraften. Das eine dieser beiden Gefühle, das dunkle gewissermaßen, war einem gesunden Misstrauen geschuldet und hatte seinen Ursprung in der noch unbeantworteten, erst in der Zukunft zu beantwortenden Frage, ob die Tänzerin, die ihm da so unversehens gleichsam in den Schoß gefallen war, sich tatsächlich als fähig erweisen würde, das Versprochene, nämlich Gold, zu erzeugen. Das andere Gefühl, das lichte sozusagen, entsprang dem Bereich unmittelbarer Erfahrung und wurzelte in der Vergangenheit, genauer: in den letzten Minuten, und rührte von der Tatsache her, dass er jenes so sehnsüchtig Herbeigewünschte in seiner Hand hielt, ein Leinensäckchen, gefüllt mit drei unscheinbaren Kügelchen von der Größe eines Daumennagels, drei schwarze Pillen, die den schönsten Namen trugen, den Pillen wohl jemals getragen hatten – Krakauer Pestpillen. Fast hätte er den Apotheker umarmt, als dieser sie mit den Worten »Da habt Ihr aber Glück gehabt!« hervorgeholt und sie vorsichtig eine neben die andere auf den Tisch gelegt hatte. Und noch während der Apotheker ihm von der Herkunft der Pillen berichtet und dabei eingeräumt hatte, dass er leider nur wenig Hoffnung sehe, mehr von diesen äußerst heilkräftigen und deshalb leider sehr teuren Pillen zu beziehen, hatte er, Friedrich, die schwarzen Kügelchen auch schon mit zitternden Fingern in ihr Säckchen zurückgeschoben und dieses an sich genommen, entschlossen, es notfalls mit Zähnen und Klauen gegen eine ganze Welt von anderen Pillenkäufern zu verteidigen, und nachdem er seinem Gegenüber noch versichert hatte, er werde den geforderten Preis in Bälde bezahlen, so viel Geld habe er leider nicht bei sich, war er im nächsten Moment nach draußen verschwunden.

Der Apotheker hatte ihm erstaunt hinterhergesehen – ebenso wie wenig später auch Martha, seine Magd, nachdem er ihr großherzig eröffnet hatte, sie solle einen freien Tag haben und ihre Mutter besuchen, die, wie er wisse, krank daniederliege, und sie solle erst dann wieder zu ihm zurückkehren, wenn er nach ihr schicke, woraufhin er, ohne ihr verdutztes Gesicht zu beachten, schnurstracks aus dem Raum gestürmt war und sich in seine Stube auf den Platz neben dem Kachelofen zurückgezogen und dort zu warten begonnen hatte.

Langsamer als eine Schnecke kroch die Zeit dahin, ganze Tage schienen ihm bereits vergangen, und dabei hatte sich die Sonne nicht mal um einen Fingerbreit am Himmel bewegt. Lärm drang von draußen herein, doch Friedrich nahm ihn nicht wahr. Weder Elefantenschmalz noch Skorpionöl vermochten ihm eine Regung zu entlocken, nur nach den Krakauer Pestpillen stand ihm der Sinn, jenen verheißungsvollen Kügelchen, die vor ihm auf dem Tisch lagen, eingehüllt in das Leinensäckchen, aus dem sie nicht leichtfertig entfernt werden durften, wie ihn der Apotheker angewiesen hatte, und die nur darauf zu warten, ja, geradezu danach zu schreien schienen, dass sie benutzt und umgewandelt würden, veredelt in jenes einzigartige Metall, das nur eine andere Erscheinungsform von Wohlleben und Glück war – in Gold!

Als die Dämmerung hereinbrach, verließ Friedrich die Stube und zog sich einen Hocker in den Flur. Steif saß er da, seine Augen verschmolzen mit der Tür, jeder vom Straßenstaub noch so gedämpfte Schritt, jede kaum noch vernehmbare Stimme beschleunigte seinen Puls. Dunkelheit schlich sich ins Haus, nur durchbrochen von dem Feuer in der Küche, das er eigenhändig entfacht hatte. Warten! Geduld haben! Endlos und quälend! Dann endlich das Klopfen – nicht mehr als ein zartes Rühren an seiner Tür, indes ein dröhnender Rammbock in seinem Herzen. Viel zu hastig sprang er auf, der Hocker polterte durch den Flur. Draußen stand Agnes.

»Ihr habt sicherlich schon ein wenig auf mich gewartet, nicht wahr?«, wisperte sie und trat über die Schwelle.

Friedrich wischte ihre Frage mit einem heiser hervorgepressten »Ich hab sie!« beiseite, legte – ohne darauf zu achten, dass er der Stadtarzt war und sie eine Fahrende – den Arm um ihre Taille und schob sie, nachdem er eilig und viel zu laut die Tür hinter ihr geschlossen hatte, durch den Flur in die Küche. Auf dem Tisch, nahe dem Feuer, lag das Säckchen. Er öffnete es und ließ die Pillen sanft auf den Tisch rollen. »Hier!«, verkündete er stolz.

Agnes zeigte sich beeindruckt. »Kaum zu glauben! Ihr habt sie also tatsächlich bekommen.«

»Ja, ich hab's geschafft!«, strahlte Friedrich. »So, jetzt aber rasch! Lass uns anfangen! Hier ist der Kessel voll Wasser und hier ist das Feuer.«

»Sehr gut!« Agnes langte in einen Beutel, den sie unter dem Arm trug, und holte einen etwa faustgroßen Brocken von un-

regelmäßiger Gestalt und – soweit sich im Feuerschein erkennen ließ – schmutzig grauer Färbung hervor. Friedrich streckte die Hand danach aus. »Jetzt kannst du mir ja sagen, was es ist.«
Geheimnisvoll lächelnd entzog sie ihm das Objekt seiner Begierde. »Die zweite Hälfte des Kreises – das ist es!«, sagte sie und ließ den Brocken ins Wasser gleiten. Unsichtbar versank er und traf mit einem kaum hörbaren Geräusch auf dem Boden auf. Sie nahm den Kessel und stellte ihn über das Feuer. »So, das ist erledigt. Nun müssen wir uns nur noch ein wenig gedulden.«
Friedrich indes wollte sich nicht gedulden, ja, Geduld erschien ihm in diesem Moment geradezu als das allerschlimmste Übel, das mit der Erschaffung der Welt über die Menschheit gekommen war. Aufgeregt trommelten seine Finger auf dem Tisch, seine Augen stierten in das Wasser, dessen Oberfläche einem Waldsee in stockfinsterer Nacht glich und in dessen uneinsehbarer Tiefe sich ein Schatz befand – zumindest ein halber Schatz, denn die andere Hälfte fehlte ja noch, steckte noch immer in dem Leinensäckchen, das auf dem Tisch lag, auf dem seine Finger trommelten und trommelten … »Wie lange müssen wir denn noch warten?«, brach es aus ihm hervor.
»Das lässt sich schwer abschätzen, mein Herr. Manchmal geht es schneller, manchmal langsamer. Ich hoffe, heute geht es schneller. Zwar schläft Lorenz, aber der Trank, den ich ihm gegeben habe, hält nicht allzu lange vor. Schließlich wollte ich ihn nicht vergiften. Und wenn er aufwacht, und ich bin nicht da …« Sie pfiff durch die Zähne.
Lorenz! Lorenz! Lorenz! Friedrich rollte mit den Augen. Die großen und die kleinen Seelen. Und die ganz kleinen … Er warf ein halbes Dutzend Holzscheite auf einmal ins Feuer und beobachtete zufrieden, wie die Flammen in die Höhe

schossen. Gierig leckten sie um den Kessel herum, ihr Licht versetzte die Schatten an den Wänden in einen leidenschaftlichen Tanz. Irgendwann war ein wässriges Blubbern zu hören, verhalten zunächst, dann deutlicher, dann schäumte und sprudelte es, und während Friedrich mit geweiteten Augen so dicht neben dem Kessel stand, wie es ihm angesichts des aufsteigenden Dampfes gerade noch als zuträglich erschien, griff Agnes die drei Pillen und warf sie mit einer raschen Handbewegung ins siedende Wasser.

Der Kreis war geschlossen.

Die Adern an Friedrichs Schläfen traten fingerdick hervor. »Gleich ist es so weit«, sagte Agnes. Er drehte ihr den Kopf zu. Ruckartig. Fassungslos. Wie viele hatten das Goldmachen versucht! Wie viele waren gescheitert! Und hier, neben ihm, stand ein Weib, eine Fahrende, eine herumreisende Tänzerin und sagte: »Gleich ist es so weit«, sagte es in demselben belanglosen Ton, als wollte sie ihm mitteilen: »Gleich geh ich auf den Markt.« oder: »Gleich hab ich das Abendessen bereit.« Er fuhr sich mit der Hand über das vom Wasserdampf aufgequollene, erhitzte, gerötete Gesicht.

Was dann kam, war ein Traum! Agnes nahm eine Kelle vom Haken, tauchte sie in den Kessel und fischte andächtig darin herum, erst einmal, danach ein zweites Mal, dann – heilige Dreizahl – hatte sie das Gesuchte gefunden. Sie hob die Kelle heraus, goss vorsichtig das Wasser ab, und als sie ihm die Kelle reichte, da erblickte er auf deren dunklem Grund etwas hell Schimmerndes: Gold! Warm glänzendes, wunderbares, wirkliches Gold!

Friedrich war unfähig zu sprechen. Mit zitternden Fingern nahm er das Klümpchen, ließ sich auf einen Schemel fallen und starrte es an. Steif saß er da, wie aus Stein gehauen. Steif saß er auch noch, als Agnes die Kelle ein weiteres Mal ins Wasser tauchte und ein zweites und wenig später gar noch ein drittes Klümpchen zu Tage förderte. Wortlos verharrte er. Vom nahen Kirchturm schlug eine Glocke – er hörte sie nicht. Auch Agnes' Worte hörte er nicht. Erst als sie ihn rüttelte, kehrte langsam, unendlich langsam das Leben in ihn zurück. »Zwei sind für mich«, entschied Agnes, »das da« – sie zeigte auf das Klümpchen zwischen seinen Fingern – »ist für Euch.« Er wollte nicken, doch es missriet ihm. »Seht Ihr«, sagte sie, »ich habe Euch nicht getäuscht! Jetzt aber muss ich gehen. Schwört mir, dass Ihr meinem Bekannten aus der Stadt helfen werdet, so wie wir es besprochen haben, dann sollt Ihr auch erfahren, was ich außer den Pillen noch ins Wasser getan habe.« Friedrich hob die Hand zum Schwur, brachte es gar zu einem gehauchten »Ich schwöre«. Sie zeigte sich zufrieden. »Es war Salz.«

»Salz …«, wiederholte er tonlos.

»Ja, Salz. Einfaches Steinsalz, wie man es kaufen kann. Vermischt mit den Krakauer Pestpillen ergibt das Gold, wie Ihr seht.«

»Gold …«, murmelte er. »Ergibt das Gold …«

Der Klang ihrer Schritte war längst verhallt, das Feuer heruntergebrannt, als Friedrich aus seiner Lähmung erwachte und sich daranmachte, seine vollständige Verwirrung in eine Ordnung zu bringen. Wenn er nicht träumte – und er träumte nicht! –, dann konnte er Gold machen!! Er kannte die Dinge, die er brauchte, kannte das Verfahren, die Tänzerin hatte ihm alles gezeigt, er hatte es mit seinen eigenen Augen gesehen. Und nicht nur das, er hielt das Ergebnis in seiner Hand, jenes wundervolle Klümpchen, das entstanden war, ein zwar kleines nur, aber Gold. Längst begrabene Sehnsüchte stellten sich wieder ein, Wünsche schienen plötzlich erfüllbar. Er würde reich sein, einer von den ganz Reichen würde er sein, einer mit einem prächtigen Haus und einer großen Dienerschaft und teuren Kleidern – all das würde er sein

Eigen nennen und noch viel mehr, und ginge sein Vorrat an Gold einmal zur Neige, so würde er sich einfach neues machen, so viel er nur brauchte.
Er stutzte – die Pestpillen! Nur selten erhältlich, hatte die Tänzerin gesagt, und der Apotheker hatte ihre Worte bestätigt! Schweiß trat ihm auf die Stirn, schon streckte sich eine Faust nach seinem Herzen aus. Doch bereits in der nächsten Sekunde fiel ihm der Ring mit der Formel ein – ja, nicht nur das, denn noch während ihm der Gedanke an den Ring durch den Kopf schoss, wusste er, dass der Ring die einzige Lösung für ihn war. Nicht Kleinkram kam für ihn in Frage, nicht dann und wann zufällig ein paar Pillen ergattern und dazwischen nur warten. Ein solches Vorgehen mochte fahrende Weiber beflügeln, für große Seelen wie ihn taugte es nicht. Für ihn musste die Formel her. Musste der Ring her. Der Ring aus dem Grab.
Tatendrang keimte in ihm auf, ein auf ein neues, schöneres Leben abzielender Tatendrang, dem Schwierigkeiten nichts anderes waren als Herausforderungen, die es kühn und entschlossen zu bewältigen galt. Das Grab ausfindig zu machen würde eine Kleinigkeit sein, schließlich kannte er den Namen des Toten. Und was das Freilegen des Ringes betraf …
Eilig erhob er sich, öffnete die Fensterläden und hielt Ausschau nach dem Mond. Schmal hing er am Himmel, eine dünne Sichel, gerade so viel Licht, wie er brauchen würde. Ein Glücksfall! Ein Wink des Schicksals! Natürlich würde es selbst bei einem solchen Licht kein Spaziergang sein, sich mitten in der Nacht unbemerkt auf einen von Häusern umstandenen Kirchhof zu schleichen, ein Grab zu öffnen und zwischen moderndem Fleisch und zerfallenden Knochen nach einem Ring zu tasten. Aber war es nicht auch und gerade das Wissen, dass Bedeutendes nur mit bedeutendem Einsatz zu erlangen war, was die Großen von den Kleinen unter-

schied? Wer etwas gewinnen wollte, der musste etwas wagen – vor allem dann, wenn es zu gewinnen galt, was alle Welt begehrte: Gold! Königliches Gold! Göttliches Gold!

* * *

Der Tag nach dem Jahrmarkt war für den kurfürstlichen Hofmeister Kurt von Schlabrendorff ein Tag, den er nicht so bald wieder vergessen sollte. Die Mittagszeit war schon eine Weile vorbei, er befand sich gerade zusammen mit dem Thesaurarius und zwei Kanonikern des Domstifts in der Erasmuskapelle des Berliner Schlosses, um über einen kleineren Umbau im Bereich des Altars zu beraten, als auf einmal – viel zu heftig für diesen Ort – die Tür aufgerissen wurde und der Hauptmann der Wache mit schnellen Schritten in den Raum trat. Nachdem er sich flüchtig bekreuzigt hatte, eilte er auf den Hofmeister zu. »Verzeiht die Störung, aber ich muss Euch dringend sprechen!«, brachte er aufgeregt hervor, und mit einem Seitenblick auf die anderen Anwesenden fügte er hinzu: »Unter vier Augen.« Der Hofmeister runzelte die Stirn. Wie es aussah, stand Ärger ins Haus. Er entschuldigte sich bei den Domherren und folgte dem Hauptmann zu einem Fenster, durch dessen buntes Glas gedämpftes Licht in den Andachtsraum fiel. Mit hastigen Worten redete der Hauptmann auf ihn ein und reichte ihm dabei ein zusammengerolltes Schriftstück sowie ein Beutelchen aus dünnem, leicht angeschmutztem Stoff. Der Hofmeister zog das Papier auseinander und begann zu lesen. Noch während seine Augen über die Zeilen huschten, verfärbte sich sein Gesicht. »Ungeheuerlich!«, schnaubte er so laut, dass die Domherren neugierig die Hälse reckten. Er drehte ihnen den Rücken zu, öffnete das Beutelchen und blickte hinein. »Nicht zu fassen!«, empörte er sich. Und nachdem er den Hauptmann noch eilends zu strengstem Stillschweigen verpflichtet hatte, stürmte er auch schon mit einem erbosten: »Euch werden wir kriegen!« mitsamt dem Schriftstück und dem Beutelchen aus der Kapelle.

Nicht einmal eine Minute war vergangen, und er stand vor dem kurfürstlichen Kanzler Doktor Sigmund Zerer in dessen Kanzlei und verkündete erregt, er müsse eine Sache von außerordentlicher Wichtigkeit mit ihm besprechen. Der Kanzler schielte nach zwei Schreibern, die über ihre Pulte gebeugt mit Bergen von Papier kämpften, und als der Hofmeister eine ungeduldige Kopfbewegung machte, wies er sie aus dem Raum. Kaum hatte der Letzte die Tür hinter sich geschlossen, als der Hofmeister auch schon die Gegenstände seiner Entrüstung auf den Tisch legte. »Gerade mal ein paar Stunden ist es her, dass unser gnädiger Herr zu seinem Vogelherd nach Pankow aufgebrochen ist«, schimpfte er, »und nun das da!« Er rückte sich einen Stuhl neben den Tisch und ließ sich darauf fallen. »Der Hauptmann der Wache hat mir die Sachen gebracht. Sie lagen draußen vor der Schlossmauer, versteckt in einem Gebüsch. Einer seiner Leute hat sie auf einem Rundgang gefunden. Eine unglaubliche Sache!«

Der Kanzler nahm das Schriftstück in die Hände und besah es. Billiges Papier, in der Mitte leicht geknittert, offenbar war das Schreiben mit einem Bändchen zusammengehalten worden. Ein Siegel, dem man den Absender hätte entnehmen können, fehlte. Er entrollte das Schriftstück. »Einer von uns wird das Grab überprüfen«, stand darauf in unauffälligen Buchstaben geschrieben, und nach einem Absatz – einem höchst überflüssigen Absatz, wie der Kanzler beiläufig notierte – »Sollte sich der Verdacht bestätigen, werden wir alles Notwendige veranlassen.« Unterzeichnet war das Schreiben mit einem liegenden K, einem Zeichen, das zweifellos geeignet war, dem Empfänger der Nachricht Aufschluss über de-

ren Absender zu geben, nicht jedoch einem Fremden. Sichtlich bestürzt las der Kanzler die beiden Sätze ein zweites Mal, dann legte er das Schreiben zurück. »Und das sind vermutlich die dreißig Silberlinge«, bemerkte er mit einem Blick auf das Beutelchen. Er öffnete es und entleerte den Inhalt auf den Tisch. Fünf Guldenstücke funkelten ihm entgegen, dazwischen lagen – ein Umstand, der ihn die Augen fragend zusammenkneifen ließ – zwei winzige Klümpchen Gold.
Den Hofmeister hielt es nicht länger auf seinem Stuhl. Er sprang auf und stellte sich dicht vor den Kanzler. Seine Blicke bohrten sich in dessen Augen. »Pommernspione!«, keuchte er. »Wir haben einen Verräter im Schloss, der für die Pommern arbeitet – mindestens einen, vielleicht auch mehr. Und draußen in der Stadt sitzen die anderen. Leute, die die Geschäfte Bogislaws betreiben. Gegen unseren gnädigen Herrn. Gegen unser Land. Gegen uns alle. Leute, die uns schaden wollen!« Er nahm eine der Münzen in die Hand. »Und das ist der Judaslohn für den gemeinen Verräter!«
»So sieht es aus«, seufzte der Kanzler. Angestrengt nachdenkend, die Augen zu Boden gerichtet, begann er den Raum zu durchwandern. Zwei dürre Sätze, nichts Überflüssiges, nur das Wichtigste: Einer von uns wird das Grab überprüfen … Sollte sich der Verdacht bestätigen, werden wir alles Notwendige veranlassen … »Wer weiß noch von dem Schreiben?«
»Der Hauptmann. Einer von seinen Leuten hat das Schreiben gefunden, kann aber nicht lesen. Der Hauptmann selbst hat niemandem außer mir davon berichtet. Sagt er jedenfalls. Ich hab ihn strengstens angewiesen zu schweigen.«
»Gut.« Der Kanzler ging zu seinem Sessel hinter dem Tisch und setzte sich. Schnaufend nahm auch der Hofmeister wieder Platz. »Dann wollen wir mal überlegen«, hob der Kanzler an. »Versuchen wir als Erstes zusammenzufassen, was wir

wissen. Wie mir scheint, ist das gar nicht mal so wenig, wenngleich natürlich längst nicht alles, was wir gern wüssten.« Er nahm das Schriftstück und drehte es zwischen den Fingern. »Was das Vorhandensein eines Verräters im Schloss anbelangt – eines Verräters im Auftrag der Pommern, ohne Zweifel –, so stimme ich Euch zu. Die Tatsache, dass das Schreiben an der Schlossmauer versteckt war, wo es nur zufällig von einem Wachtposten gefunden wurde, berechtigt zu der Annahme, dass es für eine Person unseres Hofes bestimmt war. Jemand aus der Stadt wird es dort niedergelegt haben, fraglos in der Erwartung, dass diese unbekannte Person es abholen würde. Wobei wir wohl davon ausgehen dürfen, dass dem Unbekannten die Niederlegung des Schreibens angekündigt war – immerhin musste derjenige, der es niedergelegt hat, damit rechnen, dass es entdeckt werden könnte, wenn der andere es nicht alsbald abholen würde. Eine verabredete Sache mithin.« Der Kanzler hob die Brauen. »Im Übrigen, denke ich, sollten wir das Schreiben so schnell wie möglich wieder an seinen Fundort zurückschaffen, damit die Person aus dem Schloss es dort in Empfang nehmen kann.«

»... und wir diese Person unsererseits in Empfang nehmen können!«, ergänzte der Hofmeister und ballte die Hand zur Faust.

»Alles zu seiner Zeit.« Der Kanzler hob abwehrend die Hand. »Nur nichts überstürzen.« Er entrollte das Schriftstück ein weiteres Mal. »›Einer von uns wird das Grab überprüfen‹, heißt es im ersten Satz. Bei dem Grab – und ich nehme an, wir sind uns in diesem Punkt einig – dürfte es sich zweifelsohne um das Grab auf dem Marienkirchhof handeln, die Sache mit der Eisernen Jungfrau und unserem Freund Swantibor ... Überprüft soll es werden, dieses Grab, und zwar soll das ›einer von uns‹ machen. ›Einer von uns‹ – ein

Hinweis, dass wir es mit einer Gruppe zu tun haben. Wobei wir natürlich nichts über deren Größe aussagen können. Sicher ist nur, dass sie mehr als die beiden Personen umfasst, die unmittelbar mit diesem Schreiben verbunden sind, also mehr als den Absender und den Empfänger.«

»Ich hoffe, wir werden bald wissen, wie viele es sind!«

»Das hoffe ich ebenfalls. Und wenn wir uns klug anstellen, wird uns das auch gelingen. Doch bevor wir unser Augenmerk auf die Zukunft richten, lasst uns zunächst unsere Bestandsaufnahme fortsetzen. Kehren wir noch einmal zu dem ersten Satz zurück, und zwar zu dem Wort ›überprüfen‹. Das Grab überprüfen ... das kann nach Lage der Dinge ja wohl nichts anderes heißen, als dass jemand hingehen und es öffnen will, denn eine andere Art der Überprüfung vermag ich mir nicht vorzustellen. Er wird also ...«

»Woher weiß dieser Kerl eigentlich«, fiel ihm der Hofmeister ins Wort, »um welches Grab es sich handelt? Immerhin haben wir die Sache damals in aller Heimlichkeit abgewickelt. Es gibt nur wenige Personen, die in die Einzelheiten eingeweiht waren. Und von denen kann er es nicht haben, denn ein Eingeweihter bräuchte keinen Verdacht zu äußern und auf eine Überprüfung des Grabes wäre er auch nicht angewiesen – er wüsste, dass der Herr Swantibor lebt und dass es sich bei dem Grab um eine List handelt.« Er stockte. »Das heißt, die Pommernspione müssen also aus dem Kreis der Nichteingeweihten kommen, und dieser Kreis ...«

»... ist sehr groß«, vollendete der Kanzler den Satz. »Und leider können wir ihn zur Zeit nicht eingrenzen. Genauso wie wir zur Zeit auch nicht die von Euch gestellte Frage beantworten können, woher derjenige, der das Grab öffnen will, überhaupt weiß, um welches es sich handelt.« Der Kanzler beugte seinen Kopf erneut über das Schreiben. »Wenden wir uns dem zweiten Satz zu. Dort heißt es: ›Sollte sich der Verdacht bestätigen, werden wir alles Notwendige veranlassen.‹« Er lehnte sich zurück und faltete die Hände vor dem Bauch. »Wenn wir einmal jene Frage außer Acht lassen, auf die wir zur Zeit ebenfalls keine Antwort haben – nämlich wie und bei wem und wann dieser Verdacht überhaupt entstanden ist –, so können wir eines allerdings mit völliger Sicherheit feststellen: dass sich nämlich der Verdacht, um den es hier geht, mit der Öffnung des Grabes ebenso eindeutig wie eindrucksvoll bestätigen wird! Sandsäcke an der Stelle eines Toten sind nun einmal die beste Bestätigung für einen solchen Verdacht, die sich denken lässt! Und wissen sie erst einmal von den Sandsäcken, dann wissen sie nicht nur, dass wir versucht haben, sie auf den Leim zu führen, sondern ihnen ist ebenfalls klar, dass Swantibor von Torgow lebt. Den Rest können sie sich leicht zusammenreimen. Immerhin haben wir für unseren Täuschungsversuch einen erheblichen Aufwand getrieben, also können sie davon ausgehen, dass wir ein hohes Ziel damit verbunden haben. Und was sollte das schon für ein Ziel sein, wenn es sich bei demjenigen, der im Mittelpunkt dieses Täuschungsversuchs steht, ausgerechnet um einen solch guten Kenner Pommerns, vor allem aber um einen solch eingeschworenen Feind Bogislaws handelt wie unseren Freund Swantibor? Nein, in dem Augenblick, in dem sie die Sandsäcke sehen, wissen sie, dass Swantibor in Pommern unterwegs ist, und das nicht etwa aus Heimweh, sondern um eine Aufgabe zu erfüllen: um das Land im Auftrag des Kurfürsten von Brandenburg auszukundschaften. Und was danach kommt, darüber sollten wir uns keinen Zweifeln hingeben. ›... werden wir alles Notwendige veranlassen‹, heißt es in dem Schreiben. Ich denke, das ist deutlich!«

»Fürwahr, das ist es!«, presste der Hofmeister hervor. Neue Wut keimte in ihm auf. »Bogislaw würde nicht eher ruhen, als bis er unseren Freund aufgespürt hätte. Und er würde ihn aufspüren. Wenn man ein ganzes Land gegen einen Einzelnen aufbietet, dann muss man einfach Erfolg haben. Und wenn sie ihn erst einmal haben, dann gnade ihm Gott!«

»Ja, dann gnade ihm Gott!«, wiederholte der Kanzler sorgenschwer. »Bogislaw würde ihn ausquetschen, bis er auch noch das letzte Geheimnis aus ihm herausgeholt hätte. Und es ist eine Menge, was er von unserem Freund erfahren könnte, immerhin hat der eine ganze Weile an unserem Hof gelebt. Er kennt die wichtigsten Leute, ist überall in Brandenburg herumgereist, hat viel gehört, viel gesehen … Nicht lange, und ein erheblicher Teil dessen, was wir vor Bogislaw geheim halten wollten, läge wie ein offenes Buch vor ihm.«

»Eine Katastrophe! Eine wahre Katastrophe! Und dabei ist das noch nicht einmal alles. Auch im Verhältnis zu unseren Untertanen würde uns nicht unerheblicher Schaden erwachsen. Bedenkt nur den Verlust an Ansehen, wenn man erfahren würde, was sich über all die Monate tatsächlich auf dem Marienkirchhof befunden hat: Sandsäcke unter dem Zeichen des Kreuzes, ins Grab gelegt auf Veranlassung des Kurfürsten!« Die Stimme des Hofmeisters bebte vor Erregung, auf seinen Wangen zeichneten sich rote Flecken. »Nein, nein und nochmals nein, um nichts auf der Welt dürfen wir zulassen, dass diese verdammten Pommernspione das Grab öffnen und auf diese Weise unser Geheimnis lüften! Wir müssen sie daran hindern, und zwar mit allen Mitteln! Wir müssen sie fangen, denn nur so können wir Schaden von unserem Land abwenden. Und nur so können wir das Leben des Herrn Swantibor retten und es ihm außerdem ermöglichen, auch weiterhin den Auftrag zu erfüllen, den unser gnädiger Herr noch immer für notwendig erachtet!«

Der Kanzler schüttelte nachdrücklich den Kopf. »Verzeiht,

Verehrtester, wenn ich Euch widerspreche, aber mit einer Gefangennahme der Spione ist es leider nicht getan. Wobei ich durchaus nicht anstehe zu behaupten, eine solche Gefangennahme wäre überflüssig. Natürlich ist sie das nicht. Aber sie wird nicht bewirken, dass wir sämtlicher Sorgen entledigt sind.« Er strich mit der Hand über seinen Kinnbart. »Wenn wir den Spion am Grab festnehmen, wird es nicht lange dauern, und Bogislaw bekommt Wind davon, denn eine Maßnahme wie diese lässt sich nicht auf Dauer geheim halten. Und wenn Bogislaw erst einmal begriffen hat, wie sehr uns das Grab am Herzen liegt, dann bedarf es auch in diesem Fall nur noch weniger Überlegungen, und er weiß, woran er ist. Die Folge: Er wird sich ebenso schnell auf die Jagd nach unserem Freund machen, als hätte er von den Sandsäcken erfahren … Nein, so schwer es mir auch fällt, mich auf diesen Gedanken einzulassen, aber wir müssen Swantibor von Torgow aus Pommern zurückrufen – so oder so! Wir müssen uns an den Gedanken gewöhnen, dass alles, was wir damals mit der Eisernen Jungfrau so schlau eingefädelt hatten, aufgrund der Umtriebe der Spione unabweislich gescheitert ist!«
Der Hofmeister erhob sich so heftig von seinem Stuhl, dass dieser polternd umstürzte. »Aber wer soll uns dann noch die Nachrichten aus Pommern liefern, deren wir nach wie vor bedürfen? Ich brauche Euch nicht zu sagen, wie viel wir den Bemühungen des Herrn Swantibor in den letzten Monaten zu verdanken hatten! Er war ein Juwel für uns – ach, was sage ich da, ein ganzer Schatz war er! Und jetzt sollen wir ihn einfach zurückrufen? Der Kurfürst wird toben, wenn er von der Sache erfährt!«
»Ja, der Kurfürst wird toben. Natürlich wird er toben. Aber wir haben keine andere Wahl. Wir können das Leben unseres Freundes nicht aufs Spiel setzen. Wir müssen ihn zurückrufen, und zwar unverzüglich, denn von dem Augenblick an,

in dem der Pommernspion mit dem Öffnen des Grabes beginnt, befindet sich unser Freund in allergrößter Gefahr!« Schweigen trat ein. Der Hofmeister stand vor dem Tisch und stierte voller Zorn auf die Gulden und die beiden Goldklümpchen, die dem Verräter im Schloss zugedacht waren – einem Mann, von dem er nicht wusste, um wen es sich handelte, den er jedoch mit Sicherheit kannte, ja, der ihm vielleicht gerade in der letzten Stunde über den Weg gelaufen war! Hinter dem Tisch saß der Kanzler, mit den Fingern an seinen Barthaaren zupfend, und überlegte. Schließlich wandte er sich wieder dem Hofmeister zu. »Abgesehen von der Benachrichtigung unseres Freundes Swantibor, gibt es meiner Ansicht nach drei Aufgaben, die wir unverzüglich in Angriff nehmen sollten. Zunächst einmal müssen wir das Schriftstück mitsamt dem Beutel schnellstens in das ursprüngliche Versteck zurückschaffen. Die Wachen sollen ein Auge darauf haben, wer es abholt. Unauffällig natürlich. Und selbstverständlich dürfen sie den Abholer auf keinen Fall verhaften, könnte damit doch der Mann gewarnt werden, der in dem Grab nachsehen will. Eine Verhaftung des Spions im Schloss werden wir erst dann vornehmen, wenn wir den anderen in unserer Gewalt haben.« Der Kanzler räusperte sich. »Was die zweite Aufgabe anbelangt, so müssen wir umgehend unseren gnädigen Herrn von der Sache in Kenntnis setzen. Wir sollten einen Boten losschicken, der Pankow noch heute erreicht. Und zum Dritten: Wir müssen die Überwachung des Marienkirchhofs in Angriff nehmen. Am Tag kann der Spion das Grab nicht öffnen, er muss es während der Nacht tun. Welche Nacht er für seine Unternehmung auswählen wird, vermögen wir natürlich nicht vorherzusagen, allerdings ist wohl davon auszugehen, dass er es bald tun wird, möglicherweise bereits in der kommenden Nacht. Deshalb sollten wir den Hauptmann der Wache in die

Angelegenheit einweihen, damit der sich mit ein paar Männern auf einen nächtlichen Einsatz vorbereiten kann.«

Der Hofmeister nickte zustimmend. »Und wenn wir erst einmal diesen Kerl vom Kirchhof haben, dann holen wir uns den Verräter im Schloss! Und dann bringen wir die beiden zum Reden, ohne Ansehen ihrer Person und ohne Rücksicht auf die Stellung, die sie bekleiden. Dann wollen wir die Wahrheit von ihnen erfahren. Vor allem natürlich die Namen derjenigen, die außer ihnen noch zu dieser Verschwörergruppe gehören. Aber auch alles andere: Wie sie auf den Verdacht gekommen sind, dass mit dem Grab etwas nicht stimmen könnte, ihre Verbindungen nach Pommern, Mittelsleute, die weiteren Pläne, die sie hatten – jede Einzelheit!« Er hieb mit der Faust auf den Tisch. »Und sollten sie keine Lust haben, ihre verdammten Mäuler aufzumachen, dann werden wir sie schon dazu bringen. Schließlich haben wir genug Mittel in der Hand!«

* * *

Aus dem Abtrittserker im oberen Stockwerk des Hauses »Zum blauen Stein« drang schlaftrunkenes, zwischen den Zähnen hervorgepresstes Gestöhn, wenige Sekunden später waren die Geräusche eines sich entleerenden Darms zu vernehmen, und im nächsten Moment klatschte auch schon etwas Weiches in den Schlupf herab, in jenen schmalen, nicht mehr als drei Fuß breiten Durchlass, der das Haus »Zum blauen Stein« des Salzhändlers Melcher Freiberger von dem Haus »Zum Finken« des Armbrusters Kerstian Funck trennte. Begleitet von einem wohligen Grunzen spritzte ein Strahl in die Tiefe, ausdauernd und hart, schließlich quietschte eine Tür in den Angeln, Schritte polterten über einen Dielenboden, und gleich darauf kehrte die nächtliche Ruhe zurück.

Gregor stand zwei Armlängen schräg unterhalb des Erkers

und verzog das Gesicht, ihm gegenüber lehnte Kleinhans an der Mauer, die Nase gerümpft, den Kopf in die entgegengesetzte Richtung gedreht, mit den Armen sorgsam ein Säckchen voller Schießpulver und Zündschnüre beschirmend. Der Schlupf, in dem sie sich befanden und dessen vorderer Ausgang auf den Marienkirchhof hinzeigte, gehörte ebenso wie alle anderen Örtlichkeiten dieser Art zu dem Widerwärtigsten, was die Stadt aufzuweisen hatte. Er war auf eine Ekel erregende Weise verdreckt und vernachlässigt und gab, was die pestilenzartigen Ausdünstungen anbetraf, die von ihm aufstiegen, einen wenn auch zweifellos nur kleinen, so doch eindrucksvollen Vorgeschmack auf die Hölle. Genutzt für alles, dessen sich die Anwohner entledigen wollten, war dieser schmale Einschnitt zwischen den beiden Häusern angefüllt mit menschlichen Ausscheidungen sowie mit Abfällen jedweder Art, angefangen von rostigen Messern und zerbrochenen Krügen über fauliges Obst, verschimmeltes Brot und abgeschnittene Hühnerköpfe bis hin zu Erbrochenem und weggeschüttetem Aderlassblut, dazwischen türmten sich Asche und Schutt, moderten Eingeweide und verrotteten Knochen – und das Ganze oftmals über Jahre, bis die Henkersknechte eines Tages mit ihrem Karren anrückten, den Schlupf ausräumten, und anschließend alles wieder von vorn begann.

Ein paar Ratten zerrten an einem Katzenkadaver, und Gregor trat mit dem Fuß nach ihnen. In der Tat war es ein Ekel erregender Ort, den sie sich ausgesucht hatten, andererseits war es der günstigste, der sich für ihre Zwecke denken ließ. Nahe der flachen Mauer, die den Marienkirchhof umschloss, bot sich von hier aus nicht nur ein freier Blick auf dessen Eingang, sondern zugleich eine unbehinderte Sicht auf die Gasse, durch die der Erwartete voraussichtlich kommen würde. Darüber hinaus war der Schlupf aber auch ein Ort, an dem niemand sie vermuten und deshalb niemand sie bemerken würde, solange sie sich nicht durch eigene Unachtsamkeit verrieten. Auch die Häscher des Hofes hatten sie nicht bemerkt, die, nacheinander und aus unterschiedlichen Richtungen kommend, bald nach Anbruch der Dunkelheit aufgetaucht waren und sich allesamt in dasselbe Haus nahe dem Kirchhofseingang begeben hatten – ein gut gewählter Standort, von dem sich sowohl die nähere Umgebung überwachen ließ als auch das Grab, auf das der in dem Schriftstück Angekündigte es dem Wortlaut zufolge abgesehen hatte.

Bleich stand die schmale Mondsichel am Himmel, Sterne funkelten, dazwischen schwammen zerrissene Wolken. Nahe der Gasse, die zum Hohen Steinweg hinführte, weinte ein Kind. Kleinhans wechselte von einem Bein auf das andere. Wohl zum hundertsten Mal wanderte sein Blick auf der gegenüberliegenden Hauswand nach oben zu dem Abtritt, der wie ein Schwalbennest an der Mauer hing, zu der Dachtraufe mit dem herabhängenden Seil – aus welchem Grund hing dort ein Seil? –, zu der Hauswand, an der er lehnte, und an dieser nach unten zu dem aufgetürmten Dreck, in dem sich die Ratten erneut über den Katzenkadaver hergemacht hatten. Er gähnte verhalten. Im selben Augenblick fühlte er Gregors Hand an seiner Schulter, und sofort war er hellwach. Vorsichtig schob er den Kopf um die Ecke und starrte in die Nacht. Und dann sah er ihn auch schon – den Schatten, der sich vom Neuen Markt herkommend geradewegs auf den Kirchhof zubewegte.

»Da ist er!«, raunte Gregor mehr zu sich selbst als zu Kleinhans. Dieser presste das Schießpulver fester an seine Brust.

»Dann kann's ja losgehen!«, zischte er und verschwand zum hinteren Ende des Schlupfes hin.

Auf dem Turm von Sankt Marien begann ein Käuzchen zu ru-

fen, als Friedrich in die Deckung einer Hausnische trat. Sein Atem ging schwer, sein Herz klopfte heftig. Er war ein heimlicher Gesell. Ein nächtlicher Gassenschleicher war er, der Verbotenes plante. Verbotenes und gleichzeitig so unendlich Verlockendes ... Unter seinem Hut hervor sah er sich um. Ruhig lag der Kirchhof vor ihm, ruhig lagen auch die Häuser, lag die Stadt. Nicht einmal Hundebellen war zu hören, nur das leise Säuseln des Windes, der die mit Herbstnebeln durchsetzte Nachtluft von der Spree herauftrieb. Seine Rechte klammerte sich fester um Spaten und Brecheisen, die Linke raffte den Mantel. Dann lief er los, immer dicht an den Häusern entlang, zur Mauer hinüber und zu dem torlosen, nur mit einem Viehgitter versehenen Eingang zum Kirchhof von Sankt Marien. Es klapperte, als er einen Fuß auf das Gitter setzte, und erschrocken duckte er sich gegen die Mauer. Er wartete. Als alles still blieb, wagte er einen zweiten Versuch. Behutsam ertastete er mit dem Fuß eine fest aufliegende Stelle, stieß sich darauf ab und landete auf dem Kirchhof.
Wenige Schritte entfernt ragte das Gotteshaus in die Nacht. Fremd wirkte es um diese Zeit, obwohl er es kannte, beinahe bedrohlich in der Massigkeit seiner mächtigen Mauern. Ein Gotteshaus wie dieses war nicht nur ein Ort des Glaubens. Es war ebenso ein Ort, an dem der Teufel und seine Dämonen ihr Unwesen trieben – in der Dunkelheit, die die Kirche einhüllte; in der Stille über den Gräbern; in der nächtlichen Einsamkeit, die so beklemmend war, dass sie auch noch einen Mutigeren als ihn hätte erschaudern lassen. Die Hand um den Spaten und das Eisen gekrampft, wandte sich Friedrich nach rechts, dem Verlauf der Mauer folgend, als ein plötzliches Geräusch ihn zusammenfahren ließ. Für einen Moment war er unfähig, sich zu rühren, dann hastete er zur Seite und ließ sich hinter dem Standbild des Erzengels Michael auf den Boden fallen. Das Geräusch war ganz aus der Nähe gekom-

men, vom Beinhaus her, das ein Stück weit von der Kirche entfernt an der Mauer lag. Ein Fallen? Ein Gegeneinanderschaben von etwas Hartem? Von den Knochen und Schädeln womöglich, die aufgestapelt im Beinhaus lagen? Obwohl Knochen und Schädel nicht von allein gegeneinander schabten. Jedenfalls nicht am Tag.

Mit einem Satz sprang eine Katze vom Dach herab und huschte davon, und obwohl es sich – soweit in der Dunkelheit erkennbar – um eine schwarze handelte, atmete Friedrich erleichtert auf. Zweimal war er am Tag um das Grab des Federhändlers herumgeschlichen. Zweimal hatte er überlegt. Und zweimal hatte er gewusst, dass es richtig war, was er tat. Auch wenn es nicht leicht war … Mit zitternden Knien trat er hinter dem Erzengel hervor und steuerte – vorbei an dem großen Kreuz, das ein von einer Krankheit Genesener der Gemeinde vor vielen Jahren gestiftet hatte – auf die Stelle zu, an der Kirche und Mauer sich in einem spitzen Winkel einander annäherten. Der Wind hatte aufgefrischt und wirbelte Blätter über die Gräber. Friedrich beschleunigte seinen Schritt und war gleich darauf am Ziel.

Das Grab, vor dem er stand, war von einfacher Art: grasüberwachsen, ein schlichtes Holzkreuz, keine steinerne Grabplatte wie auf den besseren Begräbnisplätzen an der Kirchenmauer oder – die noch besseren Plätze – im Kircheninneren selbst. Ein Grab, das sich vom Aussehen her in nichts von den meisten anderen unterschied. Nur der Eingeweihte wusste, dass es ein besonderes Grab war, kannte die Geschichte von dem Mann, der dort lag, zerfallend, verwesend, von Maden zerfressen. Wusste von dessen Ring. Abermals rief ein Käuzchen hoch droben im Gebälk. Friedrich legte sein Werkzeug beiseite und entledigte sich seines Mantels. Obwohl es kühl war, klebte ihm das Hemd an seinem Körper, und auf seiner Stirn perlte Schweiß. Für einen kurzen

Moment schloss er die Augen und schickte ein Stoßgebet zum Himmel, wohl wissend, dass dieser ihm sein schändliches Treiben nur übel nehmen konnte. Dann griff er zum Spaten und stach ihn – sorgsam darauf bedacht, jedes überflüssige Geräusch zu vermeiden – in die Erde.
Im nächsten Augenblick war es mit der nächtlichen Stille vorbei. Weit ausgreifende, Unheil verkündende Schritte durchpflügten den Sand, Schatten setzten über Gräber, aus einer Männerkehle tönte ein befehlsgewohntes »Halt, stehen bleiben!« durch die Nacht. Friedrich war starr vor Entsetzen, unfähig auch nur zu der allerkleinsten Bewegung. »Halt, stehen bleiben!«, tönte die Stimme erneut, diesmal bereits ein gutes Stück näher als zuvor, und noch in derselben Sekunde erblickte Friedrich auch schon den Mann, der zu der Stimme gehörte, er sah ihn in dem schwachen Mondlicht, es war der Hauptmann der Schlosswache. Aber ebenso, wie er diesen erkannt hatte, war auch er selbst jetzt erkannt. »Das ist doch nicht möglich!«, entfuhr es dem Hauptmann. »Der Stadtarzt!« Und ein anderer rief, während er heranhastete: »Doktor Molner!«
Was folgte, war eine Explosion, ohrenbetäubend wie die Posaunen am Tage des Jüngsten Gerichts. Krachend zerriss sie die nächtliche Ruhe, fegte wie ein Sturm über die Stadt und donnerte in den Himmel. Für die Dauer eines Atemzugs war alles wie gelähmt – kein menschliches Wort mehr, keine Bewegung, ja selbst die Blätter, die eben noch über die Gräber gewirbelt waren, schienen zu verharren. Dann kehrte das Leben zurück. Zwei Männer warfen sich flach auf den Boden, ein anderer flüchtete sich hinter ein Kreuz, drei Schritte weiter stand der Hauptmann und zeigte mit der Hand zum Neuen Markt hin, wo das Inferno losgebrochen war. »Dort!«, stieß er hervor, und noch einmal: »Dort!«, gerade so, als wäre das »Dort« ein Befehl, ein kühl kalkulierter Schachzug, die

Täter zu stellen, die Angreifer, die unbekannten Feinde inmitten der Stadt. Doch da war nichts kühl, und da war nichts kalkuliert, da waren nur Hilflosigkeit und Ohnmacht angesichts eines unfassbaren Geschehens. Mit einem Schlag war alles andere vergessen – die Anweisungen des Kanzlers, die Belohnung im Fall eines Erfolgs, vor allem aber der Mann, um dessentwillen dies alles in Gang gesetzt worden war und der immer noch dastand, einfach nur dastand, im Gesicht alle Ratlosigkeit dieser Welt, die Hände am Spatenstiel, den Fuß auf dem Blatt, jederzeit bereit, das Blatt in die Erde zu treten. »Dort!«, stammelte der Hauptmann gerade zum dritten Mal, als Friedrich plötzlich eine Hand an seinem Arm spürte. Sie kam von hinten. »Los, weg hier!«, zischte eine Frauenstimme. Er drehte den Kopf, er kannte die Stimme, doch noch bevor ihm Zeit blieb, sich zu erinnern, zog die Frau ihn auch schon mit sich fort, zehn Schritte bis zur Kirche, durch ein Gebüsch, um den Chor herum und zur hinteren Mauer, ein weiteres »Los!«, und schon stemmte er sich hoch, stützte sich oben mit dem Bein ab und sprang auf die andere Seite und begann abermals zu laufen, immer die Frau an seiner Seite, die Frau, die seinen Arm hielt und die er kannte und von der er auf einmal wusste, wer sie war. »Agnes …«, keuchte er, und sie keuchte zurück: »Keine Zeit jetzt, später!«, und im nächsten Augenblick rannten sie auch schon durch die Brüderstraße, immer dicht an den Häusern entlang, in denen die Fenster aufgegangen waren und in denen Menschen schrien, die meisten davon in Panik. Sie bogen nach links in eine Gasse ein, danach in eine weitere Gasse, winzig und dunkel, und während erste Fackeln die Nacht erhellten und Leute auf die Straßen stürzten, stieß Agnes in einer Mauer eine Tür auf, drängte ihn in einen Hof, verriegelte die Tür von innen mit Hilfe eines bereitstehenden Balkens und ließ sich aufatmend mit dem Rücken gegen die Mauer fallen. Friedrich lehnte sich neben sie und rang nach Luft. »Was hat das alles zu bedeuten?«, hechelte er. »Nicht jetzt!«, gab sie zurück. Schräg über ihnen, im oberen Stockwerk des Hauses, in dessen Hof sie sich befanden, beugte sich ein Mann aus dem Fenster und brüllte: »Der Tag des Gerichts ist angebrochen!«, aus dem benachbarten Haus grölte es: »Der Feind ist in der Stadt! Der Feind!« »Los!«, zischte Agnes abermals. »Kommt, schnell! Sonst ist es aus mit Euch!« Friedrich presste sich in einem Anflug von Trotz gegen die Mauer. »Ich will endlich wissen, was hier gespielt wird!« Agnes griff grob seinen Arm. »Wenn sie Euch schnappen, werden sie Euch töten. Und vorher werden sie Euch foltern. Also kommt, macht schnell!« Sie riss ihn mit sich. »Sie werden was …?!«, brach es aus Friedrich hervor. »Euch töten. Und vorher foltern«, wiederholte sie knapp, während sie mit ihm durch den finsteren Hof stolperte. Vor einem Planwagen machten sie Halt. »Los, kriecht hier rein! Ein doppelter Boden, in dem seid Ihr sicher. Morgen bringen wir Euch aus der Stadt.« Aus der Nähe drang vielstimmiges Geschrei, jemand trommelte mit einem metallenen Gegenstand auf einem Topf herum. »Bringt Fackeln und Waffen, ihr Leute!«, gellte eine raue Männerstimme. »Wir müssen kämpfen!« Friedrich schob einen Fuß in den doppelten Boden. »Aber …«, versuchte er ein letztes Aufbäumen. Sie drückte sein Bein hinein, stieß ungeduldig gegen seinen Körper. »Schnell, schnell! Nun macht schon! Morgen werdet Ihr alles erfahren.« Friedrich zwängte sich in die Enge, nicht mehr als zwei Spannen hoch, gerade so viel, dass er atmen konnte. »Wir sind verloren!«, kreischte es von der Straße herüber. Agnes verschloss die Öffnung mit einem Brett. »Und denkt dran«, raunte sie, »wenn sie Euch finden, seid Ihr ein toter Mann!«

Zufrieden mit sich selbst und der gelungenen Aktion wandte sie sich ab, fuhr sich mit der Hand durch das Haar und strich ihre Kleider glatt. Und während man nur ein kurzes Stück entfernt zur Jagd auf den flüchtigen Stadtarzt Doktor Friedrich Molner blies, machte sie sich auf den Weg zu der verabredeten Stelle, an der die anderen sie erwarteten.

* * *

Nie zuvor in seinem Leben hatte Friedrich Worte vernommen, die ihm süßer in den Ohren geklungen hatten als diese: »Du kannst rauskommen!« Dass die Worte in einem barschen Tonfall gesprochen waren, störte ihn dabei ebenso wenig wie das leutselige Du, mit dem er angeredet wurde und das für einen Mann seines Standes völlig unpassend war, oder die Tatsache, dass er den Sprecher nicht kannte. Für ihn waren sie Engelsmusik – reinste, unverfälschte Engelsmusik. Auch wenn er nicht wissen konnte, was danach kommen würde …

Schwerfällig tastete er mit der Hand nach dem Brett, an dem der unbekannte Sprecher sich zu schaffen gemacht hatte. Seine Finger zitterten. Er atmete tief durch, spannte alle Muskeln seines rechten Arms an und drückte seitlich gegen das Brett, bis dieses auf die Erde fiel und milchiges Licht von draußen in sein Versteck drang.

Du kannst rauskommen … Stöhnend versuchte er sich an den Rand des doppelten Bodens zu schieben und fühlte sich dabei wie einer, den die Henkersknechte gerade von der Streckbank geworfen hatten. Sein Körper schmerzte bis in jede einzelne Faser, seine Knochen stießen hart gegen das Fleisch. Er biss die Zähne zusammen. Nur raus hier! Raus aus diesem Gefängnis, in dem er die schrecklichsten Stunden seines Lebens verbracht hatte! Mühsam schob er ein Bein über den Rand, kroch mit dem Arm aus der Enge, dann mit der Schulter, und während der Gedanke ihm noch zu schaffen machte, er könnte sich bei seinem Ausstieg ernstlich verletzen, rutschte er auch schon über die Kante und fiel mit einem dumpfen Aufschlag auf die Erde. Mit dem Gesicht nach unten blieb er liegen.

Der Geschmack von Blut auf den Lippen rief ihm schlagartig wieder die finsteren Drohungen ins Bewusstsein, von denen Agnes gesprochen hatte. Wenn sie Euch schnappen, hatte sie gesagt, werden sie Euch töten, und vorher werden sie Euch foltern. Ihn töten! Ihn foltern! Und dabei hatte er noch immer nicht die geringste Ahnung, worum es überhaupt ging. Die ganze Nacht und den ganzen Tag lang hatte er sich das Gehirn zermartert, um alles zu begreifen, und obwohl ihm das nicht gelungen war, hatten ihm das anhaltende Rennen und das Lärmen und der Schein zahlloser Fackeln in der Nacht nur allzu deutlich gemacht, dass an ihren Worten etwas dran sein musste. Auch am Tor hatte er es gemerkt, als man ihn aus Berlin hinausgebracht hatte. Selbst ohne etwas sehen zu können, wusste er, dass die Wachen jeden Wagen gründlich überprüften. Immer wieder hörte er seinen Namen nennen und hörte von der Belohnung, die der Hof für seine Ergreifung ausgesetzt hatte und die so stattlich war, dass sie sich wohl jeder gern verdient hätte. Als sich ein Torwächter dem Wagen näherte, in dem er lag, und er die Worte »Wir müssen alles gründlich durchsuchen« vernahm, da glaubte er sich schon verloren. Doch dann hörte er, wie sich der Wächter – anstatt zu tun, was er angekündigt hatte – zu den Kutschern gesellte und mit diesen ein Schwätzchen hielt, über Theriak und über die Freuden in der Badstube am Kröwel, und ehe er es sich versah, rief der Wächter den Kutschern ein freundliches »Gute Fahrt!« zu, und der Wagen schaukelte unbehelligt durch das Tor in die Freiheit.

In die Freiheit?

Friedrich stemmte die Arme gegen den Boden, rollte sich auf

die Seite und richtete sich auf. Blut tropfte auf sein Hemd. Als er den Kopf hob, schaute er auf eine ärmliche Hütte, in die eine Buche gestürzt war. Das Strohdach war eingedrückt, die Tür hing schief in den Angeln, neben zwei Fenstern befanden sich zwei Anbauten, einer auf jeder Seite. Sein Blick ging zu dem Wald, an den die Hütte sich anschmiegte, durchstreifte suchend das Unterholz und wanderte von dort zu dem Wagen, vor dem er saß. Die Pferde waren ausgeschirrt, wie er den Geräuschen bei seiner Ankunft bereits entnommen hatte, und nicht zu sehen. Aber nicht nur die Pferde waren verschwunden, auch von den Kutschern fehlte jede Spur.

Unter Mühen kam Friedrich auf die Beine. Sich an der Plane abstützend, quälte er sich um den Wagen herum bis auf die andere Seite. Wie er feststellte, befand er sich auf einer kleinen Lichtung am Rande einer Anhöhe, die auf drei Seiten vom Wald umschlossen war. Die vierte – gegenüber der Hütte – war offen und zeigte zur Spreeniederung. In deren Mitte lagen die beiden Städte, in denen er den größten Teil seines Lebens verbracht hatte und deren Anblick ihm nun, da er sie wieder sah, einen Schauder über den Rücken trieb. Zwanzig rheinische Goldgulden für die Ergreifung des Berliner Stadtarztes Doktor Friedrich Molner …

Er wandte sich ab. »He, wo seid ihr?«, rief er in die Waldesstille hinein und erschrak über den Klang seiner eigenen Stimme. Niemand antwortete, in den Wipfeln begann ein Specht zu pochen, ansonsten blieb alles ruhig. »Wo seid ihr?«, versuchte er es ein zweites Mal, diesmal leiser. Wieder keine Antwort. Mit dem Handrücken wischte er sich das Blut von Lippen und Kinn, dann nahm er seine Kräfte zusammen und stolperte auf die Hütte zu. »He, seid ihr da drin?«, unternahm er einen letzten Versuch, als er mit der Hand bereits die Tür berührte. Und nachdem es abermals ruhig blieb, öffnete er sie und trat ein.

Vor ihm, im Schatten des Daches auf einem Tisch nahe dem Eingang, brannte ein Kerzenstummel, nicht dicker als ein Finger, daneben lag ein Dolch mit einem fein geschnittenen Hirschhorngriff und einer blank polierten Klinge. Friedrich stand da wie ein Priester, dem der Leibhaftige das Abendmahl reicht. »Was soll das?«, keuchte er und drehte sich in den Raum. Sein Blick sprang suchend umher. Plötzlich entdeckte er eine Handfessel an einer Kette, deren hinteres Ende um den Baumstamm geschlungen war, und während sein sehnsüchtiges Schielen nach Freiheit sich jäh in die Gewissheit verwandelte, dass es wohl eher das Gegenteil war, was ihn erwartete, da spürte er auch schon, wie ihm von hinten ein Sack über den Kopf gestülpt wurde, fühlte Hände, die ihn grob vor sich herschoben, und vernahm das kalte Zuschnappen der Fessel, die sich um sein linkes Handgelenk schloss. Noch ehe er überhaupt an Gegenwehr denken konnte, saß er bereits in der Falle.

Der Eindruck grob zupackender Hände war so nachhaltig, dass es mehrere Sekunden dauerte, bis Friedrich sich bewusst wurde, dass diese ihn losgelassen hatten. Zögernd tastete er mit der freien Hand nach dem Sack und begann ihn von seinem Kopf zu schieben, jederzeit gewärtig, dass die Unsichtbaren ihn daran hindern würden. Doch nichts geschah. Als er wieder sehen konnte, schaute er sich um. Diejenigen, die ihn überfallen hatten, waren verschwunden. Alles andere war wie zuvor – mit zwei gewichtigen Ausnahmen allerdings : In der Fessel, die eben noch unbenutzt an der Kette gehangen hatte, steckte nun seine Hand; und zu der Kerze und dem Dolch hatte sich ein Schlüssel gesellt, der zweifellos zu der Fessel gehörte.

Obwohl er die Sinnlosigkeit seines Unterfangens ahnte, streckte er den Arm nach dem Schlüssel aus, machte sich so lang wie er nur konnte, doch die Kette hielt ihn fest. Angstschweiß trat auf seine Stirn. »He, kommt raus aus eurem Versteck!«, unternahm er einen erneuten Vorstoß. Plötzlich zog ein Geräusch seine Aufmerksamkeit auf sich, und als er den Kopf in die Richtung drehte, da sah er, wie eine Gestalt sich aus einem der beiden Anbauten herausschälte und in den Halbschatten trat. Die Gestalt war von mittlerer Statur, sie trug Kleider in dunklen Farben, dazu einen Hut, der so tief ins Gesicht gezogen war, dass er es zum größten Teil verdeckte. Ohne Hast, ja geradezu mit einer quälenden Langsamkeit, führte die Gestalt die Hand zum Hut und schob ihn sich ins Genick.

Einige Sekunden bemühte sich Friedrich, den Mann hinter dem vollen Bart und den langen Haaren zu erkennen. Als er begriff, wen er vor sich hatte, gefror ihm das Blut in den Adern. »Gregor!«, entfuhr es ihm.

Der Genannte stand schweigend da, seine Umrisse zeichneten sich bedrohlich gegen die Hüttenwand ab.

»Gregor …«, wiederholte Friedrich tonlos und versuchte das Unbegreifliche zu begreifen. »Gregor … was machst du hier? Du … du lebst? Ich dachte … Ich wusste ja nicht …« Er wollte die Hand heben und spürte wieder die eiserne Klammer, die sein Gelenk umschloss. Sein Blick ging zu der Fessel, dann zu dem vor ihm Stehenden. »Was … was soll das alles? Warum habt ihr mich hier … angekettet? Und was wollt ihr überhaupt von mir? Warum sagst du nichts, Gregor? … So sag doch endlich etwas …«

Von draußen wehte ein leichter Wind durch die Hütte und brachte die Flamme der Kerze zum Tanzen. Friedrich zerrte an seiner Fessel. In diesem Augenblick löste sich Gregor aus dem Halbschatten und stellte sich ins Licht, und Friedrich konnte deutlich seine Augen sehen. Konnte den Hass sehen, der in ihnen loderte, die Rachsucht, die in ihnen brannte, und noch in demselben Atemzug wusste er, dass die Vergangenheit sich anschickte, ihn einzuholen. Dass die Rechnungen, die das Leben geschrieben hatte, präsentiert werden sollten. Als er wieder den Mund auftat, klang in seiner Stimme alle Hilflosigkeit dieser Erde. »Gregor … Bruder …«

Der Angesprochene wich seinem Blick nicht aus. »Auch Abel hatte einen Bruder.«

Friedrich zuckte zusammen wie unter einem Peitschenhieb. »Was willst du damit sagen?!«

Gregor ließ die Frage unbeantwortet. »Da habt ihr euch damals so viel Mühe gegeben, mich loszuwerden, du und der Prior, und nun ist es euch doch nicht gelungen! Der Prior hat dir bestimmt die Geschichte erzählt, wie ich auf der Burg über dem Hundezwinger gehangen habe. Was hast du damals gedacht? Dass ich tot bin, von den Bestien zerrissen? Oder dass man mich freigelassen hat und ich untergetaucht bin, irgendwo, weit weg von Berlin, so dass du nie wieder von mir hören würdest? Eines von beiden hast du bestimmt gedacht. Aber wie du siehst, hast du dich getäuscht. Ich bin am Leben. Und ich bin hier.« Seine Stimme wurde härter. »Aber ich bin nicht mehr der Gregor, den du kanntest. Der Gregor, mit dem man nach Belieben umspringen konnte und der sich alles gefallen ließ. Den man in ein Kloster stecken und ihm damit die Zukunft rauben konnte, obwohl …«

»Aber damit hat man dir die Zukunft nicht geraubt!«, stieß Friedrich ungestüm hervor. »In deinem Herzen warst du schon immer ein Diener Gottes. Wir alle haben das gewusst. Vor allem unser Vater hat es gewusst!«

»Wenn es wirklich so wäre – stünde ich dann hier?« In Gregors Antwort lag kalte Verachtung. »Du weißt ebenso gut wie ich, dass du lügst. Unser Vater hat mich ins Kloster geschickt, weil du ihm die Worte eingeflüstert hast. Du wolltest mich loswerden. Du hast die Fäden gezogen.«

»Nein, du irrst dich!« In Friedrichs Kopf jagten sich die Gedanken. »Unsere Stiefmutter war es. Sie hat mit unserem Vater darüber gesprochen. Ihr Wunsch war es, dich loszuwerden. Sie hat sich alles ausgedacht. Nicht ich.«

Gregor verzog abschätzig den Mund. »Mag sein, dass sie sich die Sache ausgedacht hat. Immerhin hatte sie einen Grund dafür: Sie wollte sich an mir rächen, weil ich sie zurückgewiesen hatte. Und vielleicht hat sie sogar mit unserem Vater darüber gesprochen … Wir können sie nicht mehr fragen, sie ist tot. Aber wir wissen beide, dass sie keine Macht über ihn hatte. Niemals hätte sie es geschafft, ihn zu einer Entscheidung von solcher Tragweite zu überreden. Niemals! Dazu brauchte sie dich, denn du konntest es schaffen. Und du hast es getan. Du warst ihr zu Willen.« Er knirschte mit den Zähnen. »Und als Gegenleistung war sie dir zu Willen, denn sie hat sich bei eurem schmutzigen Geschäft selbst zum Preis ausgesetzt. Und du hast dir den Preis geholt. Noch während unser Vater, den ich über alles verehrt habe, im Sterben lag, habt ihr es miteinander getrieben. Auch um ihn habt ihr euch einen Dreck geschert, ebenso wie um mich. Ihn habt ihr hintergangen – mich habt ihr aus dem Haus gestoßen. Und alle beide wart ihr daran beteiligt. Jeder aus unterschiedlichen Gründen. Für dich gab es mindestens drei: das Geld, das dir aus meinem Erbteil zufallen würde, denn von Geld konntest du nie genug bekommen; den verletzten Stolz, den du mir heimzahlen wolltest, hatte unser Vater mich doch stets mehr geliebt als dich; und schließlich den lüsternen Leib unserer Stiefmutter, nach dem es dich drängte. Geld, Eifersucht und Begierde, das waren deine Antriebe. Dafür hast du mich verraten, mich – deinen eigenen Bruder!«

»Das ist nicht wahr!« Noch während Gregor mit ihm ins Gericht gegangen war, hatte Friedrich wiederholt ein verzweifeltes »Nein!« ausgestoßen. Jetzt schüttelte er heftig

den Kopf. »Ich habe dich nicht verraten! Ich schwöre es, ich habe …«
»Doch, du hast es getan!«, schnitt Gregor ihm das Wort ab. »Um deines eigenen Vorteils willen wolltest du mir alles nehmen, was mir bis dahin wichtig gewesen war – das Leben, das ich führte, die Zukunft, die ich plante, meine Wünsche und Vorstellungen, all das wolltest du mir nehmen. Und du hast es getan, selbstsüchtig und ohne Skrupel.« Er ließ die Worte nachklingen. Dann fuhr er fort. »Aber das war noch nicht alles. Auch später hast du noch in mein Leben eingegriffen, als ich wegen deiner Machenschaften längst im Kloster war. Ein Jahr liegt das erst zurück, vor einem Jahr haben sich unsere Wege noch einmal gekreuzt. Weil ich im Frauenhaus war, hat man dich erpresst. Und weil du die Befürchtung hattest, mein Tun könnte dich auf dem Weg nach oben zu Fall bringen – ein Weg, der dir bekanntlich verschlossen blieb! –, deshalb warst du auch diesmal wieder bereit, meine Wünsche deinem eigenen Vorteil zu opfern. Du hast dem Prior von der Sache berichtet, ohne dich um die Folgen zu kümmern, die dein Vorgehen für mich hätte haben können.«
»Aber ich …«
»Schweig! Ich bin noch nicht fertig. Da ist noch etwas. Da ist noch eine Frau!« Gregors Augen hatten sich zu schmalen Schlitzen verengt. »Während du mein Schicksal einem anderen überantwortet hast, nämlich dem Prior, hast du ihr Schicksal selbst in die Hand genommen. Du hast ihr eine Falle gestellt. Eine tödliche Falle. Und dein alter Freund Eberhard von Reinsleben hat dir dabei geholfen, ein Mann, der so tief in deiner Schuld stand, dass er alles für dich getan hätte. Eine Falle in Gestalt eines Diebstahls, der niemals stattgefunden hat. Beschworen durch einen Eid, der ein Meineid war. Du wolltest sie dem Henker ausliefern. Du wolltest ihren Tod!«
»Sie war nur eine Dirne«, warf Friedrich ein und bereute

die Worte, kaum dass sie ihm über die Lippen gekommen waren.
»Sie war die einzige Frau, die ich je geliebt habe!«
Friedrich zuckte zurück. Seine Hände tasteten nach einem Halt. »Das … das tut mir Leid, Gregor«, versuchte er das Gesagte zurechtzubiegen. »Wenn ich gewusst hätte, dass du sie … Es tut mir Leid, dass sie … dass sie tot ist.«
»Sie lebt.«
»Sie lebt?!« Friedrich stand mit offenem Mund. Sie war tot. Die ganze Stadt wusste, dass sie tot war. Nur – wenn Gregor sagte, sie lebte … Obwohl er nicht begriff, huschte ein Anflug von Erleichterung und neu erwachter Hoffnung über sein Gesicht. »Aber wenn sie lebt, dann … dann ist ja alles gut. Dann hab ich sie ja gar nicht getötet. Dann kannst du sie … Ihr könnt …«
Gregors Hände waren zu Fäusten geballt. »Der Henker hat sie so lange gefoltert, bis er dachte, sie sei tot!«, sagte er mit einer Stimme, die kälter war als der Frost an einem eisklirrenden Wintermorgen.
Für kurze Zeit wurde es still in der Hütte. Die aufkeimende Erleichterung, die Friedrich eben noch verspürt hatte, war verschwunden. Die Hoffnung erstickt. Während eine Windbö die Kerze abermals unruhig flackern ließ, begann er zu schluchzen. »Ja, ich hab es getan! Alles, was du gesagt hast, hab ich getan! Aber ich bereue es zutiefst, und wenn ich es wieder gutmachen könnte, würde ich es tun. Glaub mir, Gregor, ich würde es tun! Ich würde alles wieder gutmachen, was ich dir angetan habe. Ich gebe dir Geld, Gregor, Geld, so viel du willst, damit kannst du ein neues Leben führen, genau so, wie du es dir immer vorgestellt hast. Du musst mir nur sagen, wie viel du brauchst, ich geb es dir, ja, sag nur, wie viel, es soll dir an nichts fehlen in deinem neuen Leben, in dem Leben, das du führen willst, ich helf dir dabei. Aber

dafür musst du mir vergeben, Gregor, bitte vergib mir! Vergib deinem armen Bruder, dem alles Leid tut, so unendlich Leid!« Er streckte die Hand aus. »Und jetzt öffne die Fessel, Gregor, bitte, öffne die Fessel und lass uns über alles reden! Da, der Schlüssel, auf dem Tisch, nimm ihn und schließ meine Fessel auf, bitte, schließ sie auf, ich bitte dich um alles in der Welt!«

Bevor Gregor noch zu einer Erwiderung ansetzen konnte, drang von draußen das Ächzen eines Wagens herein, der sich über den seit langem unbenutzten, von Unterholz überwucherten Seitenweg auf die Hütte zuquälte. Am Rand der Lichtung, unsichtbar für die beiden Männer, kam er zum Stehen. Gleich darauf ging die Tür auf, und Agnes trat in den Raum. Das dunkle Haar hing ihr wirr ins Gesicht. Den Angeketteten nur mit einem flüchtigen Blick streifend, wandte sie sich an Gregor. »Ich bin unterwegs aufgehalten worden, irgendein edler Herr mit seinem Tross, den ich vorbeilassen musste. Umso mehr hab ich anschließend die Pferde angetrieben. Ich denke, wir liegen gut in der Zeit. Könnte sein, dass der Kanzler gerade beim Lesen ist.«

»Gut«, zeigte sich Gregor zufrieden. »Sag den anderen Bescheid, und dann reitet los. Wir treffen uns in ein paar Tagen. Alles wie abgesprochen.« Agnes nickte und verschwand ebenso schnell durch die Tür, wie sie gekommen war. Friedrich durchlitt Qualen. »Der Kanzler?«, brachte er hervor. »Was ist mit dem Kanzler? Und was heißt das: Er ist gerade beim Lesen?«

Gregor tat so, als hätte er die Frage nicht gehört. »Du erinnerst dich sicherlich noch an die beiden ungewöhnlichen Ereignisse in Berlin, fast ein halbes Jahr ist das jetzt her. Als Erstes tauchte ein Gerücht in der Stadt auf, bei dem es um den Pommern ging, der über längere Zeit am Hof gelebt hatte. Er habe sich der Kurfürstin in unziemlicher Weise genähert, so hieß es damals, und da ihr Gemahl darüber verständlicherweise äußerst ungehalten gewesen sei, habe er den Pommern mittels der Eisernen Jungfrau hinrichten lassen. Kurze Zeit später folgte dann diese merkwürdige Bestattung auf dem Kirchhof von Sankt Marien: nachts, bei strömendem Regen, der sämtliche Spuren verwischte, so dass niemand sagen konnte, in welches Grab man den Sarg gelegt hatte – zweifellos genau jener Umstand, der für den Hof besonders wichtig war. Noch am selben Tag verbreitete sich dann das Gerücht in der Stadt, dass es sich bei dem Bestatteten um den toten Pommern gehandelt habe. Ein falsches Gerücht, wie ich weiß! Denn in Wirklichkeit lag nicht der Pommer in dem Sarg, sondern – Sandsäcke.« Gregor unterstrich die Bedeutung des Gesagten durch ein Anheben seiner Brauen. »Alles sehr ungewöhnlich, findest du nicht auch? Erst die Geschichte mit dem Pommern und der Eisernen Jungfrau, dann die nächtliche Bestattung, die Sandsäcke … Alles Hinweise, dass es ein Geheimnis um dieses Grab gibt. Und zwar eines, das dem Hof außerordentlich viel bedeutet und das er um jeden Preis bewahrt sehen möchte. Deshalb hat er alles darangesetzt zu verhindern, dass jemand das Grab aufspüren und sich daran zu schaffen machen könnte.«

»Warum … erzählst du mir das?«

Gregor ließ die Frage einige Sekunden im Raum hängen, bevor er antwortete. »Weil es das Grab war, das du in der letzten Nacht öffnen wolltest.«

Friedrich war mit einem Schlag leichenblass. »Das Grab, das ich öffnen wollte? Aber in dem Grab … da liegt doch …« Er stockte, und pechschwarze Ahnung kroch in ihm empor.

»Du meinst: der Mann mit dem Ring? Den gibt es nicht.«

In Friedrichs Kopf wirbelten die Gedanken durcheinander. »Dann … dann waren die Männer auf dem Kirchhof also … »

»… die Häscher des Hofes«, führte Gregor den Satz zu Ende

und ließ durch die Art, wie er ihn aussprach, keinen Zweifel daran, was er bedeutete. »Ja, es waren die Häscher des Hofes. Sie haben auf der Lauer gelegen, um jenen Mann zu schnappen, der sich anschickte, hinter eines der bestgehüteten Geheimnisse des Kurfürsten zu kommen. Und du kannst gewiss sein: Wenn ich nicht für Ablenkung gesorgt hätte, wärst du ihnen mit derselben Sicherheit ins Netz gegangen, mit der heute noch die Sonne untergehen wird.«

»Der laute Knall …?«

»Der laute Knall. Und hätte Agnes dich nicht in dem Wagen versteckt, hätten sie dich ebenfalls geschnappt. Wie wichtig ihnen die Sache ist, kannst du an der Belohnung ermessen, die sie für deine Ergreifung ausgesetzt haben. Bestimmt hast du schon davon gehört, schließlich haben sie es ja oft genug ausrufen lassen: zwanzig rheinische Goldgulden. Ein ansehnlicher Betrag. So viel Geld gibt man nicht für eine Kleinigkeit aus.« Er trat ans Fenster, ließ seine Blicke suchend über die Spreeniederung schweifen und drehte sich wieder um. »Aber sie werden ihre Gulden behalten können. Wir haben dem Hof Nachricht gegeben, wo du dich aufhältst. Und wir nehmen kein Geld dafür.«

»Ihr habt was?!« Auf Friedrichs Gesicht zeichnete sich blankes Entsetzen.

»Du hast mich gefragt, was es heißt: Der Kanzler ist gerade beim Lesen. Nun hast du die Antwort. Wir haben dem Hof ein Schreiben zugespielt, aus dem hervorgeht, wo sie dich finden können. Vermutlich treffen sie gerade ihre Vorbereitungen, um den Mann abzuholen, der so dreist war, ihr Geheimnis lüften zu wollen.«

»Aber ich wollte doch gar kein Geheimnis lüften!« Der Schrei war so laut, dass Gregor zurückzuckte. »Ich wollte doch nur den Ring! Den Ring mit der Formel. Mehr wollte ich doch nicht. Ich wollte Gold machen!«

»Gold machen?« Gregor legte die Stirn in Falten. »Und du denkst, das werden sie dir glauben?«
»Aber ich hab es selbst gesehen, wie sie Gold gemacht hat!«, rief Friedrich beschwörend. »Mit meinen eigenen Augen hab ich es gesehen! Es war Gold! Reines …« Der Ausdruck in Gregors Gesicht ließ ihn innehalten. »Ein Trick … Natürlich. Ich bin auf einen Trick hereingefallen.« Er sank in sich zusammen. Schwindel erfasste ihn. »Aber es gibt eine Erklärung. Für alles gibt es eine Erklärung. Ich werde ihnen einfach die Wahrheit sagen.«
»Das ist nicht die Wahrheit, die sie hören wollen.« Erneut warf Gregor einen Blick aus dem Fenster. »Mit der Geschichte von einem Mann und einer Goldformel brauchst du ihnen gar nicht erst zu kommen. Sie haben ihre eigene Wahrheit. Und die dreht sich um das Grab und um dessen Geheimnis. Nur dazu wollen sie von dir etwas wissen.«
»Aber ich hab doch nicht die geringste Ahnung, was es damit auf sich hat!«, stöhnte Friedrich.
»Ich auch nicht. Aber du bist mit einem Spaten dorthin gegangen und hast angefangen zu graben. Also wirst du ihnen erzählen müssen, warum du das getan hast. Und das heißt für sie: Warum du ihr Geheimnis aufdecken wolltest.«
Erneut stöhnte Friedrich. »Aber was sollte ich ihnen denn erzählen? Sie können mich doch nicht zu etwas befragen, womit ich niemals zu tun hatte!«
Gregors Entgegnung klang fast beiläufig, für Friedrich indes war sie schrecklich wie ein apokalyptischer Reiter. »Die Frau, die ich liebe, hat man auch zu etwas befragt, womit sie niemals zu tun hatte.«
»Du meinst … sie werden mich foltern?!«, stieß Friedrich hervor. In seinen Zügen lag nackte Angst.
»Natürlich.«
Die Selbstverständlichkeit, die in der Antwort lag und die

durch die Knappheit der Formulierung noch verstärkt wurde, ließ Friedrich zurücktaumeln. Er stützte sich gegen den Baumstamm, an den er gefesselt war.

»Natürlich werden sie dich foltern.« Gregor stand noch immer am Fenster. Sein Kopf war halb abgewandt, und obwohl er zu Friedrich sprach, ging sein Blick in die Landschaft. »Und du weißt selbst, wie erfinderisch sie in ihren Mitteln sind. Es wird nicht lange dauern, und du wirst den Tag verfluchen, an dem unsere Mutter dich geboren hat. Aber auch dann werden sie dir keine Ruhe geben. Sie werden fortfahren, dich zu quälen, bis du ihnen endlich sagst, aus welchen Gründen du in ihr Geheimnis eindringen wolltest. Und wenn sie die Antwort haben, werden sie dich hinrichten – als einen, der es gewagt hat, sich gegen den Kurfürsten von Brandenburg zu stellen!«

Friedrichs Entgegnung war nicht mehr als ein angstverzerrtes Wimmern. »Aber ich wollte doch nur den Ring …«

Gregor drehte sich in den Raum zurück. »Das kannst du ihnen gleich selber erzählen. Dort kommen sie.«

»Nein!!«, gellte Friedrichs Schrei durch die Hütte. Angetrieben von der verzweifelten Hoffnung, alles könnte sich doch noch als ein Traum erweisen, reckte er sich so weit, bis er durch das Fenster hinaussehen konnte, und fand sich noch im selben Moment in der Wirklichkeit wieder. Zwar noch ein gutes Stück entfernt, aber eindeutig zu erkennen, zeichnete sich ein Trupp Reiter gegen das Grünbraun der Spreeniederung ab. »Nein!«, stammelte Friedrich. »Das kannst du nicht machen! Das kannst du mit mir nicht machen! Nein!«

Gregor stand völlig starr. In seinen Augen funkelte Hass – blanker, unerbittlicher, tödlicher Hass. »Doch, das kann ich.«

»O gütiger Gott im Himmel!« Friedrich schlug die Hände vor das Gesicht, sein Herz hämmerte wild. »Aber ich bin doch dein Bruder, Gregor, ich bin dein Bruder, du kannst doch nicht zulassen, dass dein eigener Bruder gefoltert wird, dass er getötet wird … Nein, das kannst du nicht tun. Wir sind Brüder, Gregor. Brüder! Brüder! Brüder!! Und du bist Priester, Gregor, denk doch an die Sünde, was für eine schwere Sünde das ist, du bist Priester …« Friedrich riss die Hand mit der Fessel hoch. »Schließ auf, Gregor, schließ auf! Da, der Schlüssel auf dem Tisch, nimm ihn und schließ auf! Lass mich frei! Um des Himmels willen sei gnädig, Gregor, ich bereue alles, was ich getan habe, alles, wirklich alles, ich schäme mich so, du hast Recht mit allem, was du sagst, aber sei gnädig, Gregor, um unserer lieben Mutter willen, um unseres lieben Vaters willen, den du so geliebt hast, schließ die Fessel auf, ich geb dir alles, was ich habe, alles soll dir gehören, mein ganzes Geld, mein Haus, ach, alles, was du willst, ich brauch es nicht mehr, ich geh fort von hier, weit weg, aber lass mich am Leben, Gregor, schließ auf, ich hab solche Angst, solche entsetzliche Angst …«

Seinen Bruder nicht aus den Augen lassend, trat Gregor an den Tisch, auf dem die Kerze fast heruntergebrannt war, nahm den Schlüssel und ging zurück ans Fenster. In der Niederung hatten die Reiter bereits die Cöllner Landwehr passiert. »Nein!!«, zerriss ein weiterer Aufschrei die Luft, während Gregor mit dem Arm ausholte und den Schlüssel in hohem Bogen über die Lichtung hinausschleuderte. Irgendwo im Gebüsch blieb er liegen.

Als Gregor sich wieder dem Raum zuwandte, hatte Friedrich sich mit ausgebreiteten Armen rückwärts gegen den Baumstamm gepresst. Sein Atem ging stoßweise. »Sie kommen …?«, unternahm er einen allerletzten Versuch.

»Sie kommen.«

Durch Friedrichs Körper ging ein Beben. Er warf den Kopf ins Genick, formte unausgesprochene Worte. Er war am Ende. Jede Hoffnung war verloren. Jeder Ausweg abgeschnitten. Am Ende! Ein paar Sekunden verharrte er so, dann wurde er auf einmal ruhiger, und als er wieder zu sprechen begann, kam seine Stimme aus einer anderen Welt. »Sie dürfen mich nicht fassen … Sie dürfen mich nicht foltern …« Sein Blick wanderte zu dem Dolch auf dem Tisch. Kalt schimmerte der Stahl, Drohung und Verlockung zugleich. Der einzige Weg aus der Angst, der noch blieb. Er richtete seine Augen auf Gregor. »Töte mich!«

Zwei Wörter. Zwei Brüder. Gregor stand neben der Tür, kreidebleich im Gesicht, und kämpfte seinen eigenen Kampf. Er zwang die Gedanken an Dobrila in sein Hirn, die Gedanken an die verlorenen Jahre, an die verletzten Gefühle, die enttäuschten Hoffnungen, an alles, weswegen er hier stand und tat, was er tat. »Nein.«

»Nein …?« Friedrich brauchte einen Moment, bis er begriffen hatte. Seine Augen tasteten zu dem Fenster, durch das er sie bald erblicken würde. Sie tasteten zur Tür, durch die sie gleich hereinkommen würden, um ihn gefangen zu nehmen und ihn zu fragen, was er nicht wusste. Um ihn den Henkersknechten zu übergeben, die ihn quälen würden und quälen und quälen, so lange, bis er ausgebrannt sein würde wie die kaum noch erkennbare Kerze auf dem Tisch mit dem kaum noch erkennbaren Flämmchen. Seine Augen tasteten zu dem Dolch. Zu der Sünde. Zu einer der schwersten Sünden, die es gibt, denn wer die Hand gegen sich erhebt und sich aufschwingt zum Herrn über Leben und Tod, der ist wie Judas Ischarioth. Der ist des Teufels! Ein letztes Mal nahm Friedrich seine Kräfte zusammen. »Gib mir den Dolch!«

Gregors Gesicht glich einer Maske. Er war am Ziel. Ohne ein weiteres Wort nahm er den Dolch vom Tisch und warf ihn seinem Bruder vor die Füße. Dieser sank auf die Knie. Seine Hand krampfte sich um den Griff, sein Blick verschmolz mit der Klinge, während seine Lippen ein letztes Gebet formten.

Als er die Spitze an die Brust führte und den Kopf noch einmal hob, war Gregor bereits aus der Hütte verschwunden.
... und es begab sich, da sie auf dem Felde waren, erhob sich Kain wider seinen Bruder Abel und schlug ihn tot.
Mit schnellen Schritten eilte Gregor zu seinem Pferd. Die Sonne war bereits hinter die Baumwipfel gesunken, während gleichzeitig die schmale Mondsichel in den Himmel stieg. Von der Landstraße trug der Wind die Geräusche der Näherkommenden zu der Lichtung herüber. Als Gregor den Waldrand fast schon erreicht hatte, hielt er noch einmal inne und schaute zurück. Seine Nasenflügel waren gebläht, hart zeichneten sich die Wangenknochen unter seiner Haut ab. Dann wandte er den Kopf ab und machte sich auf den Weg zu Dobrila.

Glossar

Alraune: Giftpflanze mit Wurzeln von menschenähnlicher Gestalt, die sich im Mittelalter großer Wertschätzung erfreute. Angeblich unter dem Galgen wachsend (»Galgenmännlein«), wurde sie gegen verschiedene Krankheiten und Viehseuchen eingesetzt, diente aber auch als Aphrodisiakum. Bei den meisten genutzten Pflanzen handelte es sich allerdings um Fälschungen (Zaunrübe, Allermannsharnisch), da die Pflanze in Deutschland nicht wächst.

Ansbach: siehe: *Hohenzollern*

Aquin, Thomas von: Dominikaner, 1225(?) bis 1274, heilig gesprochen, erhielt den Titel eines Kirchenlehrers. In seinem Orden galt er als gleichwertige Autorität neben dem Ordensgründer Dominikus. Die Identifizierung mit ihm ging so weit, dass seine Lehre zur Richtschnur für das Studium wurde und alle das Predigtamt ausübenden Ordensmitglieder den Eid ablegen mussten: »Ich schwöre, gelobe und verpflichte mich, dass ich nicht von der sicheren Lehre des heiligen Thomas abweichen werde.«

Auditorium: Versammlungsstätte der Mönche, neben dem Kapitelsaal gelegen. Wurde meist für profane Zwecke genutzt (z.B. Verteilung der Tagesaufgaben durch den Prior).

Barett: Flache, mützenartige, mit einer Krempe versehene Kopfbedeckung, rund oder viereckig. Oft aus kostbaren Materialien.

Barnim: Hochfläche, nördliche Begrenzung der Spreeniederung.

Beauvais, Vinzenz von: Französischer Dominikaner, gest. um 1264. Verfasser der ersten und umfassendsten Enzyklopädie des Mittelalters, einer Zusammenfassung der damals bekannten Natur- und Weltgeschichte.

Beginen: Frauen, die auf religiöser Grundlage und unter Befolgung der Prinzipien Armut und Keuschheit in einer Gemeinschaft zusammenlebten. Anders als in Klöstern war ein Ausscheiden aus der Gemeinschaft jederzeit möglich (z.B. zwecks Heirat). Beginen verdienten ihren Lebensunterhalt durch eigene Arbeit, u.a. in Spitälern.

Beinlinge: Beinkleidung für Männer, bestehend aus zwei eng anliegenden, langen Strümpfen, die entweder an der Bruch (einer Art Unterhose) oder an dem kurzen Obergewand (Schecke, Wams) angenestelt wurden. Als Vorderverschluss dienten der Hosenlatz oder (in vergrößerter Ausführung) die Schamkapsel, die das männliche Geschlecht in auffälliger Weise betonte.

Bingen, Hildegard von: Benediktinerin, Äbtissin des Klosters Rupertsberg bei Bingen, gest. 1179. Wie kaum eine andere Frau mit einer Fülle von Titeln bedacht: Prophetin, Äbtissin, Visionärin, Mystikerin, Naturforscherin, Ärztin.

Bötzow: Ursprünglicher Name von Oranienburg.

Bruder: Lat.: frater. Anredeform der Mönche untereinander. Bei den Dominikanern aus Gründen der Bescheidenheit auch bei Priestermönchen gebräuchlich, bei denen andere Orden üblicherweise den Begriff Vater bzw. Pater benutzen.

Bußgebet Davids: 51. Psalm (Lutherbibel).

Chorgebet: Die Angehörigen der Mönchsorden haben die Pflicht des Chorgebets (Stundengebets) als Erfüllung des biblischen Gebots vom »immer währenden Beten«. Inhalt sind Psalmen, Schriftlesung und Gesänge. Das Chorgebet setzt sich aus acht Gebetszeiten (Horen) zusammen. Erste Gebetszeit des Tages ist die Matutin kurz nach Mitternacht, ihr folgen: Laudes (erstes Tageslicht), Prim (6 Uhr), Terz (9 Uhr), Sext (12 Uhr), Non (15 Uhr), Vesper (Abendlob, 18 Uhr), Komplet (Tagesschluss, 21 Uhr). Die genannten Zeiten sind nur als

Anhaltspunkte zu verstehen, sie variieren je nach Jahreszeit und Breitengrad.

Cölln: Schwesterstadt Berlins am gegenüberliegenden Ufer der Spree. Bei dem Namen handelt es sich vermutlich um eine Übertragung des Namens der Stadt Köln am Rhein durch Siedler, die Cölln im Rahmen der Ostsiedlung Ende des 12. Jh. gegründet haben. Bezüglich Fläche, Einwohnerzahl sowie Bedeutung kann Cölln als »kleine Schwester« Berlins bezeichnet werden.

Domini canes: Die Dominikaner sahen in der Bekämpfung von Ketzern (Abweichlern von der offiziellen Kirchenlehre) eine wichtige Aufgabe, der sie sich so fanatisch hingaben, dass der Volksmund ihnen in Abwandlung ihres Ordensnamens den Namen »Domini canes« gab: die (Spür-)Hunde des Herrn.

Dominikanerorden: Lat.: Ordo Fratrum Praedicatorum (Orden der Predigerbrüder). Bettelorden wie die Franziskaner, Anfang des 13. Jh. von dem Spanier Dominikus gegründet. Im Gegensatz zu traditionellen Orden suchten die Dominikaner nicht das weltabgewandte Leben in der Einsamkeit, sondern siedelten sich in den Städten an, wo sie in der Beschäftigung mit der Theologie sowie in der Predigt für die Bevölkerung ihre Hauptaufgaben sahen. Die meisten Dominikaner waren Priester, der Orden also weniger ein Mönchs- als ein Klerikerorden. Eine lebenslange Bindung an einen Ort gab es nicht, Ordensbrüder wurden nicht selten in andere Konvente versetzt. In Cölln an der Spree lassen sich die Dominikaner seit der zweiten Hälfte des 13. Jh. nachweisen. Nachdem der Konvent innerhalb des Ordens zunächst keine wesentliche Rolle spielte, erlangte er ab 1477 als Ausbildungsstätte überregionale Bedeutung (siehe: *Generalstudium*).

Domstift: In der Erasmuskapelle im Schloss eingerichtetes Kollegiatstift, unter allen kirchlichen Institutionen in Berlin und Cölln die vornehmste. Später, nach der Übersiedlung der

Dominikaner von Berlin nach Brandenburg im Jahre 1536, in deren Klosterkirche ansässig (erster Berliner Dom).

Donnerkeil: Meist Steinwaffen aus der Jungsteinzeit, die im Mittelalter nicht als solche erkannt wurden. Auch Fossilien und Meteorite galten mitunter als Donnerkeile.

Eiserne Jungfrau: Die Eiserne Jungfrau im Roman geht auf eine Berliner Sage zurück (ähnliche Sagen auch an anderen Orten). In Wirklichkeit hat es ein solches Tötungswerkzeug nicht gegeben, allerdings existierte ein ähnliches Instrument als Mittel der Folter.

Erdmaulwurf: Deutsche Übersetzung des estnischen Wortes Mammut, das heute in aller Welt für diese ausgestorbene Elefantenart gebraucht wird (maa = Erde, mutt = Maulwurf). Fossile Knochen des Mammuts gaben zu allen Zeiten Anlass zu Spekulationen. Die Beschreibung im Roman stützt sich auf sibirische und chinesische Überlieferungen.

Fallsucht: Epilepsie.

Franziskaner: Bettelorden wie die Dominikaner, von dem Italiener Franziskus von Assisi gegründet. In Berlin seit dem 13. Jh. vertreten. Während es von den Dominikanern in Cölln keine baulichen Spuren gibt, besteht die Franziskaner-Klosterkirche bis in die Gegenwart (Ruine seit dem Zweiten Weltkrieg).

Geißel: Peitsche. »Am Stiel läuft sie in sechs Schwänze von etwa 50 cm Länge aus. Jeder derselben ist an drei Stellen zu je einem Knoten von 2 cm Länge verdickt. Mit diesem Instrument muss auf den entblößten Rücken geschlagen werden.« (Beschreibung aus einem deutschen Dominikanerkonvent, um 1930)

Generalprediger: Ein Ordensangehöriger, der sich durch gutes Predigen auszeichnete, konnte den Titel »Praedicator generalis« erhalten. Es handelte sich um ein Ehrenamt, das jeweils nur ein einziger Prediger innerhalb eines Konvents innehaben konnte.

Generalstudium: Entsprechend dem hohen theologischen Anspruch der Dominikaner wurde der Ausbildung der Ordensangehörigen großes Gewicht beigemessen. Diesem Zweck diente u.a. das Generalstudium, eine Art theologische Hochschule. Im Jahre 1477 wurde in Cölln ein solches Generalstudium für die gesamte Ordensprovinz Saxonia (siehe dort) eingerichtet.

Georgenspital (Spital von Sankt Georg): Neben dem Heiliggeist-Spital und dem Gertrauden-Spital eines der drei Spitäler in Berlin und Cölln. Es lag außerhalb der Berliner Stadtmauer vor dem Georgentor und war vermutlich das kleinste und ärmste von den dreien. Seine Funktion als Aussätzigenspital (Aussatz = Lepra) zur Zeit des Romans ist nicht gesichert, aber wahrscheinlich.

Grab des hl. Jakobus: In Santiago de Compostela in Spanien gelegen. Seit dem 12. Jh. als (angebliches) Grab des Apostels neben Jerusalem und Rom eines der drei wichtigsten Pilgerziele der Christenheit.

Guardian: Bei den Franziskanern der auf Zeit gewählte Vorsteher eines Konvents.

Gulden: Lat.: florenus (fl.). 1252 in Florenz eingeführte Goldmünze von hohem Wert, benannt nach lat. flos = Lilie, dem Florentiner Stadtsymbol. In zahlreichen Münzstätten nachgeahmt (ab Mitte des 14. Jh.s mit verändertem Münzbild), kursierte der Gulden in weiten Teilen Europas. Durch den rheinischen Münzverein von 1386 wurde der rheinische Gulden für über 100 Jahre Hauptwährungsmünze in Deutschland. 1486 erhielt der Gulden ein Äquivalent in Gestalt des silbernen Guldens (Guldiner, Taler); um ihn von diesem zu unterscheiden, wurde die alte Münze auch als Goldgulden bezeichnet.– Im Roman handelt es sich durchgängig um rheinische Goldgulden.

Harras: Feines Gewebe aus Wolle.

Heidereiter: Städtischer Bediensteter, der für die Überwachung der zur Gemarkung der Stadt gehörenden Heiden und Wiesen zuständig war. (Das Wort »Heide« bezeichnet in der Mark Brandenburg einen trockenen Wald.)

Heuler, Der: Primitivem Denken zufolge besteht eine Identität zwischen einer Person (einem Geistwesen, einem Tier, einer Krankheit usw.) und deren Namen. Die Nennung des Namens kann die Person herbeirufen (»Wenn man den Teufel nennt, kommt er gerennt«) und/oder negative Kräfte heraufbeschwören. Um eine solche Wirkung zu vermeiden, wird der eigentliche Name tabuisiert und ein umschreibender Name benutzt (»der Leibhaftige« für den Teufel; »Meister Hans« für den Henker). Ein solches Denken ist der Grund dafür, dass der Pechschweler Jarmir den Winddämon bei einem (in diesem Fall vom Autor erfundenen) umschreibenden Namen nennt: der Heuler.

Hieronymus: Kirchenvater und -lehrer (um 347–420), einer der bedeutendsten Gelehrten seiner Zeit, Übersetzer der Bibel ins Lateinische (Vulgata).

Hochgericht: Mehrsäulige, mitunter zweistöckige Galgenanlage. Auch Bezeichnung für die gesamte Hinrichtungsstätte.

Hof des Klosters Zinna: Ebenso wie die Zisterzienser aus Lehnin und (vermutlich) Chorin unterhielten auch ihre Ordensbrüder aus Zinna einen Stadthof in Berlin. Dieser diente als Unterkunftsmöglichkeit für den Abt und andere Konventsmitglieder sowie als Umschlagplatz für Waren.

Hohenzollern: Ursprung der Dynastie im 11. Jh. in Schwaben. Eine Linie herrschte später in Franken über die Markgrafschaft Ansbach-Bayreuth bzw. nach einer Teilung im Jahre 1473 über die Fürstentümer Ansbach und Bayreuth.
Im Jahre 1415 erfolgte die Belehnung eines dieser fränkischen Hohenzollern (Burggraf Friedrich VI. von Nürnberg) mit der Mark Brandenburg. Cölln wurde Residenz; gegen den erheblichen Widerstand der Bevölkerung entstand ein Schloss. Die Politik für Brandenburg wurde allerdings zunächst im We-

sentlichen von Ansbach aus gemacht, desgleichen stammten die am Cöllner Hof tätigen Personen aus Ansbach bzw. aus Franken. Doch noch im 15. Jh. schwächten sich die Verbindungen zwischen den brandenburgischen und den fränkischen Hohenzollern ab, und es entwickelte sich eine eigene brandenburgisch-hohenzollernsche Identität, die nicht zuletzt in einer veränderten Personalpolitik ihren Ausdruck fand.

Höker: Kleinsthändler, die ihre Waren (vor allem Lebensmittel, außer Brot und Fleisch) in Körben, Bauchläden usw. feilboten. In vielen Fällen handelte es sich um allein stehende Frauen (z.B. »Fischweiber«). Höker(innen) gehörten zur untersten sozialen Schicht der Stadt.

Illuminator: Mönch, der im Skriptorium (siehe dort) für das Ausmalen von Texten mit Initialen oder Miniaturen zuständig ist.

Infirmarius: Mönch, der die Kranken in einem Kloster versorgt.

Judensteine: Versteinerungen von Stacheln einer Seeigelart aus der oberen Kreide. Die »echten« kamen aus Palästina. Sie galten als heilkräftig bei Nieren- und Blasenleiden, außerdem wurde ihnen eine positive Wirkung auf die Potenz zugesprochen.

Kalandshof: Bei dem Kaland handelte es sich um eine spätmittelalterliche geistliche Bruderschaft aus Klerikern und Laien.

Kaldaunen: Eingeweide, essbare Innereien, hauptsächlich vom Rind.

Kanoniker: Bezeichnung für die Mitglieder von Kollegiatkapiteln (Stifts- und Domkapitel).

Kapitelsaal: Jede Zusammenkunft von Mönchen wurde mit der Lesung eines Kapitels aus der Ordensregel begonnen. Daraus entstand die Bezeichnung Kapitelsaal für den Versammlungsraum und Kapitel für die Gesamtheit derjenigen, die sich dort versammelten.

Kaufhaus: Lat.: domus mercatorum. Städtisches Gebäude zum Lagern und Verkaufen von Waren, ein- oder mehrgeschossig, mit verschließbaren Kaufkammern. In Berlin von den Gewandschneidern* beherrscht. Über das Aussehen des Berliner Kaufhauses ist nichts bekannt.

Klausur: Teil des Klosters, der ausschließlich den Ordensangehörigen vorbehalten ist.

Konvent: 1. Versammlung aller stimmberechtigten Angehörigen eines Klosters. 2. Die Gesamtheit aller Klosterangehörigen. 3. Bei Dominikanern und Franziskanern auch Bezeichnung für das Kloster selbst.

Kreuzerhöhung, Fest der: 14. September. Im Festkreis der Heiligen der Tag, der an die Auffindung des Kreuzes Christi durch die Kaisermutter Helena am 14. September 320 erinnert. Zu diesem Datum fand einer der ältesten Berliner Jahrmärkte statt.

Krötensteine: Angeblich in den Köpfen von Kröten gewachsene oder aus Krötenspeichel entstandene Steine. In Wirklichkeit handelte es sich meist um Zähne von großen Fischen der Juraformation.

Kröwel: Gasse in Berlin. Eine zugeschüttete Ausbuchtung der Spree.

Kurfürst Johann Cicero: Geboren 1455 in Ansbach. Seit 1470 Statthalter seines Vaters Albrecht Achilles in der Mark Brandenburg, nach dessen Tod 1486 Kurfürst. Als erster Hohenzoller machte er Cölln zu seiner ständigen Residenz. Im Jahre 1499 (44 Jahre alt) in Arneburg bei Stendal an den Folgen der Wassersucht gestorben, später in Cölln beigesetzt. Der Beiname Cicero ist eine Hinzufügung aus dem 16. Jh.

Küter: Beschäftigte auf dem städtischen Schlachthof. Ihre Aufgabe war das Schlachten und die Herstellung von Wurst.

Laienbrüder: Klosterangehörige ohne klerikale Weihen, innerhalb des Klosters eine eigene Gruppe mit vor allem praktischem Aufgabenbereich (Tischler, Gärtner, Bäcker usw.).

Landwehr: Weit gezogener Befestigungsring um eine Stadt zum

* Ursprünglich Tuchhändler, die später auch mit anderen Waren handelten und die traditionell die Führungsschicht der Stadt stellten.

Schutz der städtischen Gemarkung (Verhinderung von Viehraub, Schutz vor Überfällen usw.), bestehend aus Wällen, Hecken, Gräben (mit und ohne Wasser), ggf. Wachttürmen an den Stellen, an denen die Landwehr von Straßen gekreuzt wurde.

Magister studentium: Mitglied des Lehrkörpers an einem Dominikanerkonvent, zugleich Aufseher über die Studenten (siehe: *Generalstudium*)

märkische Nation: siehe: *Ordensprovinz Saxonia*

Matutin: siehe: *Chorgebet*

Meister Hans: Einer von zahlreichen umschreibenden Namen für den Henker, der unabhängig von dessen tatsächlichem Namen benutzt wurde. (Zu den Gründen siehe: *Heuler, Der.*) Wie groß die Scheu vor der Nennung des tatsächlichen Namens war, lässt sich z.B. auch daran ersehen, dass selbst in Gemeinde- und Kirchenbüchern häufig nur der Deckname des Henkers vermerkt wurde.

Ministerialen: Unfreie Dienstleute im Hof-, Verwaltungs- und Kriegsdienst, seit dem 13./14. Jh. im niederen Adel aufgegangen.

Mühlenhof: Wirtschaftshof des Schlosses, am Molkenmarkt gelegen. Hier wurde für die Bedürfnisses des Hofes u.a. gemahlen, gebacken, gebraut und geschlachtet.

Non: siehe: *Chorgebet*

Observanz: Seit der Mitte des 14. Jh. kam es bei den Dominikanern (wie auch in anderen Orden) zu Stagnation und Niedergang. Die Disziplin lockerte sich, in vielen Konventen vernachlässigten die Ordensangehörigen ihre Pflichten. Bereits gegen Ende des Jahrhunderts setzte eine Gegenbewegung der strengen Observanz ein, die darauf abzielte, die ursprüngliche Ordensdisziplin wieder zur Geltung zu bringen. In der Folge schlossen sich zahlreiche Konvente dieser Bewegung an, andere verharrten in einer weniger strengen Beachtung der Ordensregel.

Der Verlauf dieses Richtungsstreits in der Mark Brandenburg wirft bis heute Fragen auf. Dass der Cöllner Konvent der Bewegung der Observanz und damit der strengeren Richtung angehörte, wovon in dem Roman ausgegangen wird, ist nicht belegt, nach Ansicht des Autors aber wahrscheinlich.

Pech: Im Mittelalter u.a. verwendet als Schmiermittel für Wagenachsen, für die Abdichtung von Schiffsplanken und Fässern, als Konservierungsmittel für Holz, in der Medizin (Heilsalben gegen Hauterkrankungen), als Beleuchtungsmittel, Weihrauchersatz, Schusterpech und – in siedendem Zustand – als Abwehrwaffe bei der Verteidigung von Städten und Burgen.

Pfründner: Personen, die für eine vertraglich geregelte Zahlung bis zu ihrem Tod in einem Spital Kost und Wohnung erhielten.

Plattner: Waffenschmied, der sich mit der Anfertigung von Plattenharnischen befasste.

Potiphar: Nach 1 Mos. 37,36 und 39,1 ff. ägyptischer Kämmerer und Befehlshaber der pharaonischen Leibwache, an den Joseph verkauft wurde und dessen Weib vergeblich versuchte, Joseph zu verführen.

Pottasche: Aus Holzasche gewonnenes Kaliumcarbonat. Eingesetzt u.a. in der Glaserzeugung, in der Färberei und Bleicherei sowie in der Seifenherstellung.

Predigerbruder: siehe: *Dominikaner*

Prim: siehe: *Chorgebet*

Prior: Lat.: prior = der Erstere, der Obere. Bei den Dominikanern der Vorsteher eines Konvents (siehe dort), vergleichbar dem Abt bei anderen Orden.

Provinzial (= Provinzialprior): Funktionsträger innerhalb einer Ordensprovinz. Weitere Funktionsträger: Vikar, Definitor.

Rabenstein: Ein etwa mannshohes gemauertes Podium mit einem Aufgang, vor allem genutzt für Hinrichtungen mit dem Schwert (mitunter auch für das Rädern). Außerhalb der Stadt gelegen. Oft wird mit diesem Begriff auch die gesamte Hinrichtungsstätte bezeichnet.

Rathaus, Berliner: 1484 durch einen Brand zerstört, in den Jahren von 1488 bis 1494 wieder aufgebaut. Zur Zeit des Romans war das Rathaus also eine Baustelle.

Refektorium: Speisesaal eines Klosters.

Roter Hahn: Jemandem den roten Hahn aufs Dach setzen = Jemandem das Haus in Brand stecken.

Sachsen, Jordan von: Nachfolger des Dominikus als Generalmagister des Ordens in den Jahren 1222 bis 1237.

Sakristan (= Mesner, Küster): Kirchendiener. Ihm obliegt die Betreuung der Kirche (liturgische Gewänder, Altar- und Kirchenschmuck, Anzünden und Löschen der Kerzen u.a.).

Salve Regina (Sei gegrüßt, Königin): Liturgischer Gesang zu Ehren Marias. Die Marienverehrung wurde bei den Dominikanern intensiv gepflegt.

Saxonia, Ordensprovinz: Ende des 15. Jh. war der Dominikanerorden in 23 Provinzen aufgeteilt. Eine von ihnen war die Saxonia; sie reichte von Holland bis nach Böhmen und ins Baltikum und war untergliedert in neun Nationen (hier im Sinne von Bezirken, Kreisen). Eine dieser Nationen war die märkische; zu ihr gehörten die Konvente Cölln, Brandenburg, Ruppin, Seehausen, Straußberg, Soldin und Prenzlau.

Schamkapsel: siehe: *Beinlinge*

Schaube (= Mantelrock): Bodenlanges, von Männern getragenes Obergewand, häufig aus teuren Stoffen gefertigt und mit Pelz verbrämt. Im 15. Jh. vor allem Amtskleidung und Kleidung von Gelehrten (Richter, Ärzte, Ratsherren, Universitätslehrer usw.).

Schecke: Kurzschößiges, von Männern getragenes Obergewand, nach seiner französischen Herkunft »jaque« oder »jaquette«, eingedeutscht Schecke, später Jacke genannt.

Skapulier: Teil des Ordenskleides. Ein breiter, von den Schultern über Rücken und Vorderseite bis fast zu den Knöcheln herabfallender Tuchstreifen, der über der Tunika (siehe dort) getragen wird. Bei den Dominikanern ist die Farbe weiß (bei den Laienbrüdern des Ordens schwarz).

Skriptorium: Schreibstube eines Klosters, meist eng mit der Bibliothek verbunden.

Slawen: Nach dem Abzug der Germanen im Rahmen der Völkerwanderung wurden die Gebiete zwischen der Elbe und den Herrschaftsgebieten der Böhmen, Polen und Ungarn von einer Gruppe der Westslawen besiedelt, die von den Deutschen mit dem Sammelbegriff Wenden bezeichnet wurde. Zu den Wenden gehörte eine Vielzahl von Stämmen, darunter die Heveller und Sprewanen im Berliner Raum sowie die Sorben in der Lausitz. Im Rahmen der Ostkolonisation im 12./13. Jh. wurden diese (heidnischen) Stämme deutscher Herrschaft unterworfen und zwangsweise christianisiert. In Rückzugsgebieten blieb das Wendentum jedoch noch lange erhalten (Sprache, Brauchtum, teilweise Religion). Die Stellung der Wenden unter den Deutschen war uneinheitlich und lässt sich wohl am besten als moderate Diskriminierung beschreiben. An die slawische Vergangenheit der ostelbischen Gebiete erinnern noch heute Familiennamen (Wend/Went), zahlreiche Ortsnamen, vor allem aber die slawische Bevölkerungsgruppe der Sorben in der Lausitz.

Sodomie: Im Mittelalter gebräuchlicher Begriff für Homosexualität. Das Wort leitet sich von der Stadt Sodom her, in der dem Bericht der Bibel zufolge (1 Mos. 19) dieses »Laster gegen die Natur« (Thomas von Aquin) verbreitet war und die deshalb von Gott zusammen mit Gomorra und drei weiteren Städten vollständig vernichtet wurde.

Starstecher: Herumreisende oder niedergelassene Barbiere und Wundärzte, die mittels spezieller Nadeln den grauen Star (Linsentrübung des Auges) »stachen«, um auf diese Weise das Sehvermögen wiederherzustellen.

Studentenhaus: Separates Wohngebäude für Studenten, die sich zu Studienzwecken in einem Konvent aufhielten (siehe: *Generalstudium*).

Subprior: Stellvertreter des Priors.

Tartsche: Turnierschild mit Ausschnitt zum Einlegen der Lanze.

Thesaurarius: Schatzmeister.

Tonsur: Bei Mönchen Teilrasur der Kopfhaare als Zeichen der Unterwerfung und des Verzichts. Die Tonsur nimmt den ganzen Kopf ein, es bleibt nur ein drei Finger breiter Kranz von Haaren um den Kopf herum stehen.

Tuchscherer: Die Tuchscherer spannten die gewebten und bereits gewalkten* Wolltuche in feuchtem Zustand auf Holzrahmen, auf denen diese trockneten und eine gleichmäßige Form annahmen. Anschließend wurden die besseren Tuche appretiert, d.h. veredelt. Dazu rauten die Tuchscherer das Gewebe mittels Distelkarden auf und schnitten den dadurch entstandenen Flaum ab. Der soziale Status der Tuchscherer war niedrig.

Tunika: Knöchellanges Mönchsgewand, auch Kutte genannt.

Vogelherd: Fallen ähnliche Fangeinrichtung für Vögel.

Zeidlerei: Waldbienenhaltung. In der Mark Brandenburg bis in die frühe Neuzeit außerordentlich ertragreich.

Zelle: Im Unterschied zu anderen Orden gab es im Dormitorium (Schlafhaus) der Dominikaner nicht einen großen Gemeinschaftsschlafraum, sondern durch Bretterwände voneinander abgetrennte Einzelzellen, in denen die Ordensangehörigen schliefen, in denen sie aber auch ihren Studien nachgingen. Die Zellen waren einfach ausgestattet und durften nicht abgeschlossen werden.

Ziegelknechte: Beschäftigte in den städtischen Ziegeleien, die Backsteine als Mauer- und Dachsteine herstellten. Es gab

* Walken: Um Stoffe gegen Kälte und Wind undurchlässig zu machen, mussten die winzigen Zwischenräume im Gewebe verschlossen werden. Dazu wurde dieses nass gemacht und mit Hämmern in der Walkmühle geklopft (gewalkt), bis die Wolle filzte.

gelernte Ziegelknechte und Hilfskräfte, bei denen es sich vielfach um Tagelöhner handelte.

Zimier: Zieraufsatz auf dem Helm (z.B. Hörner, Flügel, Pflanzen, frei erfundene Formen). Zusammen mit Helm und Schild auch auf Wappen abgebildet.

Zwergentopf: Keramische Erzeugnisse von Völkern vergangener Jahrtausende. Da man im Mittelalter von solchen Völkern nichts wusste, schrieb man die Fundstücke u.a. dem Wirken von Zwergen zu.

Bibliografie

Die folgende Bibliografie stellt eine Auswahl der Literatur dar, die für den Roman herangezogen wurde. Sie soll es dem interessierten Leser erlauben, sich mit einzelnen Themen näher zu befassen. Entscheidend für die ausgewählten Titel war neben dem Inhalt auch deren möglichst leichte Verfügbarkeit.

Gesamtdarstellungen Berlin und Mark Brandenburg

Ahrens, Karl-Heinz, *Residenz und Herrschaft. Studien zu Herrschaftsorganisation, Herrschaftspraxis und Residenzbildung der Markgrafen von Brandenburg im späten Mittelalter*, Europäische Hochschulschriften, Reihe 3: Geschichte und ihre Hilfswissenschaften, Bd. 427, Frankfurt/Main 1990

Borrmann, Richard, *Die Bau- und Kunstdenkmäler von Berlin. Mit einer geschichtlichen Einleitung von P. Clauswitz*, Die Bauwerke und Kunstdenkmäler von Berlin, hrsg. vom Senator für Stadtentwicklung und Umweltschutz, Berlin (West), Landeskonservator, Beiheft 8, Berlin 1982 (Nachdruck von: Berlin 1893)

Bürger, Bauer, Edelmann. Berlin im Mittelalter, Ausstellungskatalog; Museum für Vor- und Frühgeschichte. Staatliche Museen Preußischer Kulturbesitz, Berlin 1987

Fidicin, Ernst (Hrsg.), *Historisch-diplomatische Beiträge zur Geschichte der Stadt Berlin*, 5 Bände, Berlin 1990 (Nachdruck von: Berlin 1837–1842)

Helbig, Herbert, *Gesellschaft und Wirtschaft der Mark Brandenburg im Mittelalter*, Veröffentlichungen der Historischen Kommission zu Berlin, Band 41, Berlin; New York 1973

Müller, Adriaan von, *Edelmann ... Bürger, Bauer, Bettelmann. Berlin im Mittelalter,* Frankfurt/Main; Berlin; Wien 1981
Ribbe, Wolfgang (Hrsg.), *Geschichte Berlins,* 2 Bände, München 1987
Schultze, Johannes, *Die Mark Brandenburg,* Band 3: *Die Mark unter Herrschaft der Hohenzollern* (1415–1535), Berlin 1963

Gesamtdarstellungen Mittelalter

Boockmann, Hartmut, *Die Stadt im späten Mittelalter,* München 1987
Fischer-Fabian, S., *Der Jüngste Tag. Die Deutschen im späten Mittelalter,* München 1988
Fuhrmann, Horst, *Einladung ins Mittelalter,* München 1987
Kühnel, Harry (Hrsg.), *Alltag im Spätmittelalter,* Graz; Wien; Köln 1986
Pleticha, Heinrich, *Ritter, Bürger, Bauersmann. Das Leben im Mittelalter,* Würzburg 1985
Waas, Adolf, *Der Mensch im deutschen Mittelalter,* Graz; Köln 1964

Nachschlagewerke

Bächtold-Stäubli, Hanns (Hrsg.), *Handwörterbuch des deutschen Aberglaubens,* 10 Bände, Berlin; New York 1987 (Nachdruck von: Berlin; Leipzig 1927–1942)
Lexikon des Mittelalters, 9 Bände, Stuttgart; Weimar 1999

Dominikaner

Bühler, Johannes (Hrsg.), *Klosterleben im Mittelalter. Nach zeitgenössischen Quellen,* Frankfurt/Main 1989 (Nachdruck von: Leipzig 1923)
Bünger, Fritz, *Zur Mystik und Geschichte der märkischen Dominika-*

ner, Veröffentlichungen des Vereins für Geschichte der Mark Brandenburg, Berlin 1926

Gottschling, Erich, *Zwei Jahre hinter Klostermauern. Aus den Aufzeichnungen eines ehemaligen Dominikaners*, Leipzig 1935

Heimbucher, Max, *Die Orden und Kongregationen der katholischen Kirche*, 2 Bände, München; Paderborn; Wien 1965 (Nachdruck von: Paderborn 1930/31)

Kleiminger, Rudolf, *Das Schwarze Kloster in der Seestadt Wismar. Ein Beitrag zur Kultur- und Baugeschichte der norddeutschen Dominikanerklöster im Mittelalter*, München 1938

Lanczkowski, Johanna, *Kleines Lexikon des Mönchtums*, Stuttgart 1993

Nigg, Walter, *Vom Geheimnis der Mönche*, Zürich 1990

Scheeben, Heribert Christian, *Der heilige Dominikus. Gründer des Predigerordens – Erneuerer der Seelsorge*, Essen 1961

Schwaiger, Georg (Hrsg.), *Mönchtum, Orden, Klöster. Von den Anfängen bis zur Gegenwart. Ein Lexikon*, München 1993

Sexualität

Bassermann, Lujo, *Das älteste Gewerbe. Eine Kulturgeschichte*, Wien; Düsseldorf 1965

Denzler, Georg, *Die verbotene Lust. 2000 Jahre christliche Sexualmoral*, München 1988

Ranke-Heinemann, Uta, *Eunuchen für das Himmelreich. Katholische Kirche und Sexualität*, München 1990

Rossiaud, Jacques, *Dame Venus. Prostitution im Mittelalter*, München 1989

Schuster, Peter, *Das Frauenhaus. Städtische Bordelle in Deutschland* (1350–1600), Paderborn; München; Wien; Zürich 1992

Recht

Adrion, Alexander, *Taschendiebe. Der heimlichen Zunft auf die Finger geschaut,* München 1992

Angstmann, Else, *Der Henker in der Volksmeinung. Seine Namen und sein Vorkommen in der mündlichen Volksüberlieferung,* Teuthonista, Zeitschrift für deutsche Dialektforschung und Sprachgeschichte, Beiheft 1, Walluf 1972 (Nachdruck von: Halle/Saale 1928)

Dülmen, Richard van, *Theater des Schreckens. Gerichtspraxis und Strafrituale in der frühen Neuzeit,* München 1985 (auch für das späte Mittelalter interessant)

Von Galgenstrick und Henkersknoten, Die Mark Brandenburg, Heft 22, Berlin 1996

Leder, Karl Bruno, *Todesstrafe. Ursprung, Geschichte, Opfer,* München 1986

Schuhmann, Helmut, *Der Scharfrichter. Seine Gestalt – seine Funktion,* Kempten 1964

Gifte

Lewin, Louis, *Die Gifte in der Weltgeschichte. Toxikologische, allgemeinverständliche Untersuchungen der historischen Quellen,* Köln 2000 (Nachdruck von: Berlin 1920)

Gesellschaft

Danckert, Werner, *Unehrliche Leute. Die verfemten Berufe,* Bern 1963

Hampe, Theodor, *Die fahrenden Leute in der deutschen Vergangenheit,* Monographien zur deutschen Kulturgeschichte, Band 10, Leipzig 1902

Irsigler, Franz / Lassotta, Arnold, *Bettler und Gaukler, Dirnen und Henker. Außenseiter in einer mittelalterlichen Stadt. Köln 1300–1600,* München 1989

Slawen

Vogel, Werner, *Der Verbleib der wendischen Bevölkerung in der Mark Brandenburg,* Berlin 1960

Turnier

Fleckenstein, Josef (Hrsg.), *Das ritterliche Turnier im Mittelalter. Beiträge zu einer vergleichenden Formen- und Verhaltensgeschichte des Rittertums,* Göttingen 1986

Keen, Maurice, *Das Rittertum,* Reinbek bei Hamburg 1991

Hexen

Schmölzer, Hilde, *Phänomen Hexe. Wahn und Wirklichkeit im Lauf der Jahrhunderte,* München; Wien 1986

Soldan, W.G., *Geschichte der Hexenprozesse,* 2 Bände, Hanau/Main um 1975 (Nachdruck)

Sprenger, Jakob / Institoris, Heinrich, *Der Hexenhammer (Malleus maleficarum),* München 1996 (Nachdruck von: Berlin 1906; Erstdruck 1487 – es handelt sich um das im Roman erwähnte Buch)

Handwerk

Cramer, Johannes, *Gerberhaus und Gerberviertel in der mittelalterlichen Stadt,* Studien zur Bauforschung, Nr. 12, Bonn 1981

Palla, Rudi, *Verschwundene Arbeit. Ein Thesaurus der untergegangenen Berufe,* Frankfurt/Main 1994

Reith, Reinhold (Hrsg.), *Lexikon des alten Handwerks. Vom späten Mittelalter bis ins 20. Jahrhundert,* München 1991

Seymour, John, *Vergessene Künste. Bilder vom alten Handwerk,* Ravensburg 1984

Sonstiges

Breest, Ernst, *Das Wilsnacker Wunderblut,* Für die Feste und Freunde des Gustav-Adolf-Vereins, Nr. 77, Barmen 1888

Rabe, Martin Friedrich, *Die eiserne Jungfer und das heimliche Gericht im Königlichen Schlosse zu Berlin,* Berlin 1847

Rätsch, Christian / Guhr, Andreas, *Lexikon der Zaubersteine aus ethnologischer Sicht,* Wiesbaden 1992

Wehrmann, Martin, *Geschichte von Pommern,* Allgemeine Staatengeschichte. Dritte Abteilung: Deutsche Landesgeschichten, Fünftes Werk, Gotha 1904